D1854896

Arne Dahl
Bußestunde

Arne Dahl

Bußestunde

Kriminalroman

Aus dem Schwedischen von
Wolfgang Butt

Piper München Zürich

Mehr über unsere Autoren und Bücher:
www.piper.de

Die Originalausgabe erschien 2007 unter dem Titel »Himmelsöga« im Albert Bonniers Förlag, Stockholm.

Von Arne Dahl liegen im Piper Verlag außerdem vor:
Misterio
Böses Blut
Falsche Opfer
Tiefer Schmerz
Rosenrot
Ungeschoren
Totenmesse
Dunkelziffer
Opferzahl
Gier
Zorn

FSC
www.fsc.org
MIX
Papier aus verantwortungsvollen Quellen
FSC® C014496

ISBN 978-3-492-04969-6
© Arne Dahl 2007
© der deutschsprachigen Ausgabe:
Piper Verlag GmbH, München 2013
Published by agreement with Salomonsson Agency
Gesetzt aus der Stempel Garamond
Satz: Kösel Krugzell
Druck und Bindung: GGP Media GmbH, Pößneck
Printed in Germany

1

Wenn es eine Tagesentsprechung zur Geisterstunde gibt, der Stunde nach Mitternacht, in der die Geister ihr Unwesen treiben, oder zur Stunde des Wolfes, der Stunde vor der Morgendämmerung, in der die meisten Menschen sterben, dann muss diese Stunde auf einen Sonntag fallen. Wahrscheinlich einen Sonntagnachmittag. Es ist eine Stunde, in der alles stillsteht. Vielleicht die, in der eine Woche stirbt und eine neue geboren wird.

Die Zeit häutet sich ganz einfach.

Es ist eine sensible Stunde, eine Stunde der Nachdenklichkeit. Es ist eine Stunde tiefen Friedens, zugleich aber auch eine Stunde, in der es der Angst leichtfällt, sich einzuschleichen und Fuß zu fassen. Dinge, die in dieser Stunde geschehen, erscheinen in einem besonderen Licht. Nennen wir sie die Stunde des Umbruchs.

Wenn außerdem der Herbst vor der Tür steht und der Sommer sich anschickt zu sterben, dann kommt es einem so vor, als ob ein ganzes kleines Land hoch oben im Norden jenes Erdballs, der vollkommen führungslos am Rande des unendlichen Universums umhertaumelt, gleichsam erzitterte. Wenn man etwas näher herantritt, sieht man tatsächlich, dass das Land zittert, man kann den Frieden erkennen und die Angst.

Das kleine Land ist – wie alle anderen Länder – keinem anderen gleich. Das Besondere an gerade diesem kleinen Land ist jedoch, dass es bald dazu bestimmt ist, das demokratischste Land des kleinen Erdballs zu sein. Aber nur sehr wenige in dem kleinen Land werden das merken. Oder sich etwas daraus machen.

Wenn man dann der größten Stadt des kleinen, kleinen

Landes auf dem kleinen, kleinen Erdball richtig nahe kommt, sieht man eine Anzahl Menschen über die Stadt verstreut. Sie sind natürlich nicht allein, auch wenn – verglichen mit dem Rest des kleinen Erdballs – nicht besonders viele Menschen in der Stadt leben. Aber beeindruckend viele von ihnen halten sich gerade im Freien auf. Vermutlich glauben sie, die letzten Strahlen der Sommersonne zu genießen. Eigentlich geht die Stunde des Umbruchs geradewegs durch sie hindurch, gibt ihnen das Gefühl, auf eine besondere Weise teilzuhaben an dieser Mischung aus Frieden und Angst, die vielleicht das bekannteste Merkmal des Landes ist.

Denn jetzt wird es Herbst in Schweden.

Es ist kurz nach drei Uhr nachmittags an diesem Sonntag, dem 27. August, und das, was unsere kleine Gruppe auszeichnet, sieht man nicht von außen, es liegt in ihren Taschen.

Sie sind Mitglieder der Sondereinheit für Gewaltverbrechen von internationalem Charakter bei der Reichskriminalpolizei. Und abgesehen davon, dass keiner von ihnen im Moment im Geringsten an Gewaltverbrechen von internationalem Charakter denkt, ist auch nichts Besonderes an ihnen. Dennoch richten wir unseren Blick auf sie.

Wir sehen ein Paar, dem das Kunststück gelungen ist, seinen Kinderwagen in den Schatten zu schieben, während die beiden selbst sich in der Sonne rekeln, deren Wirkung sich durch die Spiegelung im Wasser des Riddarfjärden fast zu verdoppeln scheint. Der Wagen steht allerdings viel zu nah am Nachbartisch, halb unter einem der Segeltücher, und ist eigentlich zu klein für die inzwischen vierjährige Tochter, die schläft, wobei ihre Füße auf eine für den Unerfahrenen beunruhigende Weise aus ihm hervorragen.

Wer hätte ahnen können, dass sie so groß werden würde? Jedenfalls nicht der Vater, der selbst gezwungen gewesen war, sich wegen seiner geringen Körpergröße in die Polizeihochschule hineinzuschummeln. Möglicherweise die Mutter, die zwar nur zehn Zentimeter größer ist als ihr Mann, aber immerhin einige Großgewachsene in der Familie vorweisen kann. Sie weiß besser als er, dass die Gene unberechenbar sind – und eventuelle Zweifel, was seine Vaterschaft angeht, werden zum Glück durch das auffallend südamerikanische Aussehen der Tochter entkräftet. Und, denkt die Mutter, während sie sich von Neuem über die mangelnde Durchsetzungsfähigkeit ihrer eigenen Gene wundert, wahrscheinlich auch durch *dieses*.

Und damit lässt sie die Finger über die seit sechs Monaten wachsende Rundung ihres Bauches streichen. Jedes Mal, wenn sie das tut, gehen ihr so viele Gedanken, so viele Gefühle durch den Kopf. All die Risiken, die die Elternschaft mit sich bringt, all die Möglichkeiten, all die – Arbeit. All die Zeit. All die Kraft.

Isabel ist vier Jahre alt, und diese vier Jahre, die ihre Kinder voneinander trennen werden, sind wahrlich kein Zuckerschlecken gewesen. Obwohl es *so* schlimm nun auch wieder nicht war – eher haben Sara Svenhagen und Jorge Chavez wohl die üblichen Spannungen und Konflikte durchlebt, die mit der Elternschaft einhergehen, und möglicherweise sind sie manchmal etwas zu weit gegangen, doch im Nachhinein war alles halb so schlimm. Es gibt immer noch Phasen des Schweigens zwischen ihnen, aber jetzt sitzen sie wirklich dort am Mälarpavillon bei Norr Mälarstrand, die Füße nur ein paar Meter vom immer kälteren Wasser des Mälarsees entfernt, und fühlen das Gleiche.

So sieht das Leben normalerweise nicht aus. Wir wissen eigentlich nie, was der andere fühlt, und wir können nur vermuten, dass das, was wir beispielsweise Zufriedenheit nennen, für den, der uns am nächsten steht, die gleiche Empfindung ist. Aber gerade in diesem Moment, da die brisanteste Stunde des Umbruchs in diesem Jahr ihren Anfang nimmt, empfinden tatsächlich beide, Mann und Frau, die gleiche Zufriedenheit. Und außerdem sehen sie diese in den Augen des anderen, ohne ein einziges Wort miteinander zu wechseln. Und genau in diesem Moment, da ihre Blicke sich treffen und Jorge sich ausstreckt, um mit der Hand über die deutliche Rundung von Saras Bauch zu streichen, genau da wissen sie auf eine banale, romantische und vollkommen selbstverständliche Weise, dass sie zusammengehören. Trotz allem.

Wir verlassen sie hier. So viel zuckersüße Sentimentalität hält man auf Dauer nicht aus. Wir schwenken ein Stück und verlassen das Unmögliche – nicht nur die unmögliche Romantik, sondern auch die Unmöglichkeit, in die Seele der Menschen zu blicken.

Aber es ist klar, dass das Unmögliche noch weitere Chancen bekommt.

Wir gleiten in westlicher Richtung am Strand von Kungsholmen entlang, an allen Brücken vorbei. Als Erstes die Västerbro, die sich nach Långholmen und Södermalm hinüberbeugt, danach Essingeleden, der über Lilla und Stora Essingen und von dort weiter hinaus nach Europa führt, und zuletzt die Tranebergsbro, die sich nach Alvik und Bromma hinüberspannt. Aber da halten wir inne, an dem Punkt, wo der Mälarsee sich zur katzenförmigen Bucht des Ulvsundasees hinaufzieht. Und dort, im Schatten der Tranebergsbro, sitzt ein anderes Paar vor einer roten Hütte, und wenn man die beiden dort eng umschlungen sitzen sieht, ist die Gefahr ziemlich groß, auch hier sentimental zu werden.

Ziemlich groß ist auch der Mann, die Frau verschwindet gleichsam in seiner Umarmung, und in wenigen Wochen werden sich die beiden in viel zu engen Flugzeugsitzen niederlassen und wieder ihr Paradies auf Erden besuchen. Das sich ganz unerwartet auch noch als ein gutes Geschäft erwiesen hat. Das kleine Häuschen an den Hängen der Nordostküste von Chios in der griechischen Inselwelt war den ganzen Sommer über vermietet, hauptsächlich an Schweden, aber auch an den einen oder anderen reichen Norweger, und die Mieteinnahmen haben nicht nur die jährlichen Kosten für das Häuschen gedeckt, sie reichen auch noch, um den Aufenthalt von Gunnar Nyberg und Ludmila Lundkvist dort im kommenden Monat zu finanzieren.

Vor einem Jahr wurde Gunnar Nyberg in den Arm geschossen, als es der Sondereinheit der Reichskriminalpolizei für Gewaltverbrechen von internationalem Charakter, gelegentlich auch als A-Gruppe bezeichnet, gelang, das Einschmuggeln von Mörderpillen, sogenannten »kill pills«, nach Schweden zu verhindern. Er verbrachte den Monat seiner Krankschreibung in dem Häuschen auf Chios – Ludmila konnte sich nur die Hälfte der Zeit von ihrem neuen Posten als Professorin am Slawistischen Institut der Universität Stockholm freinehmen –, und die Zeit in Einsamkeit und Isolation auf Chios, vor der er sich gefürchtet hatte, wurde phantastisch. Seit er erwachsen war, hatte er im Großen und Ganzen allein gelebt, aber vor einigen Jahren hatte er dieses Leben nicht mehr gewollt. Er konnte nicht mehr so gut allein sein. Also war er ein wenig unsicher gewesen, wie er nun zurechtkommen würde. Doch als Ludmila auf dem unansehnlichen Flugplatz landete, mit einer noch unansehnlicheren Inlandmaschine, wurde sie von einem heiteren, sonnengebräunten, völlig entspannten Grizzlybären abgeholt. Womit er sich eigentlich in den zwei Wochen beschäftigt hatte, fand sie nie ganz heraus, aber eine der Schubladen des kleinen Sekretärs gleich neben der Verandatür war auf einmal verschlossen. Es war nicht Misstrauen, das sie antrieb – möglicherweise sagte sie sich das ein paarmal zu oft –, sondern Neugier, die Grundvoraussetzung der menschlichen Entwicklung. Neugier also und nichts anderes veranlasste sie dazu, in einer pechschwarzen griechischen Herbstnacht mit verdächtiger Fingerfertigkeit und einem Küchenmesser als einzigem Werkzeug das Schloss der Schublade aufzufummeln. Aber als sie sah, dass in der Schublade nichts anderes lag als ein dicker Stapel Papier, vollgekritzelt mit einer unverkennbar kantigen Handschrift, setzte sie ihrer Neugier eine

Grenze und sagte sich, dass die menschliche Entwicklung auch zu weit führen kann. Ohne die Blätter anzurühren, schob sie die Schublade zurück, ließ den Schließmechanismus lautlos in seine richtige Position gleiten, betrachtete ihr Werk und landete zu ihrer Verwunderung in einer Reflexion über die atemberaubende Entwicklung der Menschheit seit der Mitte des 18. Jahrhunderts. Eine Entwicklung, die uns wahrscheinlich den Planeten kostet.

Als Ludmila am darauffolgenden Morgen an den Frühstückstisch auf der Veranda mit der märchenhaften Aussicht trat, saß Gunnar schon mit einem Bleistift in der Hand und dem dicken Papierstapel auf dem Schoß da und sagte: »Ich habe angefangen, ein bisschen zu schreiben.«

Und während sie sich selbst versprach, dass sie ihrem Partner gegenüber zum allerletzten Mal misstrauisch gewesen war, setzte sie ihre treuherzigste erstaunte Miene auf und sagte: »Ach, wirklich? Das ist gut.«

»Wir müssen im nächsten Herbst wieder herkommen«, sagte Gunnar, legte den Papierstapel fort und streckte den Arm nach ihr aus.

Gemeinsam blickten sie zur Türkei hinüber, über den schmalen Sund, der genauso glitzerte, wie der Mälarsee jetzt glitzert, wenn man vom *Solstugan* in Fredhäll auf ihn herabblickt. Der Unterschied ist, dass auf der anderen Seite Alvik liegt und nicht die Türkei. Aber der dunkle Schatten, den Ludmila über Gunnars Gesicht gleiten sieht, ist genau der gleiche wie damals, und auch wenn sie nie wieder über sein Schreiben gesprochen haben, versteht sie, dass es um dasselbe geht, um dasselbe Schweigen in ihrem Leben. Die Sache einst in Venedig, an die nie ernsthaft gerührt werden darf.

Und Gunnar drückt seine Ludmila noch ein wenig enger an seinen großen Körper und sieht, dass sie sieht. Sieht, dass sie ahnt, dass er einen Menschen getötet hat. Und dass dies immer ein Teil von ihm sein wird, da mag er schreiben, so viel er will. Er hat einen schrecklichen Mörder mit Namen Wayne

Jennings getötet, und wenn er hundert identische Chancen bekommen hätte, hätte er jedes Mal wieder genau das Gleiche getan.

Aber es sitzt in ihm drin.

Dann verzieht sich das Dunkle wieder, wie es das trotz allem doch immer tut, und beide denken genau gleichzeitig: Es ist fast ein Glück, dass es dieses Dunkle gibt. Sonst ginge es uns zu gut. Reines Glück wird auf die Dauer stickig.

Und da verlassen wir sie, eng umschlungen, und folgen dem Ufer um Kungsholmen herum, wo der Katzenkopf des Ulvsundasees sich unter der nördlichen Brücke des Essingeleden verengt und eine unerwartete Chamäleonzunge herausstreckt, die sich auf Höhe der kleinen Ekelundsbro in den Karlbergssee zwischen Kungsholms Strand und Klara Strand verwandelt. Das Wasser des Mälarsees ist jetzt richtig in Fahrt gekommen, als es auf seinem Weg zum Meer unter der St. Eriksbro, der Barnhusbro und der Kungsbro hindurchströmt, bevor es via Klarabergsviadukt und unter der Stadshusbro in die Bucht Riddarfjärden hinaussprudelt, die sich um Riddarholmen und Gamla Stan teilt.

In Gamla Stan sitzt auf einem schmalen Bürgersteig in der Österlånggatan nicht weit vom Schloss ein großer Mann und fühlt sich einsam. Er denkt darüber nach, wie leicht es ist, sich inmitten von Menschenmassen einsam zu fühlen. Er denkt daran, wie oft es ihm so ergangen ist. Und dies hier kann durchaus als Menschenmasse bezeichnet werden – die Tische stehen dicht beieinander auf dem Bürgersteig, und das Restaurant ist brechend voll, die Gäste sind fast ausschließlich Männer. In einem anderen Zustand – der beinahe sein ganzes Leben über vorherrschend war – hätte er das Gefühl gehabt, die Hausfassaden von Gamla Stan rückten näher und näher, schlössen sich um ihn, so wie auch alle diese fidelen Schwulen in *Mandus Bar & Kök* sich viel zu nah an ihn herandrängten. Aber diese Art von Einsamkeit ist es diesmal nicht. Es ist eine andere, und Jon Anderson ist inzwischen fähig, diese andere Einsamkeit zu studieren, sie zu drehen und zu wenden, sich von ihr faszinieren zu lassen, ja mit ihr zu spielen. Es ist dieses sonderbare Alleinsein, das man fühlt, wenn der Partner vorübergehend verschwindet, um zur Toilette zu gehen. Es ist eine milde Form des Verlassenseins, von der man weiß, dass sie vorübergehen wird. Die temporäre Angst in guter Zweisamkeit, gleichsam auf Probe. Nicht das Gefühl von Einsamkeit in der Zweisamkeit einer schlechten Beziehung, sondern das Zeichen dafür, dass die Zweisamkeit funktioniert. Es ist seine erste Zweisamkeit, und er ist verblüfft darüber, wie gut es ihm dabei geht.

Jon Anderson dreht an seinem Verlobungsring und versinkt im zufälligen, vorübergehenden Verlassensein. Er genießt es wie eine kleine Selbstkasteiung, einen vorübergehenden Besuch aus einem vorigen Leben, das man endlich in einem nachsichtigen, sogar versöhnlichen Licht betrachten kann. Er blickt sich um und versetzt sich zurück in die Zeit, die all diese kleinen Gassen schuf, die die Österlånggatan mit der Skeppsbro verbinden. Es ist das 15. Jahrhundert und unerhört lebhaft. Der Gestank ist nahezu unerträglich. Nur die Windstöße vom Meer, die dann und wann durch die engen Gassen ziehen, lassen es einen aushalten, und er sieht die Fischverkäufer, die Pelzhändler, die Pökelfleischimporteure, die Huren, die Seebären unten auf der Skeppsbro. Und mitten in alldem, vielleicht vor einer versteckten Kneipe am Anfang der Österlånggatan, sitzt ein ungewöhnlich schlanker und großer junger Mann und schüttet einen Schoppen essigsauren Wein in sich hinein. Wer wäre er damals gewesen? Mit seiner schändlichen Begierde? Ein Mönch? Ein Franziskaner, ein hagerer Bruder in grauer Kutte aus dem nahe gelegenen Kloster, ein Zisterzienser, der in den makaber einsamen Nächten in der eisigen Klosterzelle seinen sündigen Körper geißelt? Oder ein Schiffsjunge auf einem der Handelsschiffe, das im Pendelverkehr nach Deutschland hinunterführt, zu den Deutschen, die diese Stadt errichtet haben, ins Lübeck der Hanse oder noch weiter? Vielleicht wäre er – der Meisterschütze, der vor einem Jahr dem uneingeschränkten Herrscher über ein Verbrechersyndikat eine Pistole aus der Hand schoss – Söldner gewesen. Vielleicht wäre er ganz einfach vom Magistrat der Stadt angeheuert worden, um diese lärmenden, wilden, verrückten Bürger zu überwachen, die tagtäglich ums bloße Überleben kämpfen. Vielleicht hätte er seinen täglichen Broterwerb damit bestritten, Menschen zu foltern.

Mit einem schnellen Schwenk verschwindet die gesamte Szene, das ganze Stockholm des 15. Jahrhunderts, in Jon Andersons kreisendem Verlobungsring. Eine Hand legt sich auf die seine, und jede Einsamkeit verfliegt. Der Verlobungsring dreht sich nicht mehr. Jon Anderson blickt auf in ein Paar klarblaue Augen und versinkt in ihnen.

Marcus ist von der Toilette zurück. Er setzt sich neben Jon, und alles ist gut. Aber die Einsamkeit war schön, ruhig, befreiend – weil sie kurz war. Sie lächeln sich an und wenden sich wieder den eigenartig gestalteten Speisekarten zu.

Und wir machen uns wieder auf den Weg. Wir verlassen den Mälarsee und seine vielfältigen Ausläufer in das, was wir Stockholmer allzu leichtfertig das Meer nennen. Göteborger lachen uns aus, wenn wir vom Meer sprechen. Die Ostsee, dieses alberne kleine Binnengewässer, das außerdem im Großen und Ganzen biologisch tot ist, kann man doch kaum als Meer bezeichnen und schon gar nicht die Teile, die auf unergründlichen Wegen durch die Stadt landeinwärts sickern und mit Müh und Not kleine Buchten wie Brunnsviken bilden, die durch die extrem schmale Ålkista, genau auf der Grenze zwischen Stockholm und Solna, mit der Salzsee verbunden sind. Am linken Ufer von Brunnsviken liegt der Hagapark, einer der schönsten englischen Gärten der Welt, der jetzt ein Teil von Ekoparken ist, dem Nationalstadtpark. Gustav III. schaffte sich bei seiner Thronbesteigung 1771 ein Landhaus in Haga an, um der ein wenig blasierten Atmosphäre des

Hoflebens entfliehen zu können. Außerdem begann er den Bau eines ganz neuen Schlosses, doch die Arbeit stagnierte, als er zwei Jahrzehnte später in der Oper erschossen wurde. Nur die Ställe und die Marketenderei für die Leibgarde des Königs wurden fertig gebaut. Diese eigenartigen Gebäude werden heute die Kupferzelte genannt und bieten einer Familie mit Kindern, die dem Sommer Lebewohl sagen will, eine außerordentliche Gelegenheit dazu. Das gilt auch für eine sehr große Familie – deren vielleicht nicht ganz uneingeschränktes Oberhaupt mittlerweile nicht mehr weiß, ob er es noch wagen darf, von einer Familie mit Kindern zu sprechen. Denn die Kinder sind zu diesem Zeitpunkt zweiundzwanzig, zwanzig, siebzehn, fünfzehn und zwölf, und sie tragen in dieser Reihenfolge die Namen Mikaela, Linda, Peter, Stefan und Lina. Und das Allererstaunlichste ist, dass alle fünf versammelt sind, genau hier, auf den Wiesen vor den Kupferzelten, an jener Stelle, wo sie langsam schräg abfallen zu dem enormen Grashang des Hagaparks.

Lina ist auf jeden Fall immer noch ein Kind, denkt das Oberhaupt und betrachtet seine Jüngste mit besonderer Zärtlichkeit. Dass sie überhaupt noch lebt, ist nichts Geringeres als ein Wunder – es ist erst ein Jahr her, dass sie um ein Haar Opfer des polizeilichen Übermuts ihres Vaters wurde.

Arto Söderstedt denkt an den Tod, er denkt an dessen Anwesenheit in seinem Leben – nicht zuletzt im vergangenen Jahr. Seine Gedanken gehen von dem Erlebnis der Todesgefahr für seine Tochter zum Tod von Kollegen und Nahestehenden. Es ist ein schweres Jahr gewesen. Der Tod ist nicht mehr abstrakt, gerade im vergangenen Jahr kam er so nah, wurde er so konkret, so wirklich.

Er streicht seiner Frau Anja über den Oberarm, während er von dem Impuls überwältigt wird, etwas zu sagen – vielleicht sogar eine kleine Ansprache zu halten. Er betrachtet seine große Familie, alle diese weißblonden Köpfe, deren

Größenunterschiede sich inzwischen anzugleichen beginnen, und er fühlt, dass er jetzt, wo sie endlich versammelt sind, ganz einfach dem Leben huldigen will. Dem ach so zerbrechlichen Leben.

Wieder kommt ihm ein Bild kürzlich verstorbener Nahestehender in den Sinn.

Er schaudert und betrachtet seine Kinder, eines nach dem anderen.

Das Leben anstelle des Todes. Und gleichzeitig so furchtbar viel potenzieller Tod.

Mikaela, wie groß sie geworden ist, eine vitale und ziemlich ernsthafte zweiundzwanzigjährige Handelshochschulstudentin mit finnischen Wangenknochen und einem Lächeln, dem niemand widerstehen kann, am wenigsten Männer. Er hat es aufgegeben, alle Freunde zu zählen, die an ihm vorbeizogen seit jenem magischen und tragischen Sommer in der Toskana vor Gott weiß wie vielen Jahren, als sie ihre Unschuld verlor. Sie hat kürzlich eine eigene Wohnung bekommen, endlich, nach zwei Jahren im Studentenheim, und hat plötzlich aufgehört, die Armut ihres Vaters zu verfluchen, und begonnen, sich in ihrer Mietskaserne in Hägersten wohlzufühlen. Dann Linda, immer die kleine Schwester, obwohl sie ja für wesentlich mehr Geschwister die große Schwester ist. Mit zwanzig sollte man zumindest den Hauch einer Ahnung haben, womit man seine Zukunft verbringen will. Stattdessen all diese Reisen in die entlegensten Winkel des Erdballs, dieses lässige Herumjobben, zu Hause bei den Eltern wohnend, bis genügend Geld da ist, um das wirkliche Leben zu beginnen, dieses Reisen mit diversen durchgeknallten Studenten, deren Beziehung zu der nicht minder durchgeknallten Linda äußerst diffus ist. Das Erstaunlichste am gesamten Lebenswandel seiner Töchter besteht für Arto Söderstedt darin, dass er nicht schon mehrfacher Großvater ist. Doch auch was der sonderbar athletische Wikinger Peter in seinem Internat an den Abenden treibt, ist, gelinde gesagt, unklar. Er besucht ein Handballgymnasium in Skövde und ist schon mit fünfzehn von zu Hause ausgezogen. Sosehr Arto auch die gesamten Genbanken der Familie durchforstet, es bleibt ihm unbegreiflich, wie der jetzt siebzehnjährige Sohn es geschafft hat, fast zwei Meter groß zu werden und gut neunzig Kilo zu wiegen. Vor Kurzem hat Peter in der A-Mannschaft des IFK Skövde sein Debüt gegeben, und Arto hatte zugesehen. Noch immer wundert er sich über die gesammelte Energie, die während eines Handballspiels in der Eliteklasse verbraucht wird. Und im Innersten ist er – der nie an etwas anderem als Leichtathletik Gefallen gefunden hat – sehr, sehr stolz. Ob er auch auf Stefan stolz sein soll, ist dagegen eine ganz andere Frage. Stefan Söderstedt ist eine Kopie seines Vaters, weißblond und hager und dazu noch Brillenträger. Er macht seine Hausaufgaben mit links und widmet sich in seiner Freizeit äußerst diffusen Wissensgebieten, die häufig diverse Verschwörungstheorien beinhalten. Er steht mit Massen von Communitys im Internet in Verbindung, die über Petitessen wie den eigentlichen Ursprung des Menschengeschlechts und politische Lösungen für die unausweichliche Klimakrise des Erdballs diskutieren. Doch, denkt Arto, doch, ich bin stolz auf sie alle, jeder ist anders, nicht zuletzt Klein Lina, die eine viel zu frühe Pubertät durchlebt, mit einem heftigen Strom ständiger Wechsel von Stil und Einstellung. Im Moment ist sie »goth« und redet mindestens fünfmal täglich davon, das »eklige weißblonde Strohhaar« rabenschwarz zu färben. Mit knallrosa Strähnen. Klein Lina, allein dass sie überhaupt lebt, ist ein Wunder, er kann es nicht lassen, es sich selbst immer wieder zu sagen. Vor einem Jahr bekam sie einen Wespenstich in der Schule, als sie die Hand in einen Busch steckte. Es gab eine Beule unmittelbar oberhalb des Handgelenks. Eine Schwellung. Ein klassischer Wespenstich. War es aber nicht. Ein Mörder saß in den Büschen auf dem Schulhof versteckt und injizierte dem Kind – bizarr genug – eine Giftampulle mit Fernauslöser in den Arm. Sie holten das Objekt später heraus, aber ihr Leben hatte am seidenen Faden gehangen. Selbst weiß sie nichts davon, Klein Lina, und dafür ist er unendlich dankbar.

In diesem Augenblick, als Arto darüber nachdenkt, wie grundverschieden von seiner eigenen Jugend das Heranwachsen heutiger Jugendlicher ist, wie das gesamte heranwachsende Menschengeschlecht ein völlig anderes werden wird als das gegenwärtige, wirft Lina dem eigensinnigen Vater, der ihrem rabenschwarzen Glück im Weg steht, erneut einen bösen Blick zu, und gerade dieser Blick, den er wie eine Ehrenbezeigung aufnimmt, weckt aufs Neue die Lust in ihm, eine Ansprache zu halten.

Wer weiß, wann wir alle sieben wieder zusammenkommen? Denkt er und hebt den Löffel an das Latte-macchiato-Glas, das vor ihm steht.

Vielleicht werden wir es nie mehr.

Einige von ihnen sehen die Geste, und das missvergnügte Stöhnen wandert von einem weißen Kopf zum nächsten, und am Ende hören sie sich an wie eine ungestimmte alte Orgel.

Wirklich wie Orgelpfeifen.

Als Arto Söderstedt aufsteht und das ganze Leben vor sich betrachtet, fährt der Tod wieder durch ihn hindurch, und als der Klang vom Glas aufsteigt und das Stöhnen von einer Art paradoxer Erwartungshaltung abgelöst wird, bleibt er einen Moment mit geschlossenen Augen stehen.

Er denkt: Viggo.

Und das ist alles.

Hier verlassen wir die Familie Söderstedt. Von hoch oben sehen sie aus wie sieben verirrte Schneebälle auf dem Rasen des Hagaparks, gerade als der Herbst von ihm Besitz ergreift; eigentlich setzt sich der Park auf der anderen Seite von Schwedens am stärksten befahrener Straße fort, der E 4, dem Uppsalavägen zwischen Norrtull und Haga Norra. Der Norra-Friedhof dort erstreckt sich über ein mindestens ebenso großes Areal wie der Hagapark, mit einem viel komplizierteren, fast künstlerisch ausgeformten, spinnennetzartigen Wegesystem und zahlreichen speziell gestalteten kleinen Sektionen, die seit der Einweihung im Jahr 1827 entstanden sind. Der Friedhof ist mehrfach erweitert worden, da es sich die Stockholmer nicht nehmen ließen zu sterben, und es gibt große Abteilungen mit Mausoleen und verschiedenen großartigen Grabanlagen, nicht zuletzt auf dem Hügel, der Lindhagens Kulle genannt wird, wo die imposantesten Monumente einander in postumer Größe zu übertreffen versuchen. Genau dort wandert gerade ein Mensch entlang, eine kleine dunkelhaarige Frau mit gesenktem Kopf und gebeugtem Nacken. Sie blickt sich nicht um und betrachtet die großartigen Grabmonumente, die Außenwelt scheint sie nicht zu erreichen, sie ist in sich selbst versunken. Auf ihrem Weg ist sie an Alfred Nobels Grab vorübergegangen, in einem der älteste Teile, die der Autobahn am nächsten liegen, sie hat August Strindbergs Grab unter der schicken Doppelbirke passiert, Ingrid Bergmans anspruchslosen kleinen Stein und Gösta Ekmans umso anspruchsvolleren in die Saiten greifenden Engel von Carl Milles. Und jetzt geht sie an dem geschmackvollen Hain des Gedenkens vorbei, ohne das Geringste davon wahrzunehmen. Sie denkt nämlich an den Tod. Das ist hier wohl auch angebracht. In Anbetracht des Todes an das Leben zu denken vielleicht auch.

Kerstin Holm hat ein Grab besucht und ist auf dem Weg zu einem anderen. Sie wandert zwischen Gräbern. Sie ist die operative Chefin der Sondereinheit für Gewaltverbrechen von internationalem Charakter bei der Reichskriminalpolizei, und sie mag den Tod nicht. Tatsache ist, dass sie ihn bekämpft, das ist der eigentliche Beweggrund für ihre Arbeit. Und das Grab dieses Kollegen zu besuchen schmerzt am meisten. Er ist erst vor so kurzer Zeit gestorben.

Während sie den Hain des Gedenkens verlässt und in abgelegenere Teile des Norra-Friedhofs gelangt, sagt sie sich selbst, dass sie trotz allem den falschen Beruf ergriffen hat. Der Tod darf kein Feind sein, wenn man ständig von ihm umgeben ist. Man muss einfach lernen, mit ihm zu leben.

Das Grab, zu dem sie unterwegs ist, ist für sie zu einem besonderen Platz geworden, einem Platz, wo sie sie selbst sein und den verdrängten Schmerz des Lebens hochkommen lassen kann, wo die Trauer über den toten Kollegen sich mit der Trauer über ihr eigenes Leben vereinen kann. Der Trauer über die Einsamkeit und die Schuld. Der Trauer über alle falschen Entscheidungen im Leben. Kurz und gut, der Trauer über das Leben.

Sie führt kein schlechtes Leben, mitnichten. Es ist besser als das der meisten. Ihre Karriere läuft ganz gut – auch wenn sie in der letzten Zeit nicht gerade mit Fällen überhäuft war –, und sie hat ihren Sohn Anders, der inzwischen richtig groß zu werden beginnt. Und für einen Augenblick hatte sie geglaubt, sie hätte ...

Ja, das Leben läuft nicht immer so, wie man es sich gedacht hat.

Es kommt ihr so vor, als läge das Grab tief im Wald, völlig abseits, auf einer Lichtung, und als sie aufblickt, werden die Baumwipfel weniger, bis der klarblaue Himmel an der Grenze zwischen Sommer und Herbst wieder sichtbar ist. Da ist sie am Ziel.

Sie ist immer allein hier. Es liegen viele Gräber rundherum, aber außer ihr ist sonst nie jemand da. Das ist schön. Sie will für sich sein in ihrer Trauer.

Der Trauer um ihren toten Polizisten.

Sie kommt von ihrem toten Pastor und geht zu ihrem toten Polizisten.

Sie denkt an Krebs. Sie denkt an dieses wahnsinnige innere Gift des Körpers. Sie fragt sich, warum es existiert.

Dann kniet sie nieder. Sie kniet immer nieder. Das Gras ist Gott sei Dank noch trocken genug, sodass sie die Spuren ihrer Trauer nicht wie Stigmata durch die sonntägliche Stadt tragen muss. Denn natürlich wird sie weitergehen. Hinterher. Nach dem Gefühlsausbruch.

Sie blickt auf den Grabstein. Er sieht so neu aus. Er sieht so unnötig aus.

Du hättest nicht sterben müssen.

Sie wendet den Blick zum Himmel und denkt an Viggo Norlander. Sie denkt an seinen Krebs. Und sie sieht wieder auf den Grabstein, dann senkt sie den Blick auf das Gras, auf die Erde, die Erde, in der er vergeht.

Auf dem Grabstein steht Bengt Åkesson.

Bengt Åkesson steht da, darunter ein Geburtsdatum Anfang der Sechzigerjahre und ein Todesdatum Anfang September des vergangenen Jahres. So unerwartet.

So unnötig.

Einen Monat nachdem er aus einem einjährigen Koma erwacht war, setzte sich plötzlich ein Blutgerinnsel in seinem Gehirn fest. Das war offenbar nicht ungewöhnlich nach einer so lange im Liegen verbrachten Zeit – angeschossen von einem Wahnsinnigen, der dann sich selbst und seine Geliebte erschoss und zwei Jahre nach seinem eigenen Tod auch zu Bengt Åkessons Mörder wurde.

Sie fragt sich, ob er danach in der Hölle in einen niedrigeren Kreis befördert wurde. Aber eigentlich war es ihr egal. Der Mörder war ihr egal. Nicht Bengt.

Wie mühsam es gewesen war. Gegen alle Wahrscheinlichkeit war er doch aufgewacht, anfänglich hatte er sich nur durch Blinzeln verständlich machen können, hatte aber zur Sprache zurückgefunden, wenn auch wortkarg und langsam. Und die Prognose lautete, dass er bald in einem Rollstuhl sitzen und das Haus werde verlassen können. Er starb um die Ecke, nur hundert Meter entfernt, im Karolinska.

Für eine kurze Zeit war er ihr Liebhaber gewesen. Eine viel, viel zu kurze Zeit. Und als er aufwachte, war sie gerade einem anderen Kollegen wieder nähergekommen, mit dem sie einmal vor sehr langer Zeit ein sehr kurzes Verhältnis gehabt hatte. Paul Hjelm. Sie waren gemeinsam wegen eines Geheimauftrags in Berlin gewesen. Es war alles über Erwarten gut verlaufen, und während der dritte Mann vor Ort, Jorge Chavez, die Stadt verlassen hatte, um sich mit seiner Sara Svenhagen auf Chios zu vereinigen, waren sie in Berlin geblieben. Beide. Jeder in seinem Zimmer im selben Hotel. Sie hatten gemeinsam während einiger Tage die Stadt erkundet. Aber jedes Mal, wenn sie einander richtig nahekamen, hatte sich ihr der Gedanke an Bengt Åkesson aufgedrängt, der in einem Krankenhausbett in Stockholm um sein Leben kämpfte, und sosehr sie auch wollte, sie konnte den Schritt nicht tun. Und Paul Hjelm akzeptierte das. Sie hatten eine schöne gemeinsame Zeit in Berlin verbracht, als Freunde.

Und dann starb Bengt Åkesson. Ganz plötzlich. Völlig unerwartet. Und ihr gesamtes Dasein wurde in Stücke gerissen. Sie konnte nicht mit Paul sprechen. Sie entglitten einander wieder. Sie konnte eigentlich mit niemandem darüber sprechen, über das seltsame Vakuum, das nach Bengts Tod entstand. Als habe eine höhere Macht sie ganz bewusst zum Schweigen bringen wollen – oder ihr etwas sagen wollen.

Aber sie redet mit seinem Grab darüber. Hier, einen Meter davon entfernt, auf den Knien und den Blick zum Himmel gerichtet. Sie spricht mit ihren Tränen darüber. Und sie glaubt, dass das Grab ihr antwortet.

Sie trauert um ihr Leben.

Und da verlassen wir Kerstin Holm, deren Gesicht auf der Lichtung zwischen den Bäumen zum Himmel gerichtet ist, und fahren auf der E 4 nach Süden, bis sie zum Essingeleden wird, der in einer kurzen Brücke über den Mälarsee endet, wo wir an eine Ausfahrt nach Hornsplan und Lindhagensplan gelangen und die E 4 verlassen. Wir folgen der Straße in Richtung Marieberg und auf die Västerbro und über Långholmen und schauen hinunter auf eine merkwürdige Oase inmitten des Verkehrslärms auf der Södermalm-Seite der Västerbro. Da steht ein Tisch, eine große Anzahl von Tischen wird sichtbar, gerahmt von Grün. Und dort sitzt ein Mann, ein dunkelblonder Mann in einem T-Shirt und in den besten Jahren, einem Mann gegenüber, der ihm ziemlich ähnlich, aber rund zwanzig Jahre jünger ist.

Paul Hjelm sitzt im Restaurant *Lasse i Parken* im Freien und unterhält sich mit seinem Sohn Danne. Danne will Polizist werden, und sie haben sich gerade ausgesprochen. So kommt es ihnen auf jeden Fall vor. Es gibt nichts mehr zu sagen. Paul hat nicht ausdrücklich gesagt, dass er das für eine saublöde Berufswahl hält – denn das findet er eigentlich gar nicht –, aber er hat ein wenig zu deutlich seine Skepsis zum Ausdruck gebracht.

Sie sehen sich nicht mehr häufig, und ihr Verhältnis ist ein wenig angespannt. Paul ist der Meinung, dass er in Dannes Argumenten zu viele feste Überzeugungen all der jüngeren Polizeiaspiranten wiedererkennt, die ihm über die Jahre hinweg begegnet sind und die noch keine gebrannten Kinder und deshalb von der Realität noch nicht verbittert waren. Diejenigen, die es geschafft haben, aus ihren Erfahrungen zu lernen und sogar mit den Jahren klügere und besonnenere Menschen zu werden, sind in der Minderzahl.

Hat er selbst das geschafft? Weil der Anblick Dannes zwangsläufig dazu führt, dass er an sich selbst im gleichen Alter denken muss, stellt sich diese Frage mit einer gewissen Selbstverständlichkeit. Vielleicht hat er das trotz allem. Vielleicht hat Paul Hjelm es geschafft, den drohenden Untiefen der Bitterkeit und der Lebensenttäuschung auszuweichen. In seinen besten Stunden glaubt er das – auch wenn ihm die Einsamkeit jetzt richtig schwer zusetzt. Natürlich gibt es Augenblicke, in denen er sich ausgebrannt fühlt, natürlich kommt manchmal die Bitterkeit in ihm hoch. Aber sie frisst ihn nicht auf. Oder hat sie vielleicht im letzten halben Jahr damit angefangen?

Es hatte wirklich den Anschein gehabt, als sei er auf dem Weg, einen wesentlichen Wandel in seinem Leben zu vollziehen. Er war Kerstin Holm wieder nahegekommen, nach so langer Zeit, und sie waren gemeinsam unterwegs gewesen, wohin auch immer. Nur Freundschaft zwar, aber es hatte sich gut angefühlt.

Und dann starb Bengt Åkesson und nahm alle Hoffnungen mit ins Grab.

Paul und Kerstin wohnen jetzt beide am Hornstull, im alten Knivsöder. Nur ein paar Hundert Meter liegen zwischen Kerstins neuer Dreizimmerwohnung in der Heleneborgsgatan und Pauls verspeckter alter Junggesellen-Einzimmerwohnung in der Slipgatan. Aber sie sehen sich nicht mehr. Sie haben sogar aufgehört, sich zufällig im Vivo-Supermarkt an der U-Bahn-Station Hornstull über den Weg zu laufen. Es ist, als mieden sie einander.

Jetzt wieder.

Er spürt, dass er nicht in ihre Trauerhölle eindringen darf – oder was es auch ist: Schuldgefühle, Depression, Angst, Lähmung der Handlungskraft.

Bis vor einem Jahr hatte ihm die vollständige Freiheit des Junggesellendaseins zugesagt. Nicht zuletzt übers Internet traf er eine Reihe von Frauen, die sich ebenso wenig binden wollten wie er. Aber das letzte halbe Jahr ist nicht gut gewesen, das ganze Sommerhalbjahr – wenn man es noch so nennen kann – ist eine rastlose Zeit gewesen, als habe er plötzlich angefangen, auf etwas zu warten. Er kann es selbst nicht richtig formulieren. Es ist zu schwierig.

Er sieht wieder zu Danne auf. Der Sohn seinerseits blickt ungeduldig auf die Uhr, und Paul spürt eine widerwillige Irritation darüber. Über diese Miene moralischer Überlegenheit. Über eine gewisse Streberhaftigkeit, von der er hofft, dass die konkrete Polizeipraxis, die im nächsten halben Jahr ansteht, sie abschleifen wird.

Sie haben miteinander geredet, Vater und Sohn, nicht ganz ungezwungen, aber sie haben auf jeden Fall über Dannes seltsame WG mit drei anderen Polizeischülern in Frösunda geredet und über die neue Wohnung von Mama Cilla auf Gärdet, in die sie gezogen ist, nachdem auch die Tochter Tova das Reihenhaus in Norsborg verlassen hatte. Offenbar hat Cilla auch einen Freund – aber da die Kinder zum Zeitpunkt der Scheidung im Großen und Ganzen mündig gewesen waren, gab es keine konkreten Gründe, auf dergleichen zu achten. Er hoffte, dass sie glücklich war, und mehr interessierte ihn nicht.

Tova, ja. Danne und er warten auf sie. Die alte Unart, überall zu spät zu kommen, hat seine Tochter anscheinend nicht abgelegt. Die Zwanzigjährige macht sich überhaupt ziemlich rar, und sie haben sich den ganzen Sommer über nicht gesehen. Paul überschlägt rasch und kommt zu dem Ergebnis, dass sie sich vier ganze Monate nicht getroffen haben. Das Letzte, was er von ihr gehört hat, war, dass sie Theaterwissenschaft studierte. Doch er weiß nicht, ob sie dabei geblieben ist. Ihm fällt auf, dass er viel zu wenig über sie weiß.

Wie lange muss man wegen seiner Kinder ein schlechtes Gewissen haben?

Ist es eine lebenslängliche Strafe?

Paul Hjelms Handy klingelt. Er nimmt es und sieht auf das Display. Eine SMS von einer unbekannten Nummer: »Wir müssen uns akut unterhalten. Montag, 9.00 Uhr. BK.«

Er betrachtet das Handy. Er braucht lange, um sich klarzumachen, dass BK die Initialen des Säpo-Chefs sind. Des Generaldirektors und Sicherheitspolizeichefs BK.

Akut?, denkt er und hat das Handy noch nicht eingesteckt, bevor ein Schatten darauf fällt. Ein sehr schmaler Schatten.

Plötzlich steht ein Wesen neben dem Tisch im Gartenrestaurant *Lasse i Parken*, ohne einen Ton von sich zu geben. Als sähe man ein Gespenst. Oder eher ein Skelett. Das Wesen ist so dünn, dass es aussieht, als könne es jeden Augenblick in der Mitte durchbrechen. Nur das schwache Lächeln in dem ausgezehrten Gesicht lässt Paul begreifen, dass es tatsächlich seine Tochter Tova ist, die hier neben ihm steht.

Die Woge der Gefühle, die Paul Hjelm in diesem Augenblick überkommt, vereint all seine Angst, all seinen Schmerz, all seine Unzulänglichkeit und konzentriert sie in einem einzigen diamantharten Augenblick der Schwärze.

Danne auf der anderen Seite des Tischs steht auf, und gerade als er etwas schreien will, verlassen wir sie und begeben uns stattdessen durch den Pålsundpark hinunter zum Pålsund, der Södermalm von Långholmen trennt. Noch liegen alle Boote im Wasser und säumen den Sund bis raus zum Mälarsee, aber wir biegen ab, fahren über die Brücke nach Reimersholme hinaus, und wo die Liljeholmsbucht schmaler wird, zunächst Bergsunds Strand und auf der Höhe des kleinen Pontonbadehauses von 1929 dann Hornstulls Strand heißt, folgen wir dem Wasser des Mälarsees bis zur hohen Liljeholmsbro, die gerade offen steht und zum Verdruss der Verkehrsteilnehmer ein langsames Frachtschiff durchlässt. Auf der anderen Seite der Brücke erheben sich die markanten Höhen von Tanto, mit ihrer Bebauung von pittoresken kleinen Gartenhäuschen bis zu mafiosen Millionenkolossen, in deren Schatten ein unverkennbarer Riesenbau seine grau melierten Fassaden ausbreitet. Das ist das Söder-Krankenhaus, und in dessen Garten, auf einer Parkbank zwischen schattigen Laubbäumen und mit Aussicht auf Årstaviken, sitzt ein völlig kahler Mann in einem hässlichen grünen Morgenrock. Er streichelt mit der einen Hand sanft sein heimliches kleines weiches Amulett in der Tasche des Morgenrocks und knetet mit der anderen seinen Bauch. Sein Blick wandert über die funkelnde Wasserfläche, vorbei an der parallelen Konstruktion der Årstabro – die alte und die neue Eisenbahnbrücke Seite an Seite – und weiter zu dem Spalt, der sich in weiter Ferne genau dort auftut, wo sich die Liljeholmsbro öffnet. Er sieht die schwarze Silhouette des Frachters durch eine Fläche von schierem Gold gleiten und glaubt, diesen Anblick schon einmal gesehen zu haben. In seinen Träumen. In den Träumen in der unmittelbaren Nähe des Todes. Das schwarze

Schiff, das lautlos unter einer geöffneten Brücke durch flüssiges Gold gleitet. Es ist das Bild des Todes. Das Bild des Todes mitten im Leben.

Denn noch lebt er, Viggo Norlander. Im Lauf eines Jahres ist an seinem Körper auf eine Weise geschnitten und geschnibbelt worden, die er nicht für möglich gehalten hätte. Dazu ist seine zerschnittene Bauchhöhle auch in ziemlich rücksichtsloser Art und Weise mit allerlei Gammastrahlen bestrahlt worden, sodass sein Bauch, das alte Waschbrett, auf das er so stolz gewesen war, jetzt ganz andere Muster aufweist als gerade muskuläre Linien. Er gleicht eher einem chaotischen Spinnennetz von Narben und Brandwunden, einer Art brodelnder Eruption von Sedimenten, bei der verschiedene Zeitalter ihre Spuren hinterlassen haben, die ein erfahrener Schönheitschirurg vermutlich unterscheiden könnte wie ein Geologe. Der erste große Schnitt vor ziemlich genau einem Jahr. Die Brandwunden von der anschließenden Strahlenbehandlung. Die Entdeckung zurückgebliebener Krebszellen, die vielleicht, vielleicht nicht gestreut hatten. Neue Operationen, neue Strahlentherapie, dann Zytostatika, diese schrecklichen Medikamente, die das Dasein im Takt mit Büscheln fallenden, einst so schick transplantierten Haars ins Wanken brachten.

Er fühlt sich wie der Greis, der er nie hat werden wollen. Außerdem sieht er inzwischen auch aus wie ein Greis, ohne Haare, mit pergamentartiger Greisenhaut. Als habe ihn das Altern vor den Augen seiner Töchter ganz einfach eingeholt.

Seine Lebensgefährtin Astrid und die Töchter Charlotte und Klein Sandra haben das Ganze verfolgt. Er hat sie so nah wie möglich bei sich haben wollen. Die ganze Zeit über hat er geglaubt, er würde sterben. Und gleichzeitig hat er das Unausweichliche mit seiner ganzen nicht gerade geringen Dickköpfigkeit bekämpft.

Aber jetzt sind sie nicht da. Schule und Kindertagesstätte

haben wieder angefangen – nach einem Sommer, in dem sie nicht gerade viel zu lachen hatten, die Ärmsten.

Wie groß sie geworden sind.

Und wie viel Unnötiges sie zu sehen bekommen. Sollte er es ihnen lieber ersparen? Sich still zurückziehen? Einfach in den Wald gehen und verschwinden wie ein alter Indianer?

Nein, verdammt, er hat nicht vor zu sterben. Noch nicht.

Bald wird er in seinen albernen Pantoffeln und seinem noch alberneren Krankenhausmorgenrock hinaufschlurfen in die Pflegeabteilung 36 im sechsten Stock, wo Patienten mit Krebs im Bauch und andere Herumtreiber ihre unsicheren Tage verbringen. Aber jetzt noch nicht. Eine kleine Weile will er noch sitzen bleiben. Als wollte er die letzten Sonnenstrahlen in sich aufsaugen, die vielleicht zum letzten Mal in diesem Jahr Blattgold über der Wasserfläche des Mälarsees auszubreiten vermögen.

Eine Stunde hat er dort gesessen. Es ist eine sonderbare, still stehende Stunde gewesen. Er ist der Zeit entrückt gewesen, doch nicht wie im Tod. Eher auf eine intensivere Art des Lebens. Leben ohne Zeit.

Eine merkwürdige Stunde.

Die Prognosen kann man nicht hoffnungsvoll nennen, das weiß er, aber er hat beschlossen, nicht aufzugeben. Nicht einmal im Augenblick des Todes wird Viggo Norlander aufhören, gegen den Tod zu kämpfen. So viel weiß er.

Sehr viel mehr weiß er nicht über die Zukunft.

Aber ein bisschen mehr erfährt er in dem Augenblick, als ihn auf unergründlichen Wegen eine SMS erreicht. Er holt das Handy aus der Tasche des Morgenrocks, zusammen mit einem Knäuel grüner Fäden, die ihn davor warnen sollen, das Handy in der Tasche zu haben. Ganz ohne die Irritation, die vor nur einem Jahr diese Geste begleitet hätte, zupft er nacheinander die Fäden ab und denkt, dass dies vielleicht Lebensweisheit ist.

Ganz einfach Sinn für Proportionen.

Angesichts des Todes wird das Wichtige plötzlich wichtig und das Unwichtige unwichtig.

Zeit also, denkt er und liest die Nachricht auf dem Handy. Da steht: »Es ist gerade vier Uhr geworden. Die Stunde des Umbruchs ist vorüber. Habe gerade eine Rede gehalten, die drei Familienmitglieder dazu brachte zu kotzen. Ich sage nicht, welche. Hast du in der Besuchsstunde heute Abend Zeit für einen Weißfinnen?«

Und da, im selben Moment, in dem sich weit in der Ferne die Brücke wieder senkt und das schwarze Schiff im Goldglanz verschwindet, fängt Viggo Norlander an zu lachen. Er lacht so, dass er weint, und er weint so, dass er lacht. Ein Glück, dass niemand ihn hört.

Als ob das noch eine Rolle spielte, denkt er und schreibt ein nachdrückliches »Ja!« als Antwort. Er schickt die knappe SMS ab, während er sich erhebt, streicht sanft über sein weiches Amulett in der anderen Tasche und denkt, während er sich auf seinen stolpernden, schmerzerfüllten Spaziergang zurück zum Söder-Krankenhaus macht: Die Stunde des Umbruchs?

Dann denkt er: Ja, Arto, natürlich ist es so. Natürlich gibt es eine Stunde des Umbruchs.

Und damit verlassen wir ihn. Ein weiterer Mensch weckt noch unsere beharrliche Aufmerksamkeit, und das ist in einem ganz anderen Teil der Stadt. Wir heben von der deutlich sichtbaren Hubschrauberplattform des Söder-Krankenhauses ab, bewegen uns von dort in nördlicher Richtung über ganz Södermalm, über Slussen und quer über Gamla Stan, vom Binnensee zum Meer und weiter von Strömmen bis zur Meerenge Nybroviken über die Landzunge Blasieholmen. Und von da geht es durch Östermalm, bis zu einer noch vor Kurzem landesweit bekannten, inzwischen stillgelegten norwegischen Ölbank in der Nähe des Karlaplan, die vor einigen Jahren eine merkwürdige Geiselnahme erlebte, inklusive Evakuierung und Stürmung. Jetzt steht dort ein Obst- und

Gemüseladen, und die Zeit vergeht so schnell, dass sich niemand mehr an die dramatischen Tage zu erinnern scheint, niemand außer einer blonden Frau, die allein in einem Straßencafé gegenüber des Östra-Reals-Gymnasiums sitzt. Tatsache ist, dass ihr Blick fest auf die ehemalige Bank gerichtet ist, quer durch das Grün des Mittelgangs in dem ursprünglichen Esplanadensystem. Vielleicht sollte er ganz woandershin gerichtet sein, wie es auch ihre Absicht gewesen war, als sie sich hier niederließ, in dem Café mit Schwedens allerhöchster Promidichte. Vielleicht ist sie auch nur, wie sie sich einredet, einfach vorbeigekommen und hat völlig unerwartet im Café *Foam* auf den angesagtesten paar Hundert Metern von Karlavägen einen unbesetzten Tisch im Freien entdeckt.

Sie hat auch schon ein paar Promis gesehen, vielleicht nicht gerade die heißesten, aber immerhin Leute, die sie aus dem Fernsehen kennt. Natürlich ist sie nicht hergekommen, um Promis anzugaffen. So tief ist sie nicht gesunken. Aber sie muss zugeben, dass sie sich wohl doch hier befindet, weil die Klientel stimmt. Die richtigen Männer eben. Die richtigen Männer für sie.

Das ist Lena Lindbergs Erkenntnis nach einem gut dreißigjährigen Singledasein – mit einer einjährigen Ausnahme, auf die sie nicht so begeistert zurückblickt. Das Jahr mit Geir, der einmal Sicherheitschef der Bank dort drüben auf der anderen Seite von Karlavägen war. Das war ein dunkles Jahr, und sie suchte das Dunkle, zusammen mit Geir. Aber es war nicht das Richtige, so fühlte es sich nicht an. Sie ist nicht die, die sie geglaubt hatte, die sie gefürchtet hatte zu sein. Ihre Aggressionen waren nicht dieser Art. Sie konnte sie nicht in einer sadomasochistischen Klubwelt ausleben, wo sie sich zwar austobte, sich aber nie wirklich zu Hause fühlte. Die Erkenntnis, zu der sie gelangte, war, dass weibliche Aggression genauso normal ist wie männliche und dass Gewalt für Frauen wie für Männer ein paradoxer Ausweg sein kann. Weibliche Gewalt richtet sich keineswegs nur nach innen, wie das Klischee behauptet, sie kann sich ebenso gut nach außen richten. Mädchengangs, die in der Stadt ihr Unwesen treiben, und Frauen, die Männer misshandeln – oder einander –, werden immer häufiger. Vielleicht kann man es Entwicklung nennen.

Aber Lena Lindberg selbst sieht es nicht so. Sie hat ihren Anteil an Gewalt gehabt – auch, wie sie zu ihrer Schande gestehen muss, im Dienst –, und jetzt reicht es ihr. Sie sucht einen normalen, aber eleganten – und, ja, nach Möglichkeit gut betuchten – Mann. Im letzten Jahr war hier Ebbe, wenn auch nicht gänzlich Flaute herrschte. Sie hat es immer noch drauf, Männer aufzureißen.

Es ist klar, dass man an einem so sonderbar stillstehenden Sonntagnachmittag in einem Café, so trendy es auch sein mag, nicht einfach so jemanden aufreißen kann, aber vielleicht lässt sich der eine oder andere Kontakt herstellen, der sich als nützlich erweisen könnte.

Keiner in ihrem Bekanntenkreis ist mehr Single. Sie ist sozusagen übrig geblieben. Und das macht keinen Spaß. Aber hat es das Alleinsein je gemacht? War es nicht einfach nur – bequem? Vielleicht. Aber warum nicht? Doch auch das hat seine Zeit, und die ist jetzt abgelaufen. Sie will einfach nicht ganz allein den Herbst durchfrieren. Sie will sich irgendwo ankuscheln.

Und warum sollte sie es nicht an einem arbeitsfreien Sonntag versuchen? Auch wenn die letzte Stunde wirklich sonderbar stillstand. Anderseits hatte sie über ihr Leben nachdenken können. Der Beschluss war zwar lange vorher gefasst gewesen, aber erst während der letzten Stunde hat sie ihn ernsthaft formuliert.

Ich brauche einen Mann.

Das Café *Foam* ist hip und angesagt, und der Bereich auf dem Bürgersteig erstreckt sich fast bis zur Ecke Jungfrugatan.

Lena Lindberg fixiert das Straßenschild. Jungfrugatan.

Hier auf Östermalm klingen alle Namen so fein. Sie hat selbst ein Jahr lang am Götgatsbacken mitten in Södermalm gewohnt, das hat gereicht, um die spezifische Södermalm-Stimmung, die gerade dort herrscht, ein wenig sattzubekommen. Jeden Abend dieses ewige postpubertäre Gegröle. Wie so oft im Leben sucht sie jetzt wieder etwas anderes. Das Gras auf der anderen Seite ist immer grüner.

Sie weiß nicht, dass die Jungfrugatan, die sich heute so friedlich und anonym von der Hedwig-Eleonora-Kirche unten am Östermalmstorg zum Valhallavägen hinaufzieht und dort in einer eigentümlichen Biegung endet, in der Vergangenheit einen sehr schlechten Ruf hatte. Schon Ende des 18. Jahrhunderts wurde sie als ein »stinkender Sammelplatz« bezeichnet, und hundert Jahre später lag an ihrem oberen Ende ein grässlicher Tümpel ohne Ablauf, in den zwanzig Haushalte und eine Wäscherei ihr Abwasser entließen.

Lenas Blick ist noch auf das Straßenschild gerichtet, als sie in der Ferne Sirenen hört. Jungfrau, denkt sie. Ja, das ist lange her. Die Sirenen nehmen an Lautstärke zu. Ihr ist es egal. Man hört heute so viele Sirenen in der Stadt. Sie versucht sich zu erinnern, wie sie als Jungfrau war, aber es gelingt ihr nicht recht. Die Sirenen werden immer lauter. Erst als sie im Augenwinkel unten beim Humlegården das Blaulicht sieht, wendet sie den Blick zum Karlavägen. Da sieht sie, dass es ein Polizeiwagen ist, der die Straße heraufkommt. Und als er mit kraftvollem Quietschen genau an der Kreuzung zur Jungfrugatan abbremst, quer über die Allee des Karlavägen schwenkt und am Café *Foam* vorbeirauscht, ist sie bereits aufgestanden und hat einen viel zu großen Schein auf den Tisch fallen lassen. Und schon spurtet sie los. Sie läuft um die Ecke in die Jungfrugatan und sieht den Polizeiwagen fünfzig Meter weiter mit quietschenden Reifen anhalten, sieht drei Polizisten herausspringen und in einen Laden unmittelbar hinter der nächsten Kreuzung stürmen, der ein Videoverleih sein muss, und sie läuft hinterher. Es ist ein Instinkt, den Lena Lindberg nicht kontrollieren kann, er ist immer wach. Und sie rennt die Jungfrugatan hinauf, quert die kleine Tyskbagargatan und erreicht den Laden. Es ist tatsächlich ein ziemlich unansehnlicher Videoverleih, der dort mitten in Östermalm liegt, und als sie auf Höhe des Polizeiwagens ist, blickt sie durch ein Schaufenster, an dem eine DVD-Hitliste leicht antiquierten Datums hängt, und sieht zwei Polizisten, die sich über jemanden beugen, der am Boden liegt, den Schuhen nach zu urteilen eine Frau. Ein Mann steht mit hoch erhobenen Händen hinter der Theke, und der dritte Polizist hat zwei Kunden gepackt und drückt sie gegen ein Spielfilmregal.

Sie tritt ein. Die Polizisten brüllen sie an, doch sie hält ihren Polizeiausweis hoch und schneidet ihnen das Wort ab. Es ist genau wie erwartet – das dem Anschein nach zarte Geschlecht muss seine Autorität immer extra behaupten. Sie befiehlt: »Gebt mir einen kurzen Lagebericht.«

Als einer der Polizisten aufsteht, wird die Liegende sichtbar. Es ist eine Frau von knapp zwanzig Jahren, sie ist bewusstlos, und ihr Gesicht blutet. Der Streifenpolizist sagt: »Raubüberfall anscheinend. Maskierter Mann, hat sich ein paar Hunderter geschnappt, diese Frau hier hat er auf dem Weg hinaus umgenietet. Drei Zeugen, einschließlich des Ladeninhabers.«

»Ist ein Krankenwagen unterwegs?«, fragt Lena Lindberg.

»Ja«, sagt der Streifenbeamte. »Der scheint nötig zu sein.«

Sie geht zu dem Ladeninhaber hinter der Theke, einem Mann von knapp vierzig Jahren mit ausländischem Aussehen. Er hält immer noch die Hände hoch.

»Die können Sie jetzt runternehmen«, sagt sie, und er tut es, steif, vorsichtig, als wisse er nicht, wem er eigentlich vertrauen kann.

»Drogensüchtiger«, sagt er schließlich. »Ganz klar Drogensüchtiger. Er hatte das Gesicht maskiert, aber er zitterte so, wie man es von ihnen kennt.«

»Wie sah er aus?«

»Schwarze Gesichtsmaske, tief hängende Jeans, Turnschuhe.«

»Jacke?«

»Grün, glaube ich.«

»Und was sagen Sie?«, ruft Lena Lindberg in den Laden. »Trug er eine grüne Jacke?«

»Ich glaube, ja«, antwortet der Zeuge, der mit dem Rücken an das Regal mit den Komödien gedrückt dasteht.

»Ja«, sagt die Zeugin neben ihm. »Militärgrün mit Kapuze.«

»Schuhe?«, fragt Lena unbeirrt weiter.

»Sie waren weiß«, sagt der Mann, und der Inhaber des Ladens nickt schwach. Die Frau schüttelt unsicher den Kopf.

»Wann ging der Alarm ein?«, fragt Lena schnell.

Es dauert eine Weile, bis die Polizisten begreifen, dass sie mit ihnen spricht. Sie muss die Frage ein zweites Mal stellen, bedeutend lauter, bevor der Polizist, der vorher schon gesprochen hat, antwortet: »Vor ein paar Minuten, wir waren im Humlegården.«

»Raus!«, ruft sie. »Raus und jagt ihn! Auf dem Karlavägen ist er nicht herausgekommen, also ist er entweder die Tyskbagargatan hinunter oder zum Valhallavägen hochgelaufen. Valhallavägen ist am wahrscheinlichsten. Ich kümmere mich hier.«

Die drei Streifenpolizisten betrachten einander skeptisch, bevor sie reagieren. Sie sind es offenbar nicht gewohnt, zur rechten Zeit zu kommen. Dass sie noch eine Chance haben, den Täter zu schnappen.

Als sie sich endlich nach draußen bewegen, ruft Lena Lindberg ihnen nach: »Militärgrüne Jacke mit Kapuze, hängende Jeans, weiße Turnschuhe, möglicherweise eine schwarze Mütze auf dem Kopf. Macht Tempo jetzt!«

Als die Tür im Begriff ist, sich hinter ihnen zu schließen,

macht die Zeugin ein paar Schritte in die Richtung, greift zum Türgriff und will auch hinaus.

»Aber hallo!«, ruft Lena. »Sie bleiben alle hier.«

»Ich dachte …«, sagt die Frau vage und stellt sich wieder vor das Regal mit den Komödien.

»Kommen Sie her, Sie beide«, befiehlt Lena und dirigiert mit einem gewissen handfesten Nachdruck den Zeugen und die Zeugin fluchtsicher in ihr Blickfeld hinter die am Boden liegende Frau. Sie beugt sich über sie und fühlt ihr den Puls. Er wirkt stabil. Aber die Frau scheint schwer mitgenommen zu sein. Und sie ist noch immer bewusstlos. Lena prüft, ob sie gleichmäßig atmet, und bringt sie in die stabile Seitenlage. Dann ruft sie mit dem Handy in der Zentrale an und fragt nach, ob der Krankenwagen wirklich unterwegs sei. Er ist es.

Sie hebt einen warnenden Zeigefinger in Richtung der beiden Zeugen und wendet sich dem Ladeninhaber zu: »Was ist passiert?«

Der Ladeninhaber, der sich inzwischen an das forcierte Tempo gewöhnt zu haben scheint, sagt forsch: »Die drei hier waren im Laden, als er hereingestürmt kam, die Frau, die er niedergeschlagen hat, wollte gerade bezahlen, die anderen standen an den Regalen. Er stürmte herein und rief: ›Alles Geld her, aber fix!‹«

»Hatte er eine Waffe?«

»Er fuchtelte mit etwas herum, das wie eine Pistole aussah. Ich hab ihm meine ganze Tageskasse gegeben, mindestens fünftausend Kronen. Nicht ›ein paar Hunderter‹, wie der andere Polizist gesagt hat.«

»Und Sie haben ihm das Geld einfach gegeben, ohne Umstände?«

»Ja. Das Beste ist, sie so schnell wie möglich loszuwerden. Sie kommen vom Humlegården herauf, da sammeln sie sich. Alle behaupten, im Humlegården gäbe es keine Drogensüchtigen, aber es gibt sie, das kann ich Ihnen sagen.«

»Alle?«

»Die Polizei. Die Gesellschaft. Stockholms Kommune. Sie.«

»Und warum hat er dann diese Frau niedergeschlagen?«

»Das weiß ich nicht«, sagt der Ladeninhaber. »Es war völlig unnötig. Sie hat gar nichts gemacht.«

»Sie stand wahrscheinlich zu dicht dabei«, sagt der Zeuge, ein stilechter Östermalm-Herr in gehobenem Alter.

»Hat er sie mit dem, was eventuell eine Pistole war, geschlagen?«, fragt Lena Lindberg mit einem schrägen Blick auf den Mann, der offenbar ein unerträglicher Besserwisser ist.

»Ich glaube schon«, antwortet der Ladeninhaber. »So habe ich es wahrgenommen.«

»Ich hatte das Gefühl, dass es irgendeinen Kontakt zwischen ihnen gab«, erklärt der Zeuge. »Als ob er sie erkannt hätte oder sie ihn.«

»Oder er hasst Frauen«, sagt die Zeugin, und erst jetzt sieht Lena Lindberg, wie unglaublich schmal sie ist. Sie ist in ihrem Alter, um die dreißig, aber auffällig schlank wie ein Model.

»Wie sah der Ablauf genau aus, Ihrer Ansicht nach?«, fragt Lena und nickt dem Zeugen zu.

Der kratzt sich einen Moment am Kopf und sagt schließlich: »Er bekam das Geld anstandslos, das stimmt. Uns Kunden hat er erst beachtet, als er das Geld hatte und sich umdrehte. Er stutzte einen Augenblick, als er diese junge Frau sah, die Ärmste. Und dann schlug er zu.«

»Und er hat nichts gesagt?«

»Nichts außer: ›Alles Geld her, aber fix.‹«

»Haben Sie gesehen, ob die Frau irgendwie reagiert hat?«

»Ich kann nicht behaupten, dass ich ihr etwas anderes angesehen hätte als puren Schock.«

»Gibt es noch etwas, was Sie so spontan sagen können?«

Das können sie nicht. Alle drei schütteln den Kopf, und Lena fragt: »Eines nur noch: Hatte er Handschuhe an?«

Die drei sehen sich an, schließlich antwortet der Ladeninhaber: »Ich glaube nicht …«

»Was wollten Sie beide hier?«

»Ich wollte natürlich einen Film ausleihen«, erklärt der seriöse Zeuge beinahe gekränkt.

»Ich auch«, sagt die bindfadendünne Zeugin. »Eine Komödie.«

»Wir müssen Sie noch einmal in Ruhe auf dem Revier vernehmen. Ich möchte Ihre Ausweise sehen und brauche Ihre Handynummern und Anschriften.«

Sie nimmt die Führerscheine der beiden entgegen, schreibt Namen und Personennummern auf, und die übrigen Angaben müssen sie selbst hinzufügen.

Da hört man entfernte Sirenen. Sie kommen rasch näher. Als die Krankenwagenbesatzung in den Laden stürzt und sich über die liegende Frau beugt, sagt Lena Lindberg zu den Kunden und dem Ladenbesitzer: »Sie sind nicht nur Zeugen. Sie sind auch Opfer eines Verbrechens. Braucht jemand von Ihnen Hilfe, um das Erlebte zu verarbeiten?«

Die Reaktionen der drei gleichen sich. Der Zeuge lächelt überlegen, die Zeugin schüttelt kurz den Kopf, und der Inhaber des Verleihs fragt: »Wer kümmert sich dann um meinen Laden?«

»Niemand«, entgegnet Lena Lindberg, »denn wir müssen hier eine kriminaltechnische Untersuchung vornehmen. Der Täter kann Fingerabdrücke und DNA-Spuren hinterlassen haben.«

Der Ladeninhaber sackt mit einem Seufzen in sich zusammen. Lena ruft bei der Einsatzzentrale an, um die Spurensicherung anzufordern, und erhält die Auskunft, dass jemand von höherer Stelle sie zurückrufen werde. Sobald der Krankenwagen mit der verletzten Frau abgefahren ist, entlässt sie die beiden Zeugen mit der Aufforderung, sich zu einem bestimmten Zeitpunkt am Tag darauf zum Verhör im Polizeipräsidium einzufinden.

Schon jetzt hofft Lena Lindberg, dass sie diesen Fall selbst übernehmen darf. Es müsste, müsste, müsste Zeit dafür sein.

Denn so überlastet ist die A-Gruppe gegenwärtig nicht.

Dann fällt es ihr wieder ein. Sie sieht sich in dem Videoladen um, der offenbar auch als Wettagentur für Trabrennenthusiasten dient. Sie erinnert sich, dass sie etwas gesehen hat, genau in dem Moment, als sie hereinkam, doch da war anderes wichtiger gewesen.

Sie kehrt zu dem Augenblick zurück, in dem sie den Laden betritt. Sie sieht die Regale mit Videokassetten und DVDs. Sie denkt: Gibt es immer noch Leute, die Videorekorder haben, klassische VHS? Und unmittelbar bevor ihr Blick sich auf das konzentriert, worauf er sich konzentrieren soll – die drei Streifenpolizisten, die drei Kunden, den Ladeninhaber mit noch immer erhobenen Händen –, streift er ein Regal mit Videofilmen an der Wand hinter der Theke. Ganz oben auf dem Regal sieht sie, zwischen sehr verstaubten Videokassetten, etwas hervorschauen, das einem kleinen Auge ähnelt.

Sie blickt genauer hin. Und tatsächlich sieht das dort oben wie ein kleines Auge aus. Sie zeigt darauf. Der Blick des Ladeninhabers folgt ihrem Zeigefinger.

»Ist das dort oben das, was ich vermute?«

Der Ladeninhaber hebt die Hände in einer resignierten Geste und erklärt: »Das funktioniert schon seit Jahren nicht mehr.«

Sie blickt in das seltsame Auge, tritt näher und steigt auf einen Stuhl. Sie sieht die Kabel in der Wand verschwinden. Sie geht in den Raum dahinter und folgt den Kabeln, die an einer sehr schäbigen Wand abwärtslaufen und direkt zu einem Computer führen, dessen Monitor schwarz ist. Sie bewegt die Maus ein wenig über das Mousepad, und der Bildschirm leuchtet auf. Der Ladeninhaber ist darauf zu sehen, er steht da und schaut ihr misstrauisch hinterher.

Sie geht zurück in den Laden und fixiert ihn. Sein Blick will sich nicht fixieren lassen. Er sträubt sich und weicht aus, flackert.

»Was haben Sie sich dabei gedacht?«, fragt sie ruhig. »Wollten Sie sich ihn selbst vornehmen? Ein paar Verwandte zusammentrommeln und ihm eine Tracht Prügel verpassen?«

»Es ist das vierte Mal in drei Monaten, dass diese Junkies mich ausrauben«, antwortet er unwirsch. »Die Polizei tut ja nichts dagegen. Wenn man in diesem Land Gerechtigkeit will, muss man sie in die eigene Hand nehmen.«

Lena Lindberg denkt über die ausgefallene sprachliche Konstruktion nach und sagt dann langsam: »Diesmal wird sie etwas tun. Das verspreche ich Ihnen.«

Sie sehen sich in die Augen. Der Blick des Ladeninhabers flackert nicht mehr. Dann nickt der Mann langsam.

»Okay«, sagt er. »Ich mache Ihnen eine Kopie von der Videodatei.«

»Gut«, entgegnet sie. »Aber rühren Sie nichts an, bevor die Spurensicherung dagewesen ist. Kommen Sie mit nach draußen.«

Sie treten hinaus auf die Jungfrugatan. Der Streifenwagen kommt gerade zurück. Einer der Streifenpolizisten streckt den Kopf aus dem heruntergelassenen Fenster auf der Beifahrerseite und sagt: »Keine Spur von ihm. Sorry. Er muss es zur U-Bahn hinunter geschafft haben.«

In dem Moment, als ihr Handy klingelt, begegnet ihr Blick dem des Ladeninhabers. Er ist sehr dunkel. Am Telefon teilt der Leiter der Kriminaltechniker ihr mit, dass ein Team auf dem Weg sei und in ein paar Minuten eintreffen dürfte.

»Rührt jetzt nichts an, zum Teufel«, ist das Letzte, was sie von ihm hört, ehe sie ihn wegklickt.

Lena Lindberg sieht sich um und denkt, dass der Sonntag eine ganz andere Wendung genommen hat, als sie es sich vorgestellt hatte. Aber nicht notwendigerweise zum Schlechteren. Dies hier nahm sich nachgerade wie ein Fall aus. Beinahe ein richtig echter Fall.

Die Stunde des Umbruchs ist vorüber. Die Zeit hat sich gehäutet.

Als sie das Gesicht zum klarblauen Himmel hebt und ein paar tiefe Atemzüge macht, spürt sie, dass es ernstlich Herbst geworden ist in Stockholm.

2

»Thinspiration«, las er und versuchte zu verstehen, was er las. Es gelang ihm nicht. Es war zu unwahrscheinlich. Was ging heutzutage alles vor, von dem er nicht den geringsten Schimmer hatte?

Zwischen den Symbolen in der oberen rechten Ecke des Bildschirms befand sich eine Buchstaben- und Ziffernkombination, die sich mit beunruhigender Geschwindigkeit veränderte. Jetzt stand dort »Montag 08.47«. Auch das gefiel ihm nicht. Es stahl Zeit.

Es stahl Zeit von »thinspiration« und »Pro-Ana«.

Aus Paul Hjelms Sicht gab es in der heutigen Gesellschaft im Wesentlichen drei Formen der Selbstkasteiung, drei verschiedene Arten, den eigenen unzulänglichen Körper zu quälen. Alle drei waren in gewissem Maß akzeptabel oder verständlich, und erst wenn dieses Maß überschritten wurde, wurde es pathologisch. Die drei Formen waren plastische Chirurgie, Piercing und Tätowierung. Geriet die plastische Chirurgie außer Kontrolle, kam es nicht nur zu explodierenden Lippen, auslaufendem Silikon, zerstörten Nervenbahnen und erstarrtem Jokerlächeln, sondern auch zu direkten Abarten wie Hornbildungen an der Stirn, Eidechsenhaut und Katzenschwänzen. Geriet das Piercing außer Kontrolle, verwandelten sich das ganze Gesicht und die Geschlechtsorgane in durchwegs infizierte Schrottplätze, und auch das Tätowieren tendierte, im Exzess betrieben, dazu, den menschlichen Körper vollständig und für alle Zeit zu ruinieren.

Lange Zeit hatte der Anblick eines gepiercten Nasenflügels oder straff nach hinten gespannter Wangen erkennbaren Ekel hervorgerufen. Jetzt rümpfte man kaum noch die Nase beim Anblick eines von achtzehn rostigen Nägeln durchbohrten Penis. Diese Entwicklung war rasant vonstattengegangen.

Aber all dies hatte mit erwachsenen Menschen zu tun – erwachsen jedenfalls in gewissem Sinne –, doch wenn sich die Selbstkasteiungen chronisch unreifer Erwachsener unter Minderjährigen ausbreiteten, wurde es wirklich unangenehm. Elfjährige Mädchen mit unentwickelten Brüsten wünschten sich von ihren Vätern zu Weihnachten plastische Operationen, bettelten darum, sich die Zunge zum fünften Mal piercen zu lassen, strahlten vor Freude, wenn die dritte Pornotätowierung ihren Po zierte.

Aber zumindest ging es auch dabei noch um den Wunsch, sich zu schmücken, eine Art konstruktive Destruktion. Erst wenn die Grenze der Selbstverletzung überschritten wurde, begann es wirklich wehzutun.

In Paul Hjelm.

Der Computer sprang um auf »Montag 08.51«. Hjelm rümpfte die Nase. Die Zeit lief ihm davon. Er begriff, dass er mit etwas zu tun hatte, was seine Arbeitsabläufe beeinträchtigen und vielleicht seine gesamte Aufmerksamkeit absorbieren würde.

Er hatte jetzt nicht die Zeit, sich deswegen aufzuregen. Seine Tochter war dabei unterzugehen. Sie war im Begriff, sich totzuhungern, und nichts in ihm verstand das. Nichts. Nicht eine einzige Zelle in seinem ganzen Körper konnte es verstehen, am wenigsten die Gehirnzellen. Tova. Seine kleine Tova.

Er saß in seinem ziemlich eleganten Zimmer in dem Teil des Polizeipräsidiums von Stockholm, in dem sich die Sektion für interne Ermittlungen befand. Er war der Chef von deren Stockholmer Abteilung und hatte nur einen einzigen Menschen in der gesamten Polizeihierarchie über sich. Der hieß Niklas Grundström und war ein anderes Kapitel. Paul Hjelm saß da, in seinem Machtsessel, an seinem Machtschreibtisch, und fühlte sich vollkommen machtlos.

Er war in Gedanken wieder im Café *Lasse i Parken*, in dem

Moment, als Tova an den Tisch trat und Danne aufsprang und voller Entsetzen, das sich wie üblich als Zorn maskierte, schrie: »Was zum Teufel hast du mit dir gemacht? Bist du völlig verrückt geworden?« Und natürlich waren es Paul Hjelms eigene Worte gewesen, die Danne über die Lippen gekommen waren, unzensiert, unreflektiert. Er selbst hatte ganz still dagesessen, am Boden zerstört. Danne lief weg, Tova winkte ihm mit einer unbeholfenen Geste nach, und Paul betrachtete seine Kinder, er blickte Danne nach, der mit hochmoralisch taktfesten Schritten auf der Högalidsgatan verschwand, und er sah Tova an, die ebenfalls im Begriff war zu verschwinden, wenn auch auf ihre ganz eigene Weise. Schließlich tippte er auf den Platz neben sich. Sie umarmte ihn und setzte sich zu ihm. Es fühlte sich an, als hielte man ein Skelett im Arm. Ein warmes Skelett.

Zuerst saßen sie nur da und sahen einander an. Er nahm ihre Hand. Sie war so unglaublich schmal. Sie verschwand einfach in seiner.

Sie unterhielten sich eine Weile, sehr leise. Sie hatte weiterstudiert, Theaterwissenschaft, aber er hatte den Eindruck, dass sie nicht sehr oft in der Uni gewesen war. Sehr vorsichtig wandte er seine professionelle Verhörtechnik an. Vielleicht merkte sie es, aber sie blieb zumindest sitzen. Was er herausbekam, war, dass Tova im Grunde ihre gesamte wache Zeit darauf verwendete, Kalorien zu jagen – oder was man nun in diesen Zeiten von glykämischem Index und Glyx-Diät jagte. Alle ihre früheren Pläne, alle Ambitionen, der ganze Wille, alles hatte sich transformiert in den Kampf um einen möglichst schlanken Körper.

Aber er verstand noch immer nicht, warum.

Sie hatten sich freundschaftlich verabschiedet, als Vater und Tochter. Sie war in ihre Richtung gegangen und er in seine. Was ihn betraf, ging es hinunter zur Slipgatan, hundert Meter von Lasse i Parken entfernt, hinein in einen ziemlich schrecklichen Abend mit alkoholgetränkten Nebeln der

Trauer, die schließlich, zu nachtschlafender Zeit, eine Form fanden. Eine Fakten suchende Form. Und dem ging er jetzt am Morgen nach. Schon viel zu lange. Der Computer zeigte nun »Montag 08.54« an.

In der letzten Zeit war die Anzahl der Fälle von Selbstverstümmelung und Anorexie bei jungen Frauen drastisch gestiegen. Natürlich waren dabei maßgeblich Scham- und Schuldgefühle involviert, aber es gab auch ein neues Element.

Jetzt wollte man es auch noch deutlich zeigen.

Selbstdestruktive Männer machten ihre gegen sie selbst gerichtete Destruktivität zum Mythos und schlugen Kapital daraus. Rockmusiker, die eine Überdosis nehmen und an ihrem eigenen Erbrochenen ersticken, Drogen konsumierende Schriftsteller mit Kultstatus, und jetzt lebte sogar eine ganze Fernsehindustrie davon, dass sich mehr oder minder schwachsinnige Männer immer verrückteren Widerwärtigkeiten und Leiden aussetzten, Sendungen wie *Jackass*, *Dirty Sanchez*, es gab noch mehr davon.

Vielleicht gab es doch eine Verbindung zwischen der ausgelebten männlichen Selbstdestruktivität und Phänomenen wie »thinspiration« und »Pro-Ana«. Was ganz einfach – oder ganz kompliziert – Begriffe waren für Magersüchtige, die sich zu neuen Großtaten in der edlen Kunst des Hungerns anstachelten. Die Filme, die Paul Hjelm auf Videoseiten wie YouTube zu sehen bekam, waren maßlos erschreckend. Mädchen, die sich selbst im Zustand völliger Unterernährung filmten. Mädchen, die in unendlichen Bildfolgen Prominente mit deutlichen Essstörungen zeigten, als Inspiration für noch fortgeschrittenere anorektische Übungen.

An Hunger zu sterben war das Ideal.

Das äußerste Wohlfahrtsideal.

Mit dem Gefühl, einen Blick in die Hölle geworfen zu haben, in die Hölle seiner eigenen Tochter, sah er, wie sein Computer die Zeichenkombination »Montag 08.57« bildete, und da er wusste, dass man mindestens drei Minuten brauchte, um sich raschen Schrittes durch das Präsidium zu den wohlverschlossenen Teilen des Gebäudes zu begeben, in denen sich die Säpo befand, wurde es milde gesagt Zeit.

Er ließ die Hölle hinter sich und trat auf den Korridor hinaus. Es war tatsächlich genau neun Uhr, als er von einer überaus reservierten Sekretärin in das Zimmer des Chefs der Säpo eingelassen wurde.

»Warum so außer Atem?«, fragte der Säpo-Chef, während er sich ein Haar aus der Nase zu zupfen versuchte.

»Warum so eilig?«, erwiderte Paul Hjelm atemlos und versuchte den wie immer gut gekleideten und nonchalanten Juristen zu fixieren, den Chef der Sicherheitspolizei dieses Landes.

»Setz dich«, sagte der und fummelte weiter an seinem Nasenhaar.

Hjelm setzte sich in den Besuchersessel vor dem imposanten Schreibtisch des Säpo-Chefs und wartete, was der zu sagen haben würde, während er seinem Atem Zeit ließ, sich zu normalisieren.

Erst als dieser wieder ganz regelmäßig war, war auch das Nasenhaar entfernt, und der Säpo-Chef sagte: »Bekanntlich haben wir professionell mit der Sektion für interne Ermittlungen nicht viel zu tun.«

»Wie du sehr gut weißt, sind wir eine eigenständige Einheit, über die selbst die Säpo keine Macht hat. Wir ermitteln auch bei euch.«

»Und das ist gut so«, sagte der Säpo-Chef und nickte. »Du bist mit anderen Worten ganz und gar nicht deswegen hier.«

»Nein, offenbar bin ich wegen etwas ›Akutem‹ hier«, sagte Paul Hjelm, »der dunklen SMS von Euer Hochwohlgeboren zufolge.«

»Ja«, sagte der Säpo-Chef zögernd und begann, ebenso unablässig wie unrhythmisch mit einer Schnupftabakdose auf den Schreibtisch zu klopfen. »Ja, es ist tatsächlich ein bisschen akut. Wir brauchen deine Hilfe.«

»Die Säpo braucht meine Hilfe?«, fragte Paul Hjelm mit aller Skepsis im Ton, die er aufzubringen vermochte.

»Lass es mich so formulieren«, sagte der Säpo-Chef und klopfte weiter mit der Schnupftabakdose. »Ich biete dir einen Job an. Einen der höchstdotierten Jobs bei der schwedischen Polizei. Man könnte es eine Vertretung nennen.«

»Einen Job?«

»Einen der höchstdotierten und einen der geheimsten, muss ich hinzufügen.«

Hjelm sah den Säpo-Chef an und überredete sich selbst zu einer minimalistischen Herangehensweise. Kein überflüssiges Wort.

Aber er war natürlich gespannt.

Der Säpo-Chef legte die Schnupftabakdose beiseite und ging dazu über, seine Fingernägel anzustarren. Sein Vorrat an Ticks war offenbar unerschöpflich.

»Also, was du gerade denkst, ist völlig richtig«, sagte er schließlich.

»Ich denke an meine Tochter«, sagte Paul Hjelm.

»Das tust du nicht«, entgegnete der Säpo-Chef. »Du denkst an Spionage.«

Sie schwiegen eine Weile. Hjelm wartete auf den nächsten Tick. Das war das Knacken mit den Halswirbeln. Der Säpo-Chef spannte den Nacken in alle denkbaren Richtungen und leistete so beim Knacken Erstaunliches.

»Du weißt ja«, sagte er und imitierte mit dem Nacken ein altmodisches Knallband, »dass die Sicherheitspolizei ein nationaler Sicherheitsdienst und nur innerhalb der Grenzen Schwedens tätig ist.«

»Jaja«, sagte Paul Hjelm.

»Aber du weißt auch, dass wir verständlicherweise einen gewissen inoffiziellen internationalen Austausch betreiben. Wie würden wir sonst zurechtkommen?«

»Weiter«, sagte Paul Hjelm.

»Du bist ihm doch begegnet«, entfuhr es dem Säpo-

Chef. »Behaupte nicht, dass du nicht weißt, von wem ich rede.«

»Anstatt irgendetwas zu behaupten«, sagte Hjelm ruhig, »warte ich auf die Fortsetzung.«

»Die Bombe in der U-Bahn vor einem Jahr«, fuhr der Säpo-Chef fort. »Die A-Gruppe inklusive eines gewissen Herrn Hjelm kam während einer wichtigen Besprechung mit internationalen Kollegen hereingestürmt. Dieser Auftritt hatte zur Folge, dass ein gewisser Herr Hjelm später eine sehr inoffizielle Reise nach Berlin unternahm. Dank eines bestimmten Mannes.«

»Unseres ›internationalen Experten‹«, sagte Paul Hjelm.

Der Säpo-Chef sah ihn zum ersten Mal direkt an und nickte. »Du wusstest ja Bescheid«, sagte er. »Du erinnerst dich deutlich an euer Gespräch, oder?«

»Deutlich ist zu viel gesagt.«

Aber Tatsache war, dass die Erinnerung daran doch recht deutlich war. Der sogenannte internationale Experte der Säpo, der ungezwungen mit hohen Tieren der CIA und des deutschen Bundesnachrichtendienstes verkehrte, war ein korrekter Herr, der eine Menge unangenehmer und kontroverser Wahrheiten über den Preis der Demokratie gesagt hatte. Und auch – natürlich erinnerte er sich daran – über Paul Hjelms Zukunft.

Der Säpo-Chef räusperte sich und fuhr fort: »Die Sache ist die, dass er verschwunden ist.«

»Verschwunden?«, entfuhr es Paul Hjelm. »Und da fragt ihr ausgerechnet mich? Ihr habt doch einen ganzen Kader eigener Spione.«

»Er wollte dich haben.«

»Mich haben?«

»Als seinen Nachfolger. Er hat es dir doch gesagt.«

»Aber das war doch nur so dahingesagt.«

»Tore war nicht der Mann, der etwas nur so dahinsagte, das versprech ich dir.«

»Du sprichst von ihm im Imperfekt.«

»Tue ich das?«, fragte der Säpo-Chef und sah ein wenig verwundert aus. »Na ja, hoffen wir, dass ich mich irre. Es gibt auch noch andere Komplikationen, aber auf die können wir eingehen, wenn du mein Angebot annimmst.«

»Wie sieht das Angebot konkret aus? Eine, was sagtest du, eine Vertretung?«

Der Säpo-Chef gab ein lang gezogenes Schnaufen von sich, als wollte er es vermeiden, über seinen eigenen Scherz zu lachen.

»Die Stellenbeschreibung fällt ein wenig paradox aus«, sagte er schließlich. »Du wirst sein Nachfolger, aber nur, bis du ihn gefunden hast. Findest du ihn nicht, wirst du sein dauernder Nachfolger. Das Paradox besteht darin, dass es deiner Karriere nützt, wenn du keinen Erfolg hast. Hast du aber Erfolg, kehrst du geradewegs in deinen relativ schlecht bezahlten Bürojob bei der tristen internen Abteilung zurück. Als wäre nichts geschehen. Dies ist kein Auftrag, bei dem die wirklichen Verdienste veröffentlicht oder auch nur prämiert werden.«

»Wovon reden wir? Dem Oberspion persönlich?«

»Für die grobe Spionage ist in der Regel der MUST zuständig, der militärische Nachrichtendienst, das weißt du natürlich. Aber unsere Kontakte zu zivilen Nachrichtendiensten in den übrigen Demokratien der Welt sind natürlich von größter Wichtigkeit für die Sicherheit des Landes.«

»Muss ich auch solche Dinge wie ›die Sicherheit des Landes‹ sagen, wenn ich akzeptiere?«

»Sag doch, zum Teufel, was du willst«, fauchte der Säpo-Chef, »aber zu dir selbst und zu niemandem sonst. Du hast überhaupt keine offizielle Funktion, deine Worte existieren nicht in der Öffentlichkeit. Es handelt sich um eine vollkommen inoffizielle Position. Es geht um den Überblick. Den Überblick über eigene und andere Polizeiorganisationen und ihre aktuelle Tätigkeit.«

»Das ist immer noch recht vage«, sagte Paul Hjelm.

»Und das soll es auch sein«, entgegnete der Säpo-Chef und vergaß plötzlich all seine Ticks. »Bis du Ja sagst.«

Paul Hjelm schwieg. Er dachte nach. Oder besser, er versuchte es. In seinem Kopf herrschte ein Durcheinander. Er bemühte sich, die Fäden zu knüpfen. Wo auch immer, irgendwo.

Der Säpo-Chef seinerseits beobachtete ihn. Dieses Beobachten ließ sich mit keinem Adverb verbinden. Man konnte nicht sagen, dass er ihn »böse« oder »skeptisch« oder auch nur »neutral« ansah. Sein Blick *war* sozusagen nur. Wie der unergründliche Blick einer Katze.

Schließlich raffte er sich zu einer längeren Bemerkung auf: »Es lässt sich nicht leugnen, dass es auf den Fluren ziemlich geknirscht hat, als Tore den Nachfolger präsentierte, den er im Sinn hatte. Es war keineswegs eine unumstrittene Wahl. Für die meisten war es selbstverständlich, dass dieser zentrale Posten intern besetzt werden würde, mit einem Sicherheitsbeamten mit langjähriger Erfahrung, aber für Tore war es genau umgekehrt. Der Mangel an Wissen und Erfahrung würde im Übermaß durch die neue, frische Perspektive aufgewogen werden, da der Betreffende ja frei sein sollte von allen konventionellen sicherheitspolitischen Rücksichten. Das Wichtigste – die Kontakte – würde der Nachfolger ohne Probleme erben können, und es ist sehr viel einfacher, Wissen zu erwerben, als eine neue Sichtweise zu etablieren. Und die Argumentation war wie immer bei Tore sehr überzeugend. Du bist unser Mann, Hjelm, daran ist nicht vorbeizukommen.«

Paul Hjelm schüttelte langsam den Kopf. »Aber ich habe keine großen Verdienste«, sagte er.

»Wir kennen deine Verdienste sehr gut, Paul Hjelm«, entgegnete der Säpo-Chef ruhig. »Bedenke, was du in den letzten zehn Jahren geleistet hast, und korrigiere mich.«

Hjelm nahm sich eine Minute Zeit, um sich sein letztes

Jahrzehnt vor Augen zu führen. Zuerst sah er nur die Fehlschläge, all die Verbrecher, die davongekommen waren, all die Schlussfolgerungen, mit denen er eindeutig danebengelegen hatte, aber dann tauchte hinter den Fehlschlägen eine ganz passable Arbeitsphase auf. Er hatte tatsächlich dazu beigetragen, ein paar wirklich unangenehme Typen zu schnappen. Und ein paar weniger unangenehme.

»Aber nicht allein«, sagte er.

»Natürlich nicht«, sagte der Säpo-Chef mit einem Schulterzucken. »Aber wenn man die Fälle im Einzelnen durchgeht, sind es auffallend oft deine Schachzüge, die die Entscheidung herbeigeführt haben. Und Berlin vor einem Jahr war die endgültige Bestätigung. Holm und Chavez waren zwar die agierenden Helden, aber du standst dahinter.«

Mit einem Schlag befand sich Hjelm wieder in diesem wahnsinnigen Labyrinth aus Stelen mit Tausenden von Wegkreuzungen, und irgendwo dort drinnen schlich ein eiskalter Berufskiller umher, verwandelt in einen Selbstmordattentäter. Es waren Minuten, nach denen er sich nicht zurücksehnte. Es war die Hölle gewesen.

Er schloss die Augen – und verkaufte seine Seele dem Teufel?

»Was bedeutet ›verschwunden‹?«, fragte er.

Der Säpo-Chef lächelte selbstgefällig und sagte, während er eine Schreibtischschublade öffnete: »Von heute auf morgen weg. Spurlos.«

»Sogar spurlos«, stellte Hjelm mit aller Ironie fest, die in seiner schnell schwärzer werdenden Seele noch vorhanden war.

»Aber das ist alles hier drin«, sagte der Säpo-Chef und knallte eine dicke braune Mappe auf den Schreibtisch, dass der Staub aufwirbelte. »Alles, nur nicht die Antworten. Um die zu finden, wirst du Steine umwälzen müssen, von denen du nichts ahnst. Wir erwarten das Unerwartete.«

Hjelm ergriff die Akte an einer Ecke. Der Säpo-Chef hielt

sie an einer anderen fest. Für einen kurzen Moment fand ein albernes Tauziehen statt.

»Soll ich das also als Ja deuten?«, fragte der Säpo-Chef.

Hjelm verzog das Gesicht und sagte: »Jaja.«

Der Säpo-Chef ließ los. Hjelm zog mit größerer Kraft, als er gedacht hatte, und diese Kraft wirkte bis in seine Beine und gab ihm Standfestigkeit.

»Also Tore?«, sagte er, und es gelang ihm, die Beherrschung aufrechtzuerhalten, die ihn selbst während des ganzen Gesprächs beeindruckt hatte.

Der Säpo-Chef nickte zurückhaltend und sagte: »Ja. Tore Michaelis. Einer der Größten aller Zeiten.«

»Der Größten?«

»Hören wir auf mit den Albernheiten«, forderte der Säpo-Chef. »Einer der größten schwedischen Spione aller Zeiten.«

»Du meine Güte«, sagte Paul Hjelm kühl und machte Anstalten, den Raum zu verlassen.

»Nur eins noch«, rief ihm der Säpo-Chef hinterher und begann sich mit etwas in der Achselhöhle zu kratzen, das Hjelm als einen sehr exklusiven Füllfederhalter der französischen Marke Waterman identifizierte.

»Ja?« Hjelm blieb mit der Hand auf der Türklinke stehen.

Der Säpo-Chef wandte sich der anderen Achselhöhle zu und sprach in einem Tonfall weiter, wie ihn Paul Hjelm noch nicht gehört hatte. Vermutlich war es dieser Tonfall, der ihm, trotz aller Ticks, das Kommando über die Sicherheitspolizei des Landes verschafft hatte. »Ich möchte noch einmal betonen, dass es hier nicht um irgendeinen Posten bei der Polizei geht, Hjelm. Es geht um nicht weniger als das höchste schwedische Polizeiamt überhaupt.«

Paul Hjelm fühlte, dass er sardonisch lächelte. »Weil alles, was höher ist, mit Juristen besetzt ist?«

Der Säpo-Chef gab einen gutturalen Ton von sich. Hjelms erster Gedanke war, dass er sich den Waterman-Füller durch die Achselhöhle ins Herz gebohrt hatte. Aber dann begriff er, dass der Ton wiederum das lang gezogene Schnaufen des Säpo-Chefs war, vermutlich sein Surrogat für ein längst verloren gegangenes echtes Lachen.

»Theoretisch dürfte es möglich sein, den Sachverhalt so zu formulieren«, erklärte er in echtem Juristenschwedisch.

Hjelm ging. Während des langen Wegs zurück durch das Polizeipräsidium beschäftigte ihn ein einziger Gedanke: Was habe ich getan?

Aber die dicke braune Akte brannte unter seinem Arm und trieb seine Schritte an. Man sollte die Neugierde als menschliche Triebkraft nicht unterschätzen.

Paul Hjelm hatte schon seit einem halben Jahrzehnt eine persönliche Sekretärin, hatte sich aber immer noch nicht richtig daran gewöhnt. Vermutlich war Anna-Clara, an der er gerade mit einem kurzen Nicken vorbeiging, eine der am wenigsten beschäftigten Sekretärinnen in Schweden. Was ihr offenbar ausgezeichnet zu passen schien. Einmal hatte er sie auf einer ihn etwas überraschenden Chatseite erwischt, aber alles in allem war sie die perfekte Sekretärin. Auf eine träge Art immer zur Stelle.

Er betrat sein Zimmer und schloss die Tür gründlich. Dann öffnete er die Akte. Obenauf lag eine kurze Einführung, von der er den bestimmten Eindruck hatte, dass sie mit einem französischen Federhalter der Marke Waterman geschrieben war. Er nahm das Blatt heraus, legte es oben auf die Akte und las: »Bis auf Weiteres kannst Du in Deinen eigenen luxuriösen Räumlichkeiten weiterarbeiten. Und natürlich kein Wort zu irgendjemandem in der ganzen weiten Welt. Formal bist Du weiterhin der Chef der internen Stockholm-Abteilung. Verbrenne dieses Papier. Oder nein, das Sprinklersystem könnte anspringen. Dieses Material gibt es nämlich in keinem Computer. Behandle es mit Sorgfalt. Lass es nicht nass werden.«

Das war alles sehr seltsam. Was war eigentlich geschehen?

Was für einen merkwürdigen Auftrag hatte er erhalten? Und was genau bedeutete »verschwunden«?

Gerade als Paul Hjelm die Akte endgültig öffnen wollte, fiel sein Blick auf zwei Fotos auf seinem Schreibtisch. Sie standen schon so lange da, dass er sie nicht mehr wahrnahm. Als er vor fünf Jahren in dieses Zimmer eingezogen war, hatte er reflexhaft zwei aktuelle Fotos seiner Kinder aufgestellt. Der zwanzigjährige Danne als Literaturstudent, der sich noch keinen moralisch steifen Rücken zugelegt hatte.

Und Tova als Teenager.

Er nahm das Foto und betrachtete es genau. Dieses widerwillige Lächeln unter der immer noch sehr adretten blonden Frisur. Eine Standardpose.

Hatte er sich je die Mühe gemacht zu verstehen, wie sie dachte und fühlte? Hatte er jemals hinter diesen Teenagertrotz geblickt, den sie zu Hause zeigte, der aber außer Haus vermutlich Verzagtheit war? Hatte er seine Tochter eigentlich jemals als Individuum gesehen, das die Welt auf seine ganz eigene Art wahrnahm? Als wirklichen Menschen?

Ich habe nichts gesehen und nichts verstanden, dachte er. Ich habe mir nicht die Mühe gemacht, habe nicht die Zeit gehabt, sie zu sehen. Ich sollte mir jetzt die Zeit nehmen. Sollte mir jetzt die Mühe machen. Ich sollte ihr das Leben retten können.

Hier und jetzt sollte ich Urlaub nehmen und das Leben meiner anorektischen Tochter retten.

So saß Paul Hjelm mit Tovas Foto in der einen Hand und Tores Akte in der anderen da. Aber das Gewicht der Waagschalen war zu gleich, als dass er sich hätte entscheiden können.

Er war, ob er wollte oder nicht, ein Mann seiner Zeit.

Er seufzte, stellte seine kleine Tova auf ihren Platz neben Danne und schlug die Akte mit dem merkwürdigen Bericht über einen Mann namens Tore Michaelis auf.

3

Kerstin Holm blickte sich in der sogenannten Kampfleitzentrale im Stockholmer Polizeipräsidium um. Dies war ihr Erbe. Aber mehr auch nicht. Und bis hierhin hatte es ihr genügt. Es hatte ausgereicht, um sie zu einer einigermaßen glücklichen Frau zu machen.

Sie war sich nicht sicher, ob das noch immer der Fall war.

Die Kampfleitzentrale war seit der Gründung der A-Gruppe vor zehn Jahren stets der Fixpunkt bei ihren gemeinsamen Anstrengungen gewesen. In diesem immer tristeren kleinen Sitzungsraum – dessen starker Kontrast zu echten, militärischen, hochtechnologischen Kampfleitzentralen der Grund dafür war, dass der Name so gut zur A-Gruppe passte – hatten sich ihre Mitglieder versammelt, Jahr für Jahr, mit ihren eigenen Gedanken und Ideen und Ergebnissen – und in der Regel waren sie selbst in diesem Schmelztiegel, in dem ihre Worte sich begegneten und größer wurden, umgeformt und zugespitzt worden. Von außen war es kaum zu sehen. Es war einer der Räume, die die Reichspolizeibehörde tunlichst nicht vorzeigte, wenn ausländische Besucher herumgeführt wurden. Es kamen regelmäßig Delegationen aus aller Welt, um zu besichtigen, was an schwedischer Polizeitechnologie zur Verfügung stand. Diese Delegationen gelangten nie in die Nähe der Flure, in denen die Sondereinheit für Gewaltverbrechen von internationalem Charakter hauste – und am allerwenigsten in die Nähe der Kampfleitzentrale.

Das war der Nachteil, wenn man einer gedanklich intensiven Tätigkeit nachging. Denken kann man überall, argumentierte die Reichspolizeiführung, und um sich zu unterhalten, reichen ein paar Sitzplätze aus, je unbequemer, desto besser. Die Kampfleitzentrale von heute war eine konkrete Manifestation des Glaubens an kreative Askese. Oder – um es nicht unnötig kompliziert zu machen: Das Mittelmaß braucht Glanz und Komfort. Spitzenkompetenz kommt auch ohne zurecht.

Diese Argumentation hatte die Chefin der A-Gruppe im Lauf der Jahre zuweilen gestört – aber nur, wenn die Gruppe nicht intensiv beschäftigt war. Deshalb waren ihre entsprechenden Vorstöße nicht mit dem Eifer verfolgt worden, der notwendig ist, um Veränderungen zu erreichen. Die Gruppe war ganz einfach zu aktiv gewesen, um sich über ihre Umgebung aufzuregen. Nur an Tagen wie diesem – wenn das Aktivitätsniveau so niedrig war, dass es künstlich beatmet werden musste, um überhaupt zu existieren – tat es weh zu sehen, wie heruntergekommen die Kampfleitzentrale war. Die Farbe blätterte von den Wänden, an der Decke zeigten sich immer längere Risse, jede dritte Leuchtstoffröhre war defekt oder flackerte komisch, und man fragte sich, wann zuletzt ein Staubsauger über den Boden gehuscht war. An Tagen wie diesem fiel es Kerstin Holm besonders schwer, an die wohltuende Wirkung der Askese zu glauben.

Es war Montag, der 28. August, und die Uhr schlug neun.

Die Einzige im Raum, die echt begeistert aussah, war Lena Lindberg. Kerstin Holm wusste, warum. Deshalb ließ sie sie warten.

»Montagmorgen«, sagte Kriminalkommissarin Kerstin Holm. »Fangen wir an mit den Lageberichten der drei registrierten Teams, zuerst Arto und Gunnar, danach Jon und Jorge und zuletzt Sara und Lena.«

Man konnte die neu formierte Paarkonstellation Arto Söderstedt und Gunnar Nyberg nicht als besonders eingespielt bezeichnen. Wenn der Wesensunterschied zwischen Arto Söderstedt und Viggo Norlander in der Zusammenarbeit eine unerwartet produktive Triebkraft gewesen war, so war er jetzt eher eine Belastung. Es war Kerstin Holm vollkommen klar, dass Viggo keine Probleme damit gehabt hatte, hinter Arto Söderstedt die zweite Geige zu spielen. Gunnar Nyberg war ein anderer Typ, er hatte eigene Ambitionen. Vor allem wusste er nicht – also rein praktisch –, wie man sich unterordnete. Er hatte es in seinem ganzen Leben noch nicht getan. Nicht, dass Arto dies direkt verlangte, er war keine Operndiva, mitnichten, aber sein gesamter Ermittlungsstil erforderte eine gewisse Zuarbeit. Er war wie ein Sologitarrist. Ohne den Bass fiel es ihm schwer, den Takt zu halten.

Im Moment spielte das keine große Rolle. Sie hatte ihnen bewusst Fälle mit niedriger Priorität übertragen und ihnen so ein Jahr Zeit gegeben, miteinander zurechtzukommen. Doch es war noch immer kein Lichtblick zu erkennen. Vielleicht musste sie doch eines der eingespielten Teams auseinanderreißen. Aber welches? Sara und Lena? Die selbstverständlichste weibliche Partnerschaft in der schwedischen Polizei? Oder Jon und Jorge, die beide ihre mangelhafte Fähigkeit zur Zusammenarbeit in den Griff bekommen hatten?

Oder die beiden mussten sich ganz einfach zusammenreißen.

Arto Söderstedt warf Gunnar Nyberg einen kurzen, vielsagenden Blick zu und hatte damit die Erlaubnis zu sprechen: »Die Internetbetrügereien erreichen bekanntlich neue Höhen«, sagte er. »Zu allen Zeiten hat es sogenannte Nigeria-Briefe gegeben. Die Variationen sind endlos, aber das Grundprinzip besteht darin, dass jemand in Nigeria behauptet, Zugriff auf ein phantastisches Vermögen zu haben, zu dessen Auslösung es lediglich eines kleinen Einsatzes bedarf.«

Der erneute Blick zu Gunnar Nyberg ließ diesen fortfahren: »Jetzt sind neue Generationen von Internet-Scams aufgetaucht, wie sie international genannt werden. Vor allem eine Variante ist seit einigen Jahren zu beobachten, und den Tätern gelingt es regelmäßig davonzukommen. Sie suchen Leute aus, die Autos und andere teure Waren im Netz verkaufen. Es kommt eine sympathische Mail von einer Person, die sich beispielsweise Dr. Mrs Nora Higgins nennt und sich markant von allen anderen grobschlächtigen Bauernfängern unterscheidet, mit denen du es zu tun bekommst, wenn du dein Auto verkaufen willst. Einem Händler ein Auto zu verkaufen ist heute unmöglich, deren Tiefpreise sind ja kriminell. Also begibt man sich auf den sogenannten privaten Annoncenmarkt, vor allem im Internet, und da erlebt man eine Merkwürdigkeit nach der anderen. Es kommen Fragen nach dem exakten Datum des letzten Keilriemenaustauschs und Angebote wie: ›Halber Preis bei schnellem Abschluss um vier Uhr morgens im Gewerbegebiet von Hallanda‹. In dieser Situation kommt das Angebot von Dr. Mrs Nora Higgins wie Balsam für eine verwundete Seele.«

Nyberg warf Söderstedt einen kurzen Blick zu, und der nutzte dies, um sofort und mit großem Eifer fortzufahren: »Sie ist nicht nur Doktor, sie hat auch in den Vereinigten Arabischen Emiraten eine ›private Klinik‹ eröffnet. Sie benötigt dringend ein Auto und wendet sich deshalb an ›Schwedens renommierteste Seite für Gebrauchtwaren‹. Man kann sich möglicherweise vorstellen, dass es auch auf der Arabischen Halbinsel das eine oder andere Auto käuflich zu erwerben gibt, aber inzwischen hat man das idiotische Gefeilsche im Netz dermaßen satt, dass man so gut wie alles akzeptiert. Sogar eine beinahe Englisch sprechende Frau, die sich als ›Dr. Mrs Nora Higgins‹ ausgibt, die eine angesehene Klinikinhaberin in Abu Dhabi, Adschman, Dubai, Fudschaira oder sonstwo ist und sich entschlossen hat, ihren Wagen in – Schweden zu kaufen.«

»Der Clou ist«, fügte Gunnar Nyberg mit einem hastigen Blick auf seinen Partner hinzu, »dass Dr. Mrs Nora Higgins so ausgesprochen zuvorkommend ist. Sie ist bereit, die ansehnlichen Frachtkosten von Stockholm nach Abu Dhabi oder wohin auch immer zu bezahlen – und sie schickt unverzüglich einen Scheck, einen ordnungsgemäßen Scheck, der in amerikanischen Dollar ausgestellt ist. Die Summe stimmt nicht ganz mit dem überein, worauf ihr euch geeinigt habt, sondern sie ist höher, und deshalb bist du zufrieden. Du bringst den Scheck zu deiner Bank, und die finden daran nichts auszusetzen. Er wirkt völlig in Ordnung. Sie schreiben das Geld deinem Konto gut in Erwartung der Bestätigung, dass der Scheck gültig ist.«

»Du siehst das Geld auf deinem Konto«, übernahm nun wieder Arto Söderstedt mit einem ebenso hastigen Blick auf seinen Partner, »und alles sieht bestens aus. Du sitzt jetzt da und sollst das Auto verfrachten. Das ist nicht ganz leicht. Wie kann das eigentlich vonstattengehen? Während du ein wenig mit internationalen Speditionen verhandelst, entdeckt Dr. Mrs Nora Higgins ihren Irrtum. Sie hat aus Versehen ein paar Hundert Dollar zu viel bezahlt. Ob du das Geld nicht per Scheck zurückschicken kannst? Das regelst du natürlich, mit Dr. Mrs Nora Higgins einigt man sich leicht. Es vergehen ein paar Tage. Dann meldet sie sich wieder bei dir. Sie hat ein Auto ganz in der Nähe gefunden, beispielsweise in Ras al-Chaima, und bittet dich, das Geld zurückzusenden. Sie bedauert es außerordentlich, dir all die Umstände gemacht zu haben, und sagt, dass du für die ganze Mühe tausend Dollar behalten kannst. Du findest, dass die Sache ziemlich lästig ist, anderseits bist du das Problem mit der Fracht los und hast außerdem bei dem geplatzten Geschäft ein wenig verdient.«

»Also«, sagte Gunnar Nyberg, »schickst du das Geld zurück und hast bei der ganzen Geschichte tausend Dollar eingestrichen, gut siebentausend Kronen. Hört sich super an. Du hast zwar dein Auto nicht verkauft, aber du hast trotzdem einen kleinen Batzen Geld verdient. Also warum nicht?«

»Deswegen nicht«, fuhr nun Arto Söderstedt wieder fort, »weil deine Bank das Geld deinem Konto *unter Vorbehalt* gutgeschrieben hat. Wenn du genau hinsiehst, liegt die Transaktion ein paar Wochen in der Zukunft. Das Geld, das du auf deinem Konto siehst, ist *virtuell*. Die Summe verwirklicht sich erst, wenn der Scheck endgültig anerkannt worden ist. Aber dazu kommt es nie. Es ist nämlich trotz allem ein falscher Scheck – wenn auch eine elegante Fälschung. Nachdem du jetzt fast den gesamten Betrag an Dr. Mrs Nora Higgins zurückbezahlt hast, zeigt es sich, dass das Geld sich überhaupt nicht auf deinem Konto befunden hat, es hat nur so ausgesehen. Dr. Mrs Nora Higgins hat dich ganz einfach beraubt. Sie hat deinen Scheck in Minsk oder Seoul oder La Paz eingelöst, und die Bank belastet dein Konto damit.«

Gunnar Nyberg übernahm wieder: »Aber jetzt haben wir es mithilfe von Artos alten Bekannten bei Europol geschafft, Dr. Mrs Nora Higgins zu lokalisieren. Sie ist keine Globetrotterin, sondern eher ein gewiefter Hacker in Westeuropa, der seine Kammer nie verlassen hat. Wir sind ihm auf der Spur. Er hat sich in drei Jahren an die dreißig Millionen Kronen erschwindelt.«

»Er hat ganz einfach eine Lücke in den Geschäftsabläufen der Banken ausgemacht«, sagte Arto Söderstedt. »Manchmal sieht es so aus, als ob Geld auf deinem Konto sei, aber das Geld, das dort zu liegen scheint, wird erst in einer Woche gutgeschrieben. Man muss aufs Datum achten.«

Kerstin Holm betrachtete ihre zwei in die Jahre gekommenen Adepten und stellte fest, dass das Eis gebrochen war. Das stimmte hoffnungsvoll. Es erschien ihr möglich, dass die Kampfleitzentrale wieder zu einer Quelle des Glücks werden könnte.

»Wie gut ihr zusammenarbeitet«, sagte sie neutral.

Nyberg und Söderstedt sahen sich an. Ihre Blicke waren mehr verwundert als irritiert.

»Wenn es darum geht, andere Menschen übers Ohr zu hauen, kennt die Phantasie keine Grenzen«, sagte Gunnar Nyberg dumpf.

»Ich möchte es wagen, einmal eine kleine Hypothese aufzustellen«, erklärte Arto Söderstedt treu seiner Gewohnheit.

»Irgendwann im Verlauf des letzten Jahrzehnts ist es spaßiger geworden, Geld auf illegale Art zu verdienen als auf legale. Die große Bedrohung unserer westlichen Gesellschaft ist die Tristesse. Wir suchen Spannung um jeden Preis. Wir behaupten, wir hätten so wenig Zeit, aber das ist nur Gerede. Dass alle Bereiche unseres Lebens immer effizienter gestaltet werden, hat dazu geführt, dass wir immer mehr Zeit zur Verfügung haben – wir müssen nicht mehr so viel Zeit und Kraft für grundlegende Lebensbedürfnisse aufwenden. Aber statt zu lesen oder uns auf andere Art und Weise weiterzuentwickeln, erleben wir dies als Leere. Die Leere der Tristesse muss mit Spannung aufgefüllt werden. Wir suchen Spannung in Form von sexuellen Eskapaden, Spiel und Risiko oder Ungesetzlichkeiten. Was immer den Puls höher schlagen lässt. Es ist verdammt noch mal viel spannender, sich Geld zu ergaunern, als es zu verdienen. Außerdem kommen wir auf die Weise um Steuern herum. Nichts verschafft einem heutzutage so viel Genugtuung, wie mit einem krummen Ding Erfolg zu haben, einem heimlichen Geliebten, einer Gaunerei im Netz oder einem Chat mit einem unbekannten Verrückten, den man aufs Kreuz legen kann, ohne Konsequenzen zu befürchten. Gegen geschriebene oder ungeschriebene Gesetze zu verstoßen verschafft uns die Spannung, die uns offensichtlich in unserem wohlbehüteten westlichen Wohlfahrtsdasein fehlt.«

Kerstin Holm blickte in die Runde. Artos politische Vorträge konnten das Auditorium zuweilen zu lauten Stoßseufzern veranlassen. Aber diesmal war es nicht so, denn jeder fühlte sich ein wenig angesprochen. Dies war wirklich die ideale Zeit, sich weiterzubilden, sich Fähigkeiten der einen oder anderen Art anzueignen, viel zu lernen. Wenn wir nicht so viel Zeit damit verbrächten, darüber zu jammern, wie wenig Zeit wir haben, würden wir merken, dass wir viel mehr Zeit haben, als wir glauben.

»Danke«, sagte Kerstin Holm. »Also ziehen wir die

Schlinge etwas enger um einen Hacker namens Dr. Mrs Nora Higgins. Wie beurteilt Europol den zeitlichen Aspekt?«

»Es kann sich nur um ein paar Tage handeln«, sagte Söderstedt. »Kaum mehr.«

»Ausgezeichnet. Jorge und Jon, wie sieht es bei euch aus?«

»Gut«, entgegnete Jon Anderson. »Wir setzen ein bisschen mehr auf den Kern unseres Auftrags, Gewaltverbrechen von internationalem Charakter. Aber unsere Zusammenarbeit ist ja auch gut etabliert und in der Polizeiwelt allgemein anerkannt.«

»Ihr kommt ganz einfach ohneeinander nicht zurecht«, stichelte Gunnar Nyberg.

»Ihr wisst, worum es sich handelt«, sagte Jorge Chavez und streckte sich. »Kreditkartenräuber, die an den Geldautomaten in der Stadt ihr Unwesen treiben. Neu ist, dass sie jetzt ihre Opfer auch kidnappen, während sie deren Konten abräumen. Damit die Karten nicht gesperrt werden können.«

»Das Vorgehen ist total simpel«, fuhr Jon Anderson fort. »Nachts fährt ein Lieferwagen an einem Automaten vor, an dem eine einzelne Person, nach Möglichkeit ein wenig angetrunken, steht und die Tasten bedient. Ein Mann steigt aus und stellt sich hinter sie. Er erkennt die PIN, und dann geht es blitzschnell. Zwei Männer springen aus dem Auto, ziehen dem Opfer einen Sack über den Kopf und zerren es in den Wagen. Der Mann, der hinter ihm gestanden hat, entreißt ihm die Karte und hebt den Höchstbetrag ab. Das alles geschieht binnen einer Minute. Aber für das Opfer im Lieferwagen ist es eine höllische Minute.«

»Dann wirft man die Person kurzerhand auf die Straße und fährt davon«, erklärte Chavez. »Niemand hat Zeit zu reagieren. Inzwischen sind jedoch immer mehr Geldautomaten mit Überwachungskameras versehen, und wie ihr wisst, hat die Zahl der Überwachungskameras in der Stadt erheblich zugenommen. Diese Bande hat sich sozusagen evolutionär der neuen Zeit angepasst, die nach dem 11. September begonnen hat. Sie wissen, dass sie die ganze Zeit gesehen werden, und haben sich vollkommen anonym gemacht. Sie tragen Gesichtsmasken und Handschuhe und sprechen kein Wort, benutzen dasselbe Auto, wechseln aber ständig die Nummernschilder. Sie sind schnell und effektiv und hinterlassen unauslöschliche Narben. Insgesamt haben sie schon über vierzig Mal zugeschlagen, sie haben sich ordentlich mit Bargeld eingedeckt und lassen keine Tendenz erkennen, ihre Tätigkeit einzustellen. Sie verbreiten Angst und Schrecken in der Stadt, und wir haben über eine Stunde Film von ihnen. Ohne mehr Anhaltspunkte zu haben als zuvor.«

»Jorge und ich studieren die Überwachungsfilme unaufhörlich«, sagte Jon Anderson, »und wir gehen davon aus, dass ihre Mauer irgendwo einen kleinen Riss hat. Bisher haben wir keinen gefunden, aber es muss einen geben, davon bin ich überzeugt.«

»Ich bin weniger überzeugt«, erklärte Jorge Chavez. »Aber wir ziehen es vor, unsere Differenzen als qualitätsfördernde Spannungen zu betrachten.«

»Ein geliebtes Kind hat viele Namen«, sagte Kerstin Holm neutral.

Ein kurzes Schweigen entstand. Am Ende begriffen alle, was sie gemeint hatte, und nickten. Ein Raum mit nickenden Puppen.

Holm kam wieder zur Sache: »Aber die Konten werden doch nicht geleert? Es gibt doch Höchstbeträge bei Geldautomaten.«

»Da gibt es große Unterschiede«, entgegnete Jon Anderson. »Es kommt auf die Art der Karte und die Bank an. Im Schnitt machen sie pro Überfall sechstausend Kronen. Das Irritierende bei diesen Verbrechen ist gerade der Umstand, dass sie so wenig erbeuten. Es ist ein viel zu großes Leiden per Krone, um es mal so zu sagen.«

»Okay«, sagte Kerstin Holm. »Macht auf jeden Fall weiter.«

»Danke«, sagte Jorge Chavez lakonisch.

Kerstin Holm schenkte ihm ein süßes Lächeln und wandte sich den beiden Frauen zu: »Sara und Lena haben ja eine Zeit lang etwas kürzergetreten. Deshalb passt es gut, dass ihr euch mit dem Raubüberfall beschäftigt, dessen Zeugin du gestern Nachmittag auf Östermalm geworden bist, Lena.«

»Zeugin?«, platzte Sara Svenhagen heraus und starrte ihre Kollegin an.

»Na ja, was heißt Zeugin«, sagte Lena Lindberg. »Ich traf ein paar Minuten nach der Tat ein, zusammen mit einem unerwartet fixen Streifenwagen. Es war an sich nichts Außergewöhnliches – ganz normaler Raub, wahrscheinlich war der Täter ein Junkie aus dem Humlegården –, aber der Ladeninhaber hatte anscheinend eigene Vorstellungen davon, wie man sich Gerechtigkeit verschafft. Er und zwei weitere der drei Zeugen sollten inzwischen hier im Präsidium sein. Die dritte Zeugin ist unser wirkliches Opfer – und das macht diesen Fall ein wenig spezieller als einen gewöhnlichen Raubüberfall. Es sieht nämlich so aus, als hätte der Täter sie irgendwie gekannt und sie aus einem besonderen Grund niedergeschlagen.«

»Er hat sie niedergeschlagen?«, fragte Kerstin Holm.

»Und das nicht eben zimperlich«, sagte Lena Lindberg. »Sie liegt immer noch bewusstlos im Karolinska. Offenbar handelt es sich um eine ganz gewöhnliche Zwanzigjährige aus Östermalm, mit gediegenem Elternhaus und einem geregelten Leben. Als sie bewusstlos geschlagen wurde, hielt sie den Film *Smala Sussie* in der Hand, wenn das jemandem etwas sagt.«

»*Pulp Fiction* auf Schwedisch?«, fragte Arto Söderstedt.

»So in etwa«, sagte Lena Lindberg. »Und *Lock, Stock and Two Smoking Barrels*. Ziemlich heftige und aufgeputschte Gewaltaction aus Värmland.«

»Und was hat das mit dem Fall zu tun?«, fragte Kerstin Holm irritiert.

»Nichts«, entgegnete Lena Lindberg wahrheitsgemäß. »Aber der Inhaber des Ladens hat uns seine Videodatei ausgehändigt.«

»Videodatei?«

»Idiodatei«, sagte Arto Söderstedt und wurde gnadenlos ignoriert.

»Man sagt nicht mehr Film«, sagte Lindberg. »Man sagt Datei. Und die wollte der Ladeninhaber unter Verschluss halten. Tat so, als ob die Überwachungskamera nicht funktionierte. Filmte heimlich, könnte man sagen.«

»Oder dateite heimlich«, sagte Söderstedt und wurde noch gnadenloser ignoriert.

»Filmte heimlich, um das Gesetz selbst in die Hand zu nehmen«, sagte Lindberg. »Ein paar Verwandte auf die Sache anzusetzen. Man kann allerdings sagen, dass die Chancen der Verwandten, den Räuber zu identifizieren, minimal gewesen wären. Ich habe mir den Film kurz angesehen und festgestellt, dass der Räuber sehr gut maskiert ist. Was er in der Hand hält, ist keine Pistole, er schlägt der jungen Frau eher mit einer Art Rohr ins Gesicht, das er so hält, dass es wie eine Pistole aussieht.«

»Und warum soll die A-Gruppe sich mit Beschaffungskriminalität befassen?«, fragte Jorge Chavez aufrichtig, und in diesem Moment hatte es den Anschein, als dächten alle in der Kampfleitzentrale ebenso. Mit der Miene der Ertappten sahen sie sich an, als hätte Chavez ihren verbotenen inneren Monolog aufgedeckt.

Lena Lindberg nickte langsam, ganz ohne die Verteidigungshaltung, die zu erwarten gewesen war. »Ihr habt mir den Begriff erst beigebracht«, sagte sie. »Ihr seid selber schuld.«

»Welchen Begriff?«

»Witterung«, sagte Lena Lindberg und feuerte einen glasklaren eisblauen Blick in Chavez' Augen.

Er blinzelte verblüfft.

»Ich will, dass Lena weitermacht«, bestimmte Kerstin Holm von dem eigentümlichen Katheder herab, das den gut eingesessenen Herrscherthron der A-Gruppe darstellte. »Aber nur, wenn sich schnell zeigt, dass die Witterung sich als richtig herausstellt.«

»Ich weiß nicht genau, woher sie kommt«, gab Lena Lindberg zu. »Es kann das Opfer sein – sie heißt übrigens Suzanne Ehrenkrona –, aber es kann ebenso gut der Ladeninhaber sein – der Aramäer Naoum Chamoun – oder einer der Zeugen, Johannes Åkerblom oder Lisa Jakobsson. Oder etwas ganz anderes. Ich will es genauer untersuchen.«

»Aramäer?«, platzte Gunnar Nyberg heraus.

»Ehrenkrona?«, platzte Arto Söderstedt heraus.

»Echt nervig, wenn Leute mit Sachen herausplatzen«, platzte Jorge Chavez heraus.

»Hat er tatsächlich gesagt, er sei Aramäer?«, fragte Gunnar Nyberg. »So bezeichnen sich nicht viele heutzutage. Ich kann euch unheimlich spannende Sachen über die aramäische Sprache erzählen, wenn ihr wollt; außerdem war es die Muttersprache von Jesus.«

»Wir kennen deine neu entdeckte Vorliebe für seltsame Sprachen«, sagte Kerstin Holm. »Aber fass dich sehr viel kürzer, als du eigentlich möchtest.«

»Wir haben es hier mit einem uralten Volk zu tun«, sagte Nyberg mit jener Art von Energie, die nur er aufzubringen vermochte. »Das Aramäische ist eine der ältesten noch heute gesprochenen Sprachen in der Welt. Sie ist seit dreitausend Jahren ununterbrochen in Gebrauch. Ihr Alphabet ist ziemlich einfach, aber die Sprache ist inzwischen in eine Menge verschiedener Dialekte und Neubildungen aufgespalten. Das hängt damit zusammen, dass die Aramäer, die manchmal auch Syrer oder Syrianer genannt werden, seit dem 5. Jahrhundert ohne eigenes Land sind.«

Nein, dachten sämtliche Anwesenden. Nein, der Mann ist nicht gesund. Irgendetwas ist mit ihm passiert.

Nyberg sah ihre Reaktionen und zuckte mit den Schultern. »Andere sammeln Briefmarken, ich sammle Sprachen.«

»Du und Ludmila, ihr seid ein sehr eigentümliches Paar«, sagte Arto Söderstedt anerkennend.

»Und wir sind stolz darauf«, entgegnete Gunnar Nyberg und schwieg dann.

»Was ist an ›Ehrenkrona‹ komisch?«, fragte Kerstin Holm und fühlte einen Anflug von Müdigkeit.

»Glaubt jetzt nicht, ich sammelte Adelsgeschlechter oder etwas ähnlich Wahnwitziges«, sagte Arto Söderstedt. »Ich habe nur echten Adel erkannt, genauer gesagt Nummer zweihundertzehn im Riddarhuset.«

»Nein«, sagte Jorge Chavez hart und schlug mit der Faust auf den Stuhlrücken vor sich. »Wir sind wirklich zu verschroben. Wir müssen damit aufhören. Wir sind verdammt noch mal Polizisten. Mir fehlen anständige Verfolgungsjagden und ordentliche Machovorurteile.«

»Ist das dein Ernst?«, fragte seine Ehefrau Sara Svenhagen und strich sich mit der Hand über den Bauch mit seinem sechs Monate alten Inhalt noch unbekannten Geschlechts.

Ihr Gatte hob die Hände und räumte ein: »Okay. Nein. Das ist nicht mein Ernst.«

»Ich gehe davon aus, dass die Bemerkung trotz allem nicht ganz aus der Luft gegriffen ist«, sagte Kerstin Holm und fixierte Arto Söderstedt mit einem strengen Blick.

Arto saß da wie jemand, der bei einer saftigen sexuellen Ausschweifung ertappt worden ist, und versuchte, seine Fassung zurückzugewinnen. »Östermalm ist heutzutage das Territorium der Neureichen«, sagte er. »Alter Adel wird immer seltener. Das ist alles.«

»Danke für diese wertvollen Informationen«, sagte Kerstin Holm. »Sara assistiert Lena bei den Vernehmungen. Ich selbst habe genug von euch allen.«

4

Tore Michaelis war nicht adlig, wie Paul Hjelm wegen des ungewöhnlichen Familiennamens einen Augenblick lang gedacht hatte. Auch lag keine Verwandtschaft mit einem bekannten dänischen Literaturkritiker vor. Nein, der Name beruhte ganz einfach darauf, dass der Vater, ein Bäcker, als junger deutscher Sozialdemokrat schon 1935 vor Hitler geflohen war und sich in dem kleinen Ort Tierp in Uppland niedergelassen hatte. Gleich nach dem Krieg, als die böswilligen Gerüchte, er sei ein Nazispion, allmählich verstummten und er sich endlich in der Gegend als Bäcker zu etablieren begann, begegnete Heinz Michaelis aus Wuppertal der üppigen Roslags-Schönheit Anna-Lisa, und das Paar bekam einen Sohn, Tore. Nach planlosen Studien an der Universität Uppsala beschloss der junge Tore zum Entsetzen seiner Eltern, Polizist zu werden. Er durchlief die Polizeiausbildung, ohne sich besonders auszuzeichnen, patrouillierte ein paar Jahre lang auf den Straßen Uppsalas, bis er, gemäß den der braunen Mappe beigefügten Beurteilungen seiner sozialen und diplomatischen Fähigkeiten, befördert und der damaligen internen Ermittlungseinheit zugeteilt wurde, die zu jener Zeit alles andere als weit entwickelt war.

Tore Michaelis war einer derjenigen, die die sich selbst kontrollierenden Einheiten der Polizei modernisierten – ähnliche Bestrebungen gab es in den Siebziger- und Achtzigerjahren überall in Europa –, und er knüpfte dabei genügend internationale Kontakte, um von der Sicherheitspolizei angeworben zu werden.

Wieder war es seine Rolle, zu modernisieren und – soweit möglich – zu demokratisieren. Jetzt war das schwieriger. Die Sicherheitspolizei war 1914 eingerichtet worden und beruhte auf der Zusammenarbeit der ermittelnden Polizei mit dem Generalstab. Die Abteilung nannte sich Polizeibüro und führte anfänglich ein kümmerliches Dasein. In eher modernem Sinne entstand die Sicherheitspolizei während des Weltkriegs, als sie der Regierung direkt unterstellt war und nicht das Geringste mit Demokratie und Modernität zu tun hatte. Danach wurde sie wieder der Staatspolizei zugeordnet. Als das gesamte Polizeiwesen Mitte der Sechzigerjahre verstaatlicht wurde, entstand eine besondere Sicherheitsabteilung, die Abteilung D, die direkt der neuen zentralen Reichspolizeibehörde unterstellt war. Erst Ende der Achtzigerjahre wurde die Sicherheitspolizei »Säpo« zu einer eigenen autonomen Einheit, in der Tore Michaelis eine Schlüsselposition innehatte.

Wenn auch streng geheim.

Paul Hjelm seufzte tief und lehnte sich in seinem über alle Maßen bequemen Bürosessel zurück. Bisher bot das Material keine größeren Überraschungen. Er ahnte, dass die kommen würden, wenn er zu dem detaillierteren Verzeichnis der Verdienste überging. Als er E. S. T., das Esbjörn-Svensson-Trio, mit *Tuesday Wonderland* angestellt hatte und sich von den eigenartigen Rhythmen einhüllen ließ, raffte er sich dazu auf.

Alles war gut belegt. Jeder einzelne Monat der Tätigkeit von Tore Michaelis bei der Säpo. Nicht sehr detailliert zwar, aber während sein Name mehr und mehr aus allen offiziellen Verlautbarungen verschwand, tauchte er gleichzeitig immer öfter in höchst inoffiziellen, um nicht zu sagen: topgeheimen Dokumenten auf. Seine Beziehungen zu den entsprechenden Militärs waren nicht immer ganz deutlich, aber wie es schien, gab es eine sehr viel engere Zusammenarbeit, als die Polizei zugeben wollte.

Einen sehr großen Teil seiner Zeit bei der Säpo schien er im Ausland verbracht zu haben. Eingetreten war er in die damalige Sicherheitspolizei in dem Jahrzehnt, bevor sie zur heutigen Säpo wurde, nämlich 1979 im Alter von zweiunddreißig

Jahren. Von da an hätte man die Weltgeschichte eines Vierteljahrhunderts nach Tore Michaelis' Bewegungsmuster schreiben können.

Er war in Kabul, als die Sowjetunion in Afghanistan einmarschierte. Er besuchte die kurdische Stadt Halabdscha, wo fünftausend Kurden mit chemischen Kampfstoffen ermordet wurden. Irgendwie gelangte er unmittelbar nach Leonid Breschnews Tod in die Sowjetunion, war gleich nach der britischen Invasion auf den Falklandinseln und unmittelbar nach der amerikanischen auf Grenada. Er besuchte Widerstandsbewegungen im gesamten wankenden Ostblock. In London studierte er die Resultate der ständigen Bombenattentate der IRA, in Madrid untersuchte er die Auswirkungen der Bomben der ETA, und er war Mitglied der internationalen Delegation, die die ersten Opfer der merkwürdigen neuen Krankheit Aids im südlichen Afrika untersuchte. Er war in Moskau, als Gorbatschow die Wendung der Sowjetunion zu Glasnost und Perestroika bekannt gab. Er befand sich im Gazastreifen, als sich das Wort »Intifada« zu verbreiten begann, und in Berlin, als die Mauer fiel. Als die chinesische Armee in die Menge der Demonstranten schoss, war er in der Nähe des Platzes des Himmlischen Friedens, und er war in Santiago, als den Chilenen das Kunststück gelang, die Diktatur Pinochets abzuwählen. Dann kamen die Neunzigerjahre. Er war in Südafrika, als Nelson Mandela freigelassen wurde, und gleich nach Beginn des Golfkriegs war er in Kuwait. Er war im früheren Jugoslawien und wurde Zeuge des ersten europäischen Kriegs seit dem Zweiten Weltkrieg. Er fuhr nach Ruanda, wo zwei extremistische Hutu-Gruppen in einhundert blutigen Tagen eine Million ihrer Tutsi-Landsleute massakrierten. Zwei Tage nach dem Untergang der Fähre *Estonia*, bei dem achthundertzweiundfünfzig Menschen starben, fuhr er nach Estland. Als die erste freie Wahl in Bosnien stattfand, war er in Sarajevo, und es gelang ihm sogar, nach Kabul zu kommen, nachdem die Taliban die Macht in Afghanistan übernommen hatten. Danach war er wieder in Israel, um die Auswirkungen des immer häufiger auftretenden Phänomens »Selbstmordattentäter« zu studieren. Zum Jahrtausendwechsel befand er sich tatsächlich im Polizeipräsidium auf Kungsholmen in Stockholm, um vor Ort zu sein, falls der befürchtete Datenkollaps Schweden wider Erwarten außer Funktion setzen sollte, aber nur wenige Wochen später reiste er nach Wien, wo Jörg Haider dank ausgeprägter Fremdenfeindlichkeit mit an die Macht kam, während es einem berüchtigten Agentenkollegen gelang, Präsident in Russland zu werden. In Den Haag war er Zeuge, als Jugoslawiens früherer Präsident Slobodan Milošević wegen Völkermords vor Gericht gestellt wurde, und danach brachte er es fertig, genau zu dem Zeitpunkt im Hauptquartier des FBI auf der Federal Plaza in Manhattan zu sein, als die Flugzeuge in das World Trade Center krachten. Er war im Nahen Osten, als Israel als Reaktion auf die vielen Selbstmordattentate fast um das ganze Land eine Betonmauer baute, und reiste weiter in den Irak, um den Waffeninspekteuren der UNO unter Leitung von Hans Blix bei der Arbeit zuzusehen. Auch ohne eindeutige Belege sahen sich die USA zur Invasion des Irak veranlasst, wo er sich auch noch aufhielt, als die ersten Bomben auf Bagdad fielen. Nach dem Attentat der al-Qaida auf einen Pendlerzug, bei dem zweihundert Menschen starben, reiste er nach Madrid. Dann war er in Darfur im westlichen Sudan und sah Hunderttausende Menschen bei einem Völkermord sterben, den im Grunde niemand wahrnahm. Das Ende dieses Jahres feierte er in dem vom Tsunami heimgesuchten Thailand, wo er über Tausende von ertrunkenen und zerfetzten Menschen stieg auf der Suche nach schwedischen Staatsangehörigen, weil die Katastrophe von Pädophilen dankbar missbraucht wurde, um sich für tot erklären zu lassen. Es folgte wider Erwarten ein weiteres Jahr als Agent, und als er anonym wie immer an den Stränden von Khao Lak entlangwanderte, das Geruchsorgan gesättigt von Verwesung, dachte Tore Michaelis zum ersten Mal daran, sich zurückzuziehen. Als er danach wieder in London war und in die zerbombten U-Bahn-Wagen starrte, hatte der Gedanke weiter Form angenommen, und mit seinen Vorgesetzten hatte er sogar schon über einen Nachfolger gesprochen. Doch dann krachte es auch in Stockholm, und er legte die Pensionierungspläne vorerst auf Eis. Nachdem die geheim gehaltenen Ereignisse in Berlin im vergangenen Jahr einen weiteren großen internationalen Terrorangriff verhindert hatten, fuhr er wieder nach Bagdad, und nach weiteren Monaten im Angesicht von Tod und Verderben begann er sich alt zu fühlen. Er kehrte nach Schweden zurück und bereitete die Übernahme durch seinen ausgewählten Nachfolger vor. Seit drei Wochen war er zu Hause, als er plötzlich eines schönen Sommertags nicht zur Arbeit erschien. Er war ganz einfach verschwunden.

Tore Michaelis war tatsächlich »unser internationaler Experte«. Und merkwürdigerweise war es ihm bei alledem irgendwie gelungen, einen menschlich verantwortbaren Kurs einzuhalten. So schien es jedenfalls dem zu diesem Zeitpunkt etwas ermatteten Paul Hjelm, Tore Michaelis' auserwähltem Nachfolger.

Er rieb sich die Augen und fragte sich, wie spät es sein mochte. Nicht, dass es irgendeine Rolle gespielt hätte, denn diese Akte gedachte er nicht beiseitezulegen, ehe er sie von vorn bis hinten durchgelesen hatte. Folglich vermied er es, auf die Uhr zu sehen. Stattdessen stand er auf und stellte E.S.T. wieder an. Die sanften Melodien von *Fading Maid Preludium* füllten den Raum, vor der musikalischen Explosion, die alles verändern würde.

In der Akte fanden sich im Übrigen ziemlich viele Zeitungsausschnitte, Diskussionsbeiträge, Artikel und Essays über brennende weltpolitische Fragen seit den Achtzigerjahren. Es waren viele Publikationen aus den größten Tageszeitungen bis hin zu kleinen Schriften der Sida und des

Außenpolitischen Instituts sowie allerlei Fachzeitschriften. Und die Autoren waren alle Akteure auf der außenpolitischen Bühne – Botschafter, Generaldirektoren, Diplomaten, Kulturattachés, Staatssekretäre, sogar einige Minister waren darunter. Anfangs wirkte die Auswahl der Artikel diffus, aber dann stellte sich etwas ein, das sich nicht anders als ein Ton, ein Tonfall, eine deutlich insistierende Stimme beschreiben ließ. *Eine* Stimme. Und nach einer Weile begriff Paul Hjelm, wer der wirkliche Autor war. Oder eher der Ghostwriter. Der Mann, der vermutlich mehr über außenpolitische Komplikationen wusste als irgendjemand sonst in Schweden, war von Zeit zu Zeit als Ghostwriter gebeten worden, wenn wichtige internationale Fragen beleuchtet und diskutiert werden mussten. Der Mann, der das Alphabet der Sicherheitspolitik auswendig konnte.

Je mehr Hjelm las, desto besser glaubte er Tore Michaelis zu verstehen. Und es machte ihn fast schon froh, dass sein erster Eindruck richtig gewesen war. Dies war ein Mann, der sich von der brutalen Welt der Macht- und Realpolitik nicht hatte verschlingen lassen. Er hatte das Spiel gelernt, von außen und von innen, vermutlich auf dem härtesten aller Wege, aber das Spiel hatte ihn nicht zynisch gemacht. Sein Blick war vollkommen ungetrübt – er sah alles genau als das, was es war, ohne Idealisierungen und ohne Zynismus. Die Welt war Tore Michaelis zufolge ein ziemlich teuflischer Ort, wo der Stärkere immer gewann. Eine echte Entwicklung hatte es nicht gegeben. Das Einzige, was in der Geschichte der Menschheit an dieser Tatsache jemals hatte rütteln können, war die Idee der Demokratie. Zwar war nichts von dem, was in der Weltgeschichte bisher Demokratie genannt wurde, wirkliche Demokratie – denn wer wollte schon die reine Pöbelherrschaft? –, aber der größte menschliche Fortschritt in der Geschichte des Planeten Tellus war das, was Michaelis – unter verschiedenen Pseudonymen – den »demokratischen Instinkt« nannte. Sich das Prinzip der Gleichwertigkeit aller

Menschen wirklich zu Herzen zu nehmen, es wirklich ernst zu nehmen. Der Gedanke existierte in der Menschenwelt seit dem 18. Jahrhundert, aber Wurzeln geschlagen hatte er eigentlich nie. In bestimmten Kulturen etwas mehr als in anderen, unter bestimmten Verhältnissen mehr als unter anderen. Dabei lag in ihm, Tore Michaelis zufolge, die einzige Rettung der Menschheit.

In dem Augenblick, als Paul Hjelm diese Entdeckung machte, beschloss er, dass er ihn auf jeden Fall finden würde.

Er versuchte, das humanistische Credo der Publikationen mit dem zusammenzubringen, was Tore Michaelis vor gut einem Jahr zu ihm persönlich gesagt hatte. Er wollte sich an den Wortlaut erinnern, doch er entglitt ihm immer wieder, aber schließlich hatte er ihn.

»Aus unserer Sicht habt ihr es überhaupt nicht mit Verbrechern zu tun, weil es immer noch moralische Grauzonen und Fragestellungen geben kann. Wir arbeiten in einem Stadium jenseits davon – wo der Ausgangspunkt das Böse ist, nicht als metaphysische Kraft, sondern als praktische Realität.«

Ja, das hatte er im vorigen Jahr gesagt. Und Hjelm erinnerte sich an noch mehr: »Diese Welt gibt es. Wir versuchen, ihr, so gut es geht, zu begegnen, aber wir – die sogenannten Guten – schleppen so viel anderes mit uns herum. Das, was man Leben nennt. Deshalb sind wir immer im Nachteil gegenüber dem Extremismus, in welcher Form er auch auftritt.«

Und alles passte zusammen. Tore Michaelis war der pflichtbewusste sozialdemokratische Beamte, der ein Vierteljahrhundert lang in die Hölle geschickt worden war und versucht hatte, das Böse zu verjagen. Natürlich nicht mit radikalen Mitteln – im Grunde war er ja trotz allem ein humanistischer sozialdemokratischer Pragmatiker –, aber doch ausgehend von Realitäten, die man nicht infrage stellen konnte. Er war in der Welt umhergereist und hatte sich mit dem Bösen in all seinen Formen vertraut gemacht, und zweifellos war es seine Aufgabe gewesen, dafür zu sorgen, dass so wenig wie möglich davon nach Schweden gelangte.

In einem der Artikel, der scheinbar von dem damaligen schwedischen Konsul in Florenz stammte, der sattsam dafür bekannt war, dass er sich mit seinem Analphabetismus brüstete, schrieb Tore Michaelis: »Hier in der Toskana, so nahe am Paradies, wie man es in dieser Welt sein kann, wird das Gehirn von Sonne, Meer, Olivenöl, Knoblauch, Rotwein, Kunst und Schönheit leicht ein bisschen benebelt. Vielleicht ist es dieser Nebel, den wir bisweilen Güte nennen – ein Wohlbefinden, das uns veranlasst, auch anderen wohl (oder jedenfalls nichts Böses) zu wollen. Ich ahne, dass wir von diesem Punkt, diesem Zustand aus das Leben anderer beurteilen müssen. Es ist der westliche Nullpunkt im Verhältnis zu allen anderen. Beurteilen wir andere, wenn wir denken, dass es uns schlecht geht, dann gerät alles in Schieflage. Global gesehen gibt es im Westen keinen einzigen Menschen, dem es schlecht geht.«

Paul Hjelm ließ den Schlusssatz eine Weile in seinem Kopf kreisen, bevor er weiterblätterte.

Es gab noch zwei Dokumente. Das erste enthielt eine Aufzählung der bekannten internationalen Kontakte von Michaelis und umfasste nicht weniger als fünf dicht beschriebene Bögen. Das zweite war kurz und konzise, es war mit einer altmodischen Schreibmaschine auf einem Papier mit dem offiziellen Briefkopf der Sicherheitspolizei verfasst. Obwohl es keinen Titel hatte, brauchte Paul Hjelm nur ein paar Worte zu lesen, um zu verstehen, dass es sich um eine polizeiliche Ermittlung handelte. Der miserable Stil und die obligatorischen Eigenwilligkeiten der Rechtschreibung zeigten das eindeutig. Das Dokument war mit »Rudfeldt« unterzeichnet, mehr nicht. Es war schlicht und einfach nur die Unterlage für die interne Ermittlung der Säpo zu Tore Michaelis' Verschwinden.

Paul Hjelm war gezwungen, den Text während des Lesens mehr oder weniger ins Schwedische zu übersetzen.

Michaelis war also seit drei Wochen zu Hause, als er vor drei Wochen verschwand. Am Donnerstag, dem 3. August, war er nicht ins Büro gekommen. Die Mitarbeiter waren so daran gewöhnt, dass er ohne Ankündigung verschwand, dass sie auf seine Abwesenheit überhaupt nicht reagierten. Erst als Sune, der engste Mitarbeiter des Säpo-Chefs, am Nachmittag zu einer Besprechung auf ihn wartete, wurde das Verschwinden bemerkt. Zwar konnte Michaelis plötzlich verreisen, aber offenbar war er immer sehr genau darin gewesen, seine Chefs darüber zu informieren, wohin er fuhr und warum. Nicht um deren Zustimmung zu erhalten – er ging seine eigenen Wege –, aber um einer Art von Sicherheit willen. Wenn man in seinem dubiosen Beruf von so etwas wie Sicherheit sprechen konnte. Weder sein Notebook noch sein Handy war da, und die Papiere, die sich bei näherer Untersuchung auf und in seinem Schreibtisch fanden, gaben keine Hinweise. Da es keine eigentlichen Mitarbeiter gab, wusste niemand in seiner Nähe – es gab gar keine Nähe –, womit er sich in der letzten Zeit beschäftigt hatte. Im Pausenraum hatte es kein Gerede gegeben – »Tore war keiner, der nur daherredet, das verspreche ich dir«, wie der Säpo-Chef gesagt hatte –, und eine Familie, mit der man hätte reden können, gab es nicht. Tore Michaelis hatte die Konsequenz aus seiner Lebensführung gezogen und war zeit seines Lebens Junggeselle geblieben.

Zeit seines Lebens, das jetzt vielleicht zu Ende war.

Paul Hjelm überlegte. Wo zum Teufel sollte er anfangen? Er musste natürlich ausführlich mit dem Säpo-Chef sprechen und mit dem unbekannten Rudfeldt, der die ergebnislose Ermittlung durchgeführt hatte, und er musste …

Ja, irgendwie musste er unbedingt herausfinden, womit Tore Michaelis sich nach der Rückkehr aus Bagdad eigentlich beschäftigt hatte.

Bagdad, dachte Paul Hjelm, und damit nahmen seine Überlegungen Fahrt auf.

5

Sara Svenhagen und Lena Lindberg schauten Filme an. Man konnte sie nicht direkt als Qualitätsfilme bezeichnen – ja, die Frage drängte sich auf, ob der Begriff »Film« überhaupt angebracht war. Man konnte sich vielleicht wirklich mit dem Wort »Datei« begnügen.

Sie sahen sich eine Computerdatei an.

Die Überwachungskamera im Videoladen des aramäischen Einwanderers Naoum Chamoun in der Jungfrugatan im Stockholmer Stadtteil Östermalm war genau genommen keine Überwachungskamera, sondern eine Kamera aus den allerfrühesten Tagen der rasanten Entwicklung der Webcams. In einer Zeit, da jeder Zehnjährige eine eigene Kamera besaß, um sie an den Computer anzuschließen und so seine eigene Existenz bestätigt zu bekommen – ein Bild, mit dem man jedoch per definitionem unzufrieden war, weil die Unzufriedenheit mit dem eigenen Aussehen sich wie ein Lauffeuer unter der Menschheit, oder eher der Weiblichkeit, verbreitete –, in einer solchen Zeit war die verhältnismäßig gute Bildqualität, die Chamouns Kamera aus den Kindertagen dieser Apparate produziert hatte, ziemlich unerwartet.

Lena startete die Datei an einer gut gewählten Stelle.

Man sah den Ladeninhaber von hinten, wie er sich hinter der Theke bewegte und zurückgebrachte DVD-Hüllen sortierte. Nach einer Minute kam eine große, magere Frau herein und stellte sich, ohne Chamoun eines Blickes zu würdigen, vor das Regal mit den Komödien neben dem Schaufenster zur Jungfrugatan und betrachtete sie.

»Das ist die Zeugin Lisa Jakobsson«, sagte Lena Lindberg. »Offenbar als Erste am Ort.«

Ein paar Minuten vergingen, ohne dass etwas Besonderes

geschah. Dann kam ein blondes junges Mädchen gleichsam hereingewirbelt. Sie drängte sich an Lisa Jakobsson vorbei und griff sich schnell einen Film aus dem Regal, etwa in Höhe von Lisa Jakobssons Knien. Lisa Jakobsson schien jedoch nichts zu bemerken.

»Und das hier ist Suzanne Ehrenkrona«, sagte Lena, »die in ein paar Minuten richtig schlimm zugerichtet sein wird.«

»Gefallener Engel«, sagte Sara Svenhagen und musterte die selbstbewussten Bewegungen des blonden Wirbelwinds.

Suzanne Ehrenkrona erreichte jetzt die Ladentheke, wechselte ein paar unhörbare Worte mit Naoum Chamoun, warf mit einer Bewegung, die lange vor dem Spiegel geübt zu sein schien, den Kopf zurück und lachte. Im selben Augenblick ging die Tür wieder auf, und ein korrekt gekleideter Herr gehobenen Alters trat ein und schlich zum Regal in der dem Schaufenster gegenüberliegenden Ecke. Jetzt wurde das Bild angehalten.

Sara Svenhagen betrachtete ihre Kollegin. Lena Lindberg saß da mit der Hand auf der Maus und nickte.

»Unser zweiter Zeuge«, sagte sie, »Johannes Åkerblom. Und du kannst wohl den Text über seinem Kopf erkennen.«

Sara hatte das Gefühl, mit der Nase beinahe den Bildschirm zu berühren. Dennoch konnte sie nur mit größter Anstrengung den Text lesen, unter dem Johannes Åkerbloms elegante Erscheinung erstarrt war.

»Ja, doch«, sagte sie. »Da steht ›Erotik‹.«

»Genau«, sagte Lena kurz und ließ das Bild weiterlaufen. »Aber als ich hinkam, stand er vor den Komödien.«

»Hat sich wohl geschämt.«

»Es sind zwei Frauen im Laden«, sagte Lena und zeigte auf den Bildschirm. »Vor denen schämt er sich nicht. Er scheint ganz offen zum Erotikregal zu gehen. Eine altersgeile Anmache?«

Lisa Jakobsson stand noch immer unschlüssig suchend vor den Komödien, während Suzanne Ehrenkrona inzwischen ihre DVD erhalten hatte und in einer ziemlich großen weißen Handtasche nach Geld wühlte.

Der Film wurde wieder angehalten.

Lena Lindberg sah nachdenklich aus, als Sara Svenhagen sich ihr zuwandte, um zu fragen, was los sei.

»Ist das nicht eine echte Chloé Paddington?«, sagte Lena.

»Die Tasche?«, fragte Sara und fühlte sich sehr wie eine Mutter mit kleinen Kindern.

»Die vielleicht trendigste Handtasche der letzten Jahre«, sagte Lena. »Natürlich gibt es Kopien, aber diese hier scheint echt zu sein. Sie kostet ungefähr zehntausend.«

»Wie viel?«

»Man sieht in der Stadt merkwürdig viele dieser Taschen, aber das hier ist, glaube ich, ein Original.«

»Woran siehst du das?«, fragte Sara und musste erneut den Bildschirm mit der Nasenspitze touchieren.

»Der Gesamteindruck …«

»Aber woher weißt du so viel über solche Sachen?«

»So ist das eben«, sagte Lena mit einem Achselzucken. »Man kann keinen Modeblog lesen, ohne zu erfahren, was man alles haben sollte, das man nie kriegen kann. Wenn das Leben sinnlos scheint, werden viele Frauen Shopaholics. Ich kann nicht behaupten, dass ich davor gefeit wäre. Es gibt einen äußeren Druck, man will dazugehören.«

»Aber wer achtet denn überhaupt darauf?«, fragte Sara verwundert. »Die Männer?«

»Kaum«, sagte Lena. »Dies ist ein innerweiblicher Terror.«

Sara Svenhagen kratzte sich an der Stirn. Sie spürte, dass sich zwischen ihren Augen eine Falte gebildet hatte, eine Kummerfalte. Und sie musste zugeben, dass ihr das, was sie fühlte, nicht gefiel.

So ist das eben.

»Wollen wir uns mit der Feststellung begnügen, dass die neunzehnjährige Suzanne Ehrenkrona nicht nur adlig, sondern auch reich und modebewusst ist?«, schlug sie vor.

»Fürs Erste«, sagte Lena Lindberg und ließ den Film weiterlaufen.

Suzanne Ehrenkrona wühlte in ihrer Handtasche der Marke Chloé, Modell Paddington, und brachte schließlich ein voluminöses Portemonnaie zum Vorschein.

»Und *das* kostet dreitausend«, sagte Lena Lindberg lakonisch.

Suzanne grub eine Weile im Portemonnaie und wedelte dann mit einem Fünfhundertkronenschein, wobei sie laut lachte. In dem Moment wurde die Tür aufgestoßen, und ein Mann stürmte herein. Er hatte eine schwarze Maske übers Gesicht gezogen, trug tief hängende Jeans, eine militärgrüne Jacke mit Kapuze und Turnschuhe, die wahrscheinlich einmal weiß gewesen waren. Aus der zur Faust geballten behandschuhten Hand ragte ein Gegenstand, der in der Eile leicht für einen Pistolenlauf gehalten werden konnte. Und die Eile war beträchtlich.

»Ordentliches Tempo«, sagte Sara Svenhagen.

»Ja«, erwiderte Lena Lindberg. »Er hat offenbar Routine. Aber gleichzeitig haben seine Bewegungen tatsächlich etwas von der Fahrigkeit eines Junkies.«

Sara konnte nur konstatieren, dass Lena – die sich immer ein wenig näher am schmutzigen Verbrechensalltag befunden hatte als sie selbst – recht hatte. Natürlich zitterte die vermeintliche Pistole in der Hand, auch der Arm fuhr heftig und ruckartig hin und her. Einmal schwenkte er um hundertachtzig Grad herum und richtete die Waffe auf die Zeugen an der Wand neben der Tür, zuerst auf Lisa Jakobsson am Komödienregal, dann auf Johannes Åkerblom am Erotikregal. Beide streckten die Hände in die Luft. Dagegen schien der Räuber Suzanne Ehrenkrona noch gar nicht bemerkt zu haben. Sie hatte sich mit vor Angst geweiteten Augen zur Wand auf der Rechten zurückgezogen, genau am Rand des Kamerabilds. Der Räuber fuchtelte jetzt wild mit dem Gegenstand in Richtung des Ladeninhabers, und genau in dem Moment, als der offene Mund durch die Öffnung in der Maske sichtbar wurde, hielt Lena den Film an.

»Zwei Sachen«, sagte sie und zeigte etwas fahrig auf den Bildschirm. »Guck dir mal das Ding an.«

Sara guckte das Ding an, das in diesem eingefrorenen Augenblick seine wahre Natur preisgab. Es gab keinen Kolben, nur ein Rohr. Sara nickte langsam.

»Eine Art Eisenrohr«, sagte sie. »Und das zweite?«

»Sieh dir mal Suzanne Ehrenkrona an.«

Sara sah Suzanne Ehrenkrona an. Der blonde Wirbelwind war am rechten Bildrand erstarrt, die Hände auf dem Weg über den Kopf. Oder schien es nur so? Den Fünfhundertkronenschein hatte sie auf jeden Fall noch in der Hand. Und in ihrem Gesichtsausdruck war ein Wandel zu erkennen, wie man ihn nicht vermuten würde. Die Angst der vorausgegangenen Sekunden war im Begriff, in etwas anderes überzugehen.

»Lass weiterlaufen«, sagte Sara nur.

Lena tat es. Und Suzanne Ehrenkronas Gesichtsausdruck verwandelte sich mit verblüffender Geschwindigkeit von Angst in Zorn oder vielleicht sogar – Hohn? Ihre Hände waren auf dem Weg nach oben, über den Kopf, aber dann begann sie, mit dem Geldschein zu wedeln, und genau in dem Moment, als der Räuber von einem offensichtlich geschockten Naoum Chamoun sein Geld bekam und ihrem Blick begegnete, streckte sie ihm mit einer unverhohlen höhnischen Miene den Schein entgegen. Suzanne Ehrenkrona wollte gerade etwas sagen, als der Räuber ihr mit aller Kraft das Eisenrohr ins Gesicht schlug. Sie fiel um wie ein gefällter Baum, den Geldschein in der einen und den Film *Smala Sussie* in der anderen Hand.

Nun schien es, als habe Lena den Film wieder angehalten – der Räuber erstarrte für ein paar Sekunden total, doch dann besann er sich und stürzte aus der Tür, während Johannes Åkerblom schon auf seinem Handy die Polizei anrief und anschließend zu Lisa Jakobsson hinüberlief und beschützend den Arm um ihre Schultern legte. Kurz darauf stürmten die uniformierten Polizisten in den Laden. Naoum Chamoun hielt immer noch die Hände über den Kopf.

Lena Lindberg stoppte den Film.

»Klar, dass die sich kennen«, sagte sie und blinzelte ihre Partnerin an.

»Sie sagt zwar nichts«, sagte Sara und blinzelte zurück. »Aber sie erkennt ihn, ganz klar. Und es scheint ungefähr in dem Augenblick zu sein, als er sagt: ›Alles Geld her, aber fix‹, oder was er nun sagt.«

»Er ist maskiert«, sagt Lena, »aber sie erkennt ihn an der Stimme.«

»Und als sie das tut, verwandelt sich ihre Angst auf der Stelle in schneidenden Hohn.«

»Und er reagiert auf den Hohn, indem er sie umnietet, bevor sie ein Wort herausbringt.«

»Und danach packt ihn der Schock. Er steht so lange wie erstarrt da, dass der an Überfälle gewöhnte Naoum Chamoun hätte reagieren und ihn seinerseits niederschlagen können.«

»Stattdessen bleibt Chamoun, der Mann, der seinen Laden videoüberwacht, um seine hartgesottene Sippe auf eventuelle Räuber anzusetzen, minutenlang wie angewurzelt mit den Händen über dem Kopf stehen. Das ist ein Paradox.«

»Und wer die Polizei ruft, ist Erotik-Johannes und kein anderer. Ist das vielleicht auch ein Paradox?«

»Anderseits verhält sich keiner von ihnen irgendwie verdächtig.«

Die beiden verstummten für einen Augenblick und sahen sich an.

»Aber meine Witterung spüre ich immer noch«, sagte Lena.

»Ich spüre sie auch«, sagte Sara. »Obwohl ich nicht genau weiß, warum.«

»Also untersuchen wir die Sache.«

Sie traten auf den Korridor hinaus und verließen den Trakt der A-Gruppe, bis sie zu einer Reihe von Zimmern gelangten, die von einer gestrengen Empfangsdame überwacht wurden. Diese steckte den Kopf aus ihrem Schalter und sagte: »Sie sitzen in getrennten Wartezimmern, wie ihr es gewünscht habt, aber sie sind inzwischen beide etwas ungehalten.«

»Sind es nur zwei?«, fragte Lena Lindberg und zog die Stirn in Falten.

Die Kollegin von der Anmeldung las die Namen von einem Blatt Papier ab: »Johannes Åkerblom und Naoum Chamoun.«

»Keine Lisa Jakobsson?«

»Nein«, sagte die Kollegin ein wenig schnippisch, als hätte sie von der Obrigkeit etwas mehr Dankbarkeit erwartet.

»Lassen wir unseren Aramäer etwas warten?«, fragte Lena.

»Your call«, sagte Sara.

»Dann tun wir das«, gab Lena zurück.

Worauf sie sich zu einem sehr gepflegten Herrn in gehobenem Alter in einem Vernehmungsraum setzten.

Besagter Herr erklärte mit barscher Stimme: »Meine Damen. Da ich vermute, dass Sie mich völlig bewusst mehr als eine Stunde in einem klaustrophobischen Zimmerchen haben warten lassen, nehme ich an, dass Sie damit etwas bezwecken. Darf ich fragen, was?«

Da die Frage nicht nur wohlformuliert, sondern auch wohlmotiviert war, erwiderte Sara Svenhagen auf dieselbe Weise: »Wir interessieren uns dafür, warum Sie, Johannes Åkerblom, am Sonntagnachmittag um vier Uhr einen Pornofilm ausleihen wollten.«

»Das Interesse der Damen für derartige Dinge interessiert mich wiederum wenig«, sagte Johannes Åkerblom, immer noch geistreich, doch mit einer neuen Schärfe in der Stimme, die sich in der Fortsetzung manifestierte: »Kommen Sie zur Sache.«

»Also nehmen wir an, dass Sie Stammkunde sind«, sagte Lena Lindberg. »Und dass Ihre Frau Britta, mit der Sie seit dreißig Jahren verheiratet sind, damit einverstanden ist. Dann können wir ja anrufen und mit ihr darüber sprechen.«

»Unsere eventuellen ehelichen Arrangements haben nicht das Geringste mit Ihrer Ermittlung zu tun, und das wissen Sie genau. Also frage ich mich, worauf Sie eigentlich hinauswollen. Stehe ich unter irgendeinem Verdacht?«

»Nicht im Geringsten«, sagte Sara Svenhagen versöhnlich. »Wir versuchen lediglich, uns ein so klares Bild zu machen wie möglich. Natürlich wissen wir, dass Sie es waren, der die Polizei angerufen hat.«

»Also das Übliche«, sagte Johannes Åkerblom bitter. »Ist das der Dank dafür, dass man ein Verbrechen meldet? Dass man sexueller Perversionen bezichtigt wird?«

»Das wäre also das Übliche?«, fragte Lena Lindberg. »Kommt es häufig vor, dass Sie Verbrechen melden und anschließend sexueller Perversionen bezichtigt werden?«

»Gibt es wirklich keinen Grund, Zeugen bei guter Laune zu halten? Würde das nicht der Allgemeinheit dienen?«

»Wir haben uns natürlich Ihr Strafregister angesehen«, sagte Sara Svenhagen und begann in einem viel zu dicken Papierstapel zu blättern. »Das sieht überhaupt nicht gut aus. Steuervergehen seit den Sechzigerjahren, in wiederholten Fällen.«

»Schlampige Steuererklärungen«, sagte Johannes Åkerblom unbeeindruckt. »Hören Sie, ich weiß, dass das, was Sie hier machen, Albernheiten sind. All dies ist schon seit Langem abgegolten. Was wollen Sie eigentlich?«

»Wir wollen wissen, wer Sie sind«, sagte Lena Lindberg kühl. »Damit wir wissen, wie viel Vertrauen wir in Ihre Zeugenaussage haben können.«

»Sie sind nahe daran, überhaupt keine Zeugenaussage zu bekommen.«

»Das kann ich mir kaum vorstellen.«

»Wenn man endlich frei ist von jahrzehntelangen Steuerschulden«, sagte Sara Svenhagen, »wäre es ziemlich dämlich, sich schuldig zu machen, indem man polizeiliche Ermittlungen behindert.«

»Und sein Strafregister erneut füllt«, fügte Lena Lindberg mit einem feinen Lächeln an.

»Warum fühlen Sie sich veranlasst, mir zu drohen?«, fragte Johannes Åkerblom ehrlich verwundert. »Im Unterschied zu neunzig Prozent Ihrer üblichen Vernehmungsobjekte bin ich ein aussagewilliger Zeuge.«

»Absolut«, sagte Sara. »Aber nicht notwendigerweise ein zuverlässiger Zeuge. Wir müssen dafür sorgen, dass Sie ein solcher werden. Wir müssen alles aus dem Weg räumen, was dem entgegensteht.«

»Normalerweise eröffnen wir unseren Vernehmungsobjekten nicht unsere Taktik.«

»Wenn sie nicht so begabt sind wie Sie.«

»Und uns auf der Stelle durchschauen.«

»Und einsehen, dass wir alles wissen.«

»Was haben Sie gesehen, das wir nicht wissen?«

Johannes Åkerblom blinzelte angestrengt. Die Schutzschichten eines ganzen Lebens schienen vor seinen Augen zu zittern. Sie fielen nicht, aber sie zitterten, und das genügte.

»Ich glaube, dass Sie alles wissen, was ich gesehen habe«, sagte er schließlich und versuchte, keineswegs eingeschüchtert zu klingen.

»Wir haben die Zeugenaussage, die ich vor Ort aufgenommen habe«, sagte Lena Lindberg. »Als Sie ans Komödienregal gedrückt dastanden.«

»Und nicht ans Erotikregal«, sagte Sara Svenhagen.

»Aber das genügt nicht, es fehlen Details. Sagen Sie uns

jetzt, was Sie gesehen haben und wie die verschiedenen Leute reagierten.«

Johannes Åkerblom blickte auf die Tischplatte, und dann sah er sie an. Sein Blick war vollkommen klar. »Ich bin darauf gekommen, was zwischen dem Räuber und dem Opfer ablief. Es war hasserfüllt, und es war – liebevoll.«

»Wie?«, sagte Sara. »Liebevoll?«

»Falls ja, dann in einer sehr komplizierten Beziehung«, sagte Åkerblom.

»Sonst nichts?«, fragte Sara. »Gar nichts?«

»Nein, das ist mir aufgefallen. Aber alles ging ziemlich schnell.«

»Und der Inhaber? Sie kennen ihn, nicht wahr?«

»Nicht direkt. Er ist der Mann, der dasteht, wenn man Filme ausleiht, das ist alles. Ich kenne ihn nicht. Er gehört kaum zu meinen Kreisen.«

»Das ist zu vermuten«, sagte Lena Lindberg.

»Aber er war nicht dermaßen geschockt, dass er so mit den Händen in der Luft dazustehen brauchte.«

»Nicht?«

»Nein. Er schien bei alledem ziemlich gefasst zu sein.«

»Was ist dann Ihre Erklärung dafür, dass er es dennoch tat?«

»Ich habe keine Erklärung«, sagte Johannes Åkerblom.

Sie ließen ihn gehen und holten Naoum Chamoun herein. Er hatte dunkle Ränder unter den Augen und sah mitgenommen und gleichzeitig trotzig aus. Lena und Sara blickten sich an und versuchten, zu einem gemeinsamen Schluss zu kommen. Es gelang nicht.

»Warum die Hände?«, fragte Lena Lindberg.

Naoum Chamoun betrachtete sie und schüttelte dann den Kopf. Er sagte kein Wort.

»Warum hielten Sie noch Minuten, nachdem der Räuber verschwunden war, die Hände über den Kopf?«

Ohne einen merkbaren Akzent, aber auch ohne besonderen Tonfall sagte Naoum Chamoun: »Was soll das mit dem Raub zu tun haben?«

»Weiß ich nicht«, sagte Lena. »Erzählen Sie.«

»Ich war wie festgefroren«, sagte Chamoun.

»Aber Sie sind doch früher schon beraubt worden. Achtmal, Ihren Anzeigen bei der Polizei zufolge.«

»Nie mit Gewalt.«

»Aber unter Androhung von Gewalt?«, fragte Sara.

»Klar«, sagte Chamoun. »Aber nie mit echter Gewalt.«

»Kennen Sie das Opfer? Suzanne Ehrenkrona?«

»Ich kenne niemanden.«

»Niemanden?«

»Ich leihe Filme an sie aus. Aber ich kenne sie nicht.«

»Aber auf der Kameraaufzeichnung, die Sie uns freundlicherweise zur Verfügung gestellt haben, sieht es so aus, als lachten Sie und machten Scherze mit ihr.«

»Sie kommt manchmal vorbei. Sie ist lustig. Aber ich kenne sie nicht. Ich bin nicht sicher, ob die Kunden mich als Menschen ansehen.«

»Und die anderen im Laden?«, fragte Lena Lindberg.

»Der Mann leiht auch manchmal Filme aus. Johannes Åkerblom.«

»Sie kennen immerhin seinen Namen.«

»Und seine Personennummer. 440224–1054.«

»Warum das?«

»Er behält die Filme oft sehr lange. Ich muss ihm Mahnungen schicken.«

»Seine Pornofilme?«

»Ja«, sagte Naoum Chamoun nur.

»Kommt er immer allein?«, fragte Lena Lindberg.

»Ja.«

»Sie kannten also alle, die sich im Laden befanden, als der Räuber hereinkam?«

»Nicht die Frau ganz hinten, die magere.«

»Lisa Jakobsson.« Sara nickte. »War sie davor nie bei Ihnen?«

»Nein.«

»Ich vermute, dass man einen Mann, der die Personennummern seiner Kunden auswendig kennt, nicht zu fragen braucht, wieso er so sicher sein kann?«

»Da vermuten Sie richtig.«

»Und zu dem Räuber ist Ihnen nichts mehr eingefallen?«

»Nur, dass er Junkie war.«

»Und dass er gewalttätig war.«

»Ich ertrage keine Gewalt.«

»Wenn man bedenkt, dass Sie geplant hatten, Ihre Familie auf den Junkie anzusetzen, ist das eine ziemlich überraschende Aussage.«

»Mir wird schlecht, und ich erstarre. Das ist wahr.«

»Und die Familie?«

»Das war *ihre* Vermutung«, sagte Chamoun und zeigte auf Lena. »Und die ist falsch.«

»Sie haben es doch zugegeben«, sagte Lena Lindberg. »Sie haben ausdrücklich gesagt: ›Wenn man in diesem Land Gerechtigkeit will, muss man sie in die eigene Hand nehmen.‹«

»Das war rein theoretisch gesprochen«, sagte Naoum Chamoun mürrisch.

»Warum filmen Sie denn dann Ihre Kunden?«, fragte Lena.

»Weil so oft Filme geklaut werden. Es heißt, die Leute in Östermalm wären am schlimmsten, und da kann ich nur zustimmen. Sobald sie eine Sache in der Hand halten, gehört sie ihnen.«

Sara und Lena sahen sich an. Es war an und für sich immer interessant, umgekehrte Vorurteile zu sehen, aber mit Naoum Chamoun würden sie im Augenblick so nicht weiterkommen. Gesprächspartner, die sich in die Bredouille gebracht hatten, waren nie ein erfreulicher Anblick.

Also setzten sie sich in einen Dienstwagen und fuhren aus der Garage des Präsidiums auf die Bergsgatan hinaus, wo sie plötzlich von der strahlenden Spätsommersonne geblendet wurden. Als Lena Lindberg die Sonnenblende herunterklappte, touchierte sie mit der vorderen Stoßstange das Gittertor. Nachdem sie das metallische Kratzen gehört hatte, nahm sie den Blick des Wachmanns in seinem Kabuff wahr, und der Blick sagte ganz einfach: Weiber am Steuer. Sara Svenhagen beobachtete den Vorgang, belustigt und beunruhigt zugleich. Es hatte Zeiten in Lena Lindbergs Leben gegeben, da wäre sie, ohne zu zögern, aus dem Wagen gesprungen, zu dem Schalterhäuschen des Wachmanns hinübergestürzt und ihm an die Gurgel gegangen. Spuren dieser Haltung waren noch immer da, das sah Sara, aber jetzt hatte sie nur noch eine Falte zwischen den Augenbrauen zur Folge, wenn auch eine sehr steile.

Wie fixiert wir auf Falten sind, wenn wir älter werden, dachte Sara. Aber sie sagte: »Warum hat er sie gefilmt?«

Lena Lindberg gab an der Steigung der Bergsgatan unnötig viel Gas und ließ den Wagen um die Kurve in die Polhemsgatan schleudern, anstatt einzubiegen.

»Ich weiß«, sagte sie finster. »Es passt nicht zusammen.«

Sie schwiegen eine Weile. Erst als sie den nördlichen Rand von Vasastan erreichten, fragte Sara: »Warum ist Lisa Jakobsson nicht erschienen?«

Lena schnitt eine Grimasse und sagte: »Auch eine gute Frage.«

Danach schwiegen sie wieder, bis Stockholm in Solna überging, und kurz darauf standen sie in einem Krankenhausflur im Karolinska einer Krankenschwester gegenüber, die sie streng musterte.

»Sofie Ehrenswärd darf jetzt nicht gestört werden«, sagte sie barsch, die Hände in die Seiten gestemmt.

»Und wie sieht es mit Suzanne Ehrenkrona aus?«, fragte Lena unschuldig.

Die Wange der Schwester zuckte ein wenig, aber sie blieb hart: »Sie hat eine schwere Gehirnerschütterung; erst vor ein paar Stunden hat der Neurologe festgestellt, dass keine Anzeichen für eine Gehirnschädigung vorliegen. Außerdem schläft sie.«

»Aber sie ist nicht betäubt?«

»Sie erhält starke schmerzlindernde Medikamente, und das ist beinahe dasselbe.«

»Wir müssen aber mit ihr sprechen«, sagte Lena Lindberg mit etwas mehr Nachdruck.

Die Krankenschwester seufzte tief, und mit einem Kopfschütteln öffnete sie ihnen die Tür zu einem Krankenzimmer, in dem vier durch Paravents voneinander getrennte Betten standen. Dann verschwand sie.

In allen vier Betten lagen Frauen, die völlig weggetreten zu sein schienen, und während sie nach Suzanne Ehrenkrona suchten, sagte Lena leise: »Kannst du mir ihr Verhalten erklären? Was will sie damit bewirken?«

»Das ist ziemlich menschlich«, sagte Sara und drehte vorsichtig das Namensband am Handgelenk der Frau, die links der Tür am nächsten lag. Es war der falsche Name.

»Ich finde es eher unmenschlich«, sagte Lena und untersuchte den Arm der Frau am Fenster.

Die Patientin schlug die Augen auf und starrte sie ein paar Sekunden lang mit leerem Blick an, ehe ihre Augenlider wieder herabfielen. Auch sie war nicht Suzanne Ehrenkrona.

»Man geht mit Leben und Tod um«, sagte Sara und ging zum zweiten Bett rechts der Tür. »Man steht dem großen Rätsel der Existenz gegenüber und fühlt sich klein und unzulänglich. Man ist machtlos angesichts des Mysteriums Mensch – und außerdem machtlos in dem riesigen Apparat des Gesundheitswesens. Alles ist sehr unüberschaubar. Aber es gibt einen klitzekleinen Sektor, in dem man Macht hat, und es ist unglaublich wichtig, den zu verteidigen.«

»Und das nennst du also menschlich?«, fragte Lena Lindberg und drehte ein weiteres Armband. Auch hier stand nicht der Name Suzanne Ehrenkrona.

»Vielleicht sogar weiblich«, sagte Sara Svenhagen und fügte hinzu: »Hier ist sie.«

Während Lena Lindberg die wenigen Schritte zum Bett rechts an der Tür tat, sah sie sich im Zimmer um. Sämtliche Frauen schienen zu schlafen, sie alle hatten verschiedene Arten von Verbänden um den Kopf. Erst jetzt kam ihr der Gedanke, dass dies der Saal für *Gewalt gegen Frauen* war und die Wahrscheinlichkeit, dass die Täter Männer waren, eher eine Gewissheit. Hier lagen vier Frauen, denen mit Sicherheit von Männern die Schädel eingeschlagen worden waren.

Aufs Ganze gesehen schlugen Männer Frauen sehr selten – es gab immer noch ein Tabu, eine Grenze, die die Hand zurückhielt. Zur Gewalt neigende Männer griffen nur in Ausnahmefällen Frauen an. Doch das galt bloß in der Öffentlichkeit. Sobald diese gewaltbereiten Männer die Schwelle zur Sphäre des Privaten überschritten, bekam das Tabu Risse, die Grenze hielt die Hand nicht mehr zurück. Wenn eine Frau einen Mann an sich heranließ, setzte sie sich auch einer Menge von Risiken aus. Das wusste nicht zuletzt Lena Lindberg aus eigener Erfahrung. Sie war von Geir zwar nicht geschlagen worden – es verhielt sich faktisch umgekehrt, wenn auch in kontrollierter Form –, aber sie war in eine sadomasochistische Welt gelockt worden, in der sie eigentlich nichts zu suchen hatte. Aber es wäre nur noch ein kleiner Schritt gewesen. Sie gehörte zu den härtesten Frauen, die sie kannte – kein Mensch würde sich vorstellen können, dass Lena Lindberg von einem Mann misshandelt würde –, dennoch spürte sie, dass es nur noch ein kleiner Schritt war. All diese starken Gefühle – auch sie hätte in der gefühlsmäßigen Abhängigkeit landen können, die die Voraussetzung dafür war, dass Frauen sich immer wieder misshandeln ließen. Warum musste das so sein?

Frauen hatten zu viel Selbstzerstörerisches in sich …

Sara Svenhagen hatte Suzanne Ehrenkrona geweckt, und als Lena an deren Bettkante erschien, sagte sie: »Hej, Suzanne, wir sind von der Polizei. Schaffen Sie es, uns ein paar Fragen zu beantworten?«

Suzanne Ehrenkronas klarblaue Augen tauchten aus den Nebeln auf und versuchten, sich zu orientieren. Schließlich nickte sie.

»Sie kannten ihn, nicht wahr?«, fragte Lena Lindberg.

Suzanne Ehrenkronas Blick wandte sich Lena zu. Gleichzeitig passierte etwas. Ihr Blick kehrte sich nach innen, er wurde defensiv.

Lena sah, wie Sara eine Grimasse schnitt und rasch den Kopf schüttelte, aber es war ihr egal. Sie fuhr fort: »Haben Sie die Augen erkannt? Er kommt maskiert herein, dann dreht er sich zu Ihnen um, und da erkennen Sie die Augen. So war es doch, nicht wahr?«

»Ich weiß nicht, wovon Sie sprechen«, sagte Suzanne Ehrenkrona mit heiserer Krankenhausstimme.

»Kommen Sie schon, Suzanne. Sie wollen doch nicht, dass ich dreimal am Tag hier stehe und dieselbe Frage wiederkäue. Denn das wird passieren, wenn Sie weiterhin die Polizei belügen.«

»Ich lüge nicht.«

»Doch«, sagte Lena Lindberg. »Wenn es nicht die Augen waren, dann war es die Stimme. Aber Sie haben ihn erkannt.«

Suzanne Ehrenkrona drehte langsam den Kopf, bis ihr Blick den von Sara Svenhagen traf.

»Lena ist ziemlich beharrlich«, erklärte die.

»Ich wäre beinahe gestorben«, sagte Suzanne Ehrenkrona. »Warum lassen Sie mich nicht in Ruhe?«

»Weil Sie wissen, wer der Täter ist«, sagte Lena Lindberg. »Sagen Sie es einfach, dann lassen wir Sie in Frieden.«

»Als ob das ein Problem wäre …«

Lena und Sara wechselten einen Blick. Der Fall war klar.

»Ihr Gesichtsausdruck wirkt höhnisch«, sagte Lena. »In dem Moment, in dem Sie ihn erkennen, reagieren Sie spontan mit Hohn. Und er reagiert ebenso schnell, als er Sie sieht. Es ist eine alte, richtig eingefahrene Beziehung. Das Problem ist, dass Sie neunzehn sind und vermutlich gar keine Zeit haben für eine solche Beziehung, nicht, während Sie aufs Gymnasium gehen. Wenn Sie eine Beziehung mit einem richtig gewohnheitsmäßigen Narkomanen gehabt hätten – denn um den handelt es sich hier augenscheinlich –, müssten Sie irgendwo in den Polizeiakten auftauchen. Das ist nicht der Fall. Nehmen Sie selbst Drogen?«

»Nie«, entfuhr es Suzanne Ehrenkrona.

»Jugendverliebtheit? Sie waren fünfzehn, er vielleicht achtzehn, ein supercooler, imponierender Stureplan-Typ mit Kokaingewohnheiten, wie man sie mit achtzehn nicht haben sollte. Sie haben sich wahnsinnig in ihn verliebt, aber Ihre Liebe reichte nicht aus, um ihn am Absturz zu hindern. Stattdessen fangen Sie an, sich zu hassen. Seine wirkliche Liebe ist das Rauschgift. Es ist nicht das erste Mal, dass Ihnen das aufgeht, und es ist nicht das erste Mal, dass Sie es der Polizei verschweigen.«

»Aber das passt doch alles nicht«, sagte Sara plötzlich.

Lena warf ihr einen mindestens ebenso grantigen Blick zu, wie sie ihn sich selbst vorher zugezogen hatte.

Suzanne Ehrenkrona betrachtete die beiden mit großen Augen.

»So verliebt man sich nicht mit fünfzehn«, fuhr Sara fort. »Oder anders: Natürlich tut man das. Man ist verliebt bis über beide Ohren, nie wieder im Leben erfüllt einen die Liebe dermaßen und bestimmt alles, was man tut. Aber es geht ebenso schnell vorüber. Und vor allem am Stureplan, wo die Jungs die Tendenz haben, einander sehr ähnlich zu sein. Wenn einer in die Drogen abdriftet, gibt es an der nächsten Ecke schon wieder einen neuen.«

»Aha«, sagte Lena und versuchte ihre Verblüffung zu maskieren. »Die langfristigen Gefühle sind also eher für andere Formen von Beziehungen reserviert.«

Sara nickte und fuhr fort: »Ich frage mich, ob es in jüngerer Zeit ein Mitglied des Adelsgeschlechts Ehrenkrona ins Strafregister geschafft hat. Wir haben jedenfalls niemanden gefunden.«

»Also hat das Bruderherz den Namen gewechselt«, nickte Lena mit einem dankbaren Blick zu Sara hinüber. »Danke für den Tipp.«

»Das ist doch Unsinn, was Sie da reden«, sagte Suzanne Ehrenkrona ungehalten.

»Wir finden ihn«, entgegnete Sara Svenhagen ruhig. »Wahrscheinlich begann es mit einem richtigen Aufruhr. Vermutlich einer Form von Realitätsschock, der ihn einsehen ließ, wie künstlich die Welt der Oberklasse ist, und adlig wollte er verdammt noch mal nicht mehr sein. Er nennt sich vielleicht Persson und hat sich den Syndikalisten angeschlossen. Er will revoltieren. Leider ist die revolutionäre Glut im Schweden unserer Tage nicht so richtig heiß. Er gerät in Kreise, die sich im Großen und Ganzen mit dem Gleichen beschäftigen wie die Typen vom Stureplan. Sie konsumieren Drogen.«

»Anfangs raucht er nur ein wenig«, sagte Lena. »Aber er ist empfänglich und landet über Marihuana und Haschisch ziemlich schnell bei Heroin. Er ist verloren, und Schwesterchen steht dem Ganzen ohnmächtig gegenüber.«

»So wurde aus dem künftigen Konzernchef Benjamin Ehrenkrona der Junkie und Kriminelle Benny Persson.«

»So leicht kann es gehen, Suzanne. Nichts ist allgemeingültig und vorherbestimmt.«

Sie hielten inne und betrachteten die junge Frau. Suzanne Ehrenkrona schloss langsam die Augen und schwieg. In einem Augenwinkel wurde eine kleine Träne sichtbar.

»Wir finden ihn, das ist Ihnen klar. Aber dazu müssen wir noch ein paarmal zurückkommen und dieses Gespräch wiederholen«, hakte Sara wieder ein.

Suzanne Ehrenkrona blieb stumm. Der Tropfen im Augenwinkel glitt langsam ihre Wange hinunter auf das Kissen.

»Dann müssen wir ordentlich in der Vergangenheit der Familie Ehrenkrona graben«, sagte Lena.

Ein weiterer Tropfen hatte sich gelöst und rann dem ersten hinterher.

»Er heißt Andreas«, sagte Suzanne. »Andreas Bergström. Und er schloss sich den Veganern an. Diesen Idioten.«

»Danke«, sagte Sara und legte ihr die Hand auf den Arm.

»Wissen Sie, wo er sich aufhält?«, fragte Lena, die sich ein bisschen außen vor fühlte.

»Nein«, sagte Suzanne und begann nun ernstlich zu weinen. »Ich dachte nicht, dass er mich richtig schlagen würde. Das hat er noch nie getan. Er konnte keiner Fliege etwas zuleide tun.«

»Und Sie kennen seinen Unterschlupf nicht?«

»Ich halte mich so fern von alldem, wie ich kann. Ich hasse ihn.«

»Und Sie lieben ihn?«

»Ja. Verfluchter Andreas. Verdammt.«

Auf dem Rückweg ins Präsidium schwiegen sie, bis Lena Lindberg kurz vor der St. Eriksbro plötzlich an den Bordstein fuhr und abrupt anhielt. Die Autos hinter ihnen hupten aufgeregt. Lena fuhr auf den Bürgersteig. Sara blickte zur anderen Seite der Brücke hinüber. Vor nur einem Jahr war genau dort ein U-Bahn-Wagen in die Luft gesprengt worden, kurz bevor er auf die Brücke fuhr. Ein Schauder durchfuhr sie, und sie wandte sich ihrer Kollegin zu.

»Bin ich die Einzige, die komische Schwingungen wahrnimmt?«, fragte Lena.

»Ich war nicht da«, sagte Sara Svenhagen. »Ich muss mich auf deine Schwingungen verlassen. Und das tue ich. Obwohl wir den Fall praktisch gelöst haben. Und das nicht schlecht.«

»Ich weiß«, gab Lena zu.

»Lass mich raten«, schlug Sara vor.

»Okay.«

»Johannes Åkerbloms Pornogucken am helllichten Tage ist

an und für sich ein wenig merkwürdig. Naoum Chamouns Filmen und seine Hände-hoch-Haltung ebenso. Genauso wie das Spiel zwischen Suzanne Ehrenkrona und ihrem Bruder. Aber nichts ist wirklich völlig ungewöhnlich. Sagen wir mal, es handelt sich um ganz normale Abweichungen.«

»Aber warum ist Lisa Jakobsson nicht erschienen?«, hakte Lena Lindberg nach.

»Das kann an allem Möglichen liegen«, sagte Sara. »Angefangen bei reiner Faulheit bis zu realer Angst vor der Polizei. Und wir haben den Fall ohne sie gelöst.«

»Sie stand ziemlich lange da am Regal mit den Komödien, und nachher versuchte sie die Fliege zu machen. Und sie behauptete, einen Film ausleihen zu wollen, obwohl sie in einem völlig anderen Stadtteil wohnt – nämlich in dem hier.«

»Dem hier?«

»Ich kam darauf, als wir am St. Eriksplan vorbeifuhren. Sie wohnt in der Gästrikegatan.«

»An der wir gerade vorbeigefahren sind?«

»Sozusagen«, bestätigte Lena Lindberg und vollführte ein äußerst fragwürdiges Wendemanöver. Es dauerte bloß zwei Zehntelsekunden, und danach dachte Sara nur noch an ihr ungeborenes Kind, bis der Wagen vor einer Haustür in der Gästrikegatan unmittelbar am St. Eriksplan anhielt. Kurz nachdem sie elegant in der zweiten Reihe geparkt hatten, betraten die Damen das Treppenhaus.

Sara Svenhagens erste Schwangerschaft war von einem eigenartigen Hunger auf Kartoffelschalen begleitet gewesen. Sie schälte die Kartoffeln, aß die Schale und warf die Kartoffeln weg. Diesmal war nichts Entsprechendes eingetreten. Sie war schon im siebten Monat und hatte nicht die geringsten Gelüste.

Außer möglicherweise unerwartet viele sexuelle …

Sie erreichten eine Tür im dritten Stock, auf deren Briefschlitzklappe der Name Jakobsson stand. Sie klingelten.

Keine Antwort, keine Reaktion. Nichts rührte sich.

Sie warfen einander einen Blick zu.

Das war eine für Polizeibeamte nicht ungewöhnliche Situation. Beinahe alltäglich. Und zugleich ein moralisches Dilemma. Am einfachsten war es, auf die Ermittlung zu pfeifen, die Vorschriften zu befolgen und brav von dannen zu ziehen. Am effektivsten war es, gegen das Gesetz zu verstoßen.

Es ist problemlos denkbar, dass eine schwangere Polizistin etwas andere moralische Normen bekommt – oder eher, dass sie zu denen zurückkehrt, die sie auf der Polizeihochschule gelernt hat. Wenn das so ist, beruht es vermutlich auf dem Umstand, dass sie gerade das Gefühl erlebt, sich in ein Kollektiv einzugliedern, einen größeren Zusammenhang. Indem sie ein Mitglied des sich fortpflanzenden Menschengeschlechts geworden ist, verspürt sie ein stärkeres Bedürfnis, *das Richtige zu tun*.

»Hast du die Sachen?«, fragte Sara Svenhagen.

»Yes«, sagte Lena Lindberg.

»Do it«, sagte Sara Svenhagen.

Und binnen einer halben Minute waren sie dank der erwähnten Sachen in Lisa Jakobssons Wohnung.

Die Wohnung hatte nichts Auffälliges. Möglicherweise war sie ein wenig streng gestylt, es fehlte eine gewisse normale Wohnlichkeit – aber es war eine Wohnung, in der sowohl Sara als auch Lena gern ihre urbanen Singlejahre verbracht hätten. Die Lage war phantastisch und der japanisch angehauchte Minimalismus der Einrichtung keineswegs abschreckend. Das Einzige, was möglicherweise abschreckend wirkte, war die nahezu bizarre Sauberkeit. Die Wohnung erschien wie geleckt. Weder Sara noch Lena konnte sich erinnern, jemals eine so saubere Singlewohnung gehabt zu haben.

Im Flur lag die tägliche Post. Es war zwei Uhr, und es gab keinen Grund zu der Annahme, dass Lisa Jakobsson zu Hause war. Unter der Post lag die Morgenzeitung.

»Über Nacht nicht zu Hause?« Lena zeigte auf den Boden.

Sara zuckte mit den Schultern. »Wie oft kommt man nicht dazu, die Zeitung zu lesen, und lässt sie da liegen, wo sie hingefallen ist.«

»Stimmt«, sagte Sara.

Sie gingen weiter in die Küche. Alles war vorbildlich aufgeräumt, abgesehen von einer Teetasse, die in der Spüle stand. Am Boden der Tasse war zu sehen, dass ein halber Zentimeter Restflüssigkeit verdunstet war.

»Über Nacht nicht zu Hause?«, wiederholte Lena und zeigte auf die Tasse.

»Hm«, machte Sara und wandte sich dem Küchentisch zu. Darauf lag in einem Stapel die *Dagens Nyheter* vom Sonntag, ein Teil auf dem anderen, und darunter eine Art Illustrierte. Sara zog sie heraus.

»Vorsichtig jetzt«, warnte Lena.

»Ich weiß«, sagte Sara.

Die Zeitschrift hieß *Deine Gesundheit* und sah aus wie jedes andere unseriöse Gesundheitsmagazin. Der auf dem Umschlag angekündigte Hauptartikel trug den Titel: »Sex Arten, schnell an Gewicht zu verlieren«.

»Hm«, sagte Lena und fragte sich, ob die Schreibweise Absicht war. Sie öffnete den Kühlschrank. Darin war nicht viel, und das wenige bestand hauptsächlich aus Proteingetränken und Magerkost. Lena ging hinaus zur Toilette, auch die war sauber und wirkte nahezu steril. Lena klappte den Deckel hoch und ging in die Hocke.

Als sie das Gesicht herabbeugte, bis es vom Toilettensitz gerahmt war, sagte Sara aus dem Flur: »Wäre ja ein Witz, wenn sie jetzt hereinkäme.«

»Es ist gut geputzt!«, rief ihr Lena zu. »Man riecht fast nur Reinigungsmittel. Fast. Aber riech du mal.«

Sara Svenhagen seufzte tief und roch widerwillig an der Toilette. Sie zuckte mit den Schultern.

»Findest du nicht, dass es nach Kotze riecht?«, sagte Lena. »Sozusagen unterschwellig?«

Sara roch noch einmal und musste einräumen, dass sie tatsächlich einen Hauch von Erbrochenem wahrnahm.

»Sie war auffallend schlank«, sagte Sara. »Das habe ich schon in dem Videoladen gesehen, aber da musste ich mich auf anderes konzentrieren. Jetzt ist das Bild klarer. Lisa Jakobsson ist allem Anschein nach Vollblutanorektikerin. Sie hat alle Symptome: Kontrollbedürfnis, Gewichtsfixierung, Putzmanie.«

»Und das wiederum hat mit unserem Fall nicht das Geringste zu tun«, sagte Sara.

»Nein«, erwiderte Lena. »Und das wiederum stört mich außerordentlich.«

»Lass uns jetzt abhauen. Wenn sie kommt, werden wir definitiv gefeuert.«

»Danke, dass du mich daran erinnerst«, sagte Lena und stand auf.

Als der Wagen wieder in die Garage des Polizeipräsidiums einbog, fielen die ersten Worte, seitdem sie die Gästrikegatan verlassen hatten. Es war Sara, die sagte: »Erzähl mal genau, was dich stört.«

Lena kurvte durch die labyrinthähnlichen Gänge der Tiefgarage und antwortete: »Lisa Jakobsson passt als Einzige nicht ins Bild. Sie hätte gar nicht da sein dürfen.«

»Lass uns lieber Bösewichte fangen«, schlug Sara Svenhagen vor. »Wir müssen Andreas Bergström, geborenen Ehrenkrona, finden.«

»Der ist eine Nebenperson«, sagte Lena Lindberg und parkte den Wagen.

6

In einem sehr kleinen Raum saßen zwei Männer und schauten sich Filme an. Sie hatten in den letzten Wochen immer wieder Filme angeschaut, und trotzdem war seit über einem Jahr keiner von beiden im Kino gewesen.

Sie saßen vor je einem Computer und sahen sich Raubüberfälle an, die einander zum Verwechseln ähnlich waren.

Eine männliche Person A steht allein vor einem Geldautomaten, eine andere Person, B, mit Maske über dem Kopf, kommt von hinten heran, und eine Sekunde nachdem A seine Geheimzahl eingegeben hat, wird ihm ein Sack über den Kopf gestülpt, und er wird von C und D (mit Räubermasken) weggezerrt. B nimmt die Kreditkarte, gibt rasch die Geheimzahl ein und hebt Geld ab. Dann wird A wieder ins Bild geschleudert, rappelt sich auf und brüllt seinen Schrecken heraus. Aber da sind B, C und D schon über alle Berge.

Die Dramaturgie war glasklar und immer gleich.

Jorge Chavez schüttelte den Kopf und stand auf. Jon Anderson schaute weiter auf seinen Bildschirm.

»Entgeht uns etwas, oder gibt es gar nichts, was uns entgehen könnte?«, meinte Chavez resigniert.

»Das fragst du dauernd«, sagte Jon Anderson. »Und ich weiß immer noch keine Antwort.«

Chavez betrachtete ihn grimmig und kehrte an den Platz an seinem Computer zurück. Wieder ließ er eine Serie im Großen und Ganzen identischer Filmsequenzen ablaufen. Ein dunkler Wagen rollte durch eine nächtliche Stadt, an verschiedenen Stellen, an Parkplätzen, über Brücken, am Wasser entlang. Es war eindeutig dasselbe Auto, mit derselben Beule im Kotflügel, auch wenn das Kennzeichen wechselte. Auch diesmal hatte Chavez – für den Geduld ein Fremdwort war –

keinen Anlass zum Jubeln. Stattdessen stieß er hervor: »Eine einzige von all diesen Geldautomatenkameras hatte also den Wagen aufgenommen. Jetzt haben wir mühselig dasselbe verdammte Auto auf einer Reihe von anderen Überwachungskameras überall in der Stadt lokalisiert. Immer mit einem anderen Kennzeichen.«

»Danke, dass du den Fall für mich zusammenfasst«, sagte Anderson, ohne von seinem Schirm aufzublicken. »Damit ich weiß, worum es eigentlich geht.«

»Manchmal muss man den Blick ein wenig anheben«, entgegnete Chavez. »Ich weiß, dass dir das nicht liegt. Aber versuch es mal.«

»Okay«, sagte Anderson, ohne den Blick zu heben.

»Wir *wissen* inzwischen, wie sehr wir uns auch vom Gegenteil zu überzeugen versuchen, dass bei den Geldautomatenfilmen nichts Neues mehr herauskommt. Nur die Kennzeichen bringen uns weiter.«

»Das haben wir doch schon durchgekaut«, stöhnte Jon Anderson. »Die Schilder sind auf Parkplätzen im Norden wie im Süden und im Osten wie im Westen der Stadt gestohlen worden. Da finden sich auch keine Anhaltspunkte.«

»Ich bin aber trotz allem davon überzeugt, dass uns das weiterbringt«, sagte Chavez.

»Dann arbeite damit, statt bis zum Erblinden auf dieselben Filme zu starren.«

»*Du* tust das doch.«

»Ja. Aber ich glaube ja auch, dass ich etwas finden werde. Das denkst du nicht. It makes all the difference in the world.«

»Du bist wirklich eine Mutter der Weisheit, Jon Anderson.«

»Und darauf bin ich stolz.«

»Also ...«, Chavez sog frische Luft in die Lungen, »dasselbe Auto ist mit verschiedenen Kennzeichen identifiziert worden. Insgesamt sind uns zwölf Kennzeichen bekannt. Sie sind sämtlich außerhalb der Innenstadt auf Parkplätzen von

Einkaufszentren abgeschraubt worden. Klar findet sich da ein Anhaltspunkt. Ich sehe zum Beispiel, dass es in der Nähe aller Orte, wo Kennzeichen gestohlen wurden, einen McDonald's, einen Stadium-Laden und einen H&M-Laden gibt.«

»McDonald's, Stadium, H&M«, sagte Jon Anderson. »Äußerst originell. Die Läden finden sich doch in so gut wie jedem Einkaufszentrum in ganz Schweden.«

Chavez gab sich nicht so schnell geschlagen, sondern fuhr fort: »In sämtlichen Fällen handelt es sich um Parkplätze, auf denen keine Überwachungskameras installiert sind. Diese Burschen wissen ganz genau, wo Kameras hängen, das ist klar. Wo es Kameras gibt, agieren sie so, als spielten diese keine Rolle. Aber sie wissen auch ganz genau, wo *keine* installiert sind. Ich wette, einer von denen hat etwas mit Überwachungskameras zu tun. Einer von ihnen arbeitet damit.«

Zum ersten Mal blickte Jon Anderson von seinem Bildschirm auf. Er sah, dass Jorge wieder aufgestanden war und auf den wenigen freien Quadratmetern in ihrem gemeinsamen Arbeitszimmer auf und ab ging.

»Oder mit Planung«, fuhr Chavez fort. »Stadtplanung? Auf kommunaler Ebene oder bei einem Unternehmen, das Überwachungsinstallationen anbietet.«

»Aber es sind doch massenhaft Kommunen beteiligt«, gab Anderson zu bedenken. »Lidingö, Haninge, Bromma, Järfälla, Nacka, Solna, Tyresö, Värmdö, Österåker und der Teufel und seine Großmutter. Und ich vermute, dass jede Kommune bei einem anderen Sicherheitsunternehmen ihre Kameras bestellt.«

»Hier wird nicht vermutet«, sagte Chavez streng. »Hier wird nachgeforscht.«

»Ich ahne einen Befehl am Horizont ...«

»Frag bei den betreffenden Kommunen an, nach welchem Plan und von wem die Überwachungskameras installiert werden.«

»Es gibt sicher auch einen Haufen private«, sagte Jon Anderson seufzend.

»Aber nicht da, wo die Kennzeichen geklaut wurden. Also prüf nach, ob es einen gemeinsamen Nenner gibt. Beauftragen die Kommunen beispielsweise dasselbe Unternehmen?«

»Und was wirst du selbst machen, Boss?«

»Es steht dir wirklich gut, wenn du mich Boss nennst.«

»Selbstredend.«

»Ich werde nachprüfen, wer für die Kameras an den Geldautomaten verantwortlich ist.«

*

»Dr. Mrs Nora Higgins«, sagte Gunnar Nyberg gedehnt. »Das also war unsere Zukunft?«

»Der letzte Scheckbetrug«, sagte Arto Söderstedt mindestens ebenso gedehnt. »In Zukunft wird man beim Gedanken an diesen Kasper mit nachsichtiger Nostalgie konstatieren, dass der gute alte Sport des Scheckbetrugs ordentlich heruntergekommen war, bevor er mausetot umfiel und ebenso endgültig den Geist aufgab wie Weitsprung aus dem Stand.«

»Oder Hochsprung aus dem Stand«, sagte Nyberg. »Ein Anblick für Götter: Filme aus den Zwanzigerjahren mit strohdünnen Männern, die sich aus dem Stand über eins achtzig tricksen.«

»Allerdings eindeutig *nur* für Götter«, sagte Söderstedt. »Aber Götter bringen kein Geld ein. Das Publikum blieb aus. Ungefähr das Gleiche geschieht derzeit mit so feinen Sportarten wie Volleyball und Tischtennis.«

»Dr. Mrs Nora Higgins kann sich eigentlich nur an Menschen wenden, die nicht mit dem Internet umgehen können, die immer noch glauben, es sei natürlich, Schecks mit der Schneckenpost durch die Welt zu schicken.«

»Und die die Transaktionen auf ihren Konten nicht checken. Er hat lange durchgehalten. Aber jetzt hat die Technik

Dr. Mrs Nora Higgins eingeholt. Beim nächsten Mal, wenn er es versucht, ist er dran.«

Söderstedt sah auf den Computerbildschirm in ihrem gemeinsamen Büro. Er war noch jedes Mal genauso verwundert, wenn er aufblickte und Gunnar Nyberg auf der anderen Seite des Schreibtischs vorfand und nicht seinen – wie es ihm vorgekommen war – ewigen Partner Viggo Norlander.

Sie hatten nach dem Mittagessen wieder telefoniert. Ein kurzes Gespräch aus dem Söder-Krankenhaus. Eine neue Operation war notwendig. Viggo wusste nicht mehr, die wievielte es war, aber es hatten sich neue Metastasen gebildet. Jetzt wieder. Arto versuchte, heiter zu bleiben, aber es fragte sich, wie lange er noch durchhielt, bis er gezwungen sein würde, den Stand der Dinge zu akzeptieren. Dass Viggo Norlander trotz tapferen Widerstands sich mit rasender Geschwindigkeit auf den Punkt zubewegte, an dem jede Hoffnung vergebens war.

Nein, dachte Arto Söderstedt und betrachtete seinen kerngesunden neuen Partner, diesen Punkt wird weder er noch ich akzeptieren. Ich werde an seinem Grab stehen und es nicht akzeptieren, und ich werde das Protestknirschen aus der Erde hören, und gemeinsam werden unsere wortlosen, aber kraftvollen Proteste Gottvater persönlich anrühren, und er wird gezwungen sein, uns allen kundzutun, warum zum Teufel er sich etwas so Idiotisches wie Krebs ausgedacht hat.

Als Arto Söderstedt sich wieder der diesseitigen Welt zuwandte, spürte er, dass Gunnar Nyberg ihn von der anderen Seite des Schreibtischs her anstarrte.

»Ich denke auch an ihn«, sagte Nyberg.

»Ja«, sagte Söderstedt.

»Er war auch mein Partner. Bevor er deiner wurde.«

»Am sogenannten Anbeginn der Zeiten.«

»Du erinnerst dich vielleicht: Die bandagierten Schädel NN, Nyberg und Norlander mit bandagierten Schädeln nach den Heldentaten im Zusammenhang mit dem Kentucky-Mörder.«

»Ich erinnere mich«, gab Söderstedt zu. »Aber das ändert nichts.«

»Vielleicht nicht«, erwiderte Nyberg. »Aber du musst einsehen, dass es nicht nur dich betrifft.«

»Ich sehe ein, dass es nur Viggo betrifft«, berichtigte Arto. »Also bin ich ganz einig mit dir, dass es nicht das ist, was unsere Zusammenarbeit aufhält. Das bist du, Gunnar.«

»Selbstverständlich.« Gunnar lächelte. »Erzähl jetzt deinem armen dir unterlegenen Partner, was gerade läuft.«

Söderstedt lächelte auch kurz und erklärte dann: »Seit vier Stunden sind wir, zusammen mit Europolizisten in elf EU-Ländern, mit dem Server verbunden, von dem Dr. Mrs Nora Higgins ihre letzten fünf Mailbomben abgeschickt hat. In derselben Sekunde, in der die nächste Mail abgeht, werden wir – mithilfe einer imponierenden Suchkette – erfahren, in welcher europäischen Stadt unser Erzhirn sitzt. Schickt er dann noch eine Mail ab, werden wir wissen, wo exakt er sich aufhält. In welcher verfluchten Wohnung.«

»Danke«, sagte Nyberg. »Ich bin so froh darüber, dass du mir die Dinge erklärst.«

»Gern geschehen«, entgegnete Söderstedt.

In genau diesem Moment begann der vollkommen weiße Bildschirm vor ihm sich zu verändern. Das tat auch sein Gesicht, weshalb Nyberg sich auf der Stelle zur anderen Seite des Schreibtischs verfügte und über Söderstedts Schulter beugte. Der Bildschirm füllte sich mit Ziffern und Buchstaben in komplizierten Kombinationen, und das Ganze endete mit den Buchstaben »STH«.

»Das kann nicht wahr sein«, sagte Söderstedt atemlos. »Er sitzt, verdammt noch mal, doch nicht etwa in Stockholm. Der kann ja nicht mal richtig Englisch.«

»Und das Englisch von Schweden ist natürlich einwandfrei«, spottete der selbst ernannte Sprachexperte Nyberg.

Das Telefon klingelte. Söderstedt nahm ab. Ein Gespräch in nicht ganz flüssigem Englisch entspann sich, in dem Söderstedts Rolle sich weitgehend darauf beschränkte, in regelmäßigen Abständen »yes« zu sagen. Schließlich legte er den Hörer auf. »Ja, es ist Stockholm, verdammich. Wir befinden uns auf einer Stufe, die sie ›red alert‹ nennen. Das haben sie garantiert aus einem Hollywoodfilm.«

»Wir?«

»Du und ich«, nickte Söderstedt. »Europols Hoffnung ruht jetzt ganz auf deiner und meiner Fähigkeit, in einem Wahnsinnstempo zur richtigen Adresse zu rasen. Wenn Dr. Mrs Nora Higgins seine nächste Mail aktiviert. Die technische Einheit im Hauptquartier in Den Haag richtet jetzt ihre gesamte Suchkapazität hierauf aus. Danach sind sie gezwungen – widerwillig, wie mir nicht entgangen ist –, ihre ganze Hoffnung auf die zweifelhaften schwedischen Kriminalinspektoren Sadestatt und Neeburg in der nördlichen Provinzstadt Stockholm zu setzen.«

Gunnar Nyberg nickte. Dann ging er langsam zurück auf seine Seite des Schreibtischs, griff seinen extrastabilen Schreibtischstuhl, hob ihn über den Schreibtisch und setzte sich neben seinen hellhäutigen Kollegen.

»Ja, dann warten wir«, sagte er.

7

Paul Hjelm war nicht froh darüber, aber er befand sich wieder im Zimmer des Säpo-Chefs. Was der Säpo-Chef davon hielt, war weniger klar, denn er war gerade vollauf damit beschäftigt, sich die Fußnägel zu schneiden. Es war ein unappetitlicher Anblick. Der imposante Mann saß schräg nach vorn gebeugt und zog den rechten Fuß in einer verzerrten Schneidersitzposition heran, riss sich mit einem unangenehm knisternden Geräusch den Strumpf vom Fuß und ging mit großer Präzision zu Werke. Zehennägelsplitter flogen umher. Im Licht der Schreibtischlampe sah es aus, als sei er vom flüchtigen Schein von Glühwürmchen umgeben.

»Du hast mir beim letzten Mal gesagt, Tore Michaelis hätte euch immer Bericht erstattet, wenn er irgendwohin sollte«, sagte Hjelm und versuchte zu ignorieren, dass ihn gerade ein Stück vom Nagel des großen Zehs an der Nase getroffen hatte.

»Das ist korrekt«, antwortete der Säpo-Chef vorsichtig.

»Wie tat er das?«

»Immer mündlich. Er tauchte lediglich hier im Büro auf und berichtete mir, was getan werden sollte.«

»Was war es, das in der Regel getan werden sollte?«

»Observation, Informationsbeschaffung oder Informationsaustausch. Andere Sicherheitspolizeibehörden zu schulen oder von ihnen zu lernen.«

»Und der allerletzte Auslandsauftrag war also Bagdad? Worum ging es da?«

»Er war nach der Invasion der USA im März 2003 mehrfach in Bagdad. Tore Michaelis gehörte zu einem internationalen Expertenteam, das die irakische Polizei beim Aufbau einer Sicherheitspolizei nach demokratischen Gesichtspunkten unterstützen sollte.«

»Ist das nicht ein Widerspruch in sich?«

»Viele würden genau das Gegenteil sagen.«

»Was hielten die Amerikaner davon?«

Der Säpo-Chef blickte irritiert zu Paul Hjelm auf, wobei er die Nagelschere in einer besorgniserregenden Weise an seinen kleinen Zeh hielt. »Aber das ging selbstverständlich auf ihre Initiative zurück«, sagte er gekränkt.

Hjelm dachte zum mindestens zehnten Mal in den letzten Stunden daran, dass er die Weltkarte in seinem Kopf neu zeichnen musste. Jene gefälschte Weltkarte, mit der er und der Rest der naiven Welt aufgewachsen waren.

»Und wie lief es?«, fragte er.

»Ich habe keine Klagen gehört«, entgegnete der Säpo-Chef, kappte mit einem Präzisionsschnitt den Nagel des kleinen Zehs und wechselte den Fuß. Der linke Strumpf knisterte noch unangenehmer als der rechte, als er ihn sich vom Fuß zog.

»Kannst du mir nicht mehr Details nennen? Sein Privatleben zum Beispiel? Gibt es jemanden, dem er sich mehr anvertraut als anderen?«

»Ich bin mir nicht sicher, ob Tore Michaelis ein Privatleben hatte«, sagte der Säpo-Chef nachdenklich.

»Jetzt redest du wieder im Imperfekt.«

»Ja, sicher tu ich das …«

»Und wer ist Rudfeldt?«

Der Säpo-Chef ließ aufs Neue sein lang gezogenes Schnauben hören und sagte: »Vielleicht nicht ganz der richtige Mann, um Tores Verschwinden zu untersuchen, nein …«

»Gehört er hier zum Haus?«

Der Säpo-Chef hielt in der Pediküre inne, hob die Nagelschere und zeigte damit auf Hjelm, indem er in die Luft hackte. »Ich hatte von dir eigentlich erwartet, dass du dir seine internationalen Kontakte vornimmst und nicht Schwedens inkompetentesten Sicherheitspolizeibeamten. Aber der hat noch Konkurrenten, das kann ich dir sagen.«

»Warum hast du dann diesen Rudfeldt an eine dermaßen heikle Aufgabe gesetzt?«

»Weil ich einsah, dass eine interne Untersuchung nichts ergeben würde – und Rudfeldt war, natürlich ohne selbst eine Vorstellung davon zu haben, das letzte Jahrzehnt praktisch beschäftigungslos gewesen. Er selbst glaubt von sich, dass er den Unterschied ausmacht zwischen der Sicherheit und der Gefährdung des Landes.«

»Warum sollte eine interne Emittlung nichts ergeben?«

»Falls Tore auf irgendeine Art und Weise aus dem Weg geräumt oder hopsgenommen worden ist, dann kann das nur ein anderer Sicherheitsmann gewesen sein, der all unsere Routinen kennt und keine Spuren hinterlässt, die wir entdecken würden. Da unter anderem kommst du ins Bild, Hjelm. Es ist nicht unsere stärkste Seite, unsere eigenen Angelegenheiten von außen zu betrachten.«

»*Falls* er aus dem Weg geräumt worden ist?«

»An die Alternative will ich nicht einmal denken.«

»Dann tue ich es für dich«, sagte Paul Hjelm. »Tore Michaelis hat im Verlauf der Jahre mit so gut wie sämtlichen Sicherheitspolizeibehörden auf der Welt in Kontakt gestanden. Gibt es irgendeinen Grund für die Vermutung, dass er ausgestiegen sein könnte?«

Der Säpo-Chef hatte jetzt auch den linken kleinen Zeh erreicht und knipste triumphierend den vorstehenden Nagel ab. Er ließ den Fuß auf den Boden hinter dem Schreibtisch sinken, saß eine Weile da und wedelte mit den Strümpfen.

»Nicht den geringsten«, sagte er.

»Nicht einmal Schwedens immer hemmungslosere Unterstützung für amerikanische Ideale?«

»Vor ein paar Jahrzehnten wäre die Frage akut gewesen. Als Russland etwas anderes war als eine noch brutalere Variante der USA. Aber heute? Wohin setzt man sich ab?

Zu einem sterbenden Castro? Zu al-Qaida? Nach Nordkorea? Ich sehe ganz einfach kein Regime, das er wählen würde.«

»Es sei denn, es geht ganz einfach um Geld.«

»Ich glaube, Tore zu kaufen wäre sehr schwer.«

»Kann er nicht ausgestiegen sein, ohne sich in ein anderes Land abgesetzt zu haben? Kann er nicht einfach das ganze schmutzige Machtspiel sattbekommen und sich an einen gut ausgewählten Sandstrand zurückgezogen haben?«

»Er hätte sich schon seit zehn Jahren mit voller Pension zurückziehen können. Ich sehe keinen Grund dafür, dass er auf die verzichten sollte, nur um mir den Finger zu zeigen.«

»Ihr wart nicht die besten Freunde?«

»Du kennst wahrlich keine Tabus, Hjelm. Das ist gut, das gefällt uns.«

»Schön, euch zu Diensten sein zu können«, sagte Hjelm brüsk.

»Ich fand, dass er ein lästiger Idealist war, und er hielt mich für einen Paragrafenreiter. Aber das waren Ansichten, die uns von vornherein klar waren, und wir hatten keinerlei Probleme zusammenzuarbeiten.«

»Sitzt er vielleicht irgendwo und säuft?«

»Nüchternheitsfanatiker, glaube ich.«

»Was genau heißt ›lästiger Idealist‹?«

»Die Arbeit der Sicherheitspolizei ist ausgesprochen pragmatisch. Befugnisse und Aufträge sind genau definiert. Man erhält exakte Direktiven und befolgt sie, so gut es geht. Aber dann gibt es Einzelne, die es nicht lassen können, zu jeder Zeit die Direktiven infrage zu stellen.«

Paul Hjelm schwieg einen Augenblick und gestattete sich einen Moment der Selbstzufriedenheit. Er hatte nicht falsch gelegen, was Tore Michaelis' Charakter anbelangte. »Gib mir ein bisschen mehr«, sagte er schließlich.

Der Säpo-Chef zog mit einem unheimlichen Knistern die Strümpfe an, die schon eine ganze Weile in seiner Hand gebaumelt hatten, und antwortete: »Ich fürchte, ich habe nicht mehr. Jetzt ist es höchste Zeit, diese Detektivarbeit anzukurbeln, für die du so bekannt bist.«

»Rudfeldt?«

»Sechs Türen weiter auf der linken Seite.«

Hjelm wanderte langsam den Flur der Säpo entlang. All diese früher unbekannten Trakte des Polizeipräsidiums, die sich plötzlich offenbarten. Es war Zeit, das Unbekannte zu erobern.

Auch nachdem die Unterhaltung schon ein Stück weit vorangeschritten war, hatte Rudfeldt noch keinen Vornamen. Er war ein großer, zotteliger Teddybär, der mit einer solchen Kraft negative Energien ausstrahlte, dass es schwer war, sich nicht seiner Misanthropie anzuschließen. Für Rudfeldt war der Mensch ohne Zweifel eine Bestie, die gezähmt werden musste. Und besonders gezähmt werden mussten die Leute aus dem Nachbardorf und Eindringlinge von Paul Hjelms Art.

»Kannst du ein wenig mehr darüber sagen, mit wem du gesprochen und welche Orte du aufgesucht hast, als du deine Untersuchung gemacht hast?«

»Das steht alles da«, sagte Rudfeldt und zeigte auf den Papierstapel auf Hjelms Schoß.

»Ich bin nicht der Meinung, dass da besonders viel steht«, sagte Hjelm sachlich. »Du bist alles Material in seinem Schreibtisch durchgegangen? Wo sind die Unterlagen jetzt?«

»In unserem internen Archiv natürlich.«

»Das steht hier aber nicht. Und ein Verzeichnis ist auch nicht dabei.«

»Es war doch nur nutzloser Kram.«

»Aber er findet sich im Archiv? Er ist nicht weggeworfen worden?«

»Du hast wahrlich eine Menge zu lernen über die Sicherheitspolizei.«

»Kann ich sein Zimmer sehen?«

»Es ist nicht mehr seins«, sagte Rudfeldt. »Drei Wochen unentschuldigte Abwesenheit führen zum Verlust gewisser Privilegien.«

»Wer sitzt denn jetzt in seinem Zimmer?«

»Ich.«

Paul Hjelm hielt inne und sah sich in dem ziemlich großen, aber gänzlich unpersönlichen Raum um. Hier hatte also Tore Michaelis, der Mann hinter der modernen schwedischen Sicherheitspolizei, seine Jahrzehnte bei der Säpo verbracht. Wenn er denn zu Hause war. Nichts verriet, dass er dort gesessen hatte, keine besonderen Spuren, keine Bilder an den Wänden, kein Teppich, nichts außer ein paar Ordnern in den Regalen. Der Schreibtisch, hinter dem der große Rudfeldt thronte, war ohne Zweifel ein antikes Stück – aber ohne irgendwelche persönlichen Merkmale. Er ahnte, dass es Rudfeldts eigener war.

»War dies sein Schreibtisch?«, fragte er.

»Dieser Schreibtisch befindet sich seit Jahrhunderten im Besitz der Familie Rudfeldt«, erklärte Rudfeldt stolz.

»Was bedeutet, dass Michaelis' Schreibtisch im Archiv steht?«

»Das nehme ich an«, sagte Rudfeldt achselzuckend.

»Mit wem hast du über ihn gesprochen?«

»Mit seinen internationalen Kontakten.«

»Sonst mit niemandem? Nicht mit persönlichen Freunden oder so? Nicht mit Verwandten?«

»Wir arbeiten bei der Sicherheitspolizei«, sagte Rudfeldt, als sei das eine ausreichende Erklärung.

»Damit meinst du …?«

»Keine Freunde oder Verwandten, nein.«

»Und die internationalen Kontakte hatten also nichts zu sagen?«

»Sie quatschten darüber, wie tragisch es sei, dass ein so waschechter Profi ins Gras beißen musste, betonten aber auch, dass man in der Branche mit so etwas rechnen müsse. So ein Unsinn.«

»Und die Telefongespräche? Hast du sie überprüft?«

»Klar. Er hatte nur ein Handy, und wir sind die ganze Gesprächsliste durchgegangen. Nichts außer dem, was zu erwarten war, Telefonate mit Kontakten und hier mit uns.«

»Warst du bei ihm zu Hause?«

»Ja«, sagte Rudfeldt. »Komischerweise wohnte er auf Södermalm. In einer anspruchslosen Wohnung in der Varvsgatan.«

»Sieh mal an«, sagte Hjelm. »Gar nicht weit von der Slipgatan. Hast du da etwas gefunden?«

»Kein bisschen. Es war gründlich geputzt. Sieh selbst nach.« Und damit reichte Rudfeldt ihm ein Schlüsselbund mit zwei Schlüsseln.

»Ich vermute, dies sind Kopien?«

»Da vermutest du richtig«, antwortete Rudfeldt.

»Okay«, sagte Paul Hjelm. »In den Ermittlungsunterlagen gab es keine richtige Schlussfolgerung. Was glaubst du selbst? Wohin ist er verschwunden?«

»Ich habe nicht die leiseste Ahnung«, erklärte Rudfeldt. »Aber auf mich wirkt es so, als hätte er sich aus dem Staub gemacht.«

Aus mehreren unterschiedlichen Gründen fand Paul Hjelm es jetzt an der Zeit, Rudfeldt zu verlassen. Folglich tat er das. Nach einigem Wenn und Aber gelang es ihm, den Weg zum internen Archiv der Säpo zu finden und die obligatorisch stumpfsinnige Wache hinter sich zu lassen. In einem großen, aber dunklen Raum stand tatsächlich Tore Michaelis' Schreibtisch mit einer Anzahl von Kartons. Ganz oben in einer der Kisten lag eine Liste des gesamten Materials, das bei seinem Verschwinden am 3. August zurückgeblieben war. Es war jetzt Montag, der 28. August, und alles deutete darauf hin, dass die Säpo ihren internationalen Experten schon abgeschrieben hatte. Es gab ihn nicht mehr. Und es würde sicher nicht lange dauern, bis auch dieses Material verschwand. Genauso spurlos wie Tore Michaelis selbst.

Hjelm sah die Sachen durch. Kein Kalender, keine Merkzettel mit relevanter oder auch nur rätselhafter Information. Eine große Anzahl offizieller Schreiben vom nächsten Mitarbeiter des Säpo-Chefs, Sune, die von internem Berichtswesen zu handeln schienen – und die Tore ungelesen auf einen Stapel gelegt zu haben schien. Außerdem fanden sich zahlreiche Schriften des Außenpolitischen Instituts sowie entsprechende internationale Schriften, vor allem von der UNO herausgegeben. Sonst nichts, außer ein paar Kabeln für einen Computer, was vermuten ließ, dass Tore Michaelis mit einem Laptop gearbeitet hatte, nie mit einem stationären Computer. Dass dieser Laptop verschwunden war, konnte an und für sich erklärbare Gründe haben – er verließ das Präsidium nie ohne ihn –, aber wenn er beispielsweise auf einem Spaziergang verschwunden war, hätte sich der Laptop in seiner Wohnung in der Varvsgatan finden müssen. Das war anscheinend nicht der Fall. Er und sein Laptop und eventuell ein Kalender waren zusammen verschwunden. Das sagte wenig. Aus irgendeinem Grund trug er den Laptop bei sich, als er verschwand.

Am wahrscheinlichsten war wohl, dass jemand am Mittwochabend, den 2. August, zu ihm gekommen war, ihn und alles wesentliche Material mitsamt dem Computer gegriffen und anschließend das Land verlassen hatte. Im schlimmsten Fall wurde er gerade gefoltert, um langsam, aber sicher alles über die schwedische Sicherheitspolizei preiszugeben. Und außerdem alles über den MUST, den militärischen Nachrichtendienst.

Warum war man nicht stärker beunruhigt?

Was wusste die Säpo, das Paul Hjelm nicht wusste?

War es der Irak? Nicht unbedingt, natürlich – der Mann war als Spion ein Globetrotter mit Beziehungen in aller Herren Länder –, aber am aktivsten war er gegen Ende doch im Irak gewesen.

Paul Hjelm sah die außenpolitischen Schriften durch. Da gab es alles. Der Erdball am Anfang des 21. Jahrhunderts in Form eines traurigen Sorgenzugs. Sämtliche Schriften wirkten gründlich gelesen, aber es fanden sich keine Randnotizen in ihnen. Überhaupt keine Notizen. Wahrscheinlich hatte Tore Michaelis es ganz einfach nicht nötig, sich Notizen zu machen.

Nun glitt dieser Anflug von Misstrauen Paul Hjelm wieder durch den Kopf. Warum in aller Welt hatte ein Mann wie Tore Michaelis ausgerechnet ihn zu seinem Nachfolger erkoren? Wenn Paul Hjelm sich an Dinge erinnern wollte, musste er sich verflucht noch mal Notizen machen. Er war nicht Tore Michaelis, und er würde es nie werden.

Der einzige Hinweis in einer der Schriften fand sich am Ende der zweiten Publikation des Jahres in der Serie *Tagesfragen der Weltpolitik* – einem kleinen Band mit dem Titel *Einladung mit dem Ellenbogen – Die Türkei und die EU*, verfasst von einem Forscher am Außenpolitischen Institut. Da entdeckte Hjelm eine kleine Bleistiftzeichnung. Und es war schwer zu sagen, was sie vorstellte. Es wirkte wie ein Loch, und aus dem Loch flogen vierkantige Gegenstände, die ungefähr wie Zähne aussahen.

Zähne, die aus einem Loch in der Erde herausgeschleudert werden, das war Paul Hjelms erster Gedanke.

Nicht, dass es eine besondere Rolle spielte. Hjelm selbst zeichnete häufig Dinge, wenn er am Telefon redete. Wenn er dann nachher seine Kreationen betrachtete, konnte er sie nicht deuten. Die Hand reagierte eigenständig, ohne dass der Kopf beteiligt war. Dies hier sah ungefähr genauso aus.

Es war möglicherweise ein Problem, dass es sonst nirgendwo ähnliche Zeichnungen gab. Keine allgemeine Tendenz zu Kritzeleien bei Telefongesprächen oder gedanklicher Anspannung. Nichts. Nur diese eine – diese Quelle …?, die Zähne oder Maiskörner, oder was es denn sein mochte, sprühte.

Hjelm steckte die *Einladung mit dem Ellenbogen – Die Türkei und die EU* ganz einfach in die Tasche und hoffte, dass niemand etwas merken würde.

Im Übrigen war Michaelis' Hinterlassenschaft im Präsidium nichts abzugewinnen. Hoffentlich gab es in seiner Wohnung etwas. Doch die Wahrscheinlichkeit war nicht sehr hoch. Tatsache war, dass die traditionellen Methoden sicher ausgereizt waren. Und damit würde auch Paul Hjelm Tore Michaelis definitiv nicht finden.

Aber finden würde er ihn.

Er fuhr los. Es ging unerwartet schnell, über die Västerbro zu sausen und nach Högalid zu gelangen. Die Varvsgatan erstreckt sich von der Hornsgatan bis fast hinunter nach Söder Mälarstrand. Nur fast, weil ihr nördliches Ende hoch oberhalb des Sundes nach Långholmen hinüber hängen bleibt. Genau dort, an diesem Enddarm, wohnte Tore Michaelis. Zwar waren das Haus und die Wohnung für den Mann mit dem »höchsten schwedischen Polizeiamt« ziemlich anspruchslos, aber die Lage war nicht anspruchslos. Sie war phantastisch.

Paul Hjelm stand in Tore Michaelis' Küche und blickte über Riddarfjärden hinweg, über Långholmsvarvet genau auf der gegenüberliegenden Seite des Pålsund und weiter zum Stadshus und zu den stattlichen Fassaden von Riddarholmen. Es gab einen Balkon – Hjelm vermied es, ihn zu betreten. Er hatte in seiner widerwärtigen Junggesellenwohnung in der Slipgatan auch einen Balkon, aber noch nie, absolut nie einen Fuß darauf gesetzt. Er kam ihm lebensgefährlich vor.

Die Küche war sauber, und es stand kein Geschirr herum. Wenn Michaelis am Abend des 2. August von einem Täter überrascht worden war, hatte er auf jeden Fall noch ordentlich den Abwasch gemacht.

Oder der Täter hatte abgespült …

Und falls es so war, auch anständig geputzt, denn es war

tadellos sauber in der Dreizimmerwohnung. Sie war sparsam möbliert, und es gab sogar das eine oder andere Stück aus den Sechziger- und Siebzigerjahren. Man merkte, dass der Bewohner Junggeselle und an die sechzig Jahre alt war. Es war eine unspektakuläre Wohnung, ohne Besonderheiten, aber auch ohne jedes Anzeichen von Verfall. Wenn man den Besitzer nicht kannte, würde man sich ihn wohl als gepflegt und zurückgezogen vorstellen. Ein Gentleman alter Schule. Was nicht zuletzt an der großen Menge der Bücher festzustellen war. Die Sammlung war beeindruckend und reichte von den zu erwartenden außenpolitischen Themen bis zu weniger erwartbaren Gedichtbänden. Tore Michaelis' Sammlung übersetzter Lyrik war beeindruckend. Er schien eine besondere Vorliebe für die mitteleuropäische lyrische Tradition zu hegen. Aber es gab noch viel mehr. Unter anderem fand Paul Hjelm eine ganze Reihe Spionageromane, »Spy-Fi«, wie das Genre bisweilen genannt wurde, von Autoren wie Tom Clancy, Robert Ludlum, Frederick Forsyth, John le Carré und Craig Thomas. Lauter ältere Herren.

In einem Regal stand eine Anzahl ziemlich abgegriffener Bücher außenpolitischen und juristischen Inhalts. Einige der älteren darunter erkannte Paul Hjelm wieder – von der Polizeihochschule. Sie waren zu Pauls Zeiten dort als Beispiele für die Polizeiliteratur der alten Zeit bezeichnet worden. Und das waren sie auch. Hjelm war gut ein Jahrzehnt jünger als Michaelis, und dies hier war offenbar die Studienliteratur, als Michaelis einst am Anbeginn der Zeiten zur Polizeihochschule gegangen war. Hjelm trat ans Regal und blätterte ein wenig zerstreut in den Büchern, hauptsächlich um zu prüfen, ob der Kerl es auch damals schon nicht nötig hatte, Stellen anzustreichen und Notizen zu machen.

Und so verhielt es sich tatsächlich. Die Bücher waren zwar offensichtlich gelesen worden, doch es standen keine Notizen darin. Nur an einer Stelle fand sich ein verwischter Namenszug – nein, eher nur die Initialen. Hjelm sah das T am

Anfang, es war deutlich, doch danach wurde es komplizierter. Klar war, dass ein M hätte folgen sollen, aber es war nicht mehr sichtbar. Dahinter stand »-70«, was das Jahr gewesen sein dürfte, bevor Michaelis sein Polizeiexamen gemacht hatte. Hjelm stellte das Buch wieder ins Regal und trat ein paar Schritte zurück. Gab es hier drinnen noch mehr zu entdecken? Nein, kaum. Nicht so. Dazu bedurfte es anderer Methoden.

Hjelm setzte sich in einen harten Fünfzigerjahresessel und überlegte. Wenn Michaelis von einem fremden Nachrichtendienst gekidnappt worden war, egal von welchem, dann würde er, Hjelm, keine Chance haben. Dann hatte die Säpo die besseren Möglichkeiten, ihn zu finden. Nein, wenn er eine Chance haben wollte, dann musste er an einer unerwarteten Stelle und auf unerwartete Weise etwas finden, und dieser Gedanke baute beinahe darauf auf, dass der monströse Rudfeldt tatsächlich recht hatte mit seiner Schlussfolgerung: »Auf mich wirkt es so, als hätte er sich aus dem Staub gemacht.« Und wenn das so war, könnte es möglicherweise einen kleinen Hinweis, eine Spur geben, speziell ausgelegt für den eigenhändig ausgesuchten Nachfolger.

War die seltsame Zeichnung eine solche Spur? Oder war es zu weit hergeholt, dass die merkwürdige Quelle, die Zähne schleuderte, direkt an Paul Hjelm gerichtet war?

Er ging weiter ins Schlafzimmer. Das Bett war gemacht, der Nachttisch leer. An der Wand, dem Bett gegenüber, stand ein Bücherregal. Im Unterschied zum Wohnzimmer, wo die Bücher nach Genres geordnet waren, standen sie hier alphabetisch nach Autoren geordnet. Auch diese Ordnung war sorgsam eingehalten. Hjelm folgte aufmerksam der Reihe von Abrams bis Zetterling, Buch für Buch.

Und plötzlich stieß er auf etwas.

Ein Buch stand am falschen Platz. Zwischen Hansson und Holmström stand das Buch eines Autors mit Namen Cornwell. Es war ein Lehrbuch in Agronomie, und Jeremy Cornwell war offenbar Professor an der Universität von Melbourne in Australien. Hjelm zog das Buch heraus und fixierte die Lücke. Diese Lücke war für ihn gedacht.

Zwischen Hansson und Holmström kam Hjelm.

Er blätterte Jeremy Cornwells *The Ancient Art of Cropping* durch und fand eine Bleistiftnotiz. »DGT« stand da. Er zog die *Einladung mit dem Ellenbogen – Die Türkei und die EU* vom Außenpolitischen Institut hervor und betrachtete die zähneschleudernde Quelle. Beide Notizen sahen so aus, als seien sie mit demselben Bleistift und ungefähr gleichzeitig gemacht worden – also erst kürzlich. Und als Paul Hjelms Blick erneut auf die eigentümliche Quelle fiel, änderte diese plötzlich ihren Charakter. Sie schleuderte keine Zähne mehr, sondern Mais. Maiskörner. Eine Maisquelle.

A cornwell.

Hjelm zog die Stirn kraus und betrachtete Jeremy Cornwells Buch mit neuen Augen. War dies wirklich ein Hinweis, oder spielte ihm nur seine überreizte Aufmerksamkeit einen Streich? Sein Bedürfnis, um jeden Preis etwas zu finden?

Dennoch war es notwendig, die Theorie bis zum Ende zu überprüfen. Was bedeutete dieses »DGT«, das er in Cornwells Buch gefunden hatte? Er hatte nicht den Schatten einer Idee. Noch nicht.

Wieder fing er beim Bücherregal an, von M.H. Abrams ausgehend arbeitete er sich durchs Alphabet. Es dauerte geraume Zeit, aber alles stimmte, es waren keine Abweichungen zu erkennen. Erst gegen Ende, auf dem untersten Regalbrett, stand ein Buch auf dem Kopf. Das war alles. Es stand auf dem Kopf und war von einem Mann namens J. Wayne Zeugma verfasst. Der Titel lautete *Noms de Plume of the World*. Hjelm stand eine Weile da und betrachtete es. Was bedeutete eigentlich »nom de plume«? Er hatte es schon oft gehört, sich die Bedeutung aber nie gemerkt. Erst als er das Buch herauszog und es mit geschärfter Aufmerksamkeit durchblätterte, sah er, dass »nom de plume« auf Französisch wörtlich »Name der Feder« bedeutete, also Pseudonym. Und J. Wayne Zeugmas Buch enthielt tatsächlich die bekannten Pseudonyme der Weltgeschichte, Autoren, die unter einem anderen Namen als ihrem Taufnamen geschrieben hatten, einem »Namen der Feder«.

Erst auf den leeren Schlussseiten fand Paul Hjelm, was er suchte. Da war eine Bleistiftnotiz. »18***«, stand da.

Paul Hjelm war sogleich Feuer und Flamme. Zwar erschien ihm das Ganze noch immer äußerst kryptisch, aber es bestand kein Zweifel mehr. Tore Michaelis kommunizierte mit ihm. Unabhängig davon, ob er tot oder lebendig war, führte er ein direktes und zielgerichtetes Gespräch mit seinem Nachfolger Paul Hjelm. Was zum Teufel bezweckte er damit?

Er hatte nur diese Notizen »DGT« und »18***«. Außerdem die Zeichnung einer fucking cornwell. Er saß da und betrachtete die gesamte Konstellation. Er schlug Seite 18 in Jeremy Cornwells Agronomiebuch auf, fand jedoch nichts von Gewicht. Danach schlug er in J. Wayne Zeugmas Noms de Plume of the World den Namen Cornwell nach.

Und da stand das, was Paul Hjelm schon hätte wissen müssen.

Da stand, dass ein ganz anderer Cornwell, ein Mann mit Namen David John Moore Cornwell, einen Nom de Plume, ein Pseudonym, hatte, unter dem er bedeutend bekannter war. David John Moore Cornwell war besser bekannt als John le Carré.

Paul Hjelm stand auf und nahm alle Bücher mit ins Wohnzimmer. Dort konzentrierte er sich auf die Ecke mit den Spionageromanen der älteren Herren, und neben Tom Clancy, Robert Ludlum, Frederick Forsyth und Craig Thomas stand John le Carré. Zehn Bücher waren von ihm vorhanden, teils in Englisch, teils in schwedischer Übersetzung. Darunter der Klassiker *Der Spion, der aus der Kälte kam*, aber auch das vielleicht noch klassischere *Dame, König, As, Spion*. Auf

Schwedisch gab es beispielsweise *Ryska huset*, *En perfekt spion* und *Den gode tolken …*

Den gode tolken …

Es sollte ziemlich lange dauern, bis Paul Hjelm das Gefühl zu beschreiben vermochte, das er hatte, als er eine Erklärung für »DGT« fand. Im Moment hatte er nicht die Zeit, diesem Gefühl nachzugehen. Er holte einen Stuhl, kletterte darauf, zog mit einer gewissen Rücksichtslosigkeit John le Carrés gerade erst übersetztes Buch *Den gode tolken* – »DGT« – heraus, schlug Seite 18 auf und fand auf der oberen Seitenhälfte drei kleine Sterne, Asterisken, die zwei Abschnitte trennten – »18***« –, und las unmittelbar hinter den Asterisken: »Aber Bruder Michael kannte auch meine schwachen Seiten.«

Dies sagte Paul Hjelm zunächst einmal nicht besonders viel. Er wusste, dass Tore Michaelis keinen Bruder hatte. Er war der einzige Sohn des deutschen Einwanderers Heinz Michaelis und seiner Frau Anna-Lisa in Tierp. Anderseits war bei genauerer Betrachtung »Bruder Michael« auch in John le Carrés Buch kein Bruder im eigentlichen Sinn. »Bruder« bedeutete Mönch, Missionar. Bruder im Glauben. Aber Tore Michaelis hatte wohl kaum einen Beichtbruder in der Christenheit, das zu glauben fiel Hjelm äußerst schwer. Nein, er kehrte zur buchstäblichen Bedeutung zurück und zog die Stirn in tiefe Falten.

Etwas setzte sich in Bewegung. Er trat ans Regal mit den alten Polizeilehrbüchern und schlug das einzige Buch auf, das eine Eintragung hatte, die verwischten Initialen und die Jahreszahl »-70«. Er betrachtete die Eindrücke, die die Buchstaben auf den Seiten hinterlassen hatten. Und da stand ohne Zweifel »T«, aber der zweite Buchstabe war kein »M«, sondern ein »H«.

Paul Hjelm zog sein Handy aus der Tasche und wählte eine Nummer. Die Polizeihochschule meldete sich.

»Ich möchte gern Studiendirektorin Gertrud Larsson sprechen.«

Es verging ein Moment, bis sich eine Frauenstimme meldete: »Ja. Gertrud Larsson.«

»Hej, hier ist Paul Hjelm.«

»Oh, hej.«

»Wie weit reichen eure Studentenarchive zurück?«

»Äh, ja, ziemlich weit.«

»Auch in die Zeit, bevor ihr Hochschule wurdet?«

»Ja, das ist inzwischen alles elektronisch erfasst.«

»Glänzend. Ich interessiere mich für einen Jahrgang, der wahrscheinlich 1968 anfing und 1971 Examen machte.«

»Ich rufe es eben auf«, sagte Gertrud Larsson, und das Rattern ihrer Tastatur war höchst beeindruckend.

»Habt ihr da einen Tore Michaelis?«

»Michaelis ... Nicht, soweit ich sehen kann, nicht bei der Aufnahme 1968.«

»Nein?«

»Wir hatten einen anderen Tore. Tore Hagström.«

»Ah«, sagte Paul Hjelm.

»Aber er scheint nicht 1971 Examen gemacht zu haben«, erklärte Gertrud Larsson. »Er scheint überhaupt kein Examen gemacht zu haben. Aber komisch ...«

»Was denn?«

»Hier taucht auf einmal dein Tore Michaelis auf.«

»Es ist dieselbe Person«, sagte Paul Hjelm. »Ich danke dir sehr. Er muss im letzten Jahr an der Schule den Namen gewechselt haben.«

»Bitte sehr«, erwiderte Gertrud Larsson und wartete auf eine Erklärung. Aber Paul Hjelm hatte schon aufgelegt.

Er kratzte sich am Kopf und rief die Kommune Tierp an. Er stellte sich vor und fragte, ob es irgendwo in einem kommunalen Altenheim einen Greis mit Namen Heinz Michaelis gebe, worauf er sich darüber aufklären lassen musste, dass das Wort »Altenheim« nicht mehr benutzt werde, weil es politisch inkorrekt sei. Als Hjelm darauf hinwies, dass das nicht ganz die Information sei, deretwegen er anrufe, wurde die

Stimme am anderen Ende bedeutend spitzer und erklärte kühl, dass ein Mann dieses Namens innerhalb der Grenzen der Kommune nicht existiere.

»Heinz Hagström vielleicht?«, fragte Paul Hjelm.

»Nein«, sagte die Kreissägenstimme.

»Welche Hagströms haben Sie denn in den letzten Jahrzehnten in der Kommune gehabt?«

»Wir können nur bis in die Achtzigerjahre zurückgehen«, sagte die Stimme schrill.

»Gerne«, sagte Paul Hjelm.

»Egil Hagström starb 1996. Dann hatten wir die Eheleute Hans und Anna-Lisa Hagström ...«

»Hans?«, wiederholte Hjelm. »Ich glaube, da haben wir sie.«

»Unterbrechen Sie mich nicht«, sagte die Stimme. »Anna-Lisa Hagström starb 1989 an Krebs, Hans Hagström sitzt im Pflegeheim Täppan. Er ist zweiundneunzig Jahre alt.«

»Vielen Dank«, sagte Paul Hjelm. »Und einen Tore Hagström oder Michael Hagström gibt es in Ihren Registern nicht?«

»Nein«, schrillte die Schreckensstimme. »Dann hätte ich das gesagt.«

Paul Hjelm beendete das Gespräch. Er blieb einen Augenblick sitzen und atmete aus. Es war alles sehr sonderbar.

Der Bäcker Heinz Michaelis wurde während des Weltkriegs wegen seiner deutschen Herkunft schikaniert – obwohl er vor den Nazis geflohen war. Er heiratete Anna-Lisa und hatte mit ihr einen Sohn, Tore. Doch anscheinend gingen die Schikanen nach dem Krieg weiter. Es ging so weit, dass Heinz Michaelis am Ende den Namen Hans Hagström annahm. Das Paar bekam danach noch einen Sohn, Michael, der nie Michaelis hieß. Dafür sollte sein Vorname wohl die Erinnerung daran bewahren, dass die Familie einmal Michaelis geheißen hatte.

Aus irgendeinem Grund stand in den Unterlagen der Säpo

über ihren ältesten Mitarbeiter nichts von dem Namenswechsel – und also auch nichts über den anderen Sohn. Erst gegen Ende seiner Zeit an der Polizeihochschule fühlte sich der älteste Sohn Tore stark genug, den Familiennamen aus seiner Kindheit wieder anzunehmen, das majestätische Michaelis.

So musste es sein.

Der Grund, warum alle Hagströms aus dem System der Säpo getilgt waren, war vermutlich ein sehr einfacher. Tore hatte sie geschützt. Er hatte ihre Existenz aus dem System entfernt, damit es keine Verwandten gab, die in Gefahr geraten konnten.

Ein Spion durfte keine nächsten Verwandten haben.

Paul Hjelm seufzte schwer und ertappte sich dabei, dass er auf den Balkon trat. Dort stand er eine Weile und genoss die Luft genau an der Grenze zwischen Sommer und Herbst. Stockholm zeigte sein einnehmendstes Wesen, und Riddarfjärden lag völlig glatt in der kühlen Nachmittagssonne.

Paul Hjelm holte tief Luft.

Dann fuhr er nach Tierp.

8

Sie hatten es einfach nur so dahingesagt, aber es erwies sich als vollkommen wahr: Es gab tatsächlich keinen Ehrenkrona im Strafregister. Aber es gab zahlreiche Bergströms, sogar viele Andreas Bergströms. Und einer von ihnen war ohne jeden Zweifel Suzanne Ehrenkronas verlorener Bruder.

Dessen wenig charmantes Gesicht jetzt langsam auf dem Bildschirm vor Saras Augen hervortrat. Während Andreas mehr und mehr Züge annahm, die er mit Suzanne Ehrenkrona gemeinsam hatte, studierte Sara Svenhagen eine Liste. Es war die Liste von Andreas Bergströms Straftaten, und für einen Zweiundzwanzigjährigen war sie ziemlich beeindruckend. Es überwogen verschiedene Formen von Beschaffungskriminalität – Einbrüche, Raub, Diebstahl, Betrug –, aber es gab keine einzige Gewalttat. Bis gestern Abend.

Und auch keine einzige Adresse.

Andreas Bergström war ganz einfach ohne Wohnsitz.

Man musste sich wohl unter die Drogenabhängigen begeben und zu ihm durchfragen. Was sich nicht als besonders stimulierendes Zukunftsszenario aufdrängte.

Sara warf einen Blick über den Schreibtisch zu Lena Lindberg. Sie saß vollkommen regungslos da und starrte konzentriert auf den Bildschirm.

»Warum habe ich das Gefühl, dass du dich nicht unserem Täter widmest?«, fragte Sara.

Lena antwortete nicht. Stattdessen zwinkerte sie heftig und klickte mit der Maus, mehrmals nacheinander, bis sie augenscheinlich zufrieden war. »Jetzt musst du herkommen«, sagte sie.

»Es ist wohl dieselbe verdammte Filmszene«, vermutete Sara.

»Genau«, sagte Lena. »Aber jetzt sehe ich etwas ganz anderes. Und das sollst du auch. Komm her.«

Sara Svenhagen sah ein, dass da nicht viel zu machen war. Die Kollegin würde nicht lockerlassen. Sara beugte sich über sie.

Lena blickte auf, hob den Zeigefinger und sagte: »Achte nur auf Lisa Jakobsson. Die ganze Zeit.«

Die sattsam bekannte Filmsequenz aus dem Videoladen in der Jungfrugatan lief an. Die magere Gestalt Lisa Jakobssons, dreißig Jahre, glitt herein, sie stellte sich vor das Regal mit den Komödien und begann zu suchen.

»Sieh dir mal an, wie sie den Kopf hält«, sagte Lena Lindberg. »Den Winkel.«

Sara Svenhagen tat es. Und kam zu dem Ergebnis, dass Lisa Jakobssons Blick gar nicht auf den Film gerichtet war, den sie in der Hand hielt, oder auf das Videoregal. Nein, ihr Blick war tatsächlich die ganze Zeit auf die Straße hinaus gerichtet. Außer, als er sich für einen kurzen Moment dem Handy in ihrer anderen Hand zuwandte.

»Wo guckt sie hin?«, fragte Sara.

»Tja«, sagte Lena. »Nach draußen, auf die Straße. Oder eher … Warte, hier kommt Suzanne hereingewirbelt. Sie wirft sich mehr oder weniger unter den Rock von Lisa Jakobsson und greift nach dem Film *Smala Sussie*, nicht wahr? Aber Lisa merkt nichts. Ihre Aufmerksamkeit gilt etwas anderem.«

»Und hier kommt Johannes Åkerblom«, stellte Sara fest.

»Und auch jetzt reagiert Lisa nicht im Geringsten. Ihr Blick ist immer noch nach draußen und leicht nach oben gerichtet.« Lena deutete auf den Bildschirm.

»Glaubst du? Nach oben?«

»Ich bin ziemlich sicher«, sagte Lena Lindberg. »Und ich zeig dir auch gleich, warum. Aber jetzt kommt Andreas Bergström.«

Nun stürmt der maskierte Räuber in den Laden. Er fuchtelt mit seinem Eisenrohr herum und ruft, dass er schießen will. Alle Blicke richten sich auf ihn – auch der von Lisa Jakobsson. Aber nur für einen Moment. Nach kurzer Zeit ist er wieder nach draußen gewandt, auch in dem Augenblick, als Andreas mit dem Rohr seine Schwester niederschlägt und davonläuft. Als die Tür hinter ihm zufällt, sieht man jetzt deutlich, dass Lisa Jakobsson ihm ins Freie folgen will. Sie wird von Johannes Åkerblom daran gehindert, der vom Erotikregal herüberkommt und ihr den Arm um die Schultern legt. Man sieht sie ein wenig zusammenzucken.

»Versucht sie, sich loszureißen?«, fragte Sara.

»Ich glaube es fast«, entgegnete Lena. »Sie will wirklich nicht bleiben.«

»Jetzt guckt sie wieder nach draußen. Wohin guckt sie?«

»Auf das hier«, sagte Lena Lindberg, hielt den Film an und zoomte eine diffuse Form auf der linken Seite außerhalb des Fensters heran. Es dauerte einen Moment, bis das grobkörnige Bild scharf gestellt war. Aber dann wurde der Gegenstand erkennbar.

Es war eine Kamera.

Eine Überwachungskamera.

»Was soll das denn jetzt?«, fragte Sara Svenhagen. »Noch eine Überwachungskamera? Wo denn?«

»An der Fassade auf der anderen Straßenseite«, sagte Lena Lindberg. »Wir haben sie bisher nicht gesehen, weil wir keinen Grund hatten, nach ihr zu suchen.«

»Aber was ist das für eine verdammte Kamera?«

»Ja, wenn man das wüsste. Sie sitzen ja jetzt überall in der Stadt. Private und öffentliche durcheinander. Es ist schwer zu sagen, wer sieht, was die Kameras sehen, und wozu es benutzt werden soll.«

»Wir müssen hinfahren.«

»Ja.«

Gesagt, getan. Vor Ort stellten sie fest, dass der Videoladen wieder geöffnet war. Als der Wagen auf der Jungfrugatan daran vorbeirollte, sahen sie Naoum Chamoun wie gewöhnlich im Laden stehen und Filme sortieren. Sie sorgten dafür, dass er sie nicht erkennen konnte, und stiegen aus. Sie sahen hinüber zur anderen Straßenseite.

Und sie sahen keine Überwachungskamera.

Die Fensterreihe im Erdgeschoss auf der anderen Seite der Jungfrugatan lag nur wenig über Kopfhöhe, gut drei Meter über dem Straßenniveau. Wo die Kamera sitzen sollte, war nichts zu sehen.

»Wir haben doch bestimmt ein Fernglas im Handschuhfach«, sagte Sara Svenhagen.

Lena Lindberg wühlte eine gute Weile in dem überfüllten Handschuhfach herum, bevor sie das kleine Fernglas fand. »Was ist denn das für ein lächerliches Fernglas?«, sagte sie, während sie es Sara reichte.

Sara nahm es und stellte es auf die Fensterreihe ein. Aber es war keine Kamera zu sehen. »Das ist doch komisch«, sagte sie und senkte das Glas. »Haben wir geträumt?«

»Kaum«, entgegnete Lena und schnappte sich das Glas.

Nach einigem Suchen gelang es ihr, die Stelle zu fixieren, wo die Kamera angebracht sein sollte. Aber es war nichts zu sehen außer ein paar Schraubenlöchern im Putz der Fassade.

»Verflixt«, sagte sie. »Jemand hat sie abgenommen.«

»Glaubst du wirklich?«

»Ja, jemand hat sie abgeschraubt.«

Sie sahen sich an. Es blieb Lena Lindberg überlassen, eine Zusammenfassung der Lage vorzunehmen. »Lisa Jakobsson wusste genau, dass diese Kamera da war, als sie sich im Laden befand. Sie guckte auf ihr Handy, um zu sehen, ob sich jemand gemeldet hatte. Es war eine Art Zusammenspiel mit der Kamera. Was ist das für eine verdammte Kamera?«

»Wir müssen bei der Stadt anrufen und herausfinden, ob es eine offizielle Überwachungskamera ist.«

»Das machen wir unterwegs«, entschied Lena Lindberg und ging zum Auto.

»In Ordnung«, sagte Sara Svenhagen und griff nach ihrem Handy.

Das Gespräch war gerade in dem Moment beendet, in dem ganz unerwartet eine Parklücke in der Gästrikegatan auftauchte. Während sie die Haustür öffneten, ohne den Türcode zu benutzen, sagte Sara zu Lena Lindberg, die noch am Türschloss fummelte: »Es ist keine offizielle Kamera.«

Doch Lena Lindberg murmelte nur: »Beim letzten Mal ging es doch wie geschmiert.«

»Du zitterst ja«, sagte Sara.

»Spürst du die Witterung nicht? Wir sind ganz dicht daran.«

»Vielleicht. Aber woran?«

»An etwas, das mir krank vorkommt«, sagte Lena Lindberg und hatte endlich die Tür aufbekommen. »Richtig beschissen krank.«

Während sie die wohlbekannten Treppen hinaufstiegen, erwiderte Sara: »Das Schlimmste ist, dass ich dir zustimme, ohne zu wissen, warum.«

»Wer bringt eine private Überwachungskamera an einer Hausfassade an? Und warum ist sie auf einen unansehnlichen Videoladen gerichtet? Hier geht etwas vor, was wir noch nie zuvor gesehen haben. Davon bin ich überzeugt. Und es hat mit Lisa Jakobsson zu tun. Aber jetzt gehen wir ganz leicht und locker in diese Wohnung rein.«

Sara fasste Lena an der Hand, sodass die schlüsselähnlichen Gegenstände klimperten.

»Sollten wir nicht vorher klingeln?«, fragte sie.

»Tu das, wenn du willst«, sagte Lena. »Aber es spielt keine Rolle.«

»Warum nicht?«

»Weil ich mit meinem ganzen lächerlich zeitsensiblen Körper spüre, dass Lisa Jakobsson tot ist.«

Sara ließ Lenas Hand los und betrachtete sie. »Glaubst du das wirklich?«

»Ich weiß es. Und das passiert mir, die ich es jedes Mal hasse, wenn du metaphysisch wirst.«

»Aber warum?«, fragte Sara und klingelte an der Tür.

»Sie ist ein Kontrollfreak. Niemals hätte sie den Termin im Präsidium verpasst. Treffen zu versäumen gehört zu den Dingen, die sie aus dem Gleichgewicht bringen. Vielleicht ist es sogar das Schlimmste von allem.«

»Aber sie hatte doch etwas zu verbergen, vermutlich ist sie deswegen nicht erschienen. Sie hat der Polizei etwas verheimlicht.«

»Und wenn sie das nicht getan hätte, würde sie heute noch leben«, sagte Lena Lindberg und öffnete die Tür.

»Du bist wahnsinnig«, sagte Sara Svenhagen und trat in die Wohnung.

»Genau wie du«, gab Lena Lindberg zurück und folgte ihr.

Alles in der Wohnung war wie beim letzten Mal. Die gleiche Atmosphäre von totaler Kontrolle. Ein Raum mit Überblick in einer unüberschaubaren Welt. Kosmos inmitten des Chaos. Der absolut unbewegliche Mittelpunkt der sich drehenden Welt.

Lena Lindberg ging zielstrebig in Lisa Jakobssons Schlafzimmer und schaltete den Computer an. Die Zeit des Feingefühls war definitiv zu Ende.

Während der Computer schnurrte, traten die beiden Polizistinnen in die Küche und teilten schwesterlich den Stapel auf dem Küchentisch. Lena bekam *Dagens Nyheter*, Sara die Zeitschrift mit dem innovativen Namen *Deine Gesundheit*. Begleitet vom dumpfen Murren des nur langsam hochfahrenden Computers, begannen sie zu blättern, Lena mit großen, nervösen, ein wenig schlaffen Bewegungen, Sara distinkter.

Der Computer brummte immer noch in der Startphase, das konnten sie hören.

Sara Svenhagen gelangte zum Annoncenteil von *Deine Gesundheit*. Dort gaben sich die erstaunlichsten Anhänger alternativer Ideen ein Stelldichein. Man konnte Balsam kaufen, der unmittelbar die hartnäckigsten Warzen beseitigte, Tinkturen, die ebenso unmittelbar ungewünschten Haarwuchs verhinderten und gewünschten förderten, kleine Mikrokanülen mit »botoxartigen« Präparaten, die direkt in die Stirn injiziert wurden, um diese faltenfrei zu machen, Bräunungscreme für »dauerhafte Resultate« – »Achtung! Darf nicht in die Nähe von Schleimhäuten kommen« – und einen starken »medizinischen« Lippenglanz, der »ohne eigentliches Gesundheitsrisiko« die Lippen vergrößerte. Saras Blick blieb ein wenig zu lange am Wort »eigentliches« hängen. Sie bemerkte nicht einmal, dass Lena die *Dagens Nyheter* halb gelesen liegen gelassen hatte und ins Schlafzimmer gegangen war.

Aber sie hörte, als Lena rief: »Der Computer ist so weit. Jetzt drück uns die Daumen, dass sie die Funktion ›History‹ aktiviert hat.«

»History?«, rief Sara zurück, nahm den Blick von dem Wort »eigentliches« und ließ ihn weiter durch die Hochburg des Humbugs streifen.

»Damit kann man nachvollziehen, wo sie überall im Internet gewesen ist!«, rief Lena und fügte fast unmittelbar ein »Yes« an.

»Gut!«, rief Sara und hatte das Rufen satt.

Eine Weile war es still. Sara suchte weiter zwischen immer winzigeren und obskureren Kleinanzeigen.

Bis Lena Lindberg aus dem Schlafzimmer rief: »Thinspiration!«

»Was?«

»Thinspiration und Pro-Ana. Sagen dir die Begriffe was?«

»Nein …«

»Anorektische Frauen, die keine Lust mehr haben, sich zu schämen, und stattdessen auf anorektische Promis als Vorbilder verweisen. Und außerdem ihre eigenen verhungernden Körper vorführen. Wir leben wirklich in einer herrlichen Welt.«

»Sie hat also so was auf ihrem Computer?«

»Fast nur so Zeug.«

»Welche Anna? Ein Boxprofi mit Namen Anna?«

»Nein. ›Pro-Ana‹ bedeutet ›für Anorexie‹. Ein Anorexie-Fanklub.«

»Was ist in dieser Welt eigentlich los?«, rief Sara aufgebracht. »Das sind also die Frauen von heute?«

»Stolz und schlank«, sagte Lena. »Schlank um jeden Preis. Und ich meine wirklich *jeden* Preis. Lieber tot und schlank als lebendig und ein paar Gramm zu viel.«

»Aber kannst du mir mal erklären, was das soll?«, forderte Sara, während ihr Blick gleichzeitig auf eine eingekreiste Anzeige fiel.

Ja, tatsächlich. Sie war mit einem Kugelschreiber eingekreist. Sara Svenhagen streckte den Rücken, stand auf und ging hinüber zu Lena Lindberg.

Das Bild, dem sie dort begegnete, war grauenvoll. Vom Computermonitor sah sie eine KZ-Gefangene an. Sie sah genauso aus wie die Menschen auf jenen wackelnden Filmsequenzen der alliierten Soldaten, die als Erste in die Konzentrationslager der Nazis gekommen waren. Aber diese lebende Leiche hier lachte und winkte. Schließlich sagte sie auf Englisch, mit amerikanischem Akzent: »Seit einem Monat habe ich nicht das Geringste gegessen. Nicht einen Krümel, kein einziges kleines Staubkorn. Ich habe es geschafft. Ich bin frei.« Und dann verschwand sie.

Lena Lindberg schaute vom Bildschirm auf. Sara begegnete ihrem Blick. So hielten sie einen Moment lang inne. Jede konnte die Gedanken der anderen lesen: Was ist eigentlich in die Menschen gefahren? Wie hat es sich so entwickeln können?

Und keine von beiden hatte eine Antwort.

»Ich habe hier etwas gefunden«, sagte Sara. »Lisa hat diese Anzeige eingekreist. Sie lautet: ›Willst du *richtig* abnehmen?‹ – ›richtig‹ ist kursiviert –, und dann folgt eine Internetadresse.«

»Nur das?«, fragte Lena.

»Ja«, sagte Sara.

»Scheint sich an den harten Kern eingeweihter Thinspiration-Frauen zu richten«, vermerkte Lena und knickte die Zeitschriftenseite so um, dass sie die Internetadresse lesen konnte. Sie hieß »thinspiration.se«.

Lena gab die Adresse ein. Eine Homepage öffnete sich. Sie war rudimentär und ohne jede Ausschmückung. Stattdessen beschrieb sie einfach und deutlich einen neuen, inoffiziellen Fortschritt der Pharmaforschung. Den Angaben zufolge handelte es sich um ein amerikanisches Präparat, das gegenwärtig unter dem Namen Anamagica lief, aber noch nicht auf dem Markt war. In ziemlich verdeckten, aber wohlformulierten Wendungen klärte die Homepage darüber auf, dass das Medikament aktiv zur Fettverbrennung des Körpers beitrage. »Es handelt sich um das erste Medikament weltweit, das Fett verbrennt«, wie der Text lautete. »Hier besteht die einmalige Chance, den besten, effizientesten Fatburner zu erwerben, den die Welt bisher gesehen hat – oder sollte die Frage nach eventuellen Nebenwirkungen die passionierte Grammjägerin tatsächlich abhalten?«

»Grammjägerin?«, las Sara Svenhagen.

»Was soll das?«, fragte Lena Lindberg. »Ist da jemand in den Besitz einer Ladung supergeheimer Testmedizin von einem amerikanischen Pharmaunternehmen gekommen?«

»Sieht fast so aus. Lies ein bisschen genauer, wie es funktionieren soll.«

»Hier steht es: ›Nimm eine Woche Anamagica ein und zehn Kilo ab. Es funktioniert nachweislich, aber natürlich nicht ohne Gesundheitsrisiko.‹«

»Kann man es kaufen?«

»Es gibt eine Bestellseite.«

Sie klickten auf die Seite. Dort wurden wesentlich zurückhaltendere Töne angeschlagen. Es klang fast nach einer Spionagegeschichte. Hier hieß es, dass sich das Lager an einem geheimen Ort in Stockholm befinde, und um sich als Kunde zu qualifizieren, war man gezwungen, sein Interesse mittels eines Formulars im Internet anzumelden, inklusive der Personen- und der Handynummer. Wenn dann die Antwort kam, sollte man sich umgehend zu dem Lager begeben und weitere Anweisungen abwarten.

»Wenn die Antwort kommt ...«, sagte Sara Svenhagen langsam. »Die Antwort per Handy oder per E-Mail?«

»Fuck«, sagte Lena Lindberg und öffnete Lisa Jakobssons E-Mail-Programm. Es brauchte quälend lange Zeit, bis es sich geöffnet hatte, und als das endlich geschehen war, fand sich keine Mail von dieser Internetadresse im Eingangsordner.

»Shit«, sagte Lena Lindhagen wenig einfallsreich.

»Guck im Papierkorb nach«, riet Sara und erntete einen anerkennenden Blick ihrer Kollegin.

Da befand sich die Mail.

Sie war tatsächlich da, im Papierkorb des E-Mail-Programms.

Sie war zwar von einer privateren Mailadresse abgeschickt als die der Website, aber es war die richtige. Als Erstes lasen sie die abschließenden Worte: »Denk daran, diese Mail umgehend zu löschen.«

»Merkwürdig, dass die pedantische Lisa so nachlässig war«, sagte Lena Lindberg.

Sara Svenhagen las laut vor: »›Glückwunsch, Lisa. Du bist unter wenigen ausgewählt worden, um Anamagicas epochemachende Wirkung kennenzulernen. Heute, Sonntag, um sechzehn Uhr, sollst du dich im Videoladen in der Jungfrugatan auf Östermalm in Stockholm einfinden. Dort werden wir weiteren Kontakt zu dir aufnehmen. Drei Dinge sind unbedingt zu beachten. 1. Dein Handy mit der Nummer, die du bei deiner Anmeldung angegeben hast, muss eingeschaltet sein. 2. Du musst die zwanzigtausend Kronen in bar bei dir haben. 3. Denk daran, diese Mail umgehend zu löschen.‹«

»Na wer sagt's denn«, stieß Lena Lindberg hervor und ballte die Hand zur Faust. »Hier haben wir es.«

Sara Svenhagen stieß ihre ebenfalls geballte Faust gegen die der Kollegin und verspürte den gleichen Adrenalinkick. »Sie haben den Videoladen überwacht. Nach dem Raubüberfall wurde es ihnen zu heiß. Sie montierten die Überwachungskamera ab und machten sich aus dem Staub, vielleicht nur vorübergehend.«

»Dann sind sie inzwischen über alle Berge.«

»Das ist nicht sicher. Wir können sie immer noch schnappen.«

Sie verließen Lisa Jakobssons Wohnung so, wie sie war. Auf dem Weg zum Wagen sagte Sara: »Aber ich begreife nicht ganz, wie das zu deiner Hypothese von Lisa Jakobssons Tod passt.«

Dann rief sie Kerstin Holm an.

9

Kerstin Holm befand sich tief im Wald. Zumindest erschien es ihr wie ein tiefer Wald. Bis sie den Blick hob. Über ihr wurden die Baumwipfel weniger, bis der klarblaue Himmel an der Grenze zwischen Sommer und Herbst wieder sichtbar wurde. Sie kniete vor Bengt Åkessons Grab und blickte auf zu dem kalten Himmel, der wie ein klarblaues, gleichgültiges Auge auf sie herabsah.

Sie war vollkommen allein. Dies war der heilige Augenblick, in dem das Handy nicht klingeln durfte.

Sie hätte natürlich dafür sorgen können, dass es nicht klingelte. Sie hätte etwas dagegen unternehmen und es ganz einfach ausschalten können.

Aber sie war während ihrer Arbeitszeit hier. Es wäre ein Dienstvergehen, nicht erreichbar zu sein. Und sie hatte auf jeden Fall noch nicht angefangen, ihre Arbeit zu vernachlässigen. So tief war sie noch nicht gesunken.

Also klingelte das Handy genau in dem heiligen Augenblick. Langsam nahm sie den Blick vom Himmelsauge, griff nach ihrem Handy, schaute aufs Display, sah, dass es Sara Svenhagen war, und beschloss, sich zu melden.

»Ja, Sara?«

»Ich glaube, wir haben etwas ziemlich Wichtiges gefunden«, erklärte Sara Svenhagen. »Wir brauchen einen Hausdurchsuchungsbefehl. Außerdem wäre ein bisschen Unterstützung nicht schlecht.«

»Was ist denn passiert?«

»Langversion oder Kurzversion?«

»So lang, wie du brauchst, um mich zu überzeugen.«

»Hinter dem Überfall auf den Videoladen in Östermalm steckt ein größeres Verbrechen.«

»Der Junkie?«

»Der ist eine Nebenperson, wie Lena schon ganz richtig gesagt hat. Eine der Zeuginnen dagegen ist Hauptperson. Sie war unterwegs, um im Haus gegenüber ein illegales Abmagerungspräparat zu kaufen. Wir müssen so schnell wie möglich da rein. Alles lässt darauf schließen, dass sie im Augenblick dabei sind, ihre Sachen zu packen und den Laden dichtzumachen. Außerdem wird sie selbst vielleicht als Geisel dort festgehalten, denn sie ist verschwunden.«

»Ein Abmagerungspräparat?«

»Der schlimmsten Sorte. Wahrscheinlich stark gesundheitsschädlich.«

»Sind das nicht alle?«

»Nicht so wie Anamagica, das verspreche ich dir.«

»Okay«, sagte Kerstin und richtete sich auf. »Ich besorge einen Hausdurchsuchungsbefehl vom Staatsanwalt und kümmere mich um Verstärkung. Reicht Gunnar?«

»Reicht der Beste?«

»Obwohl er jetzt jemand Weißen im Schlepptau hat.«

»Wenn man das Gute will, muss man eben auch Nachteile in Kauf nehmen. Ich schlage als Treffpunkt Ecke Jungfrugatan und Tyskbagargatan vor.«

»Geht nicht rein, bevor die beiden kommen, falls es wirklich eine Bande ist«, sagte Kerstin Holm. »Ich simse euch, wenn der Staatsanwalt grünes Licht gibt.«

Sie beendete das Gespräch und wischte sich das Gras von den Knien ihrer Jeans. Dann seufzte sie tief und trat an den Grabstein. Sie strich leicht mit der Hand über die frisch gemeißelten Buchstaben und sagte: »Heute also nur ein Quickie, Bengt. Aber du kennst ja den Job.«

Danach rief sie Gunnar Nyberg an.

*

Gunnar Nyberg und Arto Söderstedt saßen vor einem Computer. Und zwar schon ziemlich lange. Der Bildschirm war völlig weiß und blank.

»Schon drei Stunden«, sagte Arto Söderstedt. »Ich werde langsam schneeblind.«

»Wir müssen vielleicht nicht ganz so gewissenhaft sein«, schlug Gunnar Nyberg vor. »Vielleicht übertreiben wir.«

»Aber stell dir vor, ein so avanciertes kriminelles Hirn wie Dr. Mrs Nora Higgins zu fassen zu kriegen. Das ist permanente Sehstörungen wert.«

»Wir könnten uns auf jeden Fall abwechseln.«

»Zumindest theoretisch.«

Dann verstummten sie und wandten sich wieder ihrer merkwürdigen Fahndungsarbeit zu. Und saßen da.

Nicht bis ihnen die Augen trüb wurden, sondern bis das Handy klingelte. Im selben Moment begannen Buchstaben und Ziffern auf den weißen Bildschirm zu hüpfen.

»Was zum Teufel!«, entfuhr es Gunnar Nyberg, während er das Gespräch annahm.

»Wie redest du mit deiner Chefin«, sagte Kerstin Holm am anderen Ende.

»Aber es passiert gerade, genau in diesem Augenblick, hier vor unseren Augen.«

»Ich bin nicht sicher, ob ich genau wissen will …«

»Dr. Mrs Nora Higgins schickt gerade seine zweite, für ihn fatale Mail. Jetzt haben wir den Kerl.«

»Super. Das Problem ist nur, dass ich euch als Back-up für Sara und Lena brauche.«

»Dies hier ist eine konzertierte und kostspielige Europol-Aktion, die damit steht und fällt, dass wir auf den Punkt genau zuschlagen. Das ist verdammt noch mal in diesem Moment der Fall.«

»Du brauchst mir nicht zu erzählen, was auf dem Spiel steht. Ich schicke Jorge und Jon stattdessen.«

»Worum geht es denn?«

»Medikamentenhandel. Hört sich an, als könnte es gefährlich werden. Eventuell auch eine Geiselnahme.«

»Und da willst du die Gebrüder Bieber hinschicken? Bloß nicht. Das schaffen wir auch noch.«

»Sicher?«

»Bombensicher.«

»Treffpunkt Ecke Jungfrugatan/Tyskbagargatan. Umgehend.«

Gunnar Nyberg beendete das Gespräch und betrachtete Arto Söderstedt.

»Jetzt haben wir es fast«, sagte Söderstedt. »Es muss einer der nördlichen Vororte sein. Sollentuna, Täby, danach sieht es aus.«

»Wie du gemerkt hast, haben wir noch etwas anderes zu tun bekommen«, sagte Nyberg.

»Du bist derjenige, der gesagt hat, dass wir das auch noch schaffen.«

Sie schwiegen einen Augenblick, bis sich eine Adresse aus den Ziffern und Buchstaben auf dem Bildschirm herauskristallisierte.

Diesmal klingelte Söderstedts Handy. Er meldete sich und hörte die kantige englische Stimme aus Den Haag sagen: »Wir haben etwas, das wir als Engdjelsvagen ausmachen.«

»Das haben wir auch«, sagte Söderstedt. »Es wird Ingjaldsvägen ausgesprochen. Und die Straße gibt es. Ich glaube, sie liegt in Täby Kyrkby. Nördlich von Stockholm.«

»Aber seltsamerweise bekommen wir keine Wohnungsnummer«, sagte die Stimme aus Den Haag.

»Das ist gar nicht seltsam«, erklärte Söderstedt. »Es gibt da keine Wohnungen. Ich vermute, es ist ein Viertel mit Einzel- oder Reihenhäusern.«

»Übernehmen Sie das? Haben Sie die Hausnummer?«

»Wir sind schon auf dem Weg«, sagte Söderstedt.

Den Haag legte auf.

Und das ungleiche Paar machte sich auf den Weg. Im Magazin griffen sie sich vier schusssichere Westen und zwängten sich auf dem Weg zur Garage in je eine davon.

Weil die Fahrt in einem von Gunnar Nyberg gefahrenen Auto jeden Versuch einer Unterhaltung zunichtemachte, wurde auf dem ganzen Weg nur ein einziger Satz gesprochen. Und es war Nyberg, der sagte: »Warum passiert immer alles zur gleichen Zeit, wenn man vorher so lange gewartet hat?«

Söderstedt arbeitete gegen die Vorstellung an, als Klumpen unter einem oder zwei Bussen zu enden.

Sie bogen beim Café *Foam* in die Jungfrugatan ein und sahen Lena Lindbergs Dienstwagen vorschriftswidrig an der nächsten Kreuzung parken. In der kleinen Tyskbagargatan standen Sara Svenhagen und Lena Lindberg. Nyberg bog elegant um die Ecke und parkte auf dem Zebrastreifen. Sie stiegen aus und grüßten ihre Kolleginnen. Söderstedt warf ihnen die schusssicheren Westen zu, die sie sogleich anlegten.

»Ein Stück weiter die Straße hinauf«, sagte Sara. »Es könnte eine weibliche Geisel in der Wohnung sein; je schneller wir handeln, nachdem wir die Tür eingeschlagen haben, desto besser.«

»Wie groß ist die Wohnung?«, fragte Nyberg.

»Wir hatten keine Zeit, das herauszufinden.«

»Mist«, sagte Nyberg. »Aber okay.«

»Brauchen wir ein Brecheisen?«, fragte Lena Lindberg.

Worauf Sara und Arto ohne ein Wort auf Gunnar Nyberg zeigten. Der verdrehte die Augen gen Himmel.

In diesem Moment klingelte es in Saras Jackentasche. Sie holte ihr Handy heraus, warf einen raschen Blick aufs Display und sagte: »Okay. Wir haben grünes Licht.«

Sie gingen unter dem Fenster vorbei, neben dem bis vor Kurzem die sonderbare Überwachungskamera angebracht gewesen war, und gelangten zur Haustür schräg gegenüber dem Videoladen. Lena Lindberg griff zu ihrem schlüsselähnlichen Werkzeug und trickste in beeindruckend kurzer Zeit die Haustür auf.

Übung macht den Meister.

Die vier Polizisten hielten im Hausflur inne und betrachteten die Namen der Bewohner. Larsbrant, Kulle, Huldt, Reymersson, Åkerblom, Bagge, Rydh-Schildt, Nilsson und Spinroth. Mehr nicht. Es war ein recht kleines Wohnhaus. Wahrscheinlich mit ziemlich großen Wohnungen.

Dann glitten sie hintereinander die Treppe hinauf. Im Treppenhaus herrschte ein schummriges Halbdunkel, als fiele das Licht durch dicke Vorhänge. Alles wirkte wie im 19. Jahrhundert. Als ginge man auf schweren Teppichen.

Im ersten Stock waren nur zwei Türen. Eine davon hatte einen Namen auf dem Briefschlitz. Es war die Tür zu der Wohnung, die vermutlich auf die Jungfrugatan hinauswies.

Der Name war Tiina Spinroth.

Sie sammelten sich vor der Tür. Aller Blicke waren auf Gunnar Nyberg gerichtet, während sie gleichzeitig ihre Dienstwaffen hervorzogen. Arto Söderstedt betrachtete die andere Tür, auf deren Briefschlitz kein Name stand, und zog die Stirn kraus. Als alle bereit waren, seufzte Nyberg einmal tief und trat die Tür ein. Als er in die Wohnung stürzte, nahm er sofort einen Geruch wahr, den er ganz und gar nicht mochte.

Den Geruch von Blut.

Die Augen passten sich nur schwer an das dichte Dunkel in der Wohnung an. Er rief mit muskulöser Bassstimme ins Wohnungsinnere: »Polizei! Kommen Sie heraus, Hände über den Kopf!«

Aber im Inneren des Dunkels rührte sich nichts. Sara Svenhagen drückte auf einen Lichtschalter, aber es ging kein Licht an. Sie versuchte es mit einem anderen. Auch da kein Licht.

Nyberg und Lindberg griffen zu ihren Taschenlampen und leuchteten in das seltsame, gleichsam verdichtete Dunkel. Svenhagen folgte ihnen. Söderstedt blieb an der Tür stehen. Etwas veranlasste ihn dazu. Es war nicht Angst, sondern etwas viel Professionelleres. Doch er wusste nicht, was. Und das störte ihn. Es störte ihn gewaltig.

Nyberg und Lindberg betraten eine Art Wohnzimmer, aber es gab keine Möbel. Nur ein großer, karger Arbeitstisch stand da, darauf Malerfarben. Sie ließen die Lichtkegel ihrer Taschenlampen über die kahlen, teilweise abgerissenen Tapeten gleiten.

Der Geruch von Blut wurde immer stärker.

Da hörten sie ein Geräusch. Eilige Schritte. In einem anderen Zimmer. Lena Lindberg war blitzschnell im Flur. Sie sah einen Schatten, der in die entgegengesetzte Richtung, ins Wohnungsinnere, verschwand, und lief ihm nach.

»Stehen bleiben!«, brüllte sie und spürte Gunnar Nyberg direkt hinter sich.

Arto Söderstedt dagegen bewegte sich in die andere Richtung, zurück ins Treppenhaus. Er fixierte die andere Tür, die ohne Namen.

Namenlose Türen sind zweite Türen, fuhr es ihm durch den Kopf. Das ist die zweite Tür der Wohnung. Rasch hob er seine Waffe gegen die Tür, und im selben Moment flog sie auf. Auf der Schwelle stand ein großer Mann von südländischem Aussehen mit einer kleinen Maschinenpistole im Anschlag.

Sie schossen. Eine fürchterliche Kanonade hallte durchs Treppenhaus.

Im gleichen Augenblick, in dem drei Kugeln Arto Söderstedt trafen, schoss er dem Mann in die Schulter. Und während er umgerissen wurde und haltlos zu Boden fiel, sah er, wie der Mann in einer fein zerstäubten Blutwolke zurückgeworfen wurde. Das hielt ihn jedoch nur einen Augenblick auf. Er rappelte sich auf, stürzte die Treppe hinunter und verschwand hinaus auf die Straße. Hinter ihm kam Lena Lindberg aus der Tür. Sie lief zu Arto Söderstedt, der so schmählich am Boden lag, während Gunnar Nyberg die Treppe hinabstürmte. Kurz darauf kam er zurück und telefonierte. Sara kniete jetzt neben Lena. Gemeinsam knöpften sie Artos

Jacke auf, und es dauerte lange, bis sie feststellten, dass alle drei Schüsse in der Weste saßen.

»Aua«, sagte Arto Söderstedt.

Nyberg brüllte in sein Handy: »Jungfrugatan, ja! Zweimal Verstärkung, zum Valhallavägen und zum Karlavägen! Auf der Stelle! Großer Mann mit südländischem Aussehen, vielleicht lateinamerikanisch, Indiotyp! Mit MP bewaffnet und äußerst gefährlich! Schussverletzung an der rechten Schulter!«

Arto Söderstedt hatte noch nie etwas Derartiges erlebt. Die Schläge gegen die Rippen hallten in ihm wie Kirchenglocken. Es tat weh, von Kugeln getroffen zu werden, auch wenn die Kugeln nicht in den Körper eindrangen.

Als er so dalag, wurde ihm klar, was für ein unverschämtes Glück er gehabt hatte.

»Geht jetzt rein«, sagte er schwach. »Sichert die Wohnung, alle drei. Ich komme gleich.«

Widerwillig kehrten sie mit gezogenen Waffen in die albtraumhafte Wohnung zurück. Das alte Team, dachte Sara Svenhagen. Das Team von Vätö in Ångermanland. Sara, Lena und Gunnar. Zurück in den leeren Flur, das leere Wohnzimmer, zurück in die übrigen drei Zimmer, in deren mittlerem der Mann gehockt haben musste. Alle Räume waren auf so merkwürdige Weise unbewohnt. Das einzige Möbelstück in der ganzen Wohnung war der verschmierte Tisch im Wohnzimmer.

Sara ging zu dem Fenster, das auf die Jungfrugatan hinauswies, und riss den schweren dunklen Vorhang herunter. Das Licht strömte herein. Für einen kurzen Augenblick schaute sie geblendet zu dem Videoladen auf der anderen Straßenseite hinüber. Dann drehte sie sich um. Gunnar und Lena standen da und betrachteten den Tisch. Sie hatten ihn für einen Arbeitstisch gehalten, eine Art Werkbank, aber das war er nicht. Und das auf der Platte war auch nicht Malerfarbe. Es war eingetrocknet, aber es war keine Farbe.

Es war Blut.

Und an den schmalen Enden waren Hand- und Fußfesseln aus Leder angebracht, an Ketten befestigt.

»Pfui Teufel«, sagte Gunnar Nyberg.

Sara Svenhagen trat näher. Lena Lindberg hielt die Hand über den Mund und starrte den Tisch an. Er war von Schichten in rotbraunen Nuancen bedeckt, als sei er immer wieder mit Blut begossen worden. Und die Oberfläche wies Scharten auf, wie mit Messern von sehr unterschiedlicher Schärfe geschnitten.

Sara Svenhagen bückte sich und schaute unter den Tisch. Da war nichts. Als sie sich wieder aufrichtete, hatte Lena Lindberg das Zimmer verlassen. Sara folgte ihr in den Flur.

Der erste Schlafraum war leer, vollständig leer. Der zweite, in dem der Mann mit der Maschinenpistole gehockt haben musste, war nicht ganz so leer.

Da lag nämlich ein Arm.

»Oh«, stöhnte Lena Lindberg und ging neben dem Arm in die Hocke.

Es war augenscheinlich ein Frauenarm, unerhört schmal und kurz unterhalb des Schultergelenks grob abgetrennt. Außerdem hatte er extrem lange, nach innen gebogene Nägel, die in allen Farben des Regenbogens bemalt waren. Auch der Arm selbst hatte verschiedene Farben.

Arto Söderstedt beugte sich, schwer gegen den Türpfosten gelehnt, ins Zimmer. Er fixierte den bunten Arm und sah aus, als müsste er sich übergeben.

Gunnar Nyberg kam auch ins Zimmer. Bevor er den Arm sah, sagte er: »Der Rest der Wohnung ist auf jeden Fall leer.« Dann sah er den Arm. »Hier hat er gesessen und sich mit einem abgeschnittenen Arm vergnügt, der verdammte Irre«, schloss er.

»In diesem Zimmer war er doch?«, fragte Sara.

»Ja, hier ist er herausgekommen«, bestätigte Lena.

Sara Svenhagen steckte die Pistole ins Achselholster zurück und legte einen kurzen Moment die Hände vor ihre geschlossenen Augen. »Ich habe etwas gesehen«, sagte sie.

»Das haben wir wohl alle«, entgegnete Gunnar Nyberg und behielt die Waffe in der Hand.

»Ich habe auch etwas festgestellt«, sagte Arto. »Er war gut gekleidet. Anzug, Schlips, und dann dieser professionelle Umgang mit seiner kleinen Uzi oder was es nun war. Der hat nicht hier gesessen und sich mit einem abgeschnittenen Arm vergnügt. Das ist kein Irrer. Das war ein internationaler Berufskiller.«

»Da geb ich dir recht«, sagte Gunnar.

»Ich habe es da unten gesehen«, hob Sara wieder an. »Im Hausflur.«

Sie verließ die Wohnung. Gunnar Nyberg folgte ihr die Treppe hinunter. Sie landeten vor der Tafel mit den Namen der Mieter. Larsbrant, Kulle, Huldt, Reymersson, Åkerblom, Bagge, Rydh-Schildt, Nilsson und Spinroth. Sara zeigte auf einen der Namen.

»Johannes Åkerblom«, sagte sie. »Der Zeuge aus dem Videoladen. Komm mit, Gunnar.«

Sie stiegen die Treppen zum zweiten Stock hinauf und gelangten an eine Tür, auf der »Åkerblom« stand. Sara Svenhagen klingelte. Es hallte leer und lange. Dann wandte sie sich zu Gunnar um und zeigte auf die Tür.

Er seufzte tief und trat sie ein.

Und sein Fuß trat gegen Johannes Åkerbloms Schenkel. Der männliche Zeuge des Raubüberfalls im Videoladen auf der anderen Straßenseite lag unmittelbar hinter seiner Wohnungstür. Eine tiefe Wunde bedeckte den halben Kopf, und das verbliebene Auge starrte sie blind an.

»Aber was zum Teufel«, sagte Gunnar Nyberg. »Reicht es nicht langsam?«

»Das ist dann wohl alles«, sagte Sara Svenhagen und streckte ihm die Hand hin. Er nahm sie, und gemeinsam gingen sie die Treppe hinunter.

In Tiina Spinroths Flur kamen sie zusammen. Ein gebeugter Arto Söderstedt, eine blasse Lena Lindberg, ein resignierter Gunnar Nyberg und eine gefasste Sara Svenhagen. Sie standen sehr dicht beisammen.

»Johannes Åkerblom liegt einen Stock höher tot in seiner Wohnung«, sagte Sara gedämpft.

Lena blickte sie verwundert an. Dennoch schien ihr Gesicht sich nicht zu verändern. Es hatte einfach keinen Ausdruck für noch mehr Verwunderung.

»Ich glaube, wir sind an einen echten Serienmörder geraten«, sagte Arto Söderstedt. »Einen von der richtig altmodischen, durch und durch kranken Sorte. Verfluchter Mist, das hat mir gerade jetzt noch gefehlt.«

»Wann hätte es dir denn besser gepasst?«, fragte Gunnar Nyberg.

Da hörten sie tastende Schritte im Treppenhaus. Lena und Gunnar hoben die Waffen, die sie noch in der Hand hielten, und blieben im Flur stehen. Die Wohnungstür wurde einen Spalt weit geöffnet.

Und ein dünnes, sehr dünnes Mädchen um die zwanzig schaute herein.

Sie blickte in zwei Pistolenmündungen.

»Anamagica?«, fragte die junge Frau sehr leise.

Sie schien gar nicht wahrzunehmen, dass zwei Pistolenläufe auf sie gerichtet waren. Als hätte sie dafür nicht mehr genügend Energie in ihrem ausgemergelten Körper.

Arto Söderstedt erkannte sie. Er trat stolpernd auf sie zu, legte die Hand auf ihren kaum vorhandenen Oberarm und sagte: »Aber ich kenne dich doch. Heißt du nicht Tova?«

Das dürre Mädchen nickte langsam. Dann sagte sie: »Ja, ich heiße Tova Hjelm. Verkaufen Sie hier Anamagica?«

»Erkennst du mich nicht?«, fragte Söderstedt. »Erkennst du uns nicht? Wir haben mit deinem Vater Paul zusammengearbeitet, als du kleiner warst.«

Ihr Blick wanderte zwischen den vier Polizeibeamten hin

und her, ohne dass der geringste Funke darin aufschien. Dann sagte sie: »Ich soll von Tiina grüßen.«

In dem Moment heulten in ganz Östermalm die Polizeisirenen auf.

10

Es war bedeutend weiter nach Tierp, als Paul Hjelm gedacht hatte. Er hatte schon ein gutes Stück auf der E 4 nach Norden hinter sich, als das GPS in seinem neuen Dienstwagen ihm die Entfernung von hundertfünfzig Kilometern anzeigte. Er zuckte zusammen und klopfte aggressiv auf den kleinen Bildschirm, als könnte es sich um einen einfachen mechanischen Defekt handeln. Der Computer blieb unbeirrt bei seinen hundertfünfzig Kilometern, und Paul Hjelm musste das hinnehmen.

Als er durch die verkehrsmäßig komplizierte Stadt Uppsala fuhr, hörte er schon zum zweiten Mal *Tuesday Wonderland*. Er liebte die CD wirklich. Ohne Zweifel hatte E.S.T. eine neue Phase in seiner Entwicklung erreicht. Als die vollkommen einzigartigen Klänge von *Eighthundred Streets By Feet* in den Wagen strömten, war er zu Hause. Richtig zu Hause.

Das Verrückte war, dass die ganze CD ihm Lust machte, Bach zu hören. Es war ein sonderbares Verlangen. Er hörte nicht mehr viel klassische Musik. Doch etwas in der jüngsten Entwicklung des Trios schien das Ursprüngliche zu aktivieren. Den eigentlichen Kern.

Er durchsuchte den CD-Stapel in der Mittelkonsole des Wagens und war hocherfreut zu sehen, dass nahezu die gesamte Bach-Sammlung vorhanden war. Da lagen die *Goldberg-Variationen* in der Interpretation von Glenn Gould und die *Brandenburgischen Konzerte*, die Cellosuiten und das *Wohltemperierte Klavier*, da waren die *Johannespassion* und das *Weihnachtsoratorium*. Und die *h-Moll-Messe*.

Er wählte sie. Eine schönere Musik gab es nicht. Johann Sebastian Bachs *h-Moll-Messe* – weiter konnte der Mensch nicht kommen. Hjelm fuhr in seinem umweltfreundlichen neuen Ethanolauto weiter in den Norden Upplands und hatte das Gefühl, über der Erdoberfläche zu schweben. Nicht viel, nicht besonders abenteuerlich, aber konsequent. Das Leben wurde ganz einfach besser, als es vorher gewesen war. Alles wurde erhöht. Jede Einzelheit wurde verstärkt und vergoldet. Er wurde ein besserer Mensch.

Er ertrug sogar das Telefongespräch, das Bach unterbrach, gerade als er die Kommune Tierp erreichte. Es war kurz und bündig, und im Normalfall hätte es ihn umgebracht. Sara Svenhagen rief ihn an, um ihm mitzuteilen, dass die A-Gruppe eine Wohnung lokalisiert hatte, die die makabre Werkstatt eines Serienmörders zu sein schien, und dass dort eine junge Frau aufgetaucht war: Tova.

Seine Tova.

Paul Hjelms Tochter Tova.

Alles brach über ihm zusammen. Was war los mit ihm? Wie sahen eigentlich seine Prioritäten aus? War er ganz einfach unfähig geworden, menschlich haltbare Entscheidungen zu treffen?

Meine Tova …

Sara Svenhagen wartete geduldig am anderen Ende. Sie war eine Frau, die die Kunst beherrschte, zu warten und nichts zu überstürzen.

Schließlich sagte er: »Was tat sie da?«

»Sie wollte illegale Abmagerungspräparate kaufen.«

»Pfui Teufel«, sagte Paul Hjelm.

»Die Sache hat noch einen anderen und besseren Aspekt, Paul.«

»Was könnte das schon sein?«

»Wenn nicht gestern Nachmittag ein Junkie einen Videoverleih in Östermalm überfallen hätte, wäre deine Tochter einem Serienmörder in die Hände gefallen. Jetzt ist sie sicher.«

»Sicher? Sie hungert sich doch zu Tode, verflucht!«

»Ich behalte sie hier bei mir, bis du zurück bist. Dann musst du dafür sorgen, dass sie in Behandlung kommt.«

»Okay. Danke, Sara. Und entschuldige. War es hart?«

»Unbeschreibbar.«

Er zitterte, als das GPS ihn auf den Parkplatz des Pflegeheims Täppan in Tierp lotste. Mit den Händen auf dem Lenkrad blieb er im Wagen sitzen, und Bachs *h-Moll-Messe* gelang es nicht, ihn auch nur einen armseligen Zentimeter über den Boden zu erheben.

Schließlich ging er hinein. Es war Abend geworden, Montag, der 28. August. Besuchszeit bei den Alten.

Hans Hagström, geborener Michaelis, war ein rüstiger Zweiundneunzigjähriger von diesem hageren, sehnigen germanischen Aussehen, das ein langes, gesundes Leben andeutet. Nicht ganz das, was man sich unter einem Bäcker vorstellt. Fragte sich nur, ob sein Verstand noch ebenso gut funktionierte. Sein Blick ließ es auf jeden Fall vermuten. Er war blaugrau und klar.

»Es ist sicher einige Zeit her, dass Tore zu Besuch war, nicht wahr?«

»Tut mir leid«, sagte Hans Hagström mit nicht mehr als einer Messerspitze deutschem Akzent. »Ich weiß nicht, wovon Sie reden. Wer ist Tore?«

»Ihr Sohn«, sagte Paul Hjelm.

»Tut mir leid«, sagte der alte Mann mit glasklarem Blick. »Ich habe keinen Sohn.«

»Ich gehe davon aus, dass er Ihnen eingeschärft hat, so zu antworten«, sagte Hjelm.

»Und wer sind Sie?«, fragte Hans Hagström.

»Entschuldigen Sie, dass ich mich nicht vorgestellt habe. Ich heiße Paul Hjelm.«

»In welcher Straße haben Sie gewohnt, als Sie sechs Jahre alt waren?«

Hjelm hielt inne und betrachtete den Alten. Es war vielleicht eine Frage, wie man sie in einem Seniorenwohnheim erwarten konnte. Wo nur noch das Langzeitgedächtnis intakt war. Aber Heinz Michaelis' Blick sagte etwas anderes. Er wartete wirklich auf die Antwort. »Segersjövägen«, sagte Paul Hjelm. »Segersjövägen in Tumba.«

Hans Hagström nickte zufrieden.

»Sie wissen, dass Tore verschwunden ist?«, fragte Paul Hjelm.

»Ich habe mir fast so etwas gedacht«, erwiderte Hagström.

»War es beim letzten Mal, als Sie ihn gesehen haben? Dass er Ihnen Instruktionen gab, wie man einen eventuellen Besucher mit Namen Paul Hjelm identifizieren könnte?«

»Ja«, sagte Hagström. »Vor gut drei Wochen.«

»Wissen Sie auch, warum ich hier bin?«

»Er hat gesagt, Sie würden kommen. Er hat mir gesagt, was ich fragen soll und welche Antwort ich bekommen müsste. Segersjövägen.«

»Ich bin hier, um ihn zu suchen. Um das tun zu können, muss ich mit Ihrem zweiten Sohn sprechen, Michael.«

Hans Hagström lächelte. Es war ein trauriges Lächeln. »Michael«, sagte er. »Michael Michaelis. Der Erzengel der Erzengel.«

»Wo ist er?«

»Dass wir noch einen Sohn bekamen, war eine Überraschung. Wir wollten nur ein Kind haben. Anna-Lisa und ich waren zufrieden, dass wir Tore hatten. Das reichte uns. Aber dann schenkte Gott uns noch ein zweites Kind, nachdem wir alle gezwungen gewesen waren, den Namen zu wechseln. Als sie uns weiter schikanierten und uns Nazis nannten. Michael ist fünfzehn Jahre jünger als Tore.«

»Und Erzengel?«

»Er bewegt sich nicht unter unseresgleichen«, sagte Hans Hagström mit seinem traurigen Lächeln.

»Wo bewegt er sich denn dann?«

»Das weiß niemand. Aber er sitzt in einer Anstalt in Järna. Ich habe nie gewusst, was er denkt.«

»Und seit gut drei Wochen haben Sie von Tore nichts mehr gehört? In keiner Weise?«

»Nein. Ich bin es gewohnt, dass er lange verschwindet. Aber diesmal war es anders. Nicht nur, dass er davon sprach, dass Sie mich aufsuchen würden, Paul Hjelm. Sondern auch, weil er selbst anders war. Als hätte er einen andersartigen Auftrag.«

»Inwiefern anders?«

»Weiß nicht. Wichtiger.«

»Hat er nichts darüber gesagt?«

»Nein. Er redet nicht über seine Arbeit. Wir haben Schach gespielt. Jetzt habe ich schon lange nicht mehr gespielt.«

Einen kurzen Moment lang überlegte Paul Hjelm, ob er in Tierp bleiben und mit dem alten Mann eine Partie Schach spielen sollte. Doch dann holte die Wirklichkeit ihn ein. Tova. Die Kinder.

Die Sorgenkinder.

»Hat Michael immer in der Anstalt gelebt?«, fragte er.

»Wir versuchten, ihn bei uns zu Hause zu haben, aber es war schwierig. Er hatte Anfälle. Damit war nicht leicht umzugehen. Es blieb kein Leben für uns übrig.«

»Warum Järna?«

»Die Anthroposophen haben da ein Heim. Das passte gut. Er bekommt die Ruhe, die er braucht. Aber er heißt weder Michael Michaelis noch Michael Hagström. Er heißt Michael Larsson.«

»Warum?«

»Das war Tores Idee. Michael fand es gut. Also warum nicht?«

Ja, dachte Paul Hjelm. Warum nicht? Was ist letztendlich ein Name?

Er stand auf. Rastlosigkeit packte ihn. Das war ein Euphemismus für etwas viel Schlimmeres. Etwas, das ihm sagte, dass er drauf und dran gewesen war, seine Tochter einem wahnsinnigen Serienmörder zu opfern.

Als würde sie nicht schon genug gefoltert.

Er beugte sich in dem Besucherstuhl im Seniorenwohnheim Täppan in Tierp vor und fixierte den alten Mann und sein in hoffnungsfroher Erwartung aufgestelltes Schachspiel.

»Nächstes Mal spielen wir Schach, das verspreche ich Ihnen.«

»Nächstes Mal spiele ich mit Tore«, sagte Hans Hagström.

*

Sara Svenhagen konnte in Tova Hjelms Gesicht, das dem eines Totenschädels glich, noch Pauls Züge erkennen. Es kam ihr vor, als sitze sie einer Vogelscheuche gegenüber. Einer weiblichen Vogelscheuche, die wie Paul Hjelm aussah. Es war ausgesprochen seltsam.

Wie war es möglich, sich selbst auf ein solches Niveau zu hungern?

Sie warf Lena Lindberg neben sich einen Blick zu und sah, dass diese das Gleiche dachte. Was waren die Triebkräfte? Warum diese unerhörte Fixierung auf das eigene Aussehen? Sie mussten diese Frage vorerst beiseitelassen. Wahrscheinlich hatte Anorexia nervosa direkt mit dem Fall zu tun, doch im Augenblick ging es um anderes. Um dringliche und konkrete Dinge, die einer schnellen Klärung bedurften.

»Du solltest also von Tiina grüßen?«, fragte Sara.

»Ja«, sagte Tova, ihre großen Rehaugen in dem abgezehrten, mit Haut bespannten kleinen Gesicht sahen Sara an.

»Was bedeutet das? Kennst du sie?«

»Nein, aber sie sagte, dass ich die vier Polizisten in ihrer Wohnung grüßen sollte.«

»Hat sie ausdrücklich ›die vier‹ gesagt?«

»Ja.«

»Erzähl uns jetzt alles über Tiina.«

»Da gibt es nicht viel zu erzählen. Da ist eine Internetseite, wo sie ein supereffektives Abmagerungsmittel verkaufen,

Anamagica. Ich fand, dass es sich gut anhörte, und schrieb ihnen, dass ich interessiert wäre.«

»Hast du nie daran gedacht, dass es ungesetzlich sein könnte?«, fragte Lena Lindberg.

»Daran denkt man nicht direkt als Erstes …«

»Also dachtest du auch nicht daran, was mit deinem Körper passieren würde, wenn du wirklich zehn Kilo pro Woche abnähmst, wie auf der Homepage behauptet wird?«

»Ich würde schlanker werden«, sagte Tova ausdruckslos.

»Und toter«, sagte Lena ebenso ausdruckslos.

»So, wie es scheint, existiert Anamagica aber gar nicht«, hob Sara Svenhagen an. »Es war nur ein Trick, um die Extremisten unter all den Anorektikern im Land anzulocken. Um sie gemächlich ermorden zu können.«

»Es ist klar, dass Anamagica existiert«, sagte Tova Hjelm, und in dem Blick, der Sara und Lena traf, lag etwas, was den beiden Polizistinnen bisher nur in besonderen Fällen begegnet war – bei Gesprächen mit Fanatikern verschiedener Art.

Und da kam ihnen die Einsicht, dass die Person, mit der sie jetzt sprachen, sehr wenig Ähnlichkeit mit dem Mädchen hatte, das als Paul Hjelms Tochter aufgewachsen war. Sie sprachen mit einer Maschine, einer Abmagerungsmaschine. Es ging um die stärkste aller Drogen, den bedingungslosesten aller Aufträge, die unausweichlichste Mission. Hier war eine radikale Umprogrammierung erforderlich, kein Zweifel.

Sara kehrte zur Grundfrage zurück. »Was ist heute passiert?«

»Ich bekam eine Antwort auf meine Anfrage. Ich sollte zu dem Videogeschäft in der Jungfrugatan gehen und warten, bis ich angerufen würde. Nach ein paar Minuten klingelte mein Handy, und eine Frauenstimme sagte, ich solle in das Haus auf der anderen Straßenseite gehen. Sie nannte mir den Türcode. Dann sollte ich in den ersten Stock hinaufgehen zu einer Tür, auf der Tiina Spinroth stände. Dort sollte ich die vier Polizisten, die in der Wohnung wären, herzlich von Tiina grüßen.«

»Es war also eine Frauenstimme?«

»Ja.«

»Was kannst du über die Stimme sagen?«

»Nicht viel. Ein wenig dunkel vielleicht. Tief.«

»Wie von einem Mann?«

»Nein, es war eine tiefe Frauenstimme.«

»Tiina Spinroth«, sagte Sara. »Weißt du, was daraus wird, wenn man die Buchstaben umstellt?«

Tova Hjelm schüttelte mit monumentaler Gleichgültigkeit den Kopf.

»Thinspiration«, sagte Sara Svenhagen.

Lena Lindberg warf ihr einen überraschten Blick zu, griff das Gesagte aber rasch auf. »Du weißt doch, was das ist?«, fragte sie. »Thinspiration, Pro-Ana?«

»Klar weiß ich das«, sagte Tova Hjelm tonlos.

»Kannst du diese Welt erklären?«

»Man will schmal sein.«

»Und das ist alles?«

»Ja«, sagte Tova Hjelm.

Lena betrachtete das bindfadendünne Wesen auf der anderen Seite des Tisches in dem kleinen Verhörraum und spürte, dass es nicht die geringste Chance gab, Tova zu erreichen. Sie war ganz einfach nicht anwesend.

»Kannst du noch mehr über Tiina Spinroth sagen?«, übernahm Sara Svenhagen. »Irgendetwas ...«

»Ich glaube nicht ...«

»Sie hat nicht gesagt, was du zu den vier Polizisten sagen solltest?«

»Nur dass ich sie grüßen sollte ...«

In diesem Augenblick öffnete sich die Tür des Vernehmungsraums auf dem Flur der A-Gruppe, und Paul Hjelm stürzte herein. Er ging direkt zu seiner Tochter und nahm sie in den Arm. Damit löste er keinerlei Reaktion bei ihr aus, aber er umarmte sie weiter. Lange.

Dann straffte er den Rücken, wandte sich zu Sara und Lena um und nickte ihnen zu. Tränen standen in seinen Augen.

»Wir sind hier fertig«, sagte Sara Svenhagen. »Fahrt jetzt nach Hause.«

Und sie schob ihm einen zusammengefalteten Zettel hin. Er faltete ihn schnell auseinander und sah eine Reihe pedantisch sauber aufgeführter Telefonnummern. Er erkannte sogar Saras Handschrift und nickte dankbar.

Es gelang ihm, seine Tochter so zu stützen, dass sie aufstehen konnte. Einen Augenblick stand sie da und schwankte, als ob die Schwerkraft den Rest der Lebenskräfte überwältigen wollte, die nicht mehr auf Tova Hjelms Seite standen. Aber am Ende hielt sie sich auf den Beinen. Sie machte ein paar Schritte. Die Hand behutsam um ihren schmalen, schmalen Oberarm gelegt, führte Paul Hjelm sie über die Schwelle und hinaus in die Welt.

Sara und Lena sahen ihnen noch eine Weile nach.

»Was geht in einem Gehirn vor, das solche wie Tova ermordet?«, fragte Sara schließlich.

»Keine Ahnung«, entgegnete Lena. »Wirklich keine Ahnung. Man glaubt, man fängt an, das Böse zu kennen, die Verbrecher ein wenig zu begreifen, aber es gibt immer noch etwas Schlimmeres. Das ist keine erfreuliche Einsicht.«

»Er wird es nicht leicht haben mit ihr«, vermutete Sara.

»Ich weiß«, sagte Lena. »Den Blick kriegst du nicht so mir nichts, dir nichts aus der Welt. Was waren das für Telefonnummern?«

»Alle möglichen Krisentelefonnummern. Der Landesverband Anorexie/Bulimie-Kontakt, Anorexiezentren, Gesprächstherapeuten, Kliniken. Alles, was ich dazu finden konnte.«

»Was hältst du davon, wenn wir etwas konkreter werden?«

»Liebend gern.«

»Zum Beispiel ein Gespräch mit unserem alten Freund Naoum Chamoun führen? Ich ahne, dass er auf einem Berg interessanter Filme sitzt …«

Sara nickte, und sie standen auf.

»Es war ein langer Tag«, sagte sie.

»Eines langen Tages Reise in die Nacht«, fügte Lena Lindberg hinzu.

*

Nacht. Eine Einzimmerwohnung in der Slipgatan am Hornstull. Im alten Knivsöder.

Der Herbst steht vor der Tür. Die Nächte werden immer dunkler.

Paul Hjelm steht im Dunkeln und sieht aus dem Fenster. In den Wohnungen auf der gegenüberliegenden Straßenseite gehen die Lichter aus, eines nach dem anderen. Schließlich ist es vollkommen dunkel. Er betrachtet den Polarstern. Es ist lange her, seit er ihn das letzte Mal gesehen hat.

Vorsichtig öffnet er die Balkontür, und zum ersten Mal in seinem Leben tritt Paul Hjelm auf seinen Balkon hinaus.

Es ist noch immer ziemlich warm. Die Hausfassaden haben die Wärme des Tages gespeichert und geben sie jetzt wieder ab. Er legt die Hände auf das Balkongeländer und bleibt stehen.

Er weiß nicht, ob er überhaupt denkt. Falls ja, denkt es in ihm, für ihn. Er selbst ist völlig leer. Kein Gedanke erreicht ihn. Und doch gehen Dinge in ihm vor, Prozesse, die er nicht beeinflussen kann, die er einfach geschehen lassen muss. Sobald er selbst denkt, stellen sich nur Selbstvorwürfe ein, dass er ein schlechter, ein unzulänglicher Vater gewesen ist. Und das genügt nicht. Es ist besser, den anderen Prozessen zu vertrauen, dem, was in ihm denkt, was von einem anderen, unbekannten Ort kommt. Er hat trotz allem gelernt, sich diesen Prozessen anzuvertrauen.

Er bleibt stehen, bis der Polarstern verschwindet. Wahrscheinlich ist eine unsichtbare nächtliche Wolke vor den Stern geglitten, der seit so vielen Jahren den Menschen die Navigation durch eine unbekannte Welt erleichtert hat.

Vor einigen Tagen hat er einen Mann im Fernsehen sprechen hören. Er weiß nicht, wer der Mann war, vielleicht ein Wissenschaftler, aber er fasste die menschlichen Mysterien auf beispielhafte Art und Weise zusammen. Eigentlich gibt es nur drei Fragen der Menschheit. Drei simple Mysterien, die wahrscheinlich für unsere gesamte Zukunft ausreichen.

Die Frage nach dem Ursprung des Universums.

Die Frage nach dem Ursprung des Lebens.

Die Frage nach dem Funktionieren des menschlichen Gehirns.

Mehr ist für Paul Hjelm nicht nötig. Da sind alle Mysterien gesammelt, all die Neugier, die uns trotz allem antreiben muss. Diese drei Fragen enthalten alles.

So dachte er vor ein paar Tagen. Da hatten ihm diese drei Fragen gereicht. Jetzt ist er nicht mehr so sicher. Er steckt in einem der faszinierendsten Fälle seines Lebens – dem Verschwinden von Tore Michaelis –, und er ist mit dem wahnwitzigen Beinahetod seiner Tochter konfrontiert worden. Und er weiß nicht, ob diese beiden Phänomene wirklich unter die drei Hauptmysterien fallen. Vermutlich tun sie es.

Aber es fühlt sich nicht so an.

Der Polarstern kommt erneut zum Vorschein. Und verschwindet schnell wieder. Paul Hjelm fühlt sich wie ein Mann im Ausguck auf dem Großmast eines Segelschiffs im 16. Jahrhundert, das durch Gewässer segelt, die noch kein Mensch befahren hat. Bisher hat man zumindest gewusst, wo Norden war. Der Polarstern ist der Fixpunkt, der all die menschliche Geborgenheit in sich vereint, die noch geblieben ist, trotz aller Unsicherheit. Aber jetzt verschwindet er.

Paul Hjelm geht hinein.

Und begegnet dem seltsamen Rehblick seiner Tochter.

Sie liegt auf dem Sofa, die Decke bis zum Kinn hochgezogen, und starrt ihn ausdruckslos an. Er geht zu ihr und setzt sich. Sie sehen sich an.

Schließlich sagt sie: »Papa?«

»Ja«, antwortet er.

»Bin ich wirklich krank? Ich fühle mich nicht krank.«

»Ja, Tova, es ist eine Krankheit. Ich habe versucht, sie zu verstehen, aber ich kann es nicht. Ich kann es wirklich nicht. Wir brauchen beide Hilfe.«

»Ich habe mich immer zu dick gefunden.«

Paul lächelt und rückt ein bisschen dichter an sie heran. Er nimmt ihre kalte schmale Hand, und sie lässt es geschehen. Er streicht behutsam über den Handrücken. Ihre Hand verschwindet fast in seiner.

»Und du bist es nie gewesen«, sagte Paul Hjelm. »Du bist nie dick gewesen.«

In dieser Nacht tut er kein Auge zu.

11

Kerstin Holm schlug die Augen auf. Sie blieb eine Weile liegen und versuchte zu verstehen, wo sie war. Es dauerte erstaunlich lange, bis sie begriff, dass sie in ihrem eigenen Bett lag. Es war seit mehr als einem Jahr der Ort, an dem sie stets erwachte. Sie hatte keine einzige Nacht anderswo verbracht als in ihrem Schlafzimmer, seit ihre kleine Familie in die Heleneborgsgatan in Högalid gezogen war. Und nur nach wenigen dieser Nächte war sie allein, wenn sie aufwachte. Jedes Mal, wenn sie die Augen aufschlug und zu verstehen versuchte, wo sie war, sah sie ihren Sohn.

Anders Holm war inzwischen zwölf Jahre alt und sollte vermutlich nicht mehr in Mamas Bett schlafen. Aber sie brachte es nicht übers Herz, ihm das zu sagen. Offenbar hatte er es sich zur Gewohnheit gemacht, mitten in der Nacht in Mamas Bett zu schlüpfen. Und sie konnte nicht abstreiten, dass es sich gut anfühlte.

Sie betrachtete ihn immer noch als ein Wunder. Nie würde sie vergessen, wie sie ihn bekommen hatte, wie die Hölle um sie herum explodiert war und er dann da gewesen war, nachdem der Staub sich gelegt hatte, und gleichsam die Hände nach ihr ausgestreckt hatte. Er war das, was jenseits des Infernos auf sie wartete. Der Trost.

Und das war es auch gewesen, als Bengt Åkesson starb. Der Trost auf der anderen Seite.

Anders.

Sie verstand nicht, warum sie das Bedürfnis hatte, jeden Tag Bengts Grab aufzusuchen. Bestimmt lag es auch an einer Spur von schlechtem Gewissen. Aber schlechtes Gewissen weswegen? Weil sie nichts mehr für ihn empfunden hatte? Kaum, denn mit jedem Fortschritt, den er in seinem Rehaprozess gemacht hatte, hatte sie gespürt, wie die Wärme in ihr stärker wurde. Die ersten unsicheren Schritte mit diesen eigentümlichen Krücken, die Schwimmzüge unten im Bassin, die mühsame Rückkehr der Sprache. Es hätte nicht mehr lange gedauert, und sie hätten im Krankenhausgarten des Karolinska sitzen und Pläne für die Zukunft schmieden können.

Aber da lag wohl der wunde Punkt. Wenn ihre Gedanken diesen Punkt erreichten, wurde das Bedürfnis, sein Grab zu besuchen, akut. Eine Kompensationshandlung.

Für die Tatsache, dass sie keine Zukunft mit Bengt hatte haben wollen.

So schrecklich das war.

Unmöglich, der Wahrheit nicht ins Auge zu sehen. Sie hatte Bengt Åkesson so lange aus ihrem Leben weggedacht, dass kein Platz mehr für ihn da war, als er plötzlich zurückkehrte. Sie empfand Zärtlichkeit für ihn, freute sich über seine Fortschritte, hatte kein Problem damit, Zeit mit ihm zu verbringen. Aber sie wollte nicht mit ihm leben. Sie hatten keine gemeinsame Zukunft.

Trotz allem war sie froh darüber, dass sie es nicht geschafft hatte, ihm das zu sagen, bevor er starb. Er starb im Schlaf, abrupt, und er war gestorben, ohne es zu wissen. Sie dagegen büßte immer noch. Jeden Tag.

Sie rüttelte Anders wach, und sie frühstückten zusammen, wie immer ein wenig in Eile. Anders hatte zum Glück Kerstins grantige Morgenlaune geerbt, daher wechselten sie nicht viele Worte. Nachmittags und abends waren es jedoch mehr. Er war so männlich wortkarg geworden. Sie konnten sich mit wenigen Worten viel sagen. Das war gut, es kam Kerstin entgegen.

So konnte man weiterleben. Es wäre möglich, ein ganzes Leben im gleichen Trott zu leben. Aber sie brauchte doch ein bisschen mehr. Das war ihre jüngste, immer unausweichlichere Einsicht.

Ein bisschen mehr brauchte sie.

Sie trennten sich mit einer wortlosen Umarmung an der Bushaltestelle in der Långholmsgatan, am südlichen Fuß von Västerbro. Sie sah ihn die Straße zur Högalids-Schule hinabschlendern. Er drehte sich nicht einmal um. Er wurde langsam groß. Jedenfalls war er selbst davon überzeugt.

Mit einem Kloß im Hals wartete sie auf den Bus Nummer 40. Als er kam, war er voll. Als Letzte quetschte sie sich hinein und genoss danach das vom Herbstlicht trübe Szenario der Västerbro, gegen eine Tür gepresst, auf der drei Warnschilder in verschiedenen Formulierungen mahnten: »Was Sie auch tun, lehnen Sie sich nicht an die Tür.«

Als sie in der Hantverkargatan aus dem Bus stieg, war sie ein wenig spät dran. Es war kein guter Tag, um zu spät zu kommen, denn sie hatte als Erstes eine Besprechung mit Waldemar Mörner, dem formellen Chef der A-Gruppe, der in letzter Zeit seine handfeste Dämlichkeit immerhin etwas vermindert hatte. Sie hoffte, dass die Besprechung rasch beendet sein würde. Danach galt es nämlich, sich um einen Serienmörder von einer Art zu kümmern, wie Stockholm sie bisher nicht erlebt hatte. Sie war alles andere als begeistert von den Zukunftsaussichten.

Als Kerstin Holm in Waldemar Mörners Zimmer trat, erwartete sie ein ganz ungewohnter Empfang. Es war nicht die Spur seiner üblichen hirntoten Jovialität zu erkennen, nicht die Andeutung seiner gedankenlosen sexistischen Kommentare, nicht der geringste Ansatz dissonanter verbaler Kanonaden.

Sie begrüßten sich in gemessener Form, und Waldemar Mörner sagte: »Die Sache mit diesem Serienmörder hört sich grässlich an.«

»Wir sollten vielleicht noch ein wenig abwarten, ehe wir Schlüsse ziehen.«

»Offiziell ja, aber inoffiziell doch kaum, oder?«

»Vielleicht nicht ...«

»Ich habe dich herbestellt, weil wir eine neue Kürzungsauflage bekommen haben.«

»Jetzt schon wieder? Der Haushaltsetat steht doch fest?«

»Na ja, es hat gewisse Verschiebungen gegeben. Summa summarum sieht es für die A-Gruppe nicht rosig aus.«

»Doch nicht schon wieder«, seufzte sie.

»Ich weiß«, erklärte Mörner. »Keine Ahnung, wo der Plan diesmal ausgeheckt worden ist, aber ihr seid der Polizeiführung ein Dorn im Auge.«

»Ein lästiges Künstlerkollektiv neben Paragrafenreitern und Betonköpfen«, sagte Kerstin Holm unvorsichtigerweise.

Waldemar Mörner zog die Augenbrauen hoch: »So habe ich das noch nicht gesehen.«

»Dann tu es auch jetzt nicht.«

Nicht auszudenken, was Mörner an die Reichspolizeiführung weitergeben würde, wenn ein solcher Gedanke sich in seinem Metaphernwirrwarr einnisten sollte.

»Also, was ist konkret vorgesehen?«, fragte Kerstin Holm.

»Auflösung spätestens am Jahresende«, sagte Waldemar Mörner.

»Als Dank für zehn Jahre unübertroffener Polizeiarbeit …«

»Der Beschluss ist gefasst. Zum gegenwärtigen Zeitpunkt könnt ihr nur eines tun.«

»Und das wäre?«

»Löst jetzt diesen verdammten Serienmörderfall, und macht es mit Bravour. Beweist allen Beteiligten, wie unglaublich viel schlechter das gesamte schwedische Polizeiwesen dastände, wenn man die Sondereinheit für Gewaltverbrechen von internationalem Charakter bei der Reichskriminalpolizei nicht hätte. Das ist alles, was ich dir raten kann.«

Kerstin Holm verließ ihn. Pfui Teufel, was für ein Tagesanfang. Als ob die erschreckende Nachricht über Paul Hjelms Tochter, die sie gestern Abend erreicht hatte, nicht schon genug wäre – sie fragte sich kurz, wie es Tova wohl ging. Und jetzt noch dies ... Und sie, die Geheimniskrämerei hasste, sie war jetzt gezwungen, das Wissen um die bevorstehende Auflösung der A-Gruppe monatelang mit sich herumzuschleppen, ohne es mit jemandem zu teilen.

Sie ging auf direktem Weg zur Kampfleitzentrale. Ohne eine Miene zu verziehen, trat sie ans Katheder und betrachtete ihre Mitarbeiter. Es gab keinen Zweifel an ihrem Enthusiasmus. Etwas Großes war aufgetaucht, und keiner von ihnen wollte es verpassen. Dies war genau das, wofür sie gemacht waren.

Und bald war das Märchen zu Ende.

Sie hatte es so satt zu trauern. Oder wie man das, was sie tat, nun bezeichnen wollte.

»Also dann«, sagte sie. »Was in aller Welt war gestern eigentlich los?«

»Wir haben Dr. Mrs Nora Higgins geschnappt«, sagte Arto Söderstedt. »Ich nehme an, das willst du hören.«

»Selbstredend«, sagte Kerstin Holm zufrieden.

»Zwei Brüder in Täby Kyrkby, sechzehn und siebzehn Jahre alt. Zusammen haben sie an die dreißig Millionen Kronen ergaunert, die sie umgehend beim Internetpoker verspielten.«

»Sie waren nicht wenig verblüfft, als wir auftauchten«, fügte Gunnar Nyberg hinzu. »Und nicht zuletzt, als ein kerniger Held vor ihrer Haustür stand, der gerade erst von drei Kugeln aus einer MP in die Brust getroffen worden war.«

»Ich spüre immer noch einen kräftigen Druck im Brustkorb«, erklärte Söderstedt.

»Es sieht so aus, als würden die Burschen vor den Europäischen Gerichtshof gebracht«, sagte Nyberg. »Sie haben Leute in ganz Europa hereingelegt. Das kann die Eltern teuer zu stehen kommen. Ich vermute, dass die Stimmung heute Morgen am Frühstückstisch nicht die allerbeste war. Die Mutter arbeitet im Übrigen bei einer Bank.«

»Durch die Mutter sind sie erst auf die Idee gekommen«, berichtete Söderstedt. »Sie hat vor drei Jahren beim Abendessen einmal über die Verzögerungen bei der Bank geklagt, über die Zeitspanne zwischen dem Datum der Gutschrift und dem Wertstellungsdatum. Den Jungen zufolge sagte sie sogar: ›Früher oder später erkennt irgendein Genie, welche Möglichkeit zur Manipulierung der Spielregeln darin steckt.‹ Woraufhin die Gebrüder Bieber vielsagende Blicke wechselten und den Grundstein für ihre kriminelle Karriere legten.«

»Ich dachte, wir wären die Gebrüder Bieber!«, rief Jorge Chavez forsch.

Gunnar Nyberg warf seiner Chefin einen empörten Blick zu.

Kerstin Holm zuckte nur etwas mehrdeutig mit den Schultern und sagte: »Alle erinnern sich doch wohl an *Die Welt der Fabeln*?«

»Die Gebrüder Bieber, die verängstigt in ihrem Zimmer sitzen und es nicht ertragen können, wenn ein bisschen Wind weht«, erklärte Chavez bissig.

»Damit ist es jetzt auf jeden Fall vorbei«, konstatierte Kerstin Holm. »Der Fall mit den Brüdern – wie hießen sie noch ...?«

»Bieber«, nervte Chavez.

»Lindfalk«, sagte Söderstedt.

»Der Fall mit den Brüdern Lindfalk wird an Europol in Den Haag abgegeben, und die Überfälle an Geldautomaten werden der Stockholmer Polizei übertragen. Und zwar mit sofortiger Wirkung. Also können wir uns jetzt mit allen verfügbaren Kräften auf das konzentrieren, wovon Sara uns nun mehr berichten wird.«

»Ich schlage vor, dass Lena das macht«, sagte Sara. »Ohne ihren Instinkt wäre uns nicht nur dies alles durch die Lappen gegangen, sondern Paul Hjelms Tochter wäre auch eines der Opfer.«

»Und was ist jetzt ›dies alles‹, Lena?«, fragte Kerstin Holm entgegenkommend.

Lena Lindberg blickte ein wenig überrascht auf ihre Kollegin und begann dann: »Dem Bericht des Kriminaltechnischen Labors von heute Morgen zufolge dürfen wir offiziell noch nicht von einem Serienmörder sprechen, weil keine Todesopfer gefunden worden sind. Aber in der Wohnung in der Jungfrugatan gab es Blut, und nicht gerade wenig, nämlich von vier verschiedenen Personen. Alle vier DNAs fanden sich in beträchtlicher Menge auf einer Art Arbeitstisch, der im größten Raum stand, nennen wir ihn das Wohnzimmer. Er war ganz einfach von vier Sorten Blut bedeckt. Darüber hinaus ist in der Wohnung kein anderes genetisches Material identifiziert worden. Blutspuren von vier Personen, allem Anschein nach stammt keines davon vom Täter. Es handelt sich um so viel Blut, dass die DNA für alle vier sicher festgestellt werden konnte. Wenn es Übereinstimmungen mit registrierten DNAs gibt, dürften wir das im Laufe des Tages erfahren. Die Technik macht Fortschritte.«

»Wir haben aber schon eine Übereinstimmung«, sagte Sara. »Die DNA von einem Blut passt mit der von Haaren auf einer Haarbürste in Lisa Jakobssons Wohnung zusammen.«

»Das war das frischeste Blut«, sagte Lena Lindberg. »Den Technikern zufolge hatte die Gerinnung gerade eingesetzt. Das bedeutet, dass Lisa Jakobsson sich höchstens vier Stunden vor unserem Eintreffen in der Wohnung befunden haben muss. Wenn wir ein bisschen schneller geschaltet hätten …«

»Eine weitere DNA stimmt mit einem Arm überein«, sagte Sara.

Lena nickte und fuhr fort: »Der Arm, den wir in der Wohnung gefunden haben, gehört einer offensichtlich anorektischen, nicht identifizierten Frau. Wir haben also drei anorektische Frauen, die alle mit der Wohnung in Verbindung gebracht werden können. Es ist wohl verhältnismäßig sicher, dass wir es mit einem Serienmörder zu tun haben, der Anorektikerinnen ermordet – oder zumindest magere Frauen foltert.«

»Also dieser Arm«, fragte Kerstin Holm, »können die Kriminaltechniker vom SKL darüber nicht mehr sagen?«

»Doch«, entgegnete Lena Lindberg. »Das wohl Markanteste daran sind die Fingernägel. Sie sind abnorm lang. Wie im *Guinnessbuch der Rekorde*, ihr wisst schon. Weltrekordnägel. Sie sind über zehn Zentimeter lang und haben angefangen, sich aufzurollen. Es gibt nicht viele Berufe, in denen man mit so langen Fingernägeln zurechtkommt.«

»Laufen?«, schlug Jorge Chavez vor. »Gab es nicht mal eine Sprinterin, die so lange Nägel hatte?«

»Und weil man damit kaum seine Wohnung sauber machen kann, muss man eine sehr erfolgreiche Läuferin oder dergleichen sein«, sagte Lena Lindberg.

»Florence Griffith-Joyner?«, sagte Arto Söderstedt. »Die Weltrekordhalterin über hundert Meter, die sich zu Tode gedopt hat. Hatte die nicht solche Nägel?«

»Braucht man dann auch Diener, die einem den Hintern abwischen?«, warf Gunnar Nyberg gefühllos ein.

»Welche Schlüsse im Zusammenhang mit Anorexia nervosa ziehen wir jetzt hieraus?«, fragte Kerstin Holm. »Auch im Zusammenhang damit, dass diese ›Läuferin‹ auf die fiktive Medizin Anamagica aus war?«

»Gar keine«, sagte Sara Svenhagen. »Es gibt vorläufig noch keine Schlussfolgerungen.«

»Warum dann den Arm zurücklassen?«

»Ich glaube, darauf haben wir eine Antwort«, sagte Lena Lindberg. »Zumindest habe ich gerade noch ein Schreiben aus dem Fax gezogen, bevor wir hierherkamen. Es ist von Brynolf Svenhagen vom SKL. Ich versuche, es zu lesen, während ich spreche.«

»Lass hören«, sagte Kerstin Holm.

»Brasilien«, sagte Lena Lindberg, das Gesicht auf die Blätter gerichtet. »Was wisst ihr von der großen Stadt São Paulo in Brasilien?«

»Raues Pflaster«, sagte Arto Söderstedt. »Groß, rau, hart, gesetzlos. Ungefähr so.«

»Stimmt genau«, pflichtete Lena bei. »Eigentlich für zwei Dinge bekannt: extrem brutales organisiertes Verbrechen und eine Hochburg der plastischen Chirurgie, wo praktisch jeder gewünschte Eingriff vorgenommen wird, no questions asked. Die beiden Dinge gehen Hand in Hand. In letzter Zeit hat anscheinend eine bestimmte Mafia – PCC –, die als ›Gewerkschaft der Gefangenen‹ bekannt ist, die Zwanzigmillionenstadt São Paulo mit Entführungen terrorisiert. Die Reichen in der Stadt haben deshalb eine neue Methode gefunden, dieser Bedrohung zu begegnen. Mithilfe ihrer engen Alliierten, der plastischen Chirurgen, lassen sie sich Spürsender im Körper einsetzen. Mikrochips, die auf operativem Weg eingepflanzt werden. Auf diese Weise kann die Polizei – oder eher die private Sicherheitsfirma, die man beauftragt hat – über Satellit einen entführten Wirtschaftsboss oder Politiker binnen einer Stunde aufspüren. Anderseits weiß PCC davon und beginnt mittlerweile jede Entführung damit, auf ziemlich brutale Art und Weise das Opfer nach Mikrochips zu durchsuchen. Man kann das vielleicht Clinch nennen.«

»Oder die Hölle auf Erden«, sagte Arto Söderstedt.

»Die Sache ist auf jeden Fall die«, fuhr Lena fort, »dass unter der Haut unseres Arms ein solcher Spürsender steckte. Das ist wohl der Grund dafür, dass der Arm abgeschnitten wurde.«

»Und wahrscheinlich«, fuhr Sara Svenhagen fort, »war das auch der Grund dafür, dass wir in der Wohnung auf einen Profikiller mit südamerikanischem Aussehen gestoßen sind.«

»Wir sollten auch seine DNA haben«, sagte Arto. »Ich habe ihn angeschossen und sein Blut spritzen sehen.«

»Die ist sichergestellt«, sagte Lena Lindberg. »Mach dir da

keine Sorgen. Dein Heldenmut soll nicht vergebens gewesen sein.«

»Warte«, sagte Kerstin Holm. »Bleib genau hier stehen.«

So geschah es. Eine unerwartete Ruhe breitete sich in der Kampfleitzentrale aus.

»Ich brauche eine Hypothese, was genau sich ereignet haben könnte«, fuhr Holm fort. »Die Geschichte ufert aus.«

Sara und Lena sahen sich an. Lena forderte Sara mit einer Geste auf, als Erste zu sprechen. »Ich glaube trotz allem, dass die Wohnung aufgrund des Spürsenders verlassen wurde und nicht wegen uns«, sagte Sara. »Man kann sich zwar vorstellen, dass Lisa Jakobsson – die sich anscheinend direkt in die Wohnung hinaufbegeben hat, nachdem Lena sie im Videoladen verhört hatte – von dem Raubüberfall erzählt hat. Aber die Wahrscheinlichkeit, dass wir die Wohnung entdecken würden, war nicht groß. Dagegen kam der Mörder dahinter, dass eines der Opfer einen Spürsender im Arm hatte. Erst da hatte er es eilig.«

»Das reicht mir nicht«, sagte Kerstin Holm. »Fang ganz von vorn an.«

»Ich würde tippen, dass es folgendermaßen aussieht«, sagte Sara Svenhagen. »Es ist ein Mörder, nicht mehrere. Diese Person hat wirklich mit Tova Hjelm gesprochen. Tova ist der einzige lebende freie Mensch, der die Stimme des Mörders gehört hat. Sie gibt an, mit einer dunklen Frauenstimme gesprochen zu haben. Jetzt wissen wir aber, dass es mit Stimmverzerrern möglich ist, mit der menschlichen Stimme so gut wie alles anzustellen, und die Statistik spricht natürlich eine deutliche Sprache. Es ist also plausibel, dass wir es mit einem Mann zu tun haben. Dieser Mann hat irgendeine psychopathologische Fixierung auf magere, extrem magere Frauen, krankhaft magere Frauen. Er foltert und tötet sie. Zu einem bestimmten nicht allzu lange zurückliegenden Zeitpunkt nimmt er eine Wohnung zur Untermiete, um seine eigentümliche Lust zu befriedigen. Sie liegt in der Jungfrugatan in Östermalm. Der Wohnungsinhaber, Rainer Kruse, wohnt anscheinend auf der englischen Kanalinsel Guernsey und konnte noch nicht erreicht werden. Es heißt, er befinde sich auf einer Einhandweltumseglung. Unser Mörder hat seine geniale Idee, annonciert in der Fachpresse und legt sich eine Internetseite zu, auf der die magische Fettverbrennungssubstanz Anamagica präsentiert wird. Das soll die richtige Klientel in die Wohnung locken. Erst muss allerdings kontrolliert werden, dass die betreffende Frau allein ist und die verlangten zwanzigtausend Kronen bei sich hat. Dies wird auf zweierlei Art und Weise überprüft, in erster Linie mittels der Überwachungskamera, die der Mörder an der Hausfassade neben dem Fenster angebracht hatte und die jetzt abgeschraubt ist. Und außerdem – durch Johannes Åkerblom.«

»Den Zeugen des Raubüberfalls«, übernahm Lena Lindberg. »Allem Anschein nach wurde der notorische Pornofilmausleiher als Begleiter ins Haus benutzt. Er hinderte Lisa Jakobsson auf elegante Weise daran, nach dem Überfall in Panik zu fliehen, und lotste sie geschmeidig in die Wohnung im Haus gegenüber, die vermeintlich von einer Tiina Spinroth bewohnt wird, ein Wortspiel mit dem wenig spielerischen Wort ›thinspiration‹.«

»Anagramm«, sagte Sara Svenhagen.

»Dem Bericht der Gerichtsmediziner zufolge hat es den Anschein, als sei die Person, der der Arm gehörte, zu diesem Zeitpunkt auch in der Wohnung gewesen, betäubt – in dem abgetrennten Arm, der da noch nicht abgetrennt war, wurden starke Schlafmittel gefunden. Wahrscheinlich saßen sie jede für sich in einem Zimmer, die Frau mit dem Arm in einem, Lisa Jakobsson in einem anderen. Die ersten beiden Opfer waren da schon fort, wahrscheinlich tot. Die beiden anderen Frauen waren stark narkotisiert, und wahrscheinlich sollten sie der Reihe nach gefoltert werden. Aber da passiert etwas. Da fängt die eine Frau an zu schreien, dass sie einen

Spürsender unter der Haut habe. Wahrscheinlich glaubt sie, es sei ihre letzte Chance freizukommen, es gelingt ihr, den Mörder davon zu überzeugen, dass sie die Wahrheit sagt, und der tut das einzig Mögliche. Er schneidet den Arm ab und macht sich aus dem Staub. Was in diesem Zusammenhang mit Lisa Jakobsson passiert, ist schwer zu sagen, aber der Mörder will keinerlei Spuren zurücklassen und ermordet auch den Handlanger Johannes Åkerblom.«

»Der zwar verheiratet ist, aber seit Jahren nicht mehr mit seiner Frau zusammenlebt«, flocht Sara ein.

»Der Mörder entkommt, bevor ein grimmiger Auftragskiller am Ort erscheint. Er trifft jedoch auf uns – oder wir treffen auf ihn. Leider verliert sich seine Spur draußen auf der Jungfrugatan. Wahrscheinlich hatte er ein Auto in der Nähe und konnte damit fliehen.«

»Trotz einer mit hoher Präzision zerschossenen Schulter«, sagte Arto Söderstedt.

»Aber es geht doch wohl nicht um eine reiche Frau aus São Paulo?«, fragte Kerstin Holm. »Es muss doch etwas anderes dahinterstecken?«

»Das ist ja das Eigenartige«, sagte Sara Svenhagen. »Eine anorektische Frau mit hellbrauner Hautfarbe mit superlangen Fingernägeln und einem unter die Haut operierten Spürsender, die einen Berufskiller auf den Plan ruft. Was halten wir davon?«

»Organisiertes Verbrechen«, sagte Jon Anderson.

»Prostitution?«, schlug Kerstin Holm vor.

»Aber jetzt einmal ehrlich«, warf Jorge Chavez ein. »Welche Art von sexuellen Diensten kann man mit solchen Fingernägeln leisten?«

»Guter Einwand«, sagte Kerstin Holm überraschenderweise. »Und das führt zu welcher Schlussfolgerung?«

»Dass es sich eher um eine Art reiche Tochter aus Diplomatenkreisen gehandelt hat«, sagte Chavez. »Gibt es nicht in Indien bestimmte Gegenden, wo es als vornehm gilt, die Nägel ad absurdum wachsen zu lassen? Euer Killer war vielleicht der Leibwächter eines indischen Diplomaten.«

»Er war kein Inder«, sagte Söderstedt. »Ich wette darauf, dass er Indianer war.«

»Das sind doch Wildwestträume.« Gunnar Nyberg schaute Söderstedt streng an. »Du willst, dass ein Indianer auf dich geschossen hat.«

»Ten little indians«, sagte Jon Anderson.

»Aber vielleicht ein von Indern angeheuerter Indianer oder so etwas«, schlug Chavez vor.

»Sagen wir doch einfach ›indians‹ auf Englisch, dann sind wir das Problem los«, vermittelte Jon Anderson galant.

»Aber diese Frau, Inderin oder nicht, muss auf jeden Fall die Annonce im Internet gelesen haben«, sagte Kerstin Holm. »Jon und Jorge, ihr setzt euch jetzt daran und versucht alles über diese Internetannonce herauszufinden. Kann man feststellen, wann, wo und wie sie ins Netz gestellt wurde? Welche Mails sind von der Website abgeschickt worden, welche sind eingegangen? Und so weiter, und so weiter. Die Anzeige in dieser Gesundheitszeitschrift muss von jemandem bezahlt worden sein, zum Beispiel.«

»Die Gebrüder Bieber in Aktion«, sagte Jorge Chavez grantig.

»Aber wie ist Paul Hjelms Tochter in die Sache reingerutscht?«, fragte Jon Anderson.

»Die Antwort darauf haben wir ja«, sagte Sara.

»Außerdem haben wir exakte Zeitpunkte und eine Telefonnummer. Alles aus Tovas Handy. An Lisa Jakobssons Telefon meldet sich dagegen die ganze Zeit niemand«, fügte Lena hinzu. »Sechs Minuten nachdem unser Killer mit blutender Schulter auf die Jungfrugatan hinausgelaufen war, rief ›Tiina Spinroth‹ Tova Hjelm an, die sich im Videoladen befand. Sie rief von einem Handy mit einer unregistrierten Prepaid Card an, zu deren Nummer wir also keinen Namen haben. Doch mit etwas Glück können wir eine Liste der Nummern bekommen, die sie angerufen hat.«

»Aber das ist reichlich unwahrscheinlich«, sagte Arto Söderstedt. »Diese Tiina Spinroth hat Tova Hjelm ja bewusst zu uns geschickt, sozusagen als ironische Geste. Es ist doch klar, dass Tova nichts Entscheidendes mitbrachte, was uns hilft, sie zu entlarven.«

»Trotzdem arbeiten wir mit dieser Nummer«, sagte Kerstin Holm. »Sie kann ihre Karte übers Internet aufgeladen haben, sie kann andere wichtige Gespräche geführt haben. Du checkst das ab, Arto.«

»Ich?«

»Du hast den Einwand gebracht, dann kannst du es auch machen. Was ist jetzt mit den Filmen, Lena?«

»Wir haben gestern mit Naoum Chamoun gesprochen. Er gab zu, gesehen zu haben, wie sich der Pornofilmausleiher Johannes Åkerblom bei verschiedenen Gelegenheiten in dem Laden auffällig gegenüber Frauen verhalten hat. Wir haben Naoum Chamouns Computer sowie eine große Anzahl externer Festplatten beschlagnahmt, die sich in einem Schrank in dem Laden befanden. Es gibt eine Menge Filme, die wir durchsehen müssen. Aber wenn es uns gelingt, das Material mit Telefongesprächen und den DNAs zusammenzubringen, können wir Identitäten und Zeitpunkte bestimmen.«

»Wir können auf jeden Fall die Zeit ein wenig eingrenzen«, sagte Sara. »Wir haben gestern mit dem Vorsitzenden der Eigentümergemeinschaft gesprochen, einem Axel Rydh-Schildt. Der Wohnungsinhaber Rainer Kruse auf Guernsey hat seine Vierzimmerwohnung vor vier Monaten an eine Person namens Tiina Spinroth untervermietet, und zwar vom 1. Mai an und ›jeweils für ein Jahr‹. Leider war die Eigentümergemeinschaft mit der Kontrolle der Identität des Untermieters etwas nachlässig. Die angegebene Personennummer war natürlich falsch, und Axel Rydh-Schildt hat den Mieter oder die Mieterin nie persönlich getroffen.«

»Aber die falsche Personennummer war tatsächlich eine weibliche«, sagte Lena, »mit einer geraden vorletzten Ziffer.«

»Wie hat Spinroth Rainer Kruse bezahlt?«, fragte Kerstin Holm. »Da müsste doch ein Anhaltspunkt zu finden sein.«

»Ja«, sagte Sara Svenhagen und blätterte in ihren Papieren. »Davon steht hier nichts. Kruse bezahlt seine monatliche Abgabe an die Eigentümergemeinschaft über eine Finanzverwaltungsfirma in Guernsey, die seine Geschäfte führt, aber wie er selbst die Miete bekommt, darüber schweigt des Sängers Höflichkeit.«

»Also muss es überprüft werden. Wollen wir jetzt versuchen, ein Gesamtbild zu entwerfen?«

»Gail Devers«, sagte Jon Anderson.

»Waas?«, rief ein Chor gemischter Stimmen aus.

»Florence Griffith-Joyner hatte zwar lange Nägel, aber die richtig langen hatte die Hindernisläuferin Gail Devers. Genau solche.«

»Öh«, sagte Kerstin Holm. »Danke für die Information. Wollen wir dann …?«

»Ich meine wirklich exakt solche. Ein bisschen gruselig, wenn ich jetzt darüber nachdenke …«

»Okay, wir behalten das im Hinterkopf, wenn wir weitermachen, und zwar *jetzt*«, sagte Kerstin Holm mit Nachdruck. »Ich fasse kurz zusammen: Tiina Spinroth beschließt eines Tages vor ein paar Monaten, eine lange gehegte Begierde zu befriedigen, die darin besteht, anorektische Frauen zu foltern und zu ermorden. Zu diesem Zweck mietet sie eine unmöblierte Vierzimmerwohnung, vor deren Fenster sie eine Überwachungskamera anbringt. Sie denkt sich die Superabmagerungsdroge Anamagica aus und lockt damit ihre Opfer an. Dabei bedient sie sich der Hilfe des Nachbarn Johannes Åkerblom, der trotz allem wohl nicht besonders involviert ist. Und dann beginnt sie ihre mörderische Aktivität. Sie narkotisiert ihre Opfer, hält sie vermutlich, eingesperrt in den verschiedenen Zimmern, ziemlich lange am Leben. Dann foltert sie sie auf dem Arbeitstisch im Wohnzimmer. Was sie genau tut, ist unklar, aber es fließt viel Blut. Dann unterläuft ihr ein Fehler. Eine der Frauen, die sie anlockt, gehört einem extrem gut organisierten Prostitutionsring an, der seine Prostituierten mittels unter die Haut operierten Spürsendern in Mikrochipform kontrolliert. In derselben Sekunde, in der Spinroth dies erkennt, aktiviert sie einen vorher ausgeklügelten Fluchtplan. Sie trennt dem Opfer den Arm ab und lässt ihn zurück. Allem Anschein nach hat sie zwei Frauen in der Wohnung, die Frau mit dem Arm und die betäubte Lisa Jakobsson. Wie schafft sie die hinaus? Hat einer der Hausbewohner etwas gesehen? Sie müssen befragt werden. Holt euch Unterstützung bei der Stockholmer Polizei. Ich schlage vor, dass dies in erster Linie ein Job für Gunnar ist. Also Arbeitsverteilung: Arto arbeitet mit der Telefonnummer, Jon und Jorge mit der Internetseite, Gunnar befragt die Nachbarn, Sara nimmt sich die finanziellen Transaktionen vor, und Lena kümmert sich um die Identifikation der Opfer, mit Schwerpunkt auf dem abgetrennten Arm. So in etwa. Klingt das sinnvoll?«

»Ich überlege die ganze Zeit, ob Tiina Spinroth nicht tatsächlich doch eine Frau ist«, sagte Sara Svenhagen. »Nichts ist für Frauen so heikel wie der eigene Körper.«

»Aber wir dürfen die Statistik nicht außer Acht lassen«, wandte Kerstin Holm ein. »Frauen sind äußerst selten so gewalttätig. Es kann sich lohnen, das im Hinterkopf zu behalten.«

»Aber ist da nicht gerade ein Wandel zu beobachten?«, entgegnete Sara Svenhagen. »Ist es nicht genau das, was wir hier sehen? Die Umkehrung der nach innen gerichteten weiblichen Gewalt nach außen? Diese Tendenzen sind doch in der Gesellschaft sichtbar.«

»Und dann frage ich mich«, sagte Jorge Chavez, »ob Johannes Åkerblom wirklich einem Mann geholfen hätte. Hat er nicht diese Pornofilme ausgeliehen, um sie zusammen mit einer Frau anzusehen? Zusammen mit Tiina Spinroth? Das war seine Belohnung …«

»Ihr seid euch ja mal richtig einig in der Familie«, stellte Kerstin Holm fest. »Ziemlich ungewöhnlich.«

Sara und Jorge sahen einander skeptisch an.

»Also dann an die Arbeit.« Kerstin Holm stand auf. »Tiina Spinroth, wer sie auch immer sein mag, hat ihre Folterkammer verloren. Unser Ziel ist das einzig denkbare: keine weiteren Opfer.«

12

Die Frau betrachtete ihn mit sehr klarem dunkelbraunem Blick, und er dachte darüber nach, was es eigentlich ist, das Vertrauen schafft. Er fragte sich, ob man so etwas wirklich vortäuschen kann.

Er dachte an seine Arbeit, daran, wie fein justiert seine Menschenkenntnis inzwischen war. Man sollte ihm nichts mehr vormachen können, wirklich nicht. Dennoch konnte er nicht leugnen, dass ihm gerade das in der letzten Zeit ein bisschen zu oft passiert war. Vor ein paar Jahren hatte er sich von einer Frau namens Christine Clöfwenhielm, die dann untergetaucht war, aufs Übelste täuschen lassen. Und jetzt, ja, jetzt war es seine Tochter, die ihn getäuscht hatte.

Er war der Meinung, dass die Frau ihm inzwischen ein bisschen lange in die Augen schaute. War das anfängliche unwillkürliche Vertrauen vielleicht schon am Bröckeln?

»Wir haben viel Routine in diesen Dingen«, sagte die Frau schließlich.

»Das bezweifle ich nicht im Geringsten«, sagte er.

»Sie sind Polizist, nicht wahr?«, fragte die Frau.

»Das lässt sich nicht abstreiten«, erwiderte er.

»Das bedeutet, dass Sie auf Grundlage einer ganzen Reihe rationaler Kriterien gesucht und verworfen haben, bevor Sie hier gelandet sind. Irre ich mich?«

»Ich habe ein paar Telefonnummern bekommen und die genommen, die ich am einladendsten fand.«

»Jaja«, sagte die Frau und streckte ihm und dann Tova die Hand hin. »Ich heiße jedenfalls Anita Kochs und bin die Leiterin hier in Äppelviken.«

»Paul Hjelm«, sagte Paul Hjelm.

»Tova Hjelm«, sagte Tova Hjelm.

»Die Privatklinik Äppelviken ist, wie Sie wissen, auf Frauen mit Anorexia nervosa und Bulimia nervosa spezialisiert. Wir wissen sehr genau, woran Sie leiden, Tova, und neunzig Prozent der anderen, die Sie hier auf den Fluren sehen, leiden an genau der gleichen Krankheit. Anorexia nervosa ist eine ziemlich schlechte Bezeichnung. Es bedeutet ›nervöse Appetitlosigkeit‹, was völlig irreführend ist. Bezeichnend für die Krankheit sind ein sehr geringes Gewicht, eine deutliche und heftige Abneigung gegen Gewichtszunahme, Ausbleiben der Menstruation und gestörtes Körpergefühl. Essen hat Angst zur Folge, was eine natürliche psychische Konsequenz ist, wenn man sich zu dick fühlt und das Bedürfnis hat, dünner zu werden. Der Wunsch, Gewicht zu verlieren, hängt fast immer mit einer Reihe anderer psychischer Faktoren zusammen wie Kontrollbedürfnis und Perfektionismus, die wiederum mit physiologischen Reaktionen die spontane Genesung erschweren. Essen und Zunehmen wird als Kontrollverlust erlebt, und das wird als bedrohlich empfunden. Deshalb sind fast immer kluge, gut organisierte Frauen betroffen. Intelligente Frauen mit starkem Kontrollbedürfnis. Oft, um es geradeheraus zu sagen, aus der Oberklasse. Es ist kein Zufall, dass wir hier in Äppelviken sind.«

Paul Hjelm sah seine Tochter an. Sie stierte auf ihren Schoß, wo die schmalen kleinen Hände mit der Handfläche nach oben lagen. Er erkannte es wieder. Genauso hatte sie dagesessen, als sie klein gewesen und dabei ertappt worden war, dass sie die Süßigkeiten ihres Bruders Danne aufgegessen hatte. Paul Hjelm lächelte und spürte einen Kloß im Hals.

»Unsere Methode läuft darauf hinaus, dass Sie hierbleiben, bis Sie gesund sind, Tova«, fuhr Anita Kochs fort. »Wir sind der Meinung, dass sich AN nicht ohne ständige Kontrolle behandeln lässt. Sie werden also stationär aufgenommen und dürfen das Gelände nicht verlassen. Es handelt sich hier um eine Krankheit, die stärker ist als jede Droge.«

In diesem Moment geschah das Seltsame, dass die Tür zu dem eleganten, sparsam möblierten Büro weit aufgerissen wurde und eine Frau hereingestürzt kam. Ja, sie kam buchstäblich hereingestürzt, und dieser übertriebene Auftritt hatte zur Folge, dass Paul Hjelm ein paar Sekunden brauchte, um seine frühere Ehefrau Cilla wiederzuerkennen.

Alles war nämlich verändert, nichts stimmte mehr. Er hatte Cilla fast zwei Jahre nicht mehr gesehen, und sie hatte einen veritablen Verwandlungsprozess durchgemacht. Das blonde Haar, das sie immer als Pagenfrisur getragen hatte, war kurz geschnitten und schwarz, das Kleid eng und schwarz, und die Wangenknochen waren deutlich markanter. Er spürte, dass er sie anstarrte. Schließlich, als ihr suchender Blick ein Ziel fand, starrte sie zurück. Auf die einzige Weise, die bei ihrer ganzen Erscheinung zu erwarten war: zornig.

»Wieso hast du erst heute Morgen angerufen?«, zischte sie. »Findest du nicht, dass ich das gleiche Recht wie du habe, zu wissen, wie es meiner Tochter geht?«

Paul Hjelm sparte sich die Antwort. Es war jetzt nicht der richtige Zeitpunkt für einen Streit. Außerdem hatte er nicht das geringste Bedürfnis, sich zu verteidigen.

Und offenbar war Anita Kochs der gleichen Meinung. Sie streckte wieder die Hand aus, stellte sich vor und sagte: »Ihre Tochter ist einundzwanzig Jahre alt und wohnt allein. Keiner von Ihnen beiden ist an ihrem jetzigen Zustand schuld, keiner außer Tova selbst, und deshalb schlage ich vor, eventuell vorhandene Aggressionsbedürfnisse vorläufig aufzuschieben. Klingt das vernünftig?«

»Ich bin Krankenschwester«, sagte Cilla verwirrt.

»Und ich Ärztin«, sagte Anita Kochs mit einem betörenden Lächeln. Fand jedenfalls Paul Hjelm. Dem es zu seiner großen Verwunderung gelang, sein Schweigen beizubehalten.

Tova betrachtete ihre Mutter mit unergründlicher Miene.

Schließlich sagte sie: »Du hast eine Schlankheitskur gemacht.«

»Aber meine liebe Tova«, war alles, was Cilla herausbrachte.

»Ich habe Ihnen jetzt die therapeutische Strategie der Privatklinik Äppelviken vorgestellt«, sagte Anita Kochs. »Wir setzen auf stationäre Unterbringung und strikte Überwachung. Wir wollen heilen, nicht lindern. Anorexia nervosa lässt sich nicht lindern. Entweder hat man die Krankheit, oder man wird sie los. Ein Mittelding gibt es nicht. Und wenn es einem gelingt, sie loszuwerden, kann man trotzdem sein Leben lang einen Rückfall erleiden.«

»Können Sie über die Krankenversicherung abrechnen?«, fragte Cilla.

Paul Hjelm spürte, dass er mit sich selbst kämpfte. Warum war er nicht verwundert, dass ihre erste Frage ökonomischer Art war? Aber er schwieg weiter.

»Aber natürlich«, sagte Anita Kochs mit einem nachsichtigen Lächeln.

Und dann wiederholte sie, was vorher schon gesagt worden war. Paul Hjelm versank in eine Art meditativer Trance, in der die exakten Wiederholungen den Charakter von Mantras annahmen. Er hatte die ganze Nacht kein Auge zugetan und hatte keine Mühe, in einen buddhistischen Zustand absoluter Abwesenheit zu versinken. Irgendetwas in ihm sah aber ein, dass es unpassend war, hier und jetzt einzuschlafen, und so war seine einzige bewusste Handlung während der folgenden Minuten die, dass er es vermied einzuschlafen. Das Übrige fand auf einem ganz anderen Schauplatz statt.

Er wusste nicht recht, wie es geschehen war, aber plötzlich hatte Anita Kochs den Raum verlassen. Cilla starrte ihn an und sagte: »Und?«

Er versuchte, logisch zu denken. Vermutlich war Anita Kochs hinausgegangen, damit sie die Sache in Ruhe diskutieren konnten. Also entschloss er sich, dies zu tun. »Ich denke, es klingt gut«, versuchte er also.

»Wie hast du das hier gefunden?«, fragte Cilla. »Es gibt doch massenweise Kliniken.«

»Die besser sind als diese hier?«, sagte Paul.

»Das weiß ich nicht«, gab Cilla zu. »Aber wir hätten jedenfalls die Alternativen durchgehen können.«

»Dafür war keine Zeit«, sagte Paul. »Wir mussten handeln.«

»Es ist nicht nur das«, war Tova plötzlich zu vernehmen. »Du hast nicht nur abgenommen. Du hast dich verdammt noch mal auch liften lassen.«

Cilla starrte ihre Tochter an. Dann fasste sie sich und erwiderte: »Und was du getan hast, ist jedenfalls offensichtlich.«

»Schluss jetzt«, sagte Paul instinktiv. »Was redet ihr? Was meinst du, Tova? Hast du hier ein gutes Gefühl?«

Tova zuckte mit den Schultern und legte die Hände mit den Handflächen nach oben auf die Knie. So blieb sie sitzen und sah sie an.

»Ich finde, wir machen das jetzt«, meinte Paul aufmunternd. »Sie haben einen guten Ruf und eine hohe Erfolgsquote.«

»Und hier ist sie ja auch eingesperrt«, zischte Cilla. »So was gefällt dir ja.«

»Hört auf!«, schrie Tova, ohne von ihren Händen aufzusehen.

»Gut, dann machen wir das, Tova«, sagte Paul. »Ich besuche dich jeden Tag, ich verspreche es.«

»Ich auch«, sagte Cilla. »Ich verspreche es.«

»Aber bloß nicht gleichzeitig«, bat Tova.

Paul und Cilla sahen sich an. Eine ganze Weile. Dann mussten sie lachen. Gleichzeitig.

»Okay«, sagte Paul.

»Nicht gleichzeitig«, sagte Cilla.

Sie verließ den Raum, um Anita Kochs zurückzuholen.

Paul langte zu Tova hinüber und legte seine Hand auf ihre nach oben gewandten Handflächen. Er sagte nichts, und sie sah ihn rasch mit einem Rehaugenblick an. Auch sie schwieg. Aber sie zog die Hände auch nicht weg.

Als Cilla und Anita Kochs zurückkehrten, waren Paul und Tova aufgestanden. Cilla umarmte Tova – und vielleicht wirkte es nur in Pauls Augen ein wenig steif. Dann umarmte auch Paul seine Tochter – und spürte zum ersten Mal ihre knochigen Arme auf seinem Rücken. Das würde ihn den Rest des Tages aufrecht halten, er wusste es sofort.

Auf dem Weg aus der Privatklinik von Äppelviken hinaus warf er noch einmal einen Blick auf seine frühere Ehefrau. Ihr Profil war tatsächlich ganz anders geworden. Aber er entschloss sich, nicht zu fragen. Sollte sie es ansprechen, wenn sie wollte.

Draußen auf der Veranda der großen Architektenvilla blieben sie stehen. Von hier aus senkte sich eine Rasenfläche zum Mälarsee hinab, und Schwedens drittgrößter Binnensee glitzerte einladend an diesem frühen Herbsttag.

Ein Anflug von Wehmut streifte Paul Hjelm. Aber auch ein gewisses Gefühl, alles getan zu haben, was in seiner Macht stand. »Unsere Tochter«, sagte er versöhnlich und blickte auf all das Schöne hinab.

»Ich hab es auch gehabt«, sagte Cilla und sah in dieselbe Richtung.

»Was?«, fragte Paul und richtete den Blick rasch auf sie.

»Eine weibliche Seuche«, sagte sie. »All die Scham …«

»Aber wann denn?«

»Im selben Alter. Ein paar Jahre bevor wir uns begegnet sind.«

»Und jetzt hast du dich liften lassen?«

Das war nicht beabsichtigt gewesen. Das hätte nicht kommen dürfen. Er schloss kurz und fest die Augen und richtete den Blick dann wieder auf den herbstglitzernden Mälarsee. Er spürte, dass sie ihn anstarrte, von der Seite.

»Ich habe endlich einen Mann getroffen, dem ich etwas bedeute«, sagte sie schließlich und ging davon.

Er sah ihr nach, wie sie auf ungewöhnlich hohen Absätzen die Treppe zur Veranda hinabstieg und zum Parkplatz auf der anderen Seite der Hecke stöckelte. Dort sah er das Dach eines Autos, zu dem sie ging. Das Dach des größten Stadtjeeps, eines dieser Monsterfahrzeuge, die zu keinem anderen Zweck gebaut werden, als verkehrssicher zu sein, indem sie dafür sorgen, dass das Auto des anderen zermalmt wird. Es waren Mordmaschinen. Sie stieg ein, und die Mordmaschine fuhr schneller los, als sie den Motor hätte starten können. Er sah ihr nach und erkannte die Kontur des Mannes am Steuer.

Er musste lachen und ging zu seinem Umweltauto.

Bachs h-Moll-Messe leistete ihm auf der E 4 nach Süden Gesellschaft, vorbei an Essingeöarna, an Gröndal und Aspudden, vorbei an Liljeholmen und Midsommarkransen, und auch an Skärholmen und Vårberg war er vorbei, bevor das Umweltauto tatsächlich abhob. Er war zurück. Es war schwierig gewesen, aber jetzt war er zurück. Bachs h-Moll-Messe führte ihn zurück. Sie ließ ihn an der Landschaft der Vergangenheit in Botkyrka ohne jede Schwere vorübergleiten.

Johann Sebastian Bach war vermutlich das produktivste Genie der Musikgeschichte. Er lebte in einer Zeit, in der der Hunger des Publikums auf neue Musik unstillbar war, und entsprechend unermüdlich war sein Schaffen. Er schuf eine neue Zeit und wusste es. Er war jung und radikal und sah Möglichkeiten, wo sie kein anderer je gesehen hatte. Plötzlich gab es eine neue Welt, und Johann Sebastian Bach hatte sie erschaffen. Er war imstande, im Laufe eines Jahres mehr Werke zu komponieren als ein heutiger Komponist in einem ganzen Leben. Und die göttliche *h-Moll-Messe* war eigentlich eine Ansammlung verschiedener handwerklicher Reste. Das Seltsame war, dass sich dieses Sammelsurium aus der gesamten Karriere Bachs – zwischen den ältesten und den jüngsten Teilen lag ein Vierteljahrhundert – zu einer so perfekten, wunderschönen Ganzheit zusammenfügte. Und zugleich bot die Messe einen exemplarischen Überblick, wie sich Bachs Stil mit der Zeit und dem Wechsel der Musikmoden verändert hatte.

Vor allem aber war es ganz einfach wunderbare Musik, bei der die Luft unglaublich viel leichter zu atmen war. Die zweihundertfünfzig Jahre, die zwischen dem Kantor in Leipzig und dem Polizisten im Umweltauto lagen, existierten nicht mehr. Die Verbindung zwischen ihnen war unmittelbar und nicht zu bezweifeln.

Und dann war er in Järna. Es war keine Zeit vergangen. Die Zeit war einfach aufgelöst und ausradiert worden.

Die Musik dauerte an, obwohl er sie hatte abschalten müssen, und erst, als er sich einer seltsamen Persönlichkeit namens Michael Larsson gegenübersah, begann die Zeit wieder zu ticken.

Dafür tat sie es dann mit Nachdruck.

Michael Larsson war Ende vierzig und sah aus wie eine Karikatur seines älteren Bruders. Alle Züge von Tore Michaelis waren vorhanden – aber expandiert, erweitert, vergrößert. Jedenfalls bestand kein Zweifel, dass es der Bruder war.

»Ich suche Tore Michaelis«, sagte Paul Hjelm vorsichtig.

Larsson sah ihn völlig blank an. Überhaupt war etwas sehr Ungeschütztes an der ganzen Gestalt, die hier in diesem kleinen Zimmer des kargen anthroposophischen Pflegeheims in Järna saß. Michael Larsson war ohne Zweifel ein Mann ohne irgendwelche Schutzwälle.

»Ich habe ihn lange nicht gesehen«, sagte Larsson.

»Ich weiß«, sagte Hjelm und zog ein Buch aus der Tasche. Es war *Den gode tolken* von John le Carré.

Michael Larsson beobachtete ihn mit großer Ruhe.

Hjelm schlug die Seite 18 auf und las: »Aber Bruder Michael kannte auch meine schwachen Seiten.«

Bruder Michael sah Hjelm weiterhin an, als habe der kein Wort gesagt.

»Von welchen schwachen Seiten spricht Tore?«, fragte Hjelm.

Michael Larssons Blick war wirklich eigentümlich wässrig. Es war, als ströme ein Fluss durch seinen Kopf. »Wer sind Sie?«, fragte er schließlich.

Und Hjelm fiel ein, dass er wieder einmal vergessen hatte, sich vorzustellen. Er versuchte darauf zu kommen, wofür das ein Anzeichen war. »Ich bin Kommissar Paul Hjelm. Ich habe die Stelle Ihres Bruders bei der Polizei übernommen. Da Tore verschwunden ist. Ich versuche, ihn zu finden.«

»Wie hieß das Kaninchen Ihrer Cousinen?«

Hjelm betrachtete den sphärischen Spionbruder und dachte daran, dass dies eine Frage war, wie man sie in psychiatrischen Kliniken riskierte. Er lächelte und sagte: »Muppan. Es war übrigens ein Hauskaninchen.«

»Man muss erst die starken Seiten lesen«, sagte Michael Larsson.

Hjelm betrachtete ihn. Er war sich nicht sicher, ob das Codewort Muppan irgendeinen Effekt gehabt hatte. »Ich vermute, Sie haben die starken Seiten, Michael.«

»Ich kann sie Ihnen leihen. Aber Sie müssen sie zurückgeben.«

»Und wenn ich sie zurückgegeben habe, geben Sie mir die schwachen Seiten?«

»Nein, wenn Sie richtig gelesen haben, haben Sie sie schon gelesen.«

»Okay …«, sagte Paul Hjelm zögernd.

»Wenn Sie die starken Seiten richtig lesen, werden Sie auch die schwachen Seiten finden.«

Michael Larsson produzierte seine Aussagen mit steinerner Miene und wässrigem Blick. Er war ein Orakel, das in Granit gehauene Lebensweisheiten von sich gab.

Das war einfach nur bizarr.

Dann stand Michael Larsson auf. Er war sehr seltsam gekleidet. Er trug einen braunen Trainingsanzug aus Nylon aus den Siebzigerjahren. Die Hosen waren zehn Zentimeter zu kurz und ließen den Blick frei auf ein Paar rosa Moonboots von anno 1975. Mit einem ferngesteuerten Bewegungsmuster führte er Hjelm auf die völlig sterilen Flure des Pflegeheims bis zu einer Toilette. Sie war sehr eng, wie Hjelm konstatierte, als sie um die Toilettenschüssel standen. Sein Gesicht war zehn Zentimeter von Michael Larssons eigentümlichem Karikaturgesicht entfernt. Sein Atem roch nach einem süßlichen Lösungsmittel.

Soweit man es von einem solchen Wasserblick überhaupt sagen konnte, richtete Larsson ihn auf Hjelm und sagte: »Klettern Sie rauf.«

Als Paul Hjelm auf dem Klodeckel im anthroposophischen psychiatrischen Pflegeheim in Järna balancierte, fragte er sich für einen kurzen Moment, ob dies wirklich sein Leben war. Lag nicht ein göttlicher Irrtum vor? War er nicht womöglich im Leben irgendeines anderen Menschen gelandet?

»Die Klappe links von der Lampe«, sagte Michael Larsson.

Hjelm starrte hinauf zur Decke. Sie bestand aus perforierten weißen Karos, die man mit etwas gutem Willen Klappen nennen konnte. Also gab es eine links von der Lampe, und er drückte sie leicht nach oben, sodass sie seitwärts nach unten klappte. Er fing sie auf und reichte sie Michael Larsson, der sie einen Augenblick lang mit seinem Wasserblick anstarrte. Schließlich sagte er: »Fass rein in Richtung der Lampe.«

Hjelms Hand tastete sich vorsichtig in diese Richtung. Er hatte fünf Jahre lang der Sondereinheit der Reichskriminalpolizei für Gewaltverbrechen von internationalem Charakter angehört, fünf Jahre, in denen er mindestens einmal im Jahr sein Leben riskiert und in unmittelbarer Lebensgefahr geschwebt hatte. Danach war er Chef der Stockholmer Sektion der Abteilung für interne Ermittlungen geworden, und auch in dieser Funktion hatte er sich alle Jahre wieder einer Reihe lebensgefährlicher Situationen ausgesetzt. Es wäre ihm mit anderen Worten äußerst kläglich vorgekommen, bei einem Bruch eines anthroposophischen Toilettendeckels in Järna umzukommen.

Das geschah jedoch nicht. Er berührte die abgewandte Rückseite der Armatur, aber nur, um sofort die Richtung zu ändern und stattdessen etwas hervorzuziehen, was man gemeinhin ein Wachstuchheft nennt.

Es war einfach nur ein Notizbuch. Bei all dem Staub in diesem Versteck fiel Paul Hjelm auf, wie wenig staubig das Wachstuchheft war. Es konnte nicht sehr lange her sein, dass jemand etwas hineingeschrieben oder darin gelesen hatte.

Hjelm reichte das Heft zu Larsson hinunter, der seinerseits die Klappe hinaufschickte, die Hjelm wiederum in der Decke anbrachte. Dann stieg er hinunter, und sein Gesicht war wieder zehn Zentimeter von demjenigen Larssons entfernt.

»Sie müssen es zurückgeben«, wiederholte Larsson.

»Versprochen«, sagte Hjelm.

Larsson betrachtete ihn neutral wie eine Salzsäule. Viel zu lange, als dass es ein angenehmes Gefühl hätte sein können. Dann verließ er die Toilette. Hjelm atmete aus und folgte ihm.

Sie waren wieder in Michael Larssons Zimmer. Larsson überreichte das Wachstuchheft zeremoniell an Hjelm, der es mit schlecht gespielter Feierlichkeit entgegennahm.

Er schlug die erste Seite auf. Dort stand: »›Meine starken Seiten‹ von TM.«

Hjelm blätterte ein wenig in dem Heft. Tore Michaelis' Handschrift war pedantisch genau und sehr gleichmäßig. Bei irgendeiner Gelegenheit, an die er sich im Moment nicht erinnern konnte, war Hjelm selbst zu einer sehr attraktiven Grafologin in Kristineberg gegangen, die seine Handschrift in etwa als die eines »kreativen Chaoten« beurteilt hatte.

Hjelm ahnte, dass Michaelis eher als »moralischer Pedant« zu bezeichnen war.

Und das stimmte recht gut mit Paul Hjelms Bild von seinem Vorgänger überein. Einer, der nach den Regeln spielte, ohne sich über sie zu ärgern. Einer, der ganz und gar innerhalb des Rahmens eines Systems agierte. Aber auch einer, der nicht das Geringste dagegen hatte, das System von innen her zu verändern. Es würde ungeheuer interessant sein, seine Notizen zu lesen – welcher Art sie auch sein mochten – und zu sehen, ob das Bild stimmte.

Er verabschiedete sich von Michael Larsson, der natürlich keine Miene verzog. Als er zu dem Parkplatz inmitten dieses Paralleluniversums der Anthroposophen kam, sah er Larsson durch das Fenster. Er saß in genau der gleichen Haltung da und sah aus, als sei er erleuchtet von einem eigenen inneren Licht. Paul Hjelm fragte sich einen Moment lang, wer er eigentlich war. Wie er seine Tage verbrachte. Was sich eigentlich in diesem Kopf hinter dem seltsam wässrigen Blick abspielte.

Aber dann richtete er seine Aufmerksamkeit auf das Wachstuchheft. Deutlich weniger als die Hälfte des knapp hundertseitigen Büchleins war mit datierten Notizen gefüllt.

Er hatte zum Präsidium fahren wollen, um das Buch zu lesen, aber es fesselte ihn von der ersten Sekunde an. Er blieb im Auto sitzen, während um ihn herum die Scheiben beschlugen und ihn immer mehr von der Außenwelt trennten. Schließlich gab es gar keine Verbindung mehr zwischen der Welt drinnen und der Welt draußen.

Nicht zuletzt, weil er Bachs *h-Moll-Messe* laufen ließ, während er las.

13

Donnerstag, 25. Mai

Es ist schwer zu sagen, wann die Dinge ihren Anfang nehmen. In meiner Branche hat man uns beigebracht, nicht zu schreiben, nichts zu hinterlassen. Stattdessen erinnern wir uns. Wir speichern die Dinge im Gedächtnis. Schließlich wird das Gedächtnis so schwer, dass das Gehirn nachgibt und in sich zusammenfällt. Das ist der Moment, in dem wir verrückt werden. Wenn es uns vergönnt ist, so lange zu leben.

In gewisser Weise habe ich natürlich Glück gehabt. Ich habe in Schweden gelebt. Ich vermute, dass die mittlere Lebenserwartung für einen schwedischen Spion die höchste in der Welt ist. Ich frage mich, warum das so ist. Warum Schweden überhaupt ein so sicheres Land ist. Trotz allem. Wenn überhaupt jemand eine Antwort auf diese Frage weiß, dann sicher ich. Und ich bin ratlos.

Das Risiko, dass das Gehirn so schwer wird, dass es in sich zusammenfällt, ist bei uns also höher als bei anderen. Es ist der Moment, in dem wir verrückt werden. Oder schreiben müssen. Und das ist ja ungefähr das Gleiche.

Ich habe vieles miterlebt. Es geht im Leben – nicht zuletzt für jemanden wie mich – oft darum, sich zu schützen, die Dinge nicht allzu sehr an sich heranzulassen. Die Zielsetzung sollte einfach sein: Wir sollen die Demokratie – das friedliche, alltägliche Leben der Menschen im Allgemeinen – vor ihren Feinden schützen. Und es kommt vor, dass wir das mit undemokratischen Mitteln tun müssen.

All das ist Gemeingut. Alles das weiß jeder.

Was die Leute nicht wissen, ist, wie viel Böses es trotz allem gibt. Es ist übrigens selten wirklich böse. Es kommt selten vor, dass jemand tatsächlich das Ziel verfolgt, anderen zu schaden. Aber es ist oft unvermeidlich, wenn man auf Macht und Geld aus ist. Und darum dreht sich leider alles. Um Macht und Geld. Vielleicht auch um ein bisschen Sex.

Macht und Geld bin ich wirklich leid.

Vielleicht nicht den Sex.

Aber das genügt natürlich nicht als Erklärung. Als Erklärung dafür, dass ich diesen Schritt getan habe.

Was ich hier schreibe, soll kein anderer lesen (außer vielleicht Michael). Es ist mein Versuch, mir selbst darüber klar zu werden, ob ich das Richtige tue.

Es gibt Handlungen, die vielleicht nicht richtig sind. Ich habe mehr gesehen als die meisten anderen Menschen. Aber ich habe mich immer an die Spielregeln gehalten. Ich habe gesehen, dass sie trotz allem gut sind. Die Spielregeln sind das, was uns trotz allem zusammenhält, das, was uns davor schützt, vor Machtgier zu platzen.

Aber ich drücke mich unklar aus. Warum? Kann ich meine Handlungen noch nicht einmal für mich selbst definieren?

Doch, natürlich kann ich das. Ich bin auf dem Weg. Es dauert nur ein bisschen, die Feder in Gang zu bringen.

Formulieren wir es so: Mein Leben hat sich seit dreißig Jahren jenseits aller normalen Grenzen des Erträglichen abgespielt. Es ist klar, dass ich mehr Böses, mehr Leiden gesehen habe, als ein »normaler« Mensch aushalten kann. Es ist nur so, dass meine Grenzen von Anfang an auf einer höheren Ebene lagen. Darin bestand eigentlich die Grundausbildung, meine internationale Grundausbildung. Darin, die Grenzen des Erträglichen auszuweiten. Die Fähigkeit zu erwerben, die Fassung weit jenseits der Grenzen anderer zu bewahren. Aber anderseits durfte ich auch die Grenzen nicht aus den Augen verlieren, wie es so vielen von uns passiert. Unsere schlimmsten Feinde sind immer Menschen wie wir selbst, genau solche Menschen wie wir, mit dem winzig kleinen Unterschied, dass sie die Grenzen aus den Augen verloren haben.

Unser ganzer Kampf – alles das, was Böses von Gutem in dieser Welt um Haaresbreite trennen kann, in dieser Welt, in der ein Wort wie »Güte« total parodistisch ist –, dieser Kampf dreht sich um diese Trennlinie. Die Trennlinie zwischen der deutlich ausgeweiteten und der nicht vorhandenen Grenze. Dort findet der Kampf statt.

Und wenn der Kampf zu weit geht, kommen auch Menschen wie ich an ihre äußerste Grenze. Und dann wird es wirklich schwer. Denn dann müssen wir uns entscheiden, entweder unterzugehen oder grenzenlos zu werden. Ich habe meine Entscheidung getroffen. Und ich werde dafür einstehen.

Es begann in den Siebzigerjahren. Ich sah, wie sich die Baader-Meinhof-Gruppe zum Menschenleben verhielt – damals wurde ich geformt. Die Rote Armee Fraktion. Handlanger des Todes. Idealisten bis in den Tod. Ideale ohne Verankerung im Leben.

Aber sie waren natürlich durchaus nicht die Schlimmsten. Sie blieben trotz allem immer Menschen. Ruanda war brutaler. Vielleicht war Ruanda am schlimmsten. Somalia und der Sudan waren kein Kinderspiel. Und eigentlich auch nicht die Palästinenser und die Israelis. Der klinische Hass. Die Militärregimes in Argentinien und Chile. Die Handlanger Idi Amins. Pol Pot, die Roten Khmer. Die Organhändler in Brasilien, die russische Mafia, die Taliban, das chinesische Rechtssystem. Die IRA auf dem Höhepunkt ihrer Aktivität. Die CIA in ihren schlimmsten Zeiten. Der ganze europäische Rechtsextremismus. Die Hölle in Jugoslawien, und natürlich al-Qaida. Die Begegnung mit Osama bin Laden in den afghanischen Bergen. Ein so sanfter Mann. Die sizilianische Mafia nicht zu vergessen. Große Teile der amerikanischen Armee. Keine Spur, absolut keine Spur von demokratischem Instinkt.

Der demokratische Instinkt.

Ein so einfacher und so komplizierter Schutzwall.

Das Menschenbild der russischen Mafia, die exjugoslawischen paramilitärischen Kräfte, die extremistischen Hutu-

Gruppen, die lateinamerikanischen Generäle, die somalischen Kindersoldaten. Irgendwo dort.

Im Schnittpunkt.

Dort im Schnittpunkt liegt der gemeinsame Nenner mit dem, was mich über die Grenze trieb.

Aber für mich war es noch ein bisschen schlimmer. Was ich gesehen habe. Was mir klar wurde. Was sich in den letzten Jahren abzeichnete.

Das werde ich nie wieder los.

Bagdad. Ich kann das Wort auch gleich hinschreiben. Es klingt so schön. Ein geradezu behagliches Wort. Ein Duft von Tausendundeiner Nacht. *Ein Duft. Ein würziger Duft. Aber wann war das zuletzt so? Wirklich? Bagdad ist ein Mythos geworden. In Wirklichkeit ist es nichts weniger als die Hölle. Der mit Abstand gefährlichste Ort der Welt. Durch uns. Durch den Westen. Durch das unstillbare Bedürfnis der USA nach Öl.*

Bagdad ist eine große Stadt. Eine wahnsinnige Stadt. In der es eine Reihe wahnsinniger Menschen gibt.

Aber vor allem einen.

Ich habe die schlimmsten gesehen. Ich bin Menschen begegnet und habe mit Menschen gesprochen, die sicher viel schlimmer waren als Hitler. Er hatte nur etwas mehr Kraft zur Verfügung. Ich habe Menschen die Hand geschüttelt, die, ohne eine Sekunde zu zögern, den Erdball in die Luft sprengen würden, wenn sie die Möglichkeit dazu hätten. Ich habe Menschen zugelächelt, die Dutzenden von Säuglingen persönlich die Gliedmaßen abgeschnitten haben. Es war ein Teil meines Alltags.

Es ist merkwürdig, dass in diesem Zusammenhang ein einziger Mensch stärker hervortritt als alle anderen. Das liegt sicher nicht nur an ihm. Sondern auch an mir. Es ist sicher die persönliche Chemie.

Aber er war es, der mich über die Grenze getrieben hat.

Er und kein anderer.

14

Lena Lindberg spürte, dass sie weder die Zeit noch die Möglichkeit hatte, aus dem Gleichgewicht zu geraten. Nicht jetzt. Nicht bei diesem Anblick. Nicht vor diesen parallel nebeneinander aufgestellten Obduktionstischen in der Staatlichen Gerichtsmedizinischen Abteilung in Solna. Nicht vor Johannes Åkerblom mit zerschmettertem Kopf und dem aufgeschnittenen, verfärbten Arm auf dem Tisch daneben.

Aber es war etwas mit den Blicken. Es waren zwei, und sie waren so verschieden. Gemeinsam richteten sie etwas bei ihr an. Einzeln hätte sie die Blicke ertragen – das hatte sie schließlich früher schon getan –, aber zusammen wurden Sigvard Qvarfordts und Brynolf Svenhagens Blicke einfach zu viel für sie. Sie hatte das Gefühl, aus dem Gleichgewicht zu geraten.

Es war ganz und gar unwahrscheinlich, dass Sigvard Qvarfordt noch Chef der Gerichtsmedizin war. Er war jetzt schon seit einiger Zeit weit über die hundert. Und sein Blick wirkte getrübter als der eines an grauem Star Erkrankten. Vermutlich war es die Verbindung von scheinbarer Blindheit gepaart mit Svenhagens scharfem klinischem Blick, die so unerträglich war. Brynolf Svenhagen war Leiter des Staatlichen Kriminologischen Laboratoriums und der Vater ihrer Partnerin. Obwohl es ihr äußerst schwerfiel, sich den urgesteinsharten Chef der Kriminaltechniker als Vater vorzustellen. Er bestand ohne Zweifel bis ins Rückenmark aus Granit.

»Ziemlich mitgenommen«, bekam sie auf jeden Fall heraus und zeigte dabei ein wenig fahrig auf Åkerbloms nackten Körper.

»Schwer zu beurteilen«, sagte Qvarfordt mit belegter Stimme. »Aber es gibt immerhin Anzeichen, die auf eine Axt schließen lassen.«

»Eine Axt?«

»Aber keine gewöhnliche Axt. Ich kann es nicht genauer bestimmen, eine spezielle Axt, die mit einem einzigen Schlag das halbe Gehirn ausgehöhlt hat und dabei das Auge hat mitgehen lassen.«

»Ah«, sagte Lena Lindberg, »ich sehe es. Ein Eispickel?«

»Ihr Detektive seid wie besessen von Eispickeln. Aber nur wenige Leute haben Eispickel im Haus.«

»Sonst noch was über Åkerblom?«

»Nur, dass dies die einzige Verletzung ist. Ausgesprochen klinisch, wenn du mich fragst. Ein sicherer tödlicher Schlag …«

»Kommen wir zu dem Arm«, sagte Lena. »Kann man sagen, wann der Arm abgetrennt wurde?«

»Nicht direkt«, krächzte Qvarfordt. »Aber als wir ihn hereinbekommen haben, war er nicht länger als vierundzwanzig Stunden abgetrennt, vermutlich weniger.«

»Und er wurde von einem lebenden Körper abgetrennt?«

»Ja, das ist vollkommen klar.«

»Was kannst du sonst noch sagen?«

»Schwere Unterernährung. Die Länge und der Umfang des Arms lassen darauf schließen, dass diese Frau zwar nicht groß war – um die eins sechzig –, aber dass sie umso weniger wog, nämlich fünfunddreißig bis vierzig Kilo.«

»Fünfunddreißig?«, stieß Lena Lindberg aus.

»Vielleicht doch eher vierzig. Aber auf jeden Fall stark unterernährt.«

»Farbige?«

»Mulattin, würde ich tippen«, sagte Qvarfordt. »Ich habe gehört, dass auch Inderin zur Debatte stand, aber das glaube ich nicht. Eher eine Mischung von afrikanischer und europäischer Hautfarbe.«

»Sonst noch etwas?«

»Der Arm wurde in aller Eile abgetrennt, wie es scheint. Er wurde mit einer nicht gerade feinen Säge abgeschnitten.

Und dann die Nägel. Ich weiß nicht, was ich dazu sagen soll. Aber sie sind auf jeden Fall echt.«

»Unter den Nägeln befand sich diverses organisches Material«, fügte Brynolf Svenhagen hinzu. »Wir sind dabei, es zu analysieren, aber es sieht nicht so aus, als gäbe es eine DNA. Da jedenfalls nicht. Bisher haben wir nur die DNA von vier Frauen – so viel ist klar –, und eine davon stimmt mit eurer Lisa Jakobsson überein. Sie hat in dieser Wohnung mindestens einen Liter Blut verloren. Außerdem haben wir die DNA eures sogenannten Indianers. Wir erwarten in Kürze eine Rückmeldung aus England. Im Moment können wir nur sagen, dass es in der Wohnung eine Reihe von Fingerabdrücken gibt, unter anderem von diesem Arm. Sie finden sich aber nicht in den schwedischen Registern. Wir haben sie ins Ausland geschickt und warten auf Rückmeldung. Und die übrigen Fingerabdrücke laufen gerade durch unsere Computer. Bisher keine Treffer.«

»Okay«, sagte Lena Lindberg. »Was habt ihr noch?«

»Die andere Wohnung«, sagte Svenhagen. »Die von Johannes Åkerblom, im zweiten Stock. Sie ist verdammt gut gestaubsaugt, um es mal so zu sagen. In der ganzen Dreizimmerwohnung finden sich nicht einmal Åkerbloms eigene Abdrücke. Daneben haben wir natürlich den Spürsender«, fuhr er fort und hielt einen verschlossenen Beutel hoch.

Lena Lindberg nahm ihn an sich.

Brynolf Svenhagen ließ ihn nur widerwillig los.

»Leg los«, sagte sie und beäugte ihn durch die Plastikhülle. »Er ist ja verdammt klein.«

»Schwierig, ein Fabrikat zu bestimmen«, sagte Svenhagen und betrachtete sie mit strenger Miene. »Es gibt nicht sehr viele Hersteller, aber dieser hier ist bewusst unkenntlich gemacht worden. Die Seriennummer ist mit irgendeinem Mikrowerkzeug abgekratzt worden.«

»Was den Eindruck von internationaler Kriminalität verstärkt.«

»Ohne Zweifel. Das ist mit Vorsatz gemacht worden.«

»Aber ich vermute, dass es verschiedene Modelle gibt?«

»Klar. Doch die sind nicht immer offiziell. Es geht ja um geheime Vorgänge, auch wenn sie legal sein sollten. Ihr wisst wohl, wie das da drüben in São Paulo funktioniert?«

Lena Lindberg nickte, drehte den Beutel mit dem kleinen Ding und hielt ihn gegen das Licht, während sie überlegte, was sie noch fragen könnte.

»Ich nehme an, ihr habt den Sender fotografiert und vergrößert?«

»Ihr bekommt die Bilder mit dem nächsten Bericht.«

Brynolf Svenhagens Handy begann zu klingeln. Er meldete sich, lauschte und murmelte dann etwas, bevor er das Gespräch beendete und sich ihr wieder zuwandte. »Wenn man vom Teufel spricht«, sagte er. »Wir haben einen Fingerabdruck aus der Wohnung identifiziert.«

»Aha«, sagte Lena Lindberg erwartungsvoll.

»Eine Åsa Karlsson, falls dir das etwas sagt.«

»Nicht die Spur.«

»Sollte es aber«, entgegnete Brynolf Svenhagen. »Sie ist nämlich tot. Wurde Ende Juni ermordet aufgefunden. Ihr Freund steht anscheinend unter Mordverdacht und sitzt in Untersuchungshaft.«

»Ah«, sagte Lena, »was du nicht sagst. Der Mittsommermord? Liegt der Fall nicht bei der Stockholmer Polizei?«

»Der liegt wohl mittlerweile bei Gericht. Die Ermittlungen sind abgeschlossen, und für den Staatsanwalt ist ihr Freund der Schuldige. Das wird er sich jetzt noch einmal überlegen müssen.«

»Ja, verdammt. Aber dann müsste auch ihre DNA in der Wohnung zu finden sein.«

»Sollte man meinen«, sagte Svenhagen. »Wir erwarten, wie gesagt, im Laufe des Tages Antwort aus England. Es ist einfacher, mit direktem Vergleichsmaterial die DNA-Spuren zu identifizieren, wie im Fall von Lisa Jakobsson.«

»Okay, dann erst mal danke«, sagte Lena Lindberg und verließ die beiden Männer in dem beklemmenden Obduktionssaal der Staatlichen Gerichtsmedizinischen Abteilung in Solna.

Auf dem Weg zu ihrem Auto wählte sie eine Nummer. Als sie sich in ihren Wagen setzte, um auf direktem Weg ins Präsidium zurückzufahren, meldete sich jemand am anderen Ende der Leitung.

»Sara.«

»Ich glaube, wir haben eines der ersten beiden Opfer identifiziert«, sagte Lena. »Und jetzt ist es wirklich ein Mordfall. Sie ist nämlich tot, Åsa Karlsson.«

»Der Mittsommermord?«, stieß Sara Svenhagen am anderen Ende der Stadt aus.

»Der Freund ist wahrscheinlich unschuldig«, sagte Lena. »Hast du etwas gefunden?«

»Nicht so viel wie du.«

»Dank nicht mir, sondern deinem Vater.«

»Nie im Leben«, sagte Sara und fuhr fort: »Aber ein bisschen bin ich auch weitergekommen. Mit dieser Finanzverwaltungsfirma auf Guernsey, wenn du dich erinnerst. Rainer Kruse, der Besitzer der Wohnung, hat jeden Monat siebzehntausend Kronen Miete erhalten. Bar und ganz regelmäßig seit Mai am 25. jedes Monats einbezahlt.«

»Also erst vor ein paar Tagen?«

»Am Freitag. Und außerdem immer in der Filiale der Handelsbank am Norra Bantorget, in der Vasagatan 11.«

»Überwachungskameras?«

»Sollte es geben. Ich bin schon auf dem Weg dahin. Gehe gerade über die Barnhusbro.«

»Dann übernehme ich im Präsidium. Kannst du mit deinem zweiten Handy die Nummer des Kollegen herausfinden, der die Ermittlung im Mittsommermordfall geleitet hat?«

»Eine Sekunde«, sagte Sara Svenhagen, und Lena hörte ein

unklares Gemurmel, bis Sara sich wieder meldete und sagte: »Kommissarin Laila Hyllfors.«

»Auweia«, sagte Lena.

»So schlimm?«

»Schlimmer. Sie war diejenige in meinem Jahrgang auf der Polizeihochschule, auf der alle rumgehackt haben. Ich hätte sie schwesterlich verteidigen sollen …«

»Aber das hast du nicht getan?«

»Nicht direkt«, sagte Lena, und aus ihrer Stimme war die Scham darüber deutlich herauszuhören.

»Viel Glück«, sagte Sara und lächelte ins Handy. Dann blickte sie von der Barnhusbro über Klara Strand. Sie hatte beschlossen, zu Fuß zu gehen, weil die Strecke vom Präsidium nach Norra Bantorget nicht besonders abschreckend war. Leider hatte sie ein gespaltenes Verhältnis zu Stockholms zahlreichen Brücken. Sie wollte es nicht geradeheraus als Schwindelgefühl bezeichnen – auch wenn ein Arzt dies mit Sicherheit getan hätte –, aber auf den Brücken der Stadt überkam sie stets ein gewisser Selbstzweifel. Die Geländer waren so niedrig, eine Sekunde der Unachtsamkeit reichte aus, um hinunterzustürzen, einem sicheren Tod entgegen. Und diese Sekunden fürchtete sie am meisten – den plötzlichen Verlust des Selbsterhaltungstriebs. Eine schicksalhafte Sekunde ohne Über-Ich, und alles wäre vorbei. Wirklich alles.

Aber diesmal war es anders. Vor ihr lag eines der hässlichsten Panoramen Stockholms, und sie empfand das vage Gefühl von Schönheit. Und dann begriff sie, warum. Die Einsicht kam ihr zugeflogen und legte sich wie eine warme, weiche Decke über sie. Sie lächelte, strich langsam über die deutliche Rundung ihres Bauchs und ging weiter.

Die Filiale der Handelsbank in der Vasagatan 11 lag an Norra Bantorget. Und natürlich hingen Überwachungskameras unter der Decke.

Sara drang rasch zum Filialleiter vor und saß zu ihrer eigenen Verwunderung nur zehn Minuten später mit einem Stapel exakt gekennzeichneter Überwachungsfilme allein in einem Hinterzimmer.

Genauer gesagt: Überwachungsdateien.

Dem Bankauszug zufolge war die Einzahlung an Rainer Kruse in Guernsey am Freitag, dem 25. August, um 14.21 Uhr registriert worden. Es gelang ihr, sich bis 14.15 Uhr vorzuarbeiten. Dort hielt sie den Film an und betrachtete die Szene. Es waren nur drei, vier Kunden in der Bank. Sie ließ den Film weiterlaufen, und nach einer Minute ging die Tür auf.

Und Johannes Åkerblom betrat die Bank.

Sara seufzte laut und rief ihren Mann an.

Jorge Chavez studierte gerade eine lange Liste mit Autokennzeichen, als das Telefon klingelte. Seit einiger Zeit hatte der Blick eines großen Mannes auf ihm geruht. Der Lange sagte, ohne den Blick von ihm abzuwenden: »Dein Handy klingelt.«

»Deine Wahrnehmungsfähigkeit ist umwerfend«, gab Chavez zurück.

»Wenn du keine Lust hast zu tun, was wir tun sollen, kannst du genauso gut mit deiner Frau sprechen«, sagte Anderson.

»Woher weißt du, dass es meine Frau ist?«

»Es ist ihr Klingelton.«

Stirnrunzelnd betrachtete Chavez seinen Partner. Dann meldete er sich.

»Ich will dich nur an das erinnern, worüber wir heute Morgen geredet haben«, sagte Sara Svenhagen.

»Sieh einmal an«, sagte Chavez.

»Weil mir klar ist, dass du nicht zugehört hast, sage ich es noch einmal. Heute ist Putztag in der Kita.«

»Sieh einmal an.«

»Was bedeutet, dass Isabel spätestens um drei Uhr abgeholt werden muss.«

»Danke für die Information.«

»Und du denkst sicher daran?«

»Jaja. Was machst du gerade?«

»Ich sitze in der Filiale der Handelsbank in der Vasagatan 11. Leider war es kein anderer als Johannes Åkerblom, der die Miete für die Wohnung in der Jungfrugatan eingezahlt hat.«

»Mist«, sagte Chavez. »Den haben wir ja sozusagen schon.«

»Und wie läuft es bei euch?«

»Ich lese Autokennzeichen«, sagte Chavez wahrheitsgemäß.

»Wolltet ihr nicht eine Homepage abchecken?«

»Ich weiß, dass die Antwort hier liegt. Zwischen diesen Nummern.«

»Aber die Überfälle an den Geldautomaten sind doch an die Polizei Stockholm übergeben worden?«

»Davon faseln alle um mich herum.«

»Vermutlich, weil es stimmt.«

»Ich kann einen Fall nicht einfach so abgeben. Tut mir leid, aber so bin ich nicht gebaut.«

»Aber ein Serienmord ist doch wohl spannender als ein Raubüberfall?«

»Vielleicht. Vielleicht nicht.«

Jon Anderson spürte schließlich, dass er diesem anregenden Wortwechsel ein Ende machen musste, bevor er wahnsinnig wurde und mit einer Axt oder dergleichen, eventuell einem Eispickel, auf seine nähere Umgebung losging. »Ich glaube, wir müssen weitermachen«, sagte er beherrscht.

Sara nutzte die Gelegenheit, um aus der Leitung zu verschwinden.

Jorge Chavez starrte einen Moment den Hörer an und sagte dann: »Drei der gestohlenen Kennzeichen sind bei der Polizei nicht als gestohlen gemeldet worden. In einem der Fälle gibt es dafür einen einleuchtenden Grund. Die Besitzer waren nämlich gerade damit beschäftigt, beim Elektrogroßmarkt Elgiganten in Ulvsunda einzubrechen. In den beiden anderen Fällen gibt es keinen Grund.«

»Das klärt sich bestimmt auf«, sagte Jon Anderson desinteressiert. »Willst du jetzt etwas über die Homepage unseres Serienmörders wissen, oder hältst du das für eine überflüssige Information?«

»Du bist so pflichtbewusst und untadelig.«

»Hör jetzt genau zu. Die Domain ›www.thinspiration.se‹ wurde im Mai eingerichtet. Die IP-Adresse, von der die Homepage ins Netz gestellt wurde, haben wir bald; was wir jetzt schon haben, ist die Anzahl der Besucher auf der Seite. Außerdem wissen wir, wie viele sich per E-Mail-Formular auf der Homepage gemeldet haben. Und wir haben sämtliche Anfragen von Interessenten. Außerdem haben wir eine Reihe von Antwortmails, möglicherweise sämtliche, weil die Webmail-Seite nicht benutzt worden zu sein scheint. Dann bleibt nämlich alles im Postfach liegen, zumindest so lange, bis es voll ist.«

»Es fällt mir schwer, das zu glauben«, sagte Chavez.

»Was?«

»Wir reden von der Person, die Paul Hjelms Tochter angelockt und sie mit einem hämischen Gruß zu vier schockierten Polizisten in die Wohnung geschickt hat. Wenn die fragliche Person so viele Sachen hinterlassen hat, dann ist das bewusst geschehen, darauf würde ich wetten.«

Jon Anderson betrachtete seinen Kollegen, als habe er vorübergehend vergessen, wer er war, und als fiele es ihm jetzt wieder ein. »Dennoch kann er oder sie einen Fehler gemacht haben.«

»Sicher«, sagte Chavez wenig überzeugt. »Aber hör mal zu. Wie lange geht das jetzt?«

»Die Wohnung ist Anfang Mai gemietet worden.«

»Und jetzt haben wir Ende August. Das ist *ein* Sommer, wenn auch äußerst zielbewusst genutzt. Wir haben es mit einer Überwachungskamera an der Hausfassade zu tun. Er –

ich werde von jetzt an *er* sagen – verlässt die Wohnung schnell und elegant, als er von dem Spürsender im Arm reden hört. Wahrscheinlich hat er zwei lebende Gefangene bei sich, die beide gefoltert worden sind, und einer von beiden fehlt ein Arm. Das ist kein Amateur.«

»Aber es gibt Fehler«, beharrte Jon Anderson. »Wir haben ja den Inhaber eines Videoverleihs, der alles gefilmt hat. Diese Person – ich würde gern die Frage sie oder er, Mann oder Frau offenhalten – tut sich mit einem Sonderling namens Johannes Åkerblom zusammen und lässt ihn die Laufarbeit machen. Sie/er lässt ihn immer wieder in den Videoladen gehen und jedes Mal von dort eine junge, ungewöhnlich schlanke Frau abholen. Genau genommen müsste ein Mann mit einem guten Gedächtnis wie Naoum Chamoun sich an die Frauen erinnern können, die Åkerblom mitgenommen hat. Sag jetzt nicht, dass diese Methode unfehlbar ist. Unser Mörder ist nicht unfehlbar. Es ist möglich, ihn/sie zu schnappen, und genau das werden wir tun. Und das weißt du.«

»Das glaube ich auch«, sagte Chavez. »Aber der Grund dafür wird sein, dass wir smart sind, nicht, dass er beknackt ist.«

»Sind nicht die meisten Verbrecher ziemlich beknackt?«, fragte Jon Anderson.

»Absolut«, sagte Chavez. »Und die anderen kommen zu uns …«

»Ich sitze also hier mit E-Mail-Formularen von elf Frauen und einem Mann, die an Tiina Spinroth geschrieben haben. Fünf davon hat sie beantwortet. Drei von denen kennen wir schon: Åsa Karlsson, Lisa Jakobsson und Tova Hjelm. Soll ich dir die anderen Namen nennen? Oder hältst du das für überflüssig?«

»Moment mal.« Jorge sah ihn interessiert an. »Was sagst du da?«

»Ich versuche halt, ein bisschen was zu schaffen.«

»Ein *Mann*?«

»Anscheinend. Aber er hat keine Antwort bekommen. Klassische Geschlechtsdiskriminierung.«

»Jetzt mal ganz sachte«, sagte Chavez. »Du hast also sowohl die Anfragen der Interessenten als auch Tiina Spinroths Antworten?«

»Sie waren noch unter ›Gesendete Objekte‹«, sagte Anderson.

»Aber nicht mit Namen?«

»Ich gestatte mir einen Überblick, wenn es dem Herrn genehm ist. Bevor Tiina Spinroth die Vierzimmerwohnung in der Jungfrugatan gemietet hat, finden sich keinerlei Spuren einer Tätigkeit. Der wenig überzeugende Name Tiina Spinroth taucht vorher nicht auf. Am 12. Mai wird die Domain ›thinspiration.se‹ registriert, und am 14. wird die Homepage ins Netz gestellt. Die ersten vier Schreiben von Interessenten fallen in die zweite Maihälfte. Sie ziehen eine gewisse Kommunikation nach sich, werden aber von Tiina Spinroth sämtlich abgelehnt. Sie nennt dafür keine Gründe. Diese vier, unter denen ein Mann ist, geben Codenamen an, sogenannte Nicks, die kaum mit irgendwelchen vernünftigen schwedischen Taufnamen übereinstimmen. Und das veranlasst Tiina Spinroth wahrscheinlich dazu, ihnen abzusagen. Sämtliche vier weigern sich auch, ihre Handynummer anzugeben. Es ist von Anfang an klar, dass sie/er keine Überraschungen erleben will. Doch dann – Ende Mai, Anfang Juni – erhält sie eine Anfrage von einer Frau namens Åsa Karlsson. Das ist eine andere Art von Kontakt. Jetzt wird es ernst. Wir kennen die Mailadresse und die Handynummer von der Morderмittlung der Stockholmer Polizei. Es besteht kein Zweifel, dass es ein und dieselbe Åsa Karlsson ist. Tiina Spinroth schickt zum ersten Mal ihre Instruktionen. Åsa soll in den Videoladen gehen und dort warten, dass man Kontakt zu ihr aufnimmt. Es handelt sich um die gleichen Anweisungen, die später auch an Lisa Jakobsson geschickt wurden.«

»Der Mittsommermord«, sagte Chavez. »Und der Monatswechsel Mai–Juni. Ich sehe eine zeitliche Lücke, die uns etwas sagen könnte.«

»Åsa Karlsson wurde in der Nacht zum 24. Juni im Lill-Jansskog tot aufgefunden. In der Mittsommernacht.«

»Und befand sich wann im Videoladen von Naoum Chamoun?«

»Am 3. Juni.«

»Drei Wochen«, sagte Jon Anderson und nickte langsam. »Drei Wochen in der Hölle.«

»Und als man sie fand, war sie frisch getötet?«

»Was für eine grässliche Formulierung.«

»Wir beschäftigen uns mit grässlichen Dingen, falls dir das noch nicht aufgefallen sein sollte.«

»Ja, sie wurde um 23.46 Uhr am Freitag, dem 23. Juni, gefunden. Da war sie Sigvard Qvarfordt zufolge seit höchstens fünf Stunden tot.«

»Dann war sie drei Wochen in der Wohnung in der Jungfrugatan«, sagte Chavez dumpf. »Drei verfluchte Wochen.«

»Der Körper wies Spuren von Folterungen auf, die sich über einen längeren Zeitraum hingezogen haben müssen. Das stimmt. Leider.«

»Und die beiden anderen Namen?«

»Kontakt mit einer Louise Strömberg am 22. Juni. Da war sie im Videoladen. Für sie gibt es keine direkte Identitätsbestätigung, nur eine Hotmail-Adresse, ›louise879@hotmail.com‹, und eine Handynummer ohne Abonnement. Prepaid Card. Dennoch akzeptiert Tiina Spinroth sie – vielleicht hat sie zu diesem Zeitpunkt angefangen, ihre rigorosen Sicherheitsvorkehrungen ein wenig zu lockern. Sie hat sich drei Wochen mit Åsa Karlsson abgegeben. Jetzt ist sie ihrer Sache sicherer. Sie weiß, dass es machbar ist. Noch ein paar Wochen später, im Juli, als Åsa schon tot ist, nimmt eine Frau, die sich Marisa Santos nennt, Kontakt zu Tiina auf. Apropos brasilianische Namen …«

»Hör auf«, sagte Chavez. »Erzähl mir nicht, dass die Idee mit der São-Paulo-Connection ernst gemeint ist.«

»Darauf weist nichts hin. Aber deshalb ist es erst recht logisch, dass es sich um einen Nick handelt. Eine Marisa Santos wird es in Wirklichkeit kaum geben.«

»Aber ihr Arm existiert.«

»Jedoch nicht mit dem Namen. Lisa Jakobsson hingegen hat sich nicht die Mühe gemacht, ihren wirklichen Namen zu schützen. Sie war auf der Stelle bereit, zwanzigtausend Kronen für Anamagica hinzublättern, ohne Maskierung.«

»Tiina Spinroths Opfer heißen also Åsa Karlsson, Louise Strömberg, Marisa Santos und Lisa Jakobsson. Zum Glück nicht Tova Hjelm.«

»Wobei die Authentizität der mittleren Namen mit Skepsis zu betrachten ist«, erinnerte Jon Anderson.

»Zwei Dinge verstehe ich nicht«, sagte Jorge Chavez.

»Lass hören.«

»Warum zum Teufel lässt Tiina Spinroth all diese Informationen in ihrer Mailbox liegen?«

»Reine Dummheit?«

»Von wegen. Tiina Spinroth verfolgt eine Absicht damit. Ich frage mich nur, welche. Er schickt Tova zu uns hinein. Er weiß, dass die Polizei auf dem Plan ist und seine Mails lesen wird. Aber er macht sich nichts daraus? Oder legt er sogar falsche Spuren?«

»Nun hör endlich mal auf, Tiina Spinroth dauernd ›er‹ zu nennen. Das stiftet nur Verwirrung.«

»Nein, ich höre nicht damit auf. Ich habe mich nämlich inzwischen festgelegt. Ich bin davon überzeugt, dass es ein Mann ist.«

»Klar müssen wir damit rechnen, dass er Spuren legt, die uns in die Irre führen. Aber deshalb können wir die Information nicht einfach ignorieren.«

»Willst du nicht wissen, was das Zweite ist, das ich nicht verstehe?«

»Doch, schon«, sagte Jon Anderson ein wenig gereizt.

»So wie ich es begriffen habe, müssen sowohl die Domain als auch der Server damals im Mai bezahlt worden sein«, sagte Jorge Chavez. »Wie ging das vonstatten?«

Jon Anderson sah ein wenig weichgeklopft aus.

Chavez riet ihm: »Wenn du dich beeilst, erreichst du Sara noch, solange sie in der Bank in der Vasagatan ist. Ich checke inzwischen weiter die Autonummern.«

Ein Telefonklingeln hallte durch den Raum. Sie kannten den Klang nicht. Beide betrachteten ihre Handys, als hätte irgendein ihnen übelwollender Nahestehender (vermutlich der Tischnachbar) den Klingelton geändert. Doch das war nicht der Fall.

Schließlich fielen die Blicke der beiden Herren auf einen verstaubten Apparat auf ihrem gemeinsamen Schreibtisch. Zweifellos war das Haustelefon ein zum Aussterben verurteiltes Phänomen.

»Ich dachte es mir«, sagte Arto Söderstedt auf der anderen Seite des Drahts. »Gebt zu, dass ihr nicht wusstet, was da klingelt.«

»Was willst du?«, fragte Chavez knurrig.

»Nur euch mitteilen, dass die vier Handynummern bisher nichts ergeben haben. Ihr habt gesagt, ihr wolltet das wissen.«

»Wir wollten informiert werden, wenn du etwas findest, nicht, wenn du nichts findest.«

»Und ihr?«

»Nichts Besonderes«, sagte Chavez. »Nur die Identitäten aller vier Opfer. Wir würden nicht im Traum daran denken, dich damit zu behelligen.«

»Was?«, rief Söderstedt.

»Åsa Karlsson, Louise Strömberg, Marisa Santos und Lisa Jakobsson.«

»Aber die beiden mittleren Namen sind keine gesicherten Identitäten!«, rief Jon Anderson von der gegenüberliegenden Seite des Schreibtischs dazwischen und erntete einen bösen Blick.

Arto Söderstedt legte auf. Er saß genau auf der anderen Seite der Wand. Er war ein einsamer Mann, der sich nicht einsam fühlte. Sein Interesse an dem, womit er sich beschäftigen sollte – triste Handynummern, die sowieso nur zu nicht identifizierbaren Prepaid Cards führten –, war begrenzt, dagegen hatte ein glücklicher Zufall – der natürlich alles andere als ein Zufall war – ihm Zugang zu einer Gemeinschaft verschafft, die er seit Jahren vermisste. Nennen wir es die europäische Gemeinschaft.

Arto Söderstedt führte allerlei Suchaktionen in den Datenbanken von Europol durch. Bisher hatte er keine Treffer erzielt, die als wesentlich gelten konnten, aber er fühlte, dass er etwas auf die Spur gekommen war.

Es war lange her, dass er seine Europasehnsucht ernsthaft gespürt hatte. Er war wirklich nicht begeistert davon, dass die Zeit alle Wunden heilte, denn er brauchte den Kontakt, ordentlichen Kontakt mit seinen gesamteuropäischen Partnern.

Er brauchte das einfach, musste es hören, wie die Leute zu ihm »Mister Sadestatt« sagten.

Das Komische, das richtig, richtig Komische war, dass er die ganze Zeit auf einen Namen zurückkam. Nicht »Mister Sadestatt«. Einen ganz anderen Namen.

Gail Devers.

Jon Anderson war es gewesen, der den Namen erwähnt hatte, und damit hatte er bei Arto Söderstedt eine ganze Leichtathletikwelt neu belebt. Er, der sich keinen Sport im Fernsehen mehr ansah, war einmal ein nahezu fanatischer Leichtathletikgucker gewesen. Es gab nicht viele andere Sportarten, aus denen er sich je etwas gemacht hatte, aber Leichtathletik war irgendwie der Kern und Ursprung allen Sports. Am schnellsten laufen, am weitesten springen, am höchsten springen, am meisten schaffen. Die Grundvoraussetzung für jede Sportausübung. Der Gegensatz zu Bandy?

Er vermisste allen Ernstes Weitsprung aus dem Stand.

Stattdessen bekamen wir Dreisprung. Wahrscheinlich bekamen wir, was wir verdienten.

Wir bekamen auch Gail Devers. Die weltbeste Sprinterin und Hindernisläuferin für einige Jahre. Eine Frau, die sich den Teufel darum scherte, was andere dachten, die ihre Fingernägel unverhältnismäßig lang wachsen ließ, enorme Muskeln bekam und deren Hautfarbe mehr und mehr ins Gelbe tendierte, was für viele Beobachter ein deutliches Zeichen von schwerwiegendem Doping war.

Devers war mit anderen Worten eine äußerst muskulöse Frau, was überhaupt nicht zu – wie hieß sie? – Marisa Santos passte, deren abgetrennter Arm als das direkte Gegenteil von muskulös bezeichnet werden konnte. Dennoch gab es eine Anzahl von Molekülen in Söderstedts Körper, die ihm keine Ruhe lassen wollten. Es kam ihm vor, als insistierten sie auf etwas.

Er ließ das Bild auf dem Monitor vor sich umspringen und rief ein neues auf, immer schneller wechselte er zwischen beiden Bildern hin und her, es waren stark vergrößerte Aufnahmen der Hände von Marisa Santos und Gail Devers. Schließlich hielt er inne und überlegte: Spürsender in Form eines einoperierten Mikrochips. Und die auffallende Ähnlichkeit mit einem Star. Hatte er so etwas nicht schon einmal gesehen? Oder davon reden hören?

Oder es gelesen? Im Kino gesehen?

Ellroy, fiel ihm plötzlich ein. Aber das war in den Fünfzigerjahren in Los Angeles. Und von Spürsendern natürlich keine Spur. Dagegen ein Ring von Prostituierten, die durch Schönheitsoperationen zu Kopien bekannter weiblicher Sexikonen gemacht worden waren. Hollywoodstars.

James Ellroys *L. A. Confidential.* Aber das waren ja nur Phantasien. Kranke Ideen eines Krimischriftstellers.

Arto Söderstedt hielt alle Krimiautoren für Idioten. Allein der Gedanke, sich etwas so Dubiosem zu widmen wie der Erfindung von Verbrechen, flößte ihm Ekel ein. Als gäbe es in der Realität nicht vollauf genug davon. Dass er anderseits eine Menge Krimis las, stand auf einem ganz anderen Blatt.

Wie auch immer, er fing an, seine Suche in den europäischen Strafregistern zu variieren. Er fügte den Suchworten »prostitution« und »international« ein paar weitere hinzu: »celebrity«, »plastic surgery« und »microchips«.

Während Computer rundum in Europa sich daranmachten zu denken, tief und lange in ihren Datensätzen zu wühlen, tat Arto Söderstedt genau das Gegenteil, nämlich seine Pflicht. Das ist nicht selten das Gegenteil von Denken.

Er begann, die Handynummern zu kontrollieren.

Elf Frauen und ein Mann hatten in dem Zeitraum, in dem Tiina Spinroths Homepage, www.thinspiration.se, im Internet zugänglich gewesen war, ihr Interesse angemeldet, diese Information hatte Jon Anderson ihm per Mail zukommen lassen. Offenbar wollte er seinen schwer beschäftigten und dünnhäutigen Partner nicht telefonisch stören. Von diesen elf hatten acht ihre Handynummer angegeben. Fünf von ihnen waren ausgewählt worden, drei waren ausgeschieden, darunter der Mann.

Arto Söderstedt verwandte jetzt einige pflichtbewusste Minuten darauf, diese acht Handynummern zu isolieren und zu identifizieren. Sie gehörten zu verschiedenen Anbietern, und für keine von ihnen existierte ein Vertrag. Wie er vermutet hatte, war bei keiner der Nummern ein Name registriert. Er seufzte und machte sich daran, sämtliche Anbieter anzurufen, um Gesprächslisten anzufordern, einschließlich natürlich der von Tiina Spinroth.

Letztere war am einfachsten zu bekommen. Die Antwort kam binnen kürzester Zeit von einer erst kürzlich gestarteten Anbieterfirma, und sie war kurz und bündig. Tiina Spinroth hatte ihr Handy insgesamt fünfmal benutzt, nicht öfter.

Söderstedt folgerte daraus, dass dies geschehen sein musste, um Åsa Karlsson, Louise Strömberg, Marisa Santos, Lisa Jakobsson und Tova Hjelm zu kontaktieren. Damit ergaben sich fünf exakte Zeitpunkte, an denen diese fünf vor dem Regal mit den Filmkomödien in Naoum Chamouns Videoladen auf der gegenüberliegenden Straßenseite standen. Die drei Telefonnummern, die Spinroth nicht angerufen, sondern aussortiert hatte, gehörten drei Menschen mit Namen Linda Pilsk, Ingela Kärnfrisk und Lasse Luus. Doch Arto Söderstedt schloss sie bei seiner umfangreichen Suche mit ein.

Und damit hatte er die anstehenden Aufgaben erledigt.

Jetzt hieß es nur warten, und das war nicht gerade Arto Söderstedts starke Seite. Er wurde sofort rastlos, wie nur Arto Söderstedt rastlos werden konnte. Dramatisch rastlos. Er stand auf und trabte im Zimmer auf und ab und wurde von dem akuten Bedürfnis befallen, verbal auf Gunnar Nyberg einzuprügeln und ihn Würstchenbudenfritze zu nennen, um sich selbst als Aristokrat beschimpfen zu lassen.

Da sagte sein Computer plötzlich »pling«, und eine Antwort aus Europa war eingetroffen.

Sie kam aus Portugal, genauer gesagt aus Braga. Und sie war an keinen Geringeren adressiert als an »senhor Sadestatt of the Swedish police«.

Endlich.

Das Schreiben war ein holprig formulierter Bericht über einen Mord, der ungefähr einen Monat zurücklag. Der zuständige Kriminalbeamte, dessen Titel wohl in etwa auf das Gleiche hinauslief wie Arto Söderstedts, nämlich Kriminalinspektor, hieß Duarte Ferreira da Silva, und er berichtete von einem Zeugen, den er kürzlich im Zusammenhang mit dem Mord an einem in Braga frisch etablierten Zuhälter verhört hatte. Der Zeuge war ein reicher Geschäftsmann aus Lissabon, der – zufällig, wie es zunächst schien – ins Zentrum einer Art Inferno geraten war. Zunächst war Söderstedt nicht recht klar, wie der Mord eigentlich vonstattengegangen war – dazu war Duarte Ferreira da Silvas Englisch wirklich zu holperig –, aber der ehrenwerte Kriminalinspektor hatte auf jeden Fall einen Verdacht gegen den Geschäftsmann gefasst. Dessen Behauptung, zufällig auf der Straße vorbeigekommen zu sein, konnte kaum der Wahrheit entsprechen. Es war ganz und gar kein Ort, an dem man zufällig des Nachts vorbeikommt, besonders nicht um halb zwei – und schon gar nicht, wenn man in der Regel von einem Privatchauffeur durch die Welt kutschiert wird, der an diesem Abend mit Abwesenheit glänzte. Nein, der Geschäftsmann hatte einen Grund, am fraglichen Ort zu sein, und zweifellos hatte er mit dem später ermordeten Zuhälter eine Verhandlung geführt. Duarte Ferreira da Silva hatte, zum Entsetzen seiner Vorgesetzten, den Geschäftsmann ziemlich rüde in die Mangel genommen, hatte damit gedroht, die ganze Angelegenheit seiner Frau und den Kindern und der Schwiegermutter und den Geschäftsfreunden zu erzählen, hatte damit gedroht, dass die Finanzpolizei sämtliche Guthaben seiner acht verschiedenen Aktiengesellschaften einfrieren würde und so weiter und so weiter. Und der Geschäftsmann, der von Anfang an schon reichlich mitgenommen war von dem, was er mit angesehen hatte, und deshalb auch nicht in der besten Verfassung, war langsam, aber sicher zu einem Geständnis gedrängt worden. Er gab zu, eine Bestellung gemacht zu haben. Seit seiner Kindheit waren ihm beim Anblick der Schauspielerin Lauren Bacall die Knie schwach geworden. Duarte Ferreira da Silvas etwas ausschweifender Bericht legte den Schluss nahe, dass der Fixierung des Geschäftsmanns auf die Bacall Howard Hawks' meisterlicher Film noir The Big Sleep aus dem Jahre 1946, nach dem extrem dichten Drehbuch von William Faulkner, zugrunde lag und sich danach immer weiterentwickelt hatte. Plötzlich war eine Bande auf der Bildfläche erschienen, die exakte Kopien berühmter Frauen als Prostituierte anbot. Es war möglich, sich ganz einfach seine Spezialanfertigung von Lauren Bacall zu kaufen. Gut, man musste ein paar Monate warten, bis das Design passte und alle Wunden ordentlich verheilt waren, doch dann gab es kein Hindernis mehr. Und genau zu dem Zeitpunkt, als der Deal abgeschlossen werden sollte, tauchten die Mörder auf. Sie entstiegen sozusagen den Fassaden der verfallenen Gebäude dieses zwielichtigen Viertels. Duarte Ferreira da Silva zitierte sogar den Geschäftsmann wörtlich: »Sie glitten gleichsam aus den Gassen heran, dunkle, magere Gestalten. Als lösten sie sich direkt aus den Fassaden. Völlig in Schwarz gekleidet, wie in Ganzkörpertrikots und mit schwarzen, eng anliegenden Kapuzen, wie Henker in einem Albtraum.«

Arto Söderstedt fuhr zusammen, als würde er erneut von den Schüssen getroffen werden. Drei Schüsse aus einer MP mitten auf die Brust.

Waren das nicht wohlbekannte Klänge?

Und zugleich ganz unbekannte. Keine aufgehängten Körper, keine langen Nadeln in der Hirnrinde, mitten im Schmerzzentrum. Aber wieder ein ermordeter Zuhälter.

Arto konnte nicht umhin, ein wenig zu kichern. Das waren verdammt noch mal die alten Erinnyen, die Rachegöttinnen.

Er fühlte sich zurückversetzt in einen Palast im Zentrum von Mailand vor gut fünf Jahren. Seine Zähne waren von einem Pistolenlauf ausgeschlagen, und er war dem Tod so nahe, wie er es noch nie gewesen war. Er hatte sich schon damit abgefunden, dass er sterben würde, und hatte sich innerlich von allem und allen verabschiedet, er stand mit einem Fuß tief im Grab – aber stattdessen war er von einer Gruppe von Frauen, die sich in engen schwarzen Kapuzen wie Henker gebärdeten, gerettet worden.

Natürlich waren sie Mörder. Folterer und Mörder. Es gab keine Möglichkeit, mit dem, was Magda Kouzmin und ihr Anhang taten, zu sympathisieren. Aber es war eine unbezweifelbare Tatsache, dass sie ihm das Leben gerettet hatten.

Und jetzt? Waren sie wirklich wiederaufgetaucht? Nach

Mailand hatte es keine Spur von den Erinnyen mehr gegeben. Er hatte dann und wann nach ihnen gesucht, um zu sehen, was aus ihnen geworden war. Aber sie waren verschwunden. Er dachte, dass sie vielleicht, trotz allem, sich wieder in die Gesellschaft eingefügt hätten, genug gehabt hätten von Gewalt und grausamem Tod. Dass ihre Mission einfach beendet wäre.

Dass die Erinnyen wirklich Eumeniden geworden seien.

Aber jetzt waren sie allem Anschein nach wiederaufgetaucht. Und was taten sie? Sie hatten ihre früheren Foltermethoden aufgegeben, die aus einem nationalsozialistischen medizinischen Zentrum in Weimar entlehnt waren. Die Zeit war vorbei.

Jetzt taten sie etwas völlig anderes. Sie zogen dem Zuhälter die Gesichtshaut ab.

Söderstedt las Duarte Ferreira da Silvas erstaunlich lakonische Formulierung ein zweites Mal. Doch, es musste die einzige denkbare Übersetzung sein.

Er seufzte, und Enttäuschung machte sich in ihm breit. Anders konnte er es nicht beschreiben.

Magda, dachte er. Nicht auch das noch. War das wirklich nötig?

Ein Schnitt war quer über den hinteren Teil des Schädels gelegt worden. Dann war die Haut über den Kopf und das Gesicht heruntergezogen worden. Der Zuhälter hatte gelebt, als dies passierte. Und der Geschäftsmann hatte es mit angesehen. Kein Wunder, dass er etwas angeschlagen war.

Arto Söderstedt saß eine Weile still da. Er holte ein paarmal richtig tief Luft, als schrie sein Blut nach mehr Sauerstoff. Dann erweiterte er seine Suche um die Begriffe »face skinning« und »pimps«.

Sein Handy klingelte. Er blickte aufs Display, und da stand »Gunnar«. Er meldete sich.

»Kerstin Holm.«

»Hör auf«, sagte Gunnar. »Es ist eine Frau.«

»Kerstin Holm, ja«, sagte Arto Söderstedt.

»Ja meinetwegen, aber Tiina Spinroth auch.«

»Sicher?«

»Ziemlich«, sagte Nyberg. »Ich sitze hier bei einer Nachbarin, Eva-Lisa Reymersson. Sie hat zweimal eine Frau an der Tür von Tiina Spinroth im ersten Stock gesehen.«

»Oder einen Crossdresser«, sagte Söderstedt. »Ich vermute mal, dass deine Zeugin Rentnerin ist?«

»Stimmt.«

»Um die achtzig?«

»Circa.«

»Dann weißt du ja, dass es die eine oder andere Fehlerquelle geben kann. Stell die richtigen Fragen.«

»I will«, sagte Gunnar Nyberg gut gelaunt. »Und wie läuft es bei meinem genialen Partner?«

»Die Erinnyen sind wieder in Aktion«, sagte Söderstedt ebenso gut gelaunt. »Und diesmal haben sie es auf ein neues Syndikat abgesehen, das mittels plastischer Chirurgie weibliche Stars herstellt und sie an den Meistbietenden verkauft.«

Gunnar Nyberg blieb stumm. Und schwieg lange. Söderstedt wartete.

»Was du alles schaffst«, sagte Nyberg schließlich. »Aber das hat nicht das Geringste mit Handys zu tun.«

»Man nimmt, was man kriegt«, sagte Söderstdt und beendete das Gespräch.

Gunnar Nyberg betrachtete einen Moment das Mobiltelefon in seiner Hand. Dann wandte er sich wieder an die faltige alte Dame auf der anderen Seite des wachstuchdrapierten Küchentischs und sagte: »Und Sie sind ganz sicher, Frau Reymersson?«

»Ich habe dieses Gespräch gut mit anhören können«, sagte Eva-Lisa Reymersson empört. »Fehlerquellen, ich muss schon sagen …«

Gunnar Nyberg bemühte sich, ein Lachen zu unterdrücken. Es misslang ihm ganz eindeutig, was weitere Falten in dem schon stark zerfurchten Gesicht hervorrief.

»Zweimal«, sagte Frau Reymersson. »Ich weiß, wovon ich rede. Einmal war sie mit Johannes zusammen, das zweite Mal war sie allein.«

»Johannes Åkerblom?«

»Schicker Typ. Aber ich würde mich nicht in der kleinsten Angelegenheit auf ihn verlassen. Man weiß ja, woran man bei diesen Typen ist. Das ist der Vorteil, wenn man lange gelebt hat. Wenn man lange sucht, kann man solche Vorteile finden.«

»Und woran ist man bei ›diesen Typen‹?«

»Es sind vollkommen unzuverlässige Männer. Schick, charmant und vollkommen unzuverlässig.«

»Was haben Sie denn beobachtet, als Tiina Spinroth und Johannes Åkerblom zusammen im Treppenhaus auftauchten?«

»Es war erst vor Kurzem, deshalb habe ich es noch deutlich vor mir. Sie kamen zusammen herein und wirkten ziemlich angespannt. Johannes versuchte zwar, die Stimmung etwas aufzulockern, aber die junge Frau sah verbissen aus.«

»Verbissen?«

»Ja, eindeutig verbissen.«

Gunnar Nyberg lehnte sich auf dem uralten Küchenstuhl zurück und versuchte, die kleine Hirnzelle einzufangen, die sich gerade selbstständig gemacht hatte.

»Wie lange kann das her sein?«, fragte er.

»Oh, das ist erst ein paar Tage her«, sagte Eva-Lisa Reymersson.

Daraufhin zog Nyberg ein Foto aus der Innentasche seines seit Langem ausgemusterten alten Lumberjacks und zeigte es der alten Dame.

»War das die Frau?«, fragte er. »Nehmen Sie sich ruhig Zeit.«

»Glauben Sie, ich bin senil?« Eva-Lisa Reymersson riss ihm empört das Foto aus der Hand. Sie betrachtete es eine Weile und sagte dann: »Ja. Das ist sie. Sie kamen zusammen die Treppe herauf und gingen zu Rainers Wohnung.«

»Rainer?«

»Herrgott, sind Sie wirklich Polizist?«

»Leider«, gestand Gunnar Nyberg.

»Das ist doch Rainer Kruses Wohnung. Schicker Kerl. Aber immer unterwegs mit seinem Segelboot.«

»Außerdem würden Sie sich nicht in der kleinsten Angelegenheit auf ihn verlassen?«

»Natürlich nicht.«

»Also ist es diese Frau?«

»Eindeutig.«

»Kann es vorgestern gewesen sein? Am Sonntag?«

»Ja, das kann gut sein«, sagte Frau Reymersson.

Gunnar Nyberg seufzte lautlos, nickte und nahm das Foto wieder an sich. Es war ein Bild von Lisa Jakobsson.

»Und Sie haben diese Frau schon früher einmal im Haus gesehen?«

»Ja.«

»Und da war sie allein, ja? Und wann war das?«

»Es muss Anfang des Sommers gewesen sein. Da war sie nicht so schlank.«

»Ich verstehe«, sagte Gunnar Nyberg und stand auf.

Er streckte die Hand aus. Sie ergriff sie, während sich eine weitere Falte zwischen ihren Augen abzeichnete, und sagte: »Brauchen Sie nicht meine Hilfe bei der Identifizierung? Soll ich nicht bei einem Phantombild helfen?«

»Ich glaube nicht, dass das nötig sein wird«, sagte Gunnar Nyberg, und es gelang ihm wesentlich besser, sein Seufzen zu unterdrücken als vorher sein Lachen.

Er verließ sie. Inzwischen war er dieses Treppenhaus in der Jungfrugatan leid. Beinahe hätte er etwas gehabt, aber letztlich war es doch eine Niete.

Er hasste es, Nieten zu ziehen.

Als er auf die Straße trat, wählte er eine Nummer auf seinem Handy. Ob er wollte oder nicht, er musste der Umwelt seinen Mangel an Fortschritt zur Kenntnis geben. Als am anderen Ende abgenommen wurde, sagte er: »Ich habe auf jeden Fall die Bestätigung bekommen, dass Lisa Jakobsson mit Johannes Åkerblom am Sonntag in Tiina Spinroths Wohnung gegangen ist.«

»Ist das alles?«, fragte Kerstin Holm.

»Ich dachte, ich bekäme mehr heraus«, sagte Nyberg. »Aber die Zeugin war verwirrt. Behauptete, dass Lisa Jakobsson schon früher im Sommer dagewesen wäre. Sie hat Tiina Spinroth nicht gesehen. Dagegen hat sie vermutlich Lisa Jakobsson und beispielsweise Åsa Karlsson gesehen. Und bringt die beiden durcheinander. Sie ist achtzig.«

»Verstehe«, sagte Kerstin Holm.

»Und wo befindet sich die werte Chefin gerade?«

»In Bewegung«, sagte Kerstin Holm, drückte mit der Aus-Taste ihren Untergebenen weg und wandte sich einem anderen – wenn auch krankgeschriebenen – Untergebenen zu.

Sie war wirklich in Bewegung. Es fiel ihr äußerst schwer, still zu sitzen, und am schlimmsten war es im Polizeipräsidium. Etwas Unbestimmtes machte sie rastlos und trieb sie an die Grenze des Wahnsinns. Sie pendelte zwischen ihren Toten und ihren Sterbenden hin und her, wie sie ein wenig unreflektiert bei sich dachte. Als sie jetzt den völlig kahlen Viggo Norlander auf der Parkbank im Garten des Söder-Krankenhauses betrachtete, machte ihr dieser Gedanke sogleich ein schlechtes Gewissen. Nicht zuletzt deshalb, weil er tatsächlich aussah wie ein Sterbender.

»Gunnar?«, fragte er und strich langsam über sein kleines Amulett in der Tasche seines Morgenrocks.

Sie nickte und sagte: »Ja, er hat eine Niete gezogen.«

»Jaha«, sagte Viggo Norlander und ließ den Blick über Årstaviken gleiten. Das war in der letzten Zeit recht oft der Fall. Er ging zweimal täglich in den Park. Etwas trieb ihn hinaus. Wahrscheinlich die Angst, liegen zu bleiben.

»Neue Metastasen?«, fragte Kerstin Holm.

»Sie behaupten es«, sagte Viggo Norlander. »Es ist wieder eine Operation nötig. Schon in ein paar Tagen.«

»Hast du noch Platz für neue Narben?«

»Schön, wenn die Leute richtig mitfühlend sind.« Viggo lächelte.

»Ich habe das ernst gemeint«, sagte Kerstin. »Sie haben doch ziemlich viel an dir herumgeschnitten.«

»Es gibt immer noch Platz für einen neuen Schnitt.«

Sie schwiegen. Seltsamerweise war es kein peinliches Schweigen. Es gab nichts zwischen ihnen, was peinlich werden konnte.

»Ich verstehe nicht ganz«, sagte Viggo Norlander schließlich, »was für eine Art Serienmörder ihr da habt. Geht es um schwere psychische Störungen?«

»Ich bin mir nicht sicher«, entgegnete Kerstin Holm. »Es geht um starke Gefühle, aber nicht notwendigerweise um Geisteskrankheit.«

»Dann kann es sich ja nur um Rache handeln«, schlug Viggo vor. »Gravierende Traumata in der Kindheit? Sexueller Missbrauch, Unterernährung? Oder das Gegenteil, Fettleibigkeit?«

»Vielleicht. Aber es ist auch so spezifisch. Es scheint sich um ausgedehnte Folter mit viel Blutvergießen zu handeln. Menschen, die wochenlang am Leben gehalten werden.«

»Wie schön, dass du herkommst und den Sterbenden aufmunterst.«

»Du bist kein Sterbender. Das akzeptiere ich nicht.«

»Gut. Dann sind wir ja zu zweit.«

»Aber die letzten Informationen legen den Schluss nahe, dass es *zwei* Fälle sind. Ein wahnsinniger Serienmörder *und* ein Prostitutionsring. Und in beiden Fällen geht es um Veränderungen des menschlichen Äußeren. Anorexie und plastische Chirurgie.«

»Wie heißt das?«

»Du weißt schon, was ich meine.«

»Ich weiß wahrscheinlich besser denn je, was du meinst. Vielleicht sogar zum ersten Mal.«

»Das habe ich geahnt.«

»Ihr müsst in der Vergangenheit suchen«, sagte Viggo. »Das sind traumatische Dinge, verlass dich drauf.«

»Aber in wessen Vergangenheit? Wir wissen nicht einmal, ob der Täter ein Mann oder eine Frau ist.«

»Der der Opfer natürlich. Nehmt euch die beiden bestätigten vor, das erste, Åsa Karlsson, und das letzte, Lisa Jakobsson.«

»Das vorläufig letzte«, sagte Kerstin Holm düster.

»Der Mörder ist jetzt gestört worden. Das müsst ihr ausnutzen. Sein Schlachtplatz ist verloren gegangen, er muss neu anfangen. Es wird einige Zeit dauern, bis das nächste Opfer an die Reihe kommt. Jetzt können Leben gerettet werden. Jetzt muss Druck gemacht werden.«

»Du bist ja enorm klug geworden. Man wird nicht klug, nur weil man so tut, als sei man krank.«

»Ich werde mir Mühe geben«, sagte Viggo Norlander todernst.

»Gut«, sagte Kerstin Holm genauso todernst.

Dann schweiften beider Blicke wieder über den Mälarsee. Sie hatten sich nichts mehr zu sagen und blieben schweigend zusammen sitzen. Das hatten sie im vergangenen Jahr häufig getan. Wie oft hatte Kerstin Holm hier gesessen und geglaubt, es sei das letzte Mal, dass sie das Sorgenkind der A-Gruppe sähe. Und kurz danach saß sie wieder da.

Sie hatte die Absicht, das noch sehr oft zu tun. Nur weil man den einen verloren hat, muss nicht auch der andere sterben.

Ihr Handy klingelte. Es war Lena Lindberg.

»Ich würde gern mit Åsa Karlssons Lebensgefährten sprechen«, erklärte sie.

»Da sieh an«, sagte Kerstin Holm.

»Er sitzt in Untersuchungshaft und wartet auf den Prozess. Ich möchte, dass du dein Einverständnis dazu gibst, wenn ich zu Kommissarin Laila Hyllfors von der Polizei Stockholm gehe.«

»Sag nicht, das ist die, auf der alle immer herumgehackt haben.«

»Ich weiß …«

»Mein Einverständnis hast du. Und auch das, weswegen du eigentlich anrufst.«

»Das wäre?«

»Du hast meine volle Unterstützung. Es ist anstrengend, die Vergangenheit aufzusuchen. Ich weiß das, glaub mir.«

Lena Lindberg lächelte, als sie das Handy einsteckte. Dann holte sie tief Luft und hob die Hand. Und schließlich klopfte sie an die Tür.

Laila Hyllfors war in Lenas Alter, sah aber mindestens zehn Jahre älter aus. Sie hatte sich schon einen betont tantenhaften Stil zugelegt.

Seltsamerweise fand Lena, dass er zu ihr passte. An der Polizeihochschule hatte sie den Stil eines braven, biederen Mädchens vom Lande gehabt, und der hatte die Mobbinginstinkte der Junggockel aktiviert. Zwar hatten auch ein paar der Mädchen zuweilen mitgemacht und waren ihr spöttisch begegnet, aber in erster Linie hatten die jungen Männer sich hervorgetan. Tatsache war, dass sie wohl nicht einmal darüber nachgedacht hatten, dass sie sich tagtäglich sexueller Schikanen schuldig machten. Eine Gesellschaft, in der solche Übergriffe unbewusst erfolgen, ist nicht gesund. Für den Feminismus gab es noch eine Menge zu tun, so viel war klar.

Aber das war nun zwölf Jahre her. Lena hoffte – und glaubte –, dass die Lage sich trotz allem ein wenig verbessert hatte. Bald würde man auch über die Fehler von Frauen sprechen können, nicht nur über die von Männern. Aber bis dahin war noch ein gutes Stück Weg zurückzulegen.

Lena hatte sich an Spötteleien nie beteiligt – zumindest

konnte sie sich daran nicht erinnern –, aber sie war auch nie dazwischengegangen. Soweit sie sich erinnerte, war sie vor allem froh darüber gewesen, nicht selbst betroffen zu sein.

Nein, nicht ein einziges Mal war sie dazwischengegangen. Nicht einmal hatte sie für Laila Partei ergriffen.

Die älter gewordene Laila Hyllfors hatte zwar eine sehr markante Sorgenfalte zwischen den Augen, aber aufs Ganze gesehen schien sie mit ihrem etwas tantenhaften Stil verschmolzen zu sein. Und ihr småländischer Akzent war unverändert. Er hörte sich nach der Gegend um Vetlanda an, dachte Lena, als sie Laila die Hand hinstreckte, die unbestreitbar ein wenig feucht war.

Die Hand von Kommissarin Laila Hyllfors war trocken und warm und ihr Händedruck fest. Der Händedruck einer Kommissarin. Sie war in ein Eisloch getaucht und aus einem anderen wieder herausgekommen. Und jetzt war sie trocken. Die Frage war nur, welche inneren Frostschäden zurückgeblieben waren.

»Das ist aber lange her«, sagte Kommissarin Hyllfors und machte eine Geste in Richtung des Besucherstuhls vor ihrem Schreibtisch.

»Das kann man wohl sagen«, gab Lena Lindberg zurück und nahm Platz. Obwohl sie merkte, dass sie sich weit vorn auf die Stuhlkante gesetzt hatte, war sie nicht fähig, etwas daran zu ändern.

»Du glaubst also, dass Johnny Stensson unschuldig ist? Weißt du, wie viel wir gegen den Mann in der Hand haben?«

Die Sekunden, die verstrichen, bis Lena Lindberg den Namen Johnny Stensson eingeordnet hatte, gehörten zu den längsten ihres Lebens. Ihr wurde klar, wie dämlich sie lächelte. Schließlich fiel der Groschen. »Es sind Umstände aufgetaucht, die uns veranlassen, das zu glauben.«

»Johnny Stensson hat ein Vorstrafenregister, das bis Dalarna reicht. Und es handelt sich fast ausschließlich um Gewaltdelikte – Schlägereien, Körperverletzung, versuchter

Mord. Nicht zuletzt hat er Åsa Karlsson über Jahre hin misshandelt. Der Versuch, Stensson aus dem Knast zu holen, ist keine Wohltat, das kannst du mir glauben.«

»Ich muss ihn sprechen.«

»Das werden wir sehen«, sagte Laila Hyllfors und blickte Lena fest in die Augen.

»Kannst du mir den Fall kurz schildern?«

»Zuerst du euren«, sagte Laila Hyllfors, und es gelang ihr, dies nach einem überaus großzügigen Angebot klingen zu lassen.

Woraufhin Lindberg kurz und ungewohnt stringent die Ereignisse in der Jungfrugatan zusammenfasste.

Hyllfors betrachtete sie immer weniger neutral und förmlich, und als Lena fertig war, sagte sie: »Serienmörder? Gibt es so etwas in Schweden wirklich?«

»Jetzt auf jeden Fall.«

»Wenn ich richtig verstanden habe, könnt ihr kein einziges Mordopfer vorweisen.«

»Doch, Åsa Karlsson.«

»Die eindeutig von ihrem mörderischen Freund umgebracht wurde.«

»Hat er gesagt, dass sie drei Wochen verschwunden war?«

»Du musst dir klarmachen, was für eine Beziehung das war. Es war ein Terrorverhältnis. Åsa Karlsson hatte keine Freundinnen, keine Freunde, und zu ihrer Familie durfte sie keinen Kontakt haben. Johnny Stensson hielt sie in der Wohnung am Untravägen in Hjorthagen praktisch wie eine Gefangene. Manchmal nahm er sie mit auf Spaziergänge im Lill-Jansskog in der direkten Umgebung. Das tat er auch am Mittsommerabend. Dort wurde sie am Freitag, dem 23. Juni, um 23.46 Uhr von einer feuchtfröhlichen Clique, die in der Nähe gefeiert hatte, unter einer Kiefer gefunden, nicht weit vom Wasserreservoir am Kattrumpsbacken. Da war sie seit höchstens fünf Stunden tot. Eine Frau, die in der Nähe des Gasbehälters ihren Hund ausführte, hat außerdem Johnny

Stensson identifiziert, der allein um acht Uhr am Abend aus dem Lill-Jansskog kam.«

»Und was hat Johnny selbst gesagt?«

»Dass er nach Åsa gesucht hätte. Das war dermaßen dämlich, dass der ganze Rest seiner Verteidigung sich in Luft auflöste.«

»Und der Rest seiner Verteidigung lautete, dass sie drei Wochen verschwunden gewesen sei?«

»So ungefähr.«

»Und wie ist es abgelaufen, als sie verschwand, ihm zufolge?«

»Sie war, wie gesagt, mehr oder weniger eingesperrt, und sie lebten tagein, tagaus dicht aufeinander. Er bewachte sie wie ein Habicht. Dass sie unter diesen Umständen verschwinden konnte, wirkte auch nicht besonders plausibel. Und dass sie drei Wochen wegblieb. Er hatte sie ganz und gar von sich abhängig gemacht. Aber er behauptet, sie habe sich hinausgeschlichen, als er ein Nickerchen machte.«

»Kann das am Freitag, dem 2. Juni, gegen vierzehn Uhr gewesen sein?«

»Was tust du hier eigentlich?«, stieß Laila Hyllfors aus. »Du hast ja offensichtlich die Voruntersuchung gelesen.«

»Genau das habe ich nicht«, entgegnete Lena Lindberg mit der ganzen Ruhe, die sie aufzubringen vermochte. »Åsa Karlsson wurde nämlich kurz nach halb drei von unserem Mörder auf dem Handy angerufen. Allem Anschein nach stand sie da in einem Videoverleih in der Jungfrugatan, und von der anderen Straßenseite war eine Überwachungskamera auf sie gerichtet. Kaum eine Minute später wurde sie im Haus gegenüber in den ersten Stock gelotst, drei Wochen lang gefoltert und anschließend im Lill-Jansskog abgelegt. Wie sah der Körper aus?«

»Ich mag es überhaupt nicht, dass du versuchst, meine Ermittlung für nichtig zu erklären«, sagte Laila Hyllfors irritiert.

»Das kann ich verstehen. Und ich bin überzeugt davon, dass du das denkbar Beste aus dem Material herausgeholt hast, das dir zur Verfügung stand. Aber jetzt sind neue Erkenntnisse hinzugekommen. So etwas kennst du doch.«

»Ich will Johnny Stensson nicht laufen lassen«, erklärte Laila Hyllfors aufrichtig. »Er ist ein Satan. Nicht lange, und ihm geht eine andere wehrlose Frau ins Netz.«

»Gibt es denn sonst nichts, wofür du ihn einbuchten kannst?«

»Ich will ihn genau dafür einbuchten, dass er Åsa Karlsson die Hölle auf Erden bereitet hat. Dass sie anschließend in einer noch schlimmeren Hölle landete, sehe ich für meine Ermittlung als völlig irrelevant an. Ich weiß, das ist irrational und juristisch falsch. Aber Åsa Karlsson – eine im Grunde ganz gewöhnliche junge Frau, vielleicht ein wenig willenlos, vielleicht mit einem recht schwachen Selbstbewusstsein ausgestattet – hat mitten unter uns ein Leben geführt, das der reine Horror war. Und es passierte hinter den Kulissen unserer geordneten Wohlfahrtsgesellschaft. Mitten unter uns, hier und jetzt. Und die Ungerechtigkeit, dass Åsa – nach allem, was Höllen-Johnny ihr angetan hat – es außerdem noch schafft, eurem Wahnsinnigen zum Opfer zu fallen, macht mich rasend. Es gibt verdammt noch mal keine Gerechtigkeit auf der Welt.«

Lena Lindberg betrachtete Laila Hyllfors. Das Feuer, das hinter ihrem ein wenig tantenhaften Äußeren brannte, war unübersehbar. Dies war eine Polizistin, für die Ungerechtigkeit kein Spaß war.

Und Lena Lindberg wusste, warum.

»Verzeihung«, sagte sie.

Laila Hyllfors zog die Stirn kraus und fixierte sie. »Wofür?«

»Weil ich nie ... dazwischengegangen bin ...«

Laila Hyllfors lachte auf. Sicher lag in diesem Lachen auch

eine Dosis Bitterkeit, aber in erster Linie klang Überraschung heraus.

»Du warst zu schwach«, sagte sie. »Du warst wie Åsa, glaube ich. Zu schwaches Selbstbewusstsein, um zu agieren.«

»Wie meinst du das?«

»Warst du nicht vor allen Dingen froh, dass du selbst nicht betroffen warst?«

»Ja.«

»Du warst total egozentrisch. Alles drehte sich nur um dich und dein Aussehen. Der Rest der Welt existierte kaum.«

»Ich denke, du hast vollkommen recht«, gab Lena Lindberg verblüfft zu.

»Ich habe damals nie schlecht von dir gedacht«, erklärte Laila Hyllfors ruhig. »Aber ich *habe* gedacht, dass wir uns eigentlich zusammentun müssten. Du und ich und ein paar andere, die außerhalb der großen Machoverschwörung standen. Warum taten wir das nicht? Warum dachten wir nie an die große Schwesternschaft?«

»Zu schwaches Selbstbewusstsein?«

Laila Hyllfors lachte ziemlich laut und lange und sogar ein wenig polternd. Schließlich sagte sie: »Drei von denen arbeiten jetzt unter mir. Drei. Jocke, Agge und Roffe. Agge und Roffe tragen immer noch Uniform und kutschieren in einem Streifenwagen herum. Ich bin ihre Vorgesetzte. Und eines kann ich dir sagen: Sie kriegen nicht die angenehmsten Aufträge. So nachtragend erlaube ich mir zu sein.«

Lena Lindberg lachte befreit. »Und ich finde, du tust recht daran«, sagte sie.

Sie saßen eine Weile da und ließen die verstrichene Zeit wirken. Es tat nicht im Geringsten weh.

»Das Schlimme daran ist, dass mich das stark gemacht hat«, sagte Laila Hyllfors schließlich.

Eine ganze Menge Floskeln gingen Lena durch den Kopf. Sie war sehr zufrieden mit sich selbst, weil es ihr gelang, keine Einzige davon auszusprechen.

»Du hast nach dem Körper gefragt.« Laila Hyllfors hatte wieder ihren alten, effizienten Tonfall angenommen. »Das war wahrlich kein schöner Anblick. Als ich Åsa Karlssons Körper sah, war mir klar, dass Johnny Stensson nicht davonkommen durfte.«

»Wie sahen die Verletzungen aus?«

»Es waren Folterwunden, kein Zweifel. Hauptsächlich Schnittwunden, mit verschiedenen Instrumenten beigebracht, von ganz unterschiedlicher Schärfe. Außerdem stumpfe Verletzungen, von Schlägen, auch mit verschiedenen Gegenständen. Und Quetschungen, von irgendwelchen Zangen. Also, es war unbeschreiblich. Daneben fanden sich alte, halb verheilte Wunden, Narben, Brandwunden, Sachen, die bedeutend weiter zurücklagen als drei Wochen. Außerdem war sie ausgemergelt, ihr Körper war so dürr, dass er kaum zu sehen war unter der Kiefer dort. Als ob dieser Satan sie neben all dem anderen zusätzlich auch noch hätte hungern lassen. Die Ärmste war Jesus Christus so nahe, wie wir ihm überhaupt kommen können – ihr Körper musste alle Sünde tragen, zu der wir Menschen fähig sind. Und das ist verflucht noch mal nicht wenig.«

Auch jetzt wusste Lena Lindberg nichts zu sagen. Es ließ sich nicht besser zusammenfassen, als Laila es getan hatte. Alles, was sie herausbrachte, war: »Das Hungern war wohl auf jeden Fall ihre eigene Entscheidung.«

»Und man kann fast verstehen, warum«, sagte Hyllfors und fuhr fort: »Ich nehme an, das Wichtigste von allem ist, dass man darüber nicht misanthropisch wird.«

»Da kannst du recht haben«, sagte Lena Lindberg, stand auf und reichte Laila die Hand. »Ich hoffe, es dauert nicht weitere zwölf Jahre, bis wir uns wiedersehen.«

»Das hoffe ich auch«, sagte Laila Hyllfors. »Zum Glück wird man mit den Jahren ein wenig klüger. Nicht nur älter und faltiger und misanthropischer. Auch ein wenig klüger.«

Dann gab sie Lena Lindberg eine dicke Mappe.

»Die Ermittlung«, sagte sie. »Solltest du auf etwas stoßen, was dazu führt, dass Johnny Stensson im Knast bleiben muss, würde ich das als einen persönlichen Gefallen betrachten.«

»Danke«, sagte Lena. »Ich halte dich auf dem Laufenden. Wir werden deine Hilfe brauchen.«

Lena Lindberg trat auf den Korridor hinaus. Sie blieb einen Moment stehen und überlegte.

Sie dachte an die Vergangenheit und dass es von Zeit zu Zeit gut war, sie wieder aufzusuchen, damit das Vergangene nicht anfing zu modern und mit seiner Fäulnis das ganze Leben verpestete.

Sie dachte an die Fähigkeit, sich aus Erniedrigung und Schmerz zu erheben.

Sie dachte an die Macht der Vergangenheit über uns alle.

Sie dachte an die gewaltigen Gefühle, die dadurch geweckt wurden.

Sie dachte an Tiina Spinroth.

Und sie dachte, dass die Lösung in der Vergangenheit liegen musste. Wochenlang eine Anorektikerin nach der anderen zu foltern bedeutete etwas. Es bedeutete etwas Großes, Ekelhaftes, Übermächtiges. Etwas, das jenseits des Menschlichen lag.

Sie dachte an ihr eigenes schwaches Selbstbewusstsein in der Jugend und war sich nicht sicher, ob es jetzt so viel stärker war. War sie nicht immer noch eine Vollblutegozentrikerin?

Dann dachte sie an Åsa Karlsson. An ein Leben als Opfer, ausgenutzt und erniedrigt. Und wie sie dies alles gegen sich selbst gekehrt und sich selbst bestraft hatte. Auf diese verfluchte weibliche Art. Sie steckte jede Menge Prügel von diesem Aas Johnny Stensson ein – und bestrafte sich selbst damit, dass sie anorektisch wurde.

Warum sind wir so verdammt idiotisch?

Lena Lindberg schlug die Mappe auf und betrachtete die

Bilder aus dem Lill-Jansskog und aus dem Obduktionssaal. Åsa Karlsson war wirklich dünn wie ein Strich. Schwer unterernährt schon vorher – und dann drei Wochen Folter, in denen Essen kaum eine Rolle spielte. Sie betrachtete ihr Gesicht. Es war so sonderbar lieb. Und gleichsam friedlich.

Endlich Frieden.

Noch eine Fotografie tauchte auf. Åsa Karlsson als Abiturientin. Mit der Studentenmütze auf dem Kopf und einem Sonnenscheinlächeln in dem schon damals schmalen Gesicht.

Da brachen die Dämme.

Lena Lindberg stand im Korridor des Stockholmer Polizeipräsidiums und weinte. Leise und kurz und intensiv.

Doch dann war es genug. Sie nahm ihr Handy und gab eine Nummer ein.

Nach langem Klingeln wurde abgenommen: »Ja, hier Sara?« Mit dem üblichen Fragezeichen am Schluss.

Lena wischte ihre Tränen ab, lächelte und dachte für einen Augenblick an die große Schwesternschaft. Dann sagte sie: »Ich sehe mir gerade Bilder von Åsa Karlsson an.«

»Grässlich?«

»Unerträglich. Vor allem, wenn man daran denkt, dass sie nur eines von den vielen Opfern ist, die wir bestimmt bald finden.«

»Mir reicht es allmählich mit der Gewalt gegen Frauen«, sagte Sara Svenhagen. Sie war wieder in der Filiale der Handelsbank in der Vasagatan. In dem kleinen Hinterzimmer vor einem Stapel exakt gekennzeichneter Überwachungsfilme.

»Was tust du?«, fragte Lena Lindberg.

»Ich habe sie gleich«, sagte Sara Svenhagen.

»Was?«

»12. Mai«, sagte Sara. »Ich bin gemeinsam mit dem Bankdirektor, oder wie man ihn nennen soll, die Auszüge durchgegangen. Tiina Spinroth hat drei Bareinzahlungen gemacht. Sie bezahlte ihren Provider für die Registrierung der Domain www.thinspiration.se, sie bezahlte denselben Anbieter für einen reichlich bemessenen Serverplatz, und gleichzeitig bezahlte sie für die Annonce in der Zeitschrift Deine Gesundheit. Das war am Freitag, dem 12. Mai, um 13.39 Uhr. Und da bin ich gleich. Auf den Überwachungsfilmen.«

»Wahrscheinlich tritt wieder nur der Diener Johannes auf und spielt sein Spielchen.«

»Die Gefahr besteht«, sagte Sara, »aber es ist doch wahrscheinlicher, dass sie Johannes Åkerblom noch gar nicht engagiert hat. Sie hat die Wohnung erst seit zwölf Tagen.«

»Jetzt machst du mich richtig neugierig.«

»Auf dem Film ist es jetzt 13.35 Uhr. Ich lass es etwas schneller vorlaufen.«

Sara klickte mit der Maus. Die Leute liefen hysterisch durch das Foyer der Bank. Vermutlich war der Mittagsandrang noch nicht vorbei.

Die Uhrzeit in der linken unteren Ecke des Bilds sprang von 13.36 auf 13.37, dann 13.38.

Da hielt Sara den Film an. Sie ließ ihn extra langsam weiterlaufen, immer noch mit dem Handy am Ohr.

Die Zeitangabe sprang wieder um. Eine groß gewachsene Frau trat ins Bild. Sie sah ziemlich eigenartig aus, trug kräftige Farben in diversen Rosanuancen, einen komischen kurzen rosa Tüllrock und eine üppige gelbe Lockenfrisur.

Von ihrem Gesicht sah man nicht viel. Ihr Blick war nach unten gerichtet, auf eine Anzahl Hundertkronenscheine, die sie langsam abzählte.

»Ich sehe sie jetzt«, sagte Sara atemlos.

»Nun erzähl schon!«

»Das ist gar nicht so leicht.«

Schließlich waren die Hunderter abgezählt. Der Bankangestellte schnappte sich das Geldbündel und verschwand damit.

Da hob die seltsame Erscheinung den Blick, bis sie direkt in die Überwachungskamera starrte. Sie war übertrieben geschminkt, ungefähr wie eine schlampige fünfzehnjährige Gothic-Braut, und die Schminke war ebenso farbenfroh wie schlecht aufgetragen.

Es sah aus wie eine Maske.

Dann hob die Frau langsam beide Hände zur Kamera. Die Hände waren zu Fäusten geballt. Und jetzt ließ sie einen Finger nach dem anderen aus der Faust treten, als ob sie zählte. Am Ende hielt sie beide Hände hoch, spreizte acht Finger mit rosa Fingernägeln und zeigte sie gleichsam demonstrativ der Kamera.

Anschließend schenkte Tiina Spinroth Sara Svenhagen ein strahlendes Lächeln.

15

Du siehst dein strahlendes Lächeln, wie es sich vor dem Turm abzeichnet. Es ist, als ob der Turm lächelte. Wenn du ein paar Schritte zur Seite gehst, schwebt dein Gesicht, dein grässliches, schlecht geschminktes Gesicht neben dem Turm. Und jetzt lächelt es nicht mehr.

Es ist schon lange her, seit du angefangen hast, von dir selbst in der zweiten Person Singular zu denken. Alles wird einfacher so, das weißt du.

Du kannst dich selbst nicht anders nennen als »du«.

Das passt dir ausgezeichnet.

Der Computer steht auf der Fensterbank. Der Turm ist auch da. Du kannst ihn live sehen. Das macht richtig Spaß hier. *Colour by Numbers* heißt es. Es ist ein Kunstwerk. Ein interaktives Kunstwerk. Du hast im Internet davon gelesen.

Der Turm ist mehr als ein halbes Jahrhundert alt. Damals wurde er für Experimente mit Mikrowellentechnik für LM Ericsson gebaut. Aber es ging weniger darum, wofür er benutzt wurde, als was er sagte. Er sagte: Hier sind wir, die Technologie der Zukunft. Schweden war führend auf dem Gebiet der Telekommunikation, und ein ganzer Stadtteil entstand um die neue Telefonfabrik herum. Alles, was rundherum gebaut wurde, war für die Angestellten des neuen, zukunftsorientierten Unternehmens gedacht. Und der Turm stand da wie ein Zeigefinger und zeigte in Richtung der schönen neuen Welt, die in dem in jener Welt führenden Land geschaffen werden sollte.

Aber auf einmal hatte der Turm keine Funktion mehr. Heute sitzt der Finger an keinem Körper mehr. Heute steht er einfach nur da.

Bis ein paar Künstler auf die Idee kamen, ihn zu nutzen.

Man steuert es selbst. Man steuert es mit dem Handy. Deshalb stehst du da, mit dem Handy am Ohr, und wartest.

Die Fenster sind gerade von bunten Farben erleuchtet. Eine wilde Mischung aus Rot, Grün und Blau. Es gefällt dir nicht. Jemand anders steuert in diesem Moment den Turm, vielleicht sitzt er oder sie in einer Nachbarwohnung und guckt in diesem Moment nach draußen und bewundert seine geschmacklose Wahl. Vielleicht sitzt er oder sie in Kiruna und betrachtet sein Werk live im Internet.

Aber jetzt ist es auf jeden Fall vorbei. Du bist an der Reihe. Das teilt dir das Handy mit, und du weißt, was du tun musst.

Zuerst wählst du mithilfe der Tasten 0 bis 9. Das oberste Stockwerk ist 0, das unterste 9. Am Ende drückst du #, die Raute.

Du drückst 123456789#. Die Farben, die in diesen Fenstern aufleuchten, werden jetzt gleichzeitig gesteuert. Jetzt bestimmst du die Farben. Mit den Nummerntasten des Handys sollst du jetzt Rot, Grün und Blau mischen, bis du die gewünschte Farbe erhältst. 1 bis 3 ist rot, 4 bis 6 ist grün, 7 bis 9 ist blau. Höhere Ziffern ergeben stärkere Farben.

Du gibst nur 3 ein. Nur die Ziffer 3. Und schließt ab mit der Raute.

Vor dem Fenster ändert der Turm die Farbe. Alle neun Stockwerke werden rot. Der ganze Turm leuchtet rot.

Und es ist dein Werk. Du färbst die Welt rot.

Du stehst ein paar Minuten da und betrachtest den rot erleuchteten Turm. Bis das klare Rot wieder von blasser, nichtssagender Buntheit abgelöst wird. Jemand anders hat übernommen.

Da wendest du dich vom Fenster ab und kehrst zurück in die leere, dunkle Wohnung. Du gehst zu einer der Türen. Du schließt sie auf und schaust hinein. Schwaches Licht fällt in das kleine, leere Schlafzimmer. Nur mit Mühe erkennst du sie, wie sie da in einer Art Embryonalstellung auf dem Fußboden liegt. Sie ist so unglaublich schmal.

Das Silbertape über dem Mund sitzt, wie es soll. Die Lederriemen um die Hand- und Fußgelenke ebenfalls.

Du wunderst dich darüber, dass sie es schafft zu schlafen.

Sie wirst du schonen. Du wirst sie lange schonen. Sie hat den Vorteil, zu wissen, warum.

Warum dies alles geschieht.

Dann schließt du die Tür und gehst in den Flur. Du schließt die nächste Tür auf. Hier ist es noch dunkler.

Sie schläft nicht. Sie kann nicht schlafen.

Du trittst zu ihr. Die Tränen rinnen hinunter auf das Silbertape. Du blickst in ihre dunklen Augen. Darin siehst du den Tod.

Und du findest es gut.

Du weißt ja, dass du es tust.

Du rührst an den stramm gespannten Lederriemen unterhalb ihrer Schulter. Dies war nicht beabsichtigt. Sie ist selbst schuld.

Dann legst du die Hand an den Verband. Er ist wieder durchgeblutet. Der Verband sitzt da, wo ihr Arm sein sollte.

Du streichst langsam über das rabenschwarze Haar. Und du siehst in ihrem Blick, dass sie weiß, dass die Zeit gekommen ist.

Sie weiß, dass die Zeit gekommen ist.

Du löst die Lederriemen um ihre Füße und richtest sie auf. Sie kann kaum stehen. Du musst sie fast hinaustragen ins Wohnzimmer, wo der neue Arbeitstisch steht. Er ist bisher erst zweimal benutzt worden, je einmal für beide.

Du spannst sie fest und siehst aus dem Fenster.

Die Fenster des Turms leuchten in einer sinnlosen, bunten Konstellation.

Dann öffnest du die Werkzeugkiste mit einem Knall.

16

Freitag, 26. Mai

Ich hatte nie Hass verspürt. Ich hatte viele Gefühle, aber Hass fühlte ich zum ersten Mal vor einem knappen Jahr. Seitdem versuche ich, mit diesem Gefühl zurechtzukommen.

Mit dem Gefühl von Hass.

Ich kann nicht behaupten, dass ich es mag. Aber es ist das, was mich treibt. Gerade jetzt. Und ich weiß, wohin es mich treiben will. Und da ist das Problem.

Ich muss sehr vorsichtig sein. Denn natürlich sind sie hinter mir her. Es wird vermutlich ein schwieriger Sommer. Und es geht darum, nichts zu zeigen. Nicht das Geringste.

Ich bin ein geläuterter Spion. Ich habe alles gesehen. Ich bin ihnen allen begegnet, all den Mördern, all den Politoffizieren ohne Gewissen. Ich habe sie alle bekämpft, aber ich habe es immer im Rahmen des Erlaubten getan. Zwar gelten in der Welt, in der ich mich bewege, ganz andere Grenzen des Erlaubten als in der normalen Zivilgesellschaft. Gleichwohl habe ich mich an diese Grenzen gehalten.

Was tue ich jetzt, da dies nicht länger ausreicht?

Welche Möglichkeiten habe ich?

Wenn ich genau darüber nachdenke, lautet die Antwort: alle.

Ich habe alle Möglichkeiten der Welt. Niemand im bekannten Universum hat so viele internationale Kontakte wie ich. Natürlich kann ich eine Lösung finden. Ich kann auch jenseits des Rahmens des Erlaubten agieren.

Ich muss zurück zu jenem Augenblick, als ich zum ersten Mal Hass fühlte. Deshalb schreibe ich dies hier, um mir selbst mein Handeln zu verdeutlichen. Nicht um zu erzählen, was ich vorhabe. Das ergibt sich auch so.

Ich brauche die Selbstreflexion. Sonst nichts.

Wann fing ich also an zu hassen?

Ich kann den Augenblick bestimmen. Ich kann den Zeitpunkt auf die Sekunde genau angeben. Und ich bin überzeugt, dass niemand etwas merkte.

Das ist ja meine Spezialität. Mir nichts anmerken zu lassen.

Spione, denen es plötzlich in den Sinn kommt, sich im Spiegel zu betrachten, werden fast immer von Selbstekel gepackt. Wofür hat man eigentlich ein normales, zivilisiertes Leben geopfert? War es das wert? Und vor allem: Was ist aus einem geworden?

Was für ein Mensch ist man eigentlich geworden?

Die meisten von uns haben getötet. Beinahe alle. Ich auch. Ich schaue in den Spiegel und sehe einen Menschen, der getötet hat. Tatsache ist, dass ich in sämtlichen Erdteilen getötet habe. Ich habe in Schweden Industriespione getötet, Paramilitärs in Jugoslawien, Milizionäre im Sudan, einen Serienmörder in den USA, Nazis in Uruguay, Kernwaffenschmuggler in Nordkorea, ein paar Mafiosi in Russland und sogar ein paar Selbstmordattentäter in Australien. Alle Taten waren motiviert. Daher habe ich mir schon seit Langem keine Illusionen über mein eigenes Gutsein gemacht. Dennoch arbeite ich letztlich für eine gute Sache. Ich weigere mich, den Glauben daran aufzugeben. Wenn ich das tue, wird es mir schwerfallen, mich im Spiegel anzusehen.

Ich kann also nicht behaupten, dass meine Selbstreflexion Selbstekel hervorruft. Nicht mehr als bei älteren Menschen üblich. Ich bereue nichts, und ich vermisse nichts von dem, was ich nicht bekommen habe. Tatsache ist, dass ich Kinder nie vermisst habe. Ich weiß nicht, ob das ein Makel ist. Vermisst habe ich eine Partnerin, eine feste Liebespartnerin. Jemanden, der mich mindestens so gut versteht wie ich mich selbst.

Ich habe mich mit anderen Partnerinnen abfinden müssen. Das war okay. Ein Mädchen in jedem Hafen. Oder zumindest in fast jedem Land auf dem Globus …

Aber das hört sich fast nach Angeberei an. Gebe ich vor mir selbst an? Was für eine selten dämliche Idee. Darüber wollte ich nun wirklich nicht schreiben. Ich wollte von dem Augenblick schreiben, in dem Hass über mich kam.

Zuerst begriff ich nicht ganz, was ich da fühlte. Es wich so markant von meinen normalen Reaktionen ab. Und es waren nur Worte, die es auslösten. Die zurückhaltenden Worte eines Mannes.

Eines betroffenen Mannes.

Ich habe viel Schlimmeres erlebt. Dinge, bei denen das Wort »betroffen« wirklich zutreffend war. Bei denen es unbestreitbar war. In diesem Fall sah es anders aus. Es kam so unerwartet. Ein Leiden von der Seite. Und hervorgebracht von – eben ihm. Den ich in ganz anderer Weise in Aktion gesehen hatte, an ganz anderen Stellen auf dem Globus.

Es war das erste Mal, dass ich wirklich vom globalisierten Bösen betroffen war.

Es ist schwer zu erklären. Vielleicht war ich ein wenig zu dünnhäutig nach meinem letzten Trip nach Bagdad.

Bagdad. Ja, das ist die Hölle auf Erden. Das ist es wirklich.

Ich habe Bagdad von innen wie von außen gesehen. Ich habe die verschiedenen Fraktionen gesehen – Schiiten und Sunniten in allen erdenklichen Varianten –, und ich habe gesehen, wie sie einander töteten, ohne Gnade, ohne Unterschied, ohne die geringste Gefühlsregung. Ich habe gesehen, wie sich die Selbstmordattentäter von etwas Extremem, etwas, was eher die Ausnahme war, zu einer ganz gewöhnlichen Waffengattung entwickelten. Ich habe gesehen, was dies möglich gemacht hat.

Ich habe versucht, dem Irak zu helfen, eine Sicherheitspolizei auf demokratischer Basis einzurichten. Aber wie sollte das möglich sein ohne eine demokratische Basis? Mein Job in den letzten Jahren war ein Paradox. Werden die USA Demokratie lehren? Die Kunst, Wahlergebnisse vor Gericht anzufechten?

Aber die Kombination der Begriffe »Sicherheitspolizei« und »Demokratie« funktioniert nicht. Sie hat nie irgendwo funktioniert. Das habe ich in den letzten Jahren gelernt. Alles, woran ich geglaubt habe, ist umgestoßen worden. Ich habe immer für eine undemokratische Instanz gearbeitet. Man hat mich gelassen, weil ich effizient und geschickt war. Ich bin ein guter Mörder gewesen. Aber über meine Ideale hat man gelächelt. Jaja, lasst M nur machen, lasst ihn glauben, woran er glauben will, das Regime der Idioten, die Herrschaft der Unwissenden, das Paradies der Spinner, whatever. Es ist gut, wenn er daran glaubt, das scheint ihn aufrecht zu halten. Das scheint seine Optik zu stabilisieren.

Er hasst nicht, das ist gut. So bleibt er eine effektive Mordmaschine. Es ist genau das, was wir brauchen.

Dann begann ich zu hassen. Ich glaube nicht, dass sie es sahen, ich kann mir nicht denken, dass sie es bemerkt haben. Keiner sieht, was ich denke, keiner ahnt, was ich fühle. So gesehen, gibt es mich praktisch nicht.

Ich frage mich, ob es mich je gegeben hat.

17

Wenn er quer über den unendlich tristen Innenhof des Polizeipräsidiums blickte, konnte er die Fenster der A-Gruppe sehen. Zimmer auf Zimmer. 301, 302, 303, 304, das neue Zimmer 305. Und Zimmer 300, die Kampfleitzentrale, allerdings ohne ein Fenster in irgendeine Richtung.

All die alten Zimmer.

Seit vielen Jahren arbeitete er jetzt schon für die Sektion für interne Ermittlungen. Er war Kommissar auf einem Chefposten. Dann und wann hatte er gegen seine alten Kollegen ermitteln müssen. Er war keiner von ihnen mehr.

Dennoch gab es keinen Zweifel daran, dass sein Herz immer noch dort drüben schlug. Manchmal arbeiteten sie zusammen. Wahrscheinlich etwas öfter, als wirklich nötig war.

Wahrscheinlich ließ er auch ein wenig zu oft fünf gerade sein.

Er fragte sich, was sie gerade machten. Niklas Grundström, der Leiter der Gesamtsektion für interne Ermittlungen, hatte kurz bei ihm hereingeschaut und einiges erzählt. Paul Hjelm hatte Grundströms Verhaltensmuster mit einer gewissen Gründlichkeit analysiert. Deutete etwas darauf hin, dass er Bescheid wusste? Dass er eine Ahnung davon hatte, woran sein engster Mitarbeiter arbeitete?

Nein, so gut meinte er Grundström inzwischen zu kennen. Grundström wusste nichts. Noch nicht. Das sah er.

Niklas Grundström wusste auch nichts davon, dass der Serienmörder, den die A-Gruppe jagte, in der Nähe von Paul Hjelms Tochter gewesen war. Und so sollte es auch bleiben. Wenn möglich.

Hjelm kehrte zu Tore Michaelis zurück. Er ahnte, dass dessen fortschreitende »Selbstreflexion«, seine »starken Seiten« mit der A-Gruppe zu tun hatten. Aber er begriff noch nicht ganz, inwiefern.

Vielleicht hatte er alles grundsätzlich missverstanden. Doch sein Gefühl sagte etwas anderes, und er hatte gelernt, sich auf seine Gefühle zu verlassen. Sie waren ein Bestandteil seines rationalen Werkzeugkastens.

Er seufzte schwer, legte Bachs *h-Moll-Messe* auf und dachte darüber nach, was er gelesen hatte.

Tore Michaelis war wirklich ungefähr der Mensch, den er sich vorgestellt hatte. Mit einer Ausnahme: das Töten.

Er hatte sich nicht vorgestellt, dass Michaelis so oft getötet hatte. »Ein paar Selbstmordattentäter in Australien«, was war das für ein Unfug?

Hass, dachte Paul Hjelm. Tore Michaelis hasst. Deshalb verschwindet er. Weil er plötzlich, mit sechzig, zum ersten Mal in seinem Leben von Hass ergriffen wird.

Er hat es auf jemanden abgesehen und ihn ins Visier genommen. So musste es sein. Und das meiste deutete trotz allem darauf hin, dass er starb, als er sich mit diesem Jemand anlegte. Dass sein Hass ihn blind gemacht und dazu gebracht hat, zum ersten Mal irrational zu handeln.

Was zum Teufel konnte es sein, das diesen routinierten Spion und – ja, kein Zweifel – Berufsmörder dermaßen aus dem Konzept gebracht hatte? Was für eine übermenschliche Kraft hatte er da vor sich?

Paul Hjelm versank in Bachs überirdischen Harmonien. Es war so merkwürdig, dass dieser kleinbürgerliche Protestant die umwälzendste Musik der Weltgeschichte geschaffen hatte. Wie war das möglich? Er begriff das Geheimnis der Kunst noch nicht, das war ihm schmerzlich bewusst. Wie man aufgehen musste in seinem Werk und dass mit der Gewaltsamkeit eines Raubtiers Teile aus dem Künstler herausgerissen und in sein Werk geschleudert wurden. Was in der Außenwelt zurückbleibt, ist selten besonders imponierend.

Er blickte von Neuem über den Innenhof des Präsidiums.

Seit der Sommersonnenwende und Mittsommer waren mehr als zwei Monate vergangen. Schweden ging schon lange dunkleren Zeiten entgegen.

Doch jenseits des Innenhofs brannten die Lampen des Fleißes. Er konnte nicht genau ausmachen, welche Fenster erleuchtet waren, doch es schienen fast alle zu sein. Angefangen bei Kerstin Holm die ganze Hierarchie hinunter. Als gäbe es eine Hierarchie.

Er fragte sich, was sie taten.

Dann kehrte er zu Tore Michaelis' starken Seiten zurück. Sie wirkten nicht unüberwindlich stark.

Er suchte die schwachen.

Zwischen den Wänden hallte das Gloria aus Bachs *h-Moll-Messe*.

»Qui tollis peccata mundi, miserere nobis. Qui tollis peccata mundi, suscipe deprecationem nostram.«

»Der du trägst die Sünd der Welt, nimm an unser Gebet.«

18

»Auflösung spätestens am Jahresende«, dachte Kerstin Holm und ließ den Blick über Raum 300 im Polizeipräsidium von Stockholm schweifen, bekannter als Kampfleitzentrale, eine Bezeichnung, die so von Ironie durchtränkt war, dass sie zum jetzigen Zeitpunkt direkt traurig wurde.

Zehn schwere Jahre, zehn Jahre voller Sorgen und Rückschläge, voller Gewalt, die jeder Beschreibung spottete, voller ungeahnter Quantitäten menschlicher Bosheit – und zehn Jahre phantastischer Zusammenarbeit zwischen ziemlich gewöhnlichen Menschen, die mitten in der Hölle ihr Bestes gaben.

Sollte das alles jetzt wirklich zu Ende gehen?

Einen Moment lang wurde sie von starker und finsterer Melancholie befallen. Einer richtig altmodischen, vollkommen egozentrischen Verzweiflung. Was würde aus ihr werden, wenn die A-Gruppe aufgelöst würde? Wie würde sie in einer Gruppe mehr oder weniger prestigegeiler Machobullen überleben, die IQ für eine Rockgruppe hielten?

Aber in der gegenwärtigen Lage war Selbstmitleid fehl am Platz.

Sie spürte, dass sie sich Sentimentalitäten verbieten musste, zumindest bis auf Weiteres. Also räusperte sie sich und sagte wohlformuliert: »Den kostspieligen Überstundenabrechnungen von gestern zufolge brannte in unserem Korridor bis in die Nacht die Lampe des Fleißes. Jetzt würde ich gern wissen, worüber genau sie geleuchtet hat.«

Die versammelten Mitglieder der A-Gruppe tauschten Blicke untereinander aus. Auf Kerstin Holm machte es den Eindruck, als versuchten sie ganz einfach zu verstehen, was sie gesagt hatte. Sie lächelte verstohlen.

Und sie sahen es ihr an. Arto Söderstedt fiel es wie gewöhnlich schwer, ein verstohlenes Lächeln zu akzeptieren. »Wir haben ganz einfach zwei Fälle, die sich überkreuzen«, erklärte er.

Dann hielt er den Mund und versank in sich selbst.

»Es ist möglich, dass du diesen Gedanken etwas ausführlicher darlegen musst«, sagte Kerstin Holm, wohl wissend, dass sie keine Antwort erhalten würde.

»Wir können es auch so formulieren«, ergriff Lena Lindberg das Wort. »Es gibt vermutlich mindestens zwei Frauen in der Stadt, die gerade jetzt, während wir hier sitzen, gefoltert werden. Sie werden ziemlich bald an den Folgen der Misshandlungen sterben. Jede Sekunde, die wir nicht Überstunden machen, halte ich für ein Verbrechen.«

»Ich bin geneigt, dir zuzustimmen, aber genauso interessiert mich Artos Gedanke.«

Doch Arto war anscheinend nicht bereit, sich weiter zu äußern.

»Fangen wir stattdessen mit etwas ganz Handfestem an«, schlug Sara Svenhagen vor, wie um die Stimmung aufzulockern. »Es ist eine DNA-Antwort aus England gekommen.«

Sofort wurde es still in der Kampfleitzentrale.

»Wir haben eine Vorabinformation bekommen«, sagte Jorge Chavez. »Das ist der große Vorteil, wenn man der Schwiegersohn des obersten Kriminaltechnikers ist.«

»Oder möglicherweise seine Tochter«, ergänzte Sara ungerührt und fuhr fort. »Es geht bekanntlich um vier DNAs aus der Wohnung und eine im Treppenhaus. Trotz weiterer Untersuchungen der Techniker ist kein anderes genetisches Material gesichert worden. Was den Schluss nahelegt, dass die Person mit dem hübschen Namen Tiina Spinroth, die wahrscheinlich vier Monate dort verbracht hat, weiß, wie man eine Wohnung putzt. Und da meine ich putzen in der striktesten Bedeutung des Wortes.«

Sara Svenhagen machte eine kurze Pause, blickte sich in

der mucksmäuschenstillen Kampfleitzentrale um und fuhr fort: »Die Opfer heißen der Reihe nach Åsa Karlsson, Louise Strömberg, Marisa Santos und Lisa Jakobsson. Åsa Karlssons DNA hatten wir schon hier, weil Karlsson tot aufgefunden wurde; sie ist das Opfer im bis vor Kurzem sogenannten Mittsommermord. Louise Strömberg, allem Anschein nach Opfer Nummer zwei, wohnte in einem kleinen Ort mit Namen Verveln in Östergötland, nicht weit von der Grenze zu Småland, zwischen Kisa und Vimmerby. Im Laufe des gestrigen Tages haben die Leute vom Kriminaltechnischen Labor Louise Strömbergs Wohnung in Verveln durchsucht und dabei eine DNA sichergestellt, die mit der in England identifizierten übereinstimmt. Diese Art von Abgleichungen können wir offenbar auch in Schweden machen. Louise Strömberg war zum Zeitpunkt ihres Verschwindens den übereinstimmenden Aussagen von Nachbarn zufolge stark unterernährt.«

»Was für eine Überraschung«, sagte Gunnar Nyberg.

»Ihre Reiseroute am Donnerstag, dem 22. Juni, ist von der Bahn bestätigt worden. Kurz nach vier am Nachmittag nahm sie die Küstenbahn von Vimmerby, stieg in Linköping um und kam um 19.40 Uhr mit dem X2000 am Hauptbahnhof in Stockholm an. Kurz nach acht befand sie sich im Videoladen in der Jungfrugatan und wurde um 20.07 Uhr von der Handynummer angerufen, die nur fünfmal benutzt worden ist. Ihr weiteres Schicksal ist ungeklärt, doch die Kriminaltechniker gehen davon aus, dass eineinhalb Liter ihres Bluts auf den sogenannten ›Arbeitstisch‹ in Tiina Spinroths Wohnung in der Jungfrugatan geflossen sind.«

»Louise Strömberg fuhr also von Virveln nach Stockholm, nur um das Superabmagerungsmittel Anamagica zu kaufen?«, fragte Kerstin Holm.

»Verveln«, korrigierte Arto Söderstedt. »Der Schriftsteller Olle Hedberg hat da gewohnt. Falls jemand sich an ihn erinnert. Der Mann, der nie lächelte.«

»Wo wollte sie in Stockholm wohnen?«

»Das wissen wir nicht«, sagte Sara Svenhagen. »Aber sie fuhr mit dem Fahrrad von Verveln nach Vimmerby. Volksheim-Anorektikerin auf dem Fahrrad. Dann haben wir noch etwas ganz anderes, und ich vermute, dass Arto jetzt die Ohren spitzt.«

»Meine Ohren sind viel spitzer, als die Leute glauben«, murmelte Arto Söderstedt abwesend.

»Ich weiß«, sagte Sara in tröstendem Ton. »Das nächste Opfer ist nämlich so weit entfernt von einer Volksheim-Anorektikerin, wie man es nur sein kann. Die Frau, die sich bei der Kontaktaufnahme mit Tiina Spinroth Marisa Santos nannte, heißt eigentlich Armanda Carneiro und tritt recht häufig in europäischen Kriminalermittlungen in Erscheinung.«

»Europäischen?«, wiederholte Arto Söderstedt.

»Hab ich nicht gesagt, du solltest aufpassen?«

»Ich weiß«, sagte Arto Söderstedt in tröstendem Ton.

»Es sind ein paar spanische, ein paar französische, vor allem aber eine Reihe von portugiesischen Ermittlungen.«

»Ah«, sagte Arto und versank wieder in Schweigen.

»Armanda Carneiro ist Portugiesin aus Lissabon. Ihr Vater ist Portugiese, die Mutter stammt aus Mosambik. Sie ist mit anderen Worten Mulattin. Ich würde euch gern zwei Fotos von ihr zeigen.«

Sara Svenhagen stieg zum Katheder hinauf, auf dem der Computer stand. Nach zweimaligem Mausklicken erschien an der Wand ein fröhlich lächelndes braunes Mädchen von knapp zwanzig Jahren. Sie hatte eine breite Nase und sah mehr afrikanisch als europäisch aus. Sara klickte erneut mit der Maus und zeigte nun ein ganz anderes Bild. Es war, als ob es sich um eine andere Frau handelte. Die Nase war bedeutend schmaler, beinahe spitz, und die Haut hatte eine leicht gelbe Tönung.

»Hier ist noch ein drittes Bild«, sagte Sara und brachte es auf den Bildschirm. Es stellte eine Frau dar, die mit eleganter

Geschmeidigkeit ein Bein über eine Hürde schwang. Sie trug das amerikanische olympische Trikot des Jahres 1992.

Ihre Gesichter waren sich zum Verwechseln ähnlich.

»Wir sollten jedoch auf den Unterschied zwischen den beiden Frauen achten«, sagte Sara Svenhagen. »Armanda Carneiro ist, wie ihr hier seht, ziemlich stark unterernährt.«

»Aber sie ist schönheitsoperiert, damit sie aussieht wie Gail Devers«, sagte Arto Söderstedt.

»Wenn man bedenkt, dass Devers eine der muskulösesten Sportlerinnen in den USA war, ist die Anorexie zweifellos ein Illusionsbruch«, sagte Sara.

»Was den Besteller vermutlich wahnsinnig machte«, bemerkte Söderstedt.

»*Jetzt* bist du an der Reihe, Arto«, empfahl Kerstin Holm.

»Ich bin gestern auf einen ersten Fall in Portugal gestoßen«, hob Söderstedt an, den Blick auf einen kaum zu bändigenden Papierstapel geheftet. »Ein reicher Geschäftsmann hatte eine Kopie der Schauspielerin Lauren Bacall bestellt, ihr wisst schon, der Frau von Humphrey Bogart. Aber als er den Zuhälter in einer finsteren Nebenstraße in Braga im nördlichen Portugal traf, tauchte plötzlich eine Gruppe dunkler, schmaler Schatten aus den umliegenden Gassen auf, und sie ermordeten den Zuhälter, indem sie ihm die Kopf- und Gesichtshaut abzogen. Vor den Augen des schockierten Geschäftsmannes.«

»Ich fass es nicht«, stieß Kerstin Holm aus. »Die Erinnyen?«

»Es sieht ganz danach aus«, bestätigte Söderstedt. »Mit einem leicht veränderten Modus Operandi. Ich habe in Europa weitergesucht und zwei andere interessante Fälle entdeckt. Vor einigen Monaten widerfuhr in Madrid einem Zuhälter das gleiche zweifelhafte Schicksal. Da scheinen jedoch keine schönheitsoperierten Prostituierten im Spiel gewesen zu sein. Das ist dagegen an zwei anderen Stellen der

Fall. Einmal ebenfalls in Portugal, wo bei einer Razzia eine Prostituierte angetroffen wurde, die exakt wie Angelina Jolie aussah. Und dann gab es eine junge Frau in Paris, die bis aufs i-Tüpfelchen Madonna glich und in Anlehnung an das Buch *In Bed with Madonna* sexuelle Dienste ausführte. All dies ist im Laufe des letzten Jahres geschehen. Außerdem gibt es im Internet Gerüchte über diese Bande. Da wird darüber spekuliert, wie man eigentlich verfahren muss, um sein ›Idol‹ zu bestellen. Es wird auch über den Preis spekuliert, der bei etwa einer Million Euro liegen soll.«

»In diesem Zusammenhang wird die DNA-Frage wieder interessant«, sagte Sara Svenhagen. »Der mörderische Mann, den du, Arto, im Treppenhaus des Hauses in der Jungfrugatan angeschossen hast, ist ein brasilianischer Berufskiller mit Namen Thiago. Wer er eigentlich ist, weiß man nicht, er tritt nur unter dem Namen Thiago auf und verkauft seine Waffe und seine Kompetenz als Mörder an den Meistbietenden.«

Arto Söderstedt ergänzte: »Und in diesem Fall ist der Meistbietende eine Bande, die reiche Männer mit schönheitsoperierten Prostituierten versorgt, denen ein Mikrochip eingesetzt ist. Die Frauen sollen den Mädchen aus den erotischen Träumen dieser Männer gleichen.«

»Thiago war hergekommen, um die vermutlich geflohene Gail-Devers-Kopie Armanda Carneiro zurückzuholen«, schlussfolgerte Kerstin Holm. »Stattdessen stand er plötzlich Auge in Auge mit ihrem abgetrennten Arm da.«

»Soweit man einem abgetrennten Arm Auge in Auge gegenüberstehen kann«, steuerte Arto Söderstedt bei.

»Wir müssen auf jeden Fall alles über diesen Thiago herausfinden. Brasilianer? Ist es vielleicht eine brasilianische Bande, die ihre Basis im Mutterland Portugal hat?«

»Nicht völlig undenkbar«, sagte Söderstedt, »und die sich langsam nach Spanien und Frankreich hin ausbreitet. Und aus irgendeinem Grund in Schweden. Und die jetzt von den griechischen Urzeitgöttinnen gejagt wird, die man als Erinnyen bezeichnet.«

»Kannst du deine internationale Suche auf Brasilien ausdehnen?«, fragte Kerstin Holm.

»Bestimmt«, sagte Söderstedt.

»Weiter. Existiert beispielsweise ein schwedischer Gail-Devers-Fanklub? Findet das alles heraus. Es gibt bestimmt Chatrooms mit Gail-Devers-fixierten Männern ohne Privatleben. Anderseits ist nicht sicher, dass Armanda Carneiros Devers-Kopie in Schweden bestellt worden ist – sie war ja allem Anschein nach auf dem absteigenden Ast, als Tiina Spinroth die Klauen in sie schlug. Vielleicht ist sie wirklich abgesprungen bei diesem Syndikat und auf der Flucht aus Südeuropa.«

»Das würde erklären, warum es so lange gedauert hat, bis die sie gefunden haben«, nickte Söderstedt und wühlte in seinem grässlichen Papierhaufen. »Wann hatte sie Handykontakt mit Tiina Spinroth? Diesen Monat, nicht wahr? Ja, am 12. August. Thiago hat gut zwei Wochen gebraucht, um sie zu finden.«

»Und es hat zwei Wochen gedauert, bis Armanda Carneiro Tiina Spinroth enthüllt hat, dass sie einen Chip hatte«, sagte Sara Svenhagen.

»Das war, als sie aufgegeben hat.« Söderstedt nickte. »Die ganze Zeit lebte sie im Glauben, dass jemand käme, um sie zu befreien. Die tägliche Tortur ließ ihre Hoffnung schrumpfen. Schließlich sagte sie es, sie zog ihren letzten Trumpf. Und bekam den Arm abgetrennt. Vielleicht hatte sie geglaubt, Spinroth würde sie laufen lassen, wenn sie von dem Spürsender hörte. Zu diesem Zeitpunkt hätte sie allerdings wissen müssen, mit wem sie es zu tun hatte.«

»Ich verstehe trotzdem nicht, was sie in Schweden macht«, sagte Kerstin Holm. »War sie wirklich auf der Flucht vor dem Syndikat?«

»Sie hätte demnach Schwedisch sprechen müssen«, sagte

Jon Anderson. »Sonst hätte sie die Homepage nicht lesen können. Es gibt keine englische Version von www.thinspiration.se.«

»Jedenfalls nicht, soweit uns bekannt ist«, fügte Jorge Chavez hinzu.

»Ziehen sie ihnen die Gesichtshaut ab?«, fragte Gunnar Nyberg unvermittelt.

»Während die Opfer noch leben«, antwortete Söderstedt. »Ich habe Bilder. Möchtest du sie sehen?«

»Nicht unbedingt«, sagte Nyberg. »Es hört sich ja so an, als würden sie gern richtig zulangen, unsere Erinnyen. Das kennen wir doch.«

»Zuletzt haben sie Leute mit schierem Schmerz getötet«, sagte Söderstedt. »Also warum nicht?«

»Und das meintest du also, als du sagtest, dass sich zwei Fälle überkreuzten?«, fragte Kerstin Holm.

»Ja. Zufällig wählt Tiina Spinroth eine Prostituierte dieses Syndikats als Opfer. Sie ist anorektisch und ging ihr aus eigenen Stücken ins Netz. Wie all die anderen. Sobald sie erfährt, dass Armanda Carneiro einen Spürsender in den Arm eingepflanzt hat, wie wahrscheinlich sämtliche anderen Prostituierten des Syndikats, schneidet sie den Arm ab und verlässt die Wohnung. Die Polizei taucht ungefähr gleichzeitig mit dem Berufskiller auf, doch da hat Spinroth schon ihre Siebensachen gepackt und sich in Luft aufgelöst. Sie begreift, dass mit diesen Burschen nicht zu spaßen ist und dass die Bande zu diesem Zeitpunkt ihre spezialdesignte Hure bereits aufgespürt hat. In einer Art äußerst rationaler Panik verlässt sie die Wohnung. Doch zuerst putzt sie sie professionell. Vielleicht tötete sie da ihre Opfer. Vielleicht leben sie noch. Aber wie sie zwei lebende Folteropfer aus einer Wohnung in der Innenstadt heraustransportiert haben sollte, bleibt ein Rätsel. Wie ist das möglich?«

»Sie sind betäubt«, sagte Sara Svenhagen. »In dem Blut auf

dem Arbeitstisch ist ja eine Menge Schlafmittel gefunden worden.«

»Fast noch schlimmer«, entgegnete Söderstedt. »Wie kriegt sie sie raus? Leichen kann man immerhin zerteilen und die Stücke wegbringen.«

»Was für ein geschmackvolles Gespräch«, sagte Jorge Chavez.

»Es ist leider keine geschmackvolle Welt«, erwiderte Söderstedt.

»Sie ist stark«, sagte Svenhagen. »Sie betäubt sie und trägt sie in Koffern aus dem Haus.«

»Woher weißt du, dass sie stark ist?«

Sara Svenhagen, die auf dem Podium neben Kerstin Holm am Katheder stand, wandte sich wieder dem Computer zu und klickte mit der Maus. Das Bild der schönheitsoperierten Armanda Carneiro wurde von einem Bild aus dem Inneren einer Bank abgelöst. Eine ältere Dame verschwand gerade nach links aus dem Bild. Die Hand des Bankangestellten lag auf dem Knopf, mit dem die Nummer des nächsten Kunden aufgerufen wurde, und ein Bein am oberen Rand war auf dem Weg ins Bild. Es war ein Frauenbein, dessen Fuß in einem seltsam rosafarbenen, hochhackigen Schuh steckte.

Sara zeigte auf das Bein und erklärte: »Dies ist Tiina Spinroths Bein. Sie ist gerade auf dem Weg zum Schalter, um die Rechnungen für ihre Domain, den Speicherplatz und die Zeitschriftenannonce zu bezahlen. Bitte, meine Damen und Herren, so sieht sie aus.«

»Das ist also eine *sie*?«, platzte Jorge Chavez heraus.

»Das haben Lena und ich uns eigentlich den ganzen gestrigen Tag gefragt. Guckt selbst.«

Der Film lief an. Die große, eigentümlich gekleidete Frau trat mit all ihren kräftigen Rosatönen, dem komischen rosa Tüllrock und der üppigen gelben Lockenfrisur ins Bild. Sie zählte eine Weile die Hundertkronenscheine, ohne ihr Gesicht zu zeigen. Die Hand des Bankangestellten schnappte das Geldscheinbündel und verschwand. Da hob die seltsame Erscheinung langsam den Blick. Schließlich starrte sie direkt in die Überwachungskamera.

Hier hielt Sara das Bild an.

»Ja, meine Freunde, das ist sie.«

Eine ganze Weile betrachtete die A-Gruppe das seltsam geschminkte Frauengesicht.

»Muss das die Spinroth selbst sein?«, fragte Chavez. »Sie hat bei anderen Einzahlungen in derselben Bank Handlanger benutzt. Ist das hier nicht auch ein angeheuerter Kasper? Guckt euch mal den Blick an. Sie weiß, dass sie gefilmt wird. Sie erlaubt sich einen Spaß mit uns. Sie nahm die schlimmste Verrückte, die sie auf der Straße finden konnte, und heuerte sie an. Und gab ihr Anweisungen, wie sie sich vor der Kamera verhalten sollte.«

»Natürlich kann es so sein«, räumte Sara Svenhagen ein. »Aber unsere Diskussionen gestern führten zu dem Ergebnis, dass sie es trotz allem selbst ist. Aber gucken wir erst zu Ende.«

Der Film an der Wand lief weiter. Die Frau hob langsam beide Hände zur Kamera. Die Hände waren zur Faust geballt. Aber dann ließ sie einen Finger nach dem anderen aus der Faust schnellen, als ob sie zählte.

Am Ende hielt sie beide Hände hoch, acht Finger waren gespreizt, und sie hob sie demonstrativ in die Kamera und grinste breit. Der Bankangestellte kehrte zurück, gab ihr eine Quittung, und sie verschwand.

»Das war's«, sagte Sara Svenhagen.

»Wie habt ihr denn gestern Abend argumentiert?«, fragte Kerstin Holm. »Warum ist dies die richtige Tiina Spinroth?«

»Sie mietet die Wohnung in der Jungfrugatan erst seit zwölf Tagen. Möglicherweise hat sie Johannes Åkerblom schon getroffen, aber sie hat ihn noch nicht um den Finger gewickelt. Und sie tut den Teufel und sammelt sich jemand auf der Straße auf. Sie will keine Zeugen. Denkt an Johannes' Schicksal. Nein, das hier macht sie selbst. Aber sie verkleidet sich.«

»Nein, das ist ein Mann, verdammt«, sagte Gunnar Nyberg und zeigte auf die inzwischen leere Wand.

»Darauf kommen wir jetzt«, sagte Sara Svenhagen. »Ist dies ein Mann in seltsamen Frauenkleidern oder eine Frau in seltsamen Frauenkleidern?«

»Lass es noch mal laufen«, sagte Arto Söderstedt.

So geschah es. Die Sequenz wurde wiederholt, verschiedentlich wurde das Bild angehalten. Es war ausgesprochen schwer zu entscheiden, ob es sich um einen Mann oder eine Frau handelte.

»Falls es eine Frau ist, dann ist sie verdammt groß«, sagte Nyberg.

»Kommen dir jetzt Bedenken?«, fragte Chavez.

»Ja, verflucht, was weiß ich«, sagte Nyberg. »Es ist nicht zu entscheiden, das da ist ein Neutrum.«

»Ich habe ja in meinem Leben schon einige Transvestiten gesehen«, sagte Jon Anderson. »Und in der Regel habe ich ein gutes Gespür für Geschlechtszugehörigkeit und so. Aber ich weiß wirklich nicht. Es kann sehr gut ein Transvestit sein. Ein miserabler Transvestit.«

»Und wenn es eine Frau ist«, sagte Gunnar Nyberg, »was kann man dann über sie sagen, außer dass sie groß ist?«

»Dass sie versucht, uns glauben zu machen, sie sei ein Mann«, sagte Lena Lindberg. »Sie überschminkt ihre Weiblichkeit. Paradoxerweise.«

»Ich fürchte, wir müssen diese Entscheidung aufschieben«, befand Kerstin Holm. »Habt ihr mit dem Bankangestellten gesprochen?«

»Ja«, sagte Sara Svenhagen. »Aber der konnte nichts beisteuern. Leider.«

»Schade. Was haben wir denn noch?«

»Die Finger«, sagte Sara. »Sie zeigt acht Finger, einen nach dem anderen. Was bedeutet das? Acht Opfer? Bisher? Oder ist das ihre Zielsetzung?«

»Das ist wohl der Hauptgrund dafür, dass wir zu der Ansicht gekommen sind, dies sei die wirkliche Tiina Spinroth«, meldete sich nun Lena Lindberg zu Wort. »Sie lässt uns eine Mitteilung zukommen. Zu diesem Zeitpunkt hat sie – also unseres Wissens – noch keine einzige Frau gekidnappt, denn die erste, Åsa Karlsson, ist erst Anfang Juni fällig. Schon hier sind ihre Pläne klar. Oder sie hat, wie gesagt, schon acht ermordet. Irgendwo anders ...«

»Portugal?«, schlug Arto Söderstedt vor. »Gibt es eine solche Verbindung?«

»Wohl kaum«, sagte Kerstin Holm. »Es ist nur eine von fünf.«

»Fünf, ja«, sagte Jorge Chavez. »Fünf mit Tova Hjelm. War sie eine von den geplanten acht? Richtet sich das hier gegen Paul? Gegen uns? Gegen die Polizei?«

»Kann man es nicht auch umgekehrt sehen?«, überlegte Sara Svenhagen laut. »Dass sie Tova zu uns hineinschickte, gerade weil sie *nicht* zu den acht gehört?«

»Was denkst du genau?«, fragte Kerstin.

»Hätte sie sich Tova nicht aufgehoben, wenn sie es wirklich ernst mit ihr gemeint hätte? Sie hätte es unterlassen können, sie zu uns hineinzuschicken. Tova war eigentlich nie mit in der Planung.«

»Dies mit der Planung hört sich überhaupt reichlich komisch an«, sagte Gunnar. »Es sind ja *die Frauen*, die via Homepage Kontakt zu *ihr* aufnehmen, nicht umgekehrt. Also kann doch nichts Besonderes mit ausgerechnet diesen Individuen sein. Sie repräsentieren nur etwas, dem Tiina Spinroth schaden will. Anorektikerinnen, kleine Mädchen. Warum zieht sie die Grenze genau bei acht, wenn sie rein zufällig ausgewählt sind? Etwas stimmt hier nicht.«

»Die acht Finger bedeuten vielleicht etwas anderes«, sagte Arto.

»Wie zum Beispiel?«

»Irgendetwas, eine Adresse, ein geheimes Zeichen an Eingeweihte, eine coole Geste, der reine Wahnsinn.«

»Wir müssen auch dies hier abbrechen«, sagte Kerstin Holm. »Bis auf Weiteres. Die Techniker sollen ein möglichst gutes Phantombild von ihr anfertigen, und dann lassen wir eine landesweite Fahndung rausgehen. Wir müssen jetzt noch über die Homepage und die Domain und so weiter sprechen. Jon?«

»Es gibt eine IP-Adresse, von der aus die Website ins Netz gestellt wurde«, sagte Jon. »Ich bin dabei, sie zu untersuchen. Das ist in den heutigen Netzwerk- und Breitbandzeiten ein verhältnismäßig komplizierter Prozess. Das Webformular auf der Homepage geht an eine anonyme Hotmail-Adresse, die von einem Rechner mit derselben IP-Nummer eingerichtet wurde.«

»Wie weit bist du mit der Identifizierung?«

»Ziemlich dicht dran. Ich will euch nicht mit Einzelheiten langweilen, sondern melde mich dann bei euch, wenn ich mehr weiß. Dies mit den IP-Nummern ist ein Dschungel – gelinde gesagt. Wir – oder eher ich, denn um ehrlich zu sein, beschäftigt Jorge sich hauptsächlich mit Autonummern und Geldautomaten – haben auch angefangen, bei den Opfern nach Computern zu suchen. Von wo aus gingen sie ins Netz und fanden www.thinspiration.se? In den meisten Fällen ist es glasklar – Lisa Jakobsson hat ihren Laptop in der Gästrikegatan benutzt, Louise Strömberg ihren alten stationären PC in Verveln in Östergötland, Åsa Karlsson ging von einem noch älteren Computer zu Hause ins Netz, oder wie man ihre Adresse in Hjorthagen bezeichnen soll. Bei Armanda Carneiro ist es hingegen etwas komplizierter. Sie hat das E-Mail-Formular von einem öffentlichen Computer in der Königlichen Bibliothek in Stockholm abgeschickt. Was bedeuten kann, dass sie nur vorübergehend, auf Besuch, hier war, ohne Computer und feste Adresse, oder dass sie über ordentliche Computerkenntnisse verfügte und keine Spuren hinterlassen wollte.«

»Oder ganz einfach Instruktionen des Syndikats befolgt hat, immer öffentliche Computer zu benutzen«, sagte Jorge.

»Meinetwegen«, sagte Jon. »Aber dann stand sie also in der Königlichen Bibliothek und surfte, bis sie auf www.thinspiration.se stieß? Das kommt mir komisch vor.«

»Und die Handynummern«, sagte Kerstin Holm. »Arto?«

»Die Handynummern sämtlicher Opfer sind identifiziert, und ich habe Listen mit den sonstigen Gesprächen, die von den Handys geführt wurden. Ich bin gerade dabei zu überprüfen, wessen Nummern das sind, also wer in der fraglichen Zeit, also der Zeit ihres Verschwindens, die Opfer angerufen hat oder von ihnen angerufen worden ist.«

»Ausgezeichnet«, sagte Kerstin und hatte genug von allem. »Raus mit euch in die Wirklichkeit.«

19

Samstag, 27. Mai

Samstag. Seltsam, nie zwischen Werktag und Feiertag unterschieden zu haben. Für die meisten Menschen hat »Samstag« einen besonderen Klang. Für mich nicht. Für mich sind die Wochentage nur Namen, ein Strom von Bezeichnungen, die sich nicht im Geringsten voneinander unterscheiden.

Es klingt, als beklagte ich mich. Das ist nicht der Fall. Mein Leben hat sich in etwa so gestaltet, wie ich es erhofft hatte. Was ich erlebt habe, haben nicht viele erlebt.

Heute habe ich mich entschieden. Jetzt nehme ich ihn mir vor.

Jetzt wird es ernst.

Der Augenblick, als ich zum ersten Mal Hass verspürte, kam so unerwartet. Es hätte in Jugoslawien passieren sollen, in Ruanda, im Sudan, es hätte in Afghanistan sein sollen. Aber es geschah nicht einmal im Irak. Es war in Stockholm.

Ich verbrachte die Nacht damit, die Rosinen aus den Kuchen meiner mehr oder weniger vergessenen Lieblingsautoren zu picken. Ich las Benedetti, Cochinescu, Drigo, Reginève, Bordewijk, Sezaock, Dimitrova, Herfanda, Eschine, Gunesekera. Sie sprachen ein und dieselbe deutliche Sprache. Nicht zuletzt der dritte Satz bei Bordewijk, der mich mit solcher Trauer erfüllte. Sonderbar, dass ich sie so lange nicht gelesen hatte, einige von ihnen.

Es war in Stockholm, vor knapp einem Jahr, und ich war so unvorbereitet. Ein Polizist auch noch. Keine elternlosen, verstümmelten Kinder in Ruanda, keine Konzentrationslagergefangenen in Bosnien, keine Babyleichen im Sudan, die die Mutter wochenlang nicht loslassen will. Ich habe das alles er-

lebt, aber nichts davon weckte meinen Hass. Es war das eigenartige Schicksal eines einfachen Polizeibeamten.

Ich höre jetzt auf damit. Dies sind die Aufzeichnungen des letzten Tages. Ich hatte gedacht, es würde länger dauern – allein die Dicke dieses Hefts spricht dafür –, aber wie so oft in meinem Leben tritt das Handeln in den Vordergrund. Viele reden, wenige handeln. Das war einmal mein Wahlspruch. Spüre ich heute einen Hauch von Ironie angesichts dieses Wahlspruchs? Oder ist es das Einzige, was ich tun kann? Ist das alles, wozu ich in der Lage bin?

Blindes Handeln?

Dennoch will ich es sagen. Gerade dies. Wann mein Hass geboren wurde. Ich will es tun, auch wenn nur Michael es lesen wird, und ehrlich gesagt bin ich nicht einmal sicher, ob er lesen kann. Wenn du es trotzdem liest, Michael, verzeih mir. Ich weiß, dass dein Herz verzeihen kann.

Die Selbstbeherrschung dieses Polizisten. Ich weiß nicht, ob ich sie je verstehen werde. Er hatte sich auch zum Handeln entschlossen. Es gelang ihm nicht. Aber er tat alles, was in seiner Macht stand.

Ich bin nicht der Mann, der seine Vorgesetzten preist, in der Regel verteidige ich sie nicht einmal. Sie richten ihr Augenmerk so häufig auf die falschen Dinge. Leute, die Chefs werden, sind oft solche, die Chef werden wollen, nicht die, die gut dafür geeignet sind. So habe ich ihn immer gesehen, meinen Chef.

Ich habe so viele kommen und gehen sehen. Sie waren mehr oder weniger kompetent. Diesen hier hielt ich für mittelmäßig, allen Ticks zum Trotz. Er war keiner der Besseren, aber auch keiner der Schlechtesten. Manche spotteten jeder Beschreibung. Aber gerade in dieser Zeit wuchs er drastisch in meiner Achtung. Genau in diesem Fall hat er sich erstaunlich brillant verhalten.

Eigentlich war es Meuterei. Es war Insubordination, Befehlsverweigerung, schiere ungesetzliche Eigenmächtigkeit.

Wenn der Chef mit dem Rückenmark reagiert hätte, säßen jetzt alle im Gefängnis. Ich sah, dass Sune nahe daran war, es zu tun. Aber der Chef war die Ruhe selbst. Cool under fire. Das ist immer ein wenig suspekt.

Und natürlich meine persönliche Spezialität …

Wir saßen zu viert auf dem Sofa, der Chef und Sune in den Sesseln. Die Situation war uns gerade klar geworden. Wir diskutierten, was in der gegebenen Lage zu tun war. Die richtigen internationalen Kontakte waren vorhanden. Da tauchten sie auf.

Der dritte Satz. Er ist ganz und gar wahr.

Sie kamen herein, ein ganzes kleines Aufgebot. Sie wurden angeführt von ihrem früheren Chef, dem formellen Leiter der Ermittlungen, und sie waren unzufrieden mit der Art und Weise, wie wir unseren Teil der Ermittlungen führten.

Das war eine schwierige Lage. Es war notwendig, große Teile geheim zu halten.

Ich mache hier halt. Ich erkenne jetzt, dass ich versuche, eine Reihe zweifelhafter Handlungen zu rechtfertigen. Das ist sozusagen Teil unserer Arbeitsplatzbeschreibung.

Verflucht.

Wir sahen auf jeden Fall ziemlich früh, manche von uns vom ersten Augenblick an, wessen Werk es war. Er hatte nicht einmal davor zurückgeschreckt. Nicht einmal davor, aus den Bomben in der Londoner U-Bahn Vorteile für seine eigenen dubiosen Zwecke zu ziehen.

Allein das reichte eigentlich aus. Er beseitigte den Mann, den wir eingeschleust hatten – und ermordete zugleich weitere zehn Menschen. Und wir konnten ihn nicht dafür zur Rechenschaft ziehen, das war unmöglich, und er wusste es. Ich konnte sein Lachen hören.

So etwas stört mich normalerweise nicht. Es begegnet mir eigentlich die ganze Zeit, dieses aufgeblähte Selbstvertrauen, diese unendliche Selbstgefälligkeit der Machthaber. Aber dann passierte dies: Sie stürmten herein. Sie hätten gar nicht da sein dürfen. Mein ausersehener Nachfolger war auch dabei, und ich wechselte hinterher ein paar Worte mit ihm. Es störte mich etwas, dass er dabei war. Wahrscheinlich hat es mich mehr gestört, als ich erkennen ließ. So ist es meistens.

Es gab nie mehr als zwei Polizeibeamte, die als Nachfolger für mich infrage kamen, und plötzlich waren sie da, alle beide. Plötzlich sahen sie mein Gesicht, die beiden, wie Eindringlinge. Es war der andere, die Nummer zwei auf der Liste, die nur zwei Namen enthielt, der jetzt die Geschichte von seiner Tochter erzählte. Und diese Geschichte traf mich ins Mark. Wahrscheinlich hatte ich in dem Augenblick gerade mein Visier gesenkt. Der Tochter war eine Giftampulle in den Arm operiert worden. Von ihm. Dem Teufel in Person. Und sie konnte jeden Augenblick per Fernsteuerung aktiviert werden.

Dies war der Moment, als mich die fremden Wellen durchströmten. Es dauerte eine ganze Zeit, bis mir klar wurde, dass es Hass war.

Zum Glück saß unser Technikexperte mit auf dem Sofa. Er war schon zuvor auf diese infame Waffe gestoßen. Er holte die Giftampulle heraus. Die Tochter wurde hergebracht, und er operierte an Ort und Stelle.

Wir hoben die Giftampulle auf, um zu sehen, ob sie irgendwann ausgelöst wurde. Das geschah auch, etwa einen Tag später. Hätte sie da noch im Arm des kleinen Mädchens gesteckt, wäre es eines qualvollen Todes gestorben.

Wieder fällt es mir schwer zu verstehen, warum gerade dies mir so zusetzte. Ist man trotz allem immun für das, was nicht zu Hause passiert? Lag es daran, dass das kleine Mädchen eine blonde Schwedin war? Hätte ein kleines schwarzes Flüchtlingskind in Darfur die gleiche Wirkung auf mich gehabt?

Die Antwort darauf werde ich nie bekommen. Doch sie fingen seine Rauschgiftsendung ab. Das tat gut. Er verließ das Land, und ich hätte nie geglaubt, dass ich ihn wiedersehen würde.

Aber ich tat es. Vor allem sah ich die Auswirkungen seiner Machenschaften. In Bagdad.

Alle Wege führen nach Bagdad.

»Auch wenn der Esel nach Bagdad geht, wird er kein Pferd«, lautet ein altes arabisches Sprichwort. Man kann es so deuten: »Auch wenn der Verbrecher nach Bagdad geht und sich mit der Besatzungsmacht verbündet, wird er nicht ehrenhaft.«

Und das konnte man sehen. Man sah es jeden Tag.

Seine Machenschaften sind vielfältig. Seine Fühler erstrecken sich in alle Richtungen. Er stellt die Mikrowaffen her, die elektronischen und die chemischen Kampfmittel. Er versieht die Selbstmordattentäter sowohl mit effektivem Sprengstoff als auch mit »kill pills«, Methamphetamin in neuen, spannenden Zusammensetzungen. Und alles geschieht in gutem Einvernehmen mit der amerikanischen Armee.

Er ist wichtig für sie.

Jedes Mal, wenn ich in Bagdad bin und auf jede mir zu Gebote stehende Art und Weise versuche, die irakische Sicherheitspolizei auf Vordermann zu bringen, stoße ich auf sein Werk.

Das Werk des Teufels.

Er muss weg. So einfach ist es.

Ich höre jetzt auf zu schreiben. Es reicht.

Wo die Worte versagen, müssen Taten folgen.

Die Würfel sind gefallen.

20

»Et resurrexit tertia die secundum scripturas, et ascendit in coelum, sedet ad dexteram Dei Patris, et iterum venturus est cum gloria judicare vivos et mortuos«, klang Johann Sebastian Bachs *h-Moll-Messe*.

»Und am dritten Tage auferstanden von den Toten, aufgefahren gen Himmel, sitzend zur Rechten Gottes, des allmächtigen Vaters, von dannen er kommen wird zu richten die Lebendigen und die Toten.«

Ja, dachte Paul Hjelm und legte das Heft beiseite. Das ist wahrlich vonnöten.

Dann dachte er: Per Naberius.

Er dachte an einen gesprengten U-Bahn-Wagen in Stockholm.

Er dachte an Arto Söderstedts jüngste Tochter Lina.

Und er dachte an Tore Michaelis.

Und er verstand ihn.

Natürlich verstand er ihn. Natürlich kannte er den Augenblick, den simplen Zeitpunkt, an dem alles einfach zu viel wird.

Den Augenblick, in dem der Tropfen das Fass zum Überlaufen bringt.

Er saß eine Weile da und ließ Bach auf sich wirken. Die Musik als der Triumph des Lebens über den Tod.

Drei Tage, dachte er. Die Aufzeichnungen von drei Tagen waren alles, was Tore Michaelis hinterlassen hatte. Dann stand er auf von den Toten. Und jetzt saß er mit aller Sicherheit zur Rechten Gottes, des allmächtigen Vaters, und richtete über die Lebendigen und die Toten.

Er blätterte den Rest des Hefts durch. Die Seiten waren leer. Ganz und gar leer. Es gab nichts mehr.

Dies waren Tore Michaelis' starke Seiten. Drei Abschnitte, mehr nicht. Danach Schweigen.

Aber wo waren die schwachen Seiten?

»Bruder Michael kannte auch meine schwachen Seiten.«

Paul Hjelm dachte an seine eigene bedeutungslose Anwesenheit in Michaelis' Text. Einen kurzen Augenblick bedachte er auch die Formulierung »der andere, die Nummer zwei auf der Liste, die nur zwei Namen enthielt«.

»Es gab nie mehr als zwei Polizeibeamte, die als Nachfolger für mich infrage kamen, und plötzlich waren sie da, alle beide.«

Genug. Es war seine Pflicht, die Leiche von Tore Michaelis zu finden.

Er stand auf, drückte die CD aus seiner Ministereoanlage und machte sich auf den Weg. Unten am Eingang stieß er zu seiner großen Verwunderung auf »den anderen, die Nummer zwei auf der Liste«.

Arto Söderstedt zog ihn zur Seite und sagte ganz unvermittelt: »Die Erinnyen.«

Hjelm fiel es schwer, seinem weißblonden Kollegen ernsthaft zuzuhören, er war mit den Gedanken ganz woanders. »Was?«, sagte er.

»Sie sind wieder da«, erklärte Söderstedt.

»Du meinst wirklich Magda Kouzmins Anhang?«

Söderstedt nickte und sagte rasch: »Sie verfolgen eine Bande, die reiche Männer mit Prostituierten versorgt, die durch plastische Chirurgie zu Kopien ihrer Traumfrauen gemacht wurden und Mikrochips in sich tragen. Sie ziehen den Zuhältern die Gesichtshaut ab.«

Hjelm fühlte, wie ihm die Kinnlade herunterfiel, und bevor er etwas sagen konnte, war Söderstedt verschwunden. Auch er tief in seine eigene Welt versunken.

Es dauerte eine Weile, bis Paul Hjelm sich so weit gefasst hatte, dass er weitergehen konnte. Die Erinnyen, dachte er. Dann war er gezwungen, das Gehörte aus seinem Bewusstsein zu verdrängen. Es schien, als könnte sein Gehirn trotz allem nur eine begrenzte Menge an Information bewältigen.

Und sein Gehirn war gegenwärtig für Tore Michaelis reserviert.

Er setzte sich in seinen umweltfreundlichen Dienstwagen, schob die CD in den CD-Spieler und hörte Bachs *h-Moll-Messe*, während er zur Varvsgatan in Södermalm fuhr.

Und dann stand er von Neuem auf Tore Michaelis' Balkon und atmete tief ein. Riddarfjärden lag spiegelglatt unter ihm. Als habe Stockholm vergessen, dass der Herbst im Anzug war.

Er kehrte in die Wohnung zurück und durchblätterte die wenigen handbeschriebenen Seiten des Wachstuchhefts. Dann fand er, was er suchte. Er stand in Tore Michaelis' verwohnter Junggesellenbude und las laut: »›Ich verbrachte die Nacht damit, die Rosinen aus den Kuchen meiner mehr oder weniger vergessenen Lieblingsautoren zu picken. Ich las Benedetti, Cochinescu, Drigo, Reginève, Bordewijk, Sezaock, Dimitrova, Herfanda, Eschine, Gunesekera. Sie sprachen ein und dieselbe deutliche Sprache. Nicht zuletzt der dritte Satz bei Bordewijk, der mich mit solcher Trauer erfüllte. Sonderbar, dass ich sie so lange nicht gelesen hatte, einige von ihnen.‹«

Er drehte sich zu dem vollgestopften Bücherregal um, das jeden Quadratzentimeter der Wohnzimmerwände bedeckte, und begann zu suchen.

Er fand einen spanischen Roman mit dem Titel *Gracias por el fuego* von Mario Benedetti aus Uruguay und legte ihn auf den kleinen Couchtisch. Danach ging er alphabetisch vor. Er fand den Roman *Bint* des Holländers Ferdinand Bordewijk und legte ihn auf das Buch von Benedetti. Es folgte eine deutsche Übersetzung des Rumänen Ioan Mihai Cochinescu mit dem Titel *Traktat der Kalligrafie*. Auch die wanderte auf den Stapel. Anschließend lokalisierte er die bulgarische Autorin Blaga Dimitrova und fand ihren Roman *Face*, eine englische

Übersetzung. Es folgten das italienische *Fine d'anno* von Paola Drigo und der Roman *The Sandglass* des sri-lankisch-englischen Autors Romesh Gunesekera. Und zum Schluss die indonesische Originalausgabe der Gedichtsammlung *Sembahyang Rumputan* von Ahmadun Yosi Herfanda.

Paul Hjelm betrachtete den Stapel und stellte fest, dass von den ebenfalls aufgeführten Autoren Reginève, Sezaock und Eschine keine Bücher vorhanden waren.

Natürlich konnte Tore Michaelis Bücher dieser Autoren ausgeliehen und zurückgebracht haben. Aber bekanntlich werden ja keine Register darüber geführt, was die Leute in Bibliotheken ausleihen, und damit saß Paul Hjelm auf dem Trockenen. Er betrachtete die drei Namen und wunderte sich, dass er keinen davon kannte.

Okay, er kannte auch Herfanda und Gunesekera nicht. Das musste nichts bedeuten. Michaelis hatte sie ja selbst als seine »vergessenen Lieblingsautoren« bezeichnet. Keiner von ihnen war international bekannt. Hjelm, der sich inzwischen für immerhin einigermaßen belesen hielt, glaubte, den Namen der Bulgarin Blaga Dimitrova zu kennen. Hatte sie nicht einmal in der bulgarischen Regierung gesessen? Davon abgesehen kannte er nichts.

Reginève hörte sich französisch an, auch wenn er den Namen nicht kannte. Sezaock und Eschine ließen sich keiner Nationalität zuordnen, auch wenn beide sich als Namen plausibel anhörten.

Er ging die übrigen Bücherregale in der Wohnung durch, fand aber keine Bücher der genannten Autoren. Wie gesagt: Es musste nichts bedeuten. Oder eher: Es konnte alles bedeuten.

Er beendete seinen Besuch in Tore Michaelis' Wohnung am nördlichen Ende der Varvsgatan, indem er die erste Seite des Romans *Bint* von Ferdinand Bordewijk aufschlug. Er schaute auf den dritten Satz. Es war Holländisch, aber der Satz war weder lang noch schwer zu verstehen. Paul Hjelms provisorische Übersetzung lautete: »Behalte dies im Gedächtnis und suche anderswo.«

Einen Moment lang zweifelte er an seiner Übersetzung. Er musste sie natürlich nachprüfen, aber sie kam ihm richtig vor.

»Behalte dies im Gedächtnis und suche anderswo ...«

Er ließ sich den Satz durch den Kopf gehen und gehorchte dann der darin enthaltenen Aufforderung. Er schlug das Wachstuchheft wieder auf und suchte jeden dritten Satz von den drei drastischen Tagen im Mai heraus, an denen Tore Michaelis zu seinem dramatischen Entschluss gelangt war. Das Ergebnis lautete: »Stattdessen erinnern wir uns. Seitdem versuche ich, mit diesem Gefühl zurechtzukommen. Für die meisten Menschen hat ›Samstag‹ einen besonderen Klang.«

Es war durch und durch sinnfrei.

Paul Hjelm legte das Wachstuchheft obenauf und packte den ganzen Stapel unter den Arm. Dann trug er ihn hinunter in sein umweltfreundliches Auto und fuhr damit ins Präsidium.

Dort angekommen, klickte er sich schnurstracks ins Internet und suchte Reginève, Sezaock und Eschine. Reginève ergab zwölf Treffer, von denen keiner ein Name war. Sezaock ergab keinen einzigen Treffer, aber Eschine ergab dreißigtausend.

Dreißigtausend?, dachte Paul Hjelm und fing von vorn an.

Er fand nur eine einzige Person, den griechischen Rhetor Aischines, einen Redner der Antike, der auf Französisch und Italienisch Eschine genannt wurde. War dies möglicherweise der fragliche Autor?

Aber es gab keine Bücher von diesem Aischines/Eschine. Er war ein Redner aus der Schule des Sokrates. Und Sokrates war viel zu skeptisch gegenüber sich selbst, um seine Gedanken niederzuschreiben. Sofern der größte Denker der Weltgeschichte nicht außerdem Analphabet gewesen war. Und das Gleiche schien für Aischines zu gelten.

Und Reginève? Nein, ein Name war das nicht, so viel

schien klar. Er ging die französischen Telefonbücher durch, die er im Netz fand. Den Namen gab es tatsächlich nicht.

Daraufhin begann Paul Hjelm, die Buchstaben umzustellen. Er folgte gleichsam einem Instinkt. Nachdem er mehr oder weniger gelungene Wörter wie Ginerève, Gevinère, Nirèvege und Greinvèe hingepuzzelt hatte, offenbarte sich plötzlich etwas Wohlbekanntes. Der Name Vigenère. Und den kannte er eindeutig. Aber woher?

Er fand die Antwort im Netz. Und dachte: Wenn ich Spion werden will, muss ich verdammt noch mal lernen, Chiffrierungen zu entschlüsseln. Es handelte sich um die Vigenèrechiffre oder die Vigenèrekryptografie, eine der klassischen Verschlüsselungsmethoden. Erfunden – oder eher vollendet – wurde sie von dem französischen Diplomaten und Kryptografen Blaise de Vigenère in der Mitte des 16. Jahrhunderts.

Der Ausgangspunkt war eine Tabelle. Sie war simpel, aber genial. Man schrieb ganz einfach das Alphabet von »a« bis »z« sechsundzwanzigmal übereinander. In der ersten Reihe begann man mit »a«, in der zweiten, unmittelbar darunter, begann man mit »b«, ging so das ganze Alphabet durch, fing wieder von vorn an und endete mit »a«. Die dritte Reihe lief auf die gleiche Art und Weise von »c« bis »b«, die vierte von »d« bis »c« – und so weiter, bis »z«. So entstand ein großes Quadrat von sechsundzwanzig mal sechsundzwanzig Buchstaben, stets um einen Buchstaben verschoben.

Man ging von einem Kryptogramm und einem Schlüsselwort aus. Gemeinsam schufen diese einen Klartext. Das Kryptogramm bestand aus der gleichen Anzahl Buchstaben wie der Klartext, während das Schlüsselwort bedeutend kürzer sein konnte. Vielleicht wollte man einem Bataillon mitteilen, dass es im Morgengrauen aufbrechen sollte. Der Klartext konnte dann die Form »aufbruchimmorgengrauen« haben. Dazu nahm man beispielsweise das Schlüsselwort »gelb«. Dann wiederholte man das Schlüsselwort so oft, dass sich dieselbe Anzahl von Buchstaben ergab wie im Klartext: »gelbgelbgelbgelbgelbge«. Aus dem Klartext und dem Schlüsselwort wurde anschließend ein Kryptogramm gebildet. Man stellte den Klartext senkrecht neben die Tabelle und das Schlüsselwort waagerecht darüber und folgte den Buchstaben bis zu dem Punkt, an dem sie sich trafen. Im Schnittpunkt zwischen »a« und »g« lag der Buchstabe »a«. Das Kryptogramm begann also mit dem Buchstaben »a«. Dann nahm man »u« und »e« und fand in ihrem Schnittpunkt wieder »a«.

Das Kryptogramm begann dann mit »aa«. Und je mehr Paul Hjelm im Internet las und sich in die Vigenèrechiffre vertiefte, desto einfacher erschien sie ihm.

Er betrachtete erneut Tore Michaelis' Autorenliste. Vigenère war gelöst, ein einfaches Anagramm. Blieben noch Sezaock und Eschine. Sie hatten gleich viele Buchstaben, in diesem Fall handelte es sich also um die einfachste Form der Chiffre, bei der das Schlüsselwort nicht wiederholt zu werden brauchte.

Also ausprobieren. Er wollte, dass der Klartext horizontal oberhalb der Tabelle stehen sollte, und platzierte folglich das potenzielle Kryptogramm senkrecht nach links. Es blieb jetzt noch die Frage, welches von beiden das Kryptogramm und welches das Schlüsselwort war. Er begann mit Eschine als Kryptogramm. Er kam dabei auf den Klartext »Omxhgpu«.

Paul Hjelm stöhnte. Allmählich war er der Spionagespiele jedweder Couleur schon etwas überdrüssig geworden. Entweder war es der Anfang einer neuen Chiffrierrunde, ein unregelmäßiges Verb aus dem Baskischen, oder es war falsch.

Der Einfachheit halber ging er von Letzterem aus und tauschte Kryptogramm und Schlüsselwort. Jetzt stellte er »Sezaock« senkrecht nach links neben die Tabelle. Er begann mit »s« und folgte der Reihe »stuvw« und so weiter nach innen, bis er auf den ersten Buchstaben des eventuellen Schlüsselworts »Eschine« traf. Bei »e« in der »s«-Reihe folgte er der Kolumne nach oben und landete bei »m«. Dann ging er weiter zu »s« und fand am oberen Rand der Tabelle »o«, und vom dritten Buchstaben, »z«, gelangte er über das »c« des Schlüsselworts zum Buchstaben »d«.

So trat Buchstabe für Buchstabe Tore Michaelis' möglicher Klartext hervor.

»Modhult«.

Es sah auf jeden Fall vielversprechender aus als »Omxhgpu«.

Er suchte Modhult im Netz. Es gab nur einen Treffer, und zwar im Protokoll einer Sitzung des Gemeinderats der Kommune Nykvarn vor gut einem halben Jahr. In einem Nebensatz war von gewissen Problemen mit dem Stromnetz in dem allem Anschein nach mikroskopisch kleinen Ortsteil Modhult die Rede.

Schließlich suchte Hjelm Modhult auf einer sehr detaillierten Taxikarte. Es lag am westlichen Rand der Kommune Nykvarn, mitten im Wald. Er ging auf direktem Weg hinunter in die Polizeigarage, setzte sich in sein umweltfreundliches Auto, schob Bach in den CD-Spieler und rollte davon mit dem Ziel Modhult in Nykvarn.

In Södertälje verließ er die E 20, fuhr zum Zentrum von Nykvarn und folgte von dort immer schmaleren und kleineren Straßen, bis er am Ende zu einer Schotterpiste gelangte, die durch dichter werdenden Nadelwald führte. Das Licht sickerte fahl und grünlich durch endlose Schichten von Tannenzweigen und verschmolz mit Bachs h-Moll-Harmonien zu einem perfekten Einklang. Alles fügte sich zu einer erschreckend schönen Wehmut zusammen.

Dann war er am Ziel. Ein sehr kleines Schild im Nirgendwo verriet, dass dies Modhult war. Es machte wahrlich nicht viel her. Zwei Grundstücke mit Häusern und diversen Schuppen. Auf dem einen einige von Unkraut halb überwucherte Schrottautos, auf dem anderen akribisch geschnittene

Herbstblumen einer ihm unbekannten Sorte. Das erste Haus wirkte verlassen, aus dem Schornstein des zweiten stieg eine dünne Rauchsäule zum blassblauen Himmel auf.

Er klingelte dort. Nach einer guten Minute erschien eine kleine Dame in den Siebzigern und blinzelte ihn misstrauisch an. Er stellte sich so höflich wie möglich vor und fragte: »Meine Frage kommt Ihnen vielleicht sonderbar vor, aber ist in letzter Zeit hier im Ort etwas Ungewöhnliches passiert? Im letzten Monat ungefähr?«

Die alte Dame sah aus, als ob sie lange nachdächte. Plötzlich leuchtete ihr leicht vom Star getrübter Blick auf, und sie zeigte hinüber auf das Nachbarhaus mit den Schrottautos.

»Jansson«, sagte sie. »Vor ein paar Wochen ist eine seiner Waldhütten abgebrannt.«

Paul Hjelm überlegte. Dann fragte er: »Wozu benutzt Jansson sie?«

»Für Sachen von seiner Scheidung, glaube ich«, erklärte die alte Dame. »Er hat sich 1973 scheiden lassen und ist von Södertälje hier herausgezogen. Alle Sachen von der Scheidung sind noch da. Jansson ist, ehrlich gesagt, ein Sonderling, Herr Kommissar. Er ist heute weggefahren, bestimmt kauft er noch ein Auto, um es auf sein Grundstück zu pflanzen. Manchmal glaube ich, dass er denkt, sie würden da wachsen und neue kleine Autos produzieren.«

»Und wo liegt diese abgebrannte Waldhütte?«

»Sie müssen nur dem Pfad von Janssons abscheulichem Garten aus folgen. Ein paar Hundert Meter in den Wald hinein.«

»Wissen Sie, ob Jansson den Brand bei der Polizei gemeldet hat?«

»Das kann ich mir kaum vorstellen«, kicherte die Dame. »Jansson misstraut allen Behörden.«

Er bedankte sich bei der alten Dame und ging hinüber zu »Janssons abscheulichem Garten«. Er war kaum schlimmer als andere ländliche Grundstücke. Aber einen Pfad konnte er nicht finden. Schließlich ahnte er doch etwas, das einem zugewachsenen Weg ähnelte, und schlug die Richtung ein. Schon bald kam mitten im tiefsten Wald ein kleiner Einödhof in Sicht, und nicht weit davon entfernt lag eine Ruine. Eine schwarze Ruine.

Die Hütte war wirklich abgebrannt. Bis auf den Grund.

Hjelm nahm einen Stock und stocherte in den schwarzen Überresten herum. Doch dann untersuchte er die Brandruine genauer. Er hob die verkohlten Balken beiseite und durchstöberte die unterste Aschenschicht. Zielbewusst kratzte er in der Asche, aber das Aufregendste, worauf er stieß, war ein Gebilde aus sieben miteinander verschmolzenen Gabeln.

In der rechten Ecke der Ruine lag eine verbogene Metallskulptur, möglicherweise die Überreste eines Bettgestells. Das Metallding war groß und massiv, und nach einigen unbeholfenen Versuchen gab Hjelm es auf, es mithilfe von Stöcken zur Seite zu schieben. Er seufzte tief und biss in den sauren Apfel. Er stieg ins Innere der Ruine und versank mit seinen schwarzen italienischen Schuhen sogleich ein gutes Stück in der schmierigen grauen Asche. Dann packte er die Metallskulptur an einem Ende, hob sie hoch und kippte sie über die Mauerreste. Eine gewaltige Aschenwolke erhob sich wie ein Federbusch und raubte ihm für einen Augenblick den Atem.

Als der Staub sich wieder gelegt hatte, griff er erneut seinen Stock und stocherte in der Aschenschicht herum, die sich unter dem deformierten Bett verborgen hatte.

Und er fand einen Knochen. Je länger und je gebannter er den Knochen anstarrte, desto deutlicher wurde dieser zu einem Speichenknochen. Einem der Knochen, die im Unterarm sitzen.

Im menschlichen Unterarm.

Er wühlte weiter, jetzt fieberhaft. Und fand einen zerschmetterten Schädel.

Er blickte auf die Zahnreihe des losgebrochenen Unterkiefers.

Und hatte das Gefühl, dass Tore Michaelis ihn angrinste.

21

Sie saßen vor den Computern. Das war nichts Ungewöhnliches in Zimmer 304. Was möglicherweise als ungewöhnlich bezeichnet werden konnte, war die Tatsache, dass es nicht ihre eigenen Computer waren.

Jorge Chavez saß an Louise Strömbergs Computer, der als Direktimport von Verveln heraufgekommen war, während Jon Anderson über Lisa Jakobssons Computer aus der Gästrikegatan gebeugt war.

»Diese Louise hat wirklich frenetisch nach schnellen Möglichkeiten gesucht, noch mehr Gewicht zu verlieren«, sagte Chavez. »Die Suchdokumentation umfasst hundert verschiedene mehr oder weniger legale Abmagerungsmittel. Davon hat sie ungefähr zehn bestellt. Wenn man das Scheinprodukt Anamagica, das ja zwanzigtausend in bar kosten sollte, mitrechnet, belaufen sich ihre Bestellungen in der Woche vor ihrem Verschwinden auf beinahe fünfzigtausend Kronen. Sie war von ihrer Arbeit als Hilfsschwester in einem Pflegeheim in Vimmerby krankgeschrieben und kann wohl kaum über derartige Summen verfügt haben.«

»Das ist seltsam«, entgegnete Jon Anderson. »Es wird quasi zur Droge. Zielbewusste Anorexie und Heroinmissbrauch scheinen einiges gemeinsam zu haben. Auch die Reiseverkehrskauffrau Lisa Jakobsson hat ihr Konto um Zehntausende von Kronen überzogen. Sie war hoch verschuldet.«

»Und das alles nur, um dünner zu werden«, sagte Chavez. »Werden wir die Frauen jemals verstehen?«

»Ich habe diesbezüglich keinerlei Ansprüche«, sagte Anderson. »Aber ist es nicht das Gleiche wie Bodybuilding und anabole Steroide bei Männern?«

Chavez betrachtete seinen Partner und staunte über dessen Fähigkeit, zuweilen den Nagel auf den Kopf zu treffen. »In gewisser Weise schon«, räumte er ein. »Da ist jedoch immer auch eine Art sportliche Leistung mit im Spiel. Hier geht es um nichts anderes als das Aussehen. Der Triumph der Oberfläche.«

»Frauen und Schwule sind oberflächlich«, sagte Anderson mit Grabesstimme. »Und heterosexuelle Männer sind tiefsinnig.«

»Jaja«, sagte Chavez.

Und dann tauchten sie wieder ab in ihre jeweiligen virtuellen Meerestiefen.

»Interessant«, sagte Jon Anderson nach einer Weile.

»Riesig«, knurrte Chavez kurz angebunden.

»Es gibt bei Lisa Jakobsson eine Werbemail, die über Anamagica informiert.«

»Aber du hast doch das ganze Mailprogramm schon durchsucht?«

»Ja klar«, sagte Anderson. »Ein einziger Treffer bei Anamagica, und die Mail ist schon sattsam bekannt. Diese hier ist aber falsch geschrieben, mit zwei ›n‹: ›Annamagica‹.«

»Hmmm«, machte Chavez wie Sherlock Holmes und nahm die Finger von der Tastatur.

»Ich habe es doch geahnt, dass ich dir damit diesen Laut entlocken würde«, sagte Anderson.

»Und wann kam diese Werbemail?«

»Am Tag bevor Lisa Jakobsson die Seite www.thinspiration.se besuchte und ihr Interesse bekundete.«

Chavez rieb sich das Kinn und sagte: »Sie hat also nicht von sich aus dahingefunden, sie wurde dahingelockt.«

»Sieht ganz danach aus. Aber von einer ganz anderen E-Mail-Adresse.«

»Und mit falsch geschriebenem Medikamentennamen ... Wird thinspiration.se darin erwähnt? Ich nehme an, du hast auch unter ›thinspiration‹ gesucht?«

»Ja …«, sagte Jon Anderson zögernd. »Aber jetzt sehe ich, warum ich da keinen Treffer bekommen habe. Das Wort ist mit einem Bindestrich in der Mitte geschrieben, also ›thin‹ Bindestrich ›spiration‹.«

Da stand Chavez auf, ging um den gemeinsamen Schreibtisch herum und schaute auf Jon Andersons Monitor. Er las laut vor: »›Weltbeste Medizin für Gewichtsabnahme. Soeben eingetroffen: Eine Speziallieferung des mit Abstand weltweit besten Gewichtsverminderungspräparats, das je entwickelt wurde, Annamagica. Du findest es unter www.thin-spiration.se.‹«

»Und es kommt von einer anderen Mailadresse«, sagte Jon Anderson.

»Das hier ist etwas ganz anderes, oder? Wie hast du es gefunden?«

»Ich bin sämtliche Mails im Papierkorb durchgegangen. Das waren einige.«

»Und hier steht am Ende auch: ›Lösche und vernichte diese E-Mail.‹«

»Manchmal ist es direkt ein Glück, dass die Leute sich nicht gut mit ihren Computern auskennen.«

»Du sagst es«, gab Chavez zurück. »Wenn dies hier auch von Tiina Spinroth geschrieben wurde, dann unter ganz anderen Prämissen als bei jenen Mails, die sie alle im Mailprogramm stehen ließ. Hier schreibt sie von einer anderen Adresse aus und Anamagica außerdem mit zwei ›n‹, damit die Mail nicht gefunden werden kann, etwa von der Polizei.«

»Gibt es bei Louise Strömberg etwas Ähnliches?«, fragte Anderson.

»Gute Idee«, sagte Chavez und lief hinüber zu seiner Seite des Schreibtischs. Er bearbeitete flott die Tastatur und hatte binnen Kurzem die Antwort.

»Nein, nichts. Entweder hat Louise Strömberg die Aufforderung beherzigt und die Mail wirklich gelöscht, oder an sie ist keine geschickt worden.«

»Man kann das auf zweierlei Weise verstehen«, sagte Jon Anderson. »Entweder ist Tiina Spinroth ganz einfach hungriger zu diesem Zeitpunkt – sie will schneller vorankommen, will viele Opfer möglichst rasch. Sie findet ein Register über bekannte Anorektikerinnen und arbeitet das ab. Oder sie hat es wirklich zum ersten Mal auf *ein spezielles Opfer* abgesehen.«

»Du meinst, dass die früheren nur zur Vorbereitung dienten?«, fragte Chavez.

»Das bleiben ja Hypothesen, bis wir kontrolliert haben, was von dieser Hotmail-Adresse verschickt wurde.«

»Aber nicht einmal dann haben wir Gewissheit, weil sie für jede sogenannte Werbemail eine andere Mailadresse benutzt haben kann.«

Jon Anderson streckte seinen langen Körper nach hinten über den Bürostuhl, der dadurch auf einmal ganz klein aussah. Dann erklärte er: »Deshalb glaube ich wirklich, dass es eine gültige Hypothese ist. Spinroths Hass auf Anorektikerinnen ist echt. Es ist ein allgemeiner Hass. Aber er hat auch eine spezifischere Seite, und der nähert sie sich jetzt. Es ist etwas, was in der Vergangenheit liegt. Als sie ihre Opfer mehr nach dem Zufallsprinzip wählte, ging es schief. Nicht mit den ersten, nicht mit Åsa Karlsson und Louise Strömberg – aber mit Armanda Carneiro. Sie bekam nicht nur eine Prostituierte an die Angel, sondern auch ein ganzes gottverdammtes Mafiasyndikat, komplett mit Killer und allem. Das war ihr zu viel. Es wurde Zeit, das in Angriff zu nehmen, was sie eigentlich tun wollte. Sich auf die wirkliche Zielgruppe zu konzentrieren, die geplanten Opfer.«

»Von denen also, falls es so ist, Lisa Jakobsson das erste wäre.«

»Weshalb wir, falls es so ist, uns Lisa Jakobssons Vergangenheit ein bisschen genauer ansehen sollten.«

»Also lass uns.«

Sie verschwanden wieder jeder in seiner virtuellen Tiefe.

Wie gewöhnlich verlor diese Tätigkeit rasch ihre Dimension von Großartigkeit und wurde mit beeindruckender Geschwindigkeit zu einem Wettbewerb zwischen sehr kleinen Kindern.

Spielplatz: der Sandkasten.

»Lisa Jakobsson ist am 5. April 1976 in Schonen geboren«, sagte Jon Anderson, »genauer gesagt in Skurup, nicht zu verwechseln mit Sturup, dem internationalen Flugplatz von Malmö, das wiederum nicht verwechselt werden sollte mit Kastrup, dem internationalen Flughafen von Kopenhagen. Die Kommune Skurup liegt zwischen Malmö und Ystad.«

»Das mag alles richtig sein«, konterte Jorge Chavez, »aber bedeutend wichtiger ist, dass ihre frisch geschiedene Mutter sie, als sie in die Oberstufe ging, mit in die Gegend von Stockholm nahm, genauer gesagt nach Upplands-Väsby. Sie absolvierte dort am Vilunda-Gymnasium direkt bei Väsby-Zentrum den gesellschaftswissenschaftlichen Zweig und blieb noch ein paar Jahre dort wohnen, bis sie in die Stadt zog. Zuerst nach Gärdet, Rindögatan, dann weiter in die Gästrikegatan, wo sie jetzt seit drei Jahren wohnt.«

»Was wiederum nicht so interessant ist, wie dass sie direkt nach dem Abitur im Reisebüro Willman & Ström anfing und es inzwischen dort zur Abteilungsleiterin gebracht hat.«

»Wirklich entscheidend ist jedoch, dass sie seit einem Jahr als Single lebt, nachdem sie drei Jahre in einer Beziehung mit einem sechs Jahre älteren Mann namens Hans Jörgen Bratt gelebt hatte, einem Geschäftsführer von etwas, das stopIT AB heißt.«

»Doch was uns betrifft«, sagte Jon Anderson genüsslich, »ist vor allem eines wesentlich, nämlich dass sie seit dem Gymnasium an mehr oder weniger schweren Essstörungen leidet. Mit ihren jetzt dreißig Jahren ist sie nicht weniger als achtmal wegen schwerer Anorexie im Krankenhaus gewesen, dreimal schwebte sie bereits in Lebensgefahr, das letzte Mal vor einem halben Jahr.«

»Aber das kannst du nicht aus dem Netz haben«, stieß Chavez aus. »Du pfuschst.«

»Ich habe das Patientenregister vom Krankenhaus Danderyd angezapft.« Jon Anderson grinste und setzte damit einen Schlusspunkt unter die Diskussion.

»Du bist unheimlich«, sagte Chavez neidisch.

»Wie viele Gesetze hast du selbst in der letzten Viertelstunde verletzt?«

»Keines so grob wie du. Die größte Bedrohung der persönlichen Integrität im heutigen Schweden heute heißt Jon Anderson.«

»Es gibt in Danderyd etwas, das Mandometerklinik heißt. Es ist ein privater Teil des Krankenhauses in Danderyd, in dem Patienten mit allen Arten von Essstörungen behandelt werden.«

»Und da lag sie vor einem halben Jahr auf den Tod?«

»Schwere Unterernährung. Aber zwei Jahre davor war es noch schlimmer. Sie war anscheinend schon für tot erklärt worden, als sie plötzlich wieder zu atmen begann.«

»Pfui Teufel«, sagte Jorge Chavez. »Wie ich diese ganze verdammte Selbstdestruktivität satthabe.«

»Ich weiß«, sagte Jon Anderson. »Warum tun wir uns selbst so etwas an? Woher kommt diese Selbstverachtung?«

Es war eine Weile still. Für einen kurzen Augenblick wurde die Hektik von Nachdenklichkeit unterbrochen. Der ganze Wettbewerbsinstinkt fiel von ihnen ab. Es war, als käme ihnen beiden plötzlich zu Bewusstsein, worum es eigentlich ging. Was es war, dem sie ihr Leben verschrieben hatten.

Dass die Welt trotz allem ein klein wenig besser werden sollte.

Sie sahen sich an und dachten an Betriebsblindheit. Daran, wie leicht es war, das, was wirklich zählte, aus dem Blick zu verlieren. Wie viel einfacher es doch war, immer weiterzumachen.

»Wir bewegen uns hier ein bisschen auf dünnem Eis«,

sagte Chavez schließlich. »Vielleicht ist Lisa Jakobsson gar kein spezielles Opfer.«

»Sie hat ein direktes Angebot erhalten. Soweit wir wissen, war das bei keiner anderen der Fall. Das müssen wir im Blick haben.«

»Du hast recht. Wo liegt dann die größte Bedrohung?«

»Es kommt mir so vor, als sei das die Klinik«, sagte Jon Anderson. »Da sammeln sich Anorektikerinnen. Wenn *ich* so einfach ihr Patientenregister anzapfen konnte, dann kann eine raffinierte Figur wie diese Tiina Spinroth das ganz bestimmt auch. Was meinst du?«

»Mein Instinkt sagt mir, dass es etwas mit Männern zu tun hat«, sagte Chavez. »Alte Freunde, solche Sachen. Wenn du zum Krankenhaus Danderyd fährst, nehme ich mir das ehrenwerte Unternehmen stopIT AB vor. Whatever it may be.«

»Aber dann«, sagte Anderson, »treffen wir uns hinterher und machen einen Abstecher nach Upplands-Väsby. Hört sich das gut an?«

»Saugut«, sagte Jorge Chavez.

22

Tiina Spinroth war ordentlich vergrößert. Und gesäubert. Was ihr Make-up noch schmieriger machte.

Lena Lindberg blieb auf der Treppe stehen, fächerte die Bilder in der Hand auf und betrachtete sie. Die Computerexperten hatten eine Serie stark verbesserter Ausschnittvergrößerungen hergestellt.

Das Problem war, dass es auch dadurch keinen Deut leichter wurde, zu erkennen, wer sie war. Nur die Maske trat deutlicher als Maske hervor.

Dagegen war es erstaunlich, dass sie in diesem Aufzug in der Stadt hatte herumlaufen können, ohne Aufmerksamkeit zu erregen. Das war nur in Stockholm möglich. Hier sind wir so gewöhnt an alles.

So tolerant. Alternativ: so blasiert.

Oder so blind. So schien es jedenfalls in der Jungfrugatan.

Dort waren sie wieder. Sie zeigten die Bilder von Tiina Spinroths Auftritt in der Bank allen Nachbarn. Sie waren bei Naoum Chamoun und hielten ihm die Bilder hin. Er schüttelte nur den Kopf.

»Haben Sie den Räuber gefasst?«, fragte er stattdessen.

Sara und Lena sahen sich an. Es dauerte bei beiden ungefähr gleich lange, bis der Groschen fiel.

»Der Fall ist an die Polizei Stockholm abgegeben worden«, sagte Lena Lindberg schließlich.

Chamoun stand hinter seiner Ladentheke und nickte. »Er kann also jederzeit zurückkommen?«, sagte er. »Ist Ihnen das egal?«

»Ich glaube nicht, dass Sie sich Sorgen machen müssen«, beschwichtigte Sara Svenhagen.

Anschließend nahmen sie sich jeder ein Treppenhaus

rechts und links des Videoladens vor. Niemand hatte jemanden gesehen, der der bizarren Erscheinung auf den Fotos ähnelte. Aber viele fühlten sich bemüßigt, ihrem Widerwillen Ausdruck zu verleihen.

Sie trafen sich wieder auf der Straße.

»Wir sollten etwas Besseres tun können«, sagte Sara.

»Ich kann dir nur zustimmen«, sagte Lena. »Das Problem ist leider, dass wir nicht genau wissen, was. Jon und Jorge haben uns die Computer vor der Nase weggeschnappt, Gunnar und Arto haben die europäische Connection mit Beschlag belegt. Und wir – der eigentliche Kern des Falls – stehen hier und treten auf der Stelle. Das ist ungerecht.«

»Und es passt nicht zu uns«, fügte Sara hinzu und meldete sich an ihrem eindringlich klingelnden Handy. Danach begann sie in ziemlich einsilbiger Art und Weise Englisch zu reden.

Als das Gespräch beendet war, erklärte sie: »An Rainer Kruses Einhandweltumseglung ist irgendetwas faul.«

»War das die englische Polizei?«

»Auf Guernsey. Das Boot ist verlassen in einer einsamen Bucht auf einer kleinen Nachbarinsel gefunden worden.

»Wann ist er noch mal losgesegelt?«

»Anfang Mai, am 7., glaube ich.«

»Richtig langer Törn. Niemand, der ihn vermisste?«

»Einhandsegler sind in der Regel Einzelgänger. Aber das passt ziemlich gut in unser Zeitschema, nicht wahr? Tiina Spinroth hat die Wohnung ab dem 1. Mai gemietet und nahm einen Monat später den ersten Kontakt zu Åsa Karlsson auf. Dazwischen ließ sie am 12. Mai ihre Domain thinspiration.se registrieren, und am 14. Mai wurde die Homepage ins Netz gestellt. Wir müssen die Fotos nach Guernsey schicken, vielleicht werden wir da fündig. Ich habe so eine Ahnung, als wäre sie dort gewesen. Es wird Zeit, Flugtickets zu checken und dergleichen. Es könnte eine authentische Spur sein.«

»Aber wenn sie Kruse im Mai getötet hat«, sagte Lena, »warum hat sie dann die Miete weiterbezahlt?«

»Stell nicht so knifflige Fragen«, seufzte Sara.

Sie waren inzwischen ein gutes Stück die Treppe in dem schmalen Wohnhaus in der Jungfrugatan hinaufgestiegen. Ohne sich abzusprechen, hatten sie Kurs auf die Albtraumwohnung genommen, die sie anzog wie ein Magnet.

Die beiden Türen im ersten Stock waren gründlich mit blau-weißem Plastikband gesichert. Sie bahnten sich ihren Weg hindurch und blieben in dem kahlen Flur stehen. Nichts deutete darauf hin, dass sich hier ein Mensch aufgehalten hatte.

Der Chef der Kriminaltechniker, Brynolf Svenhagen, zugleich Saras Vater, hatte sie nur eine Stunde zuvor ein letztes Mal durch die Wohnung geführt. »Wir sind hier fertig«, wie er es ausgedrückt hatte. »Es ist wirklich beeindruckend, wie alles genetische Material außer dem Blut entfernt worden ist.«

»›Es ist wirklich beeindruckend, wie alles genetische Material außer dem Blut entfernt worden ist‹«, zitierte Lena Lindberg aus einem der Schlafzimmer.

Sara, die sich in einem anderen Zimmer befand, schnitt eine Grimasse. Sie beugte sich hinunter zum Heizkörper und betrachtete die Blutspuren, die ihr Vater ihnen gezeigt hatte. »Hier hat eine von den beiden gesessen, vermutlich Lisa Jakobsson. Sie war festgebunden, wahrscheinlich mit einem Lederriemen.« So hatte er es erklärt.

»Und schnell gehen musste es auch!«, rief Sara Lena zu. »Sie hatte gerade erfahren, dass jederzeit irgendein Berufskiller hereinstürmen konnte. Dennoch beseitigte sie alles genetische Material, bis auf das Blut. Ich weiß wirklich nicht, wie man das verstehen soll.«

»Ich auch nicht!«, rief Lena Lindberg aus dem anderen Zimmer zurück. »Und das stört mich. Wenn sie wirklich in Panik geflohen wäre – und darauf deutet der zurückgelassene abgetrennte Arm trotz allem hin –, dann muss sie sich ja in irgendeinem Anzug durch die Wohnung bewegt haben, der die Verbreitung von genetischem Material verhinderte. Und dann hat sie kaum hier gewohnt.«

»Es muss eine zweite Wohnung geben«, schloss Sara. »Und zwar schon die ganze Zeit.«

»Noch etwas«, fuhr Lena fort. »Warum nahm sie nicht einfach den Arm und fuhr damit in den Wald? Einfach weg damit, draußen auf Gärdet. Bedeutend einfacher, als die ganze Wohnung zu leeren und tote oder lebende Opfer mitzunehmen.«

Sie trafen sich im Wohnzimmer. Der zutiefst ekelerregende »Arbeitstisch« war fort. Die Techniker hatten ihn mitgenommen nach Linköping.

»Ich finde, hier ist vieles komisch«, sagte Sara Svenhagen. »Zu viele Fragen und Unsicherheiten.«

»Aber sie hat definitiv nicht hier gewohnt«, sagte Lena Lindberg. »Sie kam zwischendurch her und folterte ihre Opfer. Dann fuhr sie wieder.«

Sie blieben noch einen Moment stehen. Etwas löste sich von den Wänden. Es fiel herab und schlug ihnen entgegen.

Es war reiner und nackter Schmerz.

Lena und Sara sahen sich an.

Lena brachte es auf den Punkt: »Wir müssen diesen Satan kriegen, und zwar bald.«

Sara Svenhagen betrachtete eindringlich die Wand und nickte langsam.

23

Ein Füller der erlesenen französischen Marke Waterman wurde benutzt, um eine Kautabakportion zu massakrieren. Auf einem Teller lag neben einem halb gegessenen Schinkenbrot ein verbrauchter Priem in seiner kleinen Tüte und machte einen traurigen Eindruck. Und mit jeder Sekunde, die verstrich, sah er trauriger aus. Der Waterman-Füller zerteilte ihn mit hoher Präzision. Schließlich ähnelte der Schauplatz auf dem Schreibtisch des Säpo-Chefs dem ausgebrannten Ödhof in Modhult in der Kommune Nykvarn unweit südlich von Stockholm.

»Es ist also wirklich er?«, fragte der Säpo-Chef, während er den Füller umständlich mit einer Serviette abwischte.

»Ja«, sagte Paul Hjelm. »Die Techniker haben gerade die Bestätigung geschickt. Die verbrannte Leiche von Tore Michaelis liegt auf einem Ödhof in Modhult.«

Der Säpo-Chef nickte und legte den Füller vor sich auf den Schreibtisch.

»Aber das habt ihr doch sowieso gewusst, nicht wahr?«, fuhr Hjelm fort.

Der Säpo-Chef zog eine leichte Grimasse und sagte: »Ich weiß nicht, wie du es gemacht hast, aber du hast vorbildliche Polizeiarbeit geleistet, Hjelm. Es scheint an der Zeit zu sein, dass wir unsere Zusammenarbeit formalisieren.«

»Nicht, wenn ihr die ganze Zeit mit verdeckten Karten spielt«, erwiderte Paul Hjelm.

»Du musst dich schon an ein paar Doppeldeutigkeiten gewöhnen, wenn du in diese Welt eintreten willst«, erklärte der Säpo-Chef lapidar.

»Ich bin gar nicht sicher, ob ich in diese Welt eintreten will.«

»Glaub es, oder lass es bleiben«, sagte der Säpo-Chef, »aber wir wussten es wirklich nicht. Aber wir hatten eine Ahnung. Und nutzten die Gelegenheit, dich in Aktion zu sehen.«

»Und wie kamt ihr auf die Ahnung?«

Der Säpo-Chef ließ ein lang gezogenes Schnaufen hören. Paul Hjelm hatte aufgehört, sich über dieses eigenartige Geräusch zu wundern. So lachte eben ein Mann, der vergessen hatte, wie man lacht.

»Wir bekamen einen Brief«, sagte der Säpo-Chef und zog eine Schreibtischschublade auf.

»Ihr bekamt einen Brief«, wiederholte Hjelm mit beherrschtem Sarkasmus.

»Oder genauer gesagt: *Ich* bekam einen Brief.«

Der Säpo-Chef blickte auf den Brief. Er war handgeschrieben, und auch aus der Distanz erkannte Paul Hjelm die Handschrift. Der Säpo-Chef nickte und murmelte: »Per Naberius also? Hmm.«

»›Hmm‹ ist das richtige Wort«, sagte Paul Hjelm.

»Ich nehme an, auf einen solchen Mann geht man nicht ungestraft los. Du weißt ja, wozu er fähig ist.«

»Ja, danke«, sagte Paul Hjelm.

»Michaelis hat immer freie Hand gehabt«, konstatierte der Säpo-Chef. »Wenn er sich zu einer solchen Sache entschließt, können wir nicht viel tun. Ich würde sagen, er hat sein eigenes Todesurteil unterschrieben in dem Moment, als er das tat. Als er auf seine alten Tage beschloss, auf eigene Faust zu handeln.«

»Kann ich den Brief sehen?«

»Ich lese ihn dir vor«, sagte der Säpo-Chef. »Er ist ziemlich kurz.«

»Du willst mir also keine Kopie geben? Soll ich diesen Fall nicht weiterverfolgen?«

»Warten wir damit ein bisschen. Hör zu, Hjelm: ›Zu Händen von B.K. am 2. August.‹ Das war, wohlgemerkt, der Tag, bevor Tore Michaelis verschwand.«

»O Wunder«, sagte Paul Hjelm.

Ohne auch nur den Anschein zu erwecken, er habe Hjelms Bemerkung gehört, las der Säpo-Chef laut weiter: »›Seit einiger Zeit verfolge ich eine Spur in Richtung des Waffenhändlers, Drogenschmugglers und Massenmörders Per Naberius in Bagdad. Ich tue dies aus eigenem Antrieb und ohne jegliche Autorisierung von höherer Stelle. Ohne Risikoabwägung passiert hier ein unvergleichlicher Showdown. Heute Nacht, in der Nacht auf den 3. August, wird er stattfinden. Zum gegenwärtigen Zeitpunkt ist es etwas unsicher, wie dieses Treffen ablaufen wird. Dein T. M.‹«

»Und das ist alles?«, stieß Paul Hjelm aus. »Das ist der ganze Brief?«

»Er ist lakonisch, wie es Tores Art war«, sagte der Säpo-Chef und legte das Blatt zurück in die Schreibtischschublade. »Jetzt wissen wir, wie das einzigartige Zusammentreffen endete. An einem so stillosen Ort wie Modhult. Der am weitesten gereiste Spion unserer Zeit, der ureigenste Kosmopolit der Sicherheitspolizei, endet seine Tage als verkohlte Leiche in einem Ödhof in der schwedischen Pampa. Vielleicht gibt es in dem Ganzen eine Logik, aber ich sehe sie nicht. Bis auf eines, und das ist wichtig: Wer in dieser Branche auf eigene Faust handelt, wird nicht alt. Tore mag ein Einzelgänger gewesen sein, aber wir standen immer hinter ihm. Ohne unsere Rückendeckung war Tore eine leichte Beute.«

»Ich bekomme den Brief also nicht?«, fragte Paul Hjelm.

»Nicht, bevor du mir einen vollständigen Bericht darüber geliefert hast, wie du vorgegangen bist, um ihn zu finden. Erst dann wird man sehen, ob es sinnvoll ist, eine Fortsetzung ins Auge zu fassen.«

»Ich soll mir also *nicht* Per Naberius vornehmen?«

»Ich vermute, deine letzte Äußerung war ein Beispiel des berühmten Paul-Hjelm'schen Humors. Ein bisschen unterschwellig.«

»Klartext wäre mir lieber«, sagte Paul Hjelm beherrscht.

»Du hast außerordentlich gute Arbeit geleistet«, sagte der Säpo-Chef. »Du hast bestätigt, was wir bestätigt haben wollten: dass deine polizeilichen Fähigkeiten in der Zeit bei der Abteilung für interne Ermittlungen nicht verloren gegangen sind. Du hast genau das getan, was wir von dir erwartet haben. Du hast Tore Michaelis' Leiche gefunden. Dafür sind wir dir dankbar, und unser Angebot an dich ist jetzt ganz konkret. Ich habe den Vertrag hier.«

»Es hört sich nicht gerade so an, als ob du um Tore trauern würdest.«

Der Säpo-Chef wedelte jetzt mit einem anderen Papier. Als es zu wedeln aufhörte, sagte er: »Trauern?«

»Ist es nicht ein herber Verlust für die schwedische Sicherheitspolizei, dass Tore Michaelis tot ist?«

»Nicht direkt. Er sollte sowieso in absehbarer Zeit aufhören, wie du weißt. Seine Zeit war vorbei. Er beschloss, den kleinen Rest, der ihm von seinem Leben noch blieb, aufs Spiel zu setzen. Das war eine idiotische Entscheidung. Aber ich schreibe gerne einen Nachruf auf ihn, wenn du willst.«

»Und wo sollte der veröffentlicht werden?«

»Absolut nirgendwo.«

»Wer informiert seine Angehörigen?«

»Es gibt keine Angehörigen«, sagte der Säpo-Chef und kniff die Augen zusammen. »Oder etwa doch?«

»Nicht, soweit ich wüsste«, log Paul Hjelm und biss sich auf die Zunge.

»Ich erwarte also binnen drei Tagen einen vollständigen Bericht«, forderte der Säpo-Chef. »Desgleichen erwarte ich binnen drei Tagen eine Antwort darauf, wie es weitergehen soll. Nimm den Vertrag, und lies ihn dir durch. Aber zeig ihn niemandem.«

»Selbstredend nicht«, sagte Hjelm und griff nach dem Vertrag.

Als er davonging, würdigte er indessen den Vertrag weder

eines Blickes noch eines Gedankens. Seine Gedanken waren ganz woanders. Er dachte an den dritten Satz.

Er dachte an die Notiz in Tore Michaelis' »starken Seiten«. Und er dachte an den holländischen Schriftsteller Ferdinand Bordewijk.

»Nicht zuletzt der dritte Satz bei Bordewijk, der mich mit solcher Trauer erfüllte«, wie bei Michaelis stand.

Und der dritte Satz im Roman *Bint* von Bordewijk: »Behalte dies im Gedächtnis und suche anderswo.«

Der dritte Satz im Abschiedsbrief an den Säpo-Chef lautete: »Ohne Risikoabwägung passiert hier ein unvergleichlicher Showdown.«

Es hörte sich nicht so an, als seien dies Tore Michaelis' Worte. Es hatte etwas zu bedeuten. Noch eine verfluchte Chiffrierung. Noch mehr Spionenkryptozeug.

Und immer deutlicher direkt an ihn gerichtet.

Direkt an Paul Hjelm.

Den Nachfolger.

Er spürte, wie ihm der Kopf brummte. Und dabei hatte er geplant, den Nachmittag freizunehmen und in die Privatklinik nach Äppelviken zu fahren. Um zu sehen, wie es Tova ging.

Im Vorbeigehen nickte er seiner untätigen Sekretärin Anna-Clara zu und verschwand in seinem Zimmer. Er legte den Vertrag vor sich auf den Tisch, aber es gelang ihm nicht, auch nur eine Zeile zu lesen, nicht ein Wort, nicht den kleinsten Buchstaben.

Im vollen Bewusstsein dessen, dass ein Spion nicht das Geringste niederschreiben sollte, schrieb er jetzt folgende Worte auf einen gelben Merkzettel: »Ohne Risikoabwägung passiert hier ein unvergleichlicher Showdown.«

Bestimmt hatte Tore Michaelis auf die ihm eigene Art seine Aufmerksamkeit auf diesen Satz lenken wollen. Er war sich zwar nicht sicher, doch es schien so. Und seine Gefühle waren nun einmal ein Bestandteil seines rationalen Werkzeugkastens geworden.

Die Frage war nur, warum Tore ihn nach Modhult gelockt hatte. Wenn er dort nicht gestorben wäre, was hätte Paul Hjelm dann in dem Waldhaus gefunden? Nichts vermutlich.

Also erwartete Tore, dort zu sterben.

Hatte er die ganze komplizierte Spur bis zu dem Klartext »Modhult« nur deshalb gelegt, damit jemand seine Leiche finden sollte, wenn er starb?

Konnte das sein? Sah das dem Tore Michaelis ähnlich, den er kennengelernt hatte? »Kümmere dich um meine Leiche, und begrabe mich, falls ich sterben sollte«, das klang zu sentimental. Und gleichzeitig nicht ganz falsch, wenn man es eine halbe Drehung weiterschraubte. Der Nachfolger soll seine Fähigkeit unter Beweis stellen, indem er die Leiche des Vorgängers findet.

Anderseits war es doch albern, seinen Nachfolger ganz umsonst in die Wildnis hinauszulocken, wenn ihm gelungen wäre, was er sich vorgenommen hatte.

Und was hatte Tore Michaelis sich vorgenommen? Per Naberius zu treffen und ihn umzunieten? In Modhult?

Alles war ziemlich seltsam. Wenn nicht …

Wenn es nicht Paul Hjelms Aufgabe sein sollte, die Säpo davon zu überzeugen, dass Tore Michaelis tot war. Die Welt wissen zu lassen, dass er tot und damit ungefährlich war.

Doch seine Identifizierung war über jeden Zweifel erhaben, er war hundertprozentig durch die Zähne identifiziert. Anderseits war er ein ausgebuffter Spion mit einem grenzenlosen Kontaktnetz. Wenn er wirklich ein falsches Gebiss hätte anfertigen lassen wollen, wäre ihm das natürlich möglich gewesen.

Und für diesen Fall gab es eine ganz bestimmte Fortsetzung, die *wirklich* nur für Paul Hjelms Augen gedacht war.

Und dann lag sie hier auf dem Tisch, vor seinen Augen.

In dem dritten Satz: »Ohne Risikoabwägung passiert hier ein unvergleichlicher Showdown.«

Hatte er den Spionblick auch richtig eingestellt?

Gar keine Frage. Zu seiner großen Verwunderung fiel sein Blick genau auf das, worauf er fallen sollte. Auf den ersten Buchstaben in jedem Wort. Seltsam, wie deutlich es wurde, wenn man es erst einmal gesehen hatte.

»Ohne Risikoabwägung passiert hier ein unvergleichlicher Showdown.«

Orpheus.

Sonderbar.

Hjelm tauchte in das lauwarme Wasser der Erinnerung ein. Etwas dort rief ihn. Es war die Schreibweise. Orfeus mit »f« hatte zwar in einem früheren Fall, einem der ältesten der A-Gruppe, eine Rolle gespielt, da aber im Paar mit Eurydike. Aber auch Orpheus mit »ph« war ihm irgendwann in der Vergangenheit begegnet.

Paul Hjelm hatte das Gefühl, sich in eine mentale Embryonalstellung zu begeben. Jacketts, Krawatten, Privatsekretärin, interne Ermittlungen und seine einsame Arbeit verschwanden. Er war in einem Team, einem fest zusammengeschweißten Team, das gerade das Licht der Welt erblickt hatte. Unter dem alten Kommissar Jan-Olov Hultin war die der Reichskriminalpolizei direkt unterstellte, neu getaufte Sondereinheit für Gewaltverbrechen von internationalem Charakter gerade fest etabliert worden, nachdem sie die sogenannten Machtmorde aufgeklärt hatte. Sie waren damals zehn Jahre jünger gewesen als jetzt und alle voller Enthusiasmus, die Gespanne Paul Hjelm und Jorge Chavez, Kerstin Holm und Gunnar Nyberg, Viggo Norlander und Arto Söderstedt. Der Enthusiasmus war wohl immer noch da – bei einigen war er in Würde gereift –, aber damals war er auch vom Reiz des Neuen umgeben gewesen. Es war für sie alle eine Offenbarung gewesen, dass Polizeiarbeit auch so aussehen konnte, nicht nur graue Routine, sondern kreatives Denken. Damals waren sie zum ersten Mal mit dem Irak konfrontiert worden.

Der erste Irakkrieg. Operation »Desert Storm«. Der Golfkrieg. Die A-Gruppe war einem amerikanischen Serienmörder auf der Spur, der nach Schweden gekommen war. Sie schnappte ihn, aber er entkam ihr wieder. Die A-Gruppe wurde aufgelöst. Es bedurfte eines Gemetzels in Sickla, damit sie wiederauferstehen konnte.

Eine humanitäre Organisation war in die Sache verwickelt, bevor alles ein blutiges Ende nahm. *Sie* nahm ein blutiges Ende. Ihre schwedischen Vertreter starben. Das Ehepaar Lindberger.

Paul Hjelm war jetzt tief im Wasser der Erinnerung, aber es war nicht mehr lau, es war eiskalt.

Die A-Gruppe hatte beinahe alles missverstanden, sie waren von einer inoffiziellen amerikanischen Sicherheitsorganisation wie Spielsteine hin und her geschoben worden und hatten aktiv dazu beigetragen, die humanitäre Organisation zu zerschlagen, die sich im Irak für die Menschenrechte einsetzte.

Es tat weh, daran zu denken.

Das Wasser um ihn herum war jetzt eisig.

Die Organisation hatte über ziemlich viel Geld verfügt. Kurz nach dem Tod der Eheleute Lindberger verschwand das gesamte Geld von den Konten. Niemand wusste, ob es konfisziert oder gerettet worden war.

Die im Irak mit guten Kontakten operierende humanitäre Organisation hieß »Orpheus Life Line«.

Es konnte kein Zufall sein. Tore Michaelis zeigte es ihm. Die Organisation musste überlebt haben. Und wenn das stimmte, dann war sie wieder aktiv, im neuen Irakkrieg. Wahrscheinlich setzte sie sich für die Einhaltung der Menschenrechte ein. Das konnte nicht besonders leicht sein im Irak von heute.

Vielleicht hatte Tore Michaelis sich der Organisation »Orpheus Life Line« bedient, um in den Irak zu gelangen. Vielleicht auch, um seinen eigenen Tod vorzutäuschen.

Paul Hjelm musste sie finden. Er musste »Orpheus Life Line« finden.

Es war damals ein dritter Mann beteiligt gewesen. An ihn konnte Hjelm sich nur schwer erinnern. Es gab das Ehepaar Lindberger – und noch einen Mann. Die A-Gruppe hatte ihn vorübergehend festgehalten, aber dann laufen lassen. Wie war noch sein Name?

Das Badewasser der Erinnerung war kein Badewasser mehr. Es war Eis. Hjelm saß festgefroren in einem Eisblock wie ein sibirisches Mammut, das so die Jahrtausende überdauert.

Es war ein irakischer Name gewesen. Sie hatten ihn aus allen offiziellen Dokumenten getilgt. Der Name des dritten Mannes war nirgendwo notiert, dafür hatte die A-Gruppe gesorgt. Er existierte nur in der Erinnerung. Ihrer Erinnerung. Und weil Hjelm auf die Erinnerung der anderen nicht zurückgreifen konnte, blieb ihm nur seine Erinnerung.

Und die begann wiederzukommen. Justine Lindberger war ihrer Bewachung in der Östermalmshalle entwischt. Und zwar durch ein Café, dessen Inhaber Iraker war. Es zeigte sich, dass er die dritte Person hinter dem schwedischen Zweig der »Orpheus Life Line« war. Und er hieß – Fawzi Ulaywi.

Stimmte das wirklich?, überlegte er und spürte, wie das Eis um ihn herum zu schmelzen begann. Ja, es fühlte sich so an. Es fühlte sich ganz einfach richtig an. Fawzi Ulaywi.

Aber auch wenn es richtig war, spielte es eigentlich keine Rolle. Es war klar, dass er vor acht Jahren untergetaucht war und nie wieder diesen Namen benutzen würde. Paul Hjelm versuchte es dennoch. Zunächst googelte er. Nichts. Kein Fawzi Ulaywi.

Er suchte auch die alte Homepage von »Orpheus Life Line«, jetzt gelang ihm sogar das Kunststück, sie aus der Tiefe seines Gedächtnisses auszugraben: www.orphlin.se.

Aber die Seite existierte nicht mehr.

Er betrachtete dies jedoch als eine Sackgasse, die ihn trotz allem weiterbrachte. Es war keineswegs eine gewöhnliche Sackgasse. Jetzt ging es darum, so raffiniert, dass die Säpo keinen Wind davon bekam, herauszufinden, wo »Orpheus Life Line« war. Denn vermutlich gab es noch immer einen schwedischen Ableger. Falls nicht, säße Paul Hjelm definitiv auf dem Trockenen. International würde er sie nicht finden, ohne dass die Säpo davon erfuhr.

Aber Tore Michaelis rief doch nach ihm?

War es nicht so, dass er seinen zwar wenig routinierten, aber auch nicht ganz auf den Kopf gefallenen Nachfolger aufforderte, ihm zu folgen? Ihm beizustehen?

Und der Nachfolger war bereit dazu. Der Nachfolger war entschlossen, Tore Michaelis zu helfen, Per Naberius zur Strecke zu bringen. Die Frage war nur, welchen Preis er zu zahlen bereit war.

Natürlich konnte alles auch nur Zufall und das ganze Verbindungsnetz ein reines Hirngespinst sein. Vielleicht war Tore Michaelis wirklich mausetot.

Aber Paul Hjelm fühlte, dass er dieser Linie bis zum Ende folgen musste. Der Rettungsleine.

Orpheus Life Line.

24

Arto Söderstedt richtete eine Homepage ein. Er tat es manuell und benutzte altmodische HTML-Codes, ohne den Hauch einer Vorstellung von der Gestaltung von Internetseiten zu haben. Gunnar Nyberg stand über seine Schulter gebeugt und betrachtete den undurchdringlichen Text.

Es glich einer Chiffrierung.

»Was machst du da?«, fragte er schließlich.

»Eine Homepage«, antwortete Söderstedt. »Ich werde sämtliche bekannten Namen von Magda ins Netz stellen. Das wird ihr nicht gefallen.«

»Magda Kouzmin?«, fragte Nyberg verblüfft. »Die Anführerin der Erinnyen? Die osteuropäische Bande ehemaliger Prostituierter?«

»Dein Gedächtnis ist nicht gänzlich unbrauchbar«, sagte Söderstedt und öffnete die Seite.

Sie war ungestaltet und schwarz-weiß. Dafür war der Text umso größer. In drei Reihen übereinander prangten in großen Lettern die Namen: Magda Kouzmin, Magda Sheinkman, Elena Basedow. Darunter stand in anspruchsloserem Schriftgrad: »If you want this site removed rather than expanded, immediately contact the whitest guy in Tuscany. You know how to find me. It's all unofficial.«

»Ist das dein Ernst?«, rief Gunnar Nyberg. »Nennst du das Polizeiarbeit?«

»Ich bin nicht ganz sicher, was die Wortfolge angeht«, antwortete Söderstedt präzise. »Sagt man ›immediately contact‹ oder ›contact immediately‹? Aber jetzt stelle ich sie jedenfalls ins gute alte World Wide Web.«

»Besteht nicht die Gefahr, dass dir der ganze Mist um die Ohren fliegt?«

»Davon gehe ich immer aus.«

»Und was willst du damit erreichen?«

»Ich glaube, die Erinnyen wissen am meisten über diese Bande. Ich will, dass sie es mir erzählen.«

»Du meinst, sie wissen auch mehr als die brasilianische Polizei?«

»Das ist nicht ganz so sicher. Aber viel weniger können sie kaum beisteuern. Der Kontakt mit den Brasilianern war keine Offenbarung. Sie hatten nichts zu sagen, von einer imponierenden Menge von Verunglimpfungen in gebrochenem Englisch mal abgesehen.«

»Könnte es sein, dass sie korrupt sind?«

»Es kann viel einfacher sein. Sie erzählen uns nichts, wenn für sie nichts dabei abfällt. There is no such thing as a free lunch.«

»Ich schlage vor, wir reden wieder schwedisch«, sagte Gunnar Nyberg zurückhaltend.

»Meinetwegen«, stimmte Arto Söderstedt entgegenkommend zu. »Was hast du selbst herausbekommen?«

»Leider nicht besonders viel. Ich habe wirklich das ganze Internet nach Prostitutionssyndikaten abgegrast, die maßgeschneiderte Prostituierte feilbieten. Aber es findet sich kein einziges. Da scheint große gegenseitige Diskretion zu herrschen.«

»Ich glaube, so ist es. Das ist ein richtig geheimes Gewerbe, das im Verborgenen blüht.«

Gunnar Nyberg nickte und sagte: »Und eines, das sich sogar vor ›the eye in the sky‹ verborgen hält, um die Sprache zu benutzen, die du so liebst.«

»The eye in the sky?«

»Wir leben in einer Überwachungsgesellschaft, die, in den falschen Händen, noch viel schlimmer werden könnte als in der damaligen DDR. Alles, was wir tun, wird gesehen und registriert. Wir leben unter einem Himmelsauge, das alles sieht. Überall sind Überwachungskameras, Satelliten, die in den kleinsten Winkel reichen, wir hinterlassen überall im Internet Spuren, jede Krone, die wir ausgeben, lässt sich zurückverfolgen, die Leute fotografieren überall, alles, was wir sagen, landet früher oder später in irgendeinem Blog, die Fernsehmedien dringen tiefer und tiefer in unser Privatleben ein, die Abhörvorrichtungen werden immer ausgeklügelter, unsere Handys zeigen exakt an, wo auf dem Erdball wir uns befinden, unsere SMS und unsere Mails werden gespeichert. An einem einzigen Tag hinterlassen wir Hunderte von Spuren, ohne uns darüber Gedanken zu machen.«

»Du hast dich dafür umso mehr damit beschäftigt«, sagte Arto Söderstedt.

»Aber ich habe fast genauso viel über die andere Seite nachgedacht«, sagte Gunnar Nyberg. »Was spielt es für eine Rolle, dass wir überwacht werden? Haben wir tatsächlich so viel zu verbergen? Warum brauchen wir so unglaublich viel Integrität? Ist dies nicht das Überbleibsel einer alten Gesellschaft, als wir gezwungen waren, ein offizielles und ein inoffizielles Leben zu führen? Heutzutage ist es okay, sich auch offiziell ein bisschen ungezwungener zu geben. Ist es nicht ein Zeichen der Stärke einer Gesellschaft, dass die Bürger es wagen, sich so zu zeigen, wie sie sind?«

»Nicht, wenn man eine ganze Überwachungsgesellschaft errichtet, die der einzige Garant dafür ist, dass wir in einer Demokratie leben.«

»Was ungefähr auch meine Schlussfolgerung ist«, sagte Gunnar Nyberg. »Und gleichzeitig können wir nicht so tun, als ob diese Entwicklung nicht stattfände. Unwiderruflich.«

»Gut«, sagte Arto Söderstedt nach einem Mausklick. »Jetzt steht sie im Netz. So einfach ist es heutzutage, Menschen in der großen Öffentlichkeit zu verleumden. Man hat die Freiheit, zu verleumden, wen man will und wie man will. Es gibt keine Chance für das Rechtssystem, einem auf die Schliche zu kommen.«

»Und du hast keine Hemmungen, daraus deinen Vorteil zu ziehen?«

»Absolut nicht.«

Sie blieben eine Weile sitzen. Dann sagte Arto Söderstedt: »Ich glaube, wir warten hier nicht auf eine Antwort. Sonst könnte jemand auf den Gedanken kommen, wir faulenzen.«

25

Sie trafen sich auf Hötorget. So war es abgemacht, und zu beider Überraschung funktionierte es. Nicht länger als zehn Minuten musste einer von beiden über einen Gemüsestand gebeugt dastehen und warten, und Jon Anderson hatte wohl geahnt, dass er derjenige sein würde. Er studierte eine Papaya, die so groß war, dass sie eigentlich Pawpaw genannt werden müsste. Auf einer Reise nach Thailand war er von einer Begriffsverwirrung befallen worden. Es schien, als wechselte die Papaya den Namen, sobald sie etwas mehr wuchs. Genauso verhielt es sich mit Squashes und Zucchini. Auch die lagen da, in der blassen Herbstsonne auf Hötorget, unmittelbar daneben. Eine Mischung großer und kleiner, gelb gesprenkelter, gurkenähnlicher krummer Dinger – und er wusste immer noch nicht, welche Zucchini waren und welche Squashes. Waren das nur unterschiedliche Namen, oder gab es einen realen biologischen Unterschied?

Bevor er auch hier über die Größenunterschiede in Verwirrung geraten konnte, spürte er eine Hand auf seiner Schulter, die die richtigen Proportionen wiederherstellte.

»Ich bin im Zweifel«, sagte Jorge Chavez.

»Ich auch«, sagte Jon Anderson. »Verdammte Pawpaws.«

»Du weißt, dass du wahnsinnig bist, ja?«

»Absolut. Was ist der Unterschied zwischen Squashes und Zucchini?«

»Aber so lange habe ich dich doch gar nicht warten lassen.«

Sie schlenderten zu dem Dienstwagen, den Jon Anderson in besorgniserregender Nähe der Bushaltestelle in der Kungsgatan geparkt hatte.

»Ich kann mir Hans Jörgen Bratt, den stellvertretenden

Geschäftsführer von stopIT AB, nur schwer als Mörder vorstellen«, sagte Chavez. »Wie gesagt, ich bin im Zweifel. Ein dummdreister Schnösel, aber kaum ein Mörder. Schon komisch manchmal, was für seltsame Leute Chefs werden.«

Sie stiegen ein, legten die Sicherheitsgurte an, und Anderson meinte: »Ist das nicht ein Paradox? Die, die Chef werden wollen, sind selten geeignet. Und die, die geeignet sind, wollen nicht Chef werden.«

»Kann schon sein«, sagte Jorge. »Sieh dir nur Kerstin an.«

»Kerstin?«

»Na, als Chefin ist sie doch recht schlaff geworden. Zeit für Erneuerung.«

»Meinst du Kerstin Holm?«, fragte Jon und beging vor lauter Verblüffung die Todsünde, an Schwedens meistbefahrener Straßenkreuzung nach links in den Sveavägen einzubiegen. »Hast du sie noch alle? Ich habe in meinem ganzen Leben noch nicht unter einem so guten Chef gearbeitet.«

»Aber momentan«, sagte Jorge und betrachtete unruhig den Lynchmob in den wüst hupenden Autos. »Genau jetzt. Was tut sie eigentlich? Hat sie auch nur einen Finger gerührt, um diese verschiedenen Fälle in den Griff zu bekommen? Alles baut darauf auf, dass wir Profis mit eigener, gut entwickelter Kreativität sind.«

»Aber das war doch schon immer so«, sagte Jon. »Was war denn nun bei stopIT AB?«

»Es ist ein IT-Unternehmen auf dem absteigenden Ast. Hans Jörgen Bratt schien ziemlich resigniert für einen IT-Chef. Sie steuern vermutlich auf den Konkurs zu. Seine Beziehung mit Lisa Jakobsson war auseinandergegangen, weil ihre ganze Aufmerksamkeit und ihr ganzes Begehren auf den eigenen Körper gerichtet waren. Auf das Verschwinden des eigenen Körpers. ›Sie hätte so viel hungern können, wie sie wollte, sie hatte trotzdem keine Chance, richtig *petite* zu werden. Dazu hatte sie nicht das Skelett.‹«

»Ich hoffe, dass ein Teil davon ein Zitat war.«

»Das hoffe ich auch.«

»Ein Mann mit Empathie.«

»Ein modernes Großstadtpaar von heute, fürchte ich«, sagte Chavez. »Und wie war die Lage im Krankenhaus Danderyd?«

»Eine moderne und vitale private Einrichtung für Essstörungen jeglicher Art«, sagte Anderson. »Stark Übergewichtige und ebenso stark Unterernährte wandelten wie ihre eigenen Gespenster in den Gängen. Die Einzigen mit Normalgewicht gehörten zum Personal.«

»Und du hast also mit … Adriana Rubert gesprochen?«

»Der Leiterin, ja. Sehr interessantes Gespräch. Ich habe enorm viel über Anorexie und Bulimie gelernt. Es sind übrigens nicht nur Frauen betroffen. Jetzt begreife ich, warum viele meiner Kumpel so dünn sind.«

»Schwule sind entweder dick oder dünn«, sagte Chavez. »Entweder Lasse Flinckman oder Christer Lindarw. Dazwischen gibt es nichts.«

»Und Chilenen sind vorurteilsfrei.«

»Genau.«

»Aber es gibt doch einen verblüffend hohen Anteil Frauen mit Anorexie, und an sich sind verblüffend viele Menschen betroffen. Ich bin groß und schlank, und ich esse wie ein Pferd. Ich begreife das alles nicht. Es geht über meinen Verstand.«

»Ehrlich gesagt, ist es wohl nicht deine stärkste Seite, Frauen zu verstehen«, sagte Chavez.

»Zugegeben«, sagte Anderson. »Aber auf Menschen verstehe ich mich ziemlich gut, glaube ich. Also unabhängig vom Geschlecht. Aber bei dieser Krankheit setzt es bei mir aus. Warum sind fast nur intelligente, kreative, tatkräftige Frauen betroffen?«

»Hast du darauf keine Antwort bekommen?«

»Nur indirekt. Wer viel denkt, reflektiert auch viel über sich selbst. So weit kann ich folgen. Ich kann auch ein Stück weit nachvollziehen, dass man mit dem eigenen Aussehen unzufrieden ist. Ich hätte auch gern etwas mehr Muskeln und wäre gern zehn Zentimeter kleiner. Aber deshalb säge ich mir doch nicht die Beine ab.«

»Die Mädchen der Arbeiterklasse futtern sich rund, und die Mädchen aus dem Bürgertum hungern und werden anorektisch?«

»Das gilt natürlich nicht für alle«, sagte Jon Anderson. »Die allermeisten haben ein ziemlich gesundes Verhältnis zu ihrem Körper. Adriana Rubert zufolge.«

Sie waren schon in Sollentuna und rollten an Häggvik vorbei. Chavez kannte sich nicht mehr aus. Der ganze große Vorort schien mittels schönheitschirurgischer Eingriffe sein Aussehen zu verändern. Vielleicht war auch ein bisschen Bulimie mit im Spiel.

»Und konkreter?«, fragte Chavez. »Ich nehme an, du hast ihnen erzählt, dass du dich in ihr Patientenregister eingehackt hast?«

Jon Anderson räusperte sich und sah ehrlich schuldbewusst aus. »Wir könnten es vielleicht einen Sicherheitstest nennen ... Ich habe ihnen allerdings gesagt, dass sie ihr Patientenregister besser schützen müssten. Frau Rubert beeilte sich zu versichern, dass sie daran arbeiteten.«

»Hat sie sich an Lisa erinnert?«

»Doch, klar. Adriana Rubert bezeichnete Lisa Jakobsson als einen, ich zitiere, ›gravierenden Fall‹. Das will sagen, dass sich das anorektische Denken tief in ihr Bewusstsein eingegraben hatte, sodass ihm schwer beizukommen war. In ihrem Fall war eine Langzeittherapie erforderlich, zu der sie nicht die Geduld hatte. Beim letzten Mal, vor einem knappen halben Jahr, brach sie die Behandlung wütend ab und kam nie wieder.«

»Die Beziehung zu Hans Jörgen Bratt endete vor ungefähr einem halben Jahr«, erinnerte Chavez. »Er verließ sie also, als es mit ihr abwärtsging. Ohne sich um die Folgen zu kümmern. Und die Folge war, dass ihre Anorexie akut wurde.«

»So kann man es sehen«, sagte Jon Anderson. »Er findet sich nirgends auf den Besucherlisten von Danderyd, deshalb vermute ich, dass er ihr nicht besonders nahestand.«

»Hast du etwas anderes gefunden? Zum Beispiel: Typ wahnsinniger Psychopath sondiert das Terrain bei den Anorektikerinnen?«

»Kaum. Wenn unser Verbrechen seinen Ursprung in dieser Klinik hat, dann ist das auf technologischem Weg gelaufen, nichts anderes. Ich habe die Datenschutzabteilung im Danderyd-Krankenhaus kontaktiert, um zu sehen, wie effektiv dokumentiert wird, wer sich bei ihnen einloggt. Wenn ich da auftauche, kann sich trotz aller Mängel auch ein faulerer Fisch verfangen haben.«

»Was für eine wunderbare Metaphorik«, sagte Chavez. »Ein Netz, das den Zugang zum Netz verhindert.«

»Korinthenkacker.«

»Da du Ärmster den ganzen Weg nach Danderyd hinaustuckern musstest, hatte ich in der City noch Zeit für einen weiteren Besuch. Und zwar im Reisebüro Willman & Ström, wo Lisa Jakobsson als Abteilungsleiterin gearbeitet hat. Ich habe mit drei der Menschen gesprochen, die ihr am nächsten gestanden haben sollen, darunter ihr Chef, und alle verneinten kategorisch, dass sie an irgendwelchen Essstörungen gelitten hätte. Sie war zwar nicht immer mit, wenn sie in der Mittagspause essen gingen – okay, vielleicht war sie *nie* mit –, aber sie hatte immer Essen dabei, und zwar – ich zitiere ihren Chef – ›sorgfältig zubereitete Hausmannskost‹. Weitere Nachfragen bezüglich dieser ›sorgfältig zubereiteten Hausmannskost‹ ergaben, dass jemand gelegentlich eine Plastikdose vom Typ Tupperware auf ihrem Schreibtisch gesehen hatte. Man kann nicht behaupten, dass die Menschen bei Willman & Ström sich besonders nahestehen.«

»Wunderbar«, sagte Jon Anderson und bog von der E 4 ab und in den großen Kreisverkehr ein, der wie ein Glorienschein über der Autobahn schwebte. Anderson nahm die

Kurve auf zwei Rädern und landete westlich der E 4 auf dem Mälarvägen, bog nach rechts in den Husarvägen und dann wieder links in den Drabantvägen ein. Vor dem Vilunda-Gymnasium hielt er an.

Das vertraute, wiewohl ungleiche Paar fand nach einigem Umherirren zu einer Anmeldung, von wo sie weiterirrten, bis sie endlich am Direktorat anlangten.

Der Schulleiter war nicht anwesend, dafür wurden sie ohne Umstände zur Studiendirektorin eingelassen, einer hocheffizienten Dame mit Kleid und Perlenkette, die den Herren von der Polizei prompt die folgende Auskunft gab: »Lisa Jakobsson absolvierte 1995 den gesellschaftswissenschaftlichen Zweig des Gymnasiums in der Klasse S3D. Ihre Klassenlehrerin war Ann-Britt Grundin, die Schwedisch und Englisch unterrichtete. Das letzte Klassenfoto der Klasse S3D wird gerade ausgedruckt. Hier kommt es, ja.«

Sie beobachteten die hocheffiziente Studiendirektorin mit einer gewissen Bewunderung, und Chavez nahm das Klassenfoto entgegen, in Farbe und gestochen scharf.

»Haben Sie irgendwelche persönlichen Erinnerungen an diese Klasse?«, fragte er und suchte vergebens nach Lisa Jakobssons Gesicht.

»Ich habe nicht von Anfang an hier in Vilunda gearbeitet«, sagte die Studiendirektorin. »Das war weit vor meiner Zeit. Ich schlage vor, Sie sprechen mit der Klassenlehrerin. Ann-Britt Grundin ist 2003 in Pension gegangen und wohnte damals in der Hasselgatan 6 oben am Väsbyskog. Kann ich Ihnen sonst noch helfen?«

Nachdem sie sich höflichst für den perfekten Service bedankt hatten, befanden sich die beiden Polizisten schneller wieder auf dem Drabantvägen, als sie es sich in ihrer kühnsten Phantasie hätten vorstellen können. Denn die war belastet mit Vorurteilen bezüglich der Effektivität öffentlicher Bediensteter. Wie sie selbst.

»Also gut«, sagte Chavez. »Es gibt bekanntlich auch eine Mutter. Sie wohnt im Radhusvägen. Was für ein einfallsreicher Name: Reihenhausweg. Willst du die Mutter oder die Lehrerin?«

»Ich nehme lieber die Lehrerin«, sagte Jon Anderson und saß acht Minuten später in einem reinlichen Reihenhaus in Upplands-Väsby und blickte tief in die Augen einer etwa sechzigjährigen Frau mit Namen Eva Jakobsson. Sie hatte merkwürdige Katzenaugen, und Jon Anderson konnte nicht in diese Augen sehen, ohne an seine eigene Mutter zu denken, wobei ihm die Tränen in die Augen traten.

Vor allem, als Eva Jakobsson sagte: »Verschwunden?«

Erst in diesem Augenblick wurde Jon Anderson klar, dass niemand Lisa Jakobssons Mutter mitgeteilt hatte, was mit ihrer Tochter geschehen war. Er dachte an das, was Jorge über Kerstin Holm gesagt hatte, und beschloss, dass es ihr Fehler war. Sie hätte Eva Jakobsson informieren müssen. Jetzt war stattdessen er gezwungen, es zu tun.

Aber er wählte den feigen Ausweg.

»Sie ist seit einigen Tagen nicht in ihrer Wohnung gewesen«, sagte er. »Wir versuchen, sie zu finden. Haben Sie eine Ahnung, wo sie sich aufhalten könnte?«

»Wir hören nicht mehr so viel voneinander in letzter Zeit«, sagte Eva Jakobsson, und erst jetzt nahm Jon Anderson den deutlichen schonischen Akzent wahr. Skurup. Zwischen Malmö und Ystad.

»Wann haben Sie zuletzt mit ihr gesprochen?«

»Ich habe sie vor ein paar Wochen angerufen. Wir haben eine Weile miteinander geredet, aber ich bin mir nicht sicher, ob sie überhaupt zugehört hat. Ich kann es merken, wenn sie einfach abschaltet.«

»Was hat sie gesagt?«

»Nicht viel. Ich glaube, ich habe eine Bemerkung darüber fallen lassen, wie froh ich sei, dass sie mit diesem Hans Georg, oder wie er hieß, Schluss gemacht habe. Das war ein echter

Langweiler. Sie war nicht besonders sauer deswegen. Was meinen Sie damit, dass sie verschwunden ist?«

»Wir wissen nicht, wo sie ist«, sagte Jon Anderson feige.

»Ich frage mich, ob die Polizei wirklich so schnell reagiert, wenn eine erwachsene Frau verschwindet«, insistierte Eva Jakobsson. »Sie sagen mir nicht alles, Jon.«

Und wieder blickte er in das Gesicht seiner Mutter. »Was wissen Sie über ihre Essgewohnheiten?«, konnte er gerade so herausbringen.

»Sie meinen die Anorexie? Ja, mein Lieber. Die hat eine lange, lange Geschichte. Ich habe mir deswegen das Gehirn zermartert. Ist es mein Fehler? Fing es damit an, dass Åke und ich uns scheiden ließen und ich Lisa mit nach Stockholm nahm?«

»Damals war sie in der Mittelstufe, nicht wahr?«

»In der Achten, glaube ich. Sie kam direkt in eine fremde Klasse. Aber ich hatte den Eindruck, dass sie sich schnell anpasste. Es dauerte nicht viel mehr als einen Monat, da hatte sie aufgehört, Schonisch zu sprechen. Sie ist ziemlich sprachbegabt, das wissen Sie vielleicht, Jon. Sie spricht vier Sprachen fließend. Deshalb ist sie Chefin in einem Reisebüro.«

»Fingen die Essstörungen damals schon an?«

»Nein, es begann in der Oberstufe. Sie war vollkommen unmöglich, man konnte überhaupt nicht mehr mit ihr reden. Aber auch verflixt hübsch, das muss ich sagen. Sie hatte ein paar Freundinnen, und sie waren eine unzertrennliche Clique. Alle ziemlich gefährlich für die älteren Jungs.«

»Und da fingen die Essstörungen an?«

»Ja, gegen Ende des ersten Oberstufenjahrs. Aber jetzt müssen Sie mir erzählen, was eigentlich los ist. Sie ist meine einzige Tochter. Mein einziges Kind. Auch wenn mir klar ist, dass ich sie schon lange verloren habe.«

»Verloren?«

»Stellen Sie sich vor, Jon, Sie haben eine junge und frische und hübsche Tochter. Sie hat gerade die schlimmsten Pubertätskrisen hinter sich gebracht und ist als Schönheit daraus hervorgegangen. Keine außergewöhnliche Schönheit, aber sie ist schön, attraktiv, sie wirkt anziehend auf Männer. Sie sehen sie an und denken: Sie hat es geschafft. Ich habe sie nicht umgebracht mit meiner Scheidung. Sie war stark genug, das zu verkraften. Und dann kommt das. Sie ist plötzlich von einem Teufel besessen, der nicht von ihr ablässt. Der nie von ihr ablassen wird. Sie sehen es und wissen, dass Sie nichts daran ändern können. Sie versuchen es trotzdem. Sie tun alles, was in Ihrer Macht steht, und mehr als das. Sie sehen, dass sie sich in einer Clique befindet, die viel stärker ist als die Mutter. Deren Schönheitsideal ist jetzt angesagt. Die anderen bestimmen.«

»Sie sprechen jetzt von ihren Freundinnen?«

»Vier Mädchen«, sagte Eva Jakobsson und schnitt eine Grimasse.

»Und diese … Mädchen … was taten sie?«

»Sie wissen doch, was Mädchen im Gymnasium tun? Sie waren doch auch einmal da, Jon. Sie wissen es doch.«

Erst in diesem Moment verfluchte Jon Jorge. Vorher hatte er ohne größere Probleme Jorges – wenngleich nicht formelle – Führungsrolle akzeptiert. Als Jon »Lehrerin« sagte, hatte Jorge ihm »die Mutter« anbefohlen, und damit hatte er, Jon, kein größeres Problem gehabt. Aber jetzt war es ein Problem. Er befand sich in einer weiblichen Welt, zu der er keinen Bezug hatte. Er hatte auf dem Gymnasium keine Mädchen gesehen. Die Jungen in der Sauna hatte er umso besser gesehen. All diese frisch ausgeschlagenen, überaktiven Penisse, die gleichsam darum bettelten, angefasst zu werden. Brüste hatten ihn seit seiner Säuglingszeit nicht mehr interessiert. Als er gezwungen war, in der Sauna seinen ersten Ständer zu verbergen, hatte er mit eisiger Klarheit eingesehen, dass er zu hundert Prozent homosexuell war. Danach war das folgende Jahrzehnt damit vergangen, *das* zu verbergen.

Er lächelte Eva Jakobsson an und sagte in vertraulichem

Ton: »Es ist besser, wenn Sie es mit Ihren eigenen Worten erzählen.«

»Ich glaube, sie waren diejenigen in der Klasse, die das Wort führten. Ich glaube, dass es eine Art Clique gab, die bestimmte. Aber ich weiß es nicht, Jon. Ich kann nicht behaupten, dass sie mich an sich heranließ. Und so ging es dann weiter. Und so sollte es wohl auch sein.«

»Die bestimmte?«

»Na ja, was sagt man ... die den Ton angab. Die Clique bestimmte, was angesagt war. Lisa gehörte zu den coolen Mädchen, nehme ich an. Zu denen alle aufsahen, denen, ich weiß nicht, denen die anderen gehorchten.«

»Kann man sagen, dass sie die Trendsetter unter den Mädchen waren?«

»Das nehme ich an«, sagte Eva Jakobsson. »Aber von den anderen Mädchen weiß ich nichts. Damals war ich schon aus ihrem Leben verschwunden.« Sie verstummte.

Jon Anderson verstummte mit ihr.

Am Ende sagte sie nur noch: »Meine kleine Lisa.«

*

Jorge Chavez saß einer Frau gegenüber, von der er überzeugt war, dass sie seine alte Französischlehrerin war. Zwar mit einem anderen Namen, zwar in Upplands-Väsby im Norden statt in Rågsved im Süden – dennoch musste er sein ganzes Arsenal rationaler Analyse aufbieten, um sich selbst davon zu überzeugen, dass dies nicht die Frau sein konnte, die dafür gesorgt hatte, dass er vom Gymnasium in Rågsved geflogen war, weil er achtzehn Heftzwecken auf ihren Stuhl gelegt hatte.

Es wurde damals behauptet, dass der Regentanz, den sie hinterher aufführte, den legendären Wolkenbruch über Rågsved zur Folge hatte, der dazu führte, dass die U-Bahn überflutet wurde.

Nein, Jorge, sagte er zu sich selbst, das ist sie nicht.

Sie erkennt dich nicht.

Dies hier ist eine andere, ganz ähnliche Person.

Er setzte sich auf dem Balkonstuhl im vierten Stock in der Hasselgatan mit Aussicht über den Väsbyskog zurecht und sagte so erwachsen, wie es ihm möglich war: »Frau Grundin, erinnern Sie sich an Lisa Jakobsson aus der S3D im Frühjahr 1995 im Vilunda-Gymnasium?«

Ann-Britt Grundin zog ihre schon vorher gefurchte Stirn in tiefe Falten und sagte: »Wie kommen Sie darauf, Herr Polizist, dass ich eine Schülerin vergessen könnte?«

»Kriminalinspektor«, korrigierte Chavez, ohne im Geringsten zu wissen, warum er das sagte.

»Eine Ahnung sagt mir, dass der Herr *Kriminalinspektor* nicht gerade der vorbildlichste Schüler war.«

»Aber wie kommen Sie darauf?«, platzte Chavez heraus, ohne im Geringsten zu wissen, warum er damit herausplatzte.

»Ich kenne meine Pappenheimer«, sagte Ann-Britt Grundin ruhig. »Heftzwecken wahrscheinlich.«

Jorge Chavez brach der Schweiß aus. Er spürte förmlich, wie er austrat. Er gab sich größte Mühe, gute Miene zum bösen Spiel zu machen, und fragte beherrscht: »Also, Lisa Jakobsson?«

»Ziemlich sprachbegabt«, sagte Ann-Britt Grundin. »Aber natürlich hat sie ihre Begabung verkommen lassen, wie so viele Mädchen. Jungen pflegen ihren Mangel an Begabung, bis die Pflege sie adelt. Mädchen werfen ihre Begabung auf den Müll und pflegen ihre mediokre Zukunft.«

»Also sind alle Jungen unbegabt?«, fragte Chavez, und jetzt nahm seine mangelnde Kontrolle über das, was er sagte, wirklich beängstigende Formen an.

»Nein, nicht wirklich«, erwiderte Ann-Britt Grundin. »Aber die richtig begabten Jungen verhalten sich ungefähr so wie Mädchen. Deshalb wird die Welt von mediokren

Männern mit einem vollkommen schiefen Selbstbild regiert.«

Keine ganz abwegige Analyse, dachte Chavez, beruhigte sein erregtes Gemüt und probierte es erneut: »Vielleicht sollten wir versuchen, wieder zu Lisa Jakobsson zurückzufinden.«

»Ja, natürlich. Es fing ziemlich gut an im ersten Jahr. Sie war vielleicht keine großartige Schülerin, aber sie hatte ein gut entwickeltes Ohr für Sprachen. Das Problem war, dass sie in den Kreis um Hanna hineingezogen wurde. Da wurde alles schwieriger. Die arme Lisa war wohl nicht gerade ein Wunder an Integrität.«

»Ist man das mit sechzehn Jahren?«, fragte Chavez.

»Es kommt nicht häufig vor, dass man mit jemandem spricht, der jedes Wort, das man sagt, persönlich nimmt«, sagte Ann-Britt Grundin. »Hatten Sie eine schwierige Gymnasialzeit, Herr Kriminalinspektor?«

»Kommen wir zurück zu Lisa Jakobsson.«

»Das habe ich ja versucht.«

Da lachte Jorge Chavez. Sein Lachen klang allerdings ziemlich leer und hohl. Dennoch brach er damit das Eis. Er sagte: »Ich weiß, und ich gebe alles zu.«

Ann-Britt Grundin lächelte fein und sagte: »Heftzwecken, nicht wahr?«

»Achtzehn Stück«, sagte Chavez.

»Dumm«, sagte Grundin.

»Ich weiß«, sagte Chavez.

»Zum Glück sieht es ja so aus, als hätte sich für den Herrn Kriminalinspektor trotzdem alles zum Guten gewendet.«

»Ich weiß noch immer nicht, warum ich es getan habe. Ich mochte nämlich die Französischlehrerin. Und sie mochte mich auch.«

»Das lernt man als Lehrerin«, sagte Grundin und legte ihre dünne, fast durchsichtige Hand auf seine, »dass man in diesem Alter unglaublich vieles tut, ohne zu wissen, warum. Aber denen, die gar nichts tun, ergeht es noch schlechter.«

»Bei der Polizei bin ich der Streber«, sagte Chavez, er konnte sich nicht bremsen. »Keiner hat sich so frenetisch weitergebildet wie ich. Aber damals bin ich vom Gymnasium geflogen.«

»Es ist eine traumatische Zeit«, sagte Ann-Britt Grundin. »Eine Zeit, an die sich jeder erinnert. An keinen erinnert man sich so gut wie an uns, die alten Lehrer. Das verlängert unser Leben. Auch das von der Kollegin, die die Heftzwecken in den Hintern bekam.«

»Der Kreis um Hanna?«, fragte Jorge und lächelte.

»Eigentlich war daran nichts Besonderes«, sagte Ann-Britt Grundin, die kein Problem damit zu haben schien, den wilden Gedankensprüngen des Kriminalinspektors zu folgen. »Auf dem Gymnasium schließen die Jungen mit den Mädchen auf, in etwa. Dennoch sind die Härtesten in der Klasse Mädchen. Manche schicken sich an, die Moralregeln der Klasse zu bestimmen. Und die sind selten im Einklang mit gewöhnlichen Moralregeln.«

»Und Lisa Jakobsson?«

»Es ist wirklich schön, wie Sie immer zum Konkreten zurückkommen. Lisa Jakobsson wurde in einen Kreis hineingezogen, der von Hanna Hörnblom angeführt wurde. Es war ein Kreis, in dem das Aussehen eine große Rolle spielte. In einigen Fällen hatte das echte Essstörungen zur Folge, unter anderem bei Lisa. Man wollte ganz einfach der hauchdünnen, aber, soweit ich weiß, *nicht* anorektischen Hanna gleichen. Das Problem war, dass wir damals nicht wussten, wie man mit Essstörungen umgehen sollte. Wir verstanden nichts davon. Wir wussten nicht, was das war.«

»Das galt damals auch für Mobbing.«

»Ganz genau. Wir Lehrer haben nie gelernt, mit Mobbing umzugehen. Wir weichen aus. Wenn wir uns dem stellen wollen, brauchen wir eine vernünftige Ausbildung dafür, wir müssen die Mechanismen begreifen und wissen, wie wir uns in konkreten Situationen verhalten sollen. Und das Gleiche gilt für Anorexie.«

»Sie müssen entschuldigen, aber es hört sich doch ganz so an, als sei diese Clique eine Mobbingclique gewesen …«

»Möglicherweise war sie das, aber darüber kann ich wenig sagen. Aus den Gründen, die ich gerade genannt habe.«

»Gab es Schüler, die besonders stark zu leiden hatten?«

»Ich kann nicht sagen, dass jemand direkt das Opfer war. Aber leider gibt es ja in jeder Klasse eine Hackordnung. Ich neige in letzter Zeit – und das macht mich selbst traurig – zu der Ansicht, dass es biologisch ist. Das Heranwachsen dreht sich darum, dass man sich durchsetzt und einen Platz einnimmt. Erst wenn wir das überwunden haben, können wir den nächsten Schritt in der Entwicklung der Menschheit tun.«

»Und wie sah die Hackordnung in der S3D aus?«

»Zuerst kam Hanna, dann die Gruppe um sie. Dann kam lange niemand, könnte man sagen, und am Ende kam eine Reihe Außenseiter.«

»Aber keiner wurde ernstlich gemobbt?«

Ann-Britt Grundin schwieg. Sie blickte auf den Väsbyskog hinaus, und je mehr Zeit verging, desto tiefer schien ihr Blick in dem schütteren Wald zu versinken.

»Ich weiß nicht«, sagte sie schließlich.

»Aber …?«, fragte Chavez.

»Aber es gab ein paar, denen es nicht so gut ging. Fredrik, denke ich. Anders, Ulla. Vielleicht Sofia und Lasse.«

»So viele?«

»Das ist immer so.«

»Und was unternahmen Sie dagegen?«

»Wie ich schon sagte: nicht viel. Wir versuchten, sie aufzumuntern und dafür zu sorgen, dass sie nicht aufgaben. Ich wünschte, ich könnte jetzt im Alter den Lehrerberuf idealisieren, aber ich kann es nicht. Wir sind auch nur Menschen, und wir sind fast täglich mit lebenslangen Traumatisierungen konfrontiert.«

»Fredrik, Anders, Ulla, Sofia, Lasse?«

»Vielleicht auch Jocke ...«

Chavez holte das Klassenfoto heraus, das die Studiendirektorin ausgedruckt hatte, und verglich die Namen.

»Fredrik Ahlberg, Anders Koskinen, Ulla Johansson, Sofia Rimstedt, Lars Persson, Joakim ... Bergsten?«

»Nicht Sofia Rimstedt«, sagte Ann-Britt Grundin. »Sie gehörte eher in die mittlere Gruppe. Sofia ... Larsson-Olsson? Doppelname ...«

»Sie vergessen wirklich nie einen Schüler«, sagte Chavez mit dem Blick auf das Klassenfoto. »Sofia Olsson-Larsson. Anstrengender Name. Wissen Sie, was aus ihnen geworden ist? Und natürlich auch aus denen von der coolen Gruppe? Wie hießen sie noch?«

»Das ist das ewige Dilemma«, sagte Grundin. »All diese Namen ...«

»Hanna Hörnblom, Lisa Jakobsson ...«

»Das ist wirklich eine Herausforderung ... Da war Hanna natürlich, dann Lisa, Alice und ... Matilda.«

Wieder zog Chavez das Klassenfoto zurate. »Alice Nordin und Matilda Broman?«

»Ja, das waren alle. Lisa und Matilda waren die mit den eindeutigen Essstörungen, so im Nachhinein betrachtet. Hanna war natürlich schlank, und alle nahmen sie sich zum Vorbild. Alice war auch schlank, aber nicht anomal.«

»Und wissen Sie, was aus ihnen geworden ist? Oder einigen von ihnen?«

»Ich glaube, dass Matilda an der Uni politische Wissenschaft studierte. Ich hatte später eher sporadisch Kontakt mit ihr. Fredrik soll kriminell geworden sein, aber darüber weiß ich nichts. Jocke, der Ärmste, hat sich, wenn ich mich richtig erinnere, das Leben genommen – warf sich vor einen Zug wie

Ted Gärdestad. Und auch in der gleichen Gegend, Sollentuna. Sonst weiß ich praktisch nichts.«

»Jetzt kommt meine eigentliche Kernfrage«, sagte Chavez und schaute von Ann-Britt Grundins gemütlichem Balkon zum Himmel auf. »Wie ernst war das alles? Wie stark sind die Traumatisierungen, von denen wir sprechen? Vergessen Sie einen Moment die Frage einer eventuellen Mitschuld, und versuchen Sie, die Situation ganz nüchtern zu betrachten.«

Ann-Britt Grundin blickte zum selben Himmel auf wie Chavez. Es war ihr anzusehen, dass sie wirklich nachdachte.

»Es ist so viel einfacher, sich an ihre Namen und Gesichter zu erinnern«, sagte sie schließlich. »Die Probleme verdrängt man. Ich habe mich einmal dabei ertappt, dass ich einen jungen Mann in einem romantischen Licht sah, der sich in der Schulzeit erhängt hatte, auf dem Dachboden der Schule. Ich erinnerte mich an ihn als jungen, vitalen, gesunden Jungen. Aber die Erinnerung lügt. Die Erinnerung muss lügen, damit man es aushält. In dem Fall bin ich wirklich kein zuverlässiger Zeuge. Aber ich kann mich tatsächlich an nichts erinnern, das lebenslange Traumata hätte schaffen können. Denn ich nehme an, nach so etwas suchen Sie?«

»Ja.«

»Ich habe es geahnt. Ist Lisa tot?«

»Lisa ist entführt worden und möglicherweise tot. Wenn sie nicht tot ist, wird sie gefoltert.«

Ann-Britt Grundin zuckte zusammen. Sie schloss die Augen.

»Ich erzähle dies, obwohl es äußerst geheim ist«, fuhr Chavez fort. »Ich glaube, Sie können mit der Schweigepflicht umgehen. Aber ich tue es, damit Sie mit all Ihren Kräften versuchen, sich zu erinnern. Sich wirklich ganz klar und deutlich zu erinnern.«

Grundin öffnete die Augen. Langsam und vorsichtig. Als ob das Licht drohte, sie mit Blindheit zu schlagen. Dann sagte sie: »Nein, ich weiß es nicht. Aber das eine weiß ich, dass ich wohl die Letzte gewesen wäre, die es erfahren hätte, wenn so etwas passiert wäre.«

★

Sie trafen sich in der Hasselgatan am Väsbyskog. Sie standen über die Motorhaube gebeugt. Dort lag ein Foto, ein Klassenfoto. Um eine ansehnliche Anzahl von Namen waren Kreise mit Kugelschreiber gezogen. Manche der Namen hatten zwei Kreise, andere nur einen.

»Zwei Ringe sind also die coolen Mädels?«, fragte Jon Anderson.

»Mädels?«, sagte Chavez skeptisch.

»Das sagen sie in Schonen«, erklärte Anderson. »Skurup-Schonisch.«

»Und der Rest sind unsere sogenannten Outsider«, sagte Chavez. »Kein Kreis bedeutet die Gruppe dazwischen.«

»Die graue Masse, zu der man selbst gehörte«, sagte Anderson. »Obwohl man vor Farben nur so sprühte. Alles drehte sich darum, um jeden Preis so auszusehen, als gehörte man zur grauen Masse.«

»Wenn es darauf ankommt, sind wir gar nicht so verschieden«, stellte Chavez fest. »Aber ich habe einen Fehler gemacht, als ich mich von der schönen grauen Masse ausschloss.«

»Ich auch«, sagte Anderson. »Ich bekam einen Ständer in der Sauna.«

»Da kann man mal sehen«, sagte Chavez abwesend. »Die Frage ist, ob wir jetzt und hier herausfinden können, wer von ihnen noch in Väsby und Umgebung wohnt.«

»Die coole Gang: Hanna Hörnblom, Lisa Jakobsson, Alice Nordin und Matilda Broman.«

»Die Außenseiter: Fredrik Ahlberg, Anders Koskinen, Ulla Johansson, Sofia Olsson-Larsson, Lars Persson, Joakim Bergsten.«

»Natürlich können wir das herausfinden«, sagte Jon Anderson und griff zum Autotelefon.

Jorge legte die Hand auf Jons und hielt ihn zurück. »Aber dann müssen wir uns über die Voraussetzungen einig sein.«

»Ich glaube, das sind wir. Die Opfer *können* aus der coolen Gruppe kommen, mehr oder weniger angekränkelt von Anorexia nervosa. Und der Mörder *kann* sich in der Gruppe der Außenseiter befinden. Sag mir, wenn ich es falsch sehe.«

»Es geht nur darum, ob die Grundkonzeption stimmt. Wollen wir wirklich hiermit zurück ins Gymnasium?«

»Davon bin ich fest überzeugt«, sagte Jon Anderson. »Ich glaube ganz einfach, dass wir richtig Dampf machen müssen.«

»Dann sind wir endlich einer Meinung«, sagte Jorge Chavez und ließ die Hand seines Partners los.

26

Es war Mittwoch, der 30. August, und es war Abend geworden. Zu Paul Hjelms Verwunderung schaute der Säpo-Chef bei ihm im Büro vorbei, wo gerade ein fünfstimmiger Chor sang, dass die Wände bebten: »Et expecto resurrectionem mortuorum et vitam venturi saeculi.«

Beim Anblick des Säpo-Chefs in der Tür unterbrach Hjelm den Gesang, gerade als der zweite Teil der *h-Moll-Messe*, »Symbolum Nicenum«, den Höhepunkt erreichen sollte. Abrupte Stille trat ein. Die Musik schien im Augenblick zu erstarren und brüchig zu werden. Sie fiel in Stücken von den Wänden. Hjelm sah einen chaotischen Haufen Puzzlestücke vor sich auf dem Fußboden, und jedes Puzzleteil war ein Stück Wohlklang.

»Was singen sie?«, fragte der Säpo-Chef unberührt.

»Ich erwarte die Wiederauferstehung der Toten und das Leben der zukünftigen Welt«, sagte Paul Hjelm.

»Und ich erwarte binnen Kurzem den Bericht«, sagte der Säpo-Chef und zeigte mit dem Finger auf Hjelms Computer.

»Er ist auf dem Weg«, versicherte Paul Hjelm und zeigte auf denselben Computer.

Daraufhin verschwand der Säpo-Chef mit einem knappen Nicken.

Nein, dachte Paul Hjelm und ließ seinen Blick lange auf der geschlossenen Tür ruhen. Der Bericht war wirklich nicht auf dem Weg. Dagegen die Wiederauferstehung der Toten und das Leben der zukünftigen Welt.

Fawzi Ulaywi und »Orpheus Life Line« fanden sich ganz sicher in den Archiven der Säpo. Seit dem Zweiten Weltkrieg hatte die Säpo in ihren verschiedenen Erscheinungsformen so gut wie jede Organisation unter die Lupe genommen und registriert, die auch nur die kleinste Abweichung von der Normalität erkennen ließ.

Aber er traute sich nicht, sich ins Archiv einzuloggen. Er wusste, dass er Spuren hinterlassen würde.

Und was war mit Tore Michaelis' Spuren? Es gab keine. Tore hatte bewusst das Archiv der Säpo vermieden. Und Paul Hjelm tat das Gleiche. Er war gezwungen, das Problem anders zu lösen.

Als Erstes hatte er die Hausverwaltung der Östermalms-Halle aufgesucht. Eine ältere Dame leistete ihm Amtshilfe, um in einem sehr verstaubten Kellerarchiv in Övre Östermalm einen elf Jahre alten Mietvertrag zu finden. Er betraf eine kleine Ecke in der Östermalms-Halle, in der ein eben erst eingebürgerter Schwede namens Fawzi Ulaywi ein Café einrichten wollte. Daran war nichts Auffälliges. Kein Anhaltspunkt außer einer Adresse in Alby, unter der natürlich keine Spur von Fawzi Ulaywi mehr zu finden war. Die angegebene Handynummer gehörte jetzt zu einem Transportunternehmen in Borås. Mit einem Seufzen bedankte er sich bei der hilfsbereiten Östermalms-Verwaltungsdame und bekam zum Abschluss eine Kopie des Vertrags.

Am Dienstagabend hatte er diesen gründlich durchgelesen. Dabei war sein Blick an Fawzi Ulaywis Unterschrift hängen geblieben. Sie war ein wenig nachlässig hingeschrieben, wie Unterschriften es meistens sind, aber sie hatte noch die Deutlichkeit, die auf eine Person schließen lässt, die sich gerade ein ganz neues Alphabet angeeignet hat.

Und da stand nicht Fawzi Ulaywi. Ganz sicher nicht.

Jetzt, da sein Blick noch immer auf die Tür gerichtet war, die der Säpo-Chef eben hinter sich zugezogen hatte, war ihm nicht ganz klar, was er sich eigentlich dabei gedacht hatte, als er die sexy Grafologin aufsuchte, die einst auch seine Handschrift gedeutet hatte. Jetzt setzte sie sich sehr dicht neben ihn an ihrem Küchentisch in Kristineberg. Er versuchte angestrengt, sich auf die Vergrößerung von Fawzi Ulaywis Namenszug zu konzentrieren, und fragte sich gleichzeitig, warum diese Frau ihn um diese Zeit am Abend in ihrer Wohnung empfing. Vielleicht war sie nur Idealistin. Oder ganz einfach *gut*.

»Warum sollte er mit einem anderen Namen unterschreiben?«, fragte Paul Hjelm. »Das ist doch ausgesprochen dämlich.«

»Unser Namenszug sitzt tief in uns drin«, sagte die Grafologin und versenkte ihren Blick in seinen. »Wenn wir eine falsche Unterschrift geben wollen und auch nur ein kleines bisschen abgelenkt werden, passiert es leicht, dass eine Art Reptilhirn dennoch den richtigen Namen hinkritzelt. Das Denken und der Intellekt sind daran überhaupt nicht beteiligt.«

»Sie meinen also, dass er gar nicht unter dem Namen Fawzi Ulaywi nach Schweden gekommen ist?«

»Das halte ich für wahrscheinlich.« Die Grafologin nickte.

»Sondern unter welchem Namen …?«

»Ich lese den Vornamen als Rawan. Was glauben Sie?«

»Ich ahne höchstens ein ›w‹, aber mehr nicht.«

»Dann ist es ja ein Glück, dass ich die Expertin bin«, sagte die Grafologin und lächelte einnehmend. »Der Nachname ist heikler.«

»Irakische Nachnamen sind heikel«, sagte Hjelm. »Saddam Hussein verbot 1977 alle Nachnamen, weil es ihm peinlich wurde, dass das gesamte Regime al-Tikriti mit Nachnamen hieß. Sie kamen nämlich alle aus seiner Heimatstadt Tikrit.«

»Aber die, die vor ihm geflohen sind, haben im neuen Land sicher ihren alten Nachnamen wieder angenommen«, vermutete die Grafologin und studierte den Schriftzug.

»Aber es fragt sich, ob sie dann einen Pass ausgestellt bekamen«, gab Hjelm zu bedenken.

»Wenn ich mich nicht irre, ist die ganze Frage von Nachnamen und Vornamen in der arabischen Welt eine schwierige

Sache«, sagte die Grafologin und fuhr fort: »Ich lese Fahaidawi, Rawan Fahaidawi.«

Er beobachtete sie. Sie beobachtete ihn.

Dann hatten sie Sex in ihrem Bett mit Ausblick auf die Tranebergsbro. Das war sehr überraschend.

Als er Kristineberg verließ, bewegte er sich mit einer ganz anderen Leichtigkeit durch die Welt. Und die beförderte ihn zu einem Elektrogroßmarkt auf der anderen Seite der Brücke, der noch spätabends geöffnet hatte. Dort erwarb er etwas, von dem er gelesen hatte, aber nicht sicher war, ob es tatsächlich existierte.

Doch das tat es.

Es war das 3G-Netzwerk. Man stöpselte ein kleines Ding in seinen Computer und konnte mit dieser Mobilfunkverbindung jederzeit und überall drahtlos surfen. Ohne über interne Server zu gehen und unnötige Spuren zu hinterlassen.

Dieses kleine Ding ragte gerade aus seinem Computer. Er hatte ein aufgeschlagenes Buch so darübergelegt, dass man es nicht sah. Und er war sicher, dass der Säpo-Chef es nicht entdeckt hatte.

Er durchsuchte das Netz nach dem Namen Rawan Fahaidawi und arbeitete sich langsam durch alle internationalen Treffer hindurch. Ein gutes Stück abwärts auf der Liste fand er eine schwedische Homepage. Sie hieß www.blomsterimport.se. Er öffnete sie. Rawan Fahaidawi stand auf der Liste der Mitarbeiter. Er war ganz einfach Lagerverwalter bei der Firma Blomsterimport AB in Årsta, in unmittelbarer Nähe vom Årsta-Großmarkt.

Es gab drei Möglichkeiten. Entweder war dies ein anderer Rawan Fahaidawi, vielleicht war der Name gewöhnlicher, als Hjelm dachte. Anderseits hätte er dann weitere Personen dieses Namens in Schweden finden müssen. Oder es war wirklich derselbe Mann, der sich einmal Fawzi Ulaywi genannt hatte und jetzt Zivilist war, deklassiert zum Lagerverwalter in einem Blumenhandel. Paul Hjelm setzte also seine ganze Hoffnung auf die dritte Möglichkeit: dass Blomsterimport AB eine Maskierung von »Orpheus Life Line« war.

Er sah zur Uhr. Es waren exakt zwei Stunden vergangen, seit er Rawan Fahaidawis Namen angeklickt und eine Mailadresse gefunden hatte. Über das anonyme Hotmail-Konto casco@hotmail.com hatte er ihm eine Mail geschickt. Ihr Wortlaut: »OLL? TM?«

Mehr nicht.

Orpheus Life Line?

Tore Michaelis?

Wenn es der richtige Rawan Fahaidawi war, würde er es verstehen. Ebenso würde er seine Hotmail-Adresse deuten können, denn »casco« bedeutete »Helm« auf Italienisch.

Superpfiffige Chiffrierung, dachte er und zog eine grimmige Grimasse.

Die Hoffnung stirbt zuletzt, dachte er weiter, und als Nächstes, dass es wohl das sicherste Zeichen dafür war, dass die Hoffnung wirklich gestorben war, wenn man anfing, Sprichwörter zu verwenden.

Was fast schon selbst einem Sprichwort gleichkam.

Er wartete noch eine Stunde, die ganze Zeit von Bachs wunderschönen Harmonien umgeben. In dieser Stunde wanderten seine Blicke häufig aus dem Fenster hinüber auf die andere Seite des Innenhofs.

Auf dem Flur der A-Gruppe waren Aktivitäten in Gang, so viel war klar. Er fragte sich nur, was da vorging.

Bachs *h-Moll-Messe* ging in einen schwereren Teil über, gedämpfter, trauriger. Die Töne sammelten sich um ihn wie eine Totenmesse. Er schaute hinüber zu den alten Kollegen und spürte, wie weit weg sie waren, wie sie sich immer weiter von ihm entfernten. Er spürte Trauer wie einen Stachel. Wenngleich eine ziemlich schöne Trauer.

Als träte er mit einem Gefühl, dass alles im Grunde gut war, in den Tod ein. Als hätte er alles getan, was er wollte, und das geschafft, was er musste.

Als wollte der Tod ihm nichts Böses.

Er wusste nicht, woher das Gefühl kam. Allerdings wusste er, dass er mit dem Tod spielte. Dass man sich nicht in Per Naberius' Nähe begeben konnte, ohne dem Tod um viele Schritte näher zu kommen. Und dass er im Begriff war, jede Sicherheit hinter sich zu lassen. Dass das Eis unter seinen Füßen immer dünner wurde.

Das konnte es sein. Es konnte auch etwas anderes sein. Aber das Gefühl blieb. Auch als Bach zu seinen fast göttlich jubelnden Klängen zurückkehrte.

Er konnte es nicht erklären – aber spüren.

Er spürte es eine Stunde lang. Er spürte es, während drüben bei der Sondereinheit für Gewaltverbrechen von internationalem Charakter Fenster um Fenster erlosch. Er spürte es sogar, als sich im Eingangsordner des guten »casco« etwas regte.

Er hatte eine Mail bekommen. Von Rawan Fahaidawi. Sie lautete: »Spur?«

Das war alles.

Er antwortete unmittelbar: »Spurlos.«

Und dann wartete er wieder.

Diesmal dauerte es nicht länger als eine Viertelstunde, bis die Antwort kam: »Bereit für dasselbe?«

Erst in diesem Augenblick wusste Paul Hjelm, dass sich alles zusammenfügte. Er hatte sich das Ganze nicht eingebildet, sondern eine sorgfältig gemeißelte Spur gefunden und war ihr gefolgt, und zwar mit großer Präzision. Ein paar Sekunden lang gestattete er sich, zufrieden mit sich selbst zu sein. Dann hob er die Hände über die Tastatur und hielt inne.

Dies war tatsächlich der Augenblick.

Dies war der Zeitpunkt, wo alles auf dem Spiel stand.

Dies waren die wenigen Sekunden, in denen nicht nur über Paul Hjelms Zukunft entschieden wurde, sondern über sein ganzes Leben. Jetzt entschied sich, ob es überhaupt eine Zukunft gab.

Es gab kein Zurück. Wenn er jetzt kehrtmachte, würde er es sein ganzes Leben und für alle Zukunft bereuen.

Er schrieb: »Ja.«

Und wartete erneut eine Viertelstunde, bis die Antwort kam.

Sie lautete: »Omxhgpu, 11.00.«

Er erstarrte. Er spürte förmlich körperlich, wie er völlig steif und kalt wurde. War das eine neue verfluchte Chiffrierung? Sein ganzer Körper sagte ihm, dass er keine Kraft mehr für weitere hatte.

Doch dann erkannte er es. Es war die erste Lösung des Vigenèrekryptogramms. Die falsche, bei der Schlüsselwort und Kryptogramm vertauscht waren.

Er musste lachen.

Der richtige Klartext lautete natürlich: »Modhult.«

27

Der Turm ist rot. Jedes Fenster leuchtet in klarem Rot. So soll es sein.

Du legst das Handy zur Seite und betrachtest die rot erleuchteten Fenster der neun Stockwerke des Turms. Nach fünf Minuten wird das homogene rote Licht von einer langweiligen und faden Buntheit abgelöst.

Da wendest du dich ab. Die Wohnung ist dunkel wie gewöhnlich. Du hast keine Lampen. Du lebst vom Licht draußen.

Es reicht völlig aus für deine Zwecke.

Im Flur neben der Tür steht ein Koffer. Ein großer Koffer.

Du schleppst ihn ins Wohnzimmer. Es ist von geschmacklos buntem Licht erfüllt.

Du befühlst den Arbeitstisch mit dem Finger. Ziehst ihn langsam durch das Blut. Es spielt jetzt keine Rolle. Dich findet sowieso keiner. Du bist jetzt sicher.

Du hinterlässt einen deutlichen Fingerabdruck in dem halb geronnenen Blut. Einen Moment lang betrachtest du ihn. Dann öffnest du den Koffer.

Er fällt auf wie ein altmodisches Buch. Eine zerlesene Gefängnisbibel. Darin findet sich die endgültige Wahrheit.

Du wirst sie jetzt lesen.

Ihr Haar ist wie immer. Du erkennst es wieder. Dieses blonde, dicke Haar.

Es spielt keine Rolle, wie sie sich schmücken und wie sie hungern, um abzumagern. Du kriegst sie doch. Alle ihre Anstrengungen erweisen sich als sinnlos. Du lachst darüber.

Über all das, was sie taten, um im Mittelpunkt zu stehen.

Du hast jetzt fertig trainiert. Das Üben ist vorbei.

Es hat begonnen.

Zwei von ihnen sind schon hier.

Jetzt fängt es richtig an.

Du beugst dich zu ihr hinunter. Wie sie in Embryonalstellung zusammengekauert im Koffer liegt ... Das Silbertape sitzt fest um ihren Mund, hauptsächlich zur Sicherheit. Sie schläft noch immer tief.

Noch ein Weilchen.

Du hebst sie auf den Arbeitstisch. Sie ist genauso leicht wie die anderen. Wie ein Vogeljunges.

Du legst die Lederriemen um ihre schmalen, schmalen Handgelenke, und als du die schmalen Hände siehst, kommt alles zurück.

Die schmalen Hände klatschen.

Du siehst es in Zeitlupe, wie in Sirup. Und das Geräusch ist auch komisch. Der Applaus klingt mehr wie verzerrte Schreie aus finsterster Tiefe. Das Lachen, die Anfeuerungsrufe sind ein lang gezogenes, gedehntes Teufelsgebrüll. Die hüpfenden Körper sind Farben, die auslaufen, Blut, das über das Bild gepumpt wird.

Und alles auf dem Film, den sie dann zeigen.

Dein Hass war im Begriff nachzulassen, als du das Vogeljunge auf den Arbeitstisch gehoben hast. Jetzt ist er wieder da.

Jetzt ist er ernsthaft wieder da.

Du wendest dich wieder dem Turm zu. Du öffnest das Fenster und justierst die Überwachungskamera, die genau vor dem Fenster an der Fassade festgeschraubt ist.

Du bleibst eine ganze Weile stehen und siehst zu, wie die Farben des Turms wechseln.

Und schließlich werden alle Fenster wieder rot. Es gibt trotz allem jemanden da draußen, der denkt wie du.

Da erwacht sie hinter dir. Du hörst die Geräusche.

Du drehst dich um.

28

Es war ein eigentümlicher Treffpunkt, aber es war der einzig Richtige. Um ein wenig Zeit zu sparen. Ein wenig Zeit zu retten.

Sie hatten gestern Abend lange in ihren Zimmern gesessen und versucht, so weit wie möglich voranzukommen. Einen Tag vorzubereiten, der aktionsgeladen werden musste. Oder zumindest handlungsgeladen.

Das Väsby-Zentrum war nicht gerade schön. Im bleichen Sommerlicht türmte es sich über ihnen auf wie ein enormer Rohbau. Hier wurde nämlich groß umgebaut. Das Väsby-Zentrum sollte erneuert werden, sollte das Siebzigerjahreflair hinter sich lassen, das dem Einkaufszentrum so lange angehangen hatte.

Die A-Gruppe sammelte sich auf dem Parkplatz davor neben ihren Autos. Kerstin Holm lehnte an der offenen Wagentür ihres Toyota Prius.

»Ihr wisst, worum es geht. Wir nehmen uns jeder einen von Lisa Jakobssons Klassenkameraden vor. Die meisten wohnen und arbeiten hier in der näheren Umgebung. Wenn ich richtig gezählt habe, kommt auf jeden von uns einer. Wir vernehmen sie, jeden einzeln, und am Nachmittag treffen wir uns wieder in der Kampfleitzentrale.«

»Jon hat sogar eine Losziehung vorbereitet.« Chavez zeigte auf seinen Kollegen.

»Darauf kommen wir zurück«, sagte Kerstin Holm kühl. »Nachdem wir gestern dieses Treffen verabredet hatten, haben ja die meisten von uns noch weitergearbeitet, und die Frage, bevor wir jetzt losgehen, ist, ob irgendetwas Neues aufgetaucht ist. Da das Gerücht kursiert, ich sei als Chefin nicht mehr ganz auf der Höhe, gedenke ich, jetzt das Heft wieder fest in die Hand zu nehmen und euch das Wort zu erteilen, wie ich es für richtig halte. Also, Arto?«

»Als Chefin nicht auf der Höhe?«, wiederholte Arto und schlug die Arme um den Oberkörper. Es war ein reichlich kühler Morgen.

»Das ist jetzt nicht das Thema«, sagte Kerstin Holm kurz angebunden.

»Okay. Ich vermute, das eventuelle brasilianische Prostitutionssyndikat hat nicht mehr die oberste Priorität. Dennoch haben Gunnar und ich mit den Brasilianern verhandelt und uns gewisse Informationen beschaffen können. Vor rund einem halben Jahr wurden dort zwei Zuhälter tot aufgefunden, beide mit abgezogener Gesichtshaut.«

»Verhandelt?«, hakte Kerstin Holm nach. »Was musstet ihr denn dafür bezahlen?«

»Informationsaustausch«, sagte Arto Söderstedt. »Sie bekamen von uns alles, was wir über Armanda Carneiro alias Marisa Santos hatten.«

»Und damit haben sie sich wirklich begnügt?«

»Vielleicht nicht ganz«, sagte Gunnar Nyberg und handelte sich damit einen nicht hundertprozentig kollegialen Blick von Söderstedt ein.

»Arto?«, forderte Kerstin Holm mit drohendem Unterton.

»Wir haben ihnen den Mikrochip geschickt«, musste Söderstedt bekennen. »Sie sind ja Experten für solche Spürsender. Das gehört zu ihrem Alltag.«

»Das SKL hat sämtliche Daten, die ihm hier in Schweden abzugewinnen waren«, sagte Nyberg mit einem versöhnlichen Blick zu seinem Partner. »Vielleicht hat die brasilianische Polizei noch mehr Möglichkeiten als wir.«

»Dann handelt es sich also wirklich um eine brasilianische Liga?«, fragte Kerstin Holm.

»Auf jeden Fall deutet vieles darauf hin«, sagte Arto Söderstedt und schlug erneut die Arme um den Oberkörper.

Dabei holte er etwas zu weit aus und versetzte Gunnar Nyberg einen Nasenstüber.

»Sara?« Kerstin wollte vorankommen.

»Wir haben eigentlich nur eine wirkliche Spur«, sagte Sara Svenhagen. »Und das ist der Wohnungsbesitzer von der Jungfrugatan, Rainer Kruse, der Einhandsegler, der auf der Kanalinsel Guernsey gemeldet ist. Bekanntlich ist sein Boot auf einer einsamen Insel aufgefunden worden. Die Polizei dort hat es durchsucht und dabei eine Anzahl von DNA-Spuren gesichert, die für uns von Interesse sein könnten. Aber wir müssen abwarten. Das Beste, was wir im Moment tun können, ist, Flugscheine durchzusehen, um Tiina Spinroth eventuell auf der Passagierliste eines Fluges von Stockholm zu finden.«

»Das Problem ist«, übernahm Lena Lindberg, »dass es keine Direktflüge von Arlanda nach Guernsey gibt. Man muss in London umsteigen. Also vervielfachen sich die Möglichkeiten. Wie viele Flüge gehen täglich von Schweden nach London? Die Strecke Heathrow–Guernsey ist natürlich weniger frequentiert, aber dafür ist es ein Inlandsflug, und man muss keinen Pass vorzeigen.«

»Wir suchen weiter«, sagte Sara Svenhagen. »Dem Hafenlogbuch auf Guernsey zufolge ist Rainer Kruse mit seinem Boot Rosamunda am Morgen des 7. Mai losgesegelt. Und das Boot wurde erst gestern gefunden. Wir überprüfen also vor allem die Reisenden in den Tagen vor dem 7. Mai, aber bisher noch erfolglos.«

»Gut«, sagte Kerstin Holm. »Und Sie, meine Herren? Irgendwelche Neuigkeiten?«

»Wir hatten gestern Nachmittag vor, so viele Personen wie möglich auf unserer Liste zu erreichen«, sagte Jorge Chavez.

»Vor allem«, fügte Jon Anderson hinzu, »wollten wir die drei Übrigen in der ›coolen Mädchengang‹ der Klasse S3D warnen. Aber wir haben keine von ihnen erreicht. Zwei wohnen noch in Väsby, eine in der Stadt. Aber wir konnten sie nicht ausfindig machen.«

»Sonst nichts?«, fragte Kerstin Holm.

»Nein, außer dass wir zu wissen glauben, wo die meisten der ehemaligen Klassenkameraden auf unserer Liste sich momentan aufhalten sollten.«

»Dann habe ich eine Neuigkeit«, sagte Holm. »Sie kam gerade, als ich von der E 4 abbog, und ich wäre fast auf einen Laster vor mir aufgefahren. Der Körper von Armanda Carneiro ist im Lill-Jansskog gefunden worden, und zwar an der gleichen Stelle, wo am Mittsommertag auch Åsa Karlssons Leiche entdeckt wurde.«

Sie sahen einander an. Jeder den anderen, bis sie die Information in ihrer ganzen Tragweite aufgenommen hatten.

»Brynolf Svenhagen ist vor Ort«, sagte Kerstin Holm. »Ich habe ihm mitgeteilt, dass wir nicht hinkommen, denn ich glaube, auch euch ist klar, welche Gefahr hier jetzt droht.«

»Dass Tiina Spinroth ihr Lager wechselt«, sagte Jorge Chavez. »Pfui Teufel, stellt euch vor, dieser Satan hat gestern eine der Frauen aus der ›coolen Gang‹ erwischt. Als wir hier waren und nach ihnen suchten.«

Jon Anderson verzog das Gesicht zu einer Grimasse, die deutlichen Selbstekel verriet. »Im schlimmsten Fall *danach*«, sagte er leise. »Wir hätten uns mehr anstrengen können, sie zu finden.«

Kerstin Holm räusperte sich und sagte laut und deutlich: »Wir wissen doch überhaupt nicht, ob so etwas passiert ist. Also schlage ich vor, wir handeln jetzt und tun genau das, was wir geplant haben. Losentscheid?«

»Es kommt mir in der jetzigen Lage nur mäßig geschmackvoll vor«, sagte Jon Anderson.

»Mach es trotzdem.«

»Hier ist ein Schuhkarton mit folgenden Namen auf Zetteln: Hanna Hörnblom, Alice Nordin, Matilda Broman, Fredrik Ahlberg, Anders Koskinen, Ulla Johansson, Sofia

Olsson-Larsson, Lars Persson, Joakim Bergsten. Es ist ein Mix aus denen, die in der Klasse S3D des Vilunda-Gymnasiums Mitte der Neunzigerjahre in waren, und denen, die außen vor standen.«

»Es sind neun Namen«, erklärte Jorge Chavez. »Wir sind sieben. Zwei von ihnen wohnen jedoch nicht mehr hier. Ulla Johansson ist nach Melbourne ausgewandert und Anders Koskinen nach Los Angeles. Diese Namen sind zunächst einmal zweitrangig. Außerdem gibt es mündliche Hinweise darauf, dass Joakim Bergsten Selbstmord begangen hat, aber wir haben eine Adresse von ihm. Das muss derjenige, der den Zettel mit seinem Namen zieht, eben herausfinden.«

»Wenn ihr Ulla Johansson oder Anders Koskinen auf eurem Zettel stehen habt, müsst ihr neu ziehen«, sagte Jon Anderson. »Drei der Übrigen wohnen nicht mehr in Upplands-Väsby, leben aber nicht allzu weit entfernt von hier.«

»Außerdem haben wir alle Informationen, die wir über diese Personen auftreiben konnten, auf einem Papier zusammengestellt. Ihr müsstet es gestern Abend per E-Mail bekommen haben, aber sicherheitshalber verteile ich es jetzt noch mal.«

Jon Anderson reichte den Schuhkarton mit neun zusammengefalteten Zetteln herum. Jeder nahm einen. Am Ende blieben zwei Zettel übrig.

Kerstin Holm räusperte sich und sagte: »Also an die Arbeit. Hoffentlich können wir uns schon nach der Mittagspause in der Kampfleitzentrale treffen. Beim geringsten Anzeichen eines Durchbruchs meldet ihr euch telefonisch.«

Ohne ein weiteres Wort schwärmten sie aus über den nördlichen Stadtrand.

29

Als er tief in die Augen auf der anderen Seite des Tisches blickte, sah er nicht nur zum ersten Mal, wie sehr sie den seinen glichen. Er sah auch, dass seit Langem wieder Leben in ihnen war.

Wesentlich mehr Leben.

Das machte ihn froh. Er lächelte sie an. Sie lächelte zurück.

Ihre Hände lagen flach auf dem Tisch. Sie waren immer noch sehr, sehr schmal, aber es war eine neue Energie in ihnen.

»Wie fühlst du dich, Tova?«, fragte Paul Hjelm und legte die Hände auf die seiner Tochter. Sie verschwanden darunter. Er hatte seine Hände noch nie als so groß empfunden. Nicht einmal, als sie noch auf der Entbindungsstation lag und mit ihren winzig kleinen Neugeborenenhänden nach seinen Fingerspitzen griff, waren ihm seine Hände so groß vorgekommen wie jetzt.

Tova lächelte sogar noch ein wenig mehr. »Es ist okay«, sagte sie. »Es geht mir besser.«

»Schön«, sagte er. »Das freut mich.«

»Ich bin krank. Ich begreife das jetzt. Aber ich werde wieder gesund.«

Es bedurfte einiger Selbstüberwindung, um all die Fragen zu unterdrücken, die in ihm aufwallten. Er hielt sie zurück. Er hielt alles zurück. Er hielt sogar zurück, dass dieses Gespräch – genau dieses – vielleicht sein Abschied vom Leben war.

»Dann hast du nichts dagegen, noch eine Weile hierzubleiben?«, fragte er.

»Nein«, sagte sie. »Es ist gut hier. Ich habe Ruhe.«

»Was macht ihr denn? Redet ihr?«

»Ja«, sagte Tova. »Wir reden viel.«

Sie verstummten. Er sah ihr an, dass alles gut war. Im Moment auf jeden Fall. Er wagte es, sie zurückzulassen.

Er wagte es, sie allein in der Welt zurückzulassen.

»Ich gehe jetzt«, sagte Paul Hjelm und stand auf. »Lass es dir gut gehen, mein Liebling.«

Er beugte sich vor und umarmte sie. Sie blieb sitzen und erwiderte vorsichtig seine Umarmung.

Er flüsterte ihr ins Ohr: »Ich liebe dich.«

Als er sie losließ, sah er, dass sie ihn so sonderbar anschaute. Es dauerte viel zu lange, bis er begriff, warum.

Es war das erste Mal, dass er seiner Tochter gesagt hatte, dass er sie liebte.

Er spürte einen Kloß im Hals. Schloss die Augen. Und hörte eine schwache Frauenstimme, die fast flüsternd sagte: »Ich liebe dich auch.«

Als er ging, blieb sie an dem traurigen Besuchertisch in der Privatklinik Äppelviken sitzen. Er winkte ihr ein letztes Mal zu und trat auf die Terrasse. Dort blieb er einen Augenblick in der fahlen Morgensonne stehen, die sich vollkommen weiß in der Wasserfläche des Mälarsees spiegelte. Er empfand eine große, tiefe Trauer. Aber eine Trauer, die sich trotz allem irgendwie ... würdig anfühlte.

Vielleicht trauerte er auch um sich selbst.

Dann setzte er sich in sein umweltfreundliches Auto und fuhr nach Westen. Er erreichte die Ortsmitte von Nykvarn und rollte dann auf immer schmaleren Wegen hinaus in die Pampa.

Die ganze Fahrt über erklang Bach aus den Lautsprechern, wie eine ununterbrochene Huldigung an das Leben.

Es war 10.54 Uhr, als er das verwitterte Schild erreichte, das verkündete, dass die beiden kleinen Häuser in dem verlassenen Winkel der Weiler Modhult sind. Er blieb im Wagen sitzen und ließ den Blick über die ihm schon bekannte Szenerie schweifen.

Schließlich fuhr er auf einen Waldweg und stellte den Wagen außer Sichtweite des Weilers ab. Dann näherte er sich schräg von hinten den beiden Ödhöfen von Jansson, dem niedergebrannten und dem noch intakten. An einer Stelle waren blau-weiße Polizeibänder aus Plastik quer über den Pfad gespannt. Er stieg mit einem großen Schritt darüber hinweg und nahm gleichzeitig die Pistole aus dem Achselholster.

Er hielt inne. Dann duckte er sich unter eine große Tanne, deren Äste eine Art Unterschlupf bildeten. Er blieb eine Weile in der Hocke sitzen. Holte einige Male tief Luft und fühlte, dass ihm übel war. Nicht ernsthaft, aber ein wenig. Es war ein tieferes Übelsein als das gewöhnliche, physische. Es rührte an den Kern seiner Existenz in dieser Welt.

Er saß dort in der Tannenhütte und spürte, wie die Minuten verrannen. Ihm war, als ob alles, womit er sich in den letzten zehn Jahren befasst hatte, sich in ihm versammelte und aufbegehrte. Als ob all das Böse, das er gesehen und bekämpft hatte und von dem er ein Teil gewesen war, auf ihn einstürzen und in seinem Rückenmark Wurzeln schlagen und sich zu einem Schimmelpilz in den innersten Winkeln seiner Seele auswachsen würde.

Ich habe mein Bestes gegeben, dachte er und entsicherte die Pistole so lautlos wie möglich.

Habe ich nicht mein Bestes gegeben?

Er trat unter der Tanne hervor und ging weiter den Pfad entlang. Kurz danach sah er den intakten Ödhof, der sich über eine kleine Anhöhe erhob. Mit schussbereiter Pistole ging er zu ihm und um ihn herum.

Es war kein Mensch in der Nähe.

Wieder hielt er inne und presste den Rücken an die Hauswand. Daneben lag der verbrannte Hof. Er war von blauweißen Plastikbändern umzäunt, die verkündeten, dass eine ordnungsgemäße Tatortuntersuchung stattgefunden hatte.

Die Überreste von Tore Michaelis waren fortgeschafft worden.

Kein Totenschädel grinste Paul Hjelm entgegen.

Er schlich seitwärts weiter, mit dem Rücken an der Wand des Ödhofs entlang. Und dann bog er um die nächste Ecke.

Auch auf der kargen Wiese, die sich vielleicht acht Meter zum Waldrand hin erstreckte, war niemand. Nirgendwo ein Lebenszeichen.

Aber dann hörte er etwas. Vielleicht war es kein realer Laut. Doch er hörte ihn. Es war wie das Knacken eines Astes.

Aus dem Waldrand trat ein dunkelhäutiger Mann. Paul Hjelm erkannte äußerst vage Fawzi Ulaywi, auch bekannt unter dem Namen Rawan Fahaidawi, den er vor acht Jahren kurz, aber intensiv verhört hatte. Sein Gesicht war vollkommen ausdruckslos. Aber er hob eine Hand zum Gruß. Paul Hjelm richtete die Pistole auf ihn. Erst als er wirklich auf ihn zielte, merkte er, wie seine Hand zitterte.

Etwas war in Rawan Fahaidawis Blick, das nichts Gutes verhieß.

Und da brach alles über Paul Hjelm herein.

Tore Michaelis war ganz sicher hier gestorben, unmittelbar neben ihm. Das Fleisch an seinen Knochen war verbrannt, und sein Schädel war zerschmettert worden.

Und Paul Hjelm war gründlich, gründlich genarrt worden.

Vor seinen Augen trat ein Gesicht hervor. Ganz von selbst. Ein von dunklem Haar umrahmtes Gesicht.

Es war Kerstin Holms Gesicht.

Er dachte: Habe ich meiner Tochter wirklich gesagt, dass ich sie liebe?

Rawan Fahaidawi trat einen Schritt zur Seite. Hinter ihm stand ein anderer Mann. Er trug einen großen Zylinder auf dem Rücken und hielt etwas in den Händen, das einem Rohr glich.

Aus dem Rohr züngelte eine kleine Flamme.

Zum ersten Mal sah Paul Hjelm einen Flammenwerfer.

Dann war die Welt ein brennendes Inferno.

30

Kerstin Holm: Ich weiß, dass es anstrengend ist, man kehrt ja nicht besonders oft in Gedanken zu seiner Gymnasialzeit zurück.

Sofia Olsson-Larsson: Im Gegenteil, das tun doch alle hier. Als wäre es der Höhepunkt des Lebens. Und für viele war es das wohl auch.

Kerstin Holm: Glauben Sie?

Sofia Olsson-Larsson: Auf jeden Fall für die da. Hanna und die Clique. Ich habe das Gefühl, dass in ihrem Leben danach nicht mehr viel passiert ist. Damals war der Höhepunkt und zugleich auch der Schlusspunkt.

Kerstin Holm: Aber Sie sind doch auch in Väsby geblieben?

Sofia Olsson-Larsson: Absolut. Und ich werde nie aus Väsby weggehen. Hier bin ich zu Hause, für immer. Es ist ein cooler, entspannter Arbeitervorort. Aber ich hatte das Glück, mein Ding zu finden. Das hier.

Kerstin Holm: Es ist schön hier. Darf man es als ein Künstlerkollektiv bezeichnen?

Sofia Olsson-Larsson: Sie sollten nicht wagen, es anders zu nennen. *(Sie lacht.)*

Kerstin Holm: Meine Frage ist, wie Sie wohl verstehen, sehr konkret. Fällt Ihnen jemand ein, der einen Anlass hat, Hanna, Lisa, Alice und Matilda zu hassen? Wirklich richtig zu hassen?

Sofia Olsson-Larsson: Es lässt sich nicht abstreiten, dass sie eine Reihe von Menschen nach allen Regeln der Kunst schikanierten. Ich war eine Spätpunkerin, sie hassten mich. Als Mädchen durfte man nicht aussehen wie ich. Das bedeutete, auf alle anderen Mädchen zu spucken, sozusagen. Sie haben mich einmal verprügelt, aber sie waren nicht besonders stark. Nicht genug Muskeln, um es mal so zu sagen. Aber Hass? Nein, ich weiß nicht …

Kerstin Holm: Denken Sie gründlich nach. Gehen Sie alle Schüler durch. Ich warte. Irgendetwas muss passiert sein. Ich weiß, dass etwas passiert ist, das sich von allem anderen unterscheidet. Versuchen Sie, sich daran zu erinnern, was das sein könnte.

Sofia Olsson-Larsson: Meine Überlebensstrategie im Gymnasium war, richtig anders zu sein, eine richtige Außenseiterin. Das war wohl die Voraussetzung dafür, dass ich später Künstlerin wurde. Aber das bedeutet auch, dass ich in dieser Klasse nicht wirklich dazugehörte. Ich glaube, dass der dickste Junge – kann er Fredrik geheißen haben? – am schlimmsten zu leiden hatte. Aber wir hatten nichts gemeinsam. Ich konnte ihm nicht helfen und wollte es auch nicht.

Kerstin Holm: Fredrik Ahlberg?

Sofia Olsson-Larsson: Ja, so hieß er. Aber an irgendein großes Drama kann ich mich überhaupt nicht erinnern. Es war eine scheißlangweilige, bornierte Spießerklasse, und ich danke meinem glücklichen Stern dafür, dass ich nichts mehr mit ihnen zu tun habe.

*

Sara Svenhagen: Haben Sie mit den anderen Mädchen noch Kontakt? Hanna, Lisa, Matilda?

Alice Nordin: Nicht die Spur. Ich glaube, Lisa ist in die Stadt gezogen und wurde irgendwo Chefin. Matilda hat studiert. Hanna und ich, wir sind hiergeblieben. Ich glaube, sie arbeitet an der Tankstelle, der OK-Q8 unten in Runby. Und ich bin hier gelandet. Coop Extra, im Väsby-Zentrum. Geschieden und drei Kinder. Aber warum nicht? Scheiß drauf.

Sara Svenhagen: Soweit ich es verstanden habe, waren Sie doch eine ziemlich feste Clique. Warum haben Sie sich nicht mehr getroffen?

Alice Nordin: So ist das wohl nach dem Gymnasium. Sie sind doch ungefähr in meinem Alter: Mit wie vielen alten Klassenkameraden haben Sie noch regelmäßig Kontakt?

Sara Svenhagen: Ich verstehe, was Sie meinen. Mit keinem. Aber ich gehörte auch nie einer festen Clique an. Ich war eine komische, immer nachdenkliche Außenseiterin.

Alice Nordin: Das spielt keine Rolle. Nach dem Gymnasium will man weiterkommen.

Sara Svenhagen: Aber so ist es doch nicht wirklich? Wenn man zusammen in einem kleinen Ort aufwächst und richtig eng befreundet ist, stelle ich mir vor, dass das auch für den Rest des Lebens so bleibt. Man lässt die Zeit auf dem Gymnasium sozusagen nie hinter sich. Im Nachhinein erscheint sie einem als die beste Zeit im Leben.

Alice Nordin: Nein, verdammt. Es war scheißanstrengend.

Sara Svenhagen: Viele scheinen der Ansicht zu sein, dass *Sie* scheißanstrengend waren.

Alice Nordin: Der schwedische Neid …

Sara Svenhagen: Aber es war doch nicht gerade leicht, mit Ihnen auszukommen. Hatten Sie nicht auch etwas spezielle … Körperideale?

Alice Nordin: Ich hatte nie irgendwelche Essstörungen, wenn Sie so etwas meinen. Wir waren vielleicht alle ein bisschen großkotzig, aber so was hat ja wohl mit dem Alter zu tun. Und damit, wie es zu Hause aussieht. Meine Eltern ließen sich scheiden, als ich sechzehn war, es herrschte ständig auf die eine oder andere Weise Chaos.

Sara Svenhagen: Aber es gab welche, die Essstörungen hatten, nicht wahr?

Alice Nordin: Lisa und Matilda, beide, da bin ich mir sicher. Lisa war am schlimmsten. Sie war etwas moppelig, als sie in der Achten zu uns kam. Wir vier sind auch in der Oberstufe in dieselbe Klasse gegangen. Sie kam damals und redete ein beschissenes Schonisch.

Sara Svenhagen: Machte sie auch Diäten?

Alice Nordin: Das weiß ich nicht …

Sara Svenhagen: Na, kommen Sie schon. So schlimm ist das wohl nicht.

Alice Nordin: Okay. Also sie hat ziemlich genau darauf geachtet, was sie aß, um es mal so zu sagen.

Sara Svenhagen: Sie selbst sind recht gut in Form, dafür, dass Sie drei Kinder haben.

Alice Nordin: Danke. Ja, ich trainiere viel. Gehe joggen und so.

Sara Svenhagen: Ich wünschte, ich hätte Zeit dafür.

Alice Nordin: Die Kinder kommen viel besser damit zurecht, als man glaubt. Sie müssen sie einfach abnabeln.

Sara Svenhagen: Könnte man sagen, dass Hanna Ihre Anführerin war?

Alice Nordin: Sie war ziemlich dominant. Und dann war sie auch so schlank. Alle wollten ihr gleichen. Sie sieht heute noch genauso aus. Wir sind uns kürzlich über den Weg gelaufen, vorher hatten wir uns fünf Jahre nicht gesehen. Und sie sah völlig unverändert aus. Schmal wie eine Krabbe. Wir haben nur ein paar Worte gewechselt.

Sara Svenhagen: Gehen Sie sich aus dem Weg?

Alice Nordin: Warum sollten wir?

Sara Svenhagen: Das klang so. Was hat die Clique auseinandergebracht? Warum schaffen Sie es nicht, sich weiter zu sehen?

Alice Nordin: Jetzt weiß ich wirklich nicht, worauf Sie hinauswollen.

Sara Svenhagen: Gab es jemanden, den Sie schlimmer schikaniert haben als einen anderen? Jemand, von dem man sich vorstellen kann, dass er immer noch … wütend ist?

Alice Nordin: Hören Sie, ich muss jetzt los, meine Frühstückspause ist gleich um. Also dann, es war nett, mit Ihnen zu plaudern.

Sara Svenhagen: Warten Sie. Dies ist wichtig. Jemand hat Lisa entführt. Jemand foltert sie. Und ich glaube, Sie wissen, wer.

Alice Nordin: Foltert? Das glauben Sie doch selbst nicht.

Sara Svenhagen: Doch, es ist wahr. Was haben Sie gemacht? Und mit wem? Ich komme zurück, und ich werde weiterfragen, jeden Tag, bis Sie mir antworten. Und wenn es nur deswegen ist, damit nicht auch Sie gekidnappt und gefoltert werden.

Alice Nordin: Ich muss jetzt zurück an die Kasse. Ich kann es mir nicht leisten, diesen Job auch zu verlieren.

*

Gunnar Nyberg: Konnte man ihnen nicht einfach aus dem Weg gehen?

Lars Persson: Man sitzt drei Jahre lang zusammen in einer Klasse. Da kann man sich nicht aus dem Weg gehen. Man ist dazu verdammt durchzuhalten. Sosehr sie auch auf einem herumhacken, man muss durchhalten.

Gunnar Nyberg: Haben sie auf Ihnen herumgehackt?

Lars Persson: Auf mir und auf vielen anderen. Wir hatten ja nicht gerade ein alternatives Kollektiv, um ihnen entgegenzutreten. Die meisten von uns waren Einzelgänger. Wider Willen, aber dennoch. Ich denke, jeder von uns hätte sich wohl gern mit anderen zusammengeschlossen, aber das war eben nicht unsere Art. Man war immer allein gegen sie.

Gunnar Nyberg: Und was machten sie? Genauer?

Lars Persson: Es ging fast immer ums Aussehen. Dass man auf diese oder jene Weise beknackt aussah. Ich war klein, Brillenträger und ein Streber. Fanden sie. Dabei war es nur so, dass es mir einfach leichtfiel. Das Gymnasium war die Hölle, und sobald es vorbei war, bin ich in die Stadt gezogen.

Ich werde nie wieder einen Fuß nach Väsby setzen. Ich habe sogar jedes Mal noch Beklemmungen, wenn ich durch die Scheißgegend fahren muss, um nach Arlanda zu gelangen.

Gunnar Nyberg: Sie sind viel unterwegs von Arlanda aus?

Lars Persson: Ja, recht häufig. Vor allem viele Konferenzen. Messen. Mein Betrieb ist Marktführer im Bereich Buchhaltungsprogramme für mittlere Unternehmen. Wir sind jetzt auch im Baltikum auf dem Weg an die Spitze. Daneben Polen, Ungarn, Slowenien. Die Zukunftsaussichten sind gut.

Gunnar Nyberg: Was war das Schlimmste, das Ihnen passiert ist?

Lars Persson: Die Pornogeschichte, glaube ich.

Gunnar Nyberg: Pornogeschichte?

Lars Persson: Es war noch vor dem Internet. Gymnasiasten waren nicht wie heute mit Pornos überfüttert. Für uns war es immer noch ein wenig schockierend zu sehen, wie ein riesiger Schwanz in eine Möse eindringt. Nicht wie heute. Es steckten auch ein paar ältere Jungs hinter der Sache, glaube ich. Sie verschafften sich Zugang zu meinem Spind und tapezierten ihn förmlich mit Hardcorepornobildern. Als ich meinen Spind säuberte und die Sachen fortbrachte, stieß ich auf mehrere Lehrer, die mich mit diesen Fotos in den Händen sahen. Ich wurde dreimal dem Rektor gemeldet, von drei verschiedenen Lehrern.

Gunnar Nyberg: Aber dann hatten Sie doch immerhin die Möglichkeit, sie beim Rektor hinzuhängen?

Lars Persson: Es war besser, das sein zu lassen. Damit so schnell wie möglich Gras über die Sache wuchs. Es ging immer darum, so schmerzlos wie möglich davonzukommen.

Gunnar Nyberg: Waren Sie der am schlimmsten Betroffene?

Lars Persson: Keineswegs. Der dicke Fredrik war wirklich übel dran. Er war ja außerdem noch ein wenig doof. Nicht gerade einer, mit dem zusammen man seine Wunden leckte. Jocke war auch nicht besser dran, ich glaube, er hat sich später das Leben genommen. Ulla hatte es auch nicht leicht, besonders weil sie so groß und schüchtern war. Und dann natürlich Anders Koskinen, Hardrock-Anders, der nie irgendetwas auf die Reihe kriegte und alles und jeden im Universum missverstand. Ein Versager durch und durch. Ging später in die USA, glaube ich.

Gunnar Nyberg: Erinnern Sie sich an einen besonders schwerwiegenden Vorfall? Irgendetwas besonders Teuflisches?

Lars Persson: Ja, an eine Sache erinnere ich mich. Hanna und die Clique hatten sich mit einigen der ausgebuffteren Jungs zusammengetan und kamen in den Umkleideraum der Sporthalle, als der dicke Fredrik und Hardrock-Anders noch in der Sauna saßen. Ich war auch noch da, war aber schon angezogen und verzog mich schnell. Hanna und die anderen klauten deren Sachen und warteten auf sie. Ich weiß nicht genau, was passierte. Fredrik wollte nie darüber reden. Anders machte ein besonderes Ding daraus, nackt mit vier hübschen Mädchen. Aber was eigentlich passierte, weiß niemand. Außer ihnen.

Gunnar Nyberg: Keine wirklich tolle Klasse?

Lars Persson: Eine, bei der man froh ist, mit heiler Haut rausgekommen zu sein.

*

Fredrik Ahlberg: Wie schlank Sie sind.

Jon Anderson: Aber viel zu groß.

Fredrik Ahlberg: Hören Sie bloß auf. Etwas Schlimmeres, als klein und dick zu sein, gibt es nicht. Man muss wirklich viel einstecken. Und kommt nicht wieder hoch.

Jon Anderson: Haben Sie deshalb immer noch keine geregelte Arbeit?

Fredrik Ahlberg: *(Er lacht.)* Das hat eine Menge Gründe.

Wer sollte mich haben wollen? Aber ich bin ein Ass in Netzpoker. Davon lebe ich. Außerdem bin ich derjenige, der in Schweden bei *World of Warcraft* am weitesten gekommen ist. Und da musste ich mir die ganze verfluchte Zeit am Gymnasium anhören, dass ich doof wäre. Erzählen Sie mir was von falscher Einschätzung.

Jon Anderson: Computerspiele?

Fredrik Ahlberg: Sie haben nicht wirklich Ahnung davon, was?

Jon Anderson: Nein, stimmt. Aber von *World of Warcraft* habe ich schon was gehört. Man spielt auf einer Menge von Ebenen interaktiv. Läuft zwischen verschiedenen Aufgaben hin und her und klettert immer höher.

Fredrik Ahlberg: Sie wissen es doch.

Jon Anderson: Der dicke Fredrik also?

Fredrik Ahlberg: Es war Hanna, die darauf kam. Wahnsinnig einfallsreich. Sie hatten wirklich ihren Spaß daran, mich zu hänseln. Aber eigentlich glaube ich, dass die Mädchen am schlimmsten dran waren. Diese Punkerin mit dem Doppelnamen hatte es nicht leicht, und dann Ulla …

Jon Anderson: Sofia Olsson-Larsson und Ulla Johansson?

Fredrik Ahlberg: Ja. Eine wurde Künstlerin und die andere drogenabhängig.

Jon Anderson: Drogenabhängig?

Fredrik Ahlberg: Ja. Ich hörte, sie wäre später nach Australien gegangen. Ob sie jetzt clean ist, weiß ich nicht.

Jon Anderson: Erzählen Sie ein bisschen mehr über Ulla Johansson.

Fredrik Ahlberg: Sie war auch ziemlich dick, deshalb wurden wir am Anfang des Gymnasiums so etwas wie Kumpel. Wir taten uns zusammen. Aber dann geriet sie in die falsche Gesellschaft. Fing an mit Alkohol und nahm dann Rauschgift gegen Ende der Gymnasiumszeit. Und so entwickelten wir uns auseinander.

Jon Anderson: Von einem Kollegen habe ich gerade eine Geschichte über Sie und Anders Koskinen in der Sauna gehört …

Fredrik Ahlberg: Ja klar, die musste ja rauskommen. Und jetzt ist es ja auch egal. Hanna, Lisa, Matilda und – wie hieß die Letzte noch, die Allerverrückteste? – Alicia?

Jon Anderson: Alice. Alice Nordin.

Fredrik Ahlberg: Ja, genau. Alice. Also, Anders und ich saßen nach irgendeiner Scheißsportstunde, Hallenhockey, glaube ich, noch in der Sauna und chillten. Eigentlich ein cooler Finne, der Hardrocker, der alle Bands durcheinanderbrachte und von nichts eine Ahnung hatte. Er schuf sich eine ganz eigene Welt und lebte konsequent darin, und mit der richtigen Wirklichkeit hatte sie nicht das Geringste zu tun. Da tauchte diese verdammte Clique auf und klaute unsere Sachen, Handtücher und alles. Und dann standen sie da mit unseren Kleidern und starrten uns an, als wir versuchten, uns zu verstecken. Aber man konnte sich nirgendwo verstecken. Sie tanzten um uns herum und schrien, was wir für kleine Pimmel hätten. Schließlich gab Anders auf und zeigte seinen Schwanz vor, bis der stand wie eine Eins. Er rettete mich, könnte man sagen. Aber das war nichts gegen das, was mit Jocke passierte.

Jon Anderson: Was passierte denn mit Jocke … Bergsten?

Fredrik Ahlberg: Das ist es ja. Keiner weiß es. Aber er hätte sich beinahe hinterher das Leben genommen. Sprang vor einen Zug.

Jon Anderson: Erzählen Sie, was Sie gehört haben.

Fredrik Ahlberg: Es waren wieder dieselben Mädchen. Das weiß ich. Sie trieben Jocke dazu, etwas zu tun, was er nicht hätte tun sollen. Aber ich weiß nicht, was es war. Jocke ist dann weggezogen. Es ging mal das Gerücht, er sei tot. Er sei vom Vorortzug überfahren worden.

Jon Anderson: Was glauben Sie, was geschah?

Fredrik Ahlberg: Es muss was mit Sex zu tun gehabt haben. Aber mehr als das weiß ich nicht.

*

Anna Robertsson: Ja, Nummer?

Arto Söderstedt: Nummer?

Anna Robertsson: An welcher Zapfsäule Sie getankt haben.

Arto Söderstedt: Ach so. Nein, ich habe nicht getankt. Ich möchte mit Ihnen sprechen.

Anna Robertsson: Das wollen immer alle.

Arto Söderstedt: Das kann ich verstehen. Aber ich bin von der Polizei und muss mit Ihnen reden. Kann Ihr Kollege Sie kurz ablösen?

Anna Robertsson: Rille, übernimmst du mal eben? Ja, also, wir können hier nach hinten reingehen. Was wollen Sie?

Arto Söderstedt: Ich suche Hanna Hörnblom. Aber sie scheint nicht hier zu sein.

Anna Robertsson: Sie ist gestern nach der Mittagspause weggeblieben. Scheißverhalten. Aber das war nicht das erste Mal.

Arto Söderstedt: Weggeblieben?

Anna Robertsson: Verschwand ohne Erlaubnis. Es war ihre Schicht. Ich bin für sie eingesprungen. Jetzt schuldet sie mir jede Menge Stunden. Ich könnte durch sie ein ganzes Wochenende freibekommen.

Arto Söderstedt: Und wie ist es zugegangen, als sie verschwand?

Anna Robertsson: Ich weiß nicht. Ich war etwas essen, drüben im *Mammas*, und als ich zurückkam, stand der arme Rille hier total verwirrt und versuchte, den gesamten Laden allein zu schmeißen.

Arto Söderstedt: Haben Sie eine Überwachungskamera?

Anna Robertsson: Ja. Aber ich weiß nicht, wie sie funktioniert.

Arto Söderstedt: Sorgen Sie dafür, dass sofort jemand herkommt, der es weiß. Ist Rille hier?

Anna Robertsson: Er steht an der Kasse. Wieder mal allein. Ich rufe Rogge an, den Chef. Er müsste in der Nähe sein.

Arto Söderstedt: Sind Sie nicht auf die Idee gekommen, die Polizei zu benachrichtigen, als sie verschwand?

Anna Robertsson: Wie sollte ich? Das passiert ja verflucht noch mal andauernd.

*

Lena Lindberg: Sie sind also Doktorandin im Fach politische Wissenschaft hier an der Uni Stockholm?

Matilda Broman: Ja.

Lena Lindberg: Die Uni hier in Frescati ist ja ein ziemlich spezielles Milieu. Irgendwo zwischen Bildungseinrichtung und Gefängnis.

Matilda Broman: Das können Sie laut sagen. Ich arbeite am besten in den Bibliotheken. Aber am liebsten zu Hause.

Lena Lindberg: Sie wohnen ja noch in Väsby. Leben Sie allein?

Matilda Broman: Natürlich.

Lena Lindberg: Stark von Ihnen, sich aus dem Milieu zu lösen, nachdem Sie in die Klasse S3D gegangen sind.

Matilda Broman: Geht es darum? Meine Zeit auf dem Gymnasium? Wer in aller Welt kann sich für meine mediokre Jugend in Väsby interessieren?

Lena Lindberg: Jemand ist sehr wohl daran interessiert. So sehr, dass er foltert und tötet.

Matilda Broman: Was sagen Sie da?

Lena Lindberg: Haben Sie Kontakt mit einer der anderen

Frauen aus der ehemaligen coolen Clique in Ihrer Klasse? Hanna, Lisa, Alice?

Matilda Broman: Nicht viel. Aber was heißt foltern und töten? Was reden Sie da für grässliches Zeug?

Lena Lindberg: Sie waren nicht nur die coole Clique der Klasse, nicht wahr? Sie waren auch die schlanke Clique der Klasse? Wie ich sehe, sind Sie immer noch sehr schlank.

Matilda Broman: Und?

Lena Lindberg: Sie haben bestimmt immer noch Essstörungen?

Matilda Broman: Und das hat also was mit Folter zu tun?

Lena Lindberg: Komischerweise ja. Erzählen Sie mir etwas über den Vorfall mit dem dicken Fredrik und Hardrock-Anders in der Sauna.

Matilda Broman: Aber du liebe Güte. Da war doch nichts. Wir haben ihnen die Kleider geklaut – okay, ein paar von den älteren Jungs haben uns geholfen. Und dann haben wir sie ausgelacht, als sie nackt herumliefen wie aufgescheuchte Hühner.

Lena Lindberg: Oder Gockel.

Matilda Broman: Nein, das würde ich nicht direkt behaupten.

Lena Lindberg: Hardrock-Anders soll sich aber eingekriegt haben und nicht weiter herumgelaufen sein.

Matilda Broman: Es war ein Schülerstreich, nichts Schlimmes. Okay, er bekam einen Steifen und hat vor uns onaniert. Das war ein bisschen überraschend.

Lena Lindberg: Sie waren keine besonders angenehme Clique?

Matilda Broman: Das wohl nicht gerade. Aber wir waren jung und taten alles, um trendy und in zu sein. Wenn man in sein will, müssen andere out sein, und wir sorgten dafür, dass ziemlich viele out waren. Anderseits funktioniert die Welt genauso. Ein paar Jahre politische Wissenschaft reichen aus, um zu begreifen, dass sich alles nur darum dreht, für sich selbst Vorteile zu erzielen. Es ist eine harte Welt.

Lena Lindberg: Aber es sind auch schlimmere Dinge vorgekommen, nicht wahr? Etwas, was dazu führte, dass die alte Clique sich jetzt nicht mehr trifft?

Matilda Broman: Wir waren nie bösartig. Wir haben uns selbst am meisten geschadet. Lisa wurde eine richtig heftige Anorektikerin. Und ich habe auch mein Fett abgekriegt. Nur weil wir aussehen wollten wie Hanna.

Lena Lindberg: Warum hat sich Jocke Bergsten vor einen Zug geworfen?

(Lange Pause.)

Lena Lindberg: Jetzt schweigen Sie. Haben Sie nicht gehört, was ich gefragt habe?

Matilda Broman: Doch, ich habe es gehört. Aber woher soll ich das wissen? Außerdem hat er überlebt. Er war so voll, dass er das Gleis verfehlt und sich nur den Arm ausgekugelt hat.

Lena Lindberg: Wieso wissen Sie so gut darüber Bescheid, was mit Jocke passiert ist?

Matilda Broman: Ich habe davon reden hören. Das ist alles.

Lena Lindberg: Was haben Sie mit ihm gemacht? Was ist passiert, das sogar den Vorfall in der Sauna und die Sache mit den Pornobildern in den Schatten stellt?

Matilda Broman: Ich weiß nicht, wovon Sie reden.

Lena Lindberg: Sie haben viel zu verlieren, das verstehe ich. Aber ich kann Ihnen versichern, dass das, was gerade da draußen vor sich geht, einen sehr viel größeren Verlust bedeutet. Lisa ist vor ein paar Tagen gekidnappt worden und erleidet seitdem die schlimmsten Folterungen, die man sich vorstellen kann. Und die letzten Informationen lassen vermuten, dass auch Hanna vor weniger als vierundzwanzig Stunden entführt worden ist. Sie werden gefoltert, Matilda, während wir hier sitzen und miteinander sprechen. Sie werden gefoltert und in absehbarer Zeit ermordet. Und dann sind Sie an der Reihe. Sie und Alice. Diese Person wird nicht aufhören, bevor Sie nicht alle vier tot sind. Und ich will jetzt verdammt noch mal wissen, warum.

Matilda Broman: Gott.

Lena Lindberg: Nichts da mit Gott. Eher im Gegenteil. Man kann sich fragen, was das für ein Gott ist, der so etwas zulässt. Angefangen bei dem, was Sie mit Jocke gemacht haben, bis zu dem, was jetzt mit Ihnen gemacht wird. Vor gewissen Dingen kann man nicht davonlaufen, Matilda, und dies hier ist so eines. Erzählen Sie es mir jetzt oder später, nach vielen Stunden Verhör. Sie können wählen. Ich lasse nicht locker, bevor Sie nicht alles erzählt haben, und das wissen Sie. Das merken Sie.

Matilda Broman: Aber das kann nicht möglich sein. Das kann wirklich nicht möglich sein.

Lena Lindberg: Erzählen Sie nur. Dann entscheide ich, ob es möglich ist.

Matilda Broman: Jocke war der Feigste von allen – und da gab es immerhin einige Konkurrenz. Er war so feige, dass er kaum reden konnte. Und Mädchen brachten ihn dazu, dass ihm der Atem aussetzte. Also buchstäblich der Atem aussetzte. Wir haben nur mit ihm gespielt. Mehr habe ich dazu nicht zu sagen. Ich erinnere mich nicht. Ich erinnere mich wirklich nicht.

Lena Lindberg: Wahrscheinlich, weil Sie Ihr halbes Gehirn weggehungert haben. Dass Sie sich mit akademischer Forschung befassen können, ist ein verdammtes Wunder. Wir nehmen Sie und Alice Nordin mit ins Präsidium. Zu zehn Prozent, um Sie zu schützen. Zu neunzig Prozent, um Sie dazu zu bringen, die Wahrheit zu sagen. Zum ersten Mal in Ihrem Leben. Was haben Sie für sexuelle Dinge mit Jocke angestellt, dass er versucht hat, sich umzubringen?

Matilda Broman: Ich habe nichts zu sagen.

*

Joakim Bergsten: Das Gerücht von meinem Tod ist deutlich übertrieben.

Jorge Chavez: Schön zu hören. Gut, dass ich Sie angetroffen habe.

Joakim Bergsten: Sie hatten Glück. Ich habe gerade Schluss gemacht. Jetzt gehe ich nach Hause zum Mittagessen.

Jorge Chavez: Haben Sie etwas dagegen, dass ich Sie begleite?

Joakim Bergsten: Ich vermute, dass dies eine rhetorische Frage ist.

Jorge Chavez: Da vermuten Sie ganz richtig. *(Pause.)* Sie arbeiten also hier. Bei der guten, alten Firma Ericsson?

Joakim Bergsten: Nach meinem total bedeutungslosen gesellschaftswissenschaftlichen Abitur habe ich eine Grundausbildung in Teletechnik gemacht. Ich bin Computertechniker. Da gehöre ich hin.

Jorge Chavez: Wohnen Sie in der Nähe?

Joakim Bergsten: Ich vermute, dass Sie ganz genau wissen, wo ich wohne. Aber ja, ich wohne in der Nähe. Midsommarkransen.

Jorge Chavez: Erinnern Sie sich an Ihre alten Klassenkameradinnen aus der S3D am Vilunda-Gymnasium in Upplands-Väsby? Hanna Hörblom, Lisa Jakobsson, Matilda Broman, Alice Nordin?

Joakim Bergsten: *(Bleibt stehen.)* Ja, ich erinnere mich an sie. Worum geht es denn?

Jorge Chavez: Wissen Sie auch, was mit den vieren geschieht?

Joakim Bergsten: Warum sollte ich das wissen?

Jorge Chavez: Weil das, was da geschieht, allem Anschein nach etwas mit dem zu tun hat, was Sie veranlasst hat, sich in Sollentuna vor einen Zug zu werfen.

Joakim Bergsten: Wie Ted Gärdestad.

Jorge Chavez: Aber Ted war damit erfolgreich.

Joakim Bergsten: Der Alkohol hat mich gerettet. *(Geht wieder weiter.)* Das Leben ist voller Paradoxe. Ich wollte mich wirklich umbringen. Ich habe mich ordentlich betrunken, damit ich den Mut aufbrächte. Und nur deshalb bin ich auf dem Bahnsteig gestolpert und bin neben dem Gleis gelandet. Es tut trotzdem ziemlich weh, wenn einem von einem Zug der Arm ausgekugelt wird, das können Sie mir glauben. Auch wenn man besoffen ist.

Jorge Chavez: Und weshalb wollten Sie sich vor den Zug werfen?

Joakim Bergsten: Auch wenn Sie mich zu Tode foltern, werde ich das nicht erzählen. Also versuchen Sie's gar nicht erst.

Jorge Chavez: Interessante Wortwahl: zu Tode foltern …

Joakim Bergsten: Ich weiß nicht einmal, wessen ich verdächtigt werde.

Jorge Chavez: Das ist schon in Ordnung. Hauptsache, wir wissen es.

Joakim Bergsten: *(Lacht auf.)* Habe ich diese Bräute also zu Tode gefoltert? Alle vier?

Jorge Chavez: Sie haben mit Ihnen gespielt, Jocke. Die haben Sie für einen Kasper gehalten. Sie waren so schüchtern, dass Sie nicht reden konnten. Sie wurden rot, wenn die Mädchen nur in Ihre Nähe kamen. Ihnen blieb die Luft weg. Das hat die vier angespornt. Das hat sie dazu gebracht, sich überlegen zu fühlen. Erzählen Sie nicht, Sie hätten diese vier nicht gehasst.

Joakim Bergsten: Sie waren Monster. Weibliche Teufel.

Jorge Chavez: Es ist doch gar nicht so schwierig. Sie erzählen mir, was sie mit Ihnen gemacht haben, und dann bin ich zufrieden.

Joakim Bergsten: Sie werden nie zufrieden sein. *(Bleibt stehen.)*

Jorge Chavez: Ja, hier ist Ihre Haustür, Jocke. Darf ich mit hineinkommen?

Joakim Bergsten: Ich vermute, Sie kennen die Antwort auf diese Frage.

Jorge Chavez: Schön wohnen Sie hier. Aussicht auf das Ericsson-Gelände, mit Teleturm und allem.

Joakim Bergsten: Wiedersehen.

Jorge Chavez: Wir sehen uns.

31

Niklas Grundström war Chef der Abteilung für interne Ermittlungen bei der schwedischen Polizei. Er war ein beispielhaft besonnener Mann, den so leicht nichts aus der Fassung brachte. Die wenigen Male, wo das doch passiert war – wegen all des Machtmissbrauchs, all der unnötigen Gewalt, all des Rassismus und all der Vorurteile –, war irgendetwas geschehen.

Vor einigen Jahren hatte er sich einen Mann als seinen engsten Mitarbeiter an seine Seite geholt, der in vieler Hinsicht sein Gegensatz war. Das brauchte er, um seine eigene Kreativität anzukurbeln. Sein engster Mitarbeiter hieß Paul Hjelm.

In den letzten Tagen war Paul Hjelm jedoch ausgesprochen abwesend gewesen, um nicht zu sagen abweisend. Jedes Mal, wenn sie sich begegneten, hatte Paul Hjelms Blick etwas Gejagtes angenommen. Und als der eindeutig smarteste interne Ermittler des Landes (möglicherweise war Hjelm selbst sein einziger Konkurrent) hatte er kein Problem gehabt zu erkennen, dass etwas los war. Etwas, was weit über das Übliche hinausging.

Es konnte sich natürlich, er hatte gerüchteweise davon gehört, um Hjelms Tochter handeln. Sie sollte nicht nur stark anorektisch, sondern obendrein kürzlich nur um Haaresbreite einem Serienmörder entkommen sein.

Das war möglich, vielleicht war Hjelm deswegen so abwesend, war sein Blick deswegen wie der eines Gejagten.

Aber Niklas Grundström glaubte das nicht.

Er erkannte, dass es um Professionelles ging. Es ging nicht nur um privaten Kummer. Es war mehr als das.

Grundström überlegte, ob er anfangen sollte, der Sache nachzugehen.

Während er diese Überlegung anstellte, klopfte es an die Tür seines ziemlich großartigen Zimmers.

»Herein!«, rief er.

Der Säpo-Chef trat ein.

Er sagte nichts. Blieb nur unmittelbar vor der Tür stehen.

So war das mit Blicken. Dieses Erkennen von Blicken. Das Verstehen von Blicken.

Und der Blick des Säpo-Chefs traf ihn direkt in den Solarplexus. Er spürte, wie er sich auf seinem Stuhl krümmte.

In diesem Moment erlebte Niklas Grundström die reinste, die ätzendste Form von Trauer.

*

Arto Söderstedt stand auf dem Podium in der Kampfleitzentrale und machte sich am Computer zu schaffen. Kerstin Holm beobachtete ihn geduldig und ließ dann den Blick über das versammelte Auditorium gleiten.

Sie versuchte, ihre Mienen zu deuten. Es war wirklich nicht schwer. Sie sahen zielbewusst aus, in des Wortes reinster Bedeutung.

Sie waren dicht daran, richtig dicht daran. Und das spürte man.

»Jetzt«, sagte Arto Söderstedt schließlich. »Jetzt kommt es gleich.«

Und es kam.

An der Wand hinter ihm wurde das Innere einer Tankstelle sichtbar, in schlechter Auflösung. Einige Personen bewegten sich hinter der Kasse. Man sah nur ihre Hinterköpfe. Söderstedt hielt das Bild an und erklärte: »Das sind Rille und Hanna Hörnblom in der OK-Q8-Tankstelle in Runby. Gleich sagt Hanna etwas zu Rille, worauf der aus dem Bild verschwindet, vermutlich in einen Raum dahinter. Und dann müsst ihr aufpassen.«

Das Bild lief weiter, und Hanna sagte etwas zu Rille, der verschwand. Ein paar Sekunden später kam eine Person ins Bild. Es war eine groß gewachsene Frau mit kräftigen Farben in rosa Nuancen, einem wunderlichen kurzen rosa Tüllrock und üppigen gelben Locken. Sie hielt das Gesicht konsequent nach unten gesenkt, während sie mit Hanna Hörnblom sprach. Dann rief Hanna Rille etwas zu und ging um den Tresen herum. Während sie kurz aus dem Bild verschwand, hob die eigentümlich gekleidete Frau den Blick zur Überwachungskamera, und mit einem strahlenden Lächeln in dem viel zu stark geschminkten Gesicht hielt sie sechs Finger in die Kamera.

Dann kam Hanna Hörnblom auf der anderen Seite der Theke wieder ins Bild, und sie gingen gemeinsam zum Ausgang und verschwanden aus dem Sichtfeld.

»Das war gestern um 12.18 Uhr«, sagte Arto Söderstedt. »Wenn es für euch beide, Jon und Jorge, ein Trost ist, sie war also schon gekidnappt, als ihr gestern Nachmittag versucht habt, sie zu erreichen.«

»Gott sei Dank«, seufzte Jon Anderson.

»Falls solche Kategorien im vorliegenden Fall überhaupt angebracht sind«, sagte Arto Söderstedt und fuhr fort: »Es ist noch nicht ganz zu Ende.«

Eine neue Filmsequenz. Von einer der Zapfsäulen. Sie zeigte den Wagen, der gerade tankte. Es war ein silbergrauer Toyota Prius mit dem Kennzeichen HGL 470, und die Person, die tankte, war ein Mann von etwa vierzig Jahren mit einem Spitzbart. Hinter ihm passierte indessen etwas. Auf dem Parkplatz.

Dort stand ein Kastenwagen, ein grauer Van. Das Fabrikat war nicht zu erkennen. Die Motorhaube war geöffnet, und zwei Personen standen davor und starrten auf den Motor. Eine von ihnen war blond und schmal, in OK-Q8-Arbeitskluft, die andere groß und mit einem rosa Tüllrock und üppigen gelben Locken. Plötzlich sank die blonde Frau zusammen und wurde schnell in den Kastenwagen geworfen. Es ging blitzschnell.

Der Kastenwagen näherte sich der Kamera, ohne dass der Mann mit dem Spitzbart die geringste Reaktion zeigte. Dann schwenkte er herum und fuhr davon.

Söderstedt ließ den Film ein Stück zurücklaufen. Der Kastenwagen schwenkte herum. Seine Front war noch der Kamera zugewandt. Er hielt das Bild an: »Kein Nummernschild«, sagte er. »Aber das Fabrikat müsste zu identifizieren sein.«

»Ich glaube, es ist ein Chevrolet«, sagte Gunnar Nyberg. »Aber das ist leicht festzustellen.«

Söderstedt nickte und spulte ein Stück weiter zurück. Bis eine Person mit gelben Locken dastand und sechs Finger in die Kamera hielt.

»Was glaubt ihr?«, fragte er. »Ist Tiina Spinroth Joakim Bergsten?«

Kerstin Holms Blick wanderte durch die Kampfleitzentrale, und sie sah, dass alle vollständig konzentriert waren.

»Es ist der gleiche Körperbau«, sagte Jorge Chavez. »Er könnte es durchaus sein.«

»Wir müssen in seine Wohnung«, sagte Gunnar Nyberg. »Wir hätten gleich reingehen sollen, ohne ihn vorzuwarnen.«

»Du weißt genau, dass die Zusammenhänge erst bei den Verhören am Morgen klar wurden«, bremste ihn Kerstin Holm. »Wir haben noch keinerlei Beweise. Und wenn wir dich hinschicken und du die Tür einschlägst, kann nichts vor Gericht verwendet werden.«

»Wenn wir zwei gefolterte Frauen dort finden und sie retten können, glaube ich, dass die Welt uns verzeiht.«

»Ich habe seine Wohnung unter Bewachung gestellt«, sagte Kerstin Holm. »Mehr kann ich im Moment nicht tun. Er weiß, dass er überwacht wird, er wird sich zurückhalten. Außerdem ist er zur Arbeit bei Ericsson erschienen, im Augenblick foltert er niemanden. Wir brauchen Beweise. Wir haben ein paar Stunden, bevor er nach Hause zurückkommt, und im Moment sehe ich nur zwei Möglichkeiten: Alice Nordin und Matilda Broman in die Mangel zu nehmen, und wir müssen endlich diese verfluchte IP-Nummer herauskriegen, die den Computer identifiziert. Wie geht es damit, Jon? Warum ist das so unglaublich schwer?«

»Ich würde sagen, es liegt daran, dass Joakim Bergsten Computertechniker ist«, sagte Anderson. »Aber damit benutze ich das, was bewiesen werden soll, um es zu beweisen. Wir sind auf jeden Fall ein Stück weitergekommen, wir haben den Internet-Provider gefunden.«

»Macht weiter, und macht Dampf. Das kann unsere juristisch haltbare Begründung sein, um Joakim Bergsten zum Verhör herzuholen. Und wie geht es mit Alice und Matilda?«

»Wir verhören sie ununterbrochen«, sagte Sara Svenhagen. »Ich habe mir Alice vorgeknöpft und Lena Matilda. Sie haben dichtgemacht, ich begreife nicht, warum. Gleich tauschen wir und gehen etwas härter vor. Jedenfalls sind sie hier in Sicherheit.«

In dem Moment waren Schritte auf dem Flur zu hören. Die Tür zur Kampfleitzentrale wurde weit aufgerissen, und zwei sehr gut gekleidete Herren traten ein. Es waren der Säpo-Chef und Niklas Grundström. Ihre Gesichter waren angespannt.

Der Säpo-Chef blieb an der Tür stehen. Niklas Grundström ging vor aufs Podium und stellte sich zwischen die sitzende Kerstin Holm und den stehenden Arto Söderstedt. Er deutete hinunter in den Raum, und Arto Söderstedt kehrte an seinen Platz zurück. Dann räusperte sich Niklas Grundström. Es dauerte einige Augenblicke, bevor er zu sprechen begann. Augenblicke, in denen sich eine Einsicht in der Kampfleitzentrale breitmachte, sie legte sich wie ein Deckel über die A-Gruppe und nahm ihnen den Atem.

Niklas Grundström sagte: »Ich habe die sehr schmerzliche Pflicht, euch mitzuteilen, dass euer früherer Kollege Paul Hjelm tot ist.«

Keiner, der sich zu diesem Zeitpunkt in der Kampfleitzentrale befand, sollte später die Atmosphäre im Raum beschreiben können. Von Kerstin Holm kam ein kleiner Laut. Ein Laut, der nichts mit menschlichen Geräuschen zu tun hatte. Im Übrigen war es vollkommen still. Die Luft war nicht zu atmen.

Keiner sah den anderen an. Sie blickten nur nach innen. Sie sahen Bilder von Paul Hjelm vor sich.

Das alles war unfassbar.

Schließlich sagte Jorge Chavez heiser: »Tot?«

»Er starb im Dienst«, erklärte Niklas Grundström. »Seine verkohlte Leiche ist in einem Ödhof in der Gemeinde Nykvarn identifiziert worden.«

»Wie identifiziert worden?«, fragte Chavez.

Er musste reden, das war alles. Er musste den Kontakt mit der Sprache wiederfinden, die es ihm verschlagen hatte.

»Mittels der Zähne anscheinend«, sagte Grundström. »Aber er hat nicht für mich gearbeitet da draußen.«

Der Säpo-Chef ging langsam nach vorn. Er stieg auf das Podium und stellte sich neben Grundström. »Paul Hjelm hat im Auftrag der Sicherheitspolizei gearbeitet«, sagte er. »Unsere Techniker haben ihn identifiziert. Ich fürchte, die Identifizierung ist hundertprozentig zuverlässig.«

»Verfluchte Scheiß-Säpo«, presste Jorge Chavez zwischen den Zähnen hervor. »Gottverfluchte Scheiß-Säpo.«

»Wir haben ihn nicht gezwungen«, sagte der Säpo-Chef ruhig.

»Wer hat ihn getötet?«, rief Chavez und stand auf. »Wer, verflucht, hat meinen besten Freund auf dieser ganzen Scheißwelt getötet?«

»Alles deutet darauf hin, dass es sich um einen alten Bekannten von euch handelt«, erklärte der Säpo-Chef. »Wie ihr sicher versteht, unterliegt die ganze Angelegenheit äußerster Geheimhaltung. Dennoch will ich euch sagen, dass es mit großer Wahrscheinlichkeit Per Naberius war, der ihn ermordet hat.«

Auch Arto Söderstedt stand auf. Niemand hatte ihn je blass werden sehen. Aber jetzt wurde er blass. Seine weiße Haut wurde noch weißer. Wie bei einer Leiche.

»Naberius«, sagte er.

»Euch ist klar, dass ich nicht mehr preisgeben kann«, sagte der Säpo-Chef. »Und soweit ich weiß, habt ihr gerade alle Hände voll zu tun. Ihr könnt es als direkten Befehl auffassen, dass ihr jetzt mit eurem Fall weitermachen sollt und nicht herauszufinden versucht, was mit Hjelm geschehen ist. Die Säpo hat bereits eine groß angelegte Untersuchung gestartet.«

Dann gingen sie. Niklas Grundström hielt dem Säpo-Chef die Tür auf, und weg waren sie.

Schweigen breitete sich in der Kampfleitzentrale aus. Ein tiefes Schweigen.

Bis Kerstin Holm den Kopf in den Nacken legte, einen Moment lang an die sinnlose Decke starrte und dann wieder ihre Kollegen ansah.

Ihr Blick war fest, als sie sagte: »Er hätte gewollt, dass wir Tiina Spinroth fassen. Das wäre in dieser Lage sein größter Wunsch gewesen. Wir müssen unsere Trauer aufschieben. Oder sie zu einer Kraft machen, die uns antreibt. Aber sie darf uns keine Sekunde aufhalten. Also los jetzt! Wir müssen einen Serienmörder fassen.«

Die Gruppe löste sich auf. Kerstin Holm betrachtete ihre Leute, wie sie mit gesenkten Köpfen davongingen. Und sie sah, wie Bande zwischen ihnen zerrissen.

Wie sich die A-Gruppe vor ihren Augen gleichsam auflöste.

Sie wartete, bis alle gegangen waren, und dann noch eine Minute. Falls einer von ihnen es sich anders überlegte und zurückkam.

Dann legte sie langsam die Stirn auf das Katheder auf dem Podium der Kampfleitzentrale.

Und weinte.

32

Es lag ein Deckel über der Stadt.

Er lag über der ganzen Stadt. Sie befanden sich an unterschiedlichen Stellen und spürten es, alle. Es war unverkennbar.

Ein Deckel.

Ein harter, schwerer Deckel, der sich immer tiefer herabsenkte.

Arto Söderstedt setzte sich an seinen Computer und hatte ein Gefühl, als sei die Luft dick und zäh geworden. Jeder Atemzug erforderte eine bewusste Anstrengung. Als würde der Tod eines uns Nahestehenden uns für eine Weile selbst dem Tod immer näher zutreiben.

Gunnar Nyberg spürte es auch, aber er versuchte, sich nicht zu Boden drücken zu lassen. Er hatte nicht viel übrig für Trauer. Es fiel ihm schwer zu trauern. Er kämpfte dagegen an. Nicht, dass er sich verschlösse, aber er weigerte sich, den Tod wichtiger werden zu lassen als das Leben.

Lena Lindberg und Jon Anderson spürten es, getrennt durch eine papierdünne Wand. Sie waren allein in ihren Zimmern, und das Fehlen ihres jeweiligen Partners ließ sie den Deckel umso deutlicher spüren. Sie hatten selbst keine persönliche Beziehung zu Paul Hjelm gehabt, und eigentlich erkannten sie erst jetzt, da sie auf je ihrer Seite der Wand saßen und das Gleiche dachten – jede Distanz zwischen ihnen war aufgehoben –, wie eng Paul Hjelm mit dem Blutkreislauf der A-Gruppe verbunden gewesen war.

Sara Svenhagen spürte es. Aber sie spürte es gewissermaßen auf dem Umweg über ihren Mann. Sie war mit ihm in ein leeres Vernehmungszimmer gegangen, damit er dort den Schlag verarbeiten konnte. Jetzt saßen die beiden dort auf je einer Seite eines Vernehmungstisches und vermieden es, sich anzusehen. Sara fühlte, dass die Zeit noch nicht reif war, dass Jorges Blick noch eine Weile im Äther umherirren und sich immer wieder an dem schweren, drückenden Deckel stoßen musste. Schließlich hörte sein Blick auf zu irren. Er kehrte zu ihr zurück, und die Weite des Schmerzes, der ihr in seinen Augen begegnete, bewies ihr ein für alle Mal, dass sie in den Armen dieses Mannes selbst einmal sterben wollte. Sie wollte mit ihm zusammen alt werden.

»Nein«, sagte Jorge leise. »Nicht Paul.«

Dann beugte er sich über den Tisch und drückte sie an sich. Fest und lange. Und sie erwiderte die Umarmung.

Sogar Viggo Norlander, der draußen im Garten des Söder-Krankenhauses saß und auf den Tod wartete, fühlte, wie der Himmel sich verdunkelte. Es war, als zögen sich die zerstreuten Sommerwolkenfetzen plötzlich zusammen und vereinten sich, und ihr baumwollleichtes Weiß sog gleichsam das Blau des Himmels in sich auf und verwandelte es in ein schweres Grau. Es war, als hätte der Himmel den Beschluss gefasst, dass es an der Zeit war, die Jahreszeit zu wechseln. Norlander schaute nach oben. Ihm war, als habe sich ein Deckel über seinem Kopf gebildet. Er spürte, dass es eine Todesbotschaft war, und war überzeugt davon, dass sie ihm selbst galt. Da oben schwebte sein Grabstein. Er wandte dem großen Deckel das Gesicht zu und zeigte ihm den Mittelfinger, ordentlich und nachdrücklich. Er schüttelte den Kopf, nahm das weiche Amulett aus der Tasche – eine wollige kleine orangefarbene Zottel – und streichelte langsam die flauschige, haarige Oberfläche. Merkwürdig, dass diese Berührung tatsächlich seine Todesangst in Schach zu halten vermochte.

Da kam eine SMS. Er steckte das Amulett wieder in die Tasche und nahm sein Handy aus der anderen. Er betrachtete die Nachricht. Sein Kopf sank nach vorn. So blieb er eine Zeit lang sitzen. Dann zog er eine Dose Bier unter der Parkbank hervor, öffnete sie, hob sie zum Himmel und sagte laut: »Na dann, Paul. Wir sehen uns bald.«

Nein, dachte Kerstin Holm und blickte durch die Frontscheibe zum Himmel hoch. Nein, es ist kein Deckel. Es ist etwas anderes. Sie versuchte dahinterzukommen, was es war.

Ich bin unterwegs zwischen meinen Sterbenden und Toten, dachte sie. Und sie werden immer mehr. Wenn ich es nun bin, die sie tötet? Durch mein bloßes Dasein?

Aber diese hier soll nicht sterben, dachte sie dann und fuhr auf die Tranebergsbro. Ich will dafür sorgen, dass zumindest Tova nicht stirbt.

Und überall sah sie Paul Hjelm vor sich, angefangen bei den ersten tastenden Begegnungen in der Zeit mit den Machtmorden, dann die phantastische Zusammenarbeit in der Kneipe *Kvarnen* und die Zeit von Artos Europablues, später Dag Lundmarks widerwärtiges Chaos und schlussendlich das vergangene Jahr in Berlin. Als alles gut zu werden schien.

Als all das, was zehn Jahre zuvor hätte geschehen sollen, erneut möglich zu sein schien. Sie kamen einander wieder näher. Sie nahmen sich vor, sich Zeit zu lassen. Da starb Bengt Åkesson, und alles veränderte sich.

Und jetzt war es zu spät.

Jetzt war es wirklich und ganz und gar zu spät.

Alles in ihr verkrampfte sich. Wieder einmal. Als ob dieser verdammte Deckel, oder was es nun war, eine Hand herunterschickte, eine Klaue, die ihr an die Kehle fuhr und ihr den Hals zudrückte.

Sie befühlte ihre Schläfe, wo sie angeschossen worden war und wo ihr ein Stück des Knochens fehlte, wo ihr der Schutzwall fehlte zwischen dem Gehirn und der Welt. Sie lag neben Paul Hjelm, der auch getroffen worden war, und starrte in einen regendichten Himmel hinauf. Nie würde sie vergessen, wie die Regentropfen größer und größer geworden waren.

Und sie würde nie die Worte vergessen: »Ich liebe dich, Paul.«

Ich bin ein Idiot gewesen, dachte Kerstin Holm. Der einzige Trost ist, dass er auch einer war.

Und jetzt werde ich verdammt noch mal seine Tochter retten.

Sie befand sich auf der höchsten Stelle der Tranebergsbro, und als sie auf den Mälarsee hinausblickte, sah sie, dass der schwere, dichte Deckel kein Deckel war.

Es war ein Auge.

Ein Himmelsauge.

*

Gunnar Nyberg betrachtete seinen Partner. Nie hatte er Arto Söderstedt so weiß gesehen, so im Ausnahmezustand. Er saß gebeugter denn je über seinem Computer. Nyberg meinte, Söderstedt vor Augen zu haben, wie er in zwanzig Jahren sein würde, und das war kein schöner Anblick.

Er fragte sich, wie er selbst aussah.

Zu trauern lag ihm nicht. Paul war zweifellos einer seiner besten Freunde gewesen, aber Gunnars Bewusstsein, seine Seele, war nicht auf Trauern eingestellt. Stattdessen erschien ihm Paul vor seinem inneren Auge, und zwar ganz lebendig. Nichts war zwischen ihnen offen und unausgesprochen geblieben, mit Paul Hjelm verband er ausschließlich positive Erinnerungen. Irgendwie gelang es ihm, es dabei zu belassen. Er spürte sogar ein leichtes Glücksgefühl darüber, Paul Hjelm kennengelernt zu haben.

Vermutlich stimmte mit ihm etwas nicht.

»Ich habe eine Mail bekommen«, sagte Arto Söderstedt finster.

»Magda?«

»Von magdatuscany@hotmail.com. Ich kenne viel zu wenige Magdas in der Toskana.«

»Was schreibt sie?«

»›Remove site immediately, you stupid white boy. I'm on msn an hour from now. Time's running out.‹«

»MSN?«, fragte Gunnar und ging um den gemeinsamen Schreibtisch herum auf Artos Seite. »Ist das nicht ein Chatroom?«

»Genau«, sagte Arto Söderstedt und loggte sich in besagtes Programm ein. Viel zu routiniert, dachte Gunnar, und bevor Arto »magdatuscany« eingegeben hatte, sah er die Liste von Artos Kontakten. Sie war unerwartet lang.

Als ob das eine Rolle spielte, dachte Nyberg und hob seinen Stuhl auf Söderstedts Seite herüber.

»Hi, Magda«, schrieb Arto. »Long time no see.«

»You stupid man«, antwortete Magda. »Are you trying to kill me?«

»Wenn ich dich töten wollte, hätte ich das schon vor langer Zeit getan, meine Schöne«, schrieb Arto in stilvollem angelsächsischem Englisch.

»Du kannst es ja mal versuchen«, schrieb Magda zurück und hatte ein kleines Smiley hinzugefügt.

Gunnar Nyberg fand das Ganze bizarr. Sie bekamen ein Smiley, ein lächelndes kleines Gesicht, von einer vielfachen Mörderin.

Mit Artos nächstem Satz nahm das Gespräch einen anderen Ton an.

»Ich vermute, ihr zieht den Zuhältern die Gesichtshaut ab, um das schönheitschirurgische Element zu betonen.«

Von der Gegenseite kam einen Moment lang nichts.

»Bist du sicher, dass dies hier inoffiziell ist?«, schrieb Magda.

»So inoffiziell wie nur möglich«, entgegnete Arto. »Erzähl, wer sie sind. Wir sind hinter ihnen her, nicht hinter euch.«

»Aber du liebst es doch, zwei Fliegen mit einer Klappe zu schlagen.«

Da klingelte das Telefon, und Gunnar Nyberg sah sich in ein Gespräch auf Englisch verwickelt, während er gleichzeitig versuchte, dem englischen Chat auf dem Bildschirm zu folgen. Schließlich musste er aufgeben und in eine andere Richtung sehen.

»Nicht diesmal«, schrieb Arto Söderstedt. »Ihr seid anscheinend Experten, was dieses Syndikat angeht. Erzähl mir davon.«

»Wenn du unsere Vorgehensweise brutal findest, wirst du ohnmächtig, wenn ich dir davon erzähle.«

»Ich bin schon ohnmächtig.«

»Es ist eine brasilianische geheime Organisation. Sie sind gerade im Begriff, ihre Aktivitäten von Portugal aus in Europa auszubreiten. Sie greifen Straßenkinder in Südamerika auf und importieren Frauen aus Osteuropa. Das Übliche. Aber sie sind schlimmer als die anderen. Und schwer zu fassen, richtig schwer. Bisher haben wir nur sieben gefunden.«

»Ich kenne nur vier Fälle«, schrieb Arto.

»Dann musst du weitersuchen«, schrieb Magda. Und hängte noch ein Smiley an.

»Erzähl weiter.«

»Es ist die Hölle auf Erden, mitten unter uns. Sie versklaven die Frauen und markieren sie wie Vieh, wenn auch hochtechnologisch, damit sie sie ständig unter Kontrolle haben.«

»Spürsender in Form von Mikrochips?«

»Ja. Woher weißt du das?«

»Wir haben einen Sender gefunden.«

»Das hört sich nicht gut an.«

»Das ist es auch nicht. Wir müssen diese Bande wirklich schnappen.«

»Sie lassen sich nicht schnappen. Deshalb sind wir eingeschritten. Wir hatten uns zur Ruhe gesetzt. Wirklich.«

»Seid Eumeniden geworden?«

»Ungefähr. Aber wenn man wirklich etwas erreichen will, muss man manchmal Erinnye sein.«

»Erzähl mir von dem plastikchirurgischen Element.«

»Reicher Mann mit fetischistischer Begierde nach einer prominenten Frau oder einem bestimmten Frauentyp tritt an das Syndikat heran, das ihm eine maßgeschneiderte prostituierte Sklavin liefert.«

»Es muss einen auslösenden Faktor gegeben haben. Wenn ihr euch wirklich zur Ruhe gesetzt hattet, muss schon einiges passiert sein, um euch wieder auf den Plan zu rufen.«

»Ja, es gab einen auslösenden Fall …«

»Verschweig mir nichts, Magda.«

»Das tue ich die ganze Zeit. Würde man das aussprechen, würde die Sprache explodieren. Oder eher implodieren.«

»Also los!«

»Ein reicher Franzose hatte fetischistische Träume von Missbildungen. Er träumte von Frauen mit extrem kurzen Armen und Beinen. Das wurde einem Mädchen aus meiner Heimat in der Nähe von Odessa zum Verhängnis. Sie sägten ihr Arme und Beine ab und setzten die Hände und Füße wieder an. Aber sie konnte sie nicht bewegen, sie hingen nur da wie leblose Flossen. Und sie konnte sich selbst nicht fortbewegen, sondern war ganz und gar in der Gewalt des wahnsinnigen Franzosen. Er nutzte sie fast ein Jahr lang aus, spielte alle erdenklichen grausamen Kinderspiele mit ihr. Dann ließ er sie durch das Syndikat ganz langsam erdrosseln, während er zusah.«

Arto Söderstedts Hände verkrampften sich. Die Sprache war wirklich implodiert. Alles in ihm verknotete sich.

»Bist du noch da?«, fragte Magda.

»Ich weiß nicht«, antwortete Arto.

»Wirst du unseren Kontakt benutzen, um mich zu finden?«

Artos Hände lagen untätig auf der Tastatur. Intensiver Ekel überkam ihn. Die Welt war noch kränker, als selbst er es sich hatte vorstellen können, er, der immerhin über eine ziemlich gute Phantasie verfügte. Die Wirklichkeit übertraf immer die Dichtung. Wie wahnsinnig schlecht ging es dem Menschen der Gegenwart eigentlich? Was gab es an Trost, was gab es an Linderung? Er stand an einem Abgrund, die Sonne verbrannte seine weiße Haut, er streckte die Arme zum Himmel auf und rief zu Gott: Warum?

Das große »Warum?«.

Gott antwortete nicht.

Arto blieb allein, verbrannt, am Abgrund.

Er schrieb: »Nein.«

»Du hast vorher dein Wort gehalten, weißer Mann. Ich verlasse mich auf dich.«

»Aber es ist denkbar, dass ich bald mehr erfahre.«

Jetzt war es Magda, wo immer in der Welt sie sich befinden mochte, die nicht zurückschrieb.

Arto Söderstedt betrachtete den Bildschirm. Er fühlte, dass sie noch da war, dass sie nachdachte.

»Meinst du das ernst?«, kam schließlich von ihr.

»Ja«, schrieb er. Und dachte, dass niemand dies je würde lesen dürfen.

»Du willst uns also mit Informationen versorgen? Uns, die bösen Mörderinnen?«

Und Arto schrieb: »Ja.«

Dann loggte sie sich aus. Er tat das Gleiche und entfernte dann die Homepage mit ihrem Namen aus dem Netz.

Mittlerweile war auch Gunnar Nybergs englisches Telefongespräch beendet, und er kehrte an Arto Söderstedts Seite zurück.

»Löschst du sie?«, fragte Gunnar.

»Ja«, sagte Arto. »Und sobald ich die Sprache wiedergefunden habe, erzähle ich dir eine Geschichte. Aber im Moment schaffe ich es nicht.«

»Verstehe«, sagte Gunnar. »Dann erzähle ich jetzt dir eine Geschichte.

»Waren es die Brasilianer?«

»Ja. Sie haben den Mikrosender aus Armanda Carneiros

Arm genauer untersucht. Und sie haben ihn erkannt. Das SKL hat ja kein Fabrikat feststellen können. Aber ihre Techniker haben es getan. Schwach von Brynolf …«

»Und?«

»Er ist von einem brasilianischen Unternehmen mit Namen Bodia Eletrônica S/A hergestellt worden. Sie gehören zu den Aufsteigern in der ständig wachsenden Spürsenderbranche in Brasilien.«

»Ich höre, dass du noch was in petto hast«, sagte Arto.

Gunnar Nyberg nickte langsam und sagte: »Bodia Eletrônica S/A ist, über sehr verschlungene Umwege, eine Tochtergesellschaft von Naberius Enterprises Ltd.«

*

Sara Svenhagen musterte die dunkelblonde, sehr schlanke Akademikerin auf der anderen Seite des Tisches, die gerade ihre schwarz eingefasste Kulturschaffendenbrille auf der Nase zurechtschob und sie störrisch ansah.

»Aber was können Sie damit gewinnen, dass Sie nicht erzählen?«, fragte Sara aufrichtig verwundert. »Das verstehe ich nicht.«

»Es gibt nichts zu erzählen«, erklärte Matilda Broman. »Das ist Vergangenheit.«

»Aber gerade das ist es ja nicht. Die Vergangenheit ist hier. Sie ist zurückgekommen. Mit der ganzen pervertierenden Kraft des Verdrängten.«

»Sehr gut formuliert«, bemerkte Matilda Broman ironisch.

»Danke«, sagte Sara und suchte Lücken, Risse, Schwächen, irgendetwas. Sie fand nicht viel. Matilda Broman war zweifellos schockiert gewesen, als sie von Tiina Spinroths grausamem Treiben gehört hatte. Das Schicksal ihrer alten Freundinnen Lisa Jakobsson und Hanna Hörnblom hatte sie keineswegs unberührt gelassen. Aber es ließ sie nicht einknicken. Eher machte es sie noch sturer, noch entschlossener. Sie stand am Beginn einer akademischen Karriere, sie hatte nicht die Absicht, etwas zu beichten, das sie für immer brandmarken würde. Es war mehr erforderlich, um sie zum Sprechen zu bringen.

Lena Lindberg war verblüfft zu sehen, dass Alice Nordin ein völlig anderer Typ Frau war. Es war schwer, sich vorzustellen, dass es zwischen ihr und Matilda Broman die geringste Verbindung gab. Alice Nordin war die klassische geschiedene Vorstadtmutter, wenn es denn so etwas gab. Der direkte Gegensatz zu Matildas glatt poliertem Akademikergehabe. Aber sie war mindestens ebenso resolut. Hier stand etwas anderes auf dem Spiel als eine Karriere – hier ging es um Kinder. Das Ansehen der Mutter bei ihren Kindern. Den drei Kindern, die sie mit ihrem mittelmäßigen Einkommen von Coop Extra im Einkaufszentrum Väsby allein großzog.

»Wenn wir Ihnen garantieren, dass Ihre Kinder nichts davon erfahren?«, versuchte es Lena.

»Einen Scheiß können Sie garantieren«, sagte Alice mit einem sehr entschlossenen Ausdruck in ihrem ziemlich verlebten dreißigjährigen Gesicht. »Man weiß doch, wie es läuft, wenn die Polizei etwas rauskriegt. Sie verkaufen es an die Boulevardpresse, bevor man auch nur die Worte ›undichte Stelle‹ aussprechen kann.«

»Aus diesem Zimmer werden keine Einzelheiten nach außen dringen«, sagte Lena Lindberg.

»Sicher«, erwiderte Alice Nordin spöttisch und zeigte auf das eingeschaltete Tonbandgerät auf dem Tisch zwischen ihnen.

»Sie wissen, dass es darum geht, Lisa und Hanna zu retten. Wir wollen hoffen, dass sie noch leben, aber ihr Leben hängt am seidenen Faden. Und dann, wenn wir Sie und Matilda gehen lassen, kommt er zu Ihnen, dass wissen Sie auch.«

»Er?«, wiederholte Alice Nordin.

»Oder sie«, sagte Lena Lindberg und fügte mit Nachdruck hinzu: »Eine sie?«

»Kaum«, sagte Alice.

»Er also? Sie haben ja die Bilder gesehen. Gucken Sie noch mal genau hin.«

Alice Nordin schob unschlüssig die verschiedenen Ausdrucke von Tiina Spinroths eigentümlicher Erscheinung hin und her, die vor ihr auf dem Tisch lagen.

»Das ist doch ein Irrer«, sagte sie mit einer nonchalanten Geste. »Ein Kasper. Ein Transvestitenclown.«

»Sieht die Person wie ein Mann aus? Ein Transvestit?«

»Oder eine Transvestitin, was weiß ich. Ich habe diesen Wahnsinnigen auf jeden Fall noch nie gesehen.«

Sara Svenhagen glaubte plötzlich, einen kleinen Riss in Matilda Bromans Abwehrbollwerk entdeckt zu haben. Sie machte einen Versuch ... »Ich verstehe es gut. Es ging zu weit. Plötzlich war da große Scham. Scham eher als Schuld. Man spielt nicht ein derartiges sexuelles Spiel, ohne Scham zu empfinden. Wenn die Sexualität beteiligt ist, wird man leicht in Dinge hineingezogen, die man nicht überblickt.«

Matilda Broman betrachtete sie über dem Brillenrand mit genau dem überlegenen Blick, den sie soeben produziert hatte. Der Sara an Lena Lindbergs Vergangenheit denken ließ. In dem ein extremes Kontrollbedürfnis sich in Gewalt und Zwang entlud – sowohl gegen den eigenen Körper wie auch gegen andere gerichtet. Wahrscheinlich war Matilda Broman der unterwürfige Typ. Das Kontrollmädchen, das ordentlich dominiert werden will.

»Was wollen Sie damit sagen?«, fragte Matilda Broman scharf.

»Sie sind doch eine Frau, die nicht vor Sex zurückschreckt, oder?«

»Tun Sie das?«

»Absolut nicht. Ich liebe meinen Mann. Es ist wunderbar,

die Kontrolle aufzugeben und die Dinge einfach geschehen zu lassen.«

»Vanilleidyll«, schnaubte Matilda Broman verächtlich.

»Heteronormalität.« Sara Svenhagen nickte.

»Das zweite Kind?«, fragte die Broman und zeigte auf Saras Bauch.

»Woher wissen Sie das?«, fragte Sara und hoffte, dass ihr genau der richtige, leicht beeindruckte Tonfall gelang.

»Sie sind eine typische Mutter mit einem Kind, die resigniert und ein zweites Kind akzeptiert hat. Was mit dem endgültigen Tod der Sexualität gleichzusetzen ist.«

»Sie haben nicht viel übrig für Heteronormalität?«

»Eine widerwärtige Vorstellung vom Glück der Gartenzwerge. Das immer bedeutet, dass die Sexualität des Mannes die der Frau auslöscht.«

»Aber Ihre SM-Zeit kam nach dem Gymnasium, nicht wahr?«

Matilda Broman starrte sie an. Als ob sie ihr wirklich ihre ganze Verachtung entgegenschleudern wollte, sich aber noch zurückhielte.

»Wie kam es dazu, dass Sie sadomasochistische Verbindungen suchten?«, fuhr Sara Svenhagen ruhig fort.

»Sie wissen nichts von mir«, sagte Matilda Broman.

»Dann erzählen Sie. Ich bin ehrlich interessiert an Ihren Erfahrungen mit Sex, der besser ist als Vanillesex. Meine Zeit ist ja bald vorbei.«

»Wenn Sie wüssten ...«

Lena Lindberg beugte sich zu Alice Nordin vor und flüsterte: »Ich weiß eine ganze Menge über ausgefallene Arten von Sex.«

Alice Nordin verzog das Gesicht zu einer Grimasse des Abscheus. »Und was hat das mit mir zu tun?«

»Viel«, sagte Lena Lindberg. »Drei Kinder mit drei verschiedenen Männern.«

»Aber verdammt noch mal«, stieß Alice Nordin aus, »jetzt hören Sie aber auf!«

»Sie waren die Promiske in der Clique, stimmt's? Sexuelle Traumata können höchst unterschiedliche Auswirkungen haben. Lisa und Matilda entwickelten ein Kontrollbedürfnis. Karrieren. Hatten jede Menge sehr kontrollierten, ausgefallenen Sex. Sie wurden stattdessen zur Matratze von Väsby.«

»Aber Herrgott noch mal!«, schrie Alice Nordin und sprang auf. »Und Sie wollen eine Frau sein?«

»Und Hanna?«, fragte Lena Lindberg eiskalt. »Was war mit ihr? Die Dominante unter Ihnen. War sie es, die Sie zu der Sache verleitete, die schieflief? Was haben Sie mit Jocke Bergsten gemacht? Hat der Vorfall in der Sauna dann Sie inspiriert? Hardrock-Anders, der plötzlich seine prekäre Situation ins Gegenteil verkehrte?«

»Hören Sie auf, verdammt«, sagte Alice Nordin und krallte die Hände um die Tischkante. Ihre Knöchel waren kreideweiß.

»Wenn Sie mich zwingen, noch lange so weiterzumachen, werde ich es verdammt noch mal Ihren Kindern erzählen, einem nach dem anderen in einem vertraulichen Gespräch.«

Sara Svenhagen nickte. Sie sagte: »Es war viel Sex im Spiel. Lars Perssons Spind wurde mit Hardcoreporno dekoriert. Dann die Sache in der Sauna mit dem dicken Fredrik und Hardrock-Anders. Und dann das Härteste, der extremste Vorfall mit dem armen Teufel Jocke. Was war da? Warum waren Sie so extrem?«

»Sex dreht sich um Macht«, sagte Matilda Broman.

»Und das war Ihre Methode, Ihre Machtstellung in der Klasse zu festigen?«

»In der Schule.«

»Es war ein extrovertiertes, dominantes Verhalten. Warum verwandelte es sich in Unterwürfigkeit, als Sie anfingen zu experimentieren?«

»Ich habe vieles ausprobiert, das kann ich Ihnen sagen.«

»Ich glaube Ihnen. Und Sie haben nebenher Karriere gemacht. Es müssen viele sein in Ihrem Institut, die von Ihren SM-Neigungen wissen. Ist das wirklich so schlimm? Kann das Ihrer Karriere wirklich schaden?«

Matilda Broman schwieg wieder.

Verdammt, dachte Sara und sah auf die Uhr. Es ging auf den Abend zu. Die Stunden verrannen.

»Bondage dürfte kaum ein Verbrechen sein«, sagte Matilda Broman.

Sara Svenhagen nickte und fühlte, wie eine plötzliche Ruhe über sie kam. Sie war trotz allem auf dem richtigen Weg. Ihre immer blutigeren Finger gruben sich langsam, aber sicher tiefer in den Riss in Matilda Bromans Mauer.

Sie sagte: »Aber das hier war also ein Verbrechen?«

Alice Nordin legte die Hände vors Gesicht und saß reglos da. Lena Lindberg spürte, dass etwas über sie kam, was ihr nicht ganz unangenehm, was aber auch nicht besonders positiv war. Es war lange her, dass sie mit einer Verdächtigen, die um jeden Preis ein Geständnis ablegen musste, allein in einem Verhör gesessen hatte. Und es hatte ihr gefehlt, dieses Machtspiel. Obwohl es sich in tiefere und dunklere Schichten in ihr eingebohrt hatte. Schichten, von denen sie sich ernsthaft und mit ihrer ganzen Überzeugung zu entfernen versucht hatte.

»Wenn Sie jetzt alles erzählen, kommen Sie noch einmal davon«, sagte sie mit abstoßend glatter Unberührtheit. »Wenn nicht, werden Sie erleben, was eine undichte Stelle ist. Dann werden Sie erleben, welche Beziehungen zur Boulevardpresse und zum Skandalfernsehen ich habe. Ihr Name wird in der Presse guillotiniert werden. Sie werden sich nirgendwo in Skandinavien mehr blicken lassen können. Sie werden Ihre Kinder nehmen können und in die USA auswandern. Da wird es Ihnen bestimmt gut gehen. Sie werden Filmstar.«

»Sie reden Unsinn«, murmelte Alice Nordin.

»Ich höre nicht, was Sie sagen!«, schrie Lena Lindberg plötzlich. »Sie reden so leise wie eine kleine graue Maus.«

»Ich bin keine graue Maus.«

»Vor fünfzehn Jahren waren Sie die Größte und unglaublich sexy. Jetzt sind Sie nur ein Schatten, eine total anonyme, verfluchte Mutter von drei Kindern, die im Konsum arbeitet.«

Sie hasste es, und sie liebte es.

Es ging ihr nicht richtig gut dabei.

Aber jetzt hatte sie den Biss. Jetzt hatte sie Alice Nordin gepackt. Und sie würde nicht lockerlassen.

Als sie sich gegen die Wand lehnte, erfasste Sara Svenhagen plötzlich eine leichte Unruhe, was Lena Lindberg auf der anderen Seite der Wand wohl trieb. Sie war aufgestanden, um eine Weile den Rücken an die Wand gelehnt zu strecken. Ihr Bauch ließ es nicht zu, dass sie lange still saß.

»Es wird Paul heißen«, sagte sie und drückte den Rücken fester an die Wand.

»Und wenn es ein Mädchen wird?«, fragte Matilda Broman und streckte die Beine unter dem Tisch aus.

»Paula«, sagte Sara Svenhagen.

Sie kehrte zum Tisch zurück und sagte: »Es war also ein Verbrechen?«

»Ich weiß nicht, wovon Sie reden.«

»Haben Sie wirklich die Kraft, noch einmal von vorn anzufangen?«

»Mir kommt es so vor, als ginge Ihnen ein wenig die Kraft aus. Solange ich hier sitze, bin ich außerdem in Sicherheit.«

Eine schwer zu bestreitende Tatsache, dachte Sara Svenhagen. Nein, *zwei*.

»Sex ist für Sie nie etwas Normales geworden, nicht wahr?«, fuhr Sara fort. »Es war immer mit dem Extremen, dem Perversen verknüpft? Ich glaube sogar, dass es ziemlich lange gedauert hat, bis Sie Ihr wirkliches sexuelles Debüt hatten. Waren Sie noch Jungfrau, als Sie das Gymnasium verließen?«

»Machen Sie sich nicht lächerlich.«

»Es stimmt also? Sie gründeten Ihre Sexualität auf eine Reihe bizarrer Vorfälle auf dem Gymnasium. Dann lagerten Sie die ab und ließen sie über lange zölibatäre Jahre hin verrotten. Und als es endlich an der Zeit war, dass Ihre Sexualität explodierte, war kein noch so kleiner Rest von Heteronormalität mehr vorhanden.«

»Gott sei Dank.«

»Machen Sie Rollenspiele?«

»Das erfahren Sie von mir sowieso nicht, also fangen Sie gar nicht erst an, sich aufzugeilen. Stimmt es, dass man die ganze Zeit geil ist, wenn man schwanger ist?«

»Es geschehen eine Menge spannender Dinge mit dem Körper. Sie sollten es ausprobieren.«

Matilda Broman fing an zu lachen. Das Geräusch, das zwischen den Wänden und der Decke des kleinen Verhörraums widerhallte, war zutiefst erschreckend. Ein Lachen auf Messers Schneide.

»Erzählen Sie von den Rollenspielen«, sagte Sara. »Sie sind vier Frauen, und Sie tun was?

»Wir verhöhnen eine schwangere Polizistin, verdammte Sau.«

Alice Nordin war mit Handschellen an den Tisch gekettet. Ihre Augen sprühten Gift und Galle, als sie an dem rasselnden Metall zerrte.

»Das war notwendig«, sagte Lena Lindberg. »Zu Ihrer eigenen Sicherheit.«

»Pfui Teufel«, sagte Alice Nordin. »Wir sind hier die Opfer, haben Sie das nicht geschnallt? Wir sind keine Verbrecher.«

»Und deshalb dürfen Sie also eine Polizistin schlagen?«

»Sie waren diejenige, die mich geschlagen hat.«

»Reine Notwehr. Aber das ändert sich jetzt vielleicht ein bisschen.«

»Was denn? Wollen Sie mich umbringen oder was?«

»Vier coole Mädchen und Jocke Bergsten. Was passiert?«

»Sie dürfen nicht ...«

»Ich darf alles«, sagte Lena Lindberg. »Und ich hoffe, dass Sie inzwischen davon überzeugt sind, dass ich auch alles tun werde. Ich will Ihre Freundinnen retten, auch wenn Sie alles tun, um sie zu töten. Hassen Sie sie so sehr? Waren sie schlanker als Sie? Hübscher? Cooler? Ist dies hier Ihre Rache?«

»Wir haben unsere Strafe verdient.«

»Was sagen Sie da?«

Alice Nordin verstummte. Lena Lindberg schwieg ebenso. Sie sahen sich an. Zwischen ihnen lag ein Spannungsfeld, ein elektromagnetisches Feld aus Hass.

»In all den Jahren seit dem Gymnasium haben Sie also auf die Rache gewartet? Sie haben gewusst, dass sie kommen würde? Was haben Sie getan?«

»Es war Matildas Idee ...«

Sagte Alice Nordin und brach zusammen.

Matilda Broman saß ruhig da und beobachtete ihr Gegenüber auf der anderen Seites des Tisches. Sie schien die Situation zu genießen. Sie hatte die Kontrolle, sie bestimmte.

Und tatsächlich konnte Sara Svenhagen nicht das Geringste daran ändern.

So war es.

Sara strich sich über den Bauch und dachte an Heteronormalität. Es fühlte sich besser denn je an, dieser Kategorie anzugehören. Dabei hatte sie dem ganzen Phänomen immer mit einer gewissen Skepsis gegenübergestanden. Sie hatte geglaubt, dass ihre Zeit bei der Einheit für Kinderpornografie bei der Reichskriminalpolizei ihr Vertrauen zu Männern und zur Liebe gründlich zerstört hätte. Aber sie hatte die Zweifel überwunden.

Das hatte Matilda Broman eindeutig nicht.

Die Vergangenheit verfolgte sie jeden Tag.

»Sind Sie jemals glücklich?«, fragte Sara.

Matilda Broman schüttelte den Kopf und sagte: »Nein.«

Da klingelte das Handy. Sara hörte nur zu. Sie sagte kein Wort. Aber es spiegelte sich in Matildas Blick, dass mit Sara etwas vorging, dass in Saras Augen etwas aufflammte. Denn gleichzeitig erlosch etwas in Matilda Broman.

»Dann ist ja alles klar«, sagte Sara. »Alice hat alles erzählt.«

Matilda schwieg. Ihr Blick war finster.

Sara fuhr fort: »Es war am Ende des dritten Jahres. Sie vier, angeführt von Ihnen, haben Jocke Bergsten in ein dunkles Lager gelockt. Dort haben Sie ihn gefesselt und ausgezogen. Er hat sich wild gewehrt. Schließlich lag er nackt da.«

»War das alles, was Alice erzählt hat?«

»Ihr geht es im Moment gerade nicht besonders gut«, sagte Sara. »Sie wird bald den Rest erzählen. Also können Sie genauso gut die Lücken ausfüllen.«

»Wir hatten eine Prostituierte bezahlt«, sagte Matilda ziemlich unberührt. »Sie sollte dafür sorgen, mit allem, was sie draufhatte, dass der arme Jocke in Fahrt kam. Wir wollten sehen, ob Leben in ihm steckt.«

Sara betrachtete sie. Sie wusste nicht so recht, was sie fühlte. Erleichterung? Vielleicht. Doch, sicher war es Erleichterung. Darüber, dass sich alles zusammenfügte. Darüber, dass die Witterung sich als richtig erwiesen hatte, dass die Polizeiinstinkte funktionierten.

Aber sie spürte auch eine gewisse Enttäuschung. Über die relative Voraussagbarkeit der Dinge.

»Und Sie bleiben weiter dabei, dass Sie die Person auf den Fotos nicht erkennen?«, fragte sie.

»Ja«, sagte Matilda. »Dabei bleibe ich entschieden. Aber es

sind viele Jahre vergangen. Menschen können sich verändern.«

»Und was geschah dann?«

»Na ja, sie brachte ihn ziemlich schnell auf Touren. Jocke war vielleicht Jungfrau, aber es war nicht das erste Mal, dass er einen Ständer bekam.«

»Und was taten Sie?«

»Wir standen um sie herum und applaudierten und jubelten. Er machte es ziemlich gut, nicht zuletzt, wenn man die Erfahrungen bedenkt, die man später gemacht hat. Wir gingen dicht ran und sahen zu. Und jubelten und schrien. Er bekam unseren Respekt.«

»Und ein paar Monate danach versuchte er sich das Leben zu nehmen.«

»Niemand weiß, ob das etwas damit zu tun hatte.«

»Nicht?«

»Nicht im Geringsten. Er fand es klasse. Er fickte wie ein Besessener. Wir haben einem hoffnungslosen, beschissenen Loser geholfen, seine Unschuld zu verlieren.«

»Aber Ihre war noch intakt«, sagte Sara. »Sie standen daneben und hüpften und applaudierten und jubelten. Und plötzlich waren Sie sehr viel unschuldiger als Jocke.«

»So what?«

»Sie wissen, dass Jocke das hier getan hat, nicht? Sie wissen, dass er es ist auf diesen Bildern? Mit der grässlichen Schminke, dem idiotischen Tüllrock und der kranken Perücke?«

Da schwieg Matilda Broman wieder.

»Ich weiß es nicht«, sagte sie nach einer Weile. »Ich erkenne ihn nicht.«

»Aber Sie wissen, dass er es ist?«

»Er müsste es sein«, sagte Matilda. »Er müsste es sein.«

*

»Sechs«, sagte Jorge Chavez.

»Bist du sicher, dass du hier sein solltest?«, fragte Jon Anderson. »Du hast deinen besten Freund verloren. Solltest du nicht nach Hause fahren und zur Ruhe kommen? Was mit deiner Tochter machen? Dich sammeln?«

»Isabel ist bei ihrer Großmutter«, sagte Jorge. »Ich hoffe, dass der Großvater arbeitet. Dann ist es ruhiger.«

»Aber trotzdem?«

»Warum sollte es leichter werden, wenn ich zu Hause sitze und Nägel kaue?«

»Und was war das mit sechs?«, fragte Jon Anderson.

»Finger«, sagte Jorge Chavez.

»Nein«, sagte Jon. »Ich kann dir nicht folgen.«

»Vor langer Zeit«, erklärte Jorge. »Sechs Finger vor der Überwachungskamera an der Tankstelle. Warum?«

»Sechs Opfer, schlage ich vor.«

»Wie Åsa Karlsson, Louise Strömberg, Armanda Carneiro, Lisa Jakobsson und Hanna Hörnblom?«

Jon Anderson runzelte die Stirn. Jorge sah, wie er innerlich mit den Fingern zählte.

In seinem eigenen Inneren liefen ganz andere Dinge ab. Trauerarbeit eben. Wenn auch auf seine ganz persönliche Art und Weise.

»Gerade jetzt, wo ich dabei bin, die IP-Adresse herauszubekommen«, sagte Jon.

»Du brauchst dein kleines Hirn hiermit nicht zu behelligen«, sagte Jorge. »Ich hab es schon gefunden. Es war früher. Ein paar Monate vor dem Mord an Åsa Karlsson. Ein Testmord. Andrea Ottosson in Östersund. Ein Mädchen, das auf dem Gymnasium einen Jungen dazu trieb, eine Vergewaltigung zu begehen. Die Sache wurde aufgedeckt, und sie wurde ermordet. Es gab auch Anzeichen von Folter. Der Mann, der dazu angestachelt wurde, sie zu vergewaltigen, sitzt immer noch wegen Mordverdachts in Untersuchungshaft.«

»Niemand kann dazu getrieben werden, eine Vergewaltigung zu begehen«, sagte Jon.

»Möglicherweise hast du recht«, sagte Jorge. »Aber das Ganze wurde gefilmt. Durchs Fenster. Der Film war lange im Internet zu sehen. Ich habe eine Kopie aufgetrieben. Die Kamera befand sich schräg außerhalb des Fensters, und auf dem Film waren die ganze Zeit ein Stück der Hausfassade und das Fenster zu sehen.«

»Wow«, sagte Jon Anderson. »Wie die Überwachungskamera in der Jungfrugatan?«

»Ja«, bestätigte Jorge Chavez. »Man kann sich vorstellen, dass es eine direkte Inspiration gab. Hier fing es an. Jocke Bergsten sieht beim einsamen nächtlichen Surfen den Film – und erkennt sein Jugendtrauma. Auf die gleiche Art und Weise gefilmt, vielleicht, von draußen durchs Fenster. Es war ein schwerer Schock, all das Verdrängte kam zurück. Als er die Sache näher untersuchte, hörte er von dem Fall in Östersund. Die Parallelen führten dazu, dass er zum Mörder wurde, dass er sich in diese seltsame Figur Tiina Spinroth verwandelte. Der Mord an Andrea Ottosson war der Ursprung. Hier wird Jocke Bergsten zum Mörder.«

»Litt diese Andrea möglicherweise unter Essstörungen?«

»Sie war auf jeden Fall sehr schlank«, sagte Jorge Chavez.

»Interessant«, sagte Jon Anderson. »Dann stimmt die Mathematik besser.«

»Aber auch das psychologische Profil«, fügte Jorge Chavez hinzu.

»Und wie sieht das aus?«

»Jocke Bergsten wird zum Mörder, weil er plötzlich eines Abends im Internet einen Film sieht, der ein traumatisches Erlebnis aus seiner Zeit am Gymnasium in ihm wachruft. Er erkennt, dass er damals auf eine Art und Weise erniedrigt wurde, die ihn psychisch für den Rest seines Lebens geschädigt hat – und ihn dazu brachte, einen Selbstmordversuch zu unternehmen. Seitdem hat er eine Ausbildung als Informationstechniker absolviert und ist ein grauer Angestellter bei Ericsson, ohne soziale Kompetenz und ohne irgendwelche sozialen Kontakte. Sein Leben erschöpft sich darin, im Internet zu surfen, wahrscheinlich eine Dosis Porno inklusive. Dort stößt er auf den Film, der den Gedanken an Rache in ihm auslöst. Rache teils ganz allgemein an schlanken Mädchen, teils an einer ganz speziellen Gruppe, nämlich der, die ihn damals dazu trieb, das zu tun, was auch immer es nun gewesen sein mag. Er fängt damit an, schlanke Mädchen ganz allgemein an sich zu ziehen, Anorektikerinnen – an ihnen übt er. Er lernt. Sein Debüt gibt er oben in Norrland, wo er einen Fall gefunden hat, der seinem eigenen sehr ähnlich ist. Sein erstes Opfer wird Andrea Ottosson in Östersund.«

»Aber wo soll die Folter stattgefunden haben? Er hatte damals doch keine Wohnung oben in Norrland.«

»Anderseits gibt es da bedeutend mehr leer stehende Häuser als in Stockholm. Er kommt jedenfalls auf den Geschmack und beschließt, in größerem Stil weiterzumachen. Er mietet eine ›Arbeitswohnung‹ in der Jungfrugatan von einem Auslandsschweden mit Namen Rainer Kruse, den er schließlich auf Guernsey tötet, um alle Zeugen zu beseitigen. Er startet die Homepage thinspiration.se, lanciert die Phantasiedroge Anamagica und zieht damit einen Strom von Anorektikerinnen an, die außerdem alle zwanzigtausend Kronen in bar mitbringen. Er schafft sich einen Handlanger in dem Haus, den Pornosüchtigen Johannes Åkerblom, der dafür sorgt, dass die Opfer auch bei ihm landen – nachdem Spinroth selbst sie mithilfe der Überwachungskamera, die sie eigenmächtig an der Hausfassade angebracht hat, kontrolliert hat. Die Kamera erfüllt jedoch einen doppelten Zweck: Sie filmt auch die Folter aus der gleichen Perspektive, aus der einst seine eigene Erniedrigung gefilmt wurde. Die Rache wird aus der gleichen Perspektive dokumentiert.«

»Es müsste also ein Video vom eigentlichen Geschehen

existieren«, stieß Anderson aus. »Ein altes Video von 1994, 1995.«

»Das glaube ich beinahe«, sagte Jorge. »Und ich glaube außerdem, dass eine der Frauen dieses Video hat.«

»Mach weiter«, sagte Jon.

»Auf seiner Homepage melden sich Interessenten. Er reagiert nur auf Antworten, die seriös wirken, nicht Linda Pilsk und Lasse Luus, wohl aber die vom Leben gebeutelte Åsa Karlsson, mit der die Tätigkeit in der Jungfrugatan sozusagen eingeweiht wird. Bevor Åsa schließlich stirbt, hat Tiina bereits eine neue Frau in die Wohnung geholt, Louise Strömberg aus Verveln in Östergötland. Wahrscheinlich werden sie abwechselnd gefoltert, bis Åsas Körper schließlich gegen Mittsommer aufgibt und sie im Lilljansskog abgelegt wird, eventuell, um den Verdacht auf Åsas grauenvollen Lebensgefährten Johnny Stensson zu lenken. Sie wird durch eine andere ersetzt, die ihr Interesse an Anamagica zu erkennen gegeben hat, nämlich Armanda Carneiro, alias Marisa Santos, die auf plastikchirurgischem Weg zu einer Kopie der Hürdenläuferin Gail Devers gemacht worden ist und sich vermutlich auf der Flucht vor einem vor allem in Brasilien und Südeuropa aktiven Prostitutionssyndikat befindet. Bald stirbt auch Louise Strömberg und wird an einem unbekannten Ort abgelegt. Und jetzt ist es Zeit, jetzt wird die Rache zielgerichtet und persönlich. Jocke schickt eine Werbemail über Anamagica direkt an Lisa Jakobsson, die anorektischste der vier Frauen, die ihn während seiner Zeit im Gymnasium sexuell gedemütigt haben. Sie beißt an. Das Problem ist, dass Jockes Überwachungsstelle, der Videoladen auf der gegenüberliegenden Straßenseite in der Jungfrugatan, überfallen wird, während nicht nur Lisa Jakobsson, sondern auch Johannes Åkerblom, sein Laufjunge, sich dort befinden. Aber es ist dennoch möglich, dass er die Wohnung nicht verlassen hätte, wenn ihm nicht Armanda Carneiro etwa zur gleichen Zeit eröffnet hätte, dass sie einen Spürsender in sich trägt.

Lisa und Johannes tauchen auf, wobei sie von einer Rentnerin namens Eva-Lisa Reymersson gesehen werden – wahrscheinlich ist Johannes nie in der Wohnung gewesen, er liefert die Frauen nur an Tiina Spinroths Tür ab. Plötzlich erkennt auf jeden Fall Jocke Bergsten, dass nicht nur ein großes internationales Verbrechersyndikat hinter ihm her ist, sondern auch die Polizei. Er packt seine noch lebenden Opfer, Armanda und Lisa, ein und verduftet. Genau da taucht auch Tova Hjelm auf. Als einen Gruß an die Polizei schickt er sie in die Wohnung hoch – möglicherweise weiß er sogar, dass Paul Polizeibeamter ist. Polizeibeamter war …«

Chavez verstummte.

Anderson betrachtete ihn. Er spürte, dass er jetzt etwas sagen musste. »Wenn Tiina Spinroth nun Joakim Bergsten ist, ist er dann wie gewöhnlich tagsüber auf der Arbeit?«

»Das würde ich meinen«, sagte Jorge und starrte aus dem Fenster auf den sich verdunkelnden Himmel zwischen den Betonblocks des Präsidiums.

»Und jetzt hat er seine Aktivitäten zu sich nach Hause verlegt?«, fragte Jon. »In die Wohnung am Midsommarkransen? Jetzt, wo Armanda Carneiro tot und durch Hanna Hörnblom ersetzt worden ist?«

»Alles deutet darauf hin«, sagte Jorge kraftlos und starrte weiter aus dem Fenster.

»*Wirklich alles*«, sagte Jon bedeutend lauter. »Denn jetzt, endlich, ist die IP-Adresse geknackt.«

Jorge wandte ihm den Blick zu. Jon beobachtete mit Genugtuung, wie seine Augen sich wieder mit Leben füllten. Es stieg gleichsam an die Oberfläche eines trockengelegten Teichs – zuerst langsam und stückweise, dann plätschernd und am Ende mit einer wahren Flutwelle.

»Geknackt?«, fragte der Wiederbelebte.

»In der Tat«, sagte der Stolze. »Der Grund dafür, dass es so lange gedauert hat, war der, dass der Internet-Provider Schwierigkeiten hatte, die IP-Nummer zu identifizieren. Sie war nämlich auf raffinierte Art mehrfach über Kreuz geschaltet. Jetzt haben sie es geschafft, dank eines Datengenies mit Namen Tommy H. Die Adresse ist Bäckvägen 95 am Midsommarkransen. Da wohnt Joakim Bergsten. Du warst gegen Mittag selbst vor seiner Haustür.«

»Aber warum hast du nichts gesagt, verflixt noch mal?«

»Weil ich gerade erst von dem Provider die Antwort erhalten habe. Dieser Tommy H. hat Überstunden gemacht. Auf Anordnung von jemandem …«

»Ruf sofort Kerstin an«, sagte Jorge.

Jon Anderson nahm sein Handy vom Tisch auf. Es klingelte und fiel ihm beinahe aus der Hand. Er meldete sich: »Jon.«

»Kerstin«, sagte Kerstin Holm. »Wir gehen jetzt rein, trotz allem.«

»Gute Idee«, sagte Jon Anderson. »Die IP-Adresse führt zu Joakim Bergstens Wohnung. Es ist ganz klar, dass die Homepage thinspiration.se im Mai von dort aus eingerichtet wurde.«

»Ja«, stieß Kerstin aus. »Danke. Endlich ein paar Beweise. Hier haben wir weiter nur Indizien. Aber die Verhöre von Sara und Lena haben uns hinreichend Anlass für eine Hausdurchsuchung gegeben. Der Staatsanwalt hat grünes Licht gegeben.«

»Und wieso?«

»Sie zwangen Joakim Bergsten vor Publikum zu Sex mit einer Prostituierten, woraufhin er später versuchte, sich umzubringen.«

»Ist er noch bei Ericsson?«

»Den Beschattern zufolge ja. Aber das Licht in seinem Büro ist gerade ausgeschaltet worden. Er ist auf dem Weg nach Hause.«

»Worauf wartet ihr dann noch?«, fragte Jon Anderson.

»Auf euch«, sagte Kerstin Holm. »Wir sind schon in der Garage.«

33

Du nimmst zwei Treppenstufen auf einmal, genau wie immer. Dennoch ist es nicht das gleiche Gefühl wie sonst. Nichts ist so wie sonst. Du spürst es in der Luft.

Du stehst vor der Wohnungstür. Sie sieht aus wie immer.

Was alles hinter verschlossenen Wohnungstüren vor sich geht, denkst du. Was alles passiert.

Du schließt die Tür auf. Schloss nach Schloss. Du trittst ein.

Vor dem Fenster erhebt sich der Turm. Er wird von einem langweiligen, unerträglich bunten Licht erleuchtet.

Du siehst dich im Wohnzimmer um.

Nein, es ist nicht wie sonst.

Es ist sehr, sehr gründlich geputzt.

Und es ist noch viel zu tun.

*

Sie fahren in einem einzigen Auto, in Arto Söderstedts altem Minibus der Marke Toyota Picnic. Gunnar Nyberg sitzt am Steuer. Er will, dass es schnell geht. So schnell wie möglich.

Und er fährt sehr schnell. Dennoch kommentiert es keiner. Sie haben es auch eilig.

Sehr eilig.

Für einen kurzen Augenblick denkt Kerstin Holm auf dem Beifahrersitz daran, dass ein ganz reales Unfallrisiko besteht. Es berührt sie nicht sonderlich, nicht persönlich, aber sie denkt, dass die Reichspolizeiführung wahrscheinlich einen Stoßseufzer der Erleichterung von sich geben würde, wenn es geschähe.

Die gesamte A-Gruppe ausgelöscht.

Kann man sich eine kostenwirksamere Sparmaßnahme vorstellen?

Dann dreht sie sich um und betrachtet die Gruppe. Vielleicht ist es ihr letzter großer gemeinsamer Einsatz. Vielleicht der allerletzte.

Der Einzige, der fehlt, ist Paul Hjelm.

Aber dafür fehlt er umso mehr.

Sie verlassen die E 4 am Västberga-Kreuz, gleiten in den Kreisverkehr, schwenken hart nach rechts und sind am Midsommarkransen. Der Teleturm auf dem Ericsson-Gelände – der zur Hälfte von der Kunstfachhochschule übernommen worden ist – leuchtet. Die Fenster des Turms strahlen in bunten Farben. Es sieht seltsam aus.

Sie fahren den LM Ericssons Vägen entlang, biegen in den Kransbindarvägen ein, dann nach links in den Pingstvägen und sind schließlich im Bäckvägen. Sie rasen an den Häusern entlang und halten vor der Nummer 95.

Da steht der Wagen mit den Beschattern, auffallend gut erkennbar. Und ein Stück weit entfernt steht ein Van, ein grauer Kastenwagen ohne Nummernschilder. Arto Söderstedt sieht ihn und denkt: Wir hatten tatsächlich recht.

Diesmal hatten wir recht.

Sie gehen zum Wagen der Beschatter. Kerstin Holm beugt sich vor und fragt durchs Fenster: »Er ist also nach Hause gekommen?«

»Vor ein paar Minuten erst.« Der Fahrer nickt.

»Bleibt hier sitzen, und haltet die Augen offen. Wir gehen rein.«

Dann gehen sie rein. Sie gehen alle zusammen. Kerstin Holm, Gunnar Nyberg, Arto Söderstedt, Sara Svenhagen, Lena Lindberg, Jorge Chavez und Jon Anderson steigen die Treppe hinauf und sammeln sich vor der Tür mit dem Namen »Bergsten«.

Gunnar Nyberg zeigt fragend auf die Tür.

Kerstin Holm schüttelt den Kopf. Diesmal kein zertrümmertes Holz. Jedenfalls noch nicht.

Sie klingelt.

Sie klingelt einfach.

Sie ziehen ihre Waffen und warten. Warten lange. Schließlich hören sie Schritte im Inneren. Das Guckloch in der Tür verdunkelt sich. Joakim Bergsten guckt hindurch. Er sieht sie.

Er sieht sie alle. Mit gezogenen Waffen.

Und er öffnet die Tür.

Sie gehen hinein. Die Wohnung ist karg und fast unmöbliert. Vor dem Fenster leuchtet der Teleturm ganz in Rot.

Jedes Fenster im Turm ist rot.

Die Wohnung ist in Rot gebadet. Alles ist rot, jeder Winkel. Und die Wohnung ist unerhört sauber geputzt.

Lena Lindberg steht Joakim Bergsten draußen im Flur gegenüber. Sie richtet ihre Waffe auf ihn. Er streckt langsam die Hände in die Höhe. Ein kleines Lächeln zittert in seinem linken Mundwinkel.

Und er sieht so ängstlich aus.

Er sieht so unberührt aus.

Als wäre er nicht von dieser Welt.

Sie kommen aus den Zimmern, einer nach dem anderen, und schütteln die Köpfe.

Da ist nichts.

34

Die Sonne steht im Zenit. Sie hängt direkt über dem Kopf des Mannes, der sich mit zielbewussten Schritten seinen Weg durch den Wirrwarr des Marktplatzes bahnt. Wollte man die Sonne mit einem Auge vergleichen, wäre sie ein blindes Auge, ein ausgeätztes Auge. Man kann nicht in diese Sonne schauen, ohne geblendet zu werden. Ohne blind zu werden.

Der Mann verlässt den engen Marktplatz. Er bleibt einen Moment stehen und blickt sich um mit seinen schwarzen Augen, die das Einzige sind, was aus dem um seinen Kopf gewickelten Schal hervorschaut. Er sieht die Stadt in der Hitze flimmern. Er weiß, was er sehen würde, wenn er sich draußen in der Wüste befände, in Al-Tash, wo er herstammt. Es ist so lange her. Dennoch erinnert er sich an die Luftspiegelungen. Sie handelten alle von Durst, doch sie waren immer erotisch.

Der Durst erschien wie nackte Frauen …

Er lächelt kurz bei der Erinnerung. Dann geht er weiter, durch die Hitze.

Er erreicht ein Gebäude. Es ist fast ganz verfallen. Er klettert hinein, steigt über die unerträglich stinkenden Abfälle, die sich in der zerschossenen Eingangstür häufen. Er nimmt vier Stufen auf einmal. Früher hat er fünf geschafft. Er wird langsam alt.

Im Treppenhaus steht eine faulig-dumpfe Hitze. Der Gestank wäre unerträglich, wenn er nicht daran gewöhnt wäre. Er macht vor einer Tür halt und klopft an.

Schließlich wird die Tür von einem älteren Mann mit zerfurchtem Gesicht geöffnet. Der ältere Mann breitet die Hände aus und umarmt ihn. Er besteht fast nur aus Muskeln. Er ist nicht groß, aber muskulös.

Als ihre Körper sich voneinander lösen, nickt er dem älteren Mann kurz zu. Der Ältere lächelt ebenso kurz und nickt zurück. Dann wickelt er den Schal um den Kopf.

Das ist nötig, die Sonne schont haarlose Köpfe nicht.

Er folgt ihm. Sie wandern durch die hitzeflimmernde Stadt. Sie kommen zum Marktplatz und drängen sich durch das unbeschreibliche Gewimmel. Niemand würde ahnen, dass vorgestern hier eine Bombe explodierte und dreiundfünfzig Menschen tötete.

Niemand würde es ahnen.

Und sehr wenige wissen es. Sehr wenige im Ausland.

Das ist Alltag.

Sie gelangen zum anderen Ende des Marktplatzes und gehen durch den kleinen Park mit all den Elenden. Es ist schwer zu sagen, wer von ihnen tot ist. Die Grenze ist hier eine große Grauzone zwischen Leben und Tod.

Dann sind sie am Ziel. Das Gebäude ist dem anderen Haus sehr ähnlich, auch hier türmen sich die Abfälle.

Es sieht tatsächlich nach dem gleichen Abfallhaufen aus.

Im Treppenhaus steht die gleiche faulig-dumpfe Hitze. Und auch die Tür, an die der größere Mann klopft, ist der Tür, hinter der sich der alte Mann befand, zum Verwechseln ähnlich. Hinter dieser befindet sich ein weiterer Mann. Ein dritter Mann.

Der dritte Mann öffnet. Er betrachtet die verhüllten Männer, während sie langsam ihre Schals abwickeln.

Er nickt dem Größeren kurz zu, und der lächelt und sagt in beinahe akzentfreiem Schwedisch: »Ich nehme an, du ahnst, wen ich bei mir habe.«

»Das tue ich wohl«, sagt der dritte Mann und nickt dem Älteren zu. »Aber ich weiß nicht, wie ich dich nennen soll.«

Der ältere Mann schüttelt den Kopf, lächelt und erwidert: »Tore Michaelis ist schon richtig.«

Der dritte Mann streckt die Hand aus und sagt: »Paul Hjelm.«

Der ältere Mann nimmt seine Hand, schüttelt sie lange, lacht und sagt dann: »Ich weiß. Wir sind uns schon begegnet.«

35

Merkwürdigerweise gab es keinerlei Diskussion, sie waren zu dritt, und es war völlig klar, dass sie und kein anderer das Verhör durchführen würden. Doch die anderen arbeiteten kaum weniger intensiv.

Ihnen am Tisch gegenüber saß ein sanft lächelnder Mann, dessen Kleidung zu einem zwanzig Jahre älteren Bürosklaven gepasst hätte. Ein korrekter, aber langweiliger Anzug, schmaler, einfarbiger Schlips.

Und dann dieser Gesichtsausdruck. Dieses milde Lächeln, das Schüchternheit, Infantilität und Ironie zugleich sein konnte.

Und möglicherweise reiner Blutdurst.

Sie waren Kerstin Holm, Jorge Chavez und Sara Svenhagen, und sie setzten sich ihm gegenüber.

»Joakim Bergsten«, sagte Kerstin Holm. »Wo haben Sie sie versteckt?«

»Ich weiß nicht, wovon Sie reden«, entgegnete Joakim Bergsten lächelnd.

»Natürlich nicht«, sagte Kerstin Holm. »Aber die Namen Hanna Hörnblom, Lisa Jakobsson, Alice Nordin und Matilda Broman sagen Ihnen etwas?«

»Wir sind zusammen aufs Gymnasium gegangen.«

»War das eine glückliche Zeit?«

»Keineswegs.«

»Sie haben im Frühjahr 1995 versucht, sich das Leben zu nehmen. Stimmt das?«

»Ja. Das lief nicht so gut.«

»Warum versuchten Sie, sich umzubringen?«

»Ich fühlte mich wie ein totaler Versager. Ich kam eben nicht zurecht in dieser Welt. Ich war ein Montagsmodell.

Eines von denen, die man einfach an die Fabrik zurückgibt, wo sie zerstört werden.«

»Und es gab nichts Spezifischeres, was Sie dazu trieb?«

»Ich wusste natürlich theoretisch, wie man mit Menschen spricht und Kontakt zu ihnen aufnimmt und mit ihnen umgeht. Aber in der Praxis funktionierte es nicht.«

»Und es gab gewisse Menschen, die dieses Unvermögen ausnutzten, oder?«

»Ich weiß nicht genau, wie man es definieren soll«, sagte Joakim Bergsten.

»Hatten Sie jeden Morgen einen Kloß im Hals, wenn Sie in die Schule gehen sollten?«

»Das hatte ich, wann immer ich aus dem Haus gehen sollte. Und ich kann nicht sagen, dass sich das vollständig gelegt hätte. Aber es ist schön zu hören, dass es auch manchen Frauen so geht.«

Sara Svenhagen merkte, dass sie lächelte. Sie sollte nicht lächeln. Sie saß einem mutmaßlichen Frauenmörder, einem Serienmörder gegenüber und lächelte. Das war nicht gut.

Oder vielleicht doch. Joakim Bergsten lächelte auch. »Nicht wahr«, sagte er, »das weiß ich doch. Wir waren ziemlich viele in dieser Klasse, denen es nicht gut ging. Auch Mädchen.«

»Wahrscheinlich eine ganz durchschnittliche schwedische Gymnasialklasse«, sagte Jorge Chavez. »Ich selbst bin geflogen. Achtzehn Heftzwecken auf dem Stuhl der Französischlehrerin. Sie tanzte einen Regentanz.«

»Was?«, platzte Sara Svenhagen heraus.

»Wenn wir schon dabei sind zu beichten«, sagte Jorge Chavez.

»Aber du hast doch das Gymnasium abgeschlossen?«

»Im Jahr darauf. Ich wurde begnadigt. Mein Vater hat sie auf Knien angefleht, der Familienmythologie zufolge.«

»Und ich habe wieder von vorn angefangen – im Gymnasium«, sagte Joakim Bergsten und schien ehrlich interessiert zu sein an dem Gespräch. »Es war meine Mutter selig, die fand, ich sollte den gesellschaftswissenschaftlichen Zweig durchlaufen. Wo ich doch mit ganzer Seele Technologe bin.«

»Informatiker.« Chavez nickte. »Sie haben eine ziemlich komplizierte Internetschaltung zu Hause. Massenhaft Tricks mit den IP-Adressen.«

»Das gebe ich zu«, sagte Joakim Bergsten und lächelte. »Es ist eine Methode, an eine Gratisschaltung zu kommen.«

»Sitzen Sie hier und gestehen kriminelle Handlungen?«, fragte Chavez.

»Es sieht ganz danach aus.«

»Dann können Sie gleich damit weitermachen. Ich weiß, dass es in der Oberstufe ziemlich heikel sein kann mit Mädchen, die schon sehr viel reifer sind als man selbst. Sie gucken sozusagen immer auf einen hinunter, entweder verächtlich oder mitleidig. Ich weiß nicht, was schlimmer ist.«

Kerstin Holm und Sara Svenhagen warfen ihm säuerliche Blicke zu. Er ignorierte sie. Er spürte, dass Bergsten angebissen hatte.

»Ich weiß nicht, was ich Schlimmes getan habe«, sagte Bergsten und senkte den Blick auf die Tischplatte.

»Aber diese Mädchen waren nicht nett zu Ihnen. Und Sie konnten überhaupt nicht verstehen, warum. Erinnern Sie sich daran, wie Sie sie genannt haben, als wir zuletzt darüber sprachen?«

»Nein.«

»Monster. Weibliche Teufel.«

»Das stimmt dann wohl.«

»Sie haben auch gesagt: ›Auch wenn Sie mich zu Tode foltern, werde ich das nicht erzählen. Also versuchen Sie's gar nicht erst.‹«

»Was sollte ich erzählen?«

»Jetzt stellen Sie sich nicht dumm.«

»Ich erinnere mich auch daran, dass Sie behauptet haben,

ich hätte diese vier Mädchen zu Tode gefoltert. Also passe ich wohl besser ein bisschen auf, was ich so erzähle.«

»Sie haben selbst auf Ihr Recht verzichtet, einen Anwalt kommen zu lassen.«

»Ich bin dabei, es mir anders zu überlegen.«

Nun übernahm Kerstin Holm: »Heute sind Sie älter, Joakim. Sie wissen, dass es auch zahllose nette Frauen gibt.«

»Weiß ich das?«

»Denken Sie nach. Sie sind dreißig. Sie arbeiten zwar in einem von Männern dominierten Sektor, aber es gibt bestimmt Frauen um Sie herum, die Sie mögen.«

»Ich kann immer noch nicht problemlos mit ihnen reden.«

»Aber Sie reden doch jetzt mit mir. Es funktioniert doch.«

Chavez saß da und war ein bisschen sauer, dass seine Strategie nicht aufgegangen war. Er war auf dem richtigen Weg gewesen, hatte aber einen Fehler gemacht. »Stellen Sie sich nicht dumm«, das war wohl nicht der richtige Ton einem Mann wie Joakim Bergsten gegenüber. Seine Hosentasche begann zu vibrieren. Er warf einen Blick auf den großen Spiegel an der Wand des Vernehmungsraums und schaute dann kurz auf sein Handy. Eine SMS von Jon: »Komm mal kurz raus.«

Er stand auf und sagte: »Ich komme gleich zurück.« Und verschwand.

Kerstin Holm sagte: »Es ist 19.43 Uhr. Kriminalinspektor Chavez hat soeben den Raum verlassen. Wir fahren fort. Natürlich funktioniert es. Warum sollten Sie Probleme haben, mit Frauen zu sprechen?«

»Ich weiß nicht, wie Frauen denken.«

»Wie Männer, würde ich sagen. Ziemlich genau wie Männer. Böses und Gutes existiert in uns allen. Es gibt keinen Unterschied.«

»Vielleicht haben die mein Verhältnis zu Frauen für alle Zukunft kaputt gemacht«, sagte Joakim Bergsten und blickte starr auf den leidgeprüften Vernehmungstisch.

»Die?«, fragte Kerstin Holm in aufmunterndem Ton.

»Ja.«

»Warum ist es so schwer zu erzählen? Wenn Sie lieber nur mit einem Mann reden möchten, können meine Kollegin und ich den Raum verlassen.«

»Das hat mit der Sache nichts zu tun.«

»Wollen Sie, dass wir gehen? Der Kollege kann weitermachen.«

»Nein«, sagte Joakim Bergsten bestimmt.

»Wir wissen, dass es eine dunkle, einsam gelegene Lagerhalle war. Wie haben die Mädchen Sie dahin bekommen?«

»Ich beginne, mir die Sache mit dem Anwalt ernstlich zu überlegen.«

»Ich glaube, Sie wollen diese Geschichte erzählen«, sagte Sara Svenhagen. »Ich glaube, das wollen Sie wirklich. Sie wissen, dass es Ihnen nachher viel besser geht.«

»Vielleicht schaffen Sie es danach sogar, Ihr Leben in den Griff zu bekommen«, fügte Kerstin Holm hinzu.

»Sie brauchen sich nicht mehr zu verkleiden«, sagte Sara Svenhagen und breitete die Serie von Fotos auf dem Tisch aus.

Joakim Bergsten nahm die Fotos und betrachtete sie, eines nach dem anderen. Alle zeigten Tiina Spinroth, jedes Mal trug die Person einen rosa Tüllrock, das eigentümliche Make-up und eine gelbe Lockenperücke.

»Und was soll das hier darstellen?«, fragte Bergsten dumpf.

»Sie«, sagte Sara Svenhagen.

»Mich?«

Die Tür ging auf, und Jorge Chavez kam herein und wedelte mit ein paar Papieren. Eines davon reichte er Kerstin Holm. Den Rest behielt er.

Kerstin Holm las: »Keine anderen Lokalitäten registriert oder verbunden mit JB. Gunnar.«

»Die Expertin hier draußen meint, dass Tiina durchaus JB sein kann. Lena.«

»Habe Leute zum Midsommarkransen geschickt, um den Lieferwagen zu holen. Dürfte bald von Kriminaltechnikern wimmeln. Arto.«

»Wir haben eine Expertin draußen«, sagte Kerstin und zeigte auf den großen Spiegel. »Sie ist der Ansicht, dass Sie diese Person sehr wohl sein können. In der Rolle der Mörderin Tiina Spinroth.«

»Sie sind ja nicht ganz gescheit«, sagte Joakim Bergsten und schob die Fotos angeekelt von sich.

»Sie haben gesagt, die hätten Sie kaputt gemacht«, erinnerte Sara. »Sie haben Ihre Sexualität zerstört, nicht wahr? Jetzt sind Sie gezwungen, Rollen zu spielen, um zu genießen.«

»Vorher hatten Sie ein ganz normales Verhältnis zu Sex«, sagte Kerstin Holm. »Sie waren vielleicht mit achtzehn noch Jungfrau, aber das ist nichts besonders Ungewöhnliches, nicht einmal heute, wo man glaubt, sexuelle Hemmungen gehörten der Vergangenheit an. Sie haben onaniert, Sie hatten ein gutes Verhältnis zu Ihrem Körper. Es war nichts Merkwürdiges daran. Aber dann kam diese Geschichte, und damit verschwand auch dieses bisschen aus Ihrem Leben.«

»Sie können es zurückgewinnen«, erklärte Sara Svenhagen. »Es müssen nicht Gewalt und Grausamkeit sein, die Ihre Lust anfachen.«

»Das facht meine Lust wirklich nicht an.«

»Ich glaube leider, dass es doch so ist.«

»Erzählen Sie, was damals passiert ist«, sagte Kerstin Holm. »Alles wird danach viel einfacher. Hanna Hörnblom, Lisa Jakobsson, Matilda Broman, Alice Nordin, eine einsame Lagerhalle und noch eine Person. Wie haben die Sie dahinbekommen?«

»Sie haben mich gefragt«, sagte Joakim Bergsten.

»Sie haben Sie gefragt?«

»Sie fragten, ob ich kommen wollte.«

»Wie denn?«

»Sie fragten, ob ich davon gehört hätte, was mit Anders Koskinen passiert war, und ob ich etwas Ähnliches probieren wollte.«

»War das wirklich ein verlockendes Angebot?«

»Damals dachte ich das. Aber ich habe nie in meinem Leben einen Entschluss so bereut wie diesen.«

»Was war denn so verlockend daran?«

»Sie waren wahnsinnig hübsche Mädchen.«

»Nur das?«

»Das galt nicht nur für einen verschwitzten Achtzehnjährigen. Sie entsprachen exakt der Vorstellung von einem wahnsinnig hübschen Mädchen, alle vier, und das wussten sie. Das wussten sie wirklich.«

»Das Standardmodell?«

»Ich hatte keine Vergleichsmöglichkeit. Wie hätte ich eine Alternative kennen sollen?«

»Und was geschah dann?«

Joakim Bergsten verstummte. Er verstummte abrupt und durchbohrte mit seinem Blick den Tisch. Es sah aus, als habe er einen Röntgenblick. Einen Röntgenblick wider Willen.

»Kann ich diese Frage etwas aufschieben?«, fragte er schließlich.

Sara und Kerstin sahen sich an, aber als sie Jorges Blick suchten, waren dessen Augen fest auf die Papiere auf seinem Schoß gerichtet.

»Wir machen eine Pause von fünf Minuten«, sagte Kerstin Holm und stand auf.

Sara Svenhagen stand ebenfalls auf und fragte: »Möchten Sie etwas trinken, Joakim? Kaffee? Wasser?«

»Gern ein bisschen Wasser«, sagte Joakim Bergsten leise.

Kerstin und Sara verließen die beiden Männer und gingen in den Nebenraum. Dort standen sie alle. Arto Söderstedt und Gunnar Nyberg, Lena Lindberg und Jon Anderson.

Und sie starrten gebannt auf die durchlässige Seite des venezianischen Spiegels.

»Was glaubt ihr?«, fragte Kerstin Holm.

»Schwer zu sagen«, meinte Arto Söderstedt. »Natürlich kann er einer sein, der explodiert. Ein ruhiger, feiner Typ mit einem Wahnsinnstemperament. Natürlich kann er sein ganzes Leben lang auf diesen Augenblick gewartet haben. Die Stunde der Rache. Natürlich kann das Fass übergelaufen sein. Aber im Moment kommt mir das ziemlich unwahrscheinlich vor.«

»Ich glaube trotzdem, dass er schuldig ist«, sagte Gunnar. »Aber ich habe ja immer mal andere Ansichten als ihr. Ich glaube wirklich, dass er ein Doppelleben führt. Vielleicht ist es sogar denkbar, dass Joakim und Tiina gar nicht richtig in Kontakt miteinander sind. Aber sie sind dennoch dieselbe Person.«

»So sicher bin ich mir nicht«, erklärte Lena Lindberg. »Aber ich habe nichts, worauf ich mich berufen kann. Es ist ein Gefühl, und ich formuliere das jetzt einmal politisch inkorrekt. Er hat einfach nicht die Eier, um es zu tun.«

»Der Kerl ist ein einziges brodelndes Hexengebräu von Frustrationen«, sagte Jon. »Ich bin ganz sicher, dass er es getan hat. Es gibt keinen einzigen festen Punkt in seiner Persönlichkeit. Außerdem ist sein Computer, den ich gerade untersucht habe, randvoll mit Gewaltpornos.«

»Und mit dem sitzt Jorge da drinnen zusammen?«, fragte Sara. »Einem verhexten Typen?«

»Nein«, sagte Jon, »es handelt sich eher um Anomalien.«

Da kam eine unnatürlich laute Stimme aus den in den Wänden verborgenen Lautsprechern: »Schön, die Frauen mal für eine Weile los zu sein, was?«

Und die unnatürliche Stimme hatte Jorges Tonlage. Obwohl er sich nicht vom Fleck rührte, fuhr die Stimme fort: »Finde ich jedenfalls.«

Sara war drauf und dran, die Tür aufzureißen, als Kerstin

eine Hand auf ihren Arm legte. »Gib ihm ein paar Minuten«, sagte sie.

Jorge fuhr fort: »Da können wir ein bisschen über Computer plaudern.«

Joakim Bergsten sah ihn reserviert an und schwieg.

»In Ihrem Computer sind zahlreiche Gewaltpornos«, fuhr Jorge in demselben beiläufigen Tonfall fort.

Bergstens Oberkörper schwankte ein wenig auf dem Stuhl, aber er sagte noch immer nichts.

»Meine Kollegin hatte also recht«, stichelte Jorge weiter. »Es ist wohl wirklich so, dass Gewalt und Grausamkeit Ihre Lust anstacheln.«

»Ich habe gewisse Phantasien, die immer wiederkommen«, sagte Bergsten. »Aber das sind nur Phantasien.«

»Nichts ist nur Phantasie, und das wissen Sie auch. Wenn ein Mann eine Phantasie hat, muss er sie früher oder später verwirklichen. Aber darüber will ich gar nicht mit Ihnen reden. Sondern über drahtlose Breitbandverbindung. Sie haben doch zu Hause ein drahtloses Netzwerk, nicht wahr?«

»Ja«, sagte Bergsten und sah ein wenig verblüfft aus.

»Sie verstehen davon ja viel mehr als ich, aber ist es nicht so, dass IP-Adressen vom Breitbandrouter verteilt werden, und zwar eine an jeden aktiven Computer in dem drahtlosen Netzwerk?«

»Ja«, sagte Bergsten.

Chavez deutete mit einer Geste auf die Papiere auf seinem Schoß: »Ich sehe hier, dass häufig *zwei* Computer in Ihrem Netzwerk waren, aber wir haben bei Ihnen zu Hause nur *einen* gefunden.«

»Ich hatte eine Zeit lang auch einen Laptop«, entgegnete Bergsten und wirkte auf einmal entspannt. Jetzt war er auf wohlbekanntem Terrain.

»Das erklärt die Sache«, sagte Chavez. »Hatte?«

»Ich habe ihn verkauft. Mir reicht mein PC.«

»Okay. Danke. Wann haben Sie den Laptop verkauft und an wen?«

»Ich habe zu Hause eine Kopie der Quittung.«

»Wissen Sie noch, wann Sie ihn verkauft haben?«

»Es muss Mitte Juni gewesen sein. An einen Kollegen bei Ericsson.«

Chavez nickte wieder. Dann sagte er: »Warum waren dann rund zehnmal auch danach zwei Computer in Ihrem drahtlosen Netzwerk eingeloggt?«

»Das kann ich mir nur schwer vorstellen«, sagte Bergsten und zog die Stirn in tiefe Falten.

»Man sieht es hier im Logverzeichnis Ihres Routers«, erklärte Chavez und zeigte auf die Papiere.

»Wenn Sie sich als Administrator in meinen Router eingeloggt haben, nehme ich an, dass Sie auch die MAC-Adresse kontrolliert haben.«

»Gibt es die da wirklich?«, fragte Chavez.

»Was zum Teufel redet dieser Wahnsinnige da?«, rief Gunnar Nyberg in dem engen Kabuff neben dem Vernehmungsraum.

»Das ist großartig«, sagte Arto Söderstedt. »Jorge hat seine Improvisationsfähigkeit nicht verloren. Er bringt Bergsten zum Reden und benutzt gleichzeitig dessen professionelle Kenntnisse gegen ihn. Er wird sich sehr schnell entweder befreien oder selbst verraten.«

»Was ist eine MAC-Adresse?«, fragte Sara Svenhagen.

»Eine nur einmal existierende Buchstaben- oder Ziffernkombination«, sagte Jon Anderson, »die einen einzelnen Computer bombensicher identifiziert. Und Bergsten hat tatsächlich recht. Die MAC-Adresse steht im Routerlog.«

»Pst«, sagte Kerstin Holm.

»Ja«, sagte Joakim Bergsten. »Sehen Sie genau hin.«

Jorge blätterte rasch durch die Papiere. Er runzelte die Stirn und zog Kreise um bestimmte Stellen auf verschiedenen Seiten.

»Das ist eine dritte MAC-Adresse, die da beteiligt ist«, sagte er nach einer Weile. »Seit Anfang Mai. Und nach Mitte Juni sind es nur die und Ihr PC, die sich einloggen. Haben Sie kein WEP-Passwort für das drahtlose Netzwerk?«

»Doch«, sagte Bergsten stirnrunzelnd.

»Wie kann das dann sein?«, fragte Chavez. »Woher kommt der dritte Computer?«

Joakim Bergsten sah wirklich etwas besorgt aus. »Es muss ein Nachbar sein«, sagte er tonlos.

»Oder es ist ein sehr raffinierter Versuch von Joakim Bergsten, uns zu täuschen«, sagte Chavez. »Das altbekannte Der-Nachbar-war's-Syndrom in einer upgegradeten Version. Wie sollte dieser Nachbar an Ihr WEP-Passwort kommen?«

»Ich weiß es nicht«, gab Bergsten zu. »Auf digitalem Weg lässt sich so etwas nicht knacken.«

»Haben Sie es irgendwo aufgeschrieben?«

Bergsten blinzelte, und er blinzelte ziemlich heftig. Ungefähr so, wie wenn sich Kontaktlinsen selbstständig machen und von der unbeleuchteten Rückseite des Augapfels auf dem Weg ins Gehirn sind.

»Aber dann muss er in meiner Wohnung gewesen sein …«

»Er?«

»Das WEP-Passwort hat sechsundzwanzig Zeichen. Die prägt man sich nicht so ohne Weiteres ein. Ich habe das Passwort auf dem Rand meiner Tastatur notiert.«

»Oder Sie lügen uns an«, sagte Chavez sachlich.

»Nein!«, rief Bergsten aufgebracht. »Jemand war in meiner Wohnung, um sich in mein drahtloses Breitband einzuloggen. Komisch. Ein Nachbar? Ich kenne keine Nachbarn.«

»Los jetzt.« Kerstin Holm nickte ihrer Kollegin in dem angrenzenden Raum zu und betrat dann wieder den Vernehmungsraum, Sara Svenhagen im Schlepptau.

Weder Chavez noch Bergsten schienen sie zu bemerken. Lautlos glitten die beiden Frauen auf ihre Plätze.

Kerstin sagte: »Joakim Bergsten, Hanna Hörnblom, Lisa Jakobsson, Matilda Broman, Alice Nordin, eine verlassene Lagerhalle und eine weitere Person. Was passierte?«

»Wo bleibt mein Wasser?«, fragte Joakim Bergsten.

Kerstin Holm schnitt eine Grimasse und winkte zum großen Spiegel hin. Nach nur einer halben Minute erschien Jon Anderson mit einem Glas Wasser.

Wo hat er nur das Glas her?, dachte Kerstin, nahm es entgegen und reichte es Joakim Bergsten.

Er trank, als befände er sich in der Wüste, als sei sein gesamtes System von unmittelbarer Austrocknung bedroht. Als das Glas leer war, sagte er mit unerwarteter Deutlichkeit: »Sie spielten mit mir. Sie waren Monster. Weibliche Teufel. Als ich in den Raum trat, überfielen sie mich. Sie zogen mich aus. Schließlich war ich nackt, und sie jubelten. Sie juchzten und klatschten Beifall. Ich lag nackt da, und sie schrien, dass ich Sex haben sollte. Sie brüllten, dass gleich noch eine käme, noch ein Mädchen, und sie werde genauso nackt sein wie ich. ›Es wird Zeit, dass du ihn hochkriegst, Jocke!‹, schrien sie. Und sie binden mir die Hände auf den Rücken und berühren meinen Penis, und sie sind furchtbar, grausam, brutal sexy, während sie um mich herumtanzen und grölen, und sie massieren meinen Penis, so ein bisschen hart, wie ich es liebe. Und dann führen sie ihn in das fünfte Mädchen ein, und sie ist wirklich genauso nackt wie ich …«

Kerstin Holm seufzte und fragte: »Wussten Sie, dass sie eine Prostituierte war?«

Joakim Bergsten sah auf. Sein Blick war vollkommen nackt.

»Aber es war gar keine Prostituierte«, sagte er. »Es war ja Ulla, die Ärmste. Und ich habe sie gevögelt, obwohl sie nicht wollte. Ich habe gemerkt, dass sie nicht wollte. Sie schrie und wehrte sich. Ihre Augen waren geweitet vor Entsetzen. Aber ich war so wahnsinnig geil. Und die schlanken, sexy Mädchen schrien und stachelten mich an.«

»Ulla, die Ärmste?«, fragte Kerstin Holm.

»Die Größte in der Klasse«, sagte Joakim Bergsten, »Ulla Johansson, die Ärmste.«

36

Diesmal geht es ziemlich leicht, die Koffer im Auto zu verstauen. Als wärst du stärker geworden durch die Sache.

Eine ausgefallene Form von Krafttraining, denkst du und schlägst die Tür des grauen Lieferwagens zu. Du gehst um den Wagen herum und schaust auf die Stelle, wo das Nummernschild sitzen sollte. Du trittst locker dagegen und steigst dann hoch auf den Fahrersitz.

Du gönnst dir einen Moment Pause, bevor du den Motor anlässt, und greifst zum Handy und wählst eine Nummer. Dann tippst du eine Ziffernserie ein und schließt mit der Raute ab.

Der Teleturm wechselt die Farbe, von einem albernen bunten Schein zu Hellrot.

Du lächelst, und dir wird bewusst, dass du ihn zum letzten Mal siehst.

Dann fährst du davon.

Du bleibst auf der E 4, an Norrtull vorbei, dann Haga Norra, Järva Krog und Ulriksdal, Helenelund und Tureberg und Häggvik, schließlich Rotebro und Bollstanäs, und bei Upplands-Väsby biegst du ab.

Home sweet home, denkst du, und du spürst, dass dein Lächeln nicht ganz normal ist.

Du spürst es wirklich.

Du fädelst dich in den großen Kreisverkehr über der Autobahn ein und nimmst anschließend ein paar Nebenstraßen, bis du vor einem viel zu großen Wohnblock stehst. Du nimmst ein paar erleuchtete Fenster ins Visier und wartest.

Schließlich offenbart sich in einem der Fenster eine Silhouette. Es ist eindeutig die Silhouette einer Frau, obwohl die

Konturen so zart und schmal sind und sie wild gestikuliert, als stritte sie mit jemandem.

Als wäre noch jemand in der Wohnung.

Und so ist es auch.

Direkt neben der ersten taucht eine zweite Frauensilhouette mit ungefähr den gleichen Konturen auf. Sie gestikuliert ebenso wild.

Und du lächelst. Es ist genau so, wie du es vermutet hast.

Sie haben sich wieder zusammengetan.

Und streiten und schreien wie gewöhnlich.

Matilda Broman und Alice Nordin wieder vereint.

Und sehr bald werdet ihr wieder ein Quartett sein, genau wie früher. Die alte Gang vom Gymnasium, wieder vereint.

Du zurrst deinen seltsamen rosa Tüllrock zurecht und machst dich auf den Weg.

Auf den Weg in die Nacht.

Wieder einmal.

37

Sie saßen in dem heißen, von Gestank erfüllten Raum und musterten einander. Ganz ruhig. Als sei nichts sonderbar. Als hätten sie nicht zu Hause in Schweden ein Chaos hinterlassen.

Wie Vater und Sohn.

»Ein hoher Preis«, sagte Paul Hjelm.

»Den zu zahlen du bereit warst«, sagte Tore Michaelis.

»Du hast mich so weit gebracht, dass ich bereit bin, ihn zu zahlen.«

»Du wirst zurück sein, bevor sie dich begraben können, mach dir keine Sorgen.«

Sie schwiegen einen Augenblick und betrachteten einander etwas eingehender. Einen kurzen Moment blickte Paul Hjelm zur Tür hinüber, wo Rawan Fahaidawi Wache hielt. Von seiner filterlosen Zigarette stiegen Kringel wie schwer zu deutende Rauchsignale zur Decke auf.

Aber hauptsächlich waren sie miteinander beschäftigt.

»War das wirklich nötig?«, fragte Paul Hjelm.

»Ich fürchte, ja«, sagte Tore Michaelis. »Um diese Sache durchzuziehen, brauchen wir ›total deniability‹, wie unsere britischen Kollegen zu sagen belieben. Außerdem musste ich dich dabeihaben. Bei alldem geht es in gewisser Weise um dich. Und die Deinen. Ich werde deine Hilfe brauchen, um bestimmte Dinge zu verstehen. Und um mich hineinzustehlen, natürlich.«

»Dich hineinzustehlen?«

»Uns beide, natürlich. Wie war die Reise?«

»Small Talk kommt mir im Moment nicht besonders angebracht vor«, sagte Hjelm.

»Ich bin kein Mann, der Small Talk betreibt«, sagte Tore

Michaelis. »Ich will wissen, ob du gut genug in Form bist, um diese Sache durchzuführen. Es ist immerhin eine ziemlich umständliche Reise hierher nach Bagdad, wenn man viermal das Flugzeug wechseln muss und nicht einmal einen richtigen Sitzplatz auch nur von fern zu sehen bekommt.«

»Ich habe im Gepäcknetz zwischen Warschau und Taschkent nicht schlecht geschlafen«, sagte Hjelm. »Jedenfalls musste ich nicht fünf Stunden lang aufrecht neben einem dumpf murrenden Mongolen stehen, der Knoblauchzehen in den Achselhöhlen stecken zu haben schien.«

»Die humanitäre Hilfe unserer Zeit«, sagte Michaelis mit einem Schulterzucken. »Sie sieht nicht so aus, wie sie sollte. Weit entfernt von der Lutherhilfe, um es mal so zu sagen.«

»Ich sehe ein, dass ›Orpheus Life Line‹ nicht so offen agieren kann wie früher«, sagte Hjelm. »Die Konsequenzen der damaligen Offenheit habe ich ja mitbekommen.«

»Das haben wir alle«, fügte Michaelis hinzu. »Nicht zuletzt Rawan.«

Rawan Fahaidawi nickte, sodass seine Rauchsignale plötzlich Zickzackform annahmen.

»Aber man kann sich natürlich fragen, ob Feuerwerfer und komplette Gebisse wirklich zur Standardausrüstung einer humanitären Hilfsorganisation gehören müssen«, sagte Hjelm.

»Das muss erlaubt sein«, entgegnete Tore Michaelis.

Sie schwiegen eine Weile.

»Du hast meine kleinen Rätsel ja auf angemessene Weise gelöst, wie mir scheint«, fuhr Michaelis schließlich fort.

»Danke«, sagte Hjelm. »Aber jetzt muss Schluss sein mit solchem anachronistischen Spionagegebaren.«

»Ist schon so weit«, sagte Michaelis. »Versprochen.«

»Also was ist ›Sache‹?«

Michaelis nickte. »Du hast ja recht. Sozialen Umgang können wir später pflegen.«

»Oder gar nicht.«

»Das ist auch eine plausible Alternative«, sagte Tore Michaelis und fuhr ungerührt fort: »Diese ›Sache‹ ist ein ganz spezielles Überwachungszentrum im Rahmen der amerikanischen Kriegsmacht.«

»Warum habe ich geahnt, dass du ›amerikanische Kriegsmacht‹ sagen würdest?«, fragte Hjelm.

»Weil es einem so gut auf der Zunge liegt?«

»Na ja.«

»Du hättest vielleicht andere Dinge in dem Satz herausgreifen können, oder?«

»Du denkst an ›Überwachungszentrum‹ beziehungsweise ›im Rahmen‹?«

Tore Michaelis lächelte. »Ja, tatsächlich.«

»Ich vermute dann, dass ›im Rahmen‹ ganz einfach bedeutet, dass es um Per Naberius' Hauptquartier geht, das unter dem Schutz der USA steht. Es ist nicht exakt die amerikanische Kriegsmacht, aber es bewegt sich im Rahmen der amerikanischen Kriegsmacht.«

»Du bist beinahe so schnell im Denken wie ich«, sagte Tore Michaelis. »Ich bin wirklich ein selten guter Menschenkenner.«

»Und obendrein anspruchslos«, sagte Paul Hjelm. »Und möglicherweise ein wenig angegraut.«

»Es handelt sich um ein Gebäude innerhalb der innersten Sicherheitszone des amerikanischen Hauptquartiers im westlichen Teil Bagdads. Dort ist die hiesige Niederlassung von Naberius Enterprises Ltd. untergebracht.«

»Die ganz einfach den heiligen Per mit umfasst?«

»Ich frage mich, ob sein diabolischer Nachname nicht ein wenig schwerer wiegt als sein engelhafter Vorname. Es wäre eher zu hoffen, dass er nicht da ist. Denn sonst haben wir ein Problem.«

»Und das ›Überwachungszentrum‹?«

»Satellitenüberwachung«, sagte Tore Michaelis. »The Eye

In The Sky. Aber jetzt Schluss mit dem angelsächsischen Sprachgebrauch. Wie übersetzt man es am besten?«

»Himmelsauge?«, sagte Hjelm.

»Sehr poetisch«, sagte Michaelis.

»Ist es jetzt nicht an der Zeit, alles von vorn zu erzählen? Auch wenn es dir zuwider ist?«

»Den Anfang kennst du«, sagte Tore Michaelis. »Alles, was auf ›meinen starken Seiten‹ stand, war wahr.«

»Aber ich bin mir nicht sicher, ob ich die schwachen überhaupt gefunden habe«, sagte Paul Hjelm.

»Dann wärst du jetzt nicht hier.«

»Arto Söderstedts Tochter Lina also?«

»Man kann es auf mancherlei Weise bezeichnen«, sagte Michaelis. »Als den Punkt auf dem i, den Tropfen, der das Fass zum Überlaufen bringt … Wir hatten Per Naberius so lange gejagt, und dann lässt er in Stockholm eine Bombe hochgehen, um das Einschmuggeln von ›kill pills‹ zu kaschieren, und schließt das Ganze mit dem Mord an einem unschuldigen Kind ab.«

»Das zum Glück nicht starb.«

»Man kann sicher auch tiefenpsychologische Gründe finden. Dass ich langsam in ein Alter komme, wo ich nicht möchte, dass mein Leben verschwendet gewesen ist. Es geht seinem Ende entgegen, was habe ich eigentlich damit gemacht? Ich habe mein Leben einer Inkognitoexistenz gewidmet, einem Dasein im Zeichen der Gewalt – hat es die geringste Spur von Gutem darin gegeben? Oder bin ich auch eins von diesen alten Spionwracks, die sich in bitterer Einsamkeit zu Tode saufen?«

»Das bezweifle ich stark.«

»Naberius setzte sich jedenfalls hinterher nach Bagdad ab, und ich glaube, dass ich das in meinen Aufzeichnungen beschrieben habe: Ich habe wirklich versucht, hier mein Bestes zu geben, aber es gab die ganze Zeit so viel, das dem entgegenstand – natürlich der ganze Hass, all die grundlegenden Probleme zwischen Arabern und Kurden, Sunniten und Schiiten, Irakern und Amerikanern, Orthodoxen und Liberalen, Armen und Reichen –, aber auch konkretere Dinge wie Selbstmordattentäter, Mörderpillen, sogar Prostitution, und alle Spuren dieser konkreten Faktoren führten immer auf die eine oder andere Art und Weise zu Per Naberius.

»Prostitution?«

»Eine spezielle Form der Prostitution, die sich in der arabischen Oberklasse und unter den höheren Dienstgraden des amerikanischen Militärs verbreitet hat. Man bestellt sich einfach eine maßgeschneiderte Prostituierte. Man kann jede Frau bekommen, die man haben will. Oft tut sich eine Gruppe von Soldaten zusammen und gibt eine Marilyn Monroe in Auftrag, eine Madonna oder eine Kim Basinger. Das Weitere kann man sich vorstellen.«

»Aber davon habe ich reden hören«, sagte Hjelm und versuchte, eine Reihe von Gehirnzellen zu aktivieren, die offenbar doch Jetlag hatten.

»Im Irak ist es ein völlig neues Phänomen, das wäre also höchst erstaunlich.«

»Ich frage mich, ob die A-Gruppe nicht an der Sache dran ist. Arto erwähnte beiläufig so etwas. Doch was hat das mit Naberius zu tun?«

»Weiß nicht«, sagte Tore Michaelis. »Aber sein Name taucht in diesem Zusammenhang auf. Er hat vielleicht seine Waffen- und Drogengeschäfte ganz einfach um Prostitution erweitert. Alles Gute, was unsere Welt zu bieten hat.«

»Und die Amerikaner schützen ihn also aktiv? Warum?«

»Er ist wichtig für sie. Ich weiß nicht genau, wie viel sie über seine illegalen Unternehmungen wissen, aber es sieht so aus, als müsste noch einiges geschehen, bevor sie eingreifen. Alles deutet darauf hin, dass seine Waffensysteme für ihre Schlagkraft hierzulande eine absolut zentrale Rolle spielen.«

»Und was tun wir dann hier?«, fragte Paul Hjelm.

Tore Michaelis lächelte vage und nickte vor sich hin. »Ist es sicher, dass du gut in Form bist?«, fragte er schließlich.

»Dafür, dass ich tot bin, definitiv.«

»Kein Jetlag in den Knochen?«

»Mach dir um mich keine Sorgen. Erzähl jetzt.«

»Wir haben einen Weg in eine Herzkammer von Naberius Enterprises Ltd. aufgetan. Es ist nur ein schmales Zeitfenster. Wir gehen rein, und wir gehen wieder raus. Wir haben eine Stunde. Danach kannst du zu den Lebenden zurückkehren.«

»Du hast noch immer nicht gesagt, was wir tun werden.«

»Es ist besser, wenn du es nicht genau weißt. Ich brauche deinen Blick so aufmerksam und unvoreingenommen wie möglich.«

»Meinen Blick – und meine Waffe?«

»Du wirst bewaffnet sein, aber es ist keine gewaltsame Operation. Es geht um klassische Spionage. Ein bisschen nervenaufreibend, vielleicht, aber ohne Gewalt.«

»Mein Initiationsritus in die Welt der Spione?«

Tore Michaelis kicherte. »Vielleicht, ja«, sagte er.

»Und ich soll mich einfach auf dich verlassen? So ohne Weiteres? Ist das wirklich ein Verhalten, das eines Spions in spe würdig ist?«

»Du hast das bereits zur Genüge getan, indem du vor all den Menschen, die dir nahestehen, tot spielst, obwohl du weißt, welches Leid du ihnen damit zufügst. Im Unterschied zu *meinem* Tod. Du hast zu viele Freunde, Paul, zu viel Familie und Anhang.«

»Das glaubst du doch selbst nicht. Du verfluchst jede Sekunde deines einsamen Lebens.«

Tore Michaelis ließ ein hastiges Lächeln erkennen. Es durchkreuzte den irakischen Himmel wie ein Blitz. Eine Millisekunde später war seine Miene wieder wie zuvor.

»Ja, Paul Hjelm, du sollst dich auf mich verlassen. Zum letzten Mal.« Tore Michaelis sah ihm fest in die Augen.

Er begegnete dem Blick. Er enthielt viel zu viel.

Viel zu viel für einen einzelnen Menschen.

Paul Hjelm nickte. »Und wann soll es losgehen?«, fragte er.

»Jetzt«, sagte Tore Michaelis. »Wir sind hier, um dich abzuholen.«

38

Sie standen in der Dunkelheit an einem Parkplatz. Er war leer. Die Leere leuchtete ihnen durch die Nacht entgegen. Aber das Licht wärmte nicht.

»Wir hätten direkt Leute auf den Wagen ansetzen sollen«, sagte Arto Söderstedt.

»Wir sind aufgrund völlig rationaler Überlegungen davon ausgegangen, dass der nicht registrierte graue Lieferwagen Joakim Bergsten gehören würde«, sagte Kerstin Holm.

»Das tut er aber nicht«, sagte Jorge Chavez. »Ich habe ihn nämlich schon früher gesehen. Auf einem Überwachungsfilm.«

»Was?«, riefen mehrere Personen unbestimmbarer Identität.

»Ich hätte darauf kommen sollen«, sagte Chavez. »Es war eines der Autos, von dem meine alte Geldautomatenbande das vordere Nummernschild abgeschraubt hat. Eins von drei Autos, bei denen der Verlust nicht gemeldet wurde. Und da gibt es gar nicht viel zu diskutieren. Der Wagen gehört unzweifelhaft einer Ulla Johansson in Midsommarkransen. Bäckvägen 95.«

Sie blickten zu dem Wohnhaus hoch. Nur sehr wenige Fenster waren erleuchtet.

»Aber es gab keine Möglichkeit, die Verbindung herzustellen«, sagte Jon Anderson. »Nicht die geringste.«

»Ich war kurz davor, verdammt«, sagte Chavez und ging auf das Haus zu, das völlig anonym in einer Reihe identischer Häuser stand. »Wenn der Name nur nicht so verflucht gewöhnlich wäre.«

Sie bewegten sich auf das Haus zu, diesmal nicht in einer so geschlossenen Gruppe wie beim letzten Mal.

Kerstin Holm wandte sich zu Lena Lindberg um und fragte sie: »Hat die Polizei in Väsby Kontakt zu den Frauen?«

»Niemand zu Hause, weder bei Matilda Broman noch bei Alice Nordin«, sagte Lena Lindberg und schüttelte den Kopf.

Kerstin Holm warf irritiert, beinahe aggressiv den Kopf nach hinten und ging durch die Haustür. Genau wie beim letzten Mal nahm sie im Treppenhaus zwei Stufen auf einmal. Sie kam an der Tür mit dem Namen »Bergsten« vorbei und stieg eine Etage höher. Auf der Tür schräg über der von Joakim Bergsten stand »Johansson«.

Daran war nichts Ungewöhnliches.

Die Frage war, was sie im Inneren vorfinden würden.

Als Kerstin Holm bei der Tür anlangte, standen Chavez und Nyberg schon davor. Söderstedt und Svenhagen kamen hinter ihr. Anderson und Lindberg waren die Letzten. Holm wartete, bis alle oben waren. Dann nickte sie Gunnar Nyberg zu.

Er seufzte und trat die Tür ein.

Die Wohnung, die sie betraten, war der in der Jungfrugatan zum Verwechseln ähnlich. Vor dem Fenster leuchtete der Teleturm in einer sinnlosen bunten Kombination.

Und im Wohnzimmer stand ein Arbeitstisch.

Komplett mit Lederriemen.

Und Blut.

Ansehnlichen Mengen Blut.

Kerstin Holm seufzte. Schon wieder zu spät.

Es schien so, als kämen sie immer zu spät.

Sie sammelten sich im Treppenhaus. Etwas musste jetzt passieren.

Kerstin Holm sagte: »Okay. Alles deutet darauf hin, dass Ulla Johansson, alias Tiina Spinroth, Lisa und Hanna lebend mitgenommen hat. Außerdem hat sie wohl Matilda Broman und Alice Nordin geschnappt. Sie hat sie alle vier. Alle vier, die einmal einen jungen, frustrierten, harmlosen Mann aufhetzten, sie zu vergewaltigen.«

»Ich habe Zeit gehabt, rasch ihre Daten zu prüfen«, sagte Sara Svenhagen. »Ulla Johansson findet sich sowohl im Register der Sozialbehörde als auch im Strafregister. Sie wurde tatsächlich gegen Ende ihrer Gymnasialzeit drogensüchtig und war einige Male auf Entzug, bis sie bei einem Raubüberfall auf eine Tankstelle in Örnsköldsvik geschnappt wurde. Anschließend saß sie wegen schwerer Körperverletzung drei Jahre in Hinseberg ein, wurde, wie es heißt, gründlich entgiftet entlassen und wanderte ziemlich unmittelbar danach nach Australien aus. Vor einem halben Jahr kam sie zurück. Vermutlich mit einem einzigen Ziel.«

»Diesem«, nickte Kerstin Holm. »Genau diesem.«

»Sie hat das ziemlich gut hingekriegt, das muss man zugeben«, sagte Arto Söderstedt. »Wenn sie Matilda und Alice hat, dann sind es jetzt acht Opfer. Die acht Finger.«

»Aber inzwischen sind es neun«, sagte Sara Svenhagen. »Denkt an Johannes Åkerblom.«

»Sogar zehn«, fügte Gunnar Nyberg hinzu. »Wir dürfen Rainer Kruse auf Guernsey nicht vergessen, der mit hoher Wahrscheinlichkeit auch tot ist. Gewalt funktioniert nie so, wie man es sich gedacht hat. Sie wird immer mehr.«

»Nein«, sagte Lena Lindberg. »Es sind sechs. Es sind nur sechs. Nicht neun und nicht zehn. Die vier Frauen können noch da draußen sein, zwar mehr oder weniger schlimm zugerichtet, aber wir werden sie verdammt noch mal retten. Und es gibt nur einen Menschen, der weiß, wo wir sie finden können.«

Aller Blicke richteten sich auf sie. Sie fühlte es. Sie schloss einen Moment die Augen, dann sagte sie: »Das ist doch reiner Exorzismus.«

»Was?«, fragte Kerstin Holm.

»Teufelsaustreibung«, sagte Lena Lindberg.

»Ja, das Wort habe ich verstanden …«

»Sie treibt die vier Teufel aus dem Körper, aus dem System aus. Sie hatte nichts dagegen, Joakim Bergsten dafür ans Messer zu liefern, aber hinter dem war sie nicht her – er gehört trotz allem zur gleichen Kategorie wie sie selbst. Sie kam aus Australien zurück, fand heraus, wo Jocke lebte, bekam eine Wohnung zur Untermiete unmittelbar daneben und bediente sich seines drahtlosen Breitbands, um ihren höllischen Plan auszuhecken. Aber der Plan bestand darin, die vier kleinen Teufel aus ihrem für immer besudelten Körper zu vertreiben, und dazu machte sie sich den anorektischen Trieb der Frauen zunutze, via ›thinspiration‹. Aber alles zielt darauf ab, den Teufel da auszutreiben, wo alles geschehen war.«

»In der Lagerhalle in Väsby.« Kerstin Holm nickte.

»Und der Einzige, der weiß, wo die steht …«, sagte Arto Söderstedt.

»… ist Joakim Bergsten«, ergänzte Lena Lindberg.

Das Tempo, mit dem sie die Treppe hinunterliefen, war entschieden stürmischer als das auf dem Weg hinauf.

»Sorgt jetzt verdammt noch mal dafür, dass er nicht aus dem Haus geht«, sagte Nyberg. »Nicht dass Ulla-Scheiß-Tiina-Spinroth-Johansson vor uns da ist und ihn einsackt.«

Kerstin Holm telefonierte, während sie zu Arto Söderstedts halb verrostetem altem Minibus liefen, der neben dem immer noch irritierend leeren Parkplatz von Ulla Johanssons Van geparkt war. Sie waren schon auf der E 4, wieder mit Gunnar Nyberg am Steuer, als Kerstin das Handy einsteckte und sagte: »Doch, Jocke Bergsten ist noch da. Eine Streife bringt ihn im Eiltempo zur Ausfahrt Hornsberg. Du hast doch Blaulicht dabei, Arto?«

»Blaulicht?«, fragte Arto. »So was habe ich mein Lebtag noch nicht benutzt.«

»Das ist so einer der Gründe, warum sie uns ans Leder wollen«, sagte Kerstin Holm.

Arto Söderstedt betrachtete sie von der Seite. Kein anderer hatte sie gehört, aber Arto nickte und sagte: »O verdammt.«

Mehr nicht. Das war ein Thema für die Zukunft.

Dies war die Gegenwart.

Der Wagen schoss geradezu über Essingeleden und presste sich wie ein Kolben durch den Fredhällstunnel. An der Ausfahrt nach Hornsberg stand tatsächlich ein wild blinkender Streifenwagen. Gunnar Nyberg glitt neben ihn.

»Da siehst du es«, bemerkte Arto. »Ging auch ohne Blaulicht.«

»Teufel, seid ihr gefahren, Jungs«, sagte Gunnar Nyberg, während er heraussprang und die vier handfesten uniformierten Polizisten betrachtete, die ihnen den mit Handschellen gefesselten Joakim Bergsten übergaben und ohne ein Wort wieder davonfuhren.

Nyberg verstaute den Mann schnell auf der vorderen Rückbank zwischen Jorge Chavez und Arto Söderstedt. Ganz hinten saßen Lena Lindberg, Jon Anderson und Sara Svenhagen.

»Wo liegt die Lagerhalle?«, fragte Kerstin Holm ohne Umschweife.

»Was haben Sie vor?«, sagte Bergsten erschrocken. »Was ist los? Warum trage ich Handschellen wie in einer dämlichen Fernsehserie aus den Siebzigern?«

»Weil wir Sie als gefährlich und fluchtbereit eingestuft haben.«

»Hören Sie schon auf.«

»Wir werfen Sie ohne Bedenken bei vollem Tempo aus dem Wagen«, sagte Jorge ungerührt, »wenn Sie jetzt nicht sagen, wo die Halle ist.«

»Und das Tempo ist ziemlich hoch, wie Sie feststellen können«, fügte Kerstin Holm hinzu.

»Gespräche mit dem Fahrer während der Fahrt sind verboten«, sagte Gunnar.

»Aber ich weiß es nicht mehr«, schnaufte Bergsten. »Ich habe einen großen Teil meines Lebens versucht, es zu vergessen.«

»Wir sind schon an Haga Norra vorbei«, sagte Kerstin Holm. »Machen Sie die Augen zu, ignorieren Sie, dass wir hier sind, und denken Sie nach. Sie müssen sich erinnern.«

Es wurde tatsächlich ganz still im Bus, der mit imponierender Geschwindigkeit nach Norden raste.

»Ich habe vom Väsby-Zentrum aus einen Bus genommen«, sagte Jocke Bergsten schließlich. »Es war draußen in einem der Industriegebiete.«

Sara Svenhagen hatte die Taxikarte aufgeschlagen und las vor: »Breddens-Industriegebiet? Njursta-Industriegebiet? Rosendals-Industriegebiet?«

Joakim Bergsten sah über die Schulter zu Sara und schien verwirrt zu sein. »Ich war nicht oft in den Industriegebieten.«

»Gerade deshalb«, sagte Sara. »Dies war einmalig. Es war etwas Besonderes. Deshalb erinnern Sie sich auch. Sie erinnern sich sogar an die Busnummer, wenn Sie nachdenken. Ich bin sicher.«

»Ich kenne alle diese Namen nicht«, sagte Bergsten und wirkte echt verzweifelt. »Das ist dreizehn Jahre her oder so.«

»Ich frage mich, ob Bredden nicht später gebaut wurde«, sagte Arto Söderstedt. »Was ist mit Njursta? Das gibt es wohl schon recht lange?«

»Njursta ...«, wiederholte Bergsten.

»Älvsundavägen, Jupitervägen, Saturnusvägen«, las Sara Svenhagen von hinten vor, praktisch vom Kofferraum des Minibusses aus.

»Ich glaube, es könnte Njursta gewesen sein«, sagte Bergsten. »Ich erinnere mich an ein altes Schild. Skånska Zementgießerei? Oder etwas in der Art ...«

»Bus 535 oder 579?«, fragte Sara, den Blick tief über der Karte.

»Ich weiß nicht. Es klingt bekannt. Vielleicht.«

Gunnar Nyberg war praktisch schon durch Sollentuna hindurchgefahren. Im Dunkeln gab es keine richtigen Anhaltspunkte, um die Geschwindigkeit zu beurteilen. Gott sei Dank.

Sie bogen im Kreisverkehr über der Autobahn ab und wurden von Sara, dank ihrer tadellosen Fähigkeit, Karten zu lesen, zum Jupitervägen in Upplands-Väsby gelotst, der in südliche Richtung zu dem kleinen Ortsteil Njursta führte. Nach einer Weile offenbarte sich zu ihrer Linken unverkennbar – ein Industriegebiet.

Nyberg bremste ab. Nun kroch der Minibus durch Väsby.

»Es ist dunkel«, sagte Joakim Bergsten.

»Aber es ist ziemlich gut beleuchtet«, sagte Kerstin Holm. »Versuchen Sie es jetzt.«

»Ich weiß es nicht …«

Der Minibus glitt langsam durch das Industriegebiet. Alle Blicke im Wagen – Gunnar Nybergs möglicherweise ausgenommen – waren auf Joakim Bergsten gerichtet.

Von seinem Erinnerungsvermögen hingen vier Leben ab.

Vier Menschenleben.

»Ich weiß es wirklich nicht«, seufzte er.

»Sie werden sich an irgendetwas erinnern«, sagte Kerstin Holm. »Ganz ruhig.«

Der Toyota Picnic kroch weiter. Das Industriegebiet erstreckte sich noch ein Stück weit, aber als Kerstin nach vorn schaute, sah sie, dass sie bald am Ende angekommen wären. Sie verzog das Gesicht.

Diesen Gedanken wollte sie nicht denken.

Sie sah, wie das Industriegebiet langsam in eine unbebaute Fläche überging, und sie wollte den Gedanken nicht denken.

Dass die Hoffnung bald erloschen sein würde. Dass es für Lisa Jakobsson, Hanna Hörnblom, Matilda Broman und Alice Nordin bald keine Hoffnung mehr geben würde.

Dass sie bald zu Tode gefoltert sein würden.

Und da stieg wie ein einsam heulendes Nebelhorn aus dem Schweigen über dem endlosen, nebelverhangenen Meer Joakim Bergstens Stimme auf: »Aber das da kenne ich.«

Gunnar Nyberg trat viel zu abrupt auf die Bremse.

Aber es war ihnen egal. Keiner kümmerte sich um die schädlichen Wirkungen der Gurte auf ihre mehr oder weniger gealterten Rippen.

»Was kennen Sie?«

»Das Schild da«, sagte Bergsten und zeigte auf ein äußerst diffuses Industriesymbol, das an einer Fassade saß und nach den Achtzigerjahren aussah.

»In welchem Zusammenhang kennen Sie das Schild?«

»Ich bin daran vorbeigegangen.«

Gunnar Nyberg bog sogleich in eine kleine Seitenstraße ein, die ins Innere des Industriegebiets führte. Sie fuhren unter dem Schild vorbei.

»Geradeaus«, sagte Joakim Bergsten mit starrem Blick. Der Minibus fuhr geradeaus und gelangte zu einem einzeln stehenden Gebäude. Es war eine klassische Industriehalle.

»Lass uns hier anhalten«, sagte Kerstin Holm und legte die Hand auf Gunnar Nybergs Arm.

Nyberg bremste, wieder viel zu abrupt, und stellte sofort den Motor ab.

Sie standen in der nächtlichen Stille.

»Ist es das?«, fragte Kerstin Holm und zeigte auf die Halle.

Wieder war es vollkommen still.

Von einem grauen Lieferwagen war nichts zu sehen.

»Ich glaube, ja«, sagte Joakim Bergsten und nickte langsam. Sein Blick war vollkommen starr, wie fixiert. Er war gänzlich unerreichbar.

Sie verließen den Minibus und schlichen in einem eigentümlichen Gänsemarsch über den leeren, verödeten Asphaltplatz, der sich wie eine Wüste bis zu dem abseits gelegenen Industriegebäude erstreckte.

Sie erreichten das Tor. Es hätte natürlich verschlossen sein müssen. Und es sah verschlossen aus. Ein großes Hängeschloss krönte das massive Rolltor, das bis zum Asphalt hinunterreichte.

Es sah hoffnungslos aus.

Bis Arto Söderstedt das Hängeschloss unter die Lupe nahm und feststellte, dass es aufgebrochen war. Mit brachialer Gewalt.

Er hakte das Schloss aus, nickte langsam und nachdrücklich und begann sehr vorsichtig, das Rolltor hochzuschieben. Es gab nur ein minimales Geräusch, das sich kaum besonders weit in dem großen Gebäude fortpflanzen konnte.

Er schob das Tor nicht mehr als einen Meter hoch und tauchte als Erster darunter hindurch ins Halleninnere. Er hatte ja schon eine gewisse Übung darin, beschossen zu werden.

Doch jetzt trug keiner von ihnen eine Schutzweste.

Sie glitten hinter ihm hinein, einer nach dem anderen. Und gelangten in eine große Halle, offensichtlich eine Druckerei. Große Druckpressen standen dicht beieinander.

Kerstin Holm wandte sich zu Joakim Bergsten um. Er sah sich einen Moment um, bis sein Blick sich an das beinahe vollkommene Dunkel gewöhnt hatte.

Dann nickte er und zeigte nach links.

Sie waren so viele. Jemand hätte eigentlich irgendwo anstoßen, sich mit den Füßen verfangen oder etwas fallen lassen müssen. Jemand hätte ein Geräusch verursachen müssen, das den Tod von vier Frauen bedeutet hätte.

Aber niemand tat es. Keiner verursachte so ein Geräusch. Keiner machte überhaupt irgendein Geräusch.

Zumindest nicht, bis sie die Treppe erreichten.

Bergsten zeigte nach oben. Die Treppe sah wenig stabil aus, sie hatte Metallgitterstufen, die sicher quietschen und knacken würden, wenn man sie betrat.

»Nur eine Treppe nach oben«, flüsterte Bergsten. »Links führt ein Flur zu einer kleinen Tür. Dahinter ist ein großer Raum.«

Kerstin Holm nickte. Dann zeigte sie auf Lena Lindberg, deren ganze Gestalt sich zu strecken schien, als Kerstins Zeigefinger sie berührte. Sie tat einen ersten, äußerst vorsichtigen Schritt. Nichts war zu hören. Noch eine Stufe. Immer noch kein Geräusch. Sie blieb stehen.

Kerstin zeigte weiter, mit hackendem Zeigefinger. Und Lena ging weiter. Kein Laut war zu hören. Sie war oben. Sie hockte sich hin und zog ihre Dienstwaffe. Entsicherte sie lautlos.

Gunnar Nyberg hatte Bedenken. Er wog etwa doppelt so viel wie Lena. Er machte ein Zeichen, dass er als Letzter gehen würde. Kerstin verstand es sofort und nickte.

Das störte ihn ein wenig.

Nacheinander stiegen sie hinauf. Gunnar sah sie nach oben schleichen. Er sah, wie Bergsten Kerstin etwas zuflüsterte und wie sie auf etwas zeigten. Und wie sie weiterschlichen.

Er betrat die erste Stufe. Nichts passierte. Er nahm die zweite. Noch immer kein Laut.

Als er die dritte Stufe erreichte, passierte es. Die ganze Treppe schien ins Schwanken zu geraten. Er spürte die Vibration, noch bevor er das Geräusch hörte. Aber als das Geräusch kam, war es unverkennbar. Es war ein Krachen, ein enormes Blöken, ein eigentümlicher Ton, der im gesamten Gebäude widerzuhallen schien. Er hielt inne und durchlitt ihn. Dann lief er die ganze Treppe bis nach oben.

Sie waren schon an der Tür, als das Krachen ertönte. Kerstin Holm hatte fast damit gerechnet.

Bergsten zeigte auf die Tür. Jorge Chavez duckte sich und studierte die Schließvorrichtung. Er richtete sich wieder auf, schnitt eine im Dunkeln nur mit Mühe erkennbare Grimasse und nickte dann. Sehr vorsichtig legte er die Hand auf den Türgriff.

Kerstin Holm packte ihn am Arm und hielt ihn auf, wandte sich zu Joakim Bergsten um und flüsterte: »Genau hier hinter?«

Bergsten schien einige Sekunden zu überlegen. Das Weiße seiner Augen leuchtete im Dunkeln. Dann nickte er.

In diesem Moment kam der Lärm von der Treppe. Er hallte lange nach.

Kerstin nahm die Hand von Jorges Arm, und er riss die Tür auf. Sie war nicht verschlossen.

Mit den Waffen im Anschlag stürmten sie hinein.

Und hielten abrupt inne.

Der Raum war ganz offen, ein Speicherraum ohne jede Unterteilung. Aber mit sehr viel Staub, der aufwirbelte und ihnen die Sicht nahm auf den Anblick, der dennoch dazu geeignet war, sie alle aufzuhalten.

Sie erstarren zu lassen.

Sie blieben stehen.

Die Mitte des dunklen Raums wurde von ein paar scheinwerferähnlichen Lampen an den Seiten beleuchtet.

Vier Frauen lagen nackt in einem Kreis auf dem Boden. Sie waren mit Lederriemen an Händen und Füßen gefesselt und schienen mehr tot als lebendig zu sein. Dem Anschein nach waren sie sämtlich bewusstlos, zwei von ihnen außerdem blutig. In der Mitte des Kreises saß eine Gestalt, die sich auffallend von den vier Frauen unterschied. Sie war entschieden größer, trug starke Farben in rosa Tönen, einen wunderlichen kurzen rosa Tüllrock und üppige gelbe Locken. Die übertriebene Schminke war ebenso farbenfroh wie schlecht aufgetragen.

Wie eine Maske.

In ihrer linken Hand hielt sie einen Eispickel, in der rechten eine Pistole.

Die Spitze des Eispickels ruhte auf dem Kopf der nächstliegenden Frau, und die Pistole war auf die Frau daneben gerichtet.

»Danke«, sagte die bunte Frau mit dumpfer Stimme.

»Danke wofür?«, sagte Kerstin Holm mit wesentlich heiserer Stimme.

»Als Erstes dafür, dass Sie Ihre Waffen auf den Boden legen.«

»Sie wissen doch, dass wir das nicht tun können, Ulla«, sagte Kerstin. »Dagegen werden wir nicht schießen, wenn Sie ihnen nichts tun. Wir wollen nichts riskieren.«

»Meinetwegen«, sagte Tiina Spinroth. »Ich töte sie auf der Stelle, wenn Sie etwas versuchen.«

»Wir sind vorsichtige Menschen«, erwiderte Kerstin Holm. »Und das Zweite?«

»Das Zweite und Wichtigste«, sagte Tiina Spinroth. »Danke, dass Sie Jocke hergebracht haben. Er war schwer zu fassen. Jemand hatte ihn in Untersuchungshaft genommen.«

Kerstin Holm blickte sich um. Sie sah, dass alle anwesenden A-Gruppen-Mitglieder bereit waren zu schießen. Die geballte Energie war physisch spürbar. Sie materialisierte sich in der Luft.

»Sie wissen auch, dass wir Joakim nicht zu Ihnen lassen. So funktioniert das nicht«, sagte sie.

Irgendwo hinter Tiina Spinroths Maske schien Ulla Johansson hervorzuschauen, mit einem Lächeln, das ganz anders aussah.

»Ich schlage vor, wir fragen einfach Jocke«, sagte sie. »Du erinnerst dich doch bestimmt an das hier, Jocke?«

Joakim Bergsten nickte vage. Er trat einen Schritt vor und nickte deutlicher. Kerstin Holm legte die Hand auf seinen Arm. Er blieb stehen, aber wohl nur vorläufig, sie spürte es.

Ulla Johansson fuhr fort: »Wir standen uns nicht besonders nahe, Jocke. Wir hatten vollauf mit uns selbst zu tun. Mit dem Versuch zu überleben. Ich war das große, hässliche Mädchen, das durch seine bloße Existenz allem hohnsprach, was diese Bräute hier als Weiblichkeit definiert hatten. Aber manchmal kam es vor, dass unsere Blicke sich in stillschweigendem Einverständnis begegneten. Deiner und meiner, Jocke. War es nicht so?«

»Ja«, sagte Jocke. »Daran erinnere ich mich.«

»Wenn sie uns verhöhnt hatten. Uns bespuckt und bepisst hatten. Auf uns gekotzt hatten. Das weißt du doch noch?«

»Ja.«

Holms Hand lag weiter auf Bergstens Arm. Sie flüsterte: »Vorsichtig, Jocke. Gehen Sie nicht weiter.«

»Wie kam es dann hierzu?«, fragte Tiina Spinroth. »Wie konnte das geschehen? Das hier in diesem Scheißraum. Wie konntest du, Jocke?«

»Ich weiß nicht.«

»So eine Macht hatten sie über euch Jungen. So war es. Sie konnten euch bespucken, wie sie wollten, ihr wart trotzdem geil auf sie. Ihr wolltet sie um jeden erdenklichen Preis. Sie wussten, dass es keine Rolle spielte, wie sie euch behandelten. Ihr habt ihre schlanken Körper trotz allem begehrt.«

»Ja«, flüsterte Joakim Bergsten. »Da gab es kein Entrinnen.«

»Und so ist es noch immer. Seid ihr wirklich so vorprogrammiert, ihr Männer?«

»Ich weiß nicht«, flüsterte Bergsten.

»Du hast versucht, dich umzubringen, und als das nicht klappte, bist du Computerfreak geworden. Ich wurde drogenabhängig und gewalttätig. Es sind harte Jahre, diese Jahre auf dem Gymnasium. Entscheidende Jahre. Es kommt mir so vor, als sei diese Zeit das Schicksal selbst gewesen.«

Dann lachte Ulla Johansson. Nicht eine Sekunde lang nahm sie die Pistolenmündung von Matilda Bromans Kopf. Es gab keine Möglichkeit, etwas zu versuchen.

»Ich habe in Australien eine Therapie gemacht«, sagte Ulla Johansson. »Das war kein Kinderspiel. Einer härteren Therapie als der kann man sich gar nicht unterziehen. Ich musste so wahnsinnig viel verarbeiten, um mein Leben ins Gleichgewicht zu bringen. Vor allem dies hier. Ich muss es noch einmal erleben. Mich in dem schlimmsten Schmerz suhlen. Ich muss es noch einmal machen, Jocke. Stimmst du mir zu?«

»Hanna und die Clique scheinen nicht dazu aufgelegt zu sein, es zu bejubeln«, sagte Kerstin Holm. »Ist es nicht an der

Zeit, jetzt aufzuhören, Ulla? Wir haben verstanden, was Sie sagen wollen.«

»Haben Sie das wirklich?«, fragte Tiina Spinroth. »Wie viele sind Sie? Wie viele von Ihnen haben gemobbt? Heben Sie die Hand.«

Keiner hob die Hand.

»Ein paar von Ihnen lügen«, sagte Ulla Johansson. »Das sagt allein die Statistik. Mindestens zwei von Ihnen waren aktive Mobber und haben Menschen, die ein bisschen anders waren, das Leben zerstört. Ich möchte wissen, wer von Ihnen es war. Wer in der berühmten A-Gruppe ein Mobber war.«

Keiner sagte etwas. Keiner rührte sich.

»Komm her, Jocke«, forderte Ulla Johansson. »Wir müssen es noch einmal machen. Wir müssen es austreiben aus unserem Leben.«

Joakim Bergsten stand still. Dann hob er Kerstin Holms Hand von seinem Arm und ging langsam auf Ulla Johansson zu. Es war eine stumme Wanderung. Alle Aufmerksamkeit war auf ihn gerichtet. Er schlich über den Boden, immer näher an den Kreis der Frauen heran, und es war, als triebe eine große Hand ihn vorwärts.

Die Hand des Schicksals.

Da wuchs hinter Ulla Johansson ein großer Schatten. Der Schatten im Scheinwerferlicht hinter ihrem Rücken war so riesig, dass sie hätte reagieren müssen.

Aber Ulla Johansson war ganz auf Jocke konzentriert.

Sie spürte Gunnar Nyberg auch nicht, als er sich nur noch einen Meter hinter ihr befand.

Und sie sah definitiv nicht die Hände, die die ihren packten und blitzschnell nach hinten bogen.

Der Eispickel fiel zu Boden. Die Pistole fiel zu Boden.

Und Nyberg bog ihre Arme so weit auf den Rücken, dass sie haltlos nach vorn fiel. Nur Gunnars Griff um ihre Handgelenke verhinderte, dass sie mit dem Kinn auf den Zementboden schlug.

Sie lag mit dem Gesicht auf dem harten Boden und war still, ganz still.

Nyberg drehte ihre Arme noch ein wenig höher auf den Rücken.

»Es gab eine Hintertür«, sagte er.

39

Rawan Fahaidawi fuhr Backwaren aus. Es war nicht einmal eine Camouflage, eine raffiniert ausgeklügelte Maskierung. Backwaren auszufahren war ganz einfach sein Broterwerb.

Er fuhr im gesamten vom Krieg verwüsteten Bagdad Baklava und Halwa aus. Und er lieferte überallhin.

Er tat das, seit er vor zehn Jahren in den Irak zurückgekehrt war. Nachdem seine schwedische Identität als Fawzi Ulaywi durch eine schwedische Sondereinheit namens A-Gruppe unmöglich gemacht worden war. Aber er leitete weiter die Hilfsorganisation »Orpheus Life Line«, und zwar vor Ort.

Rawan Fahaidawi hatte stets zwei Helfer, die seine honigtriefenden Kisten und Kartons trugen. Diese beiden Helfer trugen Kopfschals. Das war in Bagdad kein ungewöhnlicher Anblick, und da das Gebäck vor Bakterien geschützt werden musste, waren die Schals gänzlich unverdächtig.

An diesem Tag war alles wie gewöhnlich. Rawan Fahaidawis Backwarenauto rollte durch Bagdad. Es war eine Stadt, die aus einem Albtraum zu erwachen versuchte, die versuchte, aus ihren Ruinen neu geboren zu werden. Es war eine höllische Stadt, in der man jeden Augenblick sterben konnte. Die mit Abstand gefährlichste Stadt der Welt.

Das Backwarenauto erreichte den ersten Posten an der Mauer, die das amerikanische Militärhauptquartier umgab. Rawan Fahaidawi wusste, dass es noch drei weitere Kontrollposten gab, einer strenger als der andere, bevor man in die Nähe des inneren Kerns gelangte. Neu eingetroffene Militärpolizisten landeten zunächst ganz außen, am dichtesten am realen Chaos Bagdads, und je länger man es im Irak ausgehalten hatte, desto näher gelangte man an den inneren Kern.

Die ersten Wachposten waren immer die nervösesten. Die am äußersten Vorposten.

Normalerweise dauerte die Runde des Backwarenautos im Inneren des Hauptquartiers eineinviertel Stunden. Es gab hier zahlreiche Abteilungen, viele kleine Imbisse und Marketendereien, viele Amerikaner hatten ihre Baklava und Halwa lieben gelernt, ihr Katayef und ihr Basbousa und ihr Knafeh. Aber normalerweise waren sie auch zu dritt bei der Auslieferung des Gebäcks. Heute war Rawan Fahaidawi allein. Seine beiden Mitarbeiter im Inneren des Lieferwagens hatten anderes zu tun.

Heute war er gezwungen, sehr, sehr schnell zu arbeiten.

Doch das hatte er auch vorher schon geschafft.

Der Lieferwagen passierte Wachposten um Wachposten, es war wie beim Häuten einer Zwiebel, nur dass es im Unterschied zur Zwiebel hier einen Kern gab, ein eindeutiges Zentrum. Und das war groß. Deshalb hatte das Auto die Erlaubnis, eineinviertel Stunden auf dem Gelände zu bleiben. Aber nicht länger.

Rawan Fahaidawi schickte seine Mitarbeiter durch den gewöhnlichen ersten Eingang. Sie trugen jeder einen honigtriefenden Karton. Er schickte ihnen eine verärgerte Geste nach, die überlegene Handbewegung eines Chefs, und trug seinen eigenen Karton in eine andere Richtung.

Die beiden Mitarbeiter gelangten in einen Korridor. Nach einer Weile stießen sie auf eine Toilette. In deren Innerem gab es sechs Toilettentüren. Die hinterste davon war mit Schildern blockiert, auf denen mehrfach »Out of order« zu lesen war. Außerdem war sie verschlossen, und einer der Mitarbeiter steckte einen Schlüssel in das obere Schloss und schloss sie auf. Beide Mitarbeiter drängten sich in den kleinen Toilettenraum. Es stank fürchterlich. Das ganze Klobecken war gleichsam von Diarrhö überzogen. Der Jüngere der beiden zuckte zurück.

»Es bedarf einiger Anstrengungen, um die Leute dazu zu

bringen, sich fernzuhalten«, sagte der Ältere auf Schwedisch. Dann schob er den honigtriefenden Karton in die Ecke, hob den Deckel der Spülvorrichtung an, fischte einen Plastikbeutel aus dem wassergefüllten Inneren des Beckens, entnahm ihm zwei Pistolen, reichte eine davon dem jüngeren Mitarbeiter und zog sich mit einem eleganten Schwung den Bäckergehilfenkaftan vom Leib, unter dem eine Uniform mit ziemlich vielen Sternen zum Vorschein kam.

Tore Michaelis war als amerikanischer Oberst zweifellos ungeheuer überzeugend. Er steckte die Waffe ins Holster und nickte dem jüngeren Mitarbeiter zu, der etwas mehr Mühe hatte, sich des Kaftans zu entledigen. Als der gefallen war, zeigten sich auf Paul Hjelms Uniform entschieden weniger Sterne. Aber auch ziemlich viele.

Sie verließen die Toilette und passierten eine Reihe nicht besetzter Sicherheitskontrollen. Hjelm hatte den Eindruck, dass sie eigentlich besetzt sein sollten. Er warf Tore Michaelis einen fragenden Blick zu.

Der flüsterte: »Ein Zeitfenster von einer Stunde. Es kostet einiges, aber das ist es wert.«

Hjelms Blick schweifte zur Decke. Er hatte das Gefühl, dass überall Überwachungskameras waren.

Michaelis lächelte nur, als er Hjelms Blick sah.

Sie gelangten an eine letzte Tür, die mit einem komplexen elektronischen Schließmechanismus versehen war.

Tore Michaelis bekam sie auf, und sie waren drinnen.

»Hier können wir freier reden«, sagte er.

Es war ein gut gefüllter, aber ziemlich kleiner Raum, der an den Kontrollraum in einem Fernsehstudio erinnerte. Mischpulte, Kontrolltafeln, Tastaturen, Fernbedienungen. Und zahllose Monitore. Eine ganze Wand war mit Bildschirmen bedeckt, Computerbildschirmen und Fernsehbildschirmen, die zahlreiche Örtlichkeiten aus der Vogelperspektive zeigten. Wüstenbilder und Stadtbilder, Waldbilder und Straßenbilder, Meerbilder und Steppenbilder, und alle bewegten sich. Eine Schmalwand war von Metallschränken ausgefüllt, die sämtlich mit kräftigen Schlössern versperrt waren und atombombensicher wirkten.

»Die Überwachungszentrale«, sagte Paul Hjelm, während Tore Michaelis zu den Metallschränken ging und sie der Reihe nach aufschloss. Sein Vorrat an Schlüsseln schien unbegrenzt zu sein.

»Denk jetzt an das Zeitfenster«, sagte Michaelis und zeigte in einen der Metallschränke, in dem sich eine enorme Menge von Festplatten aneinanderreihten. Sie waren mit unterschiedlichen Codes gekennzeichnet. Michaelis folgte den Reihen nach unten und griff dort ein paar Festplatten heraus.

»Wir fangen gegen Ende an«, sagte er und trat mit ein paar schnellen militärischen Schritten an den großen Kontrolltisch.

»Erzähl jetzt«, sagte Hjelm und setzte sich neben ihm auf einen Stuhl.

Michaelis reichte ihm eine der Festplatten und zeigte auf eine Öffnung im Kontrolltisch. Er selbst schob auf seiner Seite des Tisches eine Festplatte in eine entsprechende Öffnung, und Hjelm tat es ihm nach. Die Bildschirme vor dem jeweiligen Platz wechselten von Wüstenbildern zu verschiedenen Formen von diffusen Stadtbildern. Michaelis beugte sich über die Tastatur vor Paul Hjelm und hielt den Film an. Auf seiner Seite tat er das Gleiche.

»Dieser Raum gehört Naberius Enterprises Ltd.«, sagte er. »Normalerweise sitzen hier zwei vollzeitbeschäftigte Mitarbeiter, und Per Naberius kommt ein paarmal in der Woche herein, um sich direkt berichten zu lassen. Die beiden Mitarbeiter machen jedoch gerade Mittagspause, ein bisschen länger als üblich, wie sich zeigen wird.«

Hjelm betrachtete Michaelis. Er war völlig cool, und sein zerfurchtes Gesicht verriet nicht das geringste Anzeichen von Stress.

Er fuhr fort: »Im letzten Jahr hat es Gerüchte gegeben,

dass Naberius, der Spurlose, eine Spur hinterlassen und einen großen Teil des Jahres damit verbracht hat, diese Spur zu lokalisieren. Hoher Arbeitsdruck hat dazu geführt, dass er zu einem bestimmten Zeitpunkt gezwungen war, seinem engsten Mitarbeiter in Stockholm eine Reihe von Bankkontonummern zukommen zu lassen. Angeblich ließ sich dies nicht elektronisch bewerkstelligen, also wurde die Information zusammen mit einer Lieferung Drogen übersandt. Diese Lieferung erfolgte im August vorigen Jahres auf Torö in den Schären südlich von Stockholm. Sie flog auf. Die Polizei schlug zu und beschlagnahmte zum ersten und einzigen Mal eine Ladung ›kill pills‹.«

»Irgendwas klingelt da bei mir«, sagte Paul Hjelm.

»Das sollte es auch«, nickte Tore Michaelis. »Vor ein paar Wochen habe ich erfahren, dass Per Naberius im letzten Jahr eine ziemlich große Anzahl von Satellitenrechten erworben hat. Er war auf etwas ganz Spezielles aus. Und er suchte es via Satellit. Ich habe ein bisschen spät geschaltet. Offenbar hat einer der Polizisten, die bei dem Einsatz auf Torö dabei waren, die Spur sozusagen aufgenommen und sitzt jetzt auf den Unterlagen über die geheimen Konten, die Naberius' Drogengeschäfte entlarven könnten.«

»Aber ohne sich dieser Unterlagen zu bedienen?«

»Wahrscheinlich aus dem einfachen Grund, weil er oder sie nicht weiß, dass es sich um eine Spur handelt. Möglicherweise ist es nicht mehr als ein handgeschriebener Zettel, der in etwas ganz anderes eingeschlagen ist, etwas, das der betreffende Polizist von dem Schmuggelboot mitnahm. Und die Menschen hier in diesem Raum suchen es mit Hochdruck. Und du sollst jetzt auch suchen. Du sollst mir helfen, auf diesen Filmsequenzen etwas Ungewöhnliches zu entdecken.«

»Warum ich?«

»Weil du als Experte für die Sondereinheit der Reichskriminalpolizei für Gewaltverbrechen von internationalem

Charakter unübertroffen bist«, sagte Tore Michaelis und ließ den Film vor Paul Hjelm anlaufen.

Hjelm starrte auf den Monitor.

Zuerst sah er Wasser, dann große Segeltücher, die direkt am Wasser im Wind flatterten. Dann ein Beinpaar, einen hübsch gerundeten Bauch und blondes Stoppelhaar. Gegenüber saß ein Mann mit dunklem Teint und genoss die Sonne. Und halb unter eines der Segeltücher geschoben stand ein Kinderwagen mit einem schlafenden Kind.

Hjelm blinzelte. Er erkannte sie nicht auf den ersten Blick, aber dann waren ihm die Menschen sehr vertraut.

»Norr Mälarstrand?«, fragte er. »Der Mälarpavillon?«

»Satellitenüberwachungsfilm, nach drei Uhr, am Nachmittag des 27. August, eines Sonntags.«

»Die Stunde des Umbruchs«, stieß Paul Hjelm aus. »Oh, verflucht. Und das da sind also tatsächlich Jorge Chavez und Sara Svenhagen?«

»Und offenbar Klein Isabel«, sagte Tore Michaelis sachkundig. »Ich tippe, dass es gleich ganz schnell geht. Sei aufmerksam. Ich passe auf meiner Seite auch auf. Wonach wir also suchen, sind Anomalien, etwas, das sie vom Üblichen unterscheidet. Am ehesten kleine Gegenstände. Bankkontonummern können in allem und jedem enthalten sein.«

Hjelm ließ den Film weiterlaufen. Es ging tatsächlich ziemlich schnell. Als Jorge sich vorstreckte, um die deutliche Rundung von Saras Bauch zu streicheln, kam ein Schnitt, und es erschien ein Paar auf einer Veranda hoch über dem Mälarsee. Gunnar Nyberg schien seine Ludmila noch ein wenig fester an seinen großen Körper zu drücken.

»Pfui Teufel!«, sagte Hjelm. »Alle miteinander?«

»Warte ab«, mahnte Tore Michaelis und konzentrierte sich auf seinen eigenen Bildschirm.

Auf Hjelms Bildschirm erschien jetzt Jon Anderson, der allein in einem Restaurant in Gamla Stan im Freien saß und seinen Verlobungsring am Finger drehte, bis sein Marcus zurückkam und Jons ganze Körperhaltung sich änderte. Dann kamen die Kupferzelte des Hagaparks ins Bild. Ein sehr weißer Mann stand auf einer Rasenfläche an einem Tisch vor einer Anzahl ähnlicher weißer Köpfe, wie um eine Rede zu halten. Hjelm brauchte keine Gesichter zu sehen, um die Familie Söderstedt zu erkennen. Von da führte der Film nach einem neuerlichen Schnitt zu einer kleinen dunkelhaarigen Frau, die im Schatten zwischen Gräbern dahinwanderte. Manchmal verschwand sie unter Baumkronen, doch der Satellit verfolgte ihre Wanderung akkurat, bis sie eine einsam gelegene Lichtung erreichte, wo sie vor einem Grab niederkniete. Sie kauerte einen Meter vor dem Grab und richtete den Blick zum Himmel. Tränen rannen über ihr Gesicht, als ihr Blick dem des Himmelsauges begegnete.

Paul Hjelm drückte auf »Pause«.

Er hielt Kerstin Holms Weinen an, ließ ihre Tränen gefrieren.

»Ich hoffe, ich habe sie jetzt nicht getötet«, sagte er leise.

Tore Michaelis sah ihn nur an.

Hjelm atmete tief durch und machte weiter. Und er begegnete sich selbst. Paul Hjelm im Gartenrestaurant *Lasse i Parken* zusammen mit seinem Sohn Danne. Er hielt den Film erneut an.

»Ich?«, stieß Paul Hjelm hervor. »Warum ich? Ich war gar nicht mit auf Torö. Und Kerstin und Jorge auch nicht.«

»Naberius geht wohl auf Nummer sicher«, erklärte Michaelis und schaute auf die Uhr. »Noch fünfundvierzig Minuten. Du lässt dich doch nicht zu Sentimentalitäten hinreißen, Paul?«

»Natürlich nicht«, sagte Hjelm, ließ den Film weiterlaufen und sah sich selbst auf sein Handy blicken. »Hier erfahre ich gerade, dass ich dein Nachfolger werden soll«, sagte er.

»Da sieht man's«, sagte Michaelis desinteressiert.

Der Film lief weiter. Ein schmaler Schatten offenbarte sich. Danne sprang auf und schrie und lief davon. Der schmale

Schatten setzte sich neben den Vater. Der entsetzte Blick des Vaters war sehr, sehr deutlich, als seine schmale, sehr schmale Tochter sich über den Tisch beugte.

Sich dem absurden Druck der Gegenwart beugte.

Dann kam er im noch dicht belaubten Garten des Söder-Krankenhauses an. Ein sehr alter, gebeugter Mann in grünem Morgenrock saß reglos auf einer Parkbank. Paul Hjelm dachte plötzlich, dass er Viggo Norlander häufiger hätte besuchen sollen. Der Hubschrauberlandeplatz des Krankenhauses zeichnete sich deutlich ab, wie die zwei Linsen eines Fernglases. Dann sah er Lena Lindberg in einem Straßencafé am Karlavägen sitzen. Er sah einen Streifenwagen mit Blaulicht an der Kreuzung direkt neben ihr einbiegen und zur Jungfrugatan brausen. Sie lief hinterher und stürmte in einen Videoladen, vor dem der Streifenwagen gehalten hatte.

Und da endete der Film.

Da war die Stunde des Umbruchs zu Ende.

»Nichts?«, fragte Tore Michaelis. »Ich glaube, wir müssen ein bisschen schneller machen.«

»Nichts wirklich Ungewöhnliches«, sagte Paul Hjelm. »Nur Leben.«

Michaelis reichte ihm eine neue Festplatte. Hjelm tauschte sie aus und sah eine neue Sequenz, vermutlich etwas älter. Wieder flimmerten die meisten Mitglieder der A-Gruppe vorüber, vielleicht nicht ganz so deutlich. Nicht alle waren gleichzeitig im Freien. Aber sie waren da, in den verschiedensten Kontexten.

»Wie funktioniert das?«, fragte Paul Hjelm, während er den Bildschirm nicht aus den Augen ließ.

»Die Mobiltelefone«, sagte Tore Michaelis und studierte seinen eigenen Schirm. »Der Satellit stellt sich nach euren Mobiltelefonen selbst ein. Wenn die Menschen wüssten, was man mit Handys alles machen kann, würden sie sie wahrscheinlich etwas häufiger abschalten. Hier drinnen ist es genauso. Die Überwachungskameras habe ich ausschalten können, aber wir dürfen auf keinen Fall unsere Handys benutzen, auch keine Mails von hier versenden. Denk daran.«

»O ja«, sagte Paul Hjelm.

Sie machten weiter. Die Zeit begann knapp zu werden. Hjelm bemerkte eine neue Furche auf Michaelis' Stirn.

Er ging zum Schrank, um eine weitere Festplatte zu holen – er meinte die Reihenfolge zu kennen. Da fiel sein Blick auf eine Mappe ganz unten. Eine ganz ordinäre Mappe. Mit ordinären Papieren. Aber irgendwie sah sie wichtig aus. Er schlug sie auf und blätterte sie rasch durch. Ein Papier kam ihm wichtiger vor als die anderen. Es war eine Liste, ein Kundenverzeichnis. Es enthielt die Käufer von Mikrospürsendern. Zivile Käufer von Mikrospürsendern. Er nahm das Blatt heraus, faltete es und schob es in seine Gesäßtasche.

Als er mit einer neuen Festplatte zurückkehrte, sagte Tore Michaelis, ohne von seinem Schirm aufzublicken, auf dem gerade Arto Söderstedt an etwas so Ausgefallenem wie Volkstanz auf Skansen teilnahm: »Was war das für ein Papier?«

»Mikrospürsender«, sagte Hjelm ehrlich. »Kundenverzeichnis.«

»Ah«, sagte Michaelis. »Das Prostitutionssyndikat. Jaja, gut. Aber das ist gefährlich, wir hinterlassen Spuren.«

»Verdammt«, sagte Hjelm und tastete nach seiner Gesäßtasche.

Tore Michaelis legte die Hand auf seinen Arm und sah ihm tief in die Augen. Er schüttelte den Kopf und sagte: »Es ist schon okay. Spielt keine Rolle.«

Hjelm versuchte zu begreifen, was er in Tore Michaelis' Blick sah, aber dazu reichte die Zeit nicht. Sie hatten noch zehn Minuten, bevor sie wegmussten. Michaelis ging in die Hocke und zog einen kleinen Umschlag aus der Brusttasche der Uniform. Daraus entnahm er einen winzig kleinen Mechanismus. Er riss eine Schutzfolie ab, befühlte vorsichtig den selbstklebenden Streifen und befestigte den Mechanismus an der Unterseite des Kontrolltisches.

»Abhörvorrichtung«, sagte er und wandte sich wieder dem Bildschirm zu. »Denn jetzt finden wir hier nichts mehr.«

Hjelm schob die letzte Festplatte ein.

Es war wie mit einem Fernglas von oben gesehen. Er kannte es inzwischen.

Das Bild zeigte die Hubschrauberlandeplattform des Söder-Krankenhauses.

Das Himmelsauge suchte dieselbe alte Gartenbank im Krankenhauspark, auf der Viggo Norlander immer in seinem verschlissenen grünen Morgenrock saß. Diesmal sah er schlapper aus als seit Langem. Dem Ärmsten ging es wirklich nicht gut.

Der Satellit zoomte ihn heran. Viggo war jetzt direkt von oben zu sehen. Sein völlig kahler Schädel glänzte in der Sonne.

Viggo Norlander wandte das Gesicht zum Himmel und zeigte diesem den Mittelfinger, eindeutig und ausdrücklich. Er schüttelte den Kopf, zog eine wollige kleine orangefarbene Zottel aus der Tasche und strich sanft mit den Fingern über die weiche, glatte Oberfläche. Dann steckte er sein Amulett in die eine Tasche zurück und holte aus der anderen sein Handy. Er betrachtete es. Sein Kopf sank nach vorn. So blieb er eine Weile sitzen. Bis er eine Dose Bier unter der Parkbank hervorklaubte, sie aufriss und zum Himmel hob. Paul Hjelm sah deutlich, dass seine Lippen die Worte formten: »Na dann, Paul. Wir sehen uns bald.«

Paul Hjelm lächelte und dachte: Ja, verflucht, Viggo, das tun wir. Aber nicht da, wo du geglaubt hast. Ich zweifle daran, dass einer von uns in den Himmel kommt.

Da blieb der Film stehen. Ganz von selbst.

»Aber verflucht noch mal!«, stieß Paul Hjelm aus.

»Du hast ihn angehalten«, stellte Michaelis fest. »Hast du was gefunden?«

»Nein. Er ist von selbst stehen geblieben.«

Michaelis war sofort interessiert und studierte Hjelms Bildschirm.

Die Sequenz begann von vorn, aber deutlich vergrößert. Und in Zeitlupe.

»Das hier ist eine separate, bearbeitete Datei«, sagte Michaelis.

Langsam bewegte sich Viggos Hand, die jetzt sehr groß und ein wenig unscharf war, zur Tasche des Morgenrocks. Sehr langsam zog die Hand eine wollige kleine orangefarbene Zottel aus der Tasche und strich mit den Fingern sanft über die weiche, wollige Oberfläche. Und da wurde das Bild wieder angehalten. Es zeigte die orangefarbene Zottel in starker Vergrößerung.

»Aha«, sagte Tore Michaelis mit starker Emphase. »Kennst du das Ding da?«

»Was, die Zottel?«

»Ja. Es scheint eine Art Amulett zu sein, so ein Schlüsselanhänger, wie sie vielleicht in den Siebzigerjahren populär waren. Hast du es schon mal gesehen?«

»Nicht, dass ich wüsste. Nein.«

»Das ist es«, sagte Tore Michaelis, stand auf und begann, die Sachen auf seiner Seite wegzupacken. »Check den Zeitpunkt der Aufnahme und wann sie bearbeitet worden ist.«

Hjelm hatte inzwischen gelernt, die Ziffern am rechten unteren Bildrand zu lesen. Die Satellitenaufnahme war vom vorhergehenden Tag, sie war in dem Moment gemacht worden, als die Nachricht von Pauls mutmaßlichem Tod übermittelt wurde. Aber sie war erst an diesem Vormittag bearbeitet worden, um 9.46 Uhr.

Und jetzt war es 12.34 Uhr.

»Vor drei Stunden«, sagte Hjelm und riss sein Handy aus der Tasche. Es war abgeschaltet, wie Michaelis befohlen hatte.

Er wollte es gerade einschalten, als Tore Michaelis ihn zurückhielt: »Nicht, bevor wir draußen sind!«

Hjelm verzog das Gesicht und fügte sich.

Michaelis' Bewegungen waren in den letzten Minuten erheblich schneller geworden. Aber sein Gesicht drückte immer noch die gleiche Ruhe aus, als er sagte: »Wir müssen in vierzig Sekunden draußen sein.«

Hjelm drückte die Festplatte heraus und warf sie Michaelis zu, der sie rasch an ihren Platz stellte und die Schranktüren abschloss. Dann warf er einen letzten Blick auf das Pult. Der Kontrollblick des Spions.

Alles sah genauso aus wie vorher.

Sie verließen den Raum, gingen würdig und gemessenen Schrittes durch die Korridore, passierten die unbemannten Sicherheitskontrollen, erreichten den letzten Gang und die Toilette mit dem »Out of order«-Schild, standen an das diarrhöbespritzte Klobecken gepresst und versuchten, sich die Kaftane anzulegen. Das war bedeutend schwieriger, als sie abzustreifen.

»Eine Minute und fünfzehn Sekunden«, sagte Tore Michaelis sachlich.

Er war fertig und ging hinaus. Hjelm bekam den verdammten Kaftan nicht an. Es ging einfach nicht.

Michaelis sagte: »Fünfundvierzig Sekunden. Wir brauchen dreißig Sekunden für den Weg.«

Hjelm schlang sich das verflixte Bündel Tücher um den Körper, griff die honigtriefenden Kartons und kam heraus. Michaelis musterte ihn kritisch und verschloss die Toilettentür. Dann nahm er einen der Kartons und ging los.

Draußen an der Laderampe wartete der Lieferwagen, der inzwischen keine Backwaren mehr enthielt. Rawan Fahaidawi ließ sie mit einem kleinen Kopfschütteln einsteigen und fuhr davon.

»Gutes Timing«, sagte er, als sie den dritten Wachposten auf dem Weg aus dem Hauptquartier hinaus passierten.

Paul Hjelm und Tore Michaelis sahen sich an.

Hjelm hielt sein Mobiltelefon in der Hand. Er bemerkte, dass seine Hand zitterte.

Das Backwarenauto erreichte die letzte Kontrolle. Die jungen, unerfahrenen und von ständiger Angst beherrschten amerikanischen Soldaten betrachteten Rawan Fahaidawis Papiere und ließen ihn durch.

»Noch hundert Meter«, sagte Michaelis in väterlichem Ton zu Hjelm.

Nach fünfundsiebzig Metern schaltete Hjelm sein Handy ein. Die Geschwindigkeit, mit der er die Telefonnummer eingab, sollte ihn für alle Zukunft verwundern. Das immer stärker werdende Zittern schien ihm sogar beim richtigen Tippen der Nummer zu helfen.

Er hielt das Handy ans Ohr.

Tore Michaelis hörte, wie sich am anderen Ende jemand meldete.

Paul Hjelm rief: »Viggo?«

Dann wurde er zusehends blass.

40

Viggo Norlander hatte einen Beschluss gefasst. Es war ein höchst überraschender Beschluss. Wahrscheinlich hatte er lange in seinem tiefsten Inneren geruht, war herangereift, hatte Wurzeln geschlagen, sich heraufgedrängt und schließlich Frucht getragen.

Das letzte Gespräch mit dem Arzt war – wie sagt man? – der Tropfen gewesen, der das Fass zum Überlaufen brachte.

Er hasste Redensarten.

Wie: »Alles Leben ist heilig.«

Pfui Teufel.

Während er dort auf der Bank im Park des Söder-Krankenhauses saß, hallten die Worte des Arztes in seinem Inneren nach: »Es ist leider so, dass Sie nicht viel mehr als ein paar Monate mit immer stärkeren Schmerzen vor sich haben.«

Er dachte an seine Lebensgefährtin Astrid, an seine Töchter, Charlotte und die kleine Sandra, und alles schmerzte. Es quälte ihn mehr als der Schmerz, den er selbst erleben würde. Er hatte ihnen schon viel mehr zugemutet, als sie verarbeiten konnten. Es würde einen Punkt geben, an dem die Erinnerung, die er bei ihnen zurückließ, sich ins Negative verkehrte. An dem all das Positive, das er hoffentlich trotz allem bewirkt hatte, vom Negativen gänzlich überlagert würde.

Wenn die Erinnerung an den Papa nur schmerzerfüllt war.

Er ertrug diesen Gedanken nicht, und das brachte ihn trotz allem dazu, den Beschluss zu fassen. Wider besseres Wissen.

Er selbst hätte gern weitergekämpft. Obwohl er wusste, dass er sterben würde, hätte er bis zum letzten Blutstropfen gekämpft. Aber es ging nicht um ihn. Es ging um andere, um entschieden wichtigere Menschen.

Es ging darum, was er mit den wichtigsten Menschen in seinem Leben machte. Was er nach seinem Tod mit ihnen machte.

Der Entschluss war ihm im Schlaf gekommen. Zuerst Pillen, schmerzstillende Pillen und Schlafmittel, ein ruhiger, schläfriger Blick über Årstaviken, bevor der Herbst die Bucht endgültig in Besitz nahm. Er würde vollständig betäubt sein. Und dann die klassischen Schnitte tief in die Arterien in Längsrichtung der Unterarme.

Eine letzte Anstrengung, um sich die richtigen Pillen zu beschaffen. Ein gut ausgeklügelter Einbruch in den Medikamentenschrank. Und dann einem diensthabenden Chirurgen ein Skalpell klauen. Kein Problem.

Und jetzt saß er im Park des Söder-Krankenhauses und spürte, wie die Pillen wirkten. Der Schmerz im Bauch nahm ab, er wurde immer schläfriger. In der rechten Hand, die er in die Tasche seines Morgenrocks gesteckt hatte, weil die Pillen bewirkten, dass er fror, ruhte das Skalpell.

Gleich würde Viggo Norlander es tun.

Nur noch wenige Augenblicke, dann würde er das Skalpell am Handgelenk ansetzen und fühlen, wie das Leben ihn langsam und gutmütig verließ.

Die Welt war sehr diffus.

Er merkte, dass er lächelte.

Es wird noch ein wenig dauern, bis ihr erwachsen werdet, Charlotte und Sandra, bevor ihr versteht, dass ich es für euch getan habe. Aber dann werdet ihr auch verstehen, warum. Ich habe euch die Freiheit zurückgegeben. Die Freiheit von der wahnsinnigen Unterdrückung durch den Krebs.

Ein Mann erschien. Viggo Norlander konnte ihn kaum fixieren. Er trug einen Arztkittel, sah aber gar nicht aus wie ein Arzt. Er war zu groß. Hatte zu langes Haar. Eine zu große Ausbuchtung unter dem Kittel.

Er sah zu sehr wie ein Indianer aus.

Der Indianer kam näher. Er war jetzt sehr nahe. Da drückte

er eine kleine Maschinenpistole an Viggo Norlanders Gesicht.

Viggo Norlander lächelte und dachte: Was für ein komischer Traum.

Was für ein lächerlicher, unwürdiger letzter Traum.

Er wurde richtig wütend auf den lächerlichen Traum.

Der Indianer sagte: »Give it to me.«

Norlander entgegnete: »My name is John Wayne.«

Der Indianer zischte: »The maskot, quickly.«

Worauf Viggo Norlander ihm das Skalpell tief ins Auge stieß.

Die Kaskade von Kugeln, die zum Himmel aufsprühte, erinnerte stark an ein sehr diszipliniertes chinesisches Feuerwerk.

Norlander betrachtete seinen Körper. Es sah nicht so aus, als hätte ihn auch nur eine einzige Kugel getroffen.

Er lachte wieder.

Der Indianer lag über seinem Schoß, und von dem Skalpell in seinem Auge schauten nur ein paar Zentimeter heraus.

Norlanders Handy klingelte. Er betrachtete es amüsiert.

Es war auf jeden Fall ein ziemlich lustiger Traum.

»Viggo«, sagte das Handy.

»Paul«, sagte Viggo. »Du bist tot. Und ich selbst habe gerade einen Indianer getötet.«

Es war einen Moment lang still.

»Und dabei hatte ich vor, mir das Leben zu nehmen«, sagte Viggo Norlander nüchtern.

41

Sie waren zurück in dem heißen, stinkenden Raum. Da saßen sie alle drei, Rawan Fahaidawi, Tore Michaelis und Paul Hjelm.

»Allem Anschein nach war es ein brasilianischer Berufskiller namens Thiago«, erklärte Michaelis. »Es hat Hinweise darauf gegeben, dass er schon früher für Per Naberius gearbeitet hat.«

»Ich vermute, dass Viggo ihn überrascht hat«, sagte Paul Hjelm. »Er hat zu seiner Zeit so manchen überrascht.«

»Und er hat das Amulett?«

»Ja«, erwiderte Hjelm. »Und er hat versprochen, noch ein bisschen zu warten, bis er sich das Leben nimmt.«

Michaelis sah ihn an und nickte. »Und du?«, fragte er. »Bist du bereit, zu den Lebenden zurückzukehren?«

»Ich denke schon«, sagte Hjelm. »Sicher, dass du nicht mitwillst?«

»Dies hier ist eine gute Art und Weise, sich in den Ruhestand zu begeben. Von jetzt ab zählt nur noch ›Orpheus Life Line‹. Vielleicht gelingt es mir, von dem, was ich getan habe, noch das eine oder andere zu kompensieren, bevor ich sterbe.«

»Ich glaube wirklich nicht, dass du sonderlich viel zu kompensieren hast.«

»Doch«, sagte Michaelis und klappte den Laptop vor sich auf. »Wenn man es richtig biblisch betrachtet, gibt es auf jeden Fall eine Sache zu kompensieren. Obwohl sie noch nicht ganz zu Ende gebracht ist.«

Sie schwiegen eine Weile. Fahaidawi zeigte auf die Uhr. Michaelis nickte. »Dein Flug geht in einer guten Stunde«, sagte er. »Du hast einen Direktflug nach Hause. Unter deiner wahren Identität.«

»Es war wirklich pittoresk mit dem Knoblauchmongolen«, sagte Paul Hjelm.

»Du konntest es also nicht lassen, eine Mail zu schicken?«, fragte Tore Michaelis.

»Sag nicht, dass du mich überwacht hast«, sagte Hjelm.

»Nein.« Michaelis lachte. »Aber der Scanner ist eingeschaltet.« Er zeigte auf die erstaunlich moderne Computeranlage auf dem Tisch am Fenster. »Du hast also die Liste eingescannt und sie gemailt?«

»Auf solche Fragen antworte ich nicht«, entgegnete Hjelm und lächelte.

»Ist schon okay«, sagte Michaelis. »Ich bin ja sowieso Pensionär.«

Er tippte etwas auf der Tastatur des Laptops, und nach einem kurzen Moment erschien ein Bild. Das Bild eines Raums. Das Bild eines Raums mit zahlreichen Mischpulten, Kontrolltafeln, Fernbedienungen, Bildschirmen, Computermonitoren, Fernsehschirmen.

Das Standfoto eines gut gefüllten, aber ziemlich kleinen Raums, der an den Kontrollraum eines Fernsehstudios erinnerte.

»Ich habe ein wenig zusätzliche Kamerazeit gemietet«, sagte Tore Michaelis.

Hjelm betrachtete ihn. Und dann betrachtete er das Standfoto auf dem Laptop.

Einige Minuten verstrichen. Keiner sagte etwas. Und nichts geschah.

Bis sich zeigte, dass es gar kein Standfoto war.

Die Tür der Überwachungszentrale wurde geöffnet, und ein Mann kam herein. Er blickte sich überrascht im Raum um, als sei er verblüfft darüber, dass er allein war.

Als er sich in Richtung der Kamera drehte, sah Paul Hjelm, dass es ein großer, strammer, gestrenger Mann war, der wie siebenundvierzig aussah, aber über sechzig war. Und genau in diesem Moment sah Paul Hjelm, wie Per Naberius die Erkenntnis kam, wie die Todesangst ihn überfiel. Er warf sich in Richtung der Tür.

Aber es war zu spät. Sein Mund öffnete sich weit, seine Hände griffen ohnmächtig zum Hals, seine Augen sahen aus, als seien sie im Begriff, in den Äther geschossen zu werden, um dort wie Himmelsaugen um die Erde zu kreisen.

Dann brach er zusammen.

Hjelm seufzte und wandte sich Tore Michaelis zu, der mit einer Fernbedienung in der Hand dasaß, einer grafitgrauen kleinen Fernbedienung mit einer grünen Taste, und sein Daumen hielt diese grüne Taste fest gedrückt.

Dann warf er sie in einen Papierkorb.

»Abhörvorrichtung?« Paul Hjelm sah ihn an.

»Trau nie einem Spion«, sagte Tore Michaelis.

»Aber du bist doch pensioniert.«

Michaelis lachte freudlos und sagte: »Es war ein Versprechen.«

»Ich weiß«, erwiderte Paul Hjelm. »Ich habe ja deine ›starken Seiten‹ gelesen.«

»Es gab keine einzige starke Seite in dem verdammten Schriftstück«, sagte Tore Michaelis.

Hjelm lachte, zeigte auf den Bildschirm mit Per Naberius' Leiche und fragte: »Was war das denn?«

»Eine Biobombe von Naberius Enterprises Ltd. – Bakterien, die sein Inneres zerfressen und keine Spuren hinterlassen. Wenn sie ihn finden, glauben sie, dass es ein Herzinfarkt war.«

»Was die Leute sich nicht alles einfallen lassen«, sagte Paul Hjelm.

Und sehnte sich nach Hause.

42

Arto Söderstedt erhielt eine Mail. Er saß in seinem Zimmer und wusste nichts mit der Absenderadresse anzufangen. Sie lautete »casco@hotmail.com«.

Überlegte, ob er sie kennen sollte.

Casco?

Er las die Mail. Es gab keinen Text, kein Betreff, nur einen Anhang. Er öffnete ihn. Und sah eine seltsame Liste. Eine Kundenliste.

Söderstedt versuchte sie zu deuten, und schließlich war er erfolgreich. Auf dieser Liste waren die Käufer von Spürsendern in Form von Mikrochips verzeichnet. Hersteller der Mikrochips war die Firma Bodia Eletrônica S/A, eine Tochtergesellschaft von Naberius Enterprises Ltd.

Teufel auch, dachte Arto Söderstedt.

Woher kam diese Mail?

Er musste nicht lange überlegen, bis er darauf kam.

»Casco« bedeutete Helm auf Italienisch.

Arto Söderstedt lehnte sich zurück. Er sah zur schmutzigen Decke auf und dachte an das Schicksal. Nur einen kurzen Augenblick dachte er daran.

Es war wohl klar, dass Paul Hjelm nicht tot war.

Wie sonst könnten die Dinge weitergehen?

Arto saß ganz still da. Er ließ das Blut in seinem Körper zirkulieren. Und auf einmal war es wunderschön zu leben.

Einfach so.

Es war ein großartiges Gefühl.

Das jedoch abgelöst wurde von der Erkenntnis, dass er nun vor einer moralischen Wahl göttlichen Ausmaßes stand, war eine ganz andere Sache. Selten waren die Dinge so klar und eindeutig wie in ebendiesem Moment. Und selten standen Gerechtigkeit und Rechtsprechung, Demokratie und Rechtsstaat so auf Messers Schneide wie genau in diesem Augenblick.

Er konnte das Papier den offiziellen Behörden übergeben und damit hoffentlich die unerhört langsam mahlenden Mühlen des Rechtswesens in Bewegung setzen. Vielleicht könnten dann im Laufe der nächsten fünf Jahre einige Mitglieder des brasilianischen Prostitutionssyndikats zur Rechenschaft gezogen werden, falls Interpol eingeschaltet würde.

Im Laufe dieser fünf Jahre würden schätzungsweise hundert junge Frauen von hemmungslosen Schönheitschirurgen in Film- und Sportstars verwandelt und verkauft und innerhalb eines Jahres verbraucht werden.

War Rechtsprechung nicht auch dazu da, Unrecht zu verhindern?

Die Schwachen zu schützen?

Dafür zu sorgen, dass die Starken, die Lautstarken und Rücksichtslosen jedenfalls nicht *immer* gewannen?

Wenn er anderseits diese Kundenliste an Magda Kouzmin schickte, würde er eine ziemlich große Zahl von Menschen zu einem ziemlich grauenhaften Tod verurteilen.

Hatte er Gewissen und Überzeugung genug, das zu tun?

Lag Arto Söderstedts Rechtsbewusstsein wirklich dermaßen weit abseits des allgemeinen? War er nicht in dem Fall ein Rechtsfanatiker?

Er folgte dem schieren Gefühl und schickte die Liste ab. Auf direktem Weg an »magdatuscany@hotmail.com«. Er war sich bewusst, dass diese Tat ihn in alle Zukunft verfolgen würde.

Dann stand er auf und ging hinaus in den Flur. Er wanderte durchs Polizeipräsidium und fühlte sich moralisch erhaben. Doch zugleich sagte etwas in ihm, dass er eher in den Erdboden versinken sollte vor Scham.

Es war eine lange und sonderbare Wanderung. Sie war leicht und schwer, federleicht und bleischwer zugleich.

Als er das Untersuchungsgefängnis erreichte, hatte sich alles wieder eingependelt.

Die A-Gruppe stand vor dem großen Vernehmungsraum und schaute durch den venezianischen Spiegel. Er stellte sich zu ihnen. Sie schauten auf Kerstin Holm, die einer abgeschminkten Ulla Johansson gegenübersaß.

Einer entzauberten Tiina Spinroth.

Ohne komische Schminke und ihre noch komischeren Kleider machte Ulla Johansson einen sehr alltäglichen Eindruck. Sie war eine groß gewachsene Frau, die keineswegs dumm aussah, und es war ihr anzumerken, dass sie nicht zum ersten Mal in einem Verhör saß. Aber es war auch erkennbar, dass diese Situation – diese Art des Verhörs – nichts Alltägliches für sie war.

»Haben Sie wirklich Genuss empfunden?«, fragte Kerstin Holm.

»Ich weiß nicht«, sagte Ulla Johansson.

»Was hat Sie getrieben? Warum war es so wichtig?«

»Sie hatten mir alles kaputt gemacht. In der Grundschule lief alles gut. In der Mittelstufe machte es keinem etwas aus, dass ich größer war als die anderen. In den höheren Klassen fing es ein wenig an, aber da war ich so viel besser als die anderen, dass ich kein Problem damit hatte. Aber auf dem Gymnasium ging es richtig los. Sie terrorisierten uns wirklich. Mich und Jocke und Fredrik und Anders und Sofia und Lasse. Warum haben wir uns nie verbündet?«

»Ich glaube nicht einmal, dass sie wussten, was sie taten«, sagte Kerstin Holm. »Es geschah einfach.«

»Glauben Sie das wirklich? Waren Sie eine von ihnen?«

»Oft hängt es mit inneren Schwierigkeiten zusammen, die man nach außen wendet.«

»Und Sie *waren* eine von ihnen«, stieß Ulla Johansson aus.

»Wir bleiben jetzt mal bei Ihnen«, sagte Kerstin Holm ruhig. »Sie sind der Beweis dafür, dass es ein Mythos ist, dass alle Frauen ihren Zorn nach innen wenden. Sie wurden keine

Anorektikerin, Sie wurden Mörderin. Aber es fällt mir schwer zu glauben, dass das besser ist.«

»Es hat mir auf jeden Fall geholfen, mich besser zu fühlen.«

»Ich nehme an, dass Sie auch Rainer Kruse ermordet haben?«

»Na und.« Ulla Johansson zuckte mit den Schultern.

»War es wirklich notwendig, ihn und Johannes Åkerblom zu ermorden? Sie hatten es nicht verdient zu sterben. Sie hatten Ihnen doch nichts getan?«

»Nicht? Schmierige Typen. Porno-Johannes bekam ich auf meine Seite, indem ich mit ihm zusammen Pornos guckte. Ich glaube, sonst hätte er mich angezeigt. Er hat Dinge gesehen, die er nicht hätte sehen sollen. Und der eklige Rainer hat versucht, mich auf seinem lächerlichen Boot zu verführen. Ich habe ihn mit einem Anker auf fünfhundert Meter Tiefe versenkt.«

»Was haben Sie mit Louise Strömbergs Leiche gemacht? Wir haben sie nicht gefunden.«

»Ich habe sie dicht bei den anderen im Lill-Jansskog vergraben. Ich hatte das Gefühl, dass ich Training brauchte.«

»Und Åsa Karlsson? Sie lebte in der Hölle mit ihrem Monster an Lebensgefährten – was hatte sie getan, um Folter und Mord zu verdienen?«

»Alle, die die Voraussetzungen für dieses widerwärtige Anamagica, das ich erfunden habe, akzeptierten, waren verloren. ›Hier besteht die einmalige Chance, den besten, effizientesten Fatburner zu erwerben, den die Welt bisher gesehen hat – oder sollte die Frage nach eventuellen Nebenwirkungen die passionierte Grammjägerin tatsächlich abhalten?‹ Es war für mich klar, dass sie verloren waren. Aber alles kam wieder zurück durch dieses Mädchen in Östersund. Sie hatte das Gleiche getan, was Hanna, Lisa, Matilda und Alice getan hatten.«

»Wir haben den Film gefunden«, erklärte Kerstin Holm.

»Er fand sich im guten alten VHS-Format zu Hause bei Matilda Broman.«

»Man kann sich ja vorstellen, dass sie ihn immer wieder mal angeschaut hat. Sie war die Kränkste von ihnen, sexuell gesehen. Lisa war körperlich die Kränkste.«

»Sie hatten also vor dem Fenster da in Njursta eine Kamera aufgestellt?«

»Ja«, sagte Ulla Johansson. »Sie hing an einem Gestell. Dann machte dieser Film in der Klasse die Runde. Irgendwann damals fand ich meine einzigen Kumpel unter Drogenabhängigen. Sie waren, ich weiß nicht, reell. Sie nahmen einen so, wie man war.«

»Sie sind im Februar aus Australien nach Schweden zurückgekommen. Warum?«

»Ich hatte nur eine vage Vorstellung, dass ich meine Vergangenheit aufarbeiten musste. Zehn Jahre lang hatte die Wut in mir gekocht. Ich hielt es nicht mehr aus. Ich musste mich dem stellen, so oder so. Und dann fand ich diesen ähnlichen Film im Internet.«

»Und Sie machten eine der Schuldigen an diesem Film ausfindig, Andrea Ottosson in Östersund. Sie haben sie im April ermordet. Wo?«

»In einem Ödhof außerhalb von Östersund«, sagte Ulla Johansson. »Es war schwer. Aber gegen Ende hatte ich das Gefühl, dass der Druck nachließ. Ich sah ein, dass ich es ordentlich planen musste, wenn ich es wirklich durchführen wollte. Mir wurde klar, dass ich noch drei Versuchspersonen brauchte, bevor ich mich an die vier heranmachen konnte. Acht insgesamt.«

»Sechs haben Sie getötet«, sagte Kerstin Holm. »Vielleicht sieben, wenn Lisa Jakobsson nicht durchkommt. Sie sind die schlimmste Serienmörderin, die wir je in Schweden gehabt haben.«

»Ich kann bestimmt der Forschung irgendwie helfen«, entgegnete Ulla Johansson und lächelte süß.

»Der Reihe nach waren es Andrea Ottosson, Rainer Kruse, Åsa Karlsson, Louise Strömberg, Armanda Carneiro und Johannes Åkerblom.«

»Diese Brasilianerin war komisch …«

»Sie war Portugiesin. Wieso komisch?«

»Sie sah genauso aus wie eine Hürdenläuferin, die vor einigen Jahren berühmt war. Sie sagte, sie sei vor bösen Menschen geflohen, und am Schluss erklärte sie, sie hätte so ein Dings im Arm, mit dessen Hilfe die bösen Menschen sie finden würden. Ich habe den Arm abgeschnitten. Es war sowieso Zeit, aus der Jungfrugatan zu verschwinden. Als ich diesen Raubüberfall sah, war mir klar, dass Sie mir bald auf den Fersen sein würden.«

»Aber Sie hatten ja eine zweite Wohnung.«

»Jocke zu finden war nicht schwer. Anfangs dachte ich, ich könnte Kontakt zu ihm aufnehmen, aber dann merkte ich, dass ich dazu nicht in der Lage war. Stattdessen zog ich in sein Haus. Da war eine Wohnung zur Untermiete frei. Ich dachte noch eine Zeit lang daran, Kontakt zu ihm aufzunehmen, aber dann beschloss ich, ihn stattdessen in den Knast zu bringen. Immerhin war er es, der mich vergewaltigt hat.«

»Aber Sie dachten nie daran, ihn zu töten?«

»Ich wollte alle in diese Lagerhalle schaffen und die ganze Scheiße wiederholen und sehen, wie sie reagierten. Wenn Jocke falsch reagiert hätte, hätte ich ihn wohl auch getötet.«

»Die Sache hat auch einiges gekostet. Wie viel haben Sie eingenommen mit Anamagica?«

»Achtzigtausend. Aber ich hatte auch einiges in bar, von ein paar Einbrüchen in Australien …«

»Und die Kleidung, die Schminke?«

»Ich musste jemand anderes sein, um es tun zu können. Außerdem sollten Sie gern glauben, dass ich ein Mann wäre.«

»Tiina Spinroth war ja schlau ausgedacht …«

»Gibt es überhaupt jemanden, der begreift, wie krank dieses ›thinspiration‹ im Internet ist? Gemessen daran komme ich mir richtig gesund vor.«

»Das Schlimmste in Ihrem Fall ist, dass Sie gesund *sind*, Ulla. Sie werden auf keinen Fall zur Unterbringung in der Psychiatrie verurteilt.«

»Ich weiß«, sagte Ulla und lächelte gequält. »Das Gefängnis ist mir auf jeden Fall lieber.«

Kerstin Holm seufzte und nickte. Sie fühlte sich sehr, sehr müde.

»Eigentlich ging es nur um eins«, sagte Ulla Johansson abschließend. »Eine Grundkraft im Leben.«

»Und was ist das?«, fragte Kerstin Holm.

»Rache«, sagte Ulla Johansson.

43

Paul Hjelm reiste erster Klasse. Das hatte er noch nie getan. Er saß ganz vorn im Flugzeug und hatte nahezu unbegrenzte Beinfreiheit.

Auf dem Flughafen in Bagdad hatte er zu seinem Erstaunen einen Stand mit antiquarischen Büchern gefunden. Als er die schönen alten arabischen Werke durchblätterte, stieß er plötzlich auf ein sehr altes Buch in englischer Sprache, das 1613 in London aus dem Lateinischen übersetzt worden war. Es fiel fast auseinander, und er erstand es für einen Spottpreis.

Es hieß *The Admirable History of the Possession and Conversion of a Penitent Woman*. Der Autor war der berühmteste Exorzist seiner Zeit, Teufelsaustreiber und darüber hinaus der Großinquisitor der heiligen Inquisition. Im Verlauf der Teufelsaustreibung bei einer Besessenen in Frankreich stößt der Verfasser auf eine große Anzahl Teufel und unternimmt es im Nachhinein, diese akribisch zu klassifizieren.

Paul Hjelm war nicht wenig erstaunt darüber, dass der Verfasser Michaelis hieß. Sebastian Michaelis.

Und obendrein einer der schlimmsten Teufel Naberius.

Doch dann hörte er auf, sich darüber Gedanken zu machen – er war ja kein Metaphysiker –, setzte sich die Kopfhörer auf, stellte sein iPod an und hörte die ganze *h-Moll-Messe* von Johann Sebastian Bach.

Besonders der wunderschöne Gesang bei den Textzeilen »Qui tollis peccata mundi, miserere nobis. Qui tollis peccata mundi, suscipe deprecationem nostram« hatte es ihm angetan.

»Du nimmst hinweg die Sünden der Welt, erbarme dich unser. Du nimmst hinweg die Sünden der Welt, nimm unser Flehen gnädig auf.«

Dann schlief er ein.

Niemand holte ihn in Arlanda ab. Das war nicht verwunderlich.

Für die meisten war er ja noch ein toter Mann.

Er nahm ein Taxi und wählte mit dem Handy eines toten Mannes auf der Fahrt ein paar Nummern. Niemand meldete sich.

Als er schon fast in Stockholm war, bat er den Fahrer, die Autobahn zu verlassen. Das Taxi glitt einen Hügel hinauf und fuhr in einen Kreisverkehr, der von der Hauptstraße wegführte, und Paul Hjelm bat den Fahrer anzuhalten.

Er stieg aus.

Kann man so etwas wirklich tun?, fragte er sich und schritt durch das Tor.

*

Rache, dachte Kerstin Holm, während sie unter dem Laub hindurchwanderte. Die Dämmerung setzte ein, und ein kühler Windhauch drang durch ihre viel zu dünne kleine schwarze Jacke. Sie kam sich vor, als wäre sie weit draußen auf dem Land, jenseits von Gut und Böse.

War Rache wirklich eine Grundkraft im Leben?

Es fiel ihr sehr, sehr schwer, das zu glauben. Es starben viel zu viele Menschen um sie her.

Sie dachte an das Gespräch mit Ulla Johansson alias Tiina Spinroth. Es war so merkwürdig entspannt gewesen. Als sei sie ein ganz anderer Mensch geworden, nachdem ihre seltsame Ausstaffierung hinfällig geworden war.

Oder sie hatte sich ganz einfach gereinigt. Zu einem hohen Preis.

Sie würde nie wieder aus dem Gefängnis herauskommen.

Und Kerstin Holm nicht aus ihrem.

Sie würde nie dem Gefängnis entrinnen, das sie selbst war.

Und wieder überwältigte sie die Trauer. Sie musste sich

setzen, neben einem Grabstein. Sie schloss die Augen. Alles tat weh. Die Welt tat weh.

Verdammt, dachte sie. Warum stirbst du mir auch noch weg?

Am Ende konnte sie doch wieder aufstehen.

Sie ging zu der Lichtung auf dem Nordfriedhof, auf der Bengt Åkessons Grab lag. Es kam ihr vor, als beträte sie einen Wald.

An Bengts Grab stand schon jemand. Sonderbar. Bengt Åkesson hatte nicht viele Freunde gehabt.

Genau wie sie selbst.

Der Mann wandte ihr den Rücken zu. Als sie fast bei ihm angelangt war, sagte er: »Ich weiß nicht, ob du mir jemals verzeihen kannst.« Er drehte sich um.

Es war Paul Hjelm.

Ohne Zweifel.

Sie warf sich einfach auf ihn. Schlang die Arme um ihn, fest, so fest. Und er tat das Gleiche.

So standen sie lange da, bis die Dämmerung hereinbrach. Sie standen an Bengt Åkessons Grab und umarmten sich, und sie spürten, dass er einverstanden war. Dass er lächelte.

All das Kalte war fort.

All das Böse war vertrieben.

Es war Paul.

Und es war Kerstin.

Es waren sie beide.

Schließlich gab sie ihm eine Ohrfeige. Das Klatschen hallte im wilden Wald wider.

Er lächelte.

»Fühlst du dich jetzt besser?«, fragte er.

»Kein bisschen«, sagte sie.

Und dann küssten sie sich.

44

Es war ein wunderbarer Herbstmorgen. Sie kamen von allen Seiten, und alle blieben sie einen Augenblick auf der Treppe des Polizeipräsidiums stehen und schnupperten.

Nein, es war nicht schlimm, dass der Herbst gekommen war. Sie würden auch diesen überleben.

Sie sammelten sich in der Kampfleitzentrale. Alle waren da. Arto Söderstedt und Gunnar Nyberg, Jorge Chavez und Jon Anderson, Sara Svenhagen und Lena Lindberg. Zwei Überraschungsgäste waren erschienen, Viggo Norlander im Morgenrock und Jan-Olov Hultin, zum dritten Mal pensioniert. Und als Letzte – gerade in diesem Moment – schlüpften auch Paul Hjelm und Kerstin Holm durch die Tür.

Sie kamen herein und ließen einander erst auf der Schwelle los.

Wie um zu testen, wer es sah.

Hjelm blickte sich um. Er schien ein wenig überrascht zu sein, dass niemand über seine Lebendigkeit verblüfft war.

»Ich habe gepetzt«, sagte Arto Söderstedt fröhlich.

»Ich auch«, sagte Viggo Norlander.

»Ich auch«, sagte Kerstin und setzte sich ans Katheder. »Ich möchte euch allen danken, dass ihr gekommen seid, vor allem Viggo, der sich vom Pflegeheim losgerissen hat, und Jan-Olov …«

»Der sich auch vom Pflegeheim losgerissen hat«, sagte Chavez, was ihm vereinzelte, aber unterdrückte Lacher sowie einen blitzend neutralen Blick von Hultin einbrachte.

Jorge Chavez stand auf, ging Paul Hjelm entgegen und nahm ihn einfach in den Arm. Fest und lange. Hjelm fühlte, wie seine nordischen Hände etwas unbeholfen am Oberkörper seines besten Freundes umhertasteten, bis sie endlich dessen Latinorücken umschlossen. So blieben sie eine gute Weile stehen.

Kerstin Holm lächelte kurz und sagte dann etwas energischer: »Ich habe euch zusammengerufen – die A-Gruppe mit Freunden, oder wie ihr es nennen wollt –, um euch einige Dinge mitzuteilen, die unser aller Zukunft angehen.«

Sie blinzelten verwirrt und sahen einander an. Dies hatten sie offenbar nicht erwartet.

»Aber zuerst«, fuhr Kerstin Holm nach kurzer Pause fort, »möchte ich, dass wir alles zusammenfassen, was in dieser dramatischen Woche passiert ist. Welche losen Enden gibt es noch?«

Ihre Worte lösten ein Stimmengewirr aus.

»Aber das kannst du doch nicht machen«, sagte Lena Lindberg vorwurfsvoll. Du kannst nicht A sagen, ohne B zu sagen.«

»Doch, das kann ich«, entgegnete Kerstin Holm. »Wenn ich will, dass ihr knappe und präzise Auskunft gebt.«

»Aber nun hör mal«, murrte Chavez und wischte sich verbliebene Flüssigkeit aus den Augen. »Hier sitzen Menschen, die in ihrer Freizeit hergekommen sind. Sie bezahlen dafür, hier zu sitzen. Andere, wie unser auferstandener Freund etwa, haben sich dienstfrei genommen, um hier zu sitzen und zu genießen. Das sind Opfer, die sie bringen, und deshalb sollte es ihnen erspart bleiben, mit anzuhören, wie wir über vergangene Erfolge labern.«

»Es handelt sich eher um eine Art Mentalhygiene«, sagte Kerstin Holm. »Gerade du kannst dich mit losen Enden doch nicht abfinden.«

»Da hast du recht.« Jorge nickte. »Daran habe ich nicht gedacht.«

»Außerdem weiß ich nicht, ob ich überhaupt noch eine Stelle habe, von der ich mir dienstfrei nehmen könnte«, sagte Paul Hjelm.

»Sara«, sagte Kerstin Holm. »Ihr wart im Löwenström'schen Krankenhaus. Wie geht es unseren Opfern?«

»Sonderbarerweise scheinen alle durchzukommen«, sagte Sara Svenhagen. »Sogar Lisa Jakobsson. Aber es werden einige Narben zurückbleiben. Viel zu tun für die Schönheitschirurgie.«

»Und bestimmt auch eine Menge für die Psychotherapie«, sagte Jorge Chavez.

»Was lernen wir daraus?«, fragte Kerstin Holm. »Dass man seine Mitmenschen nicht mobben und schikanieren soll?«

»Wer sagt, dass wir etwas lernen sollen?«, entgegnete Sara Svenhagen. »Außer vielleicht, dass es schwierig zu sein scheint, dem Bösen zu entgehen. Und möglicherweise auch, dass wir immer eine Form von Gegenfeuer entwickeln. Solange wir ein vernünftiges, vitales Leben führen.«

»Und sonst?«, fragte Kerstin Holm auffordernd. »Jocke Bergsten?«

»Kam unversehrt nach Hause«, sagte Jorge Chavez. »Aber er war ordentlich angeschlagen. Ein bisschen aus dem Gleichgewicht. Er hatte sich ein vollkommen überschaubares Leben eingerichtet, um nicht in den Abgrund blicken zu müssen. Aber so wird der Abgrund besonders tief, wenn er sich eines Tages auftut. Jon und ich waren heute wieder bei ihm. Er wirkte ein bisschen gefasster. Ich glaube, er erholt sich wieder.«

»Und die Vergewaltigung ist ja verjährt«, sagte Jon Anderson. »Das Opfer ist die einzige Person, die jetzt bestraft wird. Der Vergewaltiger und die Anstifter gehen straffrei aus.«

»Wir sollten aber nicht vergessen«, fügte Gunnar Nyberg hinzu, »dass das Opfer zur Serienmörderin wurde. Wenn wir schon eine Rechnung aufmachen.«

»Es gibt noch zwei Dinge«, sagte Lena Lindberg. »Kommissarin Laila Hyllfors hat mitgeteilt, dass Johnny Stensson Selbstmord begangen hat.«

Sie sahen einander an, ob irgendjemand diese Aussage verstanden hatte.

»Der teuflische Freund von Åsa Karlsson«, verdeutlichte Lena geduldig.

»Zwei Dinge?«, fragte Kerstin Holm.

»Jepp«, sagte Lena Lindberg. »Andreas Bergström ist festgenommen worden.«

Die A-Gruppe mit Freunden betrachtete sie skeptisch. Auch diesmal schien keiner von ihnen mit dem Namen etwas anfangen zu können.

»Der Junkie«, sagte Lena Lindberg, »der den Videoladen überfallen und damit den Stein für uns ins Rollen gebracht hat. Der Bruder von Suzanne Ehrenkrona, falls jemand sich erinnert.«

»Festgenommen?«

»Er hat einen weiteren Raubüberfall auf einen Videoladen begangen. Diesmal war der Inhaber etwas ausgebuffter und hat ihn mit einem Baseballschläger umgenietet.«

»Aber es war nicht Bergström, der den Fall für uns ins Rollen gebracht hat«, sagte Kerstin Holm. »Das warst du, Lena.«

Worauf Lena Lindberg tatsächlich errötete.

Und die versammelte Gruppe Beifall klatschte.

»Aber ich habe den Fall nicht abgeschlossen«, sagte Lena schließlich. »Das war Gunnar.«

Worauf Gunnar Nyberg nicht errötete. Aber auch er bekam Applaus, den er abwehrte: »Nein, diese Fälle, wie viele es nun waren, haben wir alle zusammen gelöst. Gemeinsam. Sehr kollektiv.«

»Ich nicht«, sagte Jan-Olov Hultin.

Erneutes Lachen, wieder ein wenig unsicher und halb unterdrückt.

»Das stimmt«, sagte Nyberg. »Aber ich zum Beispiel weiß nicht, was Hjelm eigentlich getrieben hat, außer dass es natürlich *super top secret* war.«

»Ich habe Per Naberius unschädlich gemacht«, sagte Paul Hjelm mild.

»Wie bitte …?«, rief Nyberg.

»Ihr werdet bald lesen, dass der Gründer und Besitzer von Naberius Enterprises Ltd. einem plötzlichen Herzinfarkt erlegen ist.«

»Aber war das nicht extrem *super top secret*?«, fragte Hultin verwundert.

»Doch«, sagte Paul. »Aber ich vertraue auf euch. Außerdem glaube ich, dass mancher von euch es verdient hat, das zu wissen.«

Er warf Arto Söderstedt einen raschen Blick zu, der ihn rasch erwiderte. Hjelm hatte den Eindruck, dass darin ein kleines bisschen Dankbarkeit lag.

»Nun zu Viggos Amulett«, sagte Hjelm. »Es enthielt in der Tat einen Zettel mit einigen Kontonummern, die die auf Torö festgenommenen Drogenschmuggler Naberius' engstem Mann übergeben sollten. Soweit es sich jetzt beurteilen lässt, könnten diese Kontonummern das gesamte Unternehmen Naberius Enterprises Ltd. aus den Angeln heben.«

»Was zum Teufel hast du eigentlich gemacht?« Arto sah Viggo direkt an. »Hast du das Amulett auf dem Boot einfach mitgehen lassen?«

»Ich habe mir überhaupt nichts dabei gedacht«, sagte Viggo Norlander. »Es war ja das reinste Chaos da draußen, Gunnar wurde angeschossen und alles. Ich glaube, die kleine Zottel ist einfach so in meine Tasche geglitten. Wer konnte ahnen, wozu das führen würde? Die Zukunft ist immer schwer vorhersagbar.«

»Und das bringt uns zu unserem Ausgangspunkt zurück«, sagte Kerstin Holm. »Der Zukunft der A-Gruppe. Was verflixt noch mal wird jetzt aus uns?«

»Wir haben gerade große Erfolge zu verzeichnen«, sagte Sara Svenhagen. »Wir haben Schwedens übelste Serienmörderin aller Zeiten gefasst. Wir haben angefangen, einen raffinierten internationalen Prostitutionsring auszuheben. Es kann doch plausiblerweise nur so weitergehen, dass wir expandieren. Dass man stärker auf uns setzt.«

»Leider ist dem aber nicht so«, erklärte Kerstin Holm. »›Auflösung spätestens am Jahresende‹, Waldemar Mörner zufolge.«

In der Kampfleitzentrale wurden Blicke ausgetauscht. Die Irrwege der Bürokratie und der Verwaltung waren nicht immer leicht nachzuvollziehen, aber dies hier war direkt lächerlich.

Auflösung der A-Gruppe?

»Ihr wisst ja, wie das läuft bei all den Leuten, die über unsere Zukunft bestimmen, wer sie nun auch sein mögen«, sagte Hultin. »Das Leben ist immer unsicher. In einer Woche kann es wieder neue Direktiven geben. Ich habe in meiner ganzen aktiven Zeit damit gelebt.«

»Ich bin zwar kein Mitglied dieser Gruppe mehr«, sagte Paul Hjelm, »und es ist nicht unmöglich, dass ihr in Zukunft noch weniger von mir seht als früher. Ich habe mich noch nicht ganz entschieden. Aber ich finde, wir bestimmen jetzt einfach, wie die Zukunft aussieht. Ihr und ich.«

»Wie meinst du das?«, fragte Kerstin Holm. »Selbst bestimmen?«

»Aber das funktioniert nicht«, sagte Jon Anderson. »Wir haben doch keine Macht.«

»Nehmen wir für einen Augenblick an, wir hätten Macht«, schlug Paul Hjelm vor. »Unbeschränkte Macht, hier und jetzt über unser eigenes Schicksal zu bestimmen. *Jemand* hat zehn Jahre lang behauptet, dass es uns nur zehn Jahre lang geben würde, ein Jahrzehnt lang. Dann sollte unsere Geschichte zu Ende sein. Und vielleicht ist sie das. In dieser Form. Was meint ihr? Was wollt ihr, dass mit euch geschieht? Wohin wollt ihr gehen?«

»Aber was ist mit den Realitäten?«, warf Lena Lindberg ein. »Den krassen Realitäten in der Wirklichkeit?«

»Lasst uns einfach sagen, dass wir in einer Welt leben, in der es sie nicht gibt, in der diese Realitäten für einen Moment abgeschafft worden sind. Lasst uns sogar sagen, dass die Welt uns dennoch weiterhin fasziniert, was immer auch die krassen Realitäten sind. Wohin willst du gehen, Lena?«

»Ich will weiter in der A-Gruppe bleiben«, antwortete Lena Lindberg. »Ich will, dass wir weitermachen. Es geht gut, es ist schön, es ist befreiend, es macht Spaß. Die A-Gruppe hält mich auf den Beinen, sie hält mich von meinen tiefen inneren Abgründen fern. Ich will weiter mit Sara zusammenarbeiten. Ich habe mich nie so intelligent gefühlt wie in ihrer Gesellschaft. Sie bringt Menschen dazu, intelligent zu werden. Das ist die höchste Intelligenz. Alles funktioniert so wahnsinnig gut, wie es jetzt ist.«

»Wollen wir einfach nur so weitermachen?«, fragte Paul Hjelm. »Soll Waldemar Mörner seine Drohung zurückziehen dürfen und wieder der Reichskasper werden? Ich werde der internationale Experte der Säpo, und vielleicht übernimmt einer von euch meinen Posten bei Niklas Grundström in der internen Abteilung?«

»Wahrlich«, sagte Arto Söderstedt.

»Ich hätte nichts dagegen, wenn wir eine etwas inoffiziellere Einheit würden«, sagte Jorge Chavez. »Das Stimulierendste wäre, wenn wir uns alle einen Schritt der Säpo näherten und unter Paul Hjelms Leitung eine bessere und vitalere alternative Sicherheitspolizei schaffen könnten. Warum nicht mit internationaler Ausrichtung? Warum nicht mit einem Anstrich von moderner, zeitgemäßer Spionage? Ich würde gern wieder mit Paul Hjelm zusammenarbeiten. Es hat mir gefehlt. Das geht nicht gegen dich, Jon. Nicht im Geringsten. Wir funktionieren ja inzwischen ausgezeichnet zusammen. Aber wir könnten unter Paul arbeiten.«

»Ich finde, wir sollten die B-Gruppe werden«, sagte Viggo Norlander, und die Leute um ihn herum ahnten, dass er immer noch von seinem Cocktail aus Schlafmittel und schmerzstillenden Medikamenten zehrte.

»Danke dafür, Viggo«, sagte Paul neutral.

»Nun komm schon«, sagte Viggo. »Es würde saugeil werden. Eine krasse Parodie. Die gleichen Fälle noch einmal, alle zehn, aber wir machen alles falsch. Die Mörder gewinnen, und wir sterben wie die Fliegen. Die B-Gruppe. Wäre phantastisch witzig. Wie *Tom und Jerry*. Wir werden plattgemacht und erstehen wieder auf. Wir werden in Mixer und Wäschetrockner gesteckt und lösen uns in unsere Einzelteile auf, und in der nächsten Szene sind wir wieder da. Wir kriegen Krebs, und danach sind wir wieder mit von der Partie.«

»Die B-Gruppe?«

»Eigentlich will ich nur gesund werden«, sagte Norlander. »Das ist alles.«

»Dann werde es«, sagte Paul Hjelm. »Irgendeinen verdammten Vorteil sollten wir schon davon haben, dass wir wohnen, wo wir wohnen.«

»Ich glaube, ich steige aus«, meldete sich Gunnar Nyberg zu Wort. »Ich lebe ganzjährig auf Chios und versuche, mein Buch fertig zu schreiben. Ich habe genug von der Polizei. Ich bin das Orakel auf der Insel, und in schweren Zeiten könnt ihr anderen mich kontaktieren.«

»So jemanden gibt es ja schon«, sagte Jan-Olov Hultin. »Es ist mir furchtbar schwergefallen, in Pension zu gehen. Jetzt tue ich es ernsthaft. Und die A-Gruppe sollte genauso weitermachen, wie sie ist, da stimme ich Lena zu. Aber lasst mich endlich in Pension gehen. Ihr zieht mich rein und zieht mich wieder rein. Ich habe geglaubt, ihr würdet es diesmal ganz allein bis zum Ende schaffen, aber am Ende habt ihr mich doch wieder mit hineingezogen. Was tue ich hier?«

»Du hast die A-Gruppe geschaffen«, betonte Paul Hjelm. »Du hast ein Recht darauf zu wissen, was mit ihr passiert.«

»Lasst mich in meine Sauna gehen und auf den Ravalensee starren«, sagte Hultin. »Das reicht mir.«

»Also darf ich dann das Orakel werden?«, schlug Gunnar Nyberg vor.

»Ich will es verdammt noch mal nicht sein«, sagte Jan-Olov Hultin. »Aber macht mich gern zum Reichspolizeichef.«

»Dafür bist du zu alt«, sagte Paul Hjelm.

»Ja, klar«, murrte Hultin.

»Ich kann mir vorstellen, dass einige von uns aussteigen und Berater werden«, sagte Sara Svenhagen. »Ich sehe vor mir, dass wir in diesen Zeiten der Privatisierung die Idee des Privatdetektivs auf ziemlich lustige Weise neu definieren könnten. Wir werden alle Berater. Mörner muss auf den Knien angekrochen kommen, und wir selbst bestimmen den Preis. So wird der Rechtsstaat in Zukunft funktionieren. Angeheuerte Privatpolizisten geben den Ton der Zeit an. Ein bisschen Science-Fiction, ein bisschen Dystopie, ein bisschen *Blade Runner*.«

»Interessant«, sagte Arto Söderstedt. »Ich habe in ähnlichen, aber doch ein wenig anderen Bahnen gedacht. Ich würde Privatgelehrter werden, der sich mit Verbrechen befasst, die nichts mit Gewalt zu tun haben. Schluss mit Gewaltverbrechen. Man kann auch ohne Gewalt und Folter Spannung schaffen. Spannende historische Verbrechen mit literarischem Resonanzboden. Massenhaft aufregende Entdeckungen literarischer und künstlerischer Schätze. Der international gefragte Meisterdetektiv Sadestatt im Tweedanzug und mit der Pfeife im Mundwinkel.«

»Und welche Rolle hast du deinem alten Partner zugedacht?«, fragte Viggo Norlander.

»Butler«, sagte Arto Söderstedt. »Ich habe eine Beförderung vom Würstchenbudenfritzen zum Butler für dich vorgesehen.«

»Ich würde mich gern mehr um persönliche Geschichten kümmern«, meldete sich nun Jon Anderson zu Wort. »Mehr von innen heraus, mehr Psychologie. Eine Einheit mit stärkerer psychologischer Ausrichtung würde mir Spaß machen. Wir würden ausschließlich Verbrechen in den äußersten Randzonen der menschlichen Seele aufklären, und wir würden unheimlich persönlich engagiert sein.«

»War das nicht eine ziemlich gute Beschreibung der letzten zehn Jahre?«, fragte Söderstedt. »Was wäre neu daran?«

»Dass du nicht dabei bist«, sagte Anderson bissig.

»Ich würde gern die Chance wahrnehmen, mich mit dieser internationalen Spionage weiter zu befassen«, sagte Paul Hjelm. »Ich habe genug von internen Angelegenheiten. Und leider bin ich in letzter Zeit immer mehr zum Einzelgänger und weniger gruppenkompatibel geworden. Ich würde das Ganze mehr in Richtung moderner Spionagegeschichten entwickeln.«

»Aber dann bliebest du allein«, sagte Jorge Chavez.

»Das ist der Weg, den zu gehen wir Spione verdammt sind.«

»Nicht wenn du meinen Weg wählst«, erwiderte Chavez. »Die ganze Gruppe orientiert sich stärker in Richtung Spionage. So können wir weiter zusammenarbeiten. Wir müssen unterwegs ein wenig Ballast abwerfen, aber das gehört zu den Spielregeln.«

»Hm«, sagte Paul Hjelm und klang wie Sherlock Holmes.

»Ich möchte, dass wir weitermachen«, sagte nun Kerstin Holm bestimmt. »Ich will, dass wir auf dem Weg weitergehen, den wir uns gebahnt haben. Und wir sind verdammt gut darin. Aber es wäre schön, wenn jeder seinen eigenen Fall bekäme, sodass jeweils die Perspektive einer Person gegeben wäre. Wären es Bücher, würde das erste ›Kerstins Buch‹ heißen, dann ›Pauls Buch‹, ›Jorges Buch‹, ›Saras Buch‹ und so weiter.«

»Aber es geht ja nicht um Bücher«, sagte Jan-Olov Hultin. »Es geht um die Zukunft einer der erfolgreichsten Polizeieinheiten des Landes. Das ist eine krasse ökonomisch-politische Realität.«

»Ja«, sagte Arto Söderstedt und klatschte in die Hände. »Der sozialrealistische Weg.«

»Genug jetzt«, entschied Kerstin Holm. »Wir würden uns nie einig werden, nicht einmal, wenn es wirklich uns überlassen bliebe. Aber so ist es nun einmal nicht. Nur eins können wir festlegen. Wir sammeln gute, spannende Erzählungen, treffen uns im nächsten Jahr ungefähr um die gleiche Zeit und erzählen uns ganz einfach die Geschichten. Was haltet ihr davon? Die elfte von zehn?«

»Das beschließen wir jetzt schon«, sagte Paul Hjelm. »Eine *Elf*.«

Sie verstummten. Es war, als gäbe es nicht mehr viel zu sagen. Nicht im Moment.

Sie hatten immer noch viel zu sagen, das fühlten sie.

Aber nicht gerade jetzt.

»Sind wir nicht trotz allem ziemlich gut gewesen?«, fragte Kerstin Holm.

»Eine Reihe von Schurken haben wir auf jeden Fall zur Strecke gebracht«, sagte Paul Hjelm.

»Und noch mehr sind uns durch die Lappen gegangen«, sagte Arto Söderstedt.

Sie brachen auf. Es war ein ziemlich verworrener Abschied. Viele Gefühle jeglicher Art lagen in der Luft.

Nacheinander verschwanden sie, hinaus in den beginnenden Herbst.

Bis nur noch Paul Hjelm und Kerstin Holm in der Kampfleitzentrale zurückblieben.

Paul stand auf und ging zu Kerstin nach vorn. Er half ihr vom Podium herunter. Sie stieg auf sein Niveau.

Die beiden nahmen sich an der Hand, und Paul Hjelm sagte: »Komm, wir gehen nach Hause.«

»Ja«, sagte Kerstin Holm. »Tun wir das.«

PIPER

Arne Dahl
Gier

Thriller. 512 Seiten. Kartoniert

Aus seinem Mund ergießt sich ein Schwall Blut. Es ist kaum zu verstehen, was der junge Chinese flüstert. Nur dass seine letzten Worte von entscheidender Bedeutung sind, ist den Polizisten instinktiv klar. Kurz darauf wird in einem Waldstück bei London eine weitere schrecklich zugerichtete Leiche gefunden das geheime Europol-Team beginnt zu ermitteln. Was treibt die Drahtzieher der beiden Morde an? Europol tappt im Dunkeln. Nur eines wird den Ermittlern immer klarer: Die Dimension dieser Verbrechen lässt selbst den Erfahrensten unter ihnen den Atem stocken. Brisant, packend und so erschreckend realistisch, dass Sie die Nachrichten in Zukunft mit anderen Augen sehen werden.

01/1996/01/R

1630

€ 5,—